U0947504

阿难

·上册·

黍宁 著

青岛出版集团 | 青岛出版社

图书在版编目（CIP）数据

阿难/黍宁著.—青岛:青岛出版社,2023.6
ISBN 978-7-5736-0425-5

Ⅰ.①阿… Ⅱ.①黍… Ⅲ.①长篇小说—中国—当代 Ⅳ.①I247.5

中国国家版本馆CIP数据核字（2023）第029583号

ANAN
书　　名　阿　难
作　　者　黍　宁
出版发行　青岛出版社（青岛市崂山区海尔路182号）
本社网址　http://www.qdpub.com
邮购电话　18613853563
责任编辑　龚雅琴
校　　对　李晓晓　闫　帅
装帧设计　蒋　晴
照　　排　梁　霞
印　　刷　三河市良远印务有限公司
出版日期　2023年6月第1版　2025年10月第3次印刷
开　　本　16开（710mm×980mm）
印　　张　37.5
字　　数　660千
书　　号　ISBN 978-7-5736-0425-5
定　　价　69.80元（全2册）
编校印装质量、盗版监督服务电话　4006532017　0532-68068050

目录

上册

目录

下册

日月长相望，宛转不离心，
见君行坐处，一似火烧身。
阿难

第一章 无 心

倚着墙根，手里端着个碗，惜翠正在往嘴里扒饭。

日头太晒了。

她感觉自己就像太阳下的一条咸鱼，汗湿了又干，干了又湿，牵着衣服抖一抖，都能抖出不少盐粒下来，浑身上下也散发着一股死鱼烂虾的臭味。

碗里的糙米饭堆得高高的，上面盖了层豆豉和青菜，没多少油水，看着就毫无食欲。惜翠在看到自己汗毛浓重的手臂后，更没了吃饭的心情。

好端端的妙龄少女穿越成了一个彪形大汉，就算平常心理素质再怎么强大，也禁不住这么一出。她已经不是当初那个香香软软的女孩子了，现在性别为男，是一个身高八尺，留着络腮胡的黑脸壮汉。

这一切都是因为她看了一本叫《太平医女》的网络小说。

这本小说写得不错，故事围绕着女主角吴怀翡行医救人展开，最后以吴怀翡和男主角高骞终成眷属结束。情节一波三折，跌宕起伏，“打脸”桥段层出不穷，尤其是女主角“打脸”女配角“吴惜翠”的情节，那叫一个“狗血”与爽快齐飞。

惜翠花了三天时间才把这本书看完，看得津津有味。唯一让她比较别扭的是，书中的女配角“吴惜翠”和她同名同姓。

每一个故事，总有配角来推动情节的发展，“吴惜翠”便是其中之一。

她是女主角无血缘关系的妹妹，其貌不扬，忘恩负义，觊觎男主角，是标准的给女主角使绊子的恶毒女配角。

与书中人物同名同姓实属巧合，惜翠别扭了一会儿后，也没在意。

但她万万没想到的是，就在她熬夜看完小说，关上手机准备睡觉的时候，她进入了这本小说中，还和一个冷冰冰的系统绑定了，要“攻略”书里的男配角卫檀生，打动甚至改变他。

只有这样，她才能回家。

惜翠：“我能拒绝吗？”

系统：“不行。”

系统表现得就像一个真正的冷漠无情的机器人，不再听她说话，直接就把她丢到了这儿——青阳县瓢儿山上的一个土匪窝里。

她成了土匪窝里一个凶神恶煞、肌肉虬结的土匪。

任凭惜翠如何呼喊“你是不是搞错了什么？”“我要穿越好歹也该穿越成女配角‘吴惜翠’吧，穿越成土匪是怎么回事？！”——系统稳如磐石，毫不动摇。

惜翠从头到脚打量了自己一番，最终接受了这个悲惨的事实。

她要打动的对象卫檀生在书中也算是个颇具传奇色彩的人物。

卫家世代为官，在他十岁的时候，卫檀生随父亲卫宗林到青阳县上任。青阳县位置偏僻，常常有土匪拦路抢劫过路的人。土匪见卫檀生衣着打扮富贵，心念一动，就将他绑了回去。

等卫宗林把儿子救出来的时候，已经晚了。卫檀生的腿废了一条，他成了个跛子。

没人知道卫檀生在匪寨里的时候究竟发生了什么事。但他经此一难后留下了巨大的心理阴影，整晚整晚睡不好。

卫家人担忧卫檀生，半年后，将他交由空山寺的住持了善大师照料，让他潜心学佛。

十八岁时，卫家三郎卫檀生下山还俗，回到京中，仍以佛门弟子自居。

卫檀生因常年受佛法浸润，慈悲为怀，乐善好施，加上貌若好女，京中有人称之为“小菩萨”。

由于童年时期就落下病根，他的腿跛得十分严重。阴雨天气，他甚至无法出门行走。

在这个时候，女主角出场了。女主角吴怀翡性格温柔，容貌清丽，以一手高明的医术帮卫檀生缓解了腿疼不说，又常常跟他一块儿救济平民百姓。久而久之，卫檀生便对女主角生了爱慕之情。

只可惜，温柔男配角的结局大多相同，无非落得一个黯然神伤的下场。卫檀生只能笑着祝福女主角和高骞，退出了这场三角恋。

要她以绑架者的身份去跟卫檀生交好并改变他，这难度未免也太大了吧？卫檀生恐怕得傻了，才能不记恨她。

系统却告诉她，这时候还是元平五年，《太平医女》的故事还没开始。卫檀生此时也不过将将十岁，刚刚被抓到土匪窝里打折了腿。她还有机会温暖他，治愈他，安抚他幼小的心灵。

收回思绪，惜翠看了眼碗里的糙米饭，嚼了嚼嘴里发苦的青菜，艰难地扒了口饭。

不只青菜苦，她心里也苦，苦得差点哭出来。

事情已成定局，系统是铁了心的，她只能先填饱肚子，再慢慢谋划了。

顺着惜翠的视线往前看，有棵大槐树，树下两三个粗笨的汉子正光着膀子摔跤，个个都使出了蛮劲，脸红脖子粗地怒吼着，汗水砸落在黄土地上，洇作了一个个小圆点。

“他还不愿意吃饭？”惜翠正囫囵咽下青菜时，头顶突然响起了一个声音。

惜翠抬头，看到一个铁塔似的汉子正站在她面前，粗声粗气地对她说话。

她转头朝着身后的小茅屋努了努嘴：“不肯吃呢。”

那汉子恼了，一脚踹开门，嘴里骂骂咧咧的。

茅屋里又暗又脏，三伏天，像个大蒸笼。

门一被踹开，屋里便飘出来一股汗臭味与粪便味。

角落里蜷缩着一个十岁的男童，头发乱糟糟的，像个鸟窝，身上的锦衣已经破破烂烂的了，满是黄的红的令人作呕的秽渍。

黄的是已经干了的粪与尿，红的则是已经干了的血。

那壮汉上前踹了男童一脚，骂骂咧咧地说了些什么。

或许是茅屋里气味太难闻，没多久，他又皱着眉走了出来，指着惜翠道：“待会儿你就看着他吃，不吃也得吃，就算塞也要塞进去。看好他，别让他死了。”

惜翠本来就没什么胃口，听壮汉这么一说，马上将碗放了下来。

她来到这土匪窝里也有三天了。这里的土匪们都是刀尖上舔血过日子的，她在里面算不上什么大人物，一直没有和卫檀生接触的机会。

直到今天，他们才派她守着这间茅屋，别让卫檀生跑了。

在惜翠看来，这完全就是多此一举。没她守着，卫檀生也跑不掉。他年纪太小，还拖着一条伤腿，能跑到哪儿去？

即便已经做好了心理准备，惜翠走进茅屋的时候，还是被熏得几欲落泪。

无法言喻的浓烈气味充斥着整间茅屋。

这段时间，卫檀生吃喝拉撒全在这里面，根本没人来收拾，想想就知道里面的气味到底有多“美好”。

惜翠憋着气，弯下腰，去查看他的情况。

这个窝在秽物中间的半大的孩子就是《太平医女》中的男配角卫檀生。

可惜和书中有“小菩萨”之称的男人不同，现在的卫檀生紧紧地闭着眼，嘴唇干得已经裂开了，脸上脏得看不清容貌。

他腿上的伤口只是简单地处理过，有苍蝇不断在他身上乱飞，破烂不堪的衣服勉强包裹着他，就像脏兮兮的裹尸布。

惜翠喉头一紧——这么想可能不太道义，但他确实脏得让自己有些恶心。

“醒醒。”她戳了戳他的脸。

卫檀生就像个破麻布袋一样，没有任何反应。

看他面色潮红得不正常，惜翠心里头“咯噔”了一下。天气这么热，他该不会是中暑了吧？

想到这儿，惜翠上手摸了一把他的脸，摸到了一手的汗，手下的温度更是高得不正常。

来不及多想，她赶紧跑到屋外去喊人。

瓢儿山上的土匪虽然绑了卫檀生，可没打算让他死。

她一开腔，没过多久，小茅屋里就来了人。

来人被屋里的气味熏得倒退了一步，往地上吐了口唾沫，使唤惜翠道：“愣着干什么？抱出来啊。”

穿越成一个壮汉也有好处，就比如现在，惜翠抱起卫檀生就跟拎起了只小鸡仔一样，毫不费力。

惜翠没处理这种事的经验，只能把卫檀生抱到大槐树的树荫下，让有经验的人上手。

几个大汉又是掐人中，又是泼水，折腾了好半天，卫檀生才颤了颤睫毛，终于悠悠转醒。

阳光顺着枝叶的间隙洒落在地，光影摇曳。

男童失了焦距的眼茫然地眨了眨。

昏昏沉沉间，他只看到一个袒露着胸脯的黑脸大汉正一脸惊喜地俯视着他，一双牛眼瞪得就像铜铃。

“你醒啦！”

卫檀生醒了。

他觉得头很重，四肢发软，胃里翻涌着，恶心得厉害。他全身上下烫得就像一块烙铁。

他很渴。

他费力地睁开眼，入目的不是阴暗恶臭的茅屋，而是明晃晃的日光与斑驳的树影，像极了他在家中看书看累了，趴在轩窗下小睡了一会儿，刚醒来的时候见到的场景。

卫檀生愣愣地想，自己似乎做了一个很长很长的梦。

在他十岁前，他确实如同置身于一场遥远而虚幻的梦境。

他很聪明。

自他懂事起，身旁的人无不如此说。

“郎君是顶顶伶俐的。”

夸赞的话听一两次倒还好，听得多了，他就感到厌烦了。

书页上的文章，略扫一眼，他就能记住。当兄弟姐妹们还在辛辛苦苦地记诵的时候，书中的内容他已经倒背如流了。

整个府上都在赞叹他有多聪颖，他却常常觉得无聊。

他出生于京城卫家，先祖曾官至两朝太傅。卫家虽算不上什么皇亲国戚，但也是书香门第，诗礼簪缨之族。卫家子嗣一向单薄，传到他父亲卫宗林时，家中已显露出衰败之势。卫宗林和他的几个兄弟在朝中高不成低不就，故而整个卫家都指望着小辈们能有些出息。

卫檀生打小就展露出了过人的天资，不论做什么，都比其他兄弟姐妹快上一步，卫宗林对他寄予了振兴卫家的厚望。

卫檀生的生活是与书籍和戒尺为伴的，旁的兄弟姐妹聚在一起打娇惜[①]、吹叫

① 打娇惜：古代儿童小游戏，即用鞭绳抽打陀螺，使之在地上旋转。

儿时，他正坐在碧纱窗下念书。

所谓的振兴卫家，其实卫檀生也不太懂。他从出生到现在，一直都乖乖地听从家中的安排，并未有任何异议。父亲要他做什么，他就做什么。

卫檀生的身子骨一直不太好，家里人担心他过慧早夭，将他管束得严严的，有许多事他不能去做。

卫老夫人信佛，干脆将他寄拜在菩萨名下，给他起了个小名为檀奴，又为他在空山寺点了一盏长明灯，常常带他去听寺中的了善大师宣讲佛法。

卫宗林也请了教习师傅教导他武艺骑射，希望把他的身子骨养得壮实一点。

每天早上，京城里就会有和尚、头陀敲着铁牌子，绕着巷陌，沿着人家，一路念着佛号报时。而卫檀生起得比他们还要早一些。他要早早地起来念书、做功课。

全府的人都宠着卫檀生，用他们的方式对他好，他却觉得腻味。

因为长辈偏心，其他小辈不爱和卫檀生一起玩，有意无意地冷落他。

卫檀生其实一点都不在乎。

他好像天生就对其他人生不出一丝感情。花草、人畜在他的眼中都是一样的，没有什么不同。

他之所以听长辈的话，仅仅是因为他们是长辈，而书中说要尊敬、孝顺长辈。

卫檀生其实很不喜欢卫宗林。卫宗林对他的喜爱全都出于他的聪颖和顺从。兴致来的时候，卫宗林逗弄他一番。他稍微违背卫宗林的心意时，卫宗林就会黑脸，狠狠地教训他，用一些冠冕堂皇的话来压他。

他也不喜欢他娘，因为她更偏爱大哥，每天只关心首饰、胭脂，或是和二房、三房的人争来争去。

在他五岁的时候，三房的五妹妹养了一只猫，特别喜欢，每天都抱着猫不撒手。后来，不知怎么了，猫跑了出去，正好跑到他练箭的场上，让他射死了。

她“哇哇”大哭，抹着眼泪直要他赔。

卫檀生无动于衷地看着她，有点困惑，不明白她为什么哭得这么厉害。曾经她养的一盆花死了，她也没哭得这么凶。

对他而言，猫、花和人，似乎并无太大分别。

卫老夫人怕他难受，特意把他叫到身边，安慰他。

“这猫是上辈子罪业太重，这一世才投生做了畜生。它今日被你射死，是冥冥之中的定数。你如今也算是帮它从畜生道中解脱了。”

这是卫檀生第一次接触到关于“死”的概念。

他对自己的祖母一直存有两分敬畏的心思，当然不是畏惧于她在卫家的地位，而是畏惧于她身上和他完全不同的气息。

那是“老”“病”与“死亡”。

为了哄他，卫家人又买来了时下正流行的磨喝乐[①]。

一身金缕衣、青纱裙的磨喝乐小人儿，嗔眉笑眼。

其实他曾经期盼过能和旁的兄弟姐妹一样，有这些小玩意儿玩。但当他真正拥有后没多久，他却厌弃了，价值千钱的磨喝乐被他随手丢弃在了角落。

卫老夫人见他心不定，便让他抄经，说抄经能定心。于是，他就从《金刚经》抄到《般若波罗蜜多心经》，再从《妙法莲华经》抄到《百喻经》。但究竟看进去了多少，卫檀生自己都不大清楚。

等到他十岁那年，卫宗林因为替罪臣说话，被官家[②]迁怒贬谪到青阳县。卫檀生跟着父亲一起。他们还没进青阳县地界，卫檀生就被瓢儿山上的土匪给掳走了，他那寡淡无味的生活这才发生了翻天覆地的变化。

卫檀生毕竟年纪小，就算再聪明伶俐，碰上这种事也会惊慌失措。

他知道，他要跑。

他计划了第一次逃跑。

可惜他太盲目也太自信，当真以为自己是全天下最伶俐的人，结果非但没有跑出去，反倒付出了惨痛的代价——他的左腿被打折了。

接下来的事，卫檀生记不大清了。

腿伤了之后，他一直昏昏沉沉的，处于半梦半醒间。有时候，他甚至觉得自己要死了。

没人搭理他，他们只把他锁在这个茅屋里，他吃喝拉撒都在一处。他们对待他就像对待狗，想起来的时候就给他一顿饭吃，想不起来，他就得饿肚子。而他们偶尔大发慈悲丢进来的饭菜，不比猪狗吃的好多少。

---

① 磨喝乐：一种古代流行的节令性玩具，泥娃娃。

② 官家：臣下对皇帝的尊称；朝廷、官府、公家；尊称做官的人。

卫檀生极其高傲，或许是受了卫宗林的影响，让他像条狗一样趴在地上吃碗里的“狗食”，他宁可不吃。

身体变得越来越虚弱，他几乎是一只脚踩进了鬼门关。

鬼门关近在咫尺，他却没死成，迷迷糊糊间仿佛被人兜头泼了一盆冷水。

他睁开眼，便看到有个土匪瞪着双牛眼，一脸惊喜地望着他，不知道是在高兴什么。那人像佛经里貌丑无比的修罗，身上也很臭。

这么冲的味道钻入鼻腔，卫檀生嫌弃地别过头。

卫檀生刚醒，一伙人也不敢接近他，就让他靠着树干休息。

他整个人湿漉漉的，身上的秽渍被水一浇，散发出的味道愈加难闻，熏得周围几个人都不愿在这儿多待。

照顾卫檀生的任务自然而然地落到年纪最小的惜翠身上。

几个人走前还颇为贴心地嘱咐了一句：“老六，其他的你甭管，别让这小子死了就成。”

瓢儿山上的土匪大部分是瓢儿村的村民，前几年青阳县大旱，村民眼看着活不下去了，才结了寨，靠打劫夺舍为生。

寨里的人个个都是从人吃人的地狱中爬出来的，连易子而食、典妻卖女都见过。

良心？良心这玩意儿能值几个钱？

卫檀生这般模样，在他们眼里根本算不上惨，也压根儿不值得他们费任何心思。

瓢儿村里的人本出自一个宗族，村民们多多少少沾亲带故。惜翠的这具身体，名叫鲁飞，排行老六，虽然长得赛李逵，但年纪不大，一团络腮胡下的小胖脸看着还有几分可爱。

卫檀生还没完全恢复意识，靠着树干，呆愣愣的。

他脸上的尘土被水冲走了不少，露出一张粉雕玉琢的小脸，眉如远山，目若点漆，就像观音莲花座下的童子，虽然还没长开，但依稀能看出日后有“小菩萨”之称的俊美容貌。

“你感觉怎么样？”惜翠蹲在他面前问。

听得她的声音，卫檀生偏过头，看了她一眼。他的眼睛黑白分明，泛着些水光，潮红的脸蛋在日光的照耀下越发红了。

只看了她一眼，卫檀生就移开了视线，看向了槐树伸下的细枝——枝叶蓊蓊郁郁，如倒扣的佛幢。

见卫檀生没有和自己说话的意思，惜翠也不恼，道："那你好好休息。"

卫檀生湿漉漉的发丝凌乱地贴在额角，越发衬得他肌肤瓷白。看着他这般茫然的模样，惜翠甚至有些想摸摸他的头。实际上，她确实这么做了，但做完就后悔了。

卫檀生的头发也不知有多长时间没洗了，惜翠觉得手下黏腻的触感怪恶心的。

水珠顺着发丝滚落至眼睫，男童也不去擦，任凭它滚落到眼睛里。

强忍住恶心，硬着头皮，惜翠伸出袖口，主动给他擦了擦。

卫檀生别过了脸。

是她身上太臭了？惜翠低头闻了一闻，男子汉的气味霎时间熏得她直皱眉。

考虑到卫檀生中了暑还很难受，惜翠没去打扰他，也没离开，就坐在他旁边，百无聊赖地扯着自己的汗毛。

"鲁飞"汗腺发达，毛发十分旺盛，皮糙肉厚，扯了也不觉得疼。

过了很久，男童终于轻轻地开了口："渴。"他的声音如同幼猫的声音一般又轻又细，嗓子哑得不成样子。

没想到卫檀生会主动同自己说话，惜翠愣了愣后马上反应过来，道："你等等，我去给你端碗水。"

卫檀生会主动和她说话，这就表明，她还是挺有亲和力的？惜翠揉了揉自己这张胡子拉碴的小黑脸，心想。

她装了整整一碗水，将破瓷碗递给卫檀生。他似乎真的渴坏了，狼狈地端着碗往嘴里灌水，来不及吞咽的水顺着碗流在了衣服上。

许是喝得急了些，男童呛到了，手上的碗也没有拿稳，"砰"的一声摔了个四分五裂。而他来不及顾及这些，揪着衣领咳嗽得好像都喘不上气来，一张小脸涨得通红。

惜翠吓了一跳，赶紧给他拍背顺气。

不过她低估了自己这具身体的力气，没把握好力道，宽大的手掌拍在男童纤瘦的脊背上时，直把他拍得差点趴下。

花了好半天，卫檀生才缓过气来，一双眸子更加湿润。

喉咙里发出"嗞嗞"的气音，他缓缓地抬起头，却没有看惜翠。

惜翠顺着他的目光，看见了地上那个已经碎成几块的瓷碗。

男童的目光中透露出几分恐惧。

“没事。”

惜翠赶紧又在他的背上拍了几下，这回控制住了力道，算是安抚。

“这碗本来就挺破的，”惜翠收回视线，对卫檀生道，“摔碎了也没事。”

卫檀生终于正眼看她了。

不知是不是因为槐树的叶影，他的双眸中隐隐地显现出几分绀青色来。那双眼中的恐惧依然没有完全散开，还生出了几分困惑与不解。

惜翠看着他，一拍脑门，好像想起来了什么，问：“你饿不饿？我去给你端碗饭。”

卫檀生犹豫了一下，点了点头。

他其实不饿，头很晕，胃里也很难受，翻江倒海般，想吐却吐不出来。但他知道，他必须得吃点东西——他现在浑身上下都使不上来力气。

他既然想要逃跑，就必须把自己的身体养好。

惜翠又回到了那间茅屋里，把他的饭端了出来。

他的饭根本称不上饭，小半碗南瓜混着些豆角，软塌塌、烂乎乎的，搅成了一团颜色奇怪的糊状物。

卫檀生伸着手接了过去，垂着眼，一声不吭地闷头吃，吃到一半停了下来，似乎觉得反胃。

过了一会儿，他才攥着筷子继续吃，将这半碗南瓜吃了个精光。

惜翠看他可怜，没有再把他抱回茅屋里，那儿又暗又脏，夏天不通风。屋外虽然热了些，好歹还有树荫能遮一遮。

卫檀生吃完饭，有些困，看上去昏昏沉沉的，依旧不太清醒，靠着树干睡着了。

他这一睡就睡到了傍晚，晚霞将整片天都烧得红通通的。

到了这个时辰，热气终于散了些，其他人也陆陆续续地出来乘凉了。

卫檀生就靠在树干上，没人在意他。他沉默地看着面前的汉子们高声谈笑，被袖摆遮挡住的手慢慢地抚上了左腿。

左腿很疼。

他自然恨这群土匪，只是如今双方实力悬殊，他只能忍辱偷生，苟且活命。

惜翠怕被别人发现自己是个冒牌货，也没上前掺和，就坐在卫檀生身边，远远地听他们讲荤笑话。他们讲到哪个村上的姑娘好看，上回打劫的那个富商的小妾又是如何如何貌美。

惜翠总觉得这个年纪的孩子听这些不大好，但看卫檀生一脸沉默的模样，又觉得他根本没听进去。他怔怔的，似乎在想自己的事。

晚霞在他如白瓷般的肌肤上罩了一层玫瑰色的轻纱。他的眼睫毛又长又翘，很是好看，看得惜翠心里又是羡慕，又是忌妒。

惜翠正走神，身后突然传来闹哄哄的叫喊声，是那些人叫她一块儿去喝酒。

惜翠应声走过去，穿过吵吵闹闹的人群，一眼便注意到了坐在桌首的一个男人。

男人有一双黑夜般的眼睛，正眼含笑意地看着面前的众人。

他身材高大，肌肉强健，就像一头矫捷的黑豹。他的皮肤是健康的小麦色，五官锋锐硬朗，连接眉弓与上唇的刀疤如同一条丑陋的长虫，看上去十分可怖。

他身上好像有一种叫人移不开眼睛的特殊魅力，不管周遭有多少人，如何吵闹，别人的目光总是会不由自主地落在他身上。

惜翠发现他的肩膀上还站了一只小猴子，它正左顾右盼，眼睛滴溜溜地转，毫不胆怯。

那男人没有看她，但她一落座，他便在这吵闹的人群中注意到了她。

“老六，过来。”

他是这帮土匪的头目，也姓鲁，单名一个深字，之前读过些书，气质和这帮悍匪有所不同。

他很年轻，也就二十出头，但有着同他的年龄并不匹配的狠厉。

惜翠面对他，不敢懈怠，忙回了一句：“大哥。”

鲁深看着她坐下，笑着将面前的一坛酒推了过去，表现得很亲切，问：“我叫你看着他，可委屈你了？”“他”指的正是卫檀生。

这寨子里没几个人愿意接这份活儿，这份活儿落到惜翠的头上，鲁深当然以为惜翠会感到不满。

鲁深之所以体贴惜翠的心情，是因为按年龄，他算是“鲁飞”的堂哥。

当年闹饥荒，“鲁飞”的父亲，也就是鲁深的三堂叔，为了护住包括鲁深在内的几个小的，和别人拼了命。鲁深念及自己的命是三堂叔所救，对“鲁飞”颇为爱护，“鲁飞”也很尊重这个大哥。

惜翠：“大哥吩咐的，有啥好委屈的。”

实际上她非但不委屈，还挺感激他的安排，能让她一上来就接触到卫檀生。

惜翠仔细应付鲁深的时候，突然听到又有人喊了自己一句。她还没反应过来，那人已一把揽过了她的肩膀。

这是个高高壮壮的大汉，河目海口，敞着胸膛。

惜翠偏着脑袋使劲儿想了一下，这个大汉似乎叫鲁金川，平日里和“鲁飞”关系不错。

“大哥！”那大汉一边中气十足地冲鲁深打了个招呼，一边将惜翠搂得更紧。

一股浓烈的汗酸味儿，或者说是男人味儿扑鼻而来，惜翠差点被他熏晕过去。

鲁深没在意这点小插曲，笑了笑，继续道：“我看你倒有几分本事，这浑小子自从上次被捉回来后，已经一连三天未吃过一顿饭。没想到，今天轮到你守着的时候，他倒是吃了。”

坐在惜翠身边的鲁金川听了，没好气地往地上呸了一口：“他前几天还倔得像头驴，这不今天就吃了？我还以为他的骨头有多硬，看来还是个没骨头的脓包。”

“大哥也是，明知道你耐不住性子，偏还叫你来照看这浑小子。”他笑嘻嘻地捣了惜翠一胳膊，挤眉弄眼地道，“憋了一天了，走，我这就带你去吃酒，待会儿跟我们打食去。大哥，今晚我们啥时候去？”

打食是江湖黑话，顾名思义，就是土匪们去打家劫舍之意。

鲁深不紧不慢地又倒了一碗酒，将一根手指戳入酒碗中，蘸了些酒液送到肩上的猴子面前：“还早，得等天真真正正地暗下来。”

鲁金川一脸不满：“我们又不是没白日干过，做啥非要等到天黑？”

这帮土匪有时候是在白天拦路抢劫，有时候是在晚上，有时候甚至会直接闯入别人的住宅，气焰嚣张。

鲁深抽回手指：“你急什么！”

鲁金川愤愤不平：“总不能让卫宗林觉得我们是怕了他，才特地挑了晚上。”

卫宗林是卫檀生的父亲，也是青阳县新上任的县令。

惜翠悄悄竖起了耳朵。

“我怕他做甚？”鲁深嗤笑，“他想剿灭我们向上头邀功，也得看自己有没有这个本事。更别提他儿子还在我们这儿。”

他们不怕官府，自信嚣张，并非没有原因。

一来，瓢儿山上的土匪人数众多，又持有弓矢军械。

二来，他们与官兵也有勾结，这帮士兵的军饷常遭克扣，久而久之，官兵便与土匪合谋。

三来，瓢儿山的地势得天独厚，易守难攻，又因地处两省交界处，官员们互相推诿，久而久之便成了“三不管”的地界。

四来，瓢儿山上的土匪与山下百姓本为一家，彼此之间来往密切，勾连甚深，即便官府有心剿匪，也常常碍于这种情况，不敢轻举妄动。

卫宗林则不同。他刚赴任儿子卫檀生便被掳走，一心想要剿灭这帮土匪，更抓了几个鲁深的弟兄。

鲁深本想同卫宗林讲和，就如同对青阳县的上一任县令一般，塞些银钱换个清静，没想到卫宗林为人刚正不阿，非要将这帮为祸的土匪扑灭得干干净净才肯罢休。

有消息传来，称官府已经有所行动，但看鲁深如今的神色，好像并未将其放在眼里。毕竟卫檀生在他们手上，卫宗林总要忌惮几分。

桌上摆着的酒都是山下村里酿的米烧酒，惜翠被鲁金川灌了几大碗，之后脑子有些晕乎乎的，黑黢黢的脸蛋上也显现出几分红晕来。

“你这酒量也忒小了，待会儿要是醉倒了，我们可不会把你扛回来。”

惜翠捶捶脑袋，忙不迭地开溜，道：“我去吹吹风，醒醒酒。”

说是去醒酒，其实她是去找卫檀生的。

他还坐在那儿，脸上没什么表情，低头看着地面。

惜翠顺着他的视线一看，看到地上有群蚂蚁正在搬南瓜渣。

这时候太阳已经完全落下了，桌前那帮土匪的喧闹也渐渐地弱了下来，入夜的风吹得人有些凉意。

卫檀生穿得很单薄。

“冷吗？”惜翠笑眯眯地问。她笑起来时两颊的肉便堆到了一块儿，看上去十分可爱。

卫檀生抬起头，看了她一眼，摇摇头。

惜翠朝他伸出手，道：“来，我抱你回去。”

卫檀生点了点头。他似乎是自知逃跑无望，一直很顺从，任由她抱自己起来，没有任何反抗的意思。

她现在可有一把力气，抱起人来毫不费劲。

怀中的男童很轻，瘦瘦的，小小的，看着脆弱，但眼中像是燃烧着绀青色的火焰。

他伤痕累累的手臂从袖口伸了出来，垂落着，没有去揪惜翠的衣服。

惜翠将他抱回茅屋，又回到大槐树下，众人已经擎着火把，集结整顿好了。

一大早就有把风的去山下打探消息，说是会有一个浙江的商人经过附近。

刚刚把风的又送回消息，称那个浙商一路上雇了些打手护着，正往这边来，估摸着脚程，两刻钟之后便该到了。

惜翠一直是遵纪守法的好公民，从没参与过这种犯罪行动，跟着他们一同出发的时候，心里有些惴惴不安。

借着夜色掩护，他们就埋伏在山道两边。

晚上草丛中蚊子多，她现在这身体汗味儿重，特别招蚊子，光拍蚊子就夺去了她不少注意力，等听到喝啰声时，鲁金川已经打头一跃而出。

惜翠忍住痒意不去挠，紧蹑其后。

战斗结束得非常快，几乎在眨眼间，商人就已经战战兢兢地跪倒，吓得面如土色。

“就这些？”鲁深脸上还带着淡淡的笑意，只是在火光的映照下，他就如同一头亮出了獠牙的猛虎。

中年商人抖如筛糠，牙齿打战：“就……就这些。”

鲁深也不同他啰唆，轻轻地拍了拍肩上的猴子：“去。”

猴子闻声一跃而出，跳到了商人的身上，乱挠乱嗅，不到片刻，就将他袜子里藏的票子给扯了出来。

“你知道我这人最讨厌什么吗？”猴子又跳回鲁深的肩上，鲁深顿了一会儿，憨态可掬地笑道，“我这人最讨厌旁人说些浑话来骗我。”

这一回打食，他们收获颇丰。至于那浙商和他雇的打手们，鲁深吩咐“全都杀了”，让人将尸体抬着，丢入了山谷。回头尸体让老虎和狼啃食得干干净净的，保管没人能认出来。

惜翠和鲁金川就是负责抬尸体的。

她抬的这具尸体是个中年男人，很壮硕，多髭须。他活着的时候是个威风凛凛的大汉，如今死了，只能任人摆弄，被丢到山林里喂野兽。

他脸上的神情还停留在最后一刻，怒目圆睁着，好像在看她。

惜翠故作镇定地跟鲁金川一起抛完尸，回去用水搓手搓了大半天，却还是能闻到一股淡淡的血腥气。

这天夜里，惜翠在床上翻来覆去了许久都未能入眠，一闭上眼好像就能看见那张死不瞑目的脸。她看过不少丧尸片，但这总归不太一样。

睡不着，惜翠干脆翻身下床，端起床边小指节长的短烛小心翼翼地往屋外走，一直走到茅屋前才停下。

借着微弱的烛光，惜翠透过窗户瞧见了卫檀生。他背对着她，蜷缩着身子，好像在睡觉，又好像没有。

惜翠定了定心神。卫檀生的存在提醒着她，这儿总归是书中的世界，瓢儿山上的土匪再凶残，也都是作者早早设定好的，就是……

惜翠默默地拍了拍自己的黑脸，迟疑地想：我一个黑脸大汉半夜鬼鬼祟祟地蹲在窗户边偷看别人睡觉，是不是有点变态？

他们回来的动静似乎吵醒了他，虽然此时土匪都已经睡下了，男童却还是未能入眠。他坐了起来，似有所觉地转过头，对上了窗外的一张脸。

恐怖故事不外如是。

惜翠嘴角一抽，清楚地看到，同她视线相交的刹那，面前的男孩脸色煞白。

惜翠心想：吓到你了，真不好意思。

黑脸土匪将他抱回茅屋里后便转身离开了。

他从这儿向窗外望去，能瞧见远处的火光。他知道，那些土匪又外出烧杀抢掠了，他们管这叫“打食”。

这些天里，他见识到这群人的凶狠与蛮横，知道自己若是想逃出去，就必须静下心来好好谋划，至少不能表现得像上次一般鲁莽，引起他们怀疑。

他胃里还是很难受，发胀，或许是因为强行吃了那小半碗南瓜。

他很久没进一粒米一滴水了，今天一下子吃了这么多，到晚上吐得昏天黑地。吐到最后，他已经吐不出来东西了，嘴里泛着苦水。

卫檀生擦了把嘴，喘着气，倚着墙根坐着，吃力地转动着脑子，琢磨今后要怎么办。

在生死边缘徘徊了数次，他想明白了。他不想死，他要活，至少不能死在这种地方，最终被丢下山喂野兽，死得那么难看。

卫檀生冒着冷汗，死死地按住绞痛的胃，顺着墙根慢慢地躺了下来。

周遭蚊子和苍蝇“嗡嗡”乱转，他抬头便能看见发霉的稻草。

他已经习惯了这种环境，蜷缩着身子，漠然地看着，就好像自己也化作了一根霉迹斑斑的朽烂稻草。

他睡过去又醒来，醒来又睡过去，就这样不知道持续了多久，忽然听到身后传来窸窸窣窣的动静。

卫檀生下意识地转过头，却在窗边看到了在幽幽烛光映照下的一张脸。

夜晚，猝不及防地对上这么一张脸，不论是谁都会被吓一跳。卫檀生脸色一白，缓了缓，才认出这是他白天见过的那个土匪。

那土匪对上他的视线，好似很吃惊，又有些不好意思，挠挠头，推门走了进来。

“我不是故意来吓你的。”将手上的烛台放下，土匪坐到卫檀生的身边道，“我是来看你逃没逃跑的。”

“我不会逃跑的。”卫檀生这么说道，声音还有些沙哑。

在惜翠魁梧的身板面前，他看起来脆弱得就像一只白鸽，战栗不止。

烛光将惜翠的身影拉得很长，影子映在地上，足以将卫檀生整个人都罩起来。

“你别害怕。”惜翠有种自己在欺负小孩子的感觉，挠挠头，道，“只要你不跑，我就不会欺负你。”

在烛光的映照下，他的头发被蒙上了一层柔和的弧光。

惜翠注意到他的头发已经很久没洗了，很油腻，上面能看到不少头屑。

就算他是小说里加了十级滤镜的貌美男配角，这么久不洗头，看着也有点令人心惊，更何况他身上的异味儿还很重。他这么一副模样，惜翠看着总觉得良心难安。

“要是你乖乖的，”惜翠说，“我就带你去洗个澡。”

卫檀生一愣。

洗澡？他的确已经有个把月没洗澡了。

刚开始他还觉得难受，但在一地秽物中间待久了，好像已经习惯了，连自己究竟是什么味道都闻不出来了。

黑脸土匪拍了拍胸脯，道：“相信我，我不骗你。睡吧。等你睡醒了，我就带你去洗个澡。”

卫檀生发现，黑脸土匪没有要离开的意思。

他其实不太愿意让这土匪待在这儿。他不习惯和别人走得太近——卫家重礼，即便是一家人也很少有什么亲昵的举动。

卫檀生出生后不久便被奶娘带去照顾。至于娘亲的怀抱，那只是他印象中一抹模糊的旧影。更多时候，他都离娘亲半丈远，请安后便去做自己的事。

他并非厌恶旁人接近自己，只是和别人离得近了，便会觉得不舒服。

但洗澡的诱惑对他而言实在太大，卫檀生只好刻意忽视了那股异样的感觉，听了这土匪的话，又躺了下来。

惜翠毫无心理压力地想：刚满十岁的小男孩就是好骗。

卫檀生什么也没问，就乖乖地躺下了。在瓢儿山上待久了，他已经学会了一套生存法则，不该问问题的时候便永远都不会开口。

惜翠收拾收拾，给自己拾掇出一片能躺下的空地，在卫檀生身侧睡了下来。

身边有人陪着，惜翠顿觉安心了许多。但她没有想到，卫檀生会睡得这么不安稳。半夜，惜翠是被身旁的梦呓声吵醒的，揉揉眼睛一看，卫檀生在发抖。

她试着叫醒他。卫檀生却好像被梦困住了，蜷缩着小小的身子，抖得像筛糠。

惜翠犯了难。她没结过婚，也没带过孩子，碰上这种事，有点手足无措。但没办法，她只能抱着死马当作活马医的心态，将卫檀生搂入了怀中，又伸着大手掌，一下又一下地拍着他的脊背，嘴里低低哼唱着小时候她妈哄她睡觉时唱的摇篮曲。

她的身躯足够庞大，能严严实实地将卫檀生整个人抱住。

惜翠以这副尊容唱摇篮曲的画面着实有点惊悚，幸好卫檀生光顾着说梦话、发抖了，没看见她的黑脸上硬挤出来的堪称温柔与慈爱的表情。

惜翠唱了一遍又一遍后，不知道是不是摇篮曲起了作用，怀里的小男孩渐渐不抖了，而惜翠也困得睡了过去。

她醒来的时候，正对上怀中小男孩黑得发青的眼。

她还抱着卫檀生呢。

她在三伏天抱着卫檀生睡了一夜，出了一身的汗，身上黏糊糊的。

惜翠神色自若地松开了他，道：“醒了？醒了我带你去洗澡。”

她昨天答应卫檀生了，现在肯定是要兑现承诺的。

她半蹲下身，想要抱起他。小男孩扭过头，轻轻地吐出一个字：“脏。”

他很脏。

有时候，他自己都觉得有些恶心。

“脏什么？我不是正要带你去洗澡吗？”惜翠不在意地笑了笑。

卫檀生眼睫一颤，不再抗拒，打算尽量依惜翠的意思来。

他乖乖巧巧的，只是神色看上去有点疲惫，看来昨天晚上确实没睡好。

瓢儿山的山寨外有一条山溪，众人平常都在那儿洗漱。

卫檀生腿伤没好全，惜翠不担心他会逃跑。她本来想帮帮他，但他显然不愿意她帮忙，惜翠只好作罢，看着他脱下衣服，露出瘦弱的身躯，缓缓地踏入了溪流中。

溪中的石头经过流水冲刷，又生了些青苔，一脚踩上去，又湿又滑。

没好全的左腿踩在石头上，一阵钻心的疼痛随之传来，卫檀生脸色煞白，痛得脸都失去了血色。

“要我帮忙吗？”惜翠探探身子，想看清楚他的情况。

卫檀生将嘴唇抿得像一张薄纸，道：“不用。”他不想让旁人帮忙，尤其是在自己这么狼狈不堪的情况下。

惜翠没勉强他。

他脱了衣服，背上的伤痕全都暴露在日光下，荆条抽出的长印子纵横交错，大块大块的青紫色在男孩瘦弱的脊背上铺开，宛若自血肉中伸展出的蝶翅。

站稳后，卫檀生开始搓洗身上的污秽。

他察觉到那土匪的目光——不加掩饰，黏腻，像条蛇。被人如此直勾勾地盯着，他觉得不舒服之余还多了一丝恶心。

但这个时候，他只能当没看见。

脓血干了后贴在皮肤上，卫檀生神色专注，伸着不大的手掌一点点地将它们抠下来。有时候，碰到还没长好的伤口，他痛得皱紧眉头，嘴里倒吸一口冷气。

他很珍惜这个洗澡的机会，洗得无比细心。洗完身体，他又将蓬乱的头发打湿，开始梳理，全程没有任何让惜翠帮忙的意思。

看样子他还是不够信任她啊。惜翠叹气。

只不过任凭卫檀生如何小心，上岸的时候，脚下还是没站稳，往后一仰，一屁股跌倒在溪水中。他这一摔刚好压到了左腿，疼得呻吟了一声。

惜翠赶紧跳下去，把他捞了回来，检查他的左腿。卫檀生的这条腿本来就伤得够重了，再这么一摔，万一出了什么问题，她可担不起责。

“你没事吧？”

卫檀生痛得嘴唇都在发抖。

他羞耻于将自己的伤口暴露在别人面前。

意识到自己可能伤了他的自尊心，惜翠收回了视线。

洗过澡的卫檀生变得干净了不少，乌黑的发丝柔软地搭在额前，看上去更加玉雪可爱了。他貌似心情不错，脸上多了一抹童真，不再是一副深沉的模样。

他小时候乖巧，长大了脾气也好，常常下山布施说法，和吴怀翡一起为看不起病的百姓义诊。她看书的时候，还曾经站错了队，书都看了大半本了，站的还是“卫翡（卫檀生与吴怀翡）”这一对，到头来男主角却是高骞。

惜翠当时心情特别郁闷。毕竟她怎么看都觉得卫檀生和女主角之间更有火花，两个人一起救死扶伤，赢得了无数赞誉。

当书里写到吴怀翡拒绝卫檀生时，评论区里都是打滚、哭泣和大呼不平的。

想到卫檀生默默地守护了吴怀翡大半本书，当了大半本书的“备胎”，惜翠看他的眼神中不由得多了几分怜爱。

她像对自己的儿子一样，招呼卫檀生在溪畔的石头上坐下，从他换下来的几件衣裳里挑出勉强算干净的一件给他擦了擦头发。

卫檀生脸上的那抹童真之色飞快散去，转而恢复深沉。

惜翠给他擦头发的手顿了顿。她感觉卫檀生就像一只蜗牛，小心翼翼地伸着触角探查周围的环境，她稍不注意，他就会缩回壳里，将自己小心翼翼地封闭起来。

卫檀生换下来的衣服又破又脏，已经不能再穿了，瓢儿山上又没有小男孩的衣裳，惜翠没办法给他弄来一件新衣裳换，只能将他的衣服丢入溪水中，胡乱搓了搓，铺在石头上晾干。天气热，衣服干得快，她不用担心卫檀生没衣服穿回去。

在等待的这段时间里，卫檀生只能光着屁股了。

他环抱着自己的双腿，将下巴搭在膝盖上，蜷缩成一团，脊背弓着，一节一节的脊椎骨好似要突破皮肉而出，瘦弱得惊人。

他不知道是想起了什么，或者只是觉得屈辱，那张泛红的小脸被风一吹，脸色慢慢地冷了下来，一点一点变得青白。

在别人面前袒露身体其实并不会让卫檀生感觉受了屈辱。他明白，适当示弱能让他好过许多。就连他射死的那只猫也晓得在人面前曲意承欢，好讨些吃的。

他只是有些不明白，那土匪似乎是真的关心他。

卫檀生有一瞬的茫然。

他心中依然没有感激一类的情绪，甚至连一丝一毫的暖意都没有。他想弄明白的是那个土匪为什么会这么做。

卫宗林他们关心他，是因为他肩负振兴家族的责任；仆从、丫鬟们关心他，是因为他是卫家三郎——所有关心皆是因为有利可图。

但是这土匪为什么会费这么大的劲儿做不必要的事情？卫檀生想不明白。

衣服干了后，他又换上了那些破烂不堪的衣服。

他样貌好，穿着烂衣服也如同穿着绫罗，就像将明珠置于草屋中，会使得屋内遍地生辉。

惜翠抱着他回到了寨子里。

他俩回来的时候已经中午了，土匪们正闹哄哄地挤在一块儿吃午饭。

虽说是鲁深吩咐惜翠照看卫檀生的，但她抱着卫檀生未免显得太亲昵，影响不好。她便加快了步子往茅屋那儿走，想把卫檀生放回去。

她还没走到一半，突然被人喊住了。

她一转头，鲁深正冲她笑。

她根本没想到鲁深会出现在这里，有了昨天的经历，现在看到鲁深都有些不舒服。

“老六。”他的声音不紧不慢、无喜无怒，目光落在她怀中的卫檀生身上。

卫檀生能察觉到鲁深的目光。他将头埋在惜翠的怀中，刻意将自己的四肢放得僵硬了些。果不其然，那双抱着他的胳膊紧了紧。

鲁深好像是很爱笑的。从昨天起，他的脸上便一直挂着笑。在一干悍匪中，他笑得斯斯文文的，给人亲切之感。但这并不代表他是个很好相处的人，毕竟他杀人的时候也带着笑，那笑里透着股狠劲儿与戾气。

惜翠不能也不敢轻视他。

卫檀生似乎怕鲁深。惜翠将卫檀生搂紧了一些。

蹲在鲁深肩膀上的猴子不耐烦地“吱吱”叫了两声。鲁深只看了卫檀生一眼，便好似浑不在意地收回了目光，笑着问：“老六，你去哪儿了？往常吃饭就数你最积极，怎么今天吃午饭倒来晚了？”

惜翠学着电视剧里那些绿林好汉的模样，傻兮兮地笑了两声，腾出一只手在卫檀生的身上一拍，道：“他太臭了，我带他去外面洗了洗。”

可能是她比较紧张的缘故，怀中的小男孩被她拍得闷哼了一声。

她不认为鲁深会被她的谎言蒙骗过去，与其撒谎后被鲁深看出来，落得和昨天那个商人一个下场，倒不如直接说实话。

她继续道：“大哥，我这就把他放下，跟你回去吃饭。”

“不必。”

惜翠一愣：“什么？”

鲁深笑道：“这么麻烦干吗？就带他一块儿去吧！”

…………

和昨天相比，今天的午餐丰盛了不少，糙米饭里混了不少白花花的好米，上面盖了一层肉油渣子。只是这饭对惜翠而言，比昨天的更难入口。

她不知道鲁深让她带卫檀生来吃饭到底是什么用意。而鲁深好像真的只是随口一提一样，被其他人喊着喝酒去了。

一伙人挤在一个屋里吃饭，汗臭味儿和油味儿交织在一起，令人几欲作呕。他们倒不嫌弃，吵吵闹闹的笑骂声几乎要掀破屋顶，都是些不堪入耳的荤话。

“这回有了钱，就能下山好好地玩上一回了！大哥，你啥时候给咱们弄点银钱花花？”

鲁深坐在首座上，饮尽一碗酒，笑道：“你怕什么？少不了你的。还是说你整日闯寡门，吃空茶，叫鸨母给赶出来了？”

“扯淡！她们看爷爷我英勇神武，个个缠着我，都不肯让我走！”

惜翠一边心不在焉地听着，一边将碗里的肉油渣子拨到一边，只挑拣着些腌菜吃。

他们吃的都是肥肉，肉油一直渗到了碗底。惜翠扒了几口，实在觉得腻得想吐，就停下了筷子，去看卫檀生。

卫檀生倒不像她那么挑剔，有啥吃啥，把碗里的肥肉吃得干干净净。等卫檀生吃完了，惜翠碗里的饭菜还没动多少。

“你……”小男孩突然犹豫地开了口，声音细细小小的。

卫檀生能主动和她说话，惜翠高兴还来不及，这就代表她之前所做的不是无用功。她连忙打起精神问他怎么了。

男孩抿了抿唇角，道：“还吃吗？”

“不吃了，你要吃？”惜翠愣了愣，见他看着自己的碗，便反应了过来。

他这个年纪的小孩，基本上是家长追在后面喂饭。像他这样不挑食又愿意吃饭的，倒很少见。

她不太乐意有人吃自己剩下的东西，当然也不愿意让卫檀生吃，便伸手道：“碗给我，我去给你盛饭。”

卫檀生摇摇头，又缩回去了。

惜翠没办法了，只好将碗里没动过的干净的饭菜拨到了卫檀生的碗里："吃吧。"

"多谢你。"小男孩端着碗，没忘记低声道谢。

虽然环境喧闹，并且他的声音很小，但惜翠依旧听得一清二楚。卫檀生这样乖，惜翠心中的罪恶感不禁加深了一分。

不过，即便罪恶感再深，她也要完成任务。

她要回家。她家庭美满，生活很幸福，家人还在等着她，她不可能一直待在网络小说的世界里。

这太荒谬了。

想回家的欲望战胜了心中的罪恶感，惜翠开始琢磨，到底要怎样才能赢得卫檀生的信任和喜欢。

完成任务的判定条件是卫檀生亲口对她说出"喜欢"一类的话。她得好好想想，如何才能让卫檀生喜欢上她这个绑架他的同伙。

卫檀生吃过饭后，她就把他送回了茅屋里。他不适合待在这儿，太吵，他们讲话荤素不忌，对小孩子影响不好。

出了茅屋，惜翠想了想，还是回到了那间吃饭的大屋。

她进屋后，第一眼看到的人还是鲁深。他实在太惹眼，又坐在首座，想让人不注意都难。

"回来了？"鲁深这话明显是对她说的。

惜翠点点头，故意大大咧咧地道："来陪大哥喝酒。"

鲁深便笑道："那你来得巧了。"

她正疑惑自己怎么来得巧了，却见鲁深饭也不吃了，酒也不喝了，领着一群人直接下了山。

一帮土匪没有任何遮掩的意思，肆无忌惮地穿过街巷，在一户人家门前停了下来。

这户人家看上去和普通人家没什么区别，但进去后，瞧见几个坐在那儿喝茶、嗑瓜子的女人，惜翠才知晓这儿别有洞天。

惜翠看了看那几个脸上抹着胭脂的女人，心中生出了一股古怪的熟悉感。等看到那几个女人迎上来时，惜翠才明白过来，原来，鲁深这是吃饱喝足了，带着他们喝花酒来了。

惜翠的心情一时间变得格外复杂。

她只能默默安慰自己，土匪嘛……

这些人显然都不是第一次来这儿，找了相好的就去各干各的正事，就连鲁深也被一个女人带着上了楼。

唯独惜翠坐也不是，站也不是。

唯一值得庆幸的是，鲁深此刻正在楼上忙，没工夫搭理她。

见她落单，有个鸨母一样的人推了个女人过来。

此人姿色平平，只稍稍打扮了一下。她二十多岁，在古代人看来已经算有些年纪了，长袖短襦，菱藕小脚，高颧骨，好似懒于梳整。女人看上去很冷淡，张口便直接问道："你不来？"

惜翠含蓄地回答："我喝茶。"

两层的小楼，隔音效果很差。但这个地方的人好像都习以为常，各做各的事。要是没有楼上的那些杂音，这里看上去倒像是一个普普通通的人家。

女人笑出了声："我瞧着哥哥你也是个有本钱的，却在这儿空吃茶，难道是个银样镴枪头，中看不中用？"

惜翠一窘。

那鸨母听了，啐了一口，道："狗嘴里吐不出象牙！人家怕是羞了，你还不快些上去招待，将人伺候爽利了？再多话我就撕烂你的嘴！"

那女人便来拉惜翠。

惜翠没办法，只好说道："俺今日没兴致，你找别人去。"

见她确实不愿上楼，鸨母嘟囔了几句，不管她了。左右鲁深已经付了钱，这人不上去，还给她们省了事。

惜翠傻傻地坐在楼下等了一会儿。那些人也不知道在楼上干什么，按理说早该完事了，偏偏没一个人下来。

在她等着的时候，又来了两个男人。他们进来了却不忙着上楼，而是坐下喝了杯茶，看上去也是熟客。鸨母招待他们的时候很是恭敬。

惜翠闲着没事，支着耳朵听他们说话。

"我倒也想来，但哪里有闲工夫？这新上任的卫官人听说是打京城里来的，不知道中了哪门子的邪，非要跟山上那群人过不去，这回又跑去借了兵，翻来覆去地折腾。回头真要打起来，哥几个逃也逃不掉，只能硬着头皮上。"

"能不折腾吗？这卫官人的儿子都被人给抓了。"

惜翠仔仔细细地打量了他们一番，听他们话里的意思，他们好像是衙门里的衙役，他们口中的卫官人应该就是卫檀生的父亲卫宗林。

看来卫宗林要动手剿匪的消息确实是真的。只是这样一来，留给她的时间就不多了。

卫檀生只是个配角，作者自然不会多花笔墨写他爹是怎么把他从土匪窝里捞出来的。既然他之后能跟着吴怀翡到处跑，就说明卫宗林真的有可能剿灭了鲁深他们这伙人。

作为土匪之一的惜翠隐隐有了危机感。

她没什么出息，不想跟人打起来拼个你死我活，只想搞定卫檀生后赶紧回家。剿匪这种事，和她一毛钱关系都没有。

这儿的小零嘴很足，盘子里堆得满满的，云片糕、龙须酥、花生、瓜子，随便人吃。惜翠抓了一点塞进兜里，打算回去后拿给卫檀生，试着收买收买人心。

两个衙役上了楼后，她又等了一会儿。鸨母看她像尊门神一样坐在那儿，凶神恶煞的，便招呼她一起打马吊。

惜翠不会打，鸨母倒不嫌弃，耐心地教她怎么玩。

瓢儿山上没有什么娱乐活动，整天闲得发慌的大老爷们儿只会一起摔跤，也难怪鲁深会时不时带他们下山来找找乐子。

惜翠过年的时候会和家人一起打打牌，此时好不容易有了一项消遣活动，便全身心地投入了进去。

一个高八尺有余的壮汉来到这儿不上床，却和女人们玩牌玩得不亦乐乎，在旁人看来实在有些诡异。而那个“旁人”不是别人，正是鲁深。

鲁深的衣襟微微敞开，露出了光裸的胸膛。他像头餍足的豹子，迈步走下楼。瞧见惜翠坐在那儿，鲁深一愣，将衣襟拢了拢，走了过去，看她打牌。

有人站在身后盯着自己，惜翠不可能察觉不到。

打出一张牌，惜翠在鲁深开口前果断地道：“咦，大哥今日怎么这么快？”

惜翠身后安静了一秒，鲁深没说话。

鲁深是不满意她在这儿打牌？

惜翠转头看了一眼鲁深，遗憾地停下了手里的动作。其实，她还是想再玩一会儿的。

鲁深却突然开了口，有些没好气地道：“没想到老六你也跟他们一样，学会埋汰我了。”

惜翠看着他的模样，猛然醒悟。鲁深他……该不会以为她是在调侃他吧？冤枉，她真没那个意思。

“怎么不去玩？”鲁深问她。

惜翠将牌一推，道：“大哥来了，我还玩什么？”

有女人站起来，给鲁深让了个座。鲁深没客气，坐了下来，斜斜地靠着椅背道：“我是问你，怎么不上楼玩？”

“没意思。”惜翠撇撇嘴，“娘儿们上床，哭哭啼啼的，我还不如在这儿打牌。”

说出这话，惜翠有些心虚。但她说的话确实符合“鲁飞”的个性。

鲁深笑了一声，劝道：“玩吧。难得下一趟山，随便你们如何玩，总是要玩尽兴、玩够本了再回去的。”

有鲁深在这儿看着，惜翠也没心思玩了，道：“不玩了不玩了。”

鲁深扫了一眼牌桌，问身边的女人：“这马吊卖不卖？”

女人笑道：“这牌本是不卖的，但若大爷想要，送给大爷便是了。”

当惜翠抱着马吊跟着鲁深走出小楼的时候，恍恍惚惚间，她好像感受到了来自土匪的宠爱。

这小弟做得值。

惜翠低头看了眼手上的马吊，盘算着回去后就和卫檀生一起玩，卫檀生在瓢儿山上待着肯定无聊。她还给他带了些小零嘴，打牌的时候顺便能吃一吃。

鲁深他们不能在山下多待，日落前便赶回了山上。当晚，惜翠便抱着马吊去找了卫檀生，道：“会玩吗？不会我教你。”

卫檀生摇头。

打马吊要四个人，但马吊的简化版“斗虎”，两个人就能玩。

惜翠发现卫檀生特别聪明，聪明到令她讶异的地步。不管是玩麻将还是扑克，一般人记牌面和规则总要费一点时间，但卫檀生几乎一眼就记住了，不用惜翠费任何神。

可能这就是小说男配角，必须要外貌好、头脑好，才不至于掉价。

玩到一半，惜翠突然想起来，她揣兜里带回来的小零嘴还没给卫檀生。惜翠不太爱吃龙须酥这些东西，太甜。她把东西带回来就是给卫檀生吃的，好讨他的欢心。

小男孩的脸上没什么表情，眼睛专注地盯着牌面。但当惜翠将小零嘴拿出来时，他怔住了。

惜翠将云片糕什么的统统塞到他的手里。小男孩起初不太敢吃，但到底是个十岁的孩子，就算再聪明，也抵不过小零嘴的诱惑，捧着云片糕咬了一口。

“为什么？”卫檀生抬起眼问。

“什么为什么？”

卫檀生低垂着眼：“为什么你和他们都不一样，对我这么好？”

惜翠心想：因为只有你能帮我回家啊，傻孩子。

但她不能将心里话说出来，道：“因为……”

她说什么比较好呢？惜翠苦思冥想。

想来想去，惜翠直接道：“因为……你挺讨我喜欢的。”

卫檀生又怔住了。

小男孩呆呆的模样看上去有点好笑。他是害羞了吗？

卫檀生摇着脑袋，轻轻地说：“我不信。”

“你不相信我？”惜翠诧异地说，“你本来就挺招人喜欢的。”

这句话发自她的内心。要是她那个小表弟能有卫檀生一半懂事，她也不会一见到他就想反锁卧室门了。

卫檀生又不吭声了。

惜翠不擅长和小孩子相处，有点头痛。小孩子和成年人不一样，说哭就哭，说笑就笑，别人根本搞不明白他们脑袋里究竟在想什么。

“那好吧。”惜翠调整姿势，开始编故事，“其实是因为你长得很像我的一个妹子。”

卫檀生果然被她的故事吸引了注意力，不自觉地抬起了头。

惜翠编的故事很老套：“我在你这么大时，刚好赶上一场大旱，我那妹子就死在了那个时候。”

她随口胡诌的话，卫檀生却好像信了，问：“她……和我很像吗？”

“也不咋像，你毕竟是个小子，她是个姑娘。但她性子和你差不多。所以一看到你，我就想到了我那妹子。那个时候，我这当哥哥的没能照顾好她，心里后悔。”惜翠叹了口气，“她从前也很爱吃这些小零嘴，但家里穷，一共没吃上几回。”

很奇怪，她直说她喜欢他，他不相信；她编了一个不存在的人之后，他却相信了，并且，看上去毫不怀疑。

他如此轻易地信了，惜翠始料未及。她看了他一眼，继续说：“她就爱跟着我，常说‘喜欢哥哥’。

“一看到你，我就想到了她。我想她，做梦老是梦到她，梦到她一直哭，哭着埋怨我不配当哥哥，说她不喜欢我这个大哥了。”

惜翠以为卫檀生会安慰她，但卫檀生没有。他只是听着，像个锯了嘴的葫芦。

没办法，惜翠只好继续道：“你说，我这妹子是不是真的不喜欢我了，一直在怪我？你也没必要安慰我，我什么德行自己心里清楚，没多少人会待见我。”想到自己即将问出口的话，惜翠默默地唾弃了自己一把，“你看，你喜欢我吗？”

她还是问出了口，并且忐忑地等待着卫檀生的答案。

要是他回答“喜欢”，她说不定就能完成任务回家；要是他说“不喜欢”，她也能根据他的情况再接再厉。

但面前的小男孩只是扑闪了一下眼睛。他没有回答，既没有说“喜欢”，也没有说“不喜欢”。他静静地沐浴在月光下，抿着唇，选择了沉默。

惜翠的第一次尝试失败了。

说不失望是假的，她还以为经过这几天的相处，她和卫檀生已经建立了友谊呢。

但失败没有关系，成功正是由一次次失败的经验累积而来的。

给自己灌了一碗成功学的“鸡汤”后，惜翠重新打起精神，继续换着花样，想方设法地讨卫檀生的欢心。

只要功夫深，铁杵磨成针。惜翠坚信，总有一天，她会从卫檀生的口中听到“爱”或“喜欢”一类的字眼。

但在此之前，她需要习惯瓢儿山上的生活方式。

对瓢儿山上的土匪来说，杀人越货是家常便饭。看得多了，她似乎渐渐地适应了，也能在鲁深的注视下故作无所谓地搜刮尸体上的金银财宝。只是，杀人的活儿她向来不动手，都是蒙混过关的。

这是她的原则和底线。

卫檀生第一次看到她满身血迹的时候什么话也没说，没躲着她，没避着她。他已经习惯了山上的人带着血腥气回来。

卫檀生不在意，不代表惜翠不在意。她能躲就躲，尽量在洗得干干净净后去见他，以免给他带来一些坏的影响。

只可惜，惜翠终究低估了这群土匪的变态程度。

巡逻的在山上抓到了两个人，看穿着打扮像过路的商人，但经过拷问才得知他们是官府派来的。

正如惜翠在山下无意中听到的那样，官府确实按捺不住了，想找个合适的机会对他们动手。

鲁深面色镇静，让人把这两个人拖下去砍了脑袋。

惜翠发誓，她真的尽力去忍了，但看到那个场面，还是找了个借口，冲出去吐了个昏天黑地。

她本以为自己已经适应了，没想到还是输了。

恶心，这实在太恶心了。

这山上只有她和卫檀生是正常人，她不敢想象，在她来之前卫檀生究竟经历了什么。

不只是为了完成任务，也是为了避免自己有一天被这群人同化，惜翠和卫檀生走得越来越近。卫檀生是一面镜子，她看着他便能警醒自己，免得有一天变成“野兽”中的一员却毫无知觉。

虽然卫檀生没有明确的表示，但惜翠能清楚地感觉到，她和卫檀生的关系比之前亲密了不少。

照看卫檀生的任务本来是由瓢儿山上的几个土匪轮流做的，但鲁深对“鲁飞”很好，见她喜欢，干脆把卫檀生全权交给了她。

鲁深只当“鲁飞”是年纪小，在山上待久了，图个新鲜，过不了几天就会厌烦。他想不到的是，他的决定给惜翠行了个方便，也给卫檀生行了个方便。

在惜翠的照料下，卫檀生一天比一天好，看上去比从前开朗了一些，当着惜翠的面，偶尔会笑一下。

原本他一个人蜷缩在茅屋里，吃不吃饭也没人在意，腿上的伤口化了脓也没人管，身体弱得根本走不动路。如今他虽然走路一瘸一拐的，但至少能自己走了。

而就在惜翠觉得自己还能加把劲儿的时候，卫檀生跟她开了一个天大的玩笑。

他逃跑了，第二次逃跑。

惜翠端了碗饭，特地盛满了他喜欢吃的肉油渣子。她带着饭菜到茅屋里找他，却没看到他的人影。

这就坏了。卫檀生是卫宗林的儿子，也是鲁深要挟卫宗林的把柄之一，鲁深无论如何都不能让卫檀生跑了。

“捉回来。”听到汇报后，鲁深冷冷地下了命令。

“你也去。”

他这话不是对惜翠说的，而是对他肩膀上的那只猴子说的。

猴子“吱吱”叫着，从他的肩膀上跳了下来。

惜翠二话没说，跟着他们出了寨子。

卫檀生第一次逃跑就让他们打折了腿，要是她不看着点，难保这些丧心病狂的土匪会做什么。

卫檀生那样聪明，腿伤没好全，肯定知道自己跑不了多远，应该只是在山上藏着，等待时机下山。

瓢儿山上植被繁茂，卫檀生就像一片树叶落入了树林中，消失得干干净净。

光靠人找是找不到的，但鲁深的那只猴子聪明得近乎妖，它在树枝间跳跃，几下就消失在了树林深处。

又过了一会儿，远处传来了猴子的叫声。惜翠一马当先，拔腿追了过去。

树林中闪过一片衣角，一个人影跌跌撞撞地尽力往林子深处跑。

他实在太慢了，论体力也比不过惜翠。

惜翠看见了卫檀生，他摔了一跤，手撑着地，一身狼狈。他见已经逃不掉了，也就不再挣扎，而是抬起头看着她。

卫檀生的脸上有着不符合年纪的镇静，黑得发青的双眼一眨也不眨地盯着惜翠。他的眼神很纯净，日光穿过林间，尽数洒在他的眼底，仿佛为他添了一股力量。

惜翠发现卫檀生逃跑后，第一反应其实是蒙了。她倒不会觉得被卫檀生背叛了。别说是卫檀生了，她都想跑。卫檀生想跑实在是再正常不过。

她比较意外的是卫檀生看到她后的反应。他镇静得不得了，一点都不像个十岁的孩子。要是普通的十岁小孩，这个时候可能会吓得哭出来。他却不一样，冷静得几乎像个大人。在明白自己的处境后，他不再做无谓的挣扎，而是选择了谈判。

他对自己，对这个环境，甚至对惜翠都有清晰的认知。

“你要抓我回去吗？”卫檀生喘着气问她，一开口就快准狠地戳中了惜翠的心窝子。

小小的男孩眼里满是防备，像刺猬一样，一根根地竖起了身上的刺。

惜翠一时答不上话来。她突然挫败地发现，她低估了卫檀生。她自以为跟他关系不错，实际上他压根儿就没放下过戒心，从一开始就在谋划着利用她逃跑。她想到他吃饭的时候那双攥紧了筷子的手，问：“你真的喜欢吃那碗饭吗？”

他垂眸，如实道：“很难吃。”

卫檀生看出她动摇了，问：“你能不能放我离开？”

惜翠没回答。

他和她都清楚，这是不可能的。

后面的人快追上来了，她就算想放他离开也来不及了。如果她真的放了他，他也真的逃了出去，那她怎么办？她还有任务。她总不能跟着卫檀生离开，和他一块儿去找卫宗林。

她的身份肯定瞒不过卫宗林，到头来，她非但完成不了系统下达的任务，还有可能把自己送进牢里。

“我会找个地方再藏起来的。”卫檀生的嘴唇颤抖了一下，“只要你能装作没看见我，我就能跑。”

惜翠沉默了一会儿道：“你跟我回去吧。”

卫檀生摇头。

“用不了多久你就能回去，你爹正忙着救你。”惜翠顿了顿，道，“我保证。”

听惜翠提起他爹，卫檀生却没露出任何喜悦的神色，甚至看上去有些麻木。

“上次我逃，他们打折了我的左腿，我这回再回去，你说他们会不会打折我的另外一条腿？”他说，“你明知他们会做什么。”

“有我在，他们不会动你。”惜翠神情认真。

卫檀生不再理她，安静地坐在原地，似乎接受了自己的命运。

卫檀生被带了回去。

因为官府这几日来的动作，山上的人憋了一肚子的火，吵吵嚷嚷着要好好教训卫檀生，给卫宗林点颜色瞧瞧。

惜翠答应了卫檀生不会让别人伤害他，那么一定要做到。

她亲自去向鲁深求情。

鲁深难得收敛了嘴角的笑意，皱起眉头，紧紧地盯着她看了好一会儿才慢慢地说：“老六，我不骂你。我就问你，你知道你这几天在做什么吗？”

“我知道。”惜翠道，“但这小子确实跟我合得来。左右只是个十岁的孩子，何必同他计较？”

“他是卫宗林的儿子。”鲁深道，“卫宗林对寨里的兄弟们做了什么，你心里清楚。”

“老子的事总归不能算到儿子头上。一群大老爷们儿欺负一个孩子，倒叫人看轻了。”惜翠辩解道，“我宁愿跟卫宗林打个你死我活，也不想靠欺负他儿子来逞威风。”

鲁深皱眉："你今天是非要替他说话了？"

惜翠道："我没替他说话，我就是看不惯，看着憋气。"

鲁深笑出了声："我现在倒怀疑这小子是不是给你灌了什么迷魂汤，往日也没看你有多喜欢谁，最近倒是三番五次地替他着想了。"他一笑，周围凝滞的空气仿佛瞬间流动了。

鲁深懒懒地往椅背上一靠，道："行了，你没跟我求过什么，我也犯不着真跟一个浑小子计较。既然你都求到我这儿了，我就应你这一回。但我得问你一句话。"

"大哥你问。"

鲁深调整了一下姿势，凝视着惜翠，唇角绷得紧了点，眼神如同夜里的虎豹一样犀利："用不了几天卫宗林就要带兵上山了，真打起来，你到底是以这小子为先，还是以寨子为先？"

鲁深脸色深沉，紧紧地盯着她，不放过她脸上的任何一丝情绪。

惜翠久违地感受到一股压力，但还是镇静地回看鲁深，神色郑重而恭敬地说："真打起来，当然是以寨子为先。"惜翠拍了拍胸膛，信誓旦旦地保证，"大哥你放心，我心里有数。"

"那就记住你今日所说的。"鲁深好似松了口气，脚一蹬，大马金刀地坐直了，接着笑道，"在瓢儿山上，你得万事以我们寨子为首。你别忘了自己的本分。"

"要是哪天你真犯了糊涂，"他一勾唇角，扯动了脸上的刀疤，"我就先杀了他。到时候，你就算再替他求情都没用。"

那土匪在刻意地讨好他。

卫檀生发现了这个秘密。

那讨好的眼神，他简直再熟悉不过了。

府上的人都会讨好他，特别是跟在他身边伺候的丫鬟、小厮们。那土匪的眼神就跟那些整天围在他身边的仆人一样。

他不喜欢那土匪，也不明白对方的用意，但这不妨碍他接受。至少这样，他能好过许多。

他起初觉得那土匪是在试探他，但想了想又觉得不太像——他们其实瞧不起他，也不在乎他，只要他还剩一口气，能威胁到他爹，就足够了。

每晚，在那土匪看不见的地方，他都会用树枝在墙上画一道。

他在这山上待了十多天，在墙上画了十多道。

抚摩着墙上凹凸不平的印记时，卫檀生知道，是时候了。

那土匪对他没什么戒备心，似乎没想过他会逃。他寻了个合适的机会，跑出了寨子。

一切顺利得出乎意料，只是因为腿伤没有好全，他跑不了太远。

这一路，他足够小心谨慎，没急着下山，而是躲在林间静静地等着，想先避过风头，再往下走。但他做梦都没想到，那只总是蹲在匪首肩膀上的猴子突然出现了。

他就像那只猫一样，僵硬地摇尾乞怜，试着求那土匪放他离开。但他表面恳求，内心却冷得像冰。他知道，那土匪放他走的可能性太小了。

他们提着他的脚，像拎着一只死鸡一样，将他丢回了那间茅屋里。

“咔嗒”，门被锁上了。

他就像一尾被拍在案板上的鱼，五脏六腑都好似被击碎了。

卫檀生咳嗽着，慢慢地爬起来。

在逃跑前，他已经预想过会有这种下场。

整整一天一夜都没有人过来，没人给他送饭送水，包括那个土匪。等到第二天，天刚亮的时候，有三个人进来了。

那三个人像喂狗一样，丢了些骨头给他。

“饿了一天了，喏，吃吧。”

说罢，三人齐齐饶有兴致地盯着他，看他做何反应。

他没辜负他们的期望，如他们所愿，伸手将那两三块骨头扒了过来。

这些骨头似乎只用水焯过一遍，没有任何味道，甚至有些馊了，还带着股令人作呕的腥气。

卫檀生没擦上面的灰，一点一点地舔着骨头，一边舔，一边干呕。

他的丑态逗乐了这三个人，他们你看看我，我看看你，纷纷笑了出来。

“你看这小子狼吞虎咽的模样！”

“啧，没意思，大哥也真是，不知道发的哪门子疯，偏偏拦着不让人教训这小子。我这一肚子的气都没处撒。”那人说完照着卫檀生的心窝子踹了一脚。

见他们转身欲走，卫檀生喊住了他们：“等等。”

他问他们，那土匪有没有妹子？

他们本来是不会回答他的问题的，但今天似乎心情不错，道：“老六？老六哪来的妹子？你听谁说的？”

…………

他们重新将门落了锁。

鲁深在瓢儿山上的地位毋庸置疑，他一发话，就算别人再不满，也只能发发牢骚，不敢对卫檀生做什么。随着官府逼得越来越紧，其他人更没空搭理卫檀生了。

惜翠本以为卫檀生会跟她生气，气她不肯放他走。然而她再见到他的时候，卫檀生神色如常，对待她的态度和以前一样，不冷不热的。

惜翠总觉得这个小男孩变了一些，但究竟是哪里变了，她却说不出来。

为了赔礼道歉，她特地问他有没有想要的东西。她做好了被他拒绝的准备，没想到卫檀生认真地想了一会儿，说他想要一个瓷枕。

他晚上睡在地上，没有枕头确实很不舒服。惜翠一口答应下来，没隔几天，就托上山的村民带来了一个瓷枕。

绘有卷草纹的白瓷枕干干净净的，大小正合适，卫檀生很喜欢。

惜翠见他喜欢，放下心来。她实在没时间关注他的心理变化，因为官府已经准备向瓢儿山动手了。

随着山下传来的消息越来越多，鲁深嘴角的笑越发地少。他命人加强了山上的防备，不再随便放人上下山。

鲁深并非狂妄自大的人，虽然瓢儿山易守难攻，但他在对待这些事上，一直表现得很谨慎，否则，寨子也不会占山这么久而不被官府剿灭。

鲁深看得愈紧，山上的气氛就愈紧张，寨子里充斥着一股山雨欲来风满楼的不安气息。

惜翠没有时间陪卫檀生，寨子里的人都在操练，她也得上。

“鲁飞”在瓢儿山上算是一员猛将，敢打敢杀，从未怯战。但她不是啊！惜翠欲哭无泪。

在她二十多年的生活中，她简直就是乖巧老实的普通人的代表，努力学习，玩命工作，几乎没有和人红过脸，更别提打架了。

她小时候倒和别人打过那么一两次，可惜她太弱了，最后被打得“哇哇”直哭。今时不同往日，这次她必须要学会怎么在官府的围剿中保住自己的命。

系统没有告诉她，如果她在这个网络小说的世界中死亡，是不是也会在现实生活中死去，她不敢拿自己的命去赌。万一两方打起来的时候，她真的因为太弱做了别人刀剑下的亡魂，未免也太憋屈了。

惜翠想回家。她很想她爸妈。

为了不在两军对垒的时候当阵前的炮灰，她白天几乎都在操练，一直到傍晚才能腾出些时间去找卫檀生。

见她总带着一身伤来见他，卫檀生不免有些惊讶。他脸上微露忐忑之色，再三抿了抿唇，总算开口问道："你身上的伤……可是因为我？"

惜翠没打算骗他，回道："不是，和你没关系。"

他犹豫地问："那究竟发生了何事？"

她觉得瞒着他也没有意义，不如提前告诉他，还能让他早做准备，便道："你还记得我上次同你说的话吗？我说过，你爹会来救你，快了。"

如果说她上一次提到卫宗林，卫檀生反应平平是因为他当时无心思考，那么这一次，卫檀生的反应还是如此冷淡，就值得细究了。

听到这个消息后，他没有露出一丝喜悦的神色，目光沉静如水。他的表情不像麻木或是冷漠，更像是无所谓，绀青色的眼中泛着冷冷的光。

这很古怪。

前几天她没什么时间留意他的表情变化，但今天不同，今天她有的是时间，自然而然就看出了其中的蹊跷。

难道卫宗林和卫檀生父子关系不睦？可是这点书中从未提起过。

惜翠讶然："听到这个消息你不高兴？"

卫檀生平静地道："爹爹能不能赢都是未知数，我为何要高兴？"

他的话理智得不像出自一个孩子之口。

"那你便猜错了，你爹一定能赢。"

她之所以说得这么坚决，是因为她看过小说。但卫檀生不知道这点，对她莫名其妙的自信感到困惑，自然而然地将心中的疑惑问出了口："你为何这么说？难道你不希望你们赢？"

惜翠大笑着拍了一下卫檀生的脑门，道："因为我更希望你能离开这里，到你爹爹身边去。"

卫檀生好像被她这一掌拍蒙了，澄澈的双眼愣愣地看着她。

惜翠一笑，牵动嘴边的伤口，顿时疼得龇牙咧嘴。

其他土匪跟她过招的时候，可没什么不打脸的顾虑。

她发出的声音好像唤回了卫檀生的心神。睫毛像羽毛一样轻轻地落下，他定了定神，问："你这么想可是因为你那妹子？"

惜翠其实都快将这事忘记了，没想到卫檀生还记得，道："不，也不是因为我那妹子。"

一个谎言需要无数个谎言去圆，她曾经考虑过告诉他实情，但苦于找不到合适的机会，拖到这个时候再说已经晚了。坦白的代价她很有可能承受不起，所以她只能就着这个谎话继续说下去。

"我那妹子早就死了，说不准现在已经投了好胎，生在了富贵人家。"惜翠揉了揉他的发顶，"我这么想是因为你我投缘，希望你日后别落得我妹子这般的结局。"

卫檀生没有被她的话感动，脸上浮现出一种极其古怪的神情，甚至连眉头都浅浅地皱了皱。

惜翠以为是她太直接，吓到了卫檀生，便没有将这事放在心上。

之后的几天，山上又陆陆续续抓到了几个官府的探子，都被鲁深下令杀了。不论他们如何叩头求饶，痛哭流涕，鲁深都不为所动，毫不手软。惜翠只觉头皮麻了半边，没那个时间也没那个胆子再去照顾卫檀生。

鲁深已经吩咐了，不让任何人接近卫檀生，尤其是惜翠。就算她曾经当着鲁深的面做了保证，到了紧要关头，鲁深还是有疑心。

这个时候惜翠当然不会傻到去跟鲁深讨价还价。她整天都跟鲁金川混在一起，看起来就像在积极地为大战做准备，等着和官府的兵痛痛快快地厮杀一场。

《太平医女》的作者没有在这场仗上多花笔墨，只一笔带了过去，之所以会提到这件事，不过是为了丰富卫檀生的人物形象，给他安排一个悲惨的童年，为他跛足找个理由，给他的命运增加几分惹人心疼的残缺美。

惜翠只知道卫檀生会被救出去，但他究竟是怎么被救出去的，这场仗到底谁输谁赢，鲁深他们是否像《水浒传》里的绿林好汉一样被官府招了安，这些惜翠一概不知。

系统不告诉她，她只能跟着情节走，等待着这一天的到来。

就这样，又过了两三天。

是夜，卫宗林终于带着官府的人发动突袭，打上了山。一支支火把被高高举起，将四周照得亮堂堂的，黑夜恍若白昼。

鲁深穿戴整齐，腰间别刀，不慌不忙地调度手下。

瓢儿山易守难攻，他依仗地势之便，已占得先机。

“即便卫宗林去臬司衙门借了兵，又能借到几个兵？兵营里的人都是些打起来就跑的软蛋，还不如我们这帮人有出息。”

鲁深派了一小队人去查探情况，让另一队人马沿着隐秘的小路埋伏在官兵身后，其他人则按兵不动，在寨子里守着。

我在明，敌在暗，卫宗林没有着急动手。

而鲁深虽然剽悍，到底也对朝廷命官有些顾忌。

他们不发话，其他人不敢有所动作，两边的人马就这么陷入了僵持状态。

没过多久，有军牢上山传话，说是卫宗林请鲁深当面一叙。鲁深赴约。

作为鲁深的心腹，惜翠当然也要跟着去。这还是惜翠第一次看见卫宗林究竟长什么模样。

一眼望去，山道上陈兵无数，官兵皆身穿铠甲，最前排的手持长盾，在月色与火光的照耀下，威风凛凛。领兵的卫宗林看起来年纪不大，三十多岁的模样，五官有些文气，颔下蓄着短须，眉头的皱纹很深。他和卫檀生有几分相似，但他的眼神更为坚毅，看起来像是个古板固执的人。

火把被山风一吹，烧得更凶猛了，卫宗林的声音被山风一送，遥遥地传了过来。

“事到如今，尔等还想抵抗吗？”

鲁深好似没听见这句话，自顾自地笑道：“官人，久别了。”

卫宗林将眉头拧得更紧，毫不掩饰面上的嫌恶之色，扬声道：“寒暄省下吧，我同你之间并无半分交情。”

鲁深并不恼怒，仍笑道：“既然如此，那我也就省下这些虚伪的客套话，直说好了。官人既不愿同我寒暄，那找我前来，不知究竟所为何事？”

卫宗林沉声道：“自然是为了再给尔等一个机会，只要你愿意带着你那帮手下速速投降，就还有活命的机会，倘若还想着负隅顽抗，就休怪我替天行道了。”

“官人高风亮节，某佩服。”鲁深微笑道，“倒是我以小人之心度君子之腹，还以为官人乃是为了家中幼子而来。”

听他说到卫檀生，卫宗林神色一僵，脸色更冷：“你是想用他来威胁我？”

“威胁谈不上。官人放心，令郎在山上这段日子过得还不错，我手下的人并未亏待他。但……”鲁深话锋一转，收敛了些笑意，望着卫宗林道，“若是官人对我寨中的兄弟做了什么，就别怪我手下无情，以其人之道还治其人之身。”

卫宗林的眼中飞速地闪过千百种情绪，转而凝结出一点寒芒，他的眼神比方才更加坚决。他道：“檀奴是我的儿子，自幼跟在我身边，由我亲手教导着长大。今日他若为大义而死，死得不冤。”

鲁深微露诧异之色：“官人的意思便是拼上这么一个幼子也在所不惜？”

“檀奴的确是我儿子，”卫宗林振声道，“但我既然做了这青阳县的父母官，便不只有他这一个儿子，断不可能为了他一人而牺牲数人的性命。今日官府势必要铲除你们这帮匪寇！”

“未承想官人竟如此狠心。”鲁深道，“我没念过多少书，也不认得几个字，大义懂得不多，只晓得虎毒尚不食子。我身边这些人，虽心狠，但也从未想过抛下自己的骨肉。有如此心性，也难怪官人能入朝为官，成就大事，而我等不过一介草莽匹夫。”

“官人看得开，我怎么会看不开？”鲁深没有看惜翠，抬起左手道，“老六，既然这样，你就去把官人那幼子的头割下来，祭了咱们的旗，也算成全了官人这一番大义。”

惜翠一愣。

鲁深转过头，眸色比夜色还要深：“老六，别忘记你曾经答应过我的事。”

“两军对垒，自然是需要些血来祭老天爷的。”鲁深扫了一圈四周，随口便指定了另一个人，道：“常峰，你跟老六一起去，把官人幼子的脑袋给我带回来。”

这是监视。

惜翠走在前面，而那个叫洪常峰的人紧紧地跟在她的身后。

等到了茅屋前，惜翠停下脚步，转过身道：“容我进去同他说几句话，你在外面守着。”

洪常峰年纪比“鲁飞”还要小一点，在寨子里还没闯出什么名堂，听惜翠这么说，不疑有他。他点点头，嘱咐道：“大哥还在等着，哥哥有什么要说的，还得快些。”

纵使洪常峰之前没怎么关注卫檀生，今晚听到卫宗林这么说，也对卫檀生生出了几分同情。但当爹的都不在乎卫檀生的性命，他们这些人又何必在乎？

惜翠跨过门槛走进屋的时候，卫檀生正坐在地上，低着头看着些什么。惜翠走过去一看，发现他正在看地上散乱的马吊。

“你回来了？”听见她的动静，卫檀生抬起头道，“我听见外面有些动静，可是出什么事了？”

月光如水，照着他苍白的脸，更突显出他如墨般的瞳仁。

她现在明白了，为什么卫檀生听到卫宗林的消息时神情麻木。这对父子的关系或许比她想象中的还要复杂。

“外面……”惜翠说，“你爹带着兵来了。”

卫檀生何其敏锐，一下子便抓住了重点：“是他们要你来的？带我过去？”

他只猜对了一半。她是要带他过去没错，不过，是把他的头带过去。

“我没打算带你过去。”惜翠道，“我要带你走。”

“带我走？”

“对。”惜翠没闲心再去关注别的，点点头，朝他伸出手，“跟我走，我带你偷偷下山，这儿待不下去了。”

卫檀生站了起来。因为腿伤，他站起来时有些费劲儿。没等站稳，他立即问道：“我要相信你？”

“这么长时间，你不相信我，还能相信谁？”

偏偏在这个时候，门外却传来洪常峰有些焦急的问询：“六哥，你可说完了？要是再不动手，老大等得急了，就来不及了。”

面前的小男孩僵住了身子，往后退了一步，眼里又浮现出警惕之色。

惜翠叹了口气，对卫檀生道：“你等一会儿。”

带着卫檀生逃跑这事她要尽量做得低调，不能让任何人发现，至于门外这个洪兄弟，她只能对不住了。

惜翠一边应道“好了好了”，一边打开门，趁洪常峰不注意，从他身后捂住他的口鼻，将他撂倒在地，干脆利落地弄晕了他。

做完这一切，惜翠才回头看向卫檀生，道：“跟我走吧。”

惜翠抱起他毫不费力。这个时候，她又感激起自己穿越成一个黑脸大汉了，否则臂力还真不足以支撑着她带卫檀生逃跑。

卫檀生扯着她的衣服，终于又露出了些孩子会有的恐惧之色，纤细的手指好似因为惊惧而微微颤抖。

“你……能否低下头？”卫檀生问。

“怎么了？”惜翠一低头便对上了他绀青色的双眼，问。

卫檀生却问出了一个和现在的情况完全不相关的问题：“你当真有一个妹子？”

没想到他这个时候还有闲心问这个，惜翠一边要提防屋外的动静，一边要忙着应付他，没时间细想，只能选择敷衍了事：“我骗你做什么？”

“是啊，”他语带困惑，“你究竟为何要骗我？”

惜翠突然不动了，不是因为她不想动，而是因为她动不了。

一片碎瓷片此刻正顶在她的脖子前，而手握碎瓷片的人正是她怀中的卫檀生。

凉意好似渗透进了肌肤，随着血液在体内一路游走，冻得惜翠全身冰冷。

卫檀生垂下眼睫，将碎瓷片往下压了压，口中缓缓地吐出几个字："你骗我。"

绘有卷草纹的碎瓷片深入肌肤，毫不犹豫地割断了惜翠的喉管。

"你一直在骗我。"他低声道，"我不信你。"

那土匪死了，就死在卫檀生面前。

他那铁塔般庞大的身躯应声倒地。

卫檀生从他尚带着余温的怀抱中爬出来，将碎瓷片丢到一边。

土匪的脖子里喷出了很多血，鲜血溅到了卫檀生的眼睛里，顺着发丝直往下淌。

卫檀生抹了把脸，冷冷地看着躺在地上的男人。男人的神情还停留在死前的最后一秒，微睁的双眼中满含错愕之色。

卫檀生肤白如玉，面容精致，身上正"滴滴答答"地往下掉着血珠，在黑夜中，整个人冒着一股使人心底发凉的阴森之气。

看着地上的尸体，卫檀生说不出来自己是什么感觉。

他杀了人。

但他心里没有冒出半分的恐惧，连一丝一毫的难过都没有。

他没有心。卫檀生知道自己没有心。因为没有心，所以他才没有愧疚、恐惧和痛苦。

这个土匪总让他想起一个人，一个曾经伺候在他身边的丫鬟。

那丫鬟一直尽心尽力地服侍着他，待他极好。

后来，卫老夫人和她的家人一起做主，想要安排她嫁给府中的一个下人。她不愿意，却不敢违背卫老夫人的意思，就求到了他这里来，希望他能去卫老夫人那儿说说。

"奴不愿嫁给这人，想一直服侍小郎，直到小郎长大，望小郎念在这几年奴日夜服侍的份儿上，去替奴向老夫人求求情。"

卫檀生没有答应。

到最后，那丫鬟还是嫁了过去，只是在临行前哭着说道："小郎，你没有心。"

他看着她离去，没有感到任何分离时的不舍，内心平静得如一汪深潭。

这种平静甚至让他感觉到了一丝疑惑和痛苦。

为什么旁人总是哭哭笑笑的？那些能搅动他们心思的事，为何不能在他的心中搅动出一丝波澜？

丫鬟的模样他已经记不清了，但那句“小郎，你没有心”他记得牢牢的。也正因为如此，他开始观察身旁的人，旁观他们的喜怒哀乐。

他离他们很近，又离他们很远，他们的情绪他无法感同身受，他无法和他们产生任何共鸣。他甚至会忌妒他们，忌妒他们有如此丰富的情绪与欲望，反观他的人生，苍白得就如同坟地上的灵幡，高高地飘扬着，死气沉沉。

因为那丫鬟，卫檀生不喜欢这黑脸的土匪，甚至有些厌烦他，厌烦他整日凑到自己跟前来。卫檀生尤其厌烦这土匪看自己的目光——充满怜悯又高高在上，就像五妹心疼她的那只猫时流露出来的目光。

没有人会喜欢那样的目光。在那种目光下，自己更像是戏台子上的伶人，将自己活生生地剖开，摆在了看客的眼前。

那土匪看他，就像看在戏台上演戏的人。土匪简直就像戏中那些妄想救风尘的书生一样，不知天高地厚，自以为是得令人作呕。

卫檀生根本不会因为他给出的那一点点温暖而对他感恩戴德。

可是，即便那土匪再怎么惹人讨厌，卫檀生也不能表现出丝毫的不耐烦。

那土匪在这山上虽然没什么地位，但看起来跟匪首的交情不浅。自己想要逃出去，恐怕还需要这土匪帮忙。所以，即便卫檀生厌烦那土匪，也只能耐着性子跟他虚与委蛇。

好在卫檀生最擅长做这种事。

在夫子面前，在爹爹面前，卫檀生永远都是那个聪颖而有礼的好学生与好儿子。他将自己干净利落地撕扯成了两半——一半假，一半真。

卫檀生从一开始就不相信这土匪，什么早死的妹子，都是些骗人的鬼话。

这土匪满嘴谎话，卫檀生没法相信他真的能带自己逃出这个鬼地方，更何况他跟匪首的关系远比跟自己的要亲密。

没有把握的事，卫檀生不会去做。他没那个信心去赌那土匪愿意为了他背叛自己的大哥。

死对这土匪而言，未尝不是一种解脱。

他这辈子的罪孽太重了。

卫檀生麻木地想，不如就让自己帮忙斩断他的罪孽，他下辈子说不定还能投个好胎。

他应该感谢自己。

卫檀生本来应该马上离开的，却鬼使神差地回到了那间茅屋里。

他跪在草垫上，伸着手往下摸，从破旧的草垫下摸到一块已经融化了的云片糕。那土匪经常带这些吃食给他，他就藏在了草垫下。

卫檀生一点点地将它抠了出来，紧紧地攥在手心，这才往外走。

看了眼夜色中的山寨，卫檀生又踮起脚，拿起了架子上的火把，绕开巡逻的土匪，将火把往干草垛上一丢。

眼见火舌腾起，经山风一吹，大火蔓延，远远望去，犹如地狱业火。

冲天的火光将天空染成一片赤红，卫檀生静静地看了一会儿，转身下了山。

跌跌撞撞地走了一路，他将那片已经黏糊糊的还带着些血腥气的云片糕塞进了嘴里。

云片糕明明是甜的，为什么入口后却有些苦意？

卫檀生皱皱眉，将嘴里的云片糕又吐了出来。

第二章　饿　鬼

惜翠醒了。

入目是一片纯白，她脚下踩着的不像地面，倒像柔软的绸缎。

四周空荡荡的，只有一个白色的光球静静地浮在半空中。

光球闪烁着柔和的光芒，飘到她面前，在离她半米远的地方停了下来。

“真惨啊，与其说是你‘攻略’卫檀生，不如说是卫檀生成功地‘攻略’了你。”冷冰冰的电子音响起，声音中含着一丝微不可察的同情。

惜翠惊魂未定地摸了摸脖子，回想起刚刚发生的事，还有点蒙。

她刚刚打算带卫檀生离开，卫檀生突然要她低下头。紧跟着，他就……割断了她的喉管？

想到临死前的那抹凉意，惜翠皱起了眉头。

幸运的是，她没有感到任何痛苦，一睁眼就出现在了这儿。

系统：“那是因为我及时切断了你与那个世界的联系。”

“呃……”惜翠疑惑地眨眼，“为什么卫檀生会杀了我？”

卫檀生不是温柔的男配角、“小菩萨”吗？为什么他会突然杀了她？这根本不对吧！

“你是不是拿错剧本了？”惜翠疑惑地问，“这个卫檀生分明跟书里描写的有天壤之别。”而且卫檀生才十岁，为什么杀人时这么熟练？

系统：“这个世界的发展没有任何问题，每一步都遵循原著，是宿主你的‘攻略’方式出了问题。”

惜翠微露茫然之色。

回想她的所作所为，她并不觉得自己做了什么错事，导致卫檀生下杀手。

她对卫檀生很好，比对她的小表弟有耐心多了，带着他吃饭、洗澡，送了他不少东西，怎么也不至于沦落到这个地步。

“那现在算是任务失败了吗？”看着面前的光球，惜翠迟疑道。比起琢磨卫檀生的杀人动机，弄明白任务失败的后果显然更重要。

“宿主放心好了，秉承着人道主义的原则，任务失败不会被杀。”

惜翠没有完全放心：“会有什么惩罚吗？”

光球好似有些不满，上下浮动着，道：“任务失败，也不会有任何惩罚。”

惜翠吃惊地瞪大了眼：“就这样吗？”

“你到底对我们有什么误解？”

“不好意思。”惜翠略微脸红，“是我误会你了。”

她这种类型的小说看多了，以为所有系统都是冷酷无情、蛮不讲理的。

她问：“接下来我要做什么？”

系统斩钉截铁地给了她答案：“继续‘攻略’卫檀生。”

“我还是不能回家是吗？”

“在任务完成前，宿主的确无法回家，只能不断尝试，直到成功。”

虽然系统说不会有任何惩罚措施，但这对她而言其实也算一种惩罚了，简直就像陷入了循环一样糟糕。

“要我‘攻略’卫檀生没有问题，可是这个人明显和原著描述的不一样。”惜翠叹了口气，决定和它谈一谈，“书中的卫檀生明明是个温柔善良的人，结果我却被他弄死了，这是怎么回事？”

“卫檀生的性格没有任何问题。有时候付出关怀并不意味着能收获爱或喜欢。宿主想要‘攻略’卫檀生，还需要自行摸索。”

卫檀生十岁就能杀人，这真的没有问题？惜翠狐疑。

他手里拿的凶器是瓷片，应该来自他上次主动要的瓷枕。这让惜翠有些郁闷，有种好心被当作驴肝肺的感觉。她为他弄来瓷枕，他却偷偷摔碎了，用瓷片杀了她。

系统仿佛看出了她情绪低落，一反常态地鼓励了她一句：“只要卫檀生真心爱上宿主，宿主就能回家了。”只是它安慰人的语气还是硬邦邦的，声音没有任何波澜。

心知逃不过要“攻略”卫檀生的命运，惜翠认命地问：“‘鲁飞’都已经死了，我接下来要怎么办？”

“接下来我会为你安排一个全新的身份，”电子音说道，“这点宿主不用担心。”

顺从地接受了系统的安排，惜翠再一次醒来的时候，是在马车里。

车内装饰得很华贵，铺着青缎面坐垫，惜翠脚下踩着带菱形花纹的地毯。

马车稳稳地向前方行进，车帘外传来些叫卖声。

她刚睁开眼，便看见有人低下头，温和地问道：“醒了？”

说话的是个年纪不大的女人，生着一张白皙的鹅蛋脸，柳眉杏眼，气质清雅。

她含糊地应了一声，悄悄打量着周围的环境。

伸手往胸前一摸，摸到鼓鼓囊囊的两团后，惜翠松了一口气。要是系统再给她安排一个黑脸大汉的身体，那她这辈子都别想“攻略”卫檀生。

“你别起了，再躺一会儿吧，就快到了。”女人笑着倾下身子，伸手去够车上那个红木四格矮柜。

她拉开抽屉，里面放着些精致的糕点。糕点被摆得整整齐齐的，下面垫着油纸。

她连同油纸一起，捏起一块樱粉色的甜糕，递到惜翠面前道：“可是饿了？先吃点东西垫垫肚子，等到了寺里，就有斋饭吃了。”

咽下一肚子的疑惑，惜翠接过甜糕，送到嘴边咬了一口。惜翠一边吃，一边试探性地在心里呼唤系统。

“宿主，我在。”

“这是什么地方？我这回是谁？还有，这个女人是谁？我跟她要去哪里？”

系统很有耐心，有条不紊地解答着她的疑惑：“如今是元平十一年，这儿是京城郊外。宿主如今的身份是男主角高骞的妹妹‘高遗玉’，宿主身边的女人是‘高遗玉’的大嫂李氏，‘高遗玉’正要和高家人一起去京城外的空山寺上香。”

“等等。”惜翠问，“我记得书中没提到高骞有妹妹。”

“高骞确实没有妹妹，但宿主上一次任务失败得太突然，这是特地为宿主创造的新角色。”

系统话音刚落，惜翠的眼前随即闪过了一连串画面。那是系统灌输到她脑海中的信息。

顿了两三分钟，惜翠终于对高遗玉的身份有了大概的认识。

高遗玉出生在高家二房，是高骞嫡亲的妹妹。她在三岁的时候被拐子拐走，一直到去年才被寻回来，同家人相认。

但回到高家的高遗玉没有过上掌上明珠般的神仙日子。她在高家的地位有些尴尬，一切只是因为她从小生活在小门小户，没接受过什么教育，行为举止和高家人有天壤之别。

起初，刚回到家的高遗玉也受到了带有补偿性质的宠爱，但高家人丁兴旺，小一辈中既有高骞这般俊秀聪慧的青年，也有其他温柔大方的女儿，高遗玉就被衬得有些暗淡无光了。

高家后代，无论嫡庶，都是一起教养着的，不分高低贵贱，而高遗玉论起仪容、气度，不说与同辈比了，就是和高家的大丫鬟比，也要差上两分。高遗玉正如立于鹤群之鸡，掉入明珠堆里的土疙瘩，在旁人对她的热情散去后，难免受到一些冷眼，存在感也日渐变低。

二房共有两子一女，大哥高泽，二哥高骞，三娘高遗玉。

高遗玉生母宋氏去得早，生父高宗文是个性格严肃又不爱管事的，两个哥哥性格与父亲相仿，不善言辞。

如此一来，许多事便没人教她。

除了大嫂李氏偶尔会提点她一二,二哥高骞对她颇为重视外，其他人对她都算不上好。

这种处境对惜翠而言未尝不是好事。

惜翠轻轻地舒了口气——她不必担心别人会觉得高遗玉性格大变了。

元平十一年……

卫檀生被土匪抓去的时候是元平五年，原来已经过去六年了。算算年纪，他应该已有十六岁。

马车在山径前停下。

跟着李氏一起下了车，惜翠才发现这一次上香，几乎是浩浩荡荡地来了一大家子。

聚在一起站着的几个女人，惜翠没心思去看，目光粗略地扫了一圈，落在了一个骑着黑马的青年身上。

青年手握缰绳，神色冷淡。他身着玄色云纹长袍，腰束白玉带，鼻梁高挺，眼神冷厉如寒潭下的冰锋。

他就是《太平医女》这本书的男主角高骞。

惜翠看了他一眼，旋即收回了视线，心想：难怪高骞能打败卫檀生，抱得美人归——高骞的气势犹如高天冷月，使人几乎移不开眼。

跨坐在马上的高骞似有所觉，一转眼，正好和惜翠对上了眼。

惜翠微微一怔，朝他点了点头。

青年突然松了缰绳，翻身下马，朝着她的方向走了过来。

“遗玉。”

惜翠小心回应：“二哥？”

高骞就像一柄剑，神色冷硬，不苟言笑。惜翠正等着他接下来的话，高骞却不再出声。

他只喊了她一声，就站到了她身侧，紧抿着唇，完全没有再说话的意思。

高骞下了马后，众人又簇拥着一个满头银发的老夫人，说说笑笑地下了车，登上石级，往山门的方向走去。

大梁百姓信佛，京郊的空山寺作为前朝古寺，香火一直很旺盛。

书中提过，卫檀生从瓢儿山回来之后就拜入了空山寺，一直到十八岁的时候才下山还俗。他这个时候应该还待在寺里。

惜翠想看看他如今的模样，又仿佛感到脖子一凉。

说她恨他吧，倒也不至于，毕竟她死的时候没有感觉到一丝痛苦。这个世界于她而言更像一场大型的全息游戏，她因为自己打出了不好的结局而去恨游戏里的角色，未免太奇怪了。

而且，被一个十岁的小孩骗得团团转，惜翠只觉得丢脸。

他的柔顺和乖巧无疑都是装出来的，她偏偏信了他，误以为自己真的用爱感化了他，这不是傻子吗？

可能是心里所想之事反映到了脸上，她的面色不太好。

走在她身旁的高骞蓦地开了口：“你还在生气？”

“什么？”

高骞看起来想说什么，端详着惜翠的脸，最终皱眉道：“没什么。”

一路上，除了高骞和大嫂李氏主动跟惜翠说了些话，其他人看都未曾多看她一眼。

空山寺殿宇错落，临山而建，气势恢宏。

惜翠跟着高家人拾级而上，走了好长一段路才走到山门前。

高家是勋贵之家，众人一入山门，已有知客僧[①]在门前候着了，接着便引他们直接去了了善住持所居住的正堂，避开了拥挤的人群。

前来接引的知客僧相貌清秀，行为举止有礼，惜翠一看到他便想到了卫檀生。卫檀生如今就在空山寺内，只可惜她不知道他现在究竟在哪个角落。

了善住持近日身体抱恙，但得知高老夫人来此，还是于病中起身，早早在正堂前的寝堂内候着了。

众人见了面，了善住持设座授茶。

惜翠特地留意了一眼了善禅师。他是卫檀生的师父，看上去有六十多岁，面容慈祥，虽身在病中，但依然很精神。

高家人没急着去上香，一直在寝堂里同了善禅师寒暄，讲些惜翠听不懂的佛理。

在这寝堂中坐一会儿还好，待久了，惜翠就觉得有些无聊了。她现在只想出去转转，看能不能找到卫檀生。

高骞心思敏锐，看出她心不在焉，道："遗玉？"

因为多年不曾在一块儿，高遗玉和高骞之间并不亲昵。但高骞颇为重视自己失散的小妹，一路上都对她多有关心，生怕她哪里不习惯。

他的关心对惜翠而言其实是一种麻烦，在高骞的视线下，她想做什么都不太方便。终于，惜翠忍不住了："二哥，我有点闷，想去屋外透透气。"

"可是不习惯寺中的香火味？"高骞蹙眉问。

惜翠顺坡下驴："有一些。"

"我陪你去吧。"

"不用。"他突如其来的关心使她有些诧异，惜翠摇摇头，"我自己去转转，马上便回来。"

高骞的神情中藏着一丝担忧和关切，倒中和了他那极具侵略性的杀伐气。

惜翠拒绝，高骞不再强求，"嗯"了一声，道："早去早回。"

牵着裙子，惜翠蹑手蹑脚地出了大殿。

空山寺里不仅善男信女多，和尚也多，她不太确定要从何处找起，只能随手

---

① 知客僧：寺院里专司接待宾客的僧人。

抓了个穿着缦衣的小沙弥问问情况。

“你们这儿有没有一个叫卫檀生的？”

“卫檀生？”小沙弥白净的脸上露出困惑之色，“女檀越[①]指的可是寂空师叔？”

寂空？这是卫檀生的法号吗？

惜翠不大清楚，胡乱点点头：“如果你那寂空师叔的俗家姓名是卫檀生，那就是我要找的人了。”

小沙弥礼貌地向她行了一礼，道：“那便是了，不知檀越找寂空师叔所为何事？”

他一下把惜翠问住了，她现在确实没有找卫檀生的理由。

“我……”

就在惜翠绞尽脑汁想着用什么身份和理由去找卫檀生的时候，肩膀蓦地被人轻拍了一下。

惜翠转过头。

“遗玉。”高骞正一脸严肃地看着她。

“二哥？”

高骞看了一眼小沙弥，收回视线道：“我瞧你一直没回来。”

“让二哥担心了。”惜翠无奈，“我这就和你一起回去。”

“嗯。”

对小沙弥道了声歉，惜翠跟着高骞往回走。

“来这儿可是无聊了？”

“还好。”

高骞冷冰冰的脸上露出了些笑意：“俗讲要开始了。”

古代的俗讲类似于说书，不过说的故事都与佛教义理有关，是用一种更为通俗的方式来传播佛法。

高家的女眷对俗讲都极有兴趣。据说空山寺在所有寺庙中讲得最好，每次开讲都人头攒动，场内坐得满满当当的。

---

① 檀越：施主。

惜翠听了一会儿，提不起多大的兴趣，觉得这还不如躺在床上看小说来得舒服。

高骞如同门神一般坐在她身侧，她不敢轻易有所动作，免得这位关爱妹妹的哥哥又想象出一些乱七八糟的事，揣测她到底是高兴还是不高兴。身边总有一个人用一种奇怪的目光看着自己，饶是天性比较冷淡的惜翠也有些招架不住。

她只能耐下性子坐在座位上，权当正出门旅游，看一看古代的风俗民情。

俗讲结束后，惜翠跟着高骞一起去尝了空山寺的斋饭。

空山寺的斋饭对她而言倒是个意外之喜。

瓢儿山上的饭食都是按照土匪们的口味做的，空山寺的斋饭口味清爽鲜美，惜翠吃得很满足。

高老夫人年纪大了，精力不如年轻人，吃完午饭去客堂内小憩了一会儿，高骞作为她最疼爱的孙子，在她身侧伺候。惜翠终于有了能四下转转的机会。

毕竟来了庙里，惜翠纵使不信佛，也从袖中摸出了几个铜板，跟着大嫂李氏买了香，捐了些香火钱。

她心里默念菩萨保佑，让她早点完成任务，早日回家。

念完，她将香往香炉里一插。

李氏看她表情严肃，笑眯眯地问："还在跟你二哥生气呢？"

"二哥？"惜翠惊讶地问，"我生他什么气？"

李氏叹息道："你看看你，还说没跟他生气。你二哥不愿让你跟那姓焦的在一起也是为了你好。"李氏拉着她，悄悄地咬着耳朵，"听大嫂一句劝，这成亲啊，不是两个人心意相通就可以的。夫妻间的感情总有消磨的一天，但往后的日子还长着呢。别怪大嫂说话不好听，你是高家的女儿，哪能嫁给卖油饼的平头百姓？"李氏扯了扯惜翠的衣角，伸手将她脸侧的发丝别到耳后。

等等，什么姓焦的？什么卖油饼的？

"你和他虽从小一起长大，可男人向来没良心。等日子长了，男人变了心，想要抬个小的回来，到时候你该如何是好？不如听家中的安排，嫁给门第相当的，到时候，即便官人变了心，你自己也能活得好好的，有人伺候，不用受旁人的气。"李氏苦笑道，"你看你大哥不也一样？在外面养了个妓子，还当我不晓得。"

蒙了好一会儿，惜翠才艰难地找回了些支离破碎的记忆。

李氏口中姓焦的那人名叫焦荣山。

高遗玉走丢后，被一户田姓人家收养，起名为田芸。

焦家与田家毗邻而居，焦荣山与高遗玉有青梅竹马之谊。

焦家有家油饼店，做早饭生意，家境还算殷实，但比起高家，确实有些不够看。

高遗玉与焦荣山心意相通，想着要嫁给他，高家人却不允，即便是最宠爱她的高骞也不愿意让她下嫁给一个卖油饼的。

奈何高遗玉喜欢焦荣山喜欢得紧。高遗玉不傻，能看出高家人对她的轻视，心中厌烦高家对她的压迫。在此事上，她死活不肯让步。

一个不准，一个非要嫁，一来二去，就闹出了矛盾。

惜翠这才反应过来，难怪上山前高骞问她是不是还在生气。

李氏拍了拍惜翠的手，又推了她一把，道："你二哥也是为了你好，他心疼你这个小妹，才不愿你嫁给那卖油饼的过苦日子。去，到前面求个护身符，送给你二哥，你二哥平常要护卫官家，见的血光多。你把护身符送给他，再跟他道个歉，就什么事都没了。"

惜翠的目标自始至终就是"攻略"卫檀生，其他人她不在意，自然也不想跟那焦荣山有任何牵扯，一口应下了李氏的话。

大梁商业繁荣，即便寺庙也未能免俗。这时候的寺庙里常有尼姑自己刺绣拿出去售卖，僧人也卖茶卖药，还有做典当业的，谓之"长生库"。

空山寺中自然也有专门卖佛像、佛珠、平安符的地方。

惜翠被李氏推着往前走，求了一个平安符，装在一个小香囊里面。

"愣着做什么啊？"李氏笑道，"还不快去找你二哥？"

惜翠拎着香囊，有些纠结，但最终还是去了。

入了禅房，惜翠便瞧见高骞正坐在桌前。

"二哥？"

高骞见她神色古怪，一怔，走到她面前，问："何事？"

惜翠将香囊拿出来，塞到他的手里，道："此物，你拿着。"

高骞垂眼，问："这是何物？香囊？"

"二哥打开看看便是了。"

高骞是武将，手生得很大，将一个小小的香囊捧在手心，看着有些怪。

望着手上小巧的香囊，他下意识地皱紧眉，扯开系带一看，瞧见了一个平安符，不由得愕然，抬起头望向惜翠："这是……？"

“这是给二哥求的平安符。”惜翠低下头，道，“二哥平日里要护卫皇城，希望这平安符能祛除邪秽，保二哥平安无虞。”

高骞缓缓将系带收紧，沉声道：“难为你有心了。”

“这……其实是大嫂跟我说的。”

高骞又是一怔，看着她，嗓音里听不出有失望或是什么别的情绪：“是吗？”

“二哥，”惜翠道，“你同我出来一下，我有事要跟你说。”

高骞没有问是什么事，将香囊收入胸前贴身的衣襟中，大踏步地跟着惜翠迈出了禅房。

惜翠其实不大愿意跟高骞有所牵扯，他是《太平医女》的男主角，自己跟着他就会被卷入小说情节里。

但他也是高遗玉的哥哥，身份高贵，待她不错。

因为这一点，惜翠不介意跟他拉拉关系，以后若碰到什么事，也能沾一沾高骞的光。

来到禅房外，惜翠站定了，开门见山道：“二哥，我知晓你在担心什么。我想清楚了，不嫁给焦荣山了。”

高骞蒙了，前些日子还非焦荣山不嫁的小妹怎么好端端的又不嫁了？

他面上依旧沉着冷静，没有流露出半分讶异之色，不动声色地问：“为何突然这么想？”

难道在他不知道的时候发生了什么事？那姓焦的欺负她了？

思及此，高骞将眉头锁得更紧了。

他对那姓焦的并无好感，那人只是看着忠厚而已。

他护卫皇城多年，见过形形色色的人。这焦荣山虽没做出什么苟且之事，但个性怯懦，畏畏缩缩，正是高骞最看不上的那类人。

在寻回自家小妹之后，高骞听闻她与一个叫焦荣山的人走得近，便特地安排人打听过焦家一家。

高家上门认亲前，焦家没有表露出向遗玉提亲的意思，反倒是跟城东的李家走得近。李家就一个孩子，开着一家绸缎铺，家境比焦家还殷实两分。焦家的心思昭然若揭。

遗玉回到高家后，这焦荣山的心思便活络了起来，常常跟田氏夫妻一道儿上门。

自家小妹心性单纯，从未怀疑过对方的心思，见到焦荣山来，喜不自胜。

她养父母来见她便算了，焦荣山算什么？

高骞感激她的养父母将其抚养长大，对焦荣山却没什么好脸色。每一次焦荣山同她养父母上门，高骞面上没表示，背地里眉头却皱得能夹死一只苍蝇。

此时，见自家妹子终于想开了，高骞既惊又喜，同时难免心下生疑。

“这事跟焦荣山没有任何关系。”惜翠道，“只是刚刚听了大嫂一席话，我想开了。”

遗玉是个聪明人，她既然这么说，高骞只当她是真的想通了，将心头那抹疑虑暂时按下。

他虽不懂女儿家的心思，但也明白妹妹能心甘情愿地跟他说出这些话，实在难为她了。

她能想明白，他着实欣慰。

想到这段时间自己确实逼她逼得狠了些，高骞心下不禁又泛起些淡淡的愧疚与怜惜之情。

“抱歉，是二哥逼你逼得紧了些。”高骞顿了顿，生硬地说，“日后二哥定会为你寻一门好亲事的。”他说话像在掉冰碴子一样，嗓音却努力放得温和了些，“你是我的亲妹子，我绝不让你矮旁人一头。”

惜翠心想：我想“攻略”卫檀生，想嫁给卫檀生，你能帮我吗？

高骞的话其实让惜翠有些触动，但也仅仅只有一些。眼前的人毕竟跟她没有血缘关系。

想到这儿，惜翠颇为冷淡地道了声：“多谢二哥。”

她的声音低而缓，在高骞听来，有种说不清道不明的细细痒痒的感觉。这种陌生的感觉涌上心头，高骞愣了愣，不自在地低下头，抬起右手挡在唇角，轻咳了一声道：“兄妹之间，无须言谢。”

头一次体会到做哥哥的心酸与愉悦，高骞纠结了。

两个人陷入了沉默。

平常就这么待人接物，不觉得有丝毫问题的高骞头一次感觉到了不妥。

他是不是太冷淡，吓到她了？他这个妹子，性子过于天真，不谙世事，也不擅长跟人打交道。

这么想的高骞完全忘了他自己也不会跟人打交道的事实，他那张冷若冰霜的脸不知使多少有心跟他接触的人望而却步。

高骞本就不善言辞，察觉到自己的冷淡后，怀揣着担忧，尽力想要找出什么话来。

“你……你……还有事吗？”

“我？”惜翠一愣，“我如今无事。”

“可要陪二哥一道儿走走？”

面对高骞的邀约，惜翠点了点头。

出去走走也好，在瓢儿山上的时候，她就没有下过几次山，即使下山了，也只去过小镇，其繁华程度完全不能同空山寺相比。

高骞似是松了口气，道：“走吧。”

高骞容貌俊美，身材高大，气质高贵，一路上吸引了不少人的目光。

他话不多，但知道的不少，知道惜翠没来过这儿，碰上什么都会为惜翠讲解，就是讲解的内容十分简洁，最多几句话，短的时候只蹦出两三个字，譬如看到殿中的佛像时，就会告诉惜翠这是哪一尊。

“二哥对此倒是有所了解。”

“我懂得不多，不过是平日跟婆婆待得久，便记住了。”

“婆婆”是指奶奶。

惜翠本就是随口一说，没想到高骞还会回答。

“原是如此，怪不得家中兄弟姐妹中，婆婆最宠二哥。”

说者无心，听者有意。高骞似是误会了她的意思，沉默了半晌才道：“不要多想，婆婆也是喜欢你的。”说完，俊美的脸上浮现出一丝局促不安之色。

他想到哪里去了？惜翠哭笑不得。他当她是因高老夫人偏心而感到不满吗？

惜翠心知自己就算解释了他也不会听，想了想，干脆没解释，一是因为她懒得解释，二是因为让他这样误会着也挺好。

虽然惜翠这么做有些不厚道，但高骞只有这么误会着，心里才会更加不安，对待她这个小妹才会更加上心。

平常根本不信佛的高骞见惜翠捐了些香火钱后，十分没有原则地颔首，面无表情地夸赞道：“积攒些功德也是好的，因果轮回，今日种下善因，来日必当收获善果。妹子有心了。”

当惜翠想要再捐些钱时，身侧的高骞长腿一迈，先她一步，将铜板丢入功德箱。

惜翠：“二哥，这捐香火钱积功德的事哪有找人代劳的？”

高骞：“你月例不多，不要浪费在此。我们是兄妹，血脉相连，不分你我。”

他虽是这么说，但后来惜翠想要捐香火钱时，他却没抢在她前头，而是干脆将袖中的钱袋塞到惜翠的手中。

惜翠掂量了一下钱袋，颇沉。

“今日出门，带的银钱不多，你若不够，可以直接来找我要。”高骞低声道，“我拿着月俸，倒没什么用。”

突然富有了，惜翠有些不知所措。

“可是不够？”一直暗暗留意着妹子的脸色，高骞面露歉意，“抱歉，二哥今日出门上香所带的银钱不多，等回去后再给你一些。”

“够了够了。”惜翠赶紧摇摇头。

这一袋银钱她到底要怎么花？全捐了似乎有些浪费。

惜翠可心疼钱了。

但她转念一想，这本就是个荒诞的书中世界，她都能死而复生，这些钱不就跟游戏中的游戏币一样吗？反正她也带不到现实世界中去，在这儿节省又没有用，不如花了。

可是，就算是虚拟货币她也舍不得花啊。

没想到自己对这儿的人的感情还不如对钱来得实在，惜翠略感羞愧。

将钱袋直接还回去似乎也不太好，惜翠意思意思，往功德箱里丢了点碎银，最后才将钱袋还给了高骞。

高骞神色略微僵硬，想要说什么，却不知该怎么说。

他这个妹子从前受了不少苦，本该被当成掌上明珠，在狐裘绣袄中长大，如今却连些银钱都不敢花。

他心里不满，情绪反映在脸上，抿着唇，显得有些凶，也不知道是在同谁置气。

既然疼惜这个妹子，他便要弥补回来。

“婆婆捐香火钱都是以千两起的，这钱袋中没多少银钱，剩下来的钱，你收着便是。莫要同我客气。”他说着，又将钱袋给了惜翠，大踏步地出了殿门。

惜翠看着他的背影，又看了看手里的钱袋，只能硬着头皮跟上。

她跟着高骞一路捐钱，从正殿捐到偏殿。每次往功德箱里丢钱的时候，惜翠就感觉自己像一个散财童子，浑身冒着金光，脑门上都刻着“有钱”两个大字。

她和高骞这俨然如暴发户的行为很快就吸引了其他人的注意，旁人纷纷小声议论着这两个衣着华贵，使劲儿撒钱的人。连带着几个本该心如止水的僧人都忍不住转头看了他们一两眼。

这种引人注目的方式真的不好。

惜翠感觉她和高骞就是地主家的傻孩子。

就在惜翠跟高骞一起踏出大殿的时候，殿外忽然走过来两个少年僧人，一个高一些，一个矮一些。

矮的那个小沙弥，眼睛乌溜溜的，笑着和同伴说："我听闻时也吓了一跳，也不知是哪两位檀越如此大方，竟捐了这么多银钱。"

高一些的那个左腿微跛，腕悬佛珠，行走时如一根青竹，风度翩翩，一举一动皆赏心悦目。旁人看他一眼，便觉得宛如明月与青山一并撞入怀中。他貌如好女，却不显阴柔，微笑道："既有如此大方的檀越，应当感激才是。"

惜翠的步子当即一停，整个人愣在原地。

"遗玉？"

耳畔传来了高骞的询问声，惜翠却好似什么都听不见了。

那少年僧人同小沙弥越走越近，僧袍被风吹得轻轻扬起，行走间踏出的鞋履干净得仿佛不染纤尘。

那是卫檀生，惜翠不会认错。

"踏破铁鞋无觅处，得来全不费工夫。"

他的容貌和十岁时相比并无多大的变化，只是五官都长开了，少了几分俗世的烟火气，多了几分方外的疏朗与清逸。

他的眉长而远，唇淡而薄，犹如烟络横林，山沉远照，渺渺又悠远。

那个瘦瘦小小，蜷缩在粪尿污秽中的小孩子已长成了一个风度翩翩的少年。

他之前是不怎么笑的，总是垂着眼，沉默不语，拒人于千里之外。但此时他眼中含着淡淡的笑意，和在瓢儿山上时相比，简直有了翻天覆地的变化。

看来离开瓢儿山后，他过得不错。

小沙弥道："师叔说得有理，倘若碰上，我定要当面谢过这两位檀越。"

"遗玉？"

惜翠回过神来，道："我没事。"

卫檀生已和那小沙弥走到殿前，头一抬，便注意到了站在殿门外的惜翠与高骞。

卫檀生落在惜翠身上的目光中含着淡淡的笑意，看她与看其他人并无什么分别。

惜翠本还有些紧张，这时松了口气，拉着高骞的衣袖往旁边一站，为卫檀生同那小沙弥让开了路。

卫檀生看了她一眼，竟停下了步子，莞尔一笑："多谢。"

惜翠："客气了。"

目送卫檀生和小沙弥一同步入殿中后，惜翠收回视线。

卫檀生没有认出她来。

这是当然的，她现在的模样和当初在瓢儿山上时相比，简直有天壤之别。

想到高骞不久前的承诺，惜翠内心突然冒出了些邪恶的念头。

"二哥。"她侧身，神情严肃地看向高骞，指着卫檀生离去的背影道，"我不嫁给焦荣山了，我想嫁给他。"

高骞一时语塞，顿了顿，问："你这是何意？"

惜翠一本正经地道："我看上了这小师父，想嫁给他。"

高骞仿佛一瞬间变得极其疲惫，伸手捏了捏鼻梁，道："不要闹了，他是和尚，和尚怎能娶妻？"

"我是认真的。"

"你还在因焦荣山的事而置气？"

"倒不是因为他。"

"那你为何要说出此话？"

惜翠深思了片刻，给出了一个高骞无法反驳的答案。

"因为这小师父生得好看，我一见便心生欢喜。"

卫檀生缓步迈入大殿，身旁的慧如叹了口气，道："可惜缘分未到，我没能见到二位檀越。"

他年纪小，一碰上什么事，就难免动尘心。

卫檀生听他"叽叽喳喳"地说着，笑而不语。

"说起来，刚刚那两位檀越看着好生眼熟呢。"想到方才在殿外见到的人，慧如若有所思地回头看了一眼。

卫檀生这才问了一句："哪两位？"

"就是师叔刚刚在殿前看的那两位。"慧如嘀咕，"那位女檀越与她兄长生得好生相似，我还没见过如此相似的兄妹俩呢。"

卫檀生脚步没停，腕上的佛珠当啷作响。他显然对此不是很关注，道：

“是吗？”

自己这位师叔，虽性子好，却有些无趣，不像个十六岁的少年，更像个六十岁的老人。慧如撇撇嘴，道：“师叔的禅心当真稳固呢。”

卫檀生没有应声，目光落在了大雄宝殿中的旃檀佛像上。

时间一晃而过，他已在空山寺待了六年多。其间，他勤勉持修，未曾有所懈怠。至于禅心稳固与否，只有他自己最清楚。

晚上，结了课业，卫檀生回到寮房[①]，看了卷经文，困意袭来。他吹熄了蜡烛，和衣而卧。

但这一觉，他睡得不甚踏实。

他又做梦了，梦到了瓢儿山冲天的火光与飞溅的血滴。

卫檀生睁开眼，从梦中醒来，心跳如擂鼓。

他五指合拢，缓缓地抓紧了身上的薄被，全身上下的血液好似沸腾了一般，冲入四肢百骸与大脑中。

卫檀生双眼微睁。

一轮圆月攀上窗。

月色下，他那双绀青色的双眼微垂，睫毛滤去眸中微转的碎光，为他平添了几分妖异与艳丽之色。

卫檀生掀开薄被，为自己倒了杯冷茶。

茶水入肚，躁动不安的心才平复了少许。

自从离开瓢儿山之后，他几乎每天都在梦中重温那天的场景，一遍又一遍，常常半夜醒来，汗湿枕巾。

卫家人只当他是年纪小，经此大难，留下了心病。

他没有辩驳。

他回家后，那个卫家三郎跛了的消息没多久便传遍了京中。

卫宗林对他心怀愧疚，见他跛了一足，对他的管束松了许多，渐渐地便不再多管他。

为官要看仪容，他如今跛足，倘若踏入仕途，恐生波折。卫宗林早已将所有

① 寮房：寺庙中的僧舍。

心思放在了大儿子卫景的身上。

卫檀生自小就严格地按照卫宗林的要求活着。卫宗林不再管他，驱使他按部就班地活着的外力陡然消失，这让他有些无所适从。

那些经史子集他已翻过无数遍，懒得再看。每日，他便坐在窗下，什么也不干。

他感觉自己好像缺了什么，心中空落落的。但他始终想不起来究竟缺了何物，更觉得烦躁。

他这副模样落入旁人的眼中，又引得其他人对他心生怜悯，说他是在山上时被吓傻了。

一日，他拿起了自己许久未曾用过的弓箭。

他用箭，就像射死那只猫一样，陆陆续续地射死了不少畜生。

那些畜生死前的双眼慢慢地与那人的双眼重合，透着那些死去的畜生，他好像又看见了那个土匪。

他终于明白了，杀了那土匪非但没让他感觉到痛苦，反倒释放出了他心中压抑着的魔性。

他杀了他们。

他救赎了他们。

这种感觉几乎使卫檀生着了迷。

没多久，家中便商议着把他送离京城，让他拜入了善禅师门下。

佛门清静，尤忌杀生。他只能按捺住心中叫嚣的欲望，可欲望非但没有因此而平息，反倒愈加躁动不安了。

他突然意识到，比起欲望得不到宣泄，自己被这种感觉所掌控、失去了自我的样子，更让他觉得焦躁不安。

他这副模样落入了善禅师的眼中。

了善禅师德高望重，智慧通达，能拜入他门下，是卫檀生之幸。卫檀生对他向来颇有几分敬重。

了善禅师倒没有斥责卫檀生，只是常带着他做些农活，闲暇时为他讲经说法。

了善禅师本就未打算将衣钵传给他，只为度化他，才收他入室。

卫檀生当然知道自己这副模样有违常理，但并无更改的念头，只对了善禅师道："弟子魔性难除。"

了善禅师面不改色地问："那你告诉我，你之魔性在何处？"

此问正如一瓢水，温和从容地浇灭了他的心火。

人有两面，一面是佛，一面是魔。

心本清静，自是荡荡无碍。

他想开了，这股躁动不安的欲望好似终于慢慢地平息了下来。

卫檀生这才静下心来，跟在了善禅师身侧，日日劈柴耕田，夜夜观想，潜心修习。

"郁郁黄花，无非般若；青青翠竹，尽是法身。"

于经年累月缄默的禅定中，他倒也学得了几分皮毛。

青灯古佛，给予了他不少安慰。

尘世于他而言，没有什么可留恋的，经书中的佛国，让他有了个寄托安身之所。

只是，这股欲望还没有消失，也永远不会消失。

有这欲望在，他永远到不了彼岸。

卫檀生不太清楚自己为什么会再梦到瓢儿山上的事，他已经很久很久没有梦到那土匪了。

但因为这一场梦，他的欲望再次被引动，在胸中不安地咆哮，想要破胸而出。

喉间溢出一声暧昧不清的呻吟，他合掌念了声佛号。

他明白，总有一天，它还会如山洪一般咆哮着倾泻而下。

等那一天真正来临，必是如焚天灭地一般，足以使他立堕三恶道，遑论入彼岸佛国。

虽见到了卫檀生，但惜翠没打算上赶着凑到他面前。

这一次她身份不同了，卫檀生的性格好像也有了很大的变化。她要好好想一想该怎么办。

陪着高骞逛了一圈，等高老夫人醒来后，惜翠就同高家人一起下了山。

李氏好奇心强，回到车上后，对他们兄妹二人的事很是关心，拉着她问长问短。

惜翠道："多谢大嫂，我与二哥之间已没什么事了。"

李氏又问了两句，这才放下心来。

马车行至高府门前停下，门外已经有仆人候着了，只等主人下车。

几个穿红着绿的丫鬟忙迎上来扶老太太往里走，其余几个粗使的仆役去安顿车马行装。

惜翠跟着一大帮人进了府，只见高府内长廊曲池，假山复阁，雕梁画栋，轩昂壮丽。

好在惜翠之前去故宫玩了两趟，要论富贵，高家拍马也赶不上皇帝。她权当是在参观旅游景点，走马观花地看了过去。

高家是勋贵之家，这种家庭，规矩也比旁的家庭多。

惜翠就像刚进大观园的林妹妹，谨小慎微，看别人怎么动作，自己再跟着动，争取不露馅儿、不丢脸。幸好没什么人在意她，她跟在其他人身后，倒也糊弄了过去，没出什么岔子，顺顺当当地回到了高遗玉所住的屋子。

跟在高遗玉身边贴身伺候的，只有一个叫小鸾的丫鬟，是从高老夫人那儿拨来的，另有两三个洒扫的小丫鬟与仆妇。

除了小鸾，其余人惜翠都没心思去记。

惜翠打量了一眼自己的住处。这儿不大，空荡荡的，只有一张床、两三个柜子、一张桌子、四把凳子、一张梳妆台、一扇屏风与一个衣架——冷清得不像一个高门贵女的闺房。

但家具用的料子看上去似乎很好，惜翠上手摸了一把，摸不出是什么材质。

走到梳妆台前，惜翠对着镜子看了一眼。

毕竟是个姑娘，她对自己现在长什么样有点好奇。从空山寺到高府，她都没搞清楚自己现在是圆是扁。

看到镜中的人后，惜翠有点愣神。

少女年纪不大，十五六岁，生得和高骞十分相似。

以女人的眼光来看，她的眉毛浓而黑，面部骨骼与线条未免太英气。但以男人的眼光来看，高遗玉眼睛略圆，又显得太柔和了些。

镜子里的是一张十分中性的面孔，正是这张脸让高遗玉有些自卑——时人以细眼弯眉、纤瘦单薄为美，她却生了一副坚毅的男相。

惜翠望着镜子里的人，心中缓缓地生出一个大胆的想法。

回来的路上，她正发愁要如何用自己的新身份接近卫檀生。

他在庙里当和尚，而她是未出阁的姑娘，倘若直接接触，难免有人说闲话。惜翠是不在乎那些闲话的，担心的是要真传出些风言风语，会影响她行事。现在看来，这张脸好像可以帮她解决很多问题。

惜翠若有所思地合上镜子，看向桌上摆着的一个红木匣。

红木匣共有四层。

她打开匣子，前两层里只有两三根簪子、几对镯子，首饰少得可怜，看来高遗玉不爱梳妆打扮。

第三层里装了些碎银和银票。

最底下一层里装了一只草编的蚱蜢，看上去历经了不少年月，手一碰，就有化成齑粉的风险。惜翠没敢动，怕她一动，那草蚱蜢就会光荣地牺牲在她的手下。

这似乎是焦荣山幼时送她的。

惜翠不动声色地把红木匣子锁得紧紧的，紧跟着又将整间屋子熟悉了一遍。

不过，不论如何翻来翻去，她也只翻到这么点家当。

她怎么会这么穷？惜翠皱眉。

按理说有高家每月发的例银以及每个季度裁的新衣、采买的首饰，她绝不会穷成这副模样。

系统还是和之前一样，只提点她一两句，之后便撒手不管，全让她自己一个人慢慢摸索。

没钱总归难办事，想到自己这副穷酸样，惜翠开始有点心疼起那些被她捐到了庙里的香火钱。

但穷归穷，第二天一早，惜翠还是将银钱拿出来一部分，让小鸾去采买一些胭脂水粉回来。

姑娘想要采买胭脂水粉没什么值得怀疑的，小鸾笑吟吟地应了，面上似有欣慰之色："娘子也知道要打扮了呢。"

高门贵女的生活很无聊，比在瓢儿山上时还要无聊。

在瓢儿山上的时候，惜翠还能跟卫檀生一起打马吊，在这儿，她一没什么娱乐活动，二没什么能一起聊天的朋友。才坐了一会儿，惜翠就觉得闲得发慌，同时还有种自己在虚度光阴的感觉。

她不知道这个世界的时间流速和现实世界的是不是一样的，系统没告诉她，她也忘了问。但如果两个世界的时间流速是一样的或者这里的比现实世界的快，那她耽误不起，就算比现实世界的慢，惜翠也不想一直被困在这儿。

除了二哥高骞和大嫂李氏，高家的其他人，尤其是同辈的，都不爱跟她亲近。惜翠也懒得上赶着去跟他们交际，甚至有点庆幸，不用再为人际交往而烦心。

她既然想回家，还是少跟这儿的人联系为妙，他们之间感情越深，她与这个世界的羁绊就越深。人都是感性的，惜翠不相信自己真的能全然无情。如果能安安静静地待着，她还是安安静静地待着吧。

等了一会儿，惜翠没等到小鸾，却等到了一个面生的丫鬟。

那丫鬟一进屋，立即恭恭敬敬地向惜翠行了个礼，自称是受高骞的吩咐来的。

“郎君疼爱娘子，特地吩咐奴婢封了一袋银票送过来。”她笑道，从袖中摸出一个信封，递到惜翠面前。

信封鼓鼓囊囊的，看上去有不少银票。

惜翠不动声色地收下了信封，从袖口摸出了些银钱，打赏给了那丫鬟：“劳烦你走一趟了，麻烦你回头替我跟二哥说句谢。”

丫鬟收下赏钱后，态度明显更亲昵了一些，道：“娘子的话，奴婢一定带到。”

等丫鬟一走，惜翠便打开信封看了一眼，里面整整齐齐地放着厚厚的一沓银票。

高骞这么有钱？将银票取出来清点一番后，惜翠讶异地想。

那高遗玉怎么会穷到这个地步？

丫鬟银盘出了屋，赶去回禀高骞。

全高府最有能耐的郎君正端坐在桌前，阅读手中的一纸书信，眉头蹙得紧紧的。

听了银盘的话，高骞抬起脸，眉头稍松，冷峻的脸上微露轻松之意：“你下去吧。”

银盘退下后，高骞收回目光，对着桌上的书信，再一次陷入沉思。

说者无心，听者有意。自遗玉在空山寺提出要嫁给那个和尚后，他便留了个心眼。

遗玉此前从没见过那和尚，高骞不相信她是真的瞧上了他。她之所以会说出那种话，恐怕还是在跟自己怄气。

高骞本无须对这和尚上心，奈何每每想起她的话，心里就跟被猫爪挠了一样。放不下心来，他只能叹了口气，托人帮忙查了一下那和尚的底细。

那和尚面容甚美，又是个跛足，查起来十分方便。

那边刚刚得了消息，将书信送到高骞桌前。

和尚姓卫，名叫卫檀生，是京城卫家的儿子，十岁的时候被卫家人送去了空山寺，在空山寺一直待到今天。

卫家人……

高骞凝神细思。

卫家虽已渐露颓势，比不上高家，但在京中也有些地位。倘若二妹真的要嫁给卫家人，确实要比嫁给那姓焦的好。

想着想着，高骞又觉得自己可能是失了智，疲惫地捏了捏眉心。

这卫檀生是个和尚，遗玉怎么可能嫁给他？除非他哪天还俗。

高骞目光流转。

他未记错的话，卫家人丁稀少，这一辈又多是女儿，别说，卫檀生还真有可能哪天就还俗了。至少，他们卫家应该不愿意卫檀生在庙里待一辈子。

卫檀生这个名字，高骞似乎在哪里听过，但只有一个模糊的印象。

弃了书信，高骞随手披上搭在椅背上的外套，缓缓走出屋子。

另一厢，惜翠正在清点小鸾买回来的胭脂水粉。小鸾买回来的东西虽多，但惜翠都不大会用。

“娘子可是累了？”看她一大早基本没吃什么东西，光顾着摆弄胭脂水粉，小鸾问，“不如吃些糕点或者喝杯茶歇歇？娘子想吃什么？我吩咐厨房去做。”

惜翠确实觉得肚子有些饿了：“那就麻烦你再跑一趟了，至于吃的，随便做两样就行。”

小鸾应道：“那我就依娘子平日里吃的那些来。”

小鸾出了门，却在门前撞上了一个人。

“郎君！”

高骞看了眼面色惊讶的小丫鬟，问：“你家娘子在屋里吗？”

“就在屋内坐着呢。”

高骞一进屋，就看到惜翠正对着一桌子的胭脂水粉发愁。

屋外的对话，惜翠早就听见了，抬头看到高骞后并不惊讶。

“二哥，坐。”她忙将那些胭脂水粉收到一边，拿起桌上的茶壶给高骞倒了杯茶，又给自己倒了一杯，斟酌着道，“二哥方才差人到我屋里送了这么多钱，我还没来得及上门说谢，你倒是先过来了，是我这个做妹子的失礼了。”

高骞端起茶杯，道：“兄妹之间，这些虚礼就免了。钱不多，倘若不够，可再来同我说。”

高骞显然对喝茶不感兴趣，略微抿了一口就搁到了手边。

惜翠装作没听到这句话，又真情实意地谢了一遍，这才将话题绕回来：“二哥今天到我这儿，恐怕不单单只是喝杯茶吧？”

高骞不善言辞，惜翠问了，他便单刀直入地说：“我今日来此，是为了你之前在空山寺所说的那番话。”高骞顿了片刻，迟疑道，“那日我们在寺中所见的那个僧人，我已帮你查过。”

惜翠一口茶差点呛在了喉咙里，心想这位仁兄该不会是当真了吧？

她抬眼看高骞，只见高骞一脸正色，没有任何开玩笑的意思。

“这僧人名叫卫檀生，是京城卫家的儿子。”

高骞没瞒她，将自己查到的信息统统告诉了她。

她随口一说，却换来高骞如此郑重的回应。惜翠将茶水咽进了肚子里，压力有些大。

她不太清楚书中的情节究竟发展到了哪一步，但这个时候高骞应该已经认识吴怀翡了，吴怀翡也应该认识了卫檀生。

惜翠小心翼翼地打量着高骞，心想，他知道卫檀生就是他的情敌吗？可惜光从高骞的脸上看，她看不到任何异样。

高骞虽然性子冷了些，却有一股执拗劲，继续说道：“我不知你之前说出那番话有何用意，但婚姻大事并非儿戏。”他看了她一眼，“不能因为与我置气，就胡乱指个人。”

惜翠不反驳。

她这副模样落在高骞的眼里又引起了误会。

见自家小妹一副“冥顽不灵”的模样，高骞心中不满，皱紧了眉，摆出了兄长的架子，耐着性子道：“不是二哥故意为难你，但那焦荣山实非良人。”

惜翠听得一个头两个大。她都不知道高骞看起来冷冰冰的，在书中也是个冷傲郎君，怎么面对她的时候这么婆婆妈妈的，唠叨程度比起她妈来都有过之而无不及，两个人还都爱摆出大道理来跟她谈人生。

惜翠只能拿出对付她妈妈的那一套来对付高骞——神色诚恳，一再保证自己确实没有嫁给焦荣山的意思。

“那卫檀生？”

惜翠沉默了一瞬，道："且不提他。"

她那套糊弄不了她妈，却糊弄得了高骞。

高骞不再说了，拧着眉头细细地打量了她一番，终于放过了她。

其实，比起讲废话，高骞更愿意用行动来解决问题。他的话一直不多，今天他说了这么多，还是头一遭，这未尝不是在为难他自己。

见面前的少女不像是在跟自己怄气，高骞终于松了一口气。

他这口气松了，两个人又陷入了沉默。

"既然你想通了，那我就不多说了。"高骞坐了一会儿，眼见找不着话题，一撩衣摆，准备起身。

惜翠赶紧叫住他。她还想旁敲侧击地问问他有关书中情节的事呢。

"我刚吩咐厨房做了盘茶点，二哥可要尝尝？算算时间，也该做好了。"

高骞本来已经打算离开了，听惜翠这么说，想都没想，又坐了回去，说道："也好。"

没想到两人沉默地等了大半天，厨房那边一直都没传来动静。

惜翠差了个丫鬟去问一声，没多时那丫鬟与小鸾一块儿进了屋。小鸾的面色不大好看。

惜翠问："怎么了？"

小鸾恨恨地说："我刚刚去问了，说是还没做呢。"

高骞的眉头顿时又皱了起来，脸色一冷："今日在厨房当值的都是谁？"

小鸾啐了一口："还能有谁？还不就是邹婆子和那群狗眼看人低的家伙？"

"这是第几次了？"

高骞如此一问，小鸾自然也察觉到了什么，蓦地闭上嘴，不敢说话。

看她的反应，高骞已猜出了七八分。

从小鸾那儿问不出什么，高骞转而问惜翠，但惜翠初来乍到，对这些十分茫然。

见她这副样子，高骞抿了抿唇，唇线利如刀锋。

就在这个时候，小鸾叹了口气，福了福身子："郎君，不要怪奴婢碎嘴，奴婢实话同你说了吧。"

高骞冷冷地道："说。"

小鸾道："府上那些丫鬟、婆子，惯会见风使舵。厨房那邹婆子也只是其中一个。人心隔肚皮，她们那么怠慢娘子，还是摆在台面上能让人看见的。至于其他人心里在想些什么，我们又怎么晓得？奴婢只知道，娘子在他们那儿受了不少委屈。”

高骞将唇抿得更紧了，太阳穴“突突”地跳。

他一直待在军中，一身杀伐之气，如枪上落下的一层白霜。

他使劲儿揉了一下太阳穴，沉声道：“我明白了。”说罢，直接站起来出了屋，甚至连招呼都没跟惜翠打一声。

高骞走后没多久，厨房急急忙忙地将新做的糕点送了过来。但这个时候惜翠已经没了吃东西的心思，胡乱吃了两块垫了垫肚子，就没再动筷子。

第二天，府里就传出消息，说那邹婆子不知做了什么，好像得罪了高骞，被他亲自下令逐出了府。

小鸾一边为惜翠整理床铺，一边说道：“定是郎君为娘子出气了。”

等再上早饭的时候，厨房那边动作确实快了许多，不敢再有所耽搁。饭桌上的粥、菜也十分丰盛。

惜翠吃完饭，下人将吃食撤了下去。

坐回镜子前，惜翠没心思去想那些事，只一心一意地研究那些胭脂水粉。

高遗玉的长相偏中性化，惜翠想女扮男装去空山寺接近卫檀生。只不过她不是美妆博主，不太会摆弄这些东西，只能提前多练练。

对着镜子，惜翠细细地往脸上抹了半天。

面部轮廓要深一些，鼻梁也要修饰。

这儿没有鼻影，她只能用眉粉代替。

望着镜子中的人，惜翠一点一点地涂抹。

嘴唇的颜色要淡一点。

眉毛要浓一些，粗一些。

回想着高骞的样子，惜翠慢慢地比照着画。

只是她才往脸上涂了点眉粉，门外忽然有丫鬟来报，说是田家人到了府上，想要见她，正在偏厅内候着。

高家从未阻拦高遗玉与田家人接触，田氏夫妇偶尔会主动上门来看看养女的近况。

好歹是原身的养父母，惜翠不能不去见，只好将手上的事暂时搁到一边，换了身衣服去偏厅。

如今恰逢春耕，田老头正在地里干活，来的只有田刘氏一个人。

她穿得整洁，头发整整齐齐地梳了个髻，很是精神。

田刘氏见到惜翠，喜不自胜地站起来，忙牵着惜翠的手打量着她，笑道："果然是养得好了，我都快认不出了。"

惜翠："娘。"

田刘氏拉着她的手坐下，一个劲儿地嘘寒问暖，眼里闪动着的关切不似作假。

母女俩絮絮叨叨地说了会儿近况，田刘氏这才说明了来意——惜翠的小弟田勇良生辰将近，田刘氏希望她能回家中一起吃顿饭。惜翠正愁没有离府的机会，听了田刘氏这话，自然一口应下。

两人又说了会儿话，惜翠送别了田刘氏，回去便向府中管事的大夫人曹氏说明了缘由，说是想要回田家住两天。曹氏不疑有他，嘱咐了两句，便应允下来。

田家并不富裕，田勇良年纪小，他的生辰哪里值得大肆操办。这次他们叫惜翠回来，也不过是想借此机会，一家人坐在一起说说话。

夫妻俩当初是因一直生不出孩子才收养了高遗玉，没想到收养她不久，便怀上了田勇良。只可惜田氏夫妇忙于生计，对他疏于管教，田勇良就跟村里的一帮流氓混在一起，小小年纪却颇为无赖，一见惜翠就讪笑着问她借钱。惜翠看到他才反应过来，高遗玉的钱究竟花到哪里去了。

田刘氏见状气得直骂："你大姊好不容易才回家一次，你这没出息的说什么胡话呢！"

田勇良悻悻地闭上了嘴。

不过这一家人对她确实不错，田勇良虽混账了些，到底还是将高遗玉这个姐姐放在了心上，话里话外对她颇为关切。

他们没请外人，惜翠也没机会见到这几日频繁被提及的焦荣山。

她的目的本来就不是给田勇良庆生，在田家过了一夜，第二天一早便留了个字条，说是高家的人急着找她。接着她偷偷离开了田家，去铺子里买了两身男人的衣服，又找了家客栈，在客栈中换上衣服，化好妆。

高遗玉个头高，正处于发育期，第二性征不明显，声音也有些沙哑。

惜翠将买来的直裰套上后，看上去确实跟高骞宛如一个模子中刻出来的，只是清瘦些，没高骞骨架大。

仔细看她，能看出些女孩子的气质，但不注意的话，她这样倒也能以假乱真。

做完这一切，惜翠这才赁了一辆马车，赶往空山寺。

昨日下了些雨，风狂雨急，落了一地的枝叶。前来烧香拜佛的人没往日多，山路上稀稀落落的，只有几个人。

惜翠下了马车，慢慢地往上走，心里盘算着到了寺里要怎么应付庙里的和尚。就在她苦思冥想间，突然，耳畔传来一道轻柔的女声。

“高骞，是……你？”这嗓音里似有一丝犹豫与惊讶。

惜翠一愣，循着声音看过去，却看到一个少女正坐在山路边，一脸惊讶地望着她。

少女看上去十五六岁的年纪，皮肤极白，乌黑的发丝随意地绾了个髻，髻上斜插了一支素簪，脸上未施粉黛，眉如远山，眼神明亮如雪夜中的灯火。

在此之前，惜翠还没有见过这么好看的少女。

惜翠愣神，面前的姑娘似乎更愣。她看着惜翠，有点犹豫，有点不解，踌躇了片刻，终究还是问出了口：“你怎会在此？”

这少女是高骞认识的人？

惜翠本想开口解释，但一想到解释起来可能更加麻烦，话到嘴边又咽了回去。她压低了嗓音，反问道：“你呢？你怎会在此？”

“我……正要上空山寺。”

少女说话间，手一直轻轻地揉捏着脚踝。

“你的脚怎么了？”

那少女摇头道：“没什么大事，只是扭到了，坐在路边休息一会儿，没想到竟能瞧见你。”

她说着将旁边的一个箱子拿了过来，拍了拍箱盖，腼腆地笑道：“待会儿我敷点伤药便好了。”

那是药箱。

一瞬间，惜翠的脑海中闪过了一个名字——吴怀翡。

《太平医女》的女主角吴怀翡。

长相貌美的年轻姑娘，随手带着药箱，又认识高骞，除了吴怀翡还能有谁？

惜翠……见到了这本书的女主角？

惜翠更蒙了。虽然早知道会碰上吴怀翡，但她没想到会这么早。

说起来，吴怀翡跟高骞的故事还始于一次美女救英雄。

高骞本为金吾前卫指挥使，夜晚要巡视皇城。

一次，高骞受了伤，晕倒在路边，正好碰上行医晚归的吴怀翡。正是她及时为高骞做了急救措施，两人才相识，此后渐渐地相知、相爱。

眼见青年此刻正一眨不眨地看着她，吴怀翡的脸颊红了一红。

但她毕竟是女主角，性格坚韧，从小就独立自主，并非那温室里羞涩怯弱的“小白花”，一眨眼的工夫，脸色已恢复如常。

“高郎君，”想到自己如今面临的困境，她有些不好意思地轻轻说道，“恕在下失礼……在下有个不情之请。”

“什么？”

“你能否……帮我挡一挡？”

她要褪下鞋袜，给自己上伤药。

古代的女人重名声，即便是女主角也不能免俗。惜翠了然地点点头，背过身去，帮她挡住了来来往往的人。

身后传来吴怀翡低低的声音：“多谢。”

山风拂过，松涛阵阵，松针上的露珠倏地掉落。

惜翠看着那滴滴欲坠的雨露，陷入沉思。本来她还以为故事正式开始还有一段时间，没想到情节已经默默展开了。

如果按原著的情节发展来看，这个时候，吴怀翡应该是去空山寺救治卫檀生的师父了善禅师的。

《太平医女》的篇幅特别长，有三百万字，时间跨度也很大，很多情节惜翠已经记不大清了，但她记得这段情节发生时高骞是没在的。她也不知道她参与到情节中去是好还是不好。

照原著发展的话，这个时候，卫檀生应该已经喜欢上吴怀翡了。

吴怀翡到京中后，因为医术精湛，闯出了些名声，常常受达官贵人邀请，上门替他们看病。其他时候，她就为穷人义诊。

而卫檀生经常下山布施，两个人于机缘巧合下结识，一块儿做慈善。卫檀生也因此对她生出了些欣赏与恋慕之情。

恰逢了善禅师得了病，请了许多名医来看，病情一直没好转。卫檀生便将吴怀翡介绍给了自己的师父，请她到寺中给了善禅师治病。

惜翠有点头痛了，“攻略”一个人和“攻略”一个心有所属的人，难度系数根本不是一个级别的。

卫檀生已经对吴怀翡单方面地生出了些好感，要使他这种人移情别恋，惜翠自觉还没这么大的魅力。

正倍觉苦恼时，她身后又传来了吴怀翡的声音。

“好了。”

惜翠转过身。

少女白皙的脚踝已经让垂落的纱裙给挡住了，只能隐约看见一只翘头云履。

“多谢郎君。”

“举手之劳，无须挂齿。”

为了不露出马脚，惜翠模仿着高骞那副冷冰冰的样子，连说话声都低沉了不少。

吴怀翡试探着站了起来，却没站稳，还好惜翠手疾眼快地一把扶住了她。

“没事吧？”

少女摇摇头，轻轻地挣开了惜翠的手，道：“过一会儿便好。”

惜翠弯腰把她的那只药箱捡起来，递到了她的手上。

吴怀翡接过药箱，好奇地问：“高郎君也要去空山寺？”

“有些事。你扭到脚了，不如同我一起。”惜翠道，“一路上我还能照顾一二。”

吴怀翡倒也不扭捏：“如此，便多谢郎君了。”

惜翠不知道她的伤势，但从她走路的姿势看，她应该扭伤得比较严重。

山路漫长，身旁的少女每走一步，身形便微微一滞。偏偏她一声不吭，生生地忍了下来。

可离山门还有很长一段路，她这么忍着也不是办法。

高遗玉不仅长得偏男性化，连力气也比其他姑娘大上不少。见少女一副安静隐忍的模样，惜翠终究是看不下去了，微微蹲下身，示意道：“我背你上去。”

吴怀翡愕然，随即反应过来，礼貌地拒绝了她：“多谢郎君好意，但我能走上去，这毕竟于礼不合。”

惜翠：“让你一个人如此走上去，怕是要走到天黑。这会儿山路上并无旁人，无须担心会有人说闲话，我只是为报答上次你的救命之恩，帮救命恩人一程。”惜翠侧过头道，“还是说娘子更重这些虚礼？”

吴怀翡低头看去，面前的青年侧着头，嗓音冷淡中隐含一丝关切。

不知为何，她觉得当初所见的冷厉眉眼如今柔和了不少，犹如一弯朗月。

好像有什么地方不太一样了……

吴怀翡犹豫了一会儿，两只微凉的手臂环上了惜翠的脖颈，一阵淡淡的药香传向惜翠。

之前有抱卫檀生的经验，再加上高遗玉天生力气大，惜翠背吴怀翡并不吃力。

吴怀翡很紧张，全身僵硬，不敢贴近惜翠的身子，连呼吸都压得格外地轻而慢。

吴怀翡学医，惜翠本来还有些担心她能察觉出男女身形的差异，但背上的少女浑浑噩噩的，早已神游天外。到了山门前，惜翠将她放下来的时候，她还有些愣神。

直到惜翠喊了一声，她才蓦然回神："啊？哦……"

吴怀翡匆匆忙忙地跳下来，红晕迅速从脖颈爬上了脸颊，书中冷静温婉的女主角这个时候竟然有点不敢直视惜翠。

不知为何，惜翠隐隐约约从她的身上看出一点天然呆的气质。

吴怀翡颇为懊恼："抱……抱歉……"

一道清朗如松风溪韵的男声突然横插进了两人之间，打断了吴怀翡的话。

"吴娘子？"

惜翠回头一看，卫檀生正站在山门前，诧异地看着自己和吴怀翡。

他袈裟当风，面上带着一抹礼貌的微笑，腕上的佛珠于山风中泠泠作响。

惜翠："……"

气氛有些古怪，空气好似凝滞了。

惜翠在看卫檀生，卫檀生也在看她。

他目光不闪不避，唇角轻扬，风满袖口，飘飘如仙。

她跟他都没有说话，沉默地向对方行着注目礼。

虽然想过许多种再见的情形，惜翠却没想到他们会是在这种好似捉奸的情况下见面。

古怪的气氛终究让吴怀翡打破了，她道："卫小师父？"

吴怀翡开口，卫檀生紧跟着动了。他收回目光，面上露出浅淡的笑意，道："我见吴娘子一直没来，心下有些担忧，便到山门前来看看。"

"抱歉，让你久等。小师父太客气了，无须在山门前候着。"

"娘子是我特地请来的，"卫檀生笑道，"我自然要对娘子的安危负责。"

吴怀翡提着药箱上前两步，直接步入正题道："不知尊师如今在何处，小师父能否带我去看看？”

“我这便带娘子去。”

吴怀翡看向惜翠道：“高郎君，我还要为禅师看病，先走一步。”

惜翠：“请。”

卫檀生看着惜翠，突然弯唇一笑道：“这位可是高施主？”

没想到会突然被提及，惜翠低声道：“某姓高，单名一个骞字。”

不过，卫檀生是怎么认得高骞的？按理说，没有惜翠掺和的话，这个时候卫檀生与高骞应该还未曾真正见过。难道说卫檀生是在试探情敌吗？

这个猜想让惜翠觉得有点好笑。

因为她的存在，前几天卫檀生见过她跟高骞一面。如果从那时起，卫檀生便留意了高骞，那惜翠就不太确定卫檀生有没有认出她是谁了。

她总觉得一眼就被人看穿了是怎么回事？毕竟他从小就聪明，在瓢儿山时格外能忍。但他的眼神似乎没有什么异样，如同一泓山麓湖泊，澄莹有琉璃光色。

“小僧姓卫，法名寂空，在山下时便曾听闻高施主姓名，今日一见，果真气宇轩昂，非同凡响。”

“我见小师父也是神姿爽拔。”

“高施主客气。”

两人假模假样地寒暄了两句，卫檀生冲惜翠略一颔首，便带着吴怀翡离去了。

一人在前，一人在后，远远地看上去，确实是一对璧人。

惜翠默默地看着，同时暗暗下了决心——从今天起，她一定要想方设法不让他们在一起。

等卫檀生与吴怀翡的身影慢慢地消失了，惜翠才转身离开，找到了空山寺中的知客僧，向其说明自己想在这儿住上一段时日。

如今正值初春，空山寺内有不少书生在此借住。在碰上吴怀翡前，惜翠本也想扮作书生，但吴怀翡既然将她错认成了高骞，她也只好将错就错。她自称因高老夫人寿辰将近，想要在寺中为其祈福，并手抄一卷佛经祝寿。

说明缘由时，惜翠特地留意了一眼对方的神情变化。

可能是因为出家人一直待在寺里，不懂人心险恶，知客僧对她的身份没有露出怀疑之色。也可能是因为在瓢儿山上的时候跟土匪们待久了，她举手投足间都不太像个姑娘，瞒过知客僧不算难事。

她多塞了些银钱当香火钱，知客僧给她安排的住处内只有她一个人，为她省了很多麻烦。

办理好相关手续后，知客僧吩咐下去，叫一个小沙弥领着她去客堂。

“多谢小师父。”拎着包裹，惜翠朝小沙弥像模像样地行了一个佛礼。

小沙弥领着她往客堂走去，礼貌地说：“这儿日后便是施主的住处了。”

进了客堂，惜翠将包裹放在桌上，莞尔一笑：“劳小师父费心了。”

小沙弥不好意思地笑了笑：“接下来就让我带施主四处转转吧。”

跟着小沙弥逛了一圈，惜翠方回到客堂内歇下，就这样在空山寺里过了平安无事的一夜。

第二天一早，钟头[①]口中念着宝偈，撞响了钟楼大钟。

厚重而庄严的钟声响彻山林，激起树梢无数飞鸟。在熹微的晨光中，空山寺中人开始陆陆续续地活动起来。

洪钟敲了一百零八下，惜翠起床打了水回到屋里洗漱，将自己收拾干净了，去往斋堂吃早饭。

吃完早饭，左右没事，惜翠干脆绕着空山寺逛了一圈，权当清晨散步。

空山寺为百年古寺，大雄宝殿中的佛像修得极其高大，雕刻的工艺也十分精妙。

有些借住在空山寺的书生此刻也赶到大殿中拜佛，拿了香，恭恭敬敬地跪在蒲团上拜了拜，口中念念有词，望文殊菩萨保佑自己在春闱考中，好光耀门楣，荣归故里。

惜翠就算不太懂这些，文殊菩萨、观世音菩萨、地藏王菩萨还是听说过的，当年高考的时候，班里还有不少同学的家长去了庙里烧香拜佛。

文殊菩萨是释迦佛的左胁侍，专司智德，为大智慧的象征。

菩萨左手持青莲，莲花上放着般若经梵箧，右手持宝剑，身骑一头巨大的白狮，面容温和而白净。

惜翠听他们碎碎念的时候，身旁却传来了一个熟悉的声音。

---

① 钟头：每天早晨、晚间和特殊时间负责在钟楼上敲钟的僧人。

“佛陀此为说法印。佛陀手下垂为‘与愿印’，意为能满众生愿，上伸为……”

惜翠快步绕到一侧，果然看见了卫檀生与吴怀翡。

卫檀生站在吴怀翡身侧，眉眼温和地为她解说大殿中的立像佛陀。

吴怀翡根据他所说，一一看去。

惜翠双手抱胸，懒懒地看着，心想：当着佛祖的面勾搭女孩子，卫檀生这个弟子禅心不稳啊。

可能是因为在瓢儿山上照顾他照顾得久了，惜翠一看到这两个人，心中竟涌出了一股微妙感。这种感觉就像是看着自己亲手带过一段时间的孩子长大了，竟也想着谈恋爱了。

那个冷漠疏离的小男孩如今也开始学着如何讨女孩子的欢心了。

惜翠一身玄衣，就像一座铁山一样站在一旁，想不吸引到别人的注意都难。

吴怀翡将头微微一侧就瞧见了她，道：“高郎君？”

惜翠不紧不慢地点头：“早。”

“啊……早……”吴怀翡的目光微有闪躲。

“高施主早，未承想今日在此也能碰上。”卫檀生含笑打招呼道。

“你们这是……？”惜翠问。

卫檀生坦然自若地笑道：“奉住持的命，带吴娘子四处转转，尽地主之谊。”

吴怀翡却突然主动发出了邀请：“既然在此碰上，不如一起？”

卫檀生看了吴怀翡一眼。

惜翠面上露出了些浅淡的笑意，道：“也好。”

惜翠当然不会拒绝，虽然卫檀生可能不太乐意看见她，但这也没办法。她又不是来跟他一起争夺女主角的，她的目标可是他。

“我方才听了一耳朵，小师父是在为吴娘子解说这佛像？”

卫檀生微微偏头，继续低声为吴怀翡解说道：“佛陀手上伸为……”

“佛陀手上伸为‘施无畏印’，意为能除众生苦。”惜翠淡淡地插进来一句，抢了卫檀生的话头。

卫檀生与吴怀翡旋即双双看了过来。

惜翠学着高骞的模样，抱着胸，面色沉静而肃然，明知故问道：“怎么了？”

“无事。”卫檀生含笑望着她道，“只是没想到高施主也懂这些。”

惜翠干脆搬出高骞的原话：“我懂得不多，不过是平日跟婆婆待得久，便记住了。”

卫檀生道：“原是如此，高老夫人慈悲，我也有所耳闻。”

往常而言，身为佛弟子的卫檀生每日都须做早课，但今日因为有吴怀翡在，他便做了东道主，带她在寺庙里转悠。

就像逛博物馆一样，惜翠蹭了个卫檀生的解说。他语速不快，嗓音温和，听起来有如沐春风之感，很是舒服，虽然他看向的只有吴怀翡。

被他这么忽视，惜翠感到有些不痛快。

高骞之前为她解说过一遍，她还有些印象，在卫檀生又要说话的时候，她抢先一步，站至吴怀翡身侧道：“此乃毗卢遮那佛。你可瞧见了这莲叶？”

卫檀生垂袖而立，目光清冷。

高大的佛像前，俊美的玄衣青年与少女并肩而立，冷硬的神情柔和了数分。两个人衣袂相碰，正如山头翻滚着的流云，亲密无间。

殿中，毗卢佛慈眉善目，好像也在望着身前这对青年男女。

吴怀翡问：“这莲叶有何玄机？”

“这每一片莲叶都象征着一个佛国，整座莲台便意为三千大千世界。”

“竟是如此，果真巧妙。”吴怀翡似乎未察觉到周围的气氛，竟难得地笑了笑，这一笑便若新雪初霁，光彩照人。

对上卫檀生的视线，惜翠不知为何竟感到一阵快意。卫檀生虽是她的“攻略”对象，但他既然让她觉得不痛快了，那她也要让他不痛快。

想到上次的死法，惜翠更觉得舒畅。

但报复归报复，她到底没敢表现得太招摇，毕竟她还有任务在身，要真和卫檀生闹翻了脸，到时候不太好收场。

她还指望着卫檀生能亲口跟她告白呢。

惜翠见好就收，跟着他俩继续往前走，最终竟将几个大殿都逛了个遍。

拜过了大雄宝殿、伽蓝殿、药师殿，他们最终到了地藏殿。地藏菩萨身披袈裟，眉细而长，双目微阖，一手持锡杖，一手持如意玉珠。殿中两侧还竖有十王塑像。

大抵是见多了生离死别，望见殿中这一尊地藏菩萨时，吴怀翡安安静静的，不发一言。

卫檀生问：“吴娘子似有所感悟？”

吴怀翡摇首道：“只是想起一位故人罢了。”

她想到的是童年的一个玩伴，那人得了一场急病去了，这才使得吴怀翡下定决心要学习医术，治病救人。

猜到吴怀翡想起的故人恐怕已经离世，卫檀生放柔了语气道："斯人已逝，娘子看开一些。"

吴怀翡："话虽如此，想要做到却谈何容易？"

卫檀生："缘起缘灭，无常无我，即便修行多年，也难以参透，娘子不必介怀，这本为人之常情。"他安慰吴怀翡时，神情如往常一样从容，似乎并未受到她情绪的影响。

惜翠看着他这副模样，突然很想问问他记不记得瓢儿山上的那个土匪，但最终还是默默把话咽回了肚子里。

出了地藏殿，卫檀生却停下了脚步，只道："算算时间，住持也该醒了，吴娘子可否陪同我去瞧瞧？"

吴怀翡："好。"

卫檀生又转过身看向惜翠，眉眼间略含歉意："高施主。"

惜翠知道，卫檀生忍了她这么久，终于忍不住了，是故意要将自己撇下。惜翠也没上赶着凑到他们跟前，很给面子地应道："恰好我也要回屋，就在此别过吧。"

与两人分别后，惜翠闲着也是闲着，干脆和其他人搞好关系，帮着扫扫地，做些杂活儿。寺中僧人不敢也不好意思让她帮忙，但拗不过惜翠，只能由她去。

高老夫人是空山寺中最大方的一位香客，每每来此都由住持亲自接待。这高家的名声，他们都有所耳闻，本来还以为这位"高施主"养尊处优惯了，做不得什么事，没想到"他"扫地、擦桌、择菜之类的活儿倒是干得分外娴熟。见这位"高家少爷"忙里忙外，毫无架子，寺里的和尚都有些震惊。

一开始他们还有些顾虑，但一个下午下来，惜翠几乎跟这些和尚混熟了，大家说起话来也轻松自在了不少，为惜翠日后从他们那儿打探到有关卫檀生的消息提供了不少方便。

要是和当初在瓢儿山上一样，她光往卫檀生跟前凑，那太招人怀疑了。但要是她先从他身边的人下手，就不会太惹人注目。

惜翠并非不能理解卫檀生当初的举动，如果是她，在经历了他所经历的那些后，恐怕也会对瓢儿山上的土匪恨之入骨，想要除之而后快。她与卫檀生之间看似温情脉脉的相处只不过是他为了报复而做的伪装。她就是没想到那么小的卫檀生竟然如此凶残罢了。

但她转念一想，这似乎也都解释得通。人的性格本来就是复杂而多变的。虽然书中说他温和、慈悲，但这并不代表他性子软，没有锋芒，如果只看到他身上的一面，而忽略了其他诸多方面，才最最要命。

根据惜翠一连几天的观察，卫檀生的日常生活很有规律，没有什么娱乐活动，每天无非是做些课业，在禅房打坐悟禅，帮了善禅师处理些公文杂务之类的。

了善禅师身体抱恙，卫檀生衣不解带，侍奉左右，亲尝汤药。

他一直陪着了善禅师，惜翠经常见不着他的人影。等他好不容易闲下来了，他又把时间完全给了吴怀翡。

暗恋中的小男孩，惜翠能够理解。

但她也不能不继续“攻略”他。卫檀生不主动跟她接触，她就只能主动出击了。

她是瞒着高家的人跑到空山寺来的，待不了多久，而且坐以待毙不是她的风格。在回到高家前，她至少要有些收获，才不至于白费这几天的光阴。

这种情况下，惜翠也只有想方设法地在卫檀生面前出现。

空山寺的和尚们因要做早课，起得很早。惜翠本不用起得那么早，但为了能和卫檀生打个照面，多多相处一会儿，每日也挣扎着爬起来，想赶在他们做完早课后，在斋堂和卫檀生碰个面。

同卫檀生一起的小沙弥慧如不懂人情世故，瞪着眼睛道：“高施主每日起得真早呢。”

惜翠笑了笑：“不早了，你们都已做完早课了我才起，就是没想到竟会这么巧，能在这儿撞上。”

也不知道是不是为了报复她上次抢佳人的行为，卫檀生莞尔一笑，轻飘飘地来了一句：“不甚巧，每日钟板一敲，都要在斋堂中碰面的。”

行头[①]为众僧摆好碗筷，往碗中一一盛好今日的早饭——一碗粥，一碟清炒的嫩笋，一碟豆芽，还有两样咸菜。

惜翠在卫檀生身侧的长凳上坐下。

---

① 行头：于斋堂中执劳役。

与在瓢儿山上的时候相比，卫檀生变了很多。山上那个冷漠又难以接近的小男孩经过几年的成长，恍若脱胎换骨了一般。

惜翠越看心中越感慨。许是因为学佛真的能让人心静，现在的卫檀生更像书中描写的那个人，温柔慈悲，平易可亲，行立坐卧都不加矫饰，“敦兮其若朴，旷兮其若谷”，天质自然。

他虽是跛足，但瑕不掩瑜，仍有很多女香客偷偷看他。

用慧如小和尚的话来说，就是“那些女香客都爱听寂空师叔讲解佛理，有寂空师叔在，香火钱捐得也多一些”。

每到那时，慧如小和尚就会念声佛号，感叹她们被色相所惑。

诸僧用饭的时候很安静，宽敞的斋堂里只能听见碗筷相撞的声响。

又许是因为她盯着他的眼神太直接，卫檀生握筷的手一顿。

惜翠飞快地收回了视线，若无其事地扒了一口饭。

卫檀生转头看了她半晌，又移开了目光。

用完早饭，惜翠跟着他与慧如一起迈出了斋堂，硬着头皮企图继续套近乎：“我见小师父似乎喜爱吃笋？”

卫檀生滑溜得简直像条泥鳅，再一次将她的话头推了回去：“只因后山上的笋生得多了，库房多摘了一些罢了。”他目视前方，脚步沉稳，“防心离过，贪等为宗，贪图口腹之欲不利修行。”

慧如脆生生地补充道：“贪图一时的口腹之欲，恐会坠入三恶道呢。”

惜翠看着前方那道徐徐而行的身影，头都要炸开了。

不论她说什么，卫檀生总能不着痕迹地推回来，适当地和她保持着不亲近也不疏远的关系。态度虽温和，但他比在瓢儿山上的时候还要难以接近。

惜翠停下脚步，卫檀生没有等她，径直往前。她没办法，赶上去两步道：“卫小师父要往何处去？”

“往大殿里去。”慧如答道，“大殿里的香案都要擦啦。”

清扫大殿本不归卫檀生负责，只是恰逢殿主有事，卫檀生这才主动顶替了上去，与慧如一道儿帮忙。

山门未开，殿中空无一人。卫檀生跪在香案前，拿了块抹布，将香案里里外外仔仔细细地擦了一遍。慧如则做一些添灯油一类的杂事。

“可需要我帮忙？”惜翠努力寻找着话题。

卫檀生细长而略带绀青色的双眼便锁定了惜翠。他摇摇头，温和地拒绝了她：“多谢高施主好意，此事便不用麻烦施主了。”说完将抹布往木盆中一丢。

眼见他抱着木盆就要离开，惜翠忙叫住他道：“卫小师父留步。”

卫檀生脚步一顿：“施主今日三番五次叫住我，似是有话要说？”

“我确实有话要说。其实，”惜翠面不改色地说，“我观小师父气度非凡，有意结交，不知小师父可愿同我交个朋友？”

这次留给她的时间不多，至少在高家发现前，她必须跟卫檀生培养出一些感情来，再找个合适的机会向他透露自己的真实身份。

一个长相偏男性化的姑娘总比一个威武雄壮的肌肉男要好得多。

瓢儿山上的经验告诉了惜翠，卫檀生很聪明，也很敏锐，比她想象中的要聪明得多，光靠单方面的奉献以及系统口中所谓的包容和感化，没有用，倒不如先和卫檀生从朋友做起。反正她失败后不会有任何惩罚，她不害怕失败，大不了重来一次。

似乎没想到她会说出这种话，卫檀生静静地望着她。慧如小和尚也在好奇地看着她。

“妙同趣自均，一悟超三益。”卫檀生垂眸道，“承蒙施主赏识，但我生性愚笨，既入沙门，便已抛却了尘世种种，只望侍奉佛前，证得解脱。同我结交，恐怕会令高施主失望。”

惜翠还真没想到卫檀生会直接拒绝她。

时光好像磨平了他浑身的刺，眼前的卫檀生就像一块圆润温和的玉石，全然没有了十岁时的冷硬和倔强。当然，他虽看着温润，但难以接近这一点还是和以前一样。

早就习惯了被卫檀生拒绝，惜翠并不气馁，微笑道：“卫小师父过谦了，这京城中谁人不知卫家三郎天资过人？若说愚笨，还是我愚笨。小师父不愿同我相交也罢，但我还有一个不情之请。”

卫檀生：“施主但说无妨。”

“我来贵寺是因为婆婆寿辰将近，想要手抄一卷佛经为她祝寿。但我驽拙，不通沙门经典，不知抄得合不合适，卫小师父能否指点一二？”

卫檀生油盐不进，再一次礼貌地拒绝了她：“我才疏学浅，恐不能指点施主。”

惜翠百折不挠：“但这空山寺中，我只与卫小师父有些交情，不敢劳烦其他法师，只好厚颜求到小师父这儿。小师父不必说得太细，我只要知道个大概就足够了。”

见她坚持，卫檀生略一思忖，终于应下，转身对慧如道：“你先去禅房吧，我陪高施主走一遭，稍后便来找你。”

一路上，卫檀生没有多言。他有腿疾，走得不快，面容沉着冷静。

说是帮忙讲经，就真的是帮忙讲经，没有寒暄，卫檀生开门见山地问经书在何处。

惜翠将自己抄的那一卷佛经翻出来，是薄薄的一张纸，拿给他看。

她是用这个借口到的寺里，自然还是要抄一些的，不过到目前为止也只抄了几百个字。

卫檀生：“《无量寿经》？”

“是《无量寿经》。”

惜翠只是看经书名比较贴合祝寿的意思，扫了一眼，觉得吉利，才选了这一卷。但这卷经文里到底讲了什么，她就不知道了。

卫檀生放下纸，问：“施主哪里不通？”

惜翠脸皮够厚：“让小师父见笑了，经中所述的，我都不太懂。”

听她这么说，卫檀生倒没生气，若有所思地看了看那经文，道：“既是如此，那我便从头为高施主讲起吧。我讲得粗浅，倘有错漏之处，还望施主见谅。”

惜翠：“能得小师父教诲，我高兴还来不及，又怎么会怪罪？”

天高气清，疏云淡日。

客堂中极静。屋外的枇杷树上已缀了一簇簇的花，黄澄澄的，分外好看。

卫檀生就着那张薄纸为她讲解，声音不高也不低，讲起佛经来深入浅出。

这一卷经颇长，特别是对于惜翠这种没有佛学基础的人来说，理解起来颇为费劲。但卫檀生没嫌麻烦，逐字逐句地为她将经文一一拆开了讲。

惜翠没把注意力放在经文上，全放在了卫檀生身上，这么一来，卫檀生便察觉到了她的心不在焉。

“高施主？”

惜翠回神：“卫小师父？”

卫檀生放下手中的那张薄纸，眸光淡淡。

面前的人他一看就能看出来，心思不在经书上。

“高施主若有心事，今日便讲到这儿吧。”

面前这人倒也坦荡，道：“抱歉，是我走神了，我只是心中有些好奇。”

卫檀生没有接她的话。

惜翠问："小师父在寺中待了多久？"

"六年有余。"

"卫小师父当真天资聪颖，"惜翠毫不吝啬地夸赞道，"短短六年时间，便对佛法有了如此见解，高某实在佩服。"

卫檀生反应平平。他身边向来不缺有意和他结交的人，只不过，他都没什么心思。

卫檀生的眼睫垂下，在皮肤上投下一片淡色的阴影。他站起身道："今日就讲到此处吧，我尚有事在身，不便多留，余下的，明日继续。"

惜翠跟着站起来道："我送小师父。"

出了客堂，卫檀生脚步缓缓，走向了禅房。

慧如见到他，忙站起身，讶异地小声询问："师叔这么早就回来了？不在高施主那儿多待一阵子吗？"

卫檀生莞尔："本是萍水相逢的陌路人，无甚好待的。"

慧如不赞同地摇摇头："师叔今日能为高施主说法，也是冥冥中有缘分，指不定世尊就是想让师叔度化高施主哩。"

他们有缘分吗？

卫檀生没有答话，看向了禅房中的药师佛像。

这位高施主让卫檀生想到了一个人，但仅仅只是一瞬。

只一瞬，卫檀生便收回了思绪，缓步走向了禅堂一侧，闭目趺坐了下来。

卫檀生果然如他所说，第二天又来到客堂为她讲经。

就是他来的时候不太对——这时，惜翠正在洗澡。

空山寺的澡堂子她去不了，只能找了一个大桶，烧了热水，躲在屋里洗，对外称是不习惯在其他人面前袒露身体。

高骞出身高贵，寺中和尚也没怀疑，只当是他们大户人家规矩多，爱讲究。高家出手大方，捐的香火钱够多，不差高骞一人洗澡浪费的那些柴火钱。

卫檀生敲门时，惜翠还泡在桶里洗澡。

"高施主？"

屋中无人应声，门外又"咚咚"地响了两声。

没想到卫檀生赶在了这个时候来，惜翠赶紧起身，拿起搁在桶边的浴巾，一边擦了擦身子，一边道："等等，马上来。"

或许是听见了她起身时所带起的哗啦啦的水声，门外安静了下来。

惜翠胡乱擦了几下，套上衣服，给他开了门。

这时候再上妆已经来不及了，她也只能希望卫檀生保持之前无视她的态度，别太关注她这张脸。

门一开，他站在门前，瞧见惜翠披头散发的模样，有些意外，再一瞧地上的水渍，顿时就明白了。

"抱歉，"他道，"小僧可是打扰到施主了？"

"无事，我本来也快洗完了，小师父进来说话吧。"

惜翠将卫檀生迎进屋，安排他坐下。

"或许是小僧眼拙，"卫檀生停下步子，看了她一眼，"今日的高施主似乎和平日有些不同。"

因为匆忙换好衣服，惜翠没来得及擦头发，湿漉漉的黑发垂在肩头，洇湿了双肩的衣衫，几乎透出了肌肤，隔着布料也能隐约瞧见肩头晃眼的白色。

"有吗？"惜翠不动声色地问。

卫檀生看了她一会儿，惜翠镇静地回望。

他收回了视线，微笑道："许是我看错了吧。"

惜翠见他手上拿着一卷经文。

察觉到惜翠的视线，他微笑道："这是我曾经抄过的经文。"

惜翠接了过来，翻了翻，字迹遒劲秀美、灵动风流。

"确实是好字。"惜翠问，"小师父能否借我一阅？"

卫檀生应允。

这一次他讲经的时候，惜翠听得很认真，微撑着下巴，大马金刀地坐着，凌乱的发丝紧贴着额际，墨眉下目光如炬，神情与动作中看不出丝毫的女气。尤其是她的神情，分外认真，没一丝慌乱和掩饰之意。

卫檀生口中说着经，目光却好几次落在她的身上，又移开。

惜翠心想：他表面稳如泰山，实际内心慌得不行啊。

卫檀生的态度让她捉摸不透。说他看出来了，可他表现得不像看出来的样子；说他没看出来，他看她的目光又好像总有几分审视的意味。

鉴于她现在还不想这么快就暴露自己的真实身份，那现在就到了拼演技的时刻了，就看谁的演技更自然。

今天要讲的经很快便讲完了，卫檀生难得没着急离开，道：“明天寺中有些事，恕我不能为施主讲经了，望施主莫要见怪。”

惜翠：“小师父明天有事就去忙自己的事吧，离婆婆的寿辰尚有些日子，不着急。冒昧地问一句，小师父明天要去做什么事？”

卫檀生勾唇，轻描淡写地吐出两个字：“挑粪。”

惜翠差点以为自己听错了：“挑粪？”

卫檀生解释道：“粪缸已满，田里的菜也要施肥，明日正轮到我挑粪。”又道，“高施主好像很惊讶？每到农忙时节，上至住持，下至我们这些普通僧众，都要锄草挑粪，自耕自种，自食其力。”

惜翠是挺惊讶的。毕竟，她再见到卫檀生后，他都是一副不染俗尘的模样。

惜翠：“我以为寺中的香火钱足够了。”

“寺中的香火钱只用于维持寺庙基本的修缮开支，住持不愿僧众取用。”

那他们是挺惨的。

了善禅师生着病，由吴怀翡照料，正卧床休养。寺中的首座拍板，寺里不论老少尊卑，全出去担柴，顺便把前几天因下雨而耽误了的农活给做了。

下了几天的雨，山后的春笋长出了一片，荠菜、莴苣、豌豆什么的也都能收了，杂草长出来不少，地也要翻。

卫檀生所言无差，空山寺虽香火钱多，但寺中一直强调要自耕自食，募化的银钱大多拿来修整佛像、布施百姓，寺中僧人的吃穿用度都是靠自己用双手辛勤地劳动解决的。

首座一发话，隔日，一大堆僧人扛着锄头，拿着镰刀，将宽大的袈裟一卷，特别接地气地下了地。整个空山寺陷入了热火朝天的农忙氛围中。

惜翠力气大，没闲着，跟着他们一块儿去。

一开始她还有些不熟练，但砍柴这事是看一眼就会的。看过了，惜翠记在心里，两三下就将枝条砍得干干净净的，再将地上散落的树枝收拢在一起，一堆一堆地系好，扛在背上，背回了寺里。

跟她一起的僧人擦了把汗，笑道：“没想到高施主竟如此平易近人。”

今天天气好，阳光充足，惜翠将柴放到斋堂后，看见寺里的几个和尚正把一些萝卜、山枣之类的抱出来晒。

惜翠见到吴怀翡的时候，她正在帮忙分拣叶子，半跪在地上，弯着腰，不嫌脏，也不嫌累。吴怀翡身旁还有个年轻僧人也在帮忙，但他贴得实在太近了，吴怀翡不着痕迹地连连避让，这僧人又贴了上去。

见状，惜翠直接走过去，问："可要我帮忙？"

一听到她的声音，吴怀翡蓦地抬起头："高郎君？"

惜翠瞥了一眼那僧人。

他虽然穿着僧袍，剃着光头，但气质十分浮浪，面上带着笑，好似十分亲切，一双眼却好像粘在了吴怀翡的身上。

见这位高郎君神情冰冷，有意护着吴怀翡，这僧人也算识趣，调笑了几句就离开了。

惜翠看着他远去，皱紧了眉。

那僧人一走，吴怀翡便对她说了句谢。

惜翠没多问，吴怀翡也没有多说的意思。

"我来帮你。"惜翠蹲下身。

"郎君的手怎么了？"

惜翠低下头，原来刚刚砍柴的时候，她的手上被荆条划出了几道血痕。她道："没事。"

"你等等。"吴怀翡将她随身携带的药箱打开，从里面取出了个红色的小瓷瓶，为惜翠处理干净伤口，在上面撒了一些药。

高遗玉的手生得比较男性化，手指修长，骨节分明，比吴怀翡的手大上不少。吴怀翡耐心地捧着惜翠的手，眼神专注。阳光照在她的身上，惜翠能瞧见她白皙如玉的肌肤上那一层薄而软的绒毛。

吴怀翡确实有做主角的资质。在惜翠碰到过的所有人中，吴怀翡给人的感觉是最舒服的，有点像山间的清溪，一眼能瞧见溪底历历可数的卵石，而这清流会顺着山势奔腾而下，温柔、坚决，滋润着山间万物。

"好了。"吴怀翡松开惜翠的手，一抬头，却见惜翠正盯着自己看，不禁不自在地低下了头。

"高郎君，"她提醒道，"已经好了。"

惜翠抽回手，笑道："多谢你。"

高遗玉与高骞兄妹二人本就像一个模子中刻出来的，连笑起来都颇为相似。只是惜翠比高骞笑得更自然一些，也更温和一些。

吴怀翡好像看愣了，回过神来后忙移开视线道：“举手之劳而已。”

惜翠正想说些什么，耳畔却蓦地掠过一道轻柔的男声，这声音如上好的丝绸，温柔顺滑，打断了两人的谈话。

“高施主？”

惜翠与吴怀翡转过头。

卫檀生正站在几步之外，望着惜翠。他的裤腿被高高挽起，肩膀上还挑着粪桶。

粪桶已经空了，气味却算不上多好。

卫檀生放下扁担，许是意识到了自己身上的气味，没有上前。

从他那儿远远地看来，惜翠与吴怀翡之间这暧昧的气息几乎都快溢出来了。

一瞧见他，吴怀翡立刻下意识地退后了半步。只是她这么一退，就更有了点欲盖弥彰的意味。

惜翠迎上卫檀生的目光，心里叹了口气。

她知道，卫檀生看上去温和，占有欲却很强。

对上笑吟吟的卫檀生，惜翠问：“小师父怎么在此？”

“我方从田里回来，远远地瞧见了施主与吴娘子，便想着来打个招呼。”卫檀生笑了，颇有些阴阳怪气的意思，“可是打扰到施主与娘子了？”

惜翠正欲说话，吴怀翡却蓦地开口：“谈不上打扰不打扰，高郎君只是在帮我的忙罢了。”

她一开口，竟是为了护着惜翠。惜翠微微一怔，女主角吴怀翡这是在帮自己？

吴怀翡继续说：“小师父何不上前一步说话？”

见吴怀翡为别人说话，卫檀生也怔了一怔，但很快又恢复如常，若无其事地笑道：“我身上的气味着实难闻，就不上前了，等我回去洗个澡，换一身衣服，再来帮娘子与高施主的忙。”

卫檀生很迁就吴怀翡，在面对她的时候，满身的疏离感倒好似化作了恰到好处的温情，单看其一言一行，确实能看出温柔体贴的男配角气质。

但一不小心拿了高骞的剧本的惜翠就有点痛苦了。

望着卫檀生离去的背影，惜翠心情复杂，总感觉刚刚吴怀翡说了这么一番话后，卫檀生对自己的态度更复杂了。

惜翠能看出来卫檀生不喜欢她。要是有个人跟自己暗恋的人暧昧不清，她估计也不会对那人有什么好脸色。

卫檀生离开后，惜翠也不欲在这儿继续待着，向吴怀翡告辞。

至于卫檀生后来到底有没有去帮吴怀翡的忙，惜翠就不得而知了。

接下来的几天，惜翠在寺庙中抄写抄写佛经，或是帮忙打扫客堂，生活虽有些单调，但也算得上悠闲自在。

卫檀生照例来为她讲经，但她跟卫檀生的关系没有变近，倒是跟吴怀翡的关系好了不少。

如此一来，惜翠觉得卫檀生对她更冷淡了。

在卫檀生与吴怀翡一起散步时，惜翠总会横插一脚，“巧合”地出现，将二人世界变成三人行。卫檀生面上不显，依旧保持着微笑，就是不主动跟她说话，每一句话都是冲着吴怀翡去的。吴怀翡聪颖，对卫檀生没意思，又将话头拉到惜翠的身上。

这完全是修罗场。

这种情况，惜翠也没办法。她时间紧，卫檀生不主动跟她接触，她不能被动地任由时间白白浪费，就只能见缝插针，相机行事了。

就算卫檀生对惜翠很冷淡，惜翠也不介意。她知道，先把路打通，和卫檀生建立关系才是重中之重。至于究竟是什么关系，她不管了。

惜翠自暴自弃地想，情敌关系也是一种深刻的关系，指不定卫檀生翻来覆去地琢磨她的时候，一不小心就爱上她了。

在惜翠的努力下，空山寺的僧人几乎每天都能看到他们三个人并肩而行的画面。

傍晚，在诡异的气氛中，三人走了一小截路。

卫檀生中途被另一个僧人喊走了，说是了善住持有事吩咐。

卫檀生在空山寺掌管着记室，也称书记。书记需要才思敏捷，儒释皆通，由文辞秀美的人担任。

卫宗林之前想让他踏上仕途，一直按照儒士的要求来栽培他，故而儒、释两方面，卫檀生都有所涉猎。再加上他写得一手好字，这几年来，寺院的文书都由他帮忙写就。

卫檀生被叫走后，只剩下惜翠与吴怀翡两个人。

惜翠来这儿是为了“攻略”卫檀生，吴怀翡来这儿是为了给了善禅师治病。了善禅师的病才有些起色，前几天却突然恶化。吴怀翡日夜翻阅医书，思虑过度，闷闷不乐，卫檀生这才带着她出来转转，放松心情。

卫檀生一走，这活儿便落到了惜翠的头上。

惜翠安慰了她两句，叫她放宽心，陪着她沿着空山寺慢慢地走。

另一厢，空山寺却来了一个老香客，正是高家二房长子高泽之妻，大嫂李氏。

前段时间向惜翠袒露了自己与高泽的关系后，李氏虽然表面上故作坦然，实际上心中仍有各种苦楚难以言说。

她同高泽成亲三年，恩恩爱爱，却没想到他会这么早变了心。

那日回到高家后，李氏日思夜想，又见丈夫冷淡，不解其心，更觉郁郁寡欢，这才又回到了空山寺。

她听闻空山寺在求姻缘方面一直颇为灵验，就想着在观音大士前拜上一拜，求观音大士怜悯，能让夫婿早日回心转意。

她登上石级，刚好和来到山门前的惜翠与吴怀翡撞了个正着。

瞧见山门前的窈窕身影时，惜翠步子一顿，差点以为是自己看错了。

那是李氏？

惜翠这次一睁眼看到的就是李氏，李氏又对高家兄妹颇为关心，故而她无论如何都不可能将李氏认错。

但是李氏为什么会到空山寺来？

惜翠心中“咯噔”一下，一瞬间，脑中已转过了千百个念头。

难道说她偷溜出来的事被发现了？

不……应该不可能，惜翠冷静下来想，高家人对高遗玉不上心。

她离开前已经打过招呼了，有名正言顺的理由。除非她一个月没回去，否则，高家人不应该会发现这件事。

吴怀翡没见过高遗玉，才将她认成了高骞，李氏可不会，就算她现在穿着男装，李氏也绝对不会把她认成高骞。

李氏无意识地朝她那儿瞥了一眼，惜翠忙低下头，想要赶紧走过去。

奈何她个子太高，从旁人身边经过的时候，很难不吸引别人的注意。而那知客僧偏偏与她相熟，在这个时候看见了她和吴怀翡，颇有礼貌地含笑招呼道：“高施主，吴施主。”

这一下，李氏直接就看了过来，惜翠想躲都来不及了。

山门两侧是茂密的树林，很少有人走这里。担心被李氏发现后不好交代，惜翠只能往两侧的山林中避让。

吴怀翡没料到她的动作，道：“高郎君？”

惜翠快步往前，吴怀翡喊了一声没叫住她，眼看着她越走越急，来不及多想，忙跟了上去。

只是，吴怀翡这一声，彻彻底底地吸引了李氏的注意。李氏看过去时，却只见到一抹匆匆忙忙的身影。

“二弟？”

李氏有些蒙。

刚刚那是二弟？可她出门前，明明瞧见二弟去了官署啊。

那人的身形和容貌跟二弟有几分相似，却又不太像。

李氏问知客僧：“那是……？”

知客僧惊讶地道：“那是高施主，怎会走得这般匆忙？”

“哪个高施主？”

“自然是高骞施主了。”

“二弟？！”李氏狐疑，忙提起裙摆，也追了上去，“可是你，二弟？！”

穿行在山林中的惜翠简直一个头两个大，李氏好奇心强，偏爱打破砂锅问到底，否则也不会对惜翠跟高骞那么关注。

既起了疑心，那李氏便一定不会轻易罢休。

惜翠更不敢停下脚步。

她也不知道一口气走了多久，李氏的声音才渐渐地远去，听不见了。

要命的是，吴怀翡竟然追上来了！

“高郎君？”她喘了口气，惊讶地问，“你……你怎么了？怎么突然走得这么急？”

这种事惜翠没有办法解释，只能故作严肃地蹙眉道：“我没事。”

吴怀翡扭头往身后看了一眼，踌躇着问：“方才在山门前，有个娘子追了你一路，你认得她吗？”

惜翠：“那……是我大嫂。”

“大嫂？”吴怀翡愣愣地反问。

惜翠说：“她是个热心肠，每次碰上，总要过问我的亲事，我没办法，只能躲开她。”

她这么一说，吴怀翡好似松了口气，顿时又红了脸，喃喃道：“原来如此，是我想差了。”

“想差什么？”

“没什么。”眼前的少女受惊了一般，猛地摇摇头，“没什么，我只是纳闷。原来高郎君你躲着她是因为这事。”

惜翠没说话，扫了一眼四周。周围是一片郁郁葱葱的山林，地上满是灌木与草叶，已经根本看不出来时的踪迹了。而此时，暮色四合，天快要黑了。

惜翠问：“你可还记得来时的路？”

她一下把吴怀翡问蒙了。

吴怀翡转头扫视了一圈，也蹙起了眉：“这……”

两个人沿着周边走了一圈，最终发现了一个悲惨的事实——她俩迷路了。

惜翠抬头看了眼树叶。

小学的教科书上说过什么树木叶子茂盛的那边是南方，问题是她根本记不得她来时的方向是南是北啊。

她和吴怀翡走得太远，李氏恐怕也正是碍于此，才没继续追下去。

惜翠本以为吴怀翡能对来路有点印象，没想到吴怀翡比她还茫然，白皙的脸颊上明白地写了个大字——“蒙”。

惜翠好像记起来了，书里面的吴怀翡是个路痴来着。

惜翠叹了口气。

瞧见“高骞”拧着眉，低声叹息，吴怀翡羞愧地低下头，抿起唇角，一时忐忑不安。

眼看着天色已晚，找不到路，惜翠心知这个时候还是待在原地最保险，像无头苍蝇一样乱转，到时候真的有可能困死在这山林里面。她们若是在原地静静地等着，寺庙里的人见她们没回来，一定会派人前来找寻。

天终于完完全全地黑了下来，才下过雨的地上还是湿的。

初春的夜风，凉意沁人，尤其是在这树林中，白天葱茏的树木，此刻也好似化为了扭曲的鬼影。

惜翠将神经绷紧了，不敢有任何松懈。

古时候的山上可不比现代的山上，现代因为城镇化，山上基本上已经没什么野兽了，但古时候可是有狼的。

夜鸮伴着狼嚎，使人汗毛倒竖，脊背发凉。

惜翠跟吴怀翡都没随身带火折子，无法生火。吴怀翡面色苍白，脸上似有痛苦之色。

“怎么了？”惜翠问。

“刚刚来时，扭到了脚。”吴怀翡低声回答。

“我扶你坐下来歇会儿。”

吴怀翡的脚上山前已扭过一次，本就没好全，这回又伤到了。

其实，吴怀翡也没想过自己会追上来。她好像总是不自觉地追随着这一抹玄色的身影，见他迈步离去，身体先于心，无暇多想便追了上来。

吴怀翡揉着脚踝，看着面前的男人怔怔地想，他的侧颜也透着冷硬之气。

一阵夜风吹来，吴怀翡轻轻打了个寒战。惜翠将自己的外袍解下来，披在了她的肩头。吴怀翡一愣，抬起头来。

“披着吧。”

夜色中只传来一道冷硬的声音，吴怀翡揪着衣角，轻轻地攥紧了。

其实惜翠也冷，冷得直打哆嗦，所幸天黑，吴怀翡看不见。惜翠借着高骞的身份完成任务，自觉有点对不起他，只能帮他照顾照顾他未来的老婆。

等了半天一直等不到人来，惜翠嘱咐吴怀翡在原地待着不要乱走，自己再出去探探路。

好歹之前在瓢儿山上待过，惜翠脑海中还残留着“鲁飞”的记忆，“鲁飞”是在山野上讨生活的，有不少野外生存经验。惜翠将脑海中的经验稍加整理，摸索着往外走。

她不敢走远，只能一边小心翼翼地往前迈，一边呼救。

就算平日里再冷静，吴怀翡终究也是个年纪不大的姑娘。她一个人在山林中等了一会儿，却不见惜翠的身影，周遭也没有任何响动，难免有些慌了，攥着肩头的外袍，摸索着起身，想要去找“高骞”。

天黑路滑，吴怀翡没留神，刚好踩到了半截枯木，脚下打滑，扭伤了的左脚脚踝处传来一阵刺痛。更严重的是，她身旁就是个矮坡，这一滑，竟直接滚了下去。

“高骞！”

寂静的黑夜中，“砰”的一声巨响与少女的惊呼声格外清晰。

惜翠心中一紧，赶紧往回走：“吴娘子？”

黑夜中传来吴怀翡有些痛苦的声音：“我在。”

惜翠忙循着声音上前，没见到人，只见到一只皮肤白皙的手，五指正死死地抓着一块青石。惜翠再往下一看，吴怀翡正吊在山坡前，身下的山坡不算高，但乱石嶙峋。手下的青石已有些松动，吴怀翡眼看就要坚持不住了。

惜翠的眉心“突突”直跳，她想都没想，扑了上去，一把抓住了吴怀翡的手腕，低声厉喝：“抓住！”

她力气虽然大，但拉着一个人还是有些费劲。

身上传来一阵火辣辣的疼，可能是让地上的石子磨破了皮，惜翠不敢松手，只能咬牙硬撑。

吴怀翡也努力配合她的动作，蹬着山石借力向上爬。

费了九牛二虎之力，惜翠才终于将吴怀翡给“捞”了上来。

吴怀翡浑身脱力，一直在打战。惜翠扶着她坐下，问：“哪里伤着了？”

吴怀翡低低地说：“手心。”

幸好这时惜翠已经适应了黑暗，便低头看了眼。

吴怀翡的手心可能让尖锐的石块划破了。

惜翠摸到了黏稠的液体，估计吴怀翡的手上流了不少血。

惜翠皱着眉，将腰间的腰带抽下来，捧着吴怀翡的手绕了几圈。

她的衣服是今天新换的，应该还算干净，再说这个时候也没有能包扎伤口的纱布，只能凑合用了。不包起来，她有点担心血气可能引来什么野兽。

吴怀翡似乎有些不自在，手指微微收紧了，想要往外抽，心跳更如同打鼓一样怦怦直响，脸上又涌起了一股热气儿，只是惜翠没有留意到。

吴怀翡这一跤摔得不轻。有这前车之鉴，惜翠没再想着去周边探路。刚刚她也看了，深更半夜的，这儿的树木基本上都长一个样，探也探不出个所以然，还是老老实实地待着最好。

两个人安安静静地待了一会儿，吴怀翡突然问：“高骞，你冷吗？”

“你披着，我不冷。”

身侧的少女好似想到了什么，小心地往惜翠的边上靠近了一些，将那件外袍抖开，一半盖在了惜翠的身上。

惜翠诧异地看过去。

吴怀翡低眉顺眼地盯着脚下，全神贯注，好像脚下有什么很好看的东西一样。

两人在黑暗中共披着一件衣服，静静地等了好一会儿。

直到林间终于出现了一团团烛火，枝叶与灌木被拨开，有人提着灯笼，踩着枯枝落叶，找着了她们。

“原来你们在这儿，可叫我们好找。”为首的僧人见到她们后长舒了一口气。

吴怀翡将衣服还给惜翠，想要站起来，可因脚伤上加伤，一时站不稳。惜翠正要去扶她，却有人抢先了一步。

这个人是卫檀生。

他提着一盏灯笼，跟着找了过来。

从了善禅师那儿回来后，他一直没瞧见惜翠跟吴怀翡的身影，正是他喊了几个人，提着灯笼，一路顺着山路找了过来。

卫檀生眼睛一眨不眨地望着吴怀翡，神情看不出是喜还是怒。

灯笼中的烛火映照着少女，她身形单薄，脚下不稳，脸都冻得有些发青。

惜翠："卫小师父。"

卫檀生却恍若没看见她。

被卫檀生扶住后，吴怀翡站定了身子，却莫名感到有些局促。她略一使力，卫檀生察觉到她的抗拒，就松开了她。

"可站得稳？"卫檀生问。

"无妨。"

卫檀生一松手，吴怀翡便松了一口气。

吴怀翡能看出这卫小师父对自己不同寻常，只不过他是方外人士，而她对他没有任何别的想法。

之前也不是没人对她袒露过心意，她行医多年，见到的人很多，也曾获得过一些少年郎的倾心。

只是没有人像这位卫小师父一般。

这位卫小师父，行为合乎礼节，几乎无可指摘，让她直言拒绝不是，委婉提醒也不是。他的心意，她无法接受，只觉得苦恼。

慧如拍着胸口，笑道："可吓杀我了，这山上有不少野狼，高施主与吴施主下回可不要再走这么远了。说起来，两位施主今日怎么会走到这儿来？"

惜翠含糊地说："只是见景色甚美，跟吴娘子一时流连忘返，不由得越走越深。"

听惜翠夸空山寺的景色，慧如有些骄傲："什么时候看不是看，施主下次看的时候可要注意哩，记得挑个好时辰。"

终于找到了人，一行人按原路返回。

吴怀翡有伤在身，几乎迈不开步子。众目睽睽之下，卫檀生竟然蹲下身，直接抱起了她。吴怀翡未来得及反应，就被抱了起来。

"小师父！"

“师叔！”

吴怀翡与慧如齐齐惊叫。

吴怀翡尴尬得面色通红，忙看了惜翠一眼，又垂下眼道：“卫小师父放我下来吧，我的脚没事，还能走路……”

卫檀生神色未变，嗓音柔和：“当初是我请娘子来此的，如今娘子受了伤，都是我招待不周的缘故，错在我，且让我为娘子做一时的牛马，也好消些罪业。”

吴怀翡：“可是……这毕竟于礼不合。”

卫檀生依旧温柔，脚步却没有丝毫犹豫：“小僧为出家人，娘子还怕这些吗？”

“小师父，你的脚……”

“这些年来，我已习惯，不妨事的。”

慧如将眼睛瞪得像核桃：“师叔，这吴施主说得也并非无道理。”

卫檀生淡淡地看了他一眼道：“慧如，你着相了。”

这一眼看过来，慧如打了个寒噤，忙低下头来，匆匆念了个佛号。

惜翠沉默地跟在他们后面。

自始至终，卫檀生都没往她这儿看一眼。他兴许看了，但眼神疏离，看她同看这山间草木没什么不同。

他在生她的气。

惜翠记得卫檀生生气的模样，跟他小时候一模一样，眼神疏离，不爱理人，冷得像坚冰。

今天的事确实是她的错，是她连累吴怀翡受了这无妄之灾。

但惜翠没时间多想这些，她的胳膊上传来一阵火烧似的疼，手腕也有种几乎要脱臼的感觉。

惜翠皱眉。她身上可能哪里流血了，但不知道具体在什么地方，等回去以后，她要检查一下。

还是慧如看出了她的狼狈，低声问：“高郎君，你没事吧？”

惜翠摇摇头：“小伤。”

回到客堂，惜翠打了盆水，将衣服脱了下来。

惜翠当时为了拉住吴怀翡，扑上去的时候太急，再加上春衫单薄，胳膊肘和膝盖都让地上的石子划破了皮，流了些血。

她当时没顾上，现在才开始觉得一阵接一阵地疼。

好在这些都是小伤，略做处理，惜翠就穿上了衣服，重新找了条腰带系上。

折腾了大半夜，她确实是累了，倒在床上仰面睡了过去，一觉睡到第二天中午。

等到晚上，惜翠去斋堂正好又碰上了吴怀翡。

今晚寺里吃粥，粥是吴怀翡和饭头一起熬的，吴怀翡说当是赔罪，昨夜麻烦大家了。她厨艺很好，做得一手好菜。今日的粥由她精心熬煮，虽是全素的，但胜在鲜美软滑。

惜翠顺口问了问她的伤势，她道："都是小伤，今天已大好了。"

"那就好。"

"对了。"吴怀翡轻声道，"郎君的腰带我收起来了，等我洗干净，再还给郎君。"

"不用这么麻烦，这腰带我不要了，你拿着吧。"

吴怀翡的眼中闪过一抹难辨的失落之色，只不过惜翠没看见。

惜翠正要离开，吴怀翡叫住了她，转身拿出一个食盒，让她帮忙转交给卫檀生。

"卫小师父还在做晚课。他身子骨弱，这粥里我加了几味药材，益气补血，麻烦郎君转交于他。"

"为什么不自己亲自去？"惜翠接过粥问。

吴怀翡摇首道："男女有别，我不便亲自前去。"

惜翠暗忖，看来吴怀翡已经看出了卫檀生对她的好感。

吴怀翡性子温和，人聪慧，不愿给人压力，在书中，拒绝卫檀生的时候也是用一种比较含蓄的方式。当然，她拒绝得虽然含蓄，却果决，一点也不拖拖拉拉。

惜翠道："好，我这就去。"

吴怀翡踌躇着说道："总觉得，高郎君似乎有些不一样了。"

"哪里不一样？"

"说不上来。"吴怀翡扯出一个笑容，"当时的郎君可同现在不一样。"

吴怀翡第一次见到高骞时，正值半夜。夜深人静，天上的云遮蔽住了星光，四周都黑乎乎的。

吴怀翡刚出诊回来就一脚踩上了什么绵软的东西，吓了一跳，忙俯身察看，这才发现是个人，一个浑身是血的男人。他面如金纸，薄唇紧抿成一条线，显然伤得不轻。

她赶紧蹲下来为他处理了伤口，扶着他回到了自己的住处。

她当时只觉得此人着实冷漠，不爱说话，如今……

如今她和他接触多了，才晓得他内心是温柔的，只是不善于表达罢了。

拎着食盒，惜翠来到了卫檀生所在的禅堂。

绕过正壁，门上垂下一块布幕，上面挂了个木牌，书有“放参”二字。

禅堂里此时已经空了，僧人们都去斋堂用膳了，唯独卫檀生还在这里。

他前几天一直在招待吴怀翡，侍奉了善禅师，昨天半夜几乎没合眼，一直到今天晚上才得空到禅堂里参禅。

惜翠走进去的时候，他正坐在贴有他名姓的春凳上打坐。

禅堂中空落落的，山风卷起布幕，吹入室内，四角点燃着的烛火微微摇曳。

中央的佛龛中供奉着的药师佛，面容慈祥宁静。烛光映在他的脸上，泛着如玉般的光泽。

香案正中设有慧命牌，上书“大众慧命，在于一人，若尔不顾，罪在尔身”。

屋中安静，她的脚步声清晰可闻。卫檀生盘坐在春凳上，好像睡着了一样。

惜翠知道他没睡着，但没打扰他，出了屋，靠着门，抱胸等他禅定结束。

很奇怪，当初瓢儿山上那个脏兮兮的小男孩出家当了个大和尚。

四周很安静，她能听到风吹得帘幕呼呼作响，能闻见从禅堂中传来的缕缕芳香。

夜已深，惜翠等得昏昏欲睡，半梦半醒间，卫檀生终于出来了。

“高郎君？”

惜翠昏昏沉沉地睁开眼，迷蒙间仿佛看到了一双绀青色的眸子，眸中含着抹讥讽之意，冷得透骨。

惜翠彻底清醒了。

但她一眨眼的工夫，这一抹讥讽之意霎时又消散得无影无踪，化为温和的笑意，好似刚刚的一切不过是她的错觉。

惜翠甩甩脑袋，将食盒提起来，递到卫檀生面前：“给。”

“这是……？”他抬眼问。

“是吴娘子要我转交给你的药膳。”

卫檀生接过了食盒，脸上的神情说不上来是何种意味。他莞尔道：“麻烦郎君跑一趟。”

经过昨天那事，惜翠也不太清楚该用何种态度面对卫檀生，见他接过食盒，便准备告辞。卫檀生却主动叫住了她，提着食盒，定定地问：“郎君可否同我去寮房一议？”

他腕间的佛珠响动着。

卫檀生跪坐在一张矮几前点茶。

他今日穿了一件青缘玉色袈裟，僧袍宽大曳地，眉眼镇静。

惜翠在他对面坐了下来：“小师父叫我过来有什么事？”

“我今日找高郎君，”他顿了顿，绀青色的眼直直地看向惜翠，“不，应该说是高娘子，确实是有要事相谈。”

惜翠没有特别吃惊。他那么聪慧多疑，她本来就没指望能逃过他的法眼。她只是不知道，既然卫檀生这几天一直都在配合她演戏，为什么偏偏要选在今天挑明。

惜翠心一沉，他是因为昨天的事才这么做的吗？

“你是怎么看出来的？”惜翠沉默了一瞬，问。

“前些日子，在殿前，我同娘子与高郎君曾有一面之缘。”

他竟然记得！难道他认得高骞？

这让惜翠有些讶异，她问：“那当日在山门前，你第一眼就认出来了？”

卫檀生没有否认，接着说道：“我不知晓娘子是因何要扮作令兄的模样到空山寺来，娘子的事我无意过问。我今日之所以找娘子来此一叙，”他平静地说，“是为了请娘子下山。”

惜翠蹙眉：“为什么？”

卫檀生没有正面回答她，而是说：“我听闻，昨日娘子是因为看到一位女香客，这才急急忙忙避入山林的，而那位女香客正是来自高家。看来，娘子离家一事，定是瞒着家人的。娘子离家日久，也是时候离开了，寺庙中毕竟没有僧众与女人同住的道理。”

卫檀生的话说得不客气。

惜翠身子僵了一僵：“小师父这话是什么意思？”

夜风从半敞着的窗户中灌入，伴随着佛珠撞动的“当啷”声，僧人柔和地轻叹道：“娘子还不懂吗？

“娘子瞒着家人离家，非但给家人造成了困扰，还给寺中诸位同修带来了麻烦。

“亲人见不到娘子定会担忧，而娘子扮作男人潜入空山寺的事，一旦宣扬出去，定会为空山寺，为娘子，为高家，招来无数流言。”

他说这话时，嘴角微微扬起：“高娘子你一意孤行，可考虑过他人的感受？”

惜翠一怔。

他低眉时，模样很是谦恭，宛如佛陀座下最谦卑的弟子，但口中吐出的话语锐利如刀。如果他面前的人是一个真正的十五岁的姑娘，恐怕会被他的话割得遍体鳞伤。

惜翠不是，她心头只缓缓地生出一个“果然如此”的念头。

卫檀生在责怪她连累吴怀翡受伤。

书里也有一个卫檀生与高骞争执的情节，两人争执的起因也是高骞没有保护好吴怀翡。卫檀生很在乎女主角，如果是因为昨天的事而生她的气，也实属常情。

惜翠垂下眼睫，心想：一个十五岁的姑娘面对这种指责，会是什么反应？

卫檀生正看着她。

她的镇静在这种情况下显得十分古怪。

惜翠转过脸，望向了桌案上跳动的烛焰，看上去好像在因为卫檀生的话而出神。直到眼球传来一阵酸涩，眼中终于泛出了泪花，惜翠才收回目光，抬起眼，就像一个不堪受指责的少女，唇瓣在轻轻发抖，眼角也流下泪来。

“此事，确实是我考虑不周。”

对面没有动静。

眼泪一淌下来，接下来的事就容易许多了。惜翠望着桌案低声说：“小师父若不说，那就不会有人知道。”

他静静地看着她流泪。

看着泪水顺着她的脸颊一滴滴地滑落，被烛光一照，散发着微光，卫檀生心头微微一动，绀青色的眼中流光一闪。

“娘子为何要哭？”

他原本有些冷淡的眼眸中映着跃动的烛火，竟添了几分古怪的绮丽之色。

“纸包不住火。我既然能看出来，日后定有其他人能看出来。我能帮娘子瞒一时，却不能帮娘子瞒一世。此时下山，对娘子并无害处。”

“仅仅是因为这个？”惜翠反问，“还是因为吴娘子？恐是我昨夜连累了吴娘子，小师父才让我下山的吧？”

“是。”卫檀生抚了抚手旁的白瓷茶杯，出乎意料地坦诚回答。

“娘子如今年岁几何？”他状似无意地反问。

“十五。”

“十五岁的年纪，也该懂事了。”

他合上双眼，复又睁开，眼中含着些居高临下的意味，吐出的话语非但没有因为她的眼泪而变得温柔，反倒愈加冷漠。

“我并非有意。”惜翠抿唇。

“我也相信娘子无意。可若不是娘子，怎会生出昨日的诸多事端？娘子任性妄为，昨日已连累了吴娘子。”卫檀生看着她，好像在看一个不懂事的孩子，眼神柔情似水，却又含着冰冷的谴责之意，甚至有着无来由的恶意，“你为何还不懂？”

惜翠攥紧了手指。

烛火明明灭灭中，卫檀生的脸一半在明，一半在暗——在明的一面，当真若温和的小菩萨；在暗的一面，却宛若修罗饿鬼。

她在哭，眼泪不多，但无不显露出她的惊慌与无措。

卫檀生用指尖轻轻抚过杯面，呼吸霎时放得很慢，脸上依旧没什么多明显的神情变化。

其实一开始，他并不在乎这所谓的“高郎君”。她总是频繁地出现在他面前，自以为伪装得天衣无缝，实际上演技拙劣而蹩脚。因为他不在意，所以也没有兴致在她身上多浪费时间。

他很少有什么喜欢或是厌恶的人，大部分人在他眼中无异于草木，能真正引动他爱恨的人很少。而吴怀翡于他而言是一个特殊的存在。

卫檀生还记得他第一次碰见吴怀翡的时候，正是在山下的仁安药坊中。

她很好看。

踏入药坊，看见她的第一眼，他就这么觉得。

吴怀翡的容貌，即使在佳人如云的京城也丝毫不逊色，反倒别有一番清甜、质朴的气息。她不施粉黛，素面朝天，身着一袭绿色的襦裙，修长而白皙的脖颈藏在绿纱下，衣襟、袖口上都好似沾染上了药香，当真像晶莹剔透的翡翠，使人见之忘俗。她言语和软，忙着为病人诊治，并未留意到他。

卫檀生不由得为自己心中这突如其来的好感而略感诧异，随即，便感到了困惑。

他或许是喜欢她的，虽还谈不上爱，但确实对她心存好感。

他不是很抗拒这种感觉。相反，他很好奇。

吴怀翡就像是一株白茶，“开花不与众芳期，先得江梅破白时”，耐寒，坚韧。

他见到她，心神都很畅快。

他就像在照料白茶一样，有意地照顾她，利用自己的人脉为她引荐，助她在京中打开自己的天地。

夜间风雨急，他也会担心这一株脆弱的白茶。

他不允许旁人采摘这朵茶花，只想让她静静地在自己面前盛开。

偏偏高骞出现在了他眼前，紧接着，是这个所谓的“高郎君”。

他本来不曾在意她。因为不在意，她所做的一切，其实他并未放在心上。

后来，他觉得她碍眼了。她已经打扰到他和他的花了，却还不自知，更遑论她还伤到了他精心照顾的花儿。

他向来最厌恶那些没有自知之明的人，比如当初那个土匪。

拜入了善禅师门下后，他没有再杀生，找到了另一种释放欲望的法子。

空山寺中，经常有信众跪在佛前，祈求菩萨怜悯，他为他们说法，听他们诉说内心的凄楚。

他高高在上地旁观着他们的痛苦，看似慈悲地劝慰他们，实际上内心含着冰冷的嘲讽，嘲讽他们为这些所谓的烦恼而执迷不悟。

他感觉自己就像是在树下说法的佛陀，而实际上，他只不过是披着佛陀皮的饿鬼。

经书中曾言，饿鬼喉如针孔大小，吞吃食物，如同吞吃火炭，肚如火烧。

他就像饿鬼一样，贪婪地汲取着别人的痛苦。生、老、病、死、怨憎会、爱别离、求不得、五阴盛，这些痛苦几乎已经成了他活着的动力。

有时候，他也会想到那土匪。那土匪虽然被他亲手杀了，却带给了他几乎抹不去的影响。他常常想，当初那土匪怜悯他的时候，是不是也抱着跟他如今差不多的想法。

这所谓的“高郎君”，让他想到了那土匪。

卫檀生一言不发地看着她。

明明两人的样貌没有任何相似之处，为何她给他的感觉却如此熟悉？以至于，在看到她哭，看到她痛苦的模样的时候，他原本毫无波澜的心竟然翻涌起了滔天的巨浪，他的身体竟不由自主地颤抖了起来。

她身着玄色长袍，身材不像其他女人一般纤细窈窕，更像是刚抽条的新柳。眼泪将她脸上的脂粉一冲，露出了些她原本的面貌来——比男人扮相的她要温柔两分。此时，经烛火一照，她看上去更是男女莫辨，有一种俊秀的中性美。

如今她眼眶通红，一副很痛苦的样子。

他兴奋地暗暗咬紧了牙关，像在贪婪地吞吃着什么美食。

面前的少女又深深地吸了口气，好像在迫使自己冷静下来："说出来不怕小师父笑话，我在这高家中其实并无任何地位可言。"

他听她讲述着自己的身世。

她接着说："在家中，我并无什么能谈得来的朋友，便想借婆婆寿辰的机会，到空山寺来，寻求个清静。"

她当真可怜。

他垂眸，掩盖住眼中兴奋的神采，几乎抱着一种扭曲的心思说道："空山寺并非避世之地，这世上过得不如娘子的人不知凡几。娘子既能回到高家，与亲人相认，这等福缘其他人便是一辈子也奢求不来。说到这儿，娘子还是少不更事。"

他站起身，走到墙角的矮柜前，拉开抽屉。抽屉里是云片糕，总共有四五盒，码得整整齐齐。他将其中一盒递给她，故意挑拣着最伤人的话语，温和却残酷地叹息道："莫要任性了，高娘子，我今日言尽于此，还请娘子下山回家吧。"

卫檀生将云片糕递给她，触及她冰凉的指腹时，袖中的指尖微动，呼吸蓦地一重，一股酥麻的痒意慢慢自心头爬起。

这并非心动，而是睽违已久的欲望。

他想再多看到一点，多看到一点她痛苦的模样。

他的心在胸腔中怦怦直跳，口中有些干。

卫檀生焦躁地舔了舔唇角。

他现在突然不讨厌她了，甚至很喜欢她，喜欢得不得了。

这无关情爱。

第三章　善　友

惜翠接过云片糕，看向卫檀生。

“走吧。”他收回手，压抑内心跃动的欲念，平静而疏离地下了逐客令，“夜已深，我送娘子回房。”

惜翠没有异议。她要回去好好想一想今天的事。

卫檀生走在她身后，与她保持着不远也不近的距离。

一人在前，一人在后。

他能看见她夜色中的背影、扬起的袖口、露出的雪色的手腕，惜翠却看不见僧人渐渐转沉的眸色。

卫檀生一直送她到客堂门前。

合上门，惜翠靠着门板想了一会儿。

卫檀生让她离开，她死皮赖脸地继续待着显然已经不大合适了，但她不想这么轻易地屈服，这样倒像落荒而逃。

她要走，至少也要等到高骞找来。

而门外，卫檀生静静地站了一会儿，月光落满了肩头。

月色下，容色俱佳的青年僧人好似一尊艳丽的小观音。

卫檀生垂眸，满怀遗憾地想，好不容易才找到让他这么喜欢的，眼下，倒是舍不得让她下山了。

第二天，惜翠照常去了斋堂。在斋堂内，她又碰上了卫檀生和吴怀翡。

瞧见惜翠出现在斋堂，卫檀生倒没因为她不听他的话而生气，反而颇有礼貌地向她点头问安，好像昨天那个冷漠的人根本不是他。他眼中的嘲讽之意也全部消散，双眼干净得像琉璃。

吴怀翡却有些局促："郎君要一起用膳吗？"

惜翠欣然应允，三人在一张桌前坐下。

惜翠面前摆了一碗粥、一张薄饼。她慢条斯理地喝粥吃饼。

吴怀翡握着筷子的手顿了一顿。

不知道是不是错觉，她总觉得卫小师父与高郎君之间的气氛好像有些古怪。

吃过早饭，将碗碟收拾干净，惜翠跟他们告别。

卫檀生和吴怀翡这几天一直同进同出。惜翠一个人出了斋堂，迎面碰上了慧如，平常慧如看到她都会主动向她打个招呼，今天见了她，却以一种见鬼了般的眼神，上上下下将她打量了一遍，说话都有些结巴。

"高……高……高施主，你……你怎么在这儿？"

惜翠纳闷："我不在这儿在哪儿？我来吃饭啊。"

慧如又将她从头到脚打量了一遍，看上去很震惊："可……可是我刚刚明明在山门前看见了施主！"

"山门？我没去山门。"

"不对，不对。"慧如挠了挠光秃秃的脑袋，"我确实是在山门前看到了施主。从山门到斋堂这么远，施主不可能这么快。"

"难道是我看错了？"小和尚嘀咕，"可这世上也没有什么御风之术啊！"

慧如还在嘟囔，惜翠突然灵光一现。

难道他看见的是高骞？

和她长得像的，除了高骞还能有谁？高骞这么快就来了吗？

这倒也符合他利落的作风。

思及此，惜翠不敢再耽搁，忙找了个借口，匆匆与慧如告别。

等赶到山门前，瞧见那个穿着玄衣、身形高大、神色冷漠的青年，她顿时什么都明白了。

想到自己假扮成他在寺庙里待了那么多天，惜翠有些尴尬，理了理衣角和鬓发，走到了他面前，道："二哥。"

高骞转头看见了她，自然也看见了她现在的打扮。他没露出任何惊讶之色，只是将她从头至尾打量了一遍，皱起了眉。

“大嫂昨日提起时，我便疑心是你，未承想今日果真在此碰见了你。”

惜翠做好了被高骞教训的准备，却没想到，等来的不是斥责。

“你的手怎么了？怎么会搞成这副模样？”

惜翠还没反应过来，高骞已将她的手腕捉了过来，皱着眉看。

前天她为了拉住吴怀翡，手腕被尖石划出了些细细的伤痕。伤口很小，两天时间一过，更加不显眼。其他人都未注意到，高骞却一眼就发现了。

“没什么，”她缩回手，“摔了一跤，小伤。”

高骞不信，直接撸起她的衣袖。

惜翠的小臂上红红黑黑一大块，都是擦伤。

高骞沉默了半晌，道：“回去后到我那儿拿些药膏擦擦。”

惜翠拉了拉衣袖。

高骞终于提起了此行的来意：“前几日我听说你去了你养父母的家中，怎么又跑到寺里了？”

说起来，高骞的心也很累。昨日他好不容易结束轮值，回到了家中，却听闻李氏说起了这事。他当下便留了心眼，第二天一早就赶到了田家，田家人却说遗玉许多天前就回去了。他便又赶到了空山寺，这才看见了自家妹子。

惜翠咳嗽了一声，道：“我……我来寺里是为了给婆婆抄经，我想着，在寺里抄经会心静、心诚一些。”

惜翠将应付其他人的说辞搬出来应付高骞。

这借口太拙劣，惜翠没把握高骞会相信。没想到，高骞竟然信了。他不仅信了，还“嗯”了一声，道：“难为你有心了。”

惜翠心想：这真的是男主角吗？也太好骗了吧！

“你毕竟是女儿家，在寺庙里待着总归不合适，昨天让大嫂撞见了还好，要换作旁人，却不好解释。你今天就跟二哥回家吧。婆婆的寿礼，贵在孝心，你既有这份心意，佛经在哪里抄都无妨。”高骞苦口婆心地说。

惜翠点点头。

惜翠的行李很少，只有几件衣服。他们收拾完后，出了客堂，高骞忽道：“既来到空山寺，不可不去拜见了善禅师。你随我一起。”

惜翠愣了愣，道：“了善禅师尚在病中，就不要去打扰了吧？”

“今日出门前婆婆特地叮嘱我，从家中带一株人参过来送给禅师。我送过去，也算为你这几日的所作所为赔礼道歉。”

惜翠面露难色，心想：哥，你别这么正直……

但高骞还是顶着一张十分严肃的脸，带着她去了方丈室。

进门前，惜翠突然想到自己抄的那卷佛经根本就没带上。

高骞沉默了一瞬，还是选择将她的事揽在身上，道：“我回去拿，你在这儿等着。”

高骞离开后，惜翠也不好一个人进去，只能站在茶堂内等。她没等到高骞，茶堂后的寝堂中却走出来两道熟悉的身影。

却说吴怀翡与卫檀生离开了斋堂，便回到了寝堂。吴怀翡每日为禅师诊脉，卫檀生则陪同在禅师身侧侍药。

乍见惜翠，吴怀翡快步走上前道：“高郎君，你怎会在此？”

卫檀生的目光却落在惜翠拎着的行囊上，他笑着问道：“施主这是要下山？”

吴怀翡顺着他的目光看过去。

惜翠顿了顿，看向卫檀生道：“连日以来，给贵寺添了不少麻烦，”她又看向吴怀翡道：“也牵连了吴娘子，是我之过失。”

“高郎君？”吴怀翡不明所以。

卫檀生绀青色的双眼一点一点地冷了下来。

他叫她下山，她竟真的打算下山。只因他的三言两语便丢盔弃甲，这家伙未免太不中用了。

他轻轻抚上腕间的佛珠，转了一转，眸中恍若盛开着一朵黑红色的莲花，极其艳丽。转瞬间，他又好像什么都没发生过一般，莞尔道：“施主此言差矣。前天的事，错本不在施主，施主不必挂怀。”

这话看似温和，实则尖锐。若非看到他眼中那淡淡的嘲意，惜翠甚至以为昨天的事只是她的错觉。

“前天？前天发生了何事？”就在此时，高骞低沉而冷静的声音在茶堂中蓦然响起。

高贵俊美的男人站在不远处，手握佛经，淡淡地问：“我这妹子又给贵寺添了什么麻烦？”

惜翠一愣。高骞怎么会在这个时候突然出现？他不是帮她拿佛经去了吗？怎么会这么快回来？他这声“妹子”一出，她捂了几天的秘密直接就被抖得干干净净了。

惜翠愣神时，高骞已大步走到她身侧。

高骞的出现使得茶堂内顿时安静了下来，吴怀翡转头看见他，整个人如遭雷击。

茶堂中怎么会多出一个高骞来？

惜翠本来以为高骞会先同吴怀翡打招呼，他却直接略过了吴怀翡。

吴怀翡看了看高骞，又看了看惜翠，整个人有些蒙："高郎君？"

面前这个手执佛经的英俊高大的男人确实是高郎君，那……那另一个"高郎君"……

此时，高骞已停下了脚步，站在卫檀生面前，淡淡地问："舍妹究竟给贵寺添了什么麻烦？"

高骞的眉长而薄，如巍峨玉山，既沉且稳。

其实高骞早就到了，远远地就看见了正在说话的三个人，没急着上前，只静静地看着。

看着看着，高骞却皱起了眉。

他看人一向很准，手下的士兵从不敢在他的眼皮子底下耍花招。

与遗玉说话的卫家三郎，看上去温润，给高骞的感觉却不如他所表现出来的那般。

这卫家三郎有些古怪，让高骞不太舒服。高骞的直觉告诉他，他不喜欢此人——心思莫测，并非善类。遗玉不该与此人接触。

想到这儿，高骞更是不动声色地将自家妹子护在了身侧。

高骞看卫檀生时，卫檀生也在看他。

卫檀生知道，眼前这位才是真正的闻名于京中的高郎君——出身高贵，颇得官家信赖，年纪轻轻已官至金吾前卫指挥使，守卫皇城。

虽不曾亲眼见过，但卫檀生早就对他有些了解。毕竟，这位高郎君是自己那"白茶"所倾心的对象。

一见到高骞，吴怀翡便面色苍白，魂不守舍，往日的镇静姿态不见踪影。

卫檀生弯弯唇角。

他们二人不愧为兄妹，只是这做兄长的更让卫檀生厌烦一些。

将脸上的神情调整到最恰当的状态后，卫檀生神态自若地笑道："想来这位才是高骞施主了？"

高骞却没有寒暄的意思，开门见山道："小师父知晓舍妹的身份？"

“昨日才刚刚知晓。”卫檀生也不在意他的冷淡态度。

“既然如此，便恕某失礼了。”高骞面色严肃地问，“小师父方才所说的究竟是什么意思？我这妹子可是在贵寺惹出了什么事？”

卫檀生微笑，却有意不答，只问道：“令妹性子沉稳，又怎会添麻烦？”

高骞沉声问：“那前天又是怎么一回事？”

看着眼前这一幕，吴怀翡终于回过神来，原来……原来同她相处的一直不是高骞……难怪她总觉得他变了不少。

从小，她就不怎么记得住人脸。

那她岂不是将高郎君跟他妹子弄混了这么长时日，还一无所觉？这……这未免太失礼了。吴怀翡涨红了脸，轻轻咬了咬唇，懊恼地想。

更别提，她这段时日还……

她几乎不敢再想下去，也不敢再去看那高娘子的脸，更不敢想那高娘子会如何看待自己。

实际上，惜翠根本没想那么多。她正看着高骞。

顶着妹妹的头衔，她跟高骞却接触得不多。不过结合书中的情节，惜翠对他的性格也有大致的了解。

高骞看上去冷，实际上十分包容，为人处世颇为周到，绝不失礼，像现在这样冷漠还是头一次。

他这样是因为卫檀生？

作者在塑造这两个重要的男性角色时，刻意运用了对比的手法。

高骞与卫檀生，一个冷漠，一个温和；一个稳重自持，一个俊秀飘逸。他们的性格泾渭分明，无疑是两个极端。

因为吴怀翡，整本书从开头到结尾，卫檀生跟高骞就没有和谐相处的时候，大部分时间，双方对彼此十分冷淡。

如今，男主角、女主角和男配角到齐了，气氛之尴尬，让惜翠也有些招架不住。

在卫檀生开口前，惜翠抢先一步，打破了这诡异的气氛。前天的事本来就没什么值得隐瞒的，她三言两语简略地带了过去。

“就是如此。”惜翠道，“是我怕被大嫂发现，才累得诸位师父要半夜到山林中寻我，确实是我做得不妥。”

“便是如此？”高骞问。

惜翠答："便是如此。"

"你身上的伤也是因此而来的？"

"嗯，只是些皮外伤，今天就已经大好了。"

自始至终，兄妹二人都没再多看卫檀生一眼。

"伤？"吴怀翡听了，不由得又是一愣。

不只是吴怀翡，卫檀生也微微一怔，目光自然而然地落在了惜翠的身上。

这点小伤，惜翠根本就没放在心上，平静地说："皮外伤而已。"

"郎……娘子前天受了伤？"吴怀翡顿了顿，显然还不太习惯这种称呼方式，随后有些犹豫地问道，"可是因为我？"

惜翠摇摇头："不关你的事。"

娘子一定是为了拉住她才受了伤，想到这儿，吴怀翡愈加感到羞愧。原来"高郎君"跟她一样都是女人，她前天却给高娘子添了不少麻烦，还要麻烦娘子照顾自己，自己竟未留意到娘子也受了些伤。

卫檀生的神情依旧平静，眼前却浮现出那天跟在慧如身旁的少女的模样。

她沉默着。

他其实看见她了，但也只是一眼扫了过去。

他本以为她只是个任性的高门贵女，没想到她也有两分无用的自尊心。

当时，她乌黑的发丝利落地束着，薄唇微抿。

卫檀生想到此处，袖中的指尖又轻轻颤了一下。

高骞看了一眼吴怀翡，这才收回了视线，看向卫檀生道："了善禅师可在寝堂内？"

卫檀生也在此刻收回了目光，笑道："禅师正在堂中休息。"

"既是如此，那我就不打扰禅师养病了。"他从袖中摸出一个药包，递到卫檀生面前道，"烦请你将这株人参交给禅师，也算是我高家的一番心意。"

"我来吧。"吴怀翡突然道。

高骞看了过去。

吴怀翡低下头，咬紧了牙关，双颊红得像番茄。

这几日与她相处的"高郎君"是他的妹子……想到自己这几日的举动，吴怀翡只觉得脸上火辣辣的，尴尬到了极点。她干巴巴地解释道："这几日……一直由我负责治禅师的病。"

高骞："好，如此便麻烦你了。"他竟将药包直接搁在了她的手心。

高骞向来不苟言笑，但在面对吴怀翡时，眼底的冷意微微消散，只不过这变化极小，旁人很难看出。随后高骞抬起头，镇定地说：“舍妹顽劣，我这个做兄长的在此向吴娘子与小师父赔个不是。我和她尚有事在身，便不继续打扰了。”说完，他带着惜翠就要离开。

临出门前，惜翠停下脚步，回过头，道：“吴娘子，这些日子欺瞒了你，我很抱歉。”

吴怀翡摇摇头：“娘子扮作令兄的模样，想来是因为以女子之身不方便出入寺庙，是我误会你的身份在先，错不在你。”

惜翠笑了一下：“多谢娘子宽容，这样我就放心了。”

她这一笑，吴怀翡竟又愣住了。

三个人站在门前，远远看去竟如一家人一般亲密。卫檀生的眼睫颤了一颤，嘴角泛起一抹讥讽的笑。

惜翠离开前特地去跟慧如打了个招呼。

“施主这么快便要下山？”

惜翠笑道：“佛经我已抄好，家中还有事，自然不能在山上多待。”

慧如得知她要离开后，虽有不舍，却也没拦，道：“那施主定要多回来瞧瞧，大家都很舍不得你。”

“这是自然。”

虽然在空山寺里待的时间不长，但惜翠也挺喜欢这儿的。寺里的人都很好，斋饭也好吃。

慧如刚满十岁，从小在空山寺内长大，还没经历过什么离别。如今他眨巴着眼，眼里已经有不舍的泪花冒了出来。

惜翠揉了揉他的头道：“又不是见不到了，过些时候我再上山来看你。”

告别了惜翠后，慧如碰上了卫檀生。

卫檀生一个人站在茶堂中，吴娘子不知去了哪里。

慧如惊讶地走上前道：“师叔没去送高施主吗？”

“你去送了？”

“施主临走前特地找我道了别哩。”慧如抓了抓头皮，“高施主就这么走了，我还真有些舍不得。”

“我知道了。”卫檀生淡淡地道。

慧如见他蓦地冷下脸来，愣了愣，不知所措地放下了手。

师叔……这是因为高施主没有向他道别，在生气吗?

慧如本来还想说些什么，但瞥见他腕上的佛珠后，打了一个哆嗦，什么都不敢再说了。

惜翠离家的事高骞帮她瞒了下来，李氏那儿他也找了个借口应付过去。

高家没多少人在意她，惜翠安安稳稳的，没出一点状况。

离开空山寺后，高骞本来担心她会有所不满，但见她像没这回事一样，照常吃吃喝喝，悬着的心也落了下去。

自家妹子这么懂事乖顺，高骞其实心情格外复杂。她认祖归宗前，一直活得随心自在，不需要像现在这般谨小慎微，战战兢兢。

他自己虽恪守礼节，但那也只是性格使然，骨子里倒不太看重那些礼数。他正琢磨着是不是要抽空带她出去转转的时候，安阳侯府的崔夫人就送了帖子到府里。

看着茶色泥金请帖，高骞略一思索，叫来了惜翠。

“安阳侯夫人送了帖过来，打算下月初二在侯府办一场私宴，你可愿去？”

见她反应颇为冷淡，高骞沉默了片刻，又道：“去去也不妨事，你回到家后就未出什么门，正好借此机会出门转转，总比闷在府里要好。”

高骞说的话并非没有道理。高遗玉回到高家后，除了开始那阵子出门频繁了些，之后便不曾赴过什么宴会。

高家曾经找了夫子和嬷嬷教导她，高遗玉也努力学了。但这十几年所缺的东西，又岂是她一时半会儿赶得上来的?

可能觉得她上不了台面，太小家子气，小辈们也不爱搭理她。

站在那些贵族子弟中，她始终像个异类。

那些贵族子弟教养良好，碍于礼节，并未有轻视高遗玉之举，对她的态度十分亲和，但也仅仅如此，没多少人愿意同她深交。

这一点，高遗玉何尝看不出来?

后来，她自己不愿意出去。久而久之，其他人也都随她去了。

不过，高骞一直没这么想过。娘亲去世得早，爹和大哥不管事，他这个做二哥的只能挑起了娘亲的担子。

在他眼中，他这小妹独一无二，是一块璞玉，不应该只待在家里。

惜翠认真地想了想，卫檀生一时半会儿拿不下来，她还不知道要在这儿继续待多长时间，再有意躲着，似乎也不太合适，总归是要走出去的。于是，她点头答应了下来。

在得知惜翠也要去后，高家其他人却有些不满。

“她跟着去做什么？”说话的是六娘子高莹，三房的嫡女。

三房一家有人在朝中做官，颇有实权。高莹深受高老夫人喜爱，做事有些骄纵，说话不怎么过脑子。她打小就崇拜高骞，总爱跟在他的屁股后面。高遗玉来了后，高莹觉得她抢了高骞对自己的关注，一直看高遗玉不顺眼。

这回，听到她也要赴宴，高莹顿时不满地撇了撇嘴，心想，像高遗玉这种人，跟个算盘似的，拨一下动一下，畏畏缩缩的，带出去都嫌丢人，自己才不要跟她一起去侯府哩。

往常这种宴会，高遗玉是不去的。他们也都习惯了。这一次突然听到她要去，不只是高莹，其他人都愣了。

高莹在府上向来受宠，她一开口，有人跟着附和，只是话说得没高莹那般直接。

“三娘怎么突然要去了？”

“是呀，三妹，你要不要再想想？我晓得你对这种场合不感兴趣，到时候怕是会觉得无趣。”

安阳侯夫人崔氏爱做媒，下月初二办私宴，其实也是想让各家适龄的儿女们多处处，促成几桩好姻缘。

这些事没有放到台面上说，但其他人心里都明白。

而高遗玉怕是什么都不懂，就这么眼巴巴地跟了过去。

不，或许她是懂的。可她也不看看自己的模样，生得一点都不好看。

有人心中嗤笑。她这副容貌，让男人生来，是俊美。她一个女人长成这样，就是不男不女。

高遗玉是高家的子孙，去不去本来就是她自己的事，现在她要去，怎么就显得她不识好歹了起来？

惜翠木着脸，回答得很礼貌，也很冷淡、很不客气，大体就一个意思：她想去。

其他人被堵得说不出话来。

没见过这么没眼力见儿的，高莹心想。

高遗玉坚持要去，他们就算再惊讶、不满，也没理由阻止。年纪大些的或懂事的只能讪笑两声，打了圆场。

惜翠没想过要在宴会上搞出什么大事，如一举扭转别人对她的看法，惊艳全场什么的。她有自知之明。

不过既然是侯府办的宴会，她也不能怠慢。

往日丫鬟给高遗玉打扮的时候总是要弱化她外貌上冷硬的特质，给她穿些颜色清新淡雅的衣裳。但高遗玉的容貌本就偏男性化，这么一打扮反而更显古怪，总有种高骞穿女装的诡异感。惜翠看着镜子里的人，觉得实在辣眼睛，干脆自己来，没让丫鬟帮忙。

她换好衣裳，接着挑首饰。

她能戴的首饰很少。高家没短过她的吃穿用度，旁的小辈有的，她也有。

但田勇良不争气，花钱如流水，高遗玉一直在替他补窟窿，再加上去年田老头做生意亏了本，也是高遗玉出钱还的债。回高家一年有余，她非但没存下什么银钱，还将高家给的首饰典当了不少，全塞到了养父母家里。

惜翠找不到能搭配的首饰，只能选了一条红色嵌银线的发带束在发髻上。

车马已经备好了。瞥见惜翠从门内走出来，站在门外的其他人都有些吃惊。

惜翠今日上着暗红色绣金牡丹上襦，下着白色高腰烟霞长裙，裹住了纤细清瘦的腰，黛色长眉锋锐如剑，虽说没多美，但有一身潇洒风流之意，是其他女人没有的。再加上她个子高，在一众姑娘中显得格外出挑。

高莹盯着她看了好一会儿，扭扭捏捏地想：没想到，她打扮起来倒……倒挺俊俏的……

当然，高莹不会承认就是了。

高骞分不出来什么美丑，见遗玉打扮得素净，皱皱眉，取下了腰间的白玉麒麟玉佩给她挂上。

他虽看不出来什么美丑，但觉得只要是遗玉，就很好看，低声夸了一句："很好看。"说完就翻身上了马。

此次安阳侯府的宴会设在了京郊。

正值初春，冰消雪融，春风骀荡。

京城的士族们憋了整整一个冬天，终于能好好地释放一次自我，趁着春光出游。

安阳侯夫人崔氏今年三十有二，脾气好，爱交际，喜欢和小一辈聚在一起，常常在府上大宴宾客。

前些日子崔氏得了病，不见好，后来请了个医术高明的女大夫，按照女大夫的药方吃了几服药，没两天就好全了。

病好了，崔氏心中高兴，忙不迭地就要办一场春日宴，请大家都来好好玩一场，赏赏春光，驱一驱病气。

惜翠到的时候，已经来了不少人，场上铺了一顶接着一顶的帷帐。

不远处有几个女子牵着衣裙斗草玩，还有个少年郎在舞剑，身形如上下翻飞的鹞子，英姿勃发，剑光清冷，剑招透着股勃勃的青春朝气。

春风一吹，芳香轻送，晴光正好。

高骞低声道："那舞剑的是褚家的幼子褚六郎，褚乐心。"

那少年在此时收了剑，无意中一抬眼，刚好瞥见了高骞。他眼睛一亮，越过人群，竖着剑快步走了过来："高郎君！"

与褚乐心的兴奋相比，高骞的反应可谓十分冷淡："褚郎君。"

褚乐心恍若未觉，一双眼亮晶晶的，笑道："好久不见！你今日怎么到这儿来了？"

这是个极为俊秀的少年。

眼睛似乎不该用"秀美"来形容的，但他这双眼好似春光潋滟的江面，秀美动人。

少年白皙的肌肤上渗着层细密的汗珠，他看着高骞的眼神中满是不加掩饰的喜悦和崇拜。

高莹似乎也认识他，高高兴兴地上前问好。

和高骞、高莹说了几句话后，褚乐心才意识到高骞身边还站了个姑娘，问："这是……？"

褚乐心没见过高遗玉，感到疑惑也实属正常。

高骞："这是我三妹。"

褚乐心顿时了然地点点头，瞪着一双好看的大眼，将惜翠从头到脚打量了一遍。他暗忖，听说这高家三娘性子怯弱，小家子气，如今一看，倒不像传言所说的那般。

褚乐心道："原来这位便是高家三娘，早听说是个美人，今日有缘得见，果然名不虚传。”

“美人”这词要是用来夸旁的姑娘倒还好，他用来夸惜翠，难免会让人觉得是在讥讽。不过褚乐心的个性似乎本就如此，也没人跟他计较。

高莹只是无语地撇了撇嘴。

惜翠点点头，礼貌地同他打了个招呼：“见过郎君，郎君客气了。”

想到自己之前听信了传言，失礼地以为她性格畏缩，又看着眼前这张和高骞极为相似的容貌，褚乐心竟不好意思地红了脸，下意识地脱口而出：“娘子和高郎君生得真像呀。”

惜翠看他俊脸飞红，一时有些蒙。

他在脸红什么？

褚乐心好像想要再说些什么，对着她憋了半天，却没说出来，又看向了高骞，道：“侯夫人在前面那顶帐子里，高郎君你们要过去吗？我送你们。”

高骞委婉地拒绝了他的好意：“郎君的好意某心领了，不过几步路的距离，不用麻烦你。”

褚乐心的脸上露出一抹显而易见的失落之色：“那好吧。”

告别了褚乐心，他们一路上又碰上了不少人，其中大多数人惜翠不认识，她也没有主动上前攀谈的心思。一路上她都安静地走在高骞身后，看他做什么，照做就是了。

倒是有些没见过她的人对这个高家三娘子颇为好奇。

面对旁人隐隐探究的目光，惜翠选择淡定应对。

安阳侯夫人就在中间的一顶帷帐里，惜翠跟着高骞过去行礼，才发现崔氏身旁还有两个年轻男女。

青年身着一袭玉色禅衣，貌若好女，笑意温和，膝上摊着本佛经，腕上悬着串佛珠，正同侯夫人说着些什么。少女面容沉静，内着青绿色上襦，外罩豆色斜纹半臂，下着藕荷色软纱长裙，温柔婉约。

惜翠一怔，这不是卫檀生与吴怀翡吗？

安阳侯夫人一手搭在吴怀翡的手背上，显得十分亲昵。

高骞与惜翠步入帷帐，帐内的讲经声顿停。

卫檀生抬眸，绀青色的眼静静地望着他们，眼中没有惊愕，平静得出奇，好像早料到他们会出现在这儿一般。

倒是吴怀翡没想到会在这儿碰上他们，愣了愣，目光微讶，碍于场合，还是立马将惊讶之色按了下来。

高骞也是一愣，但见吴怀翡故作不相识，也就收回了视线，向安阳侯夫人行礼。

卫檀生停止讲经，侯夫人崔氏这才察觉不对，扭头瞧见高骞，一惊，道：“阿骞？”

“夫人。”

“我还以为你不来了。”崔氏面色温和地招招手，“许久不见，快过来让我瞧瞧。”

高骞上前，崔氏看着他，道：“看来又沉稳了不少。我晓得你的性子，向来不爱这些宴会、文会的，没想到你这次还算有良心，给了我这个面子。”

崔氏往后一看，笑道：“莹娘也到了。”

高莹笑嘻嘻地扑上前：“莹娘好想夫人呢。”

崔氏的目光又落在了惜翠的身上，她问道：“这可是你那三妹子遗玉？”

惜翠适时上前见礼。

崔氏之前没见过高遗玉，今日乃是第一次见。她也听过京中那些传闻，不过向来对此不怎么在意，更觉得那些传闻对一个女儿家来说未免太刻薄。

一见身前的少女个子高挑，俊俏洒脱，生得跟她二哥一个模样，崔氏心头便生出了些好感，说话的语气也亲切了不少。

惜翠看着安阳侯夫人，总觉得对她有些模模糊糊的印象，但脑中的回忆飘来荡去，抓不住。

崔氏无意中一瞥，瞧见吴怀翡正看着惜翠，只当她是好奇，便拉着她的手为她介绍：“你怕是没见过这几位，这是靖国公府上的二郎，这是府上的六娘子与三娘子。”

崔氏又笑着对高骞他们道：“这便是前些日子治好我那病的吴娘子。我这一病，病了有个把月，躺在床上起不来，可把我闷死了，幸得檀奴介绍，这才将吴娘子请了过来。这京城里的大夫，还不如一个十五六岁的小娘子。”

崔氏这么一说，惜翠终于想了起来，这位安阳侯夫人是书中吴怀翡的靠山之一，对吴怀翡颇为提携。

前段时间吴怀翡治好了崔氏的病，崔氏与她一见如故，很喜欢她，就将她带在了身侧。崔氏带她来这场宴会也有帮她踏入这个圈子的意思。

说着，崔氏仿佛想起了什么，将卫檀生也拉了过来，道：“这是卫家三郎。

阿骞，你兴许是认识他的。”

高骞点了点头：“我与卫郎君确实有过几面之缘。”

“当真？”崔氏一挑眉，笑道，“那再好不过了，不必再累得我为你们介绍。”

卫檀生缓缓地合上了经书，抬眼笑道：“高郎君，我们又见面了。”

他话虽是对着高骞说的，目光却停留在惜翠的身上。

高骞见了，眉头微不可察地一蹙，“嗯”了一声。

惜翠回了个礼貌性的笑容，好像前几日在寮房中的狼狈此刻已消散得无影无踪。

卫檀生望着她，嘴角也扯出了一抹笑。

崔氏平生最爱替人拉关系，见这几人处得好，更加高兴了，又看吴怀翡仍坐在自己身侧，不禁轻轻地推了她一把，笑道：“你们既然认识，那我也不拘着你们这些小辈了，帐外春光正好，快趁着这个时候出去走走吧。

“尤其是你，我这病是怀翡你治好的，你是我的恩人，也是客人，今日在这儿不必顾忌。若哪个不长眼睛的叫你受了气，只管告诉我，我替你撑腰。”

卫檀生缓缓道：“夫人此言甚是。”他微微一笑，继续道，“夫人放心，吴娘子也于我有恩，我定不会叫娘子受到轻慢。”

这几个人在安阳侯夫人面前相谈甚欢，本为客套之举，如今一离开侯夫人跟前，自是无须再假装。出了帷帐，谁都没主动说话。高莹似乎也没有想和卫檀生、吴怀翡相交的意思。

在沉默中走了两步，高骞冲卫檀生与吴怀翡略一颔首，便要告辞。

吴怀翡显然有些措手不及：“郎君与娘子这就要离去了？不再多……”可能是意识到自己说这话太唐突，她将后半句话硬生生地咽回了肚子里。

高骞看着她。

被他看得有些紧张，吴怀翡不自觉地别过头。

高骞的嗓音中含着些不易为人察觉的柔情：“嗯，尚有些事。”

将这一幕尽收眼底，卫檀生蓦然笑着开口道：“郎君倘若有事就先去忙吧，稍后我们自会再相见。”

高骞的目光移到了卫檀生的脸上，半晌，他淡淡地道：“多谢郎君体谅。”

侯夫人信佛，又同卫老夫人交好，每月中定有一次叫卫檀生来府中为她讲佛法。高骞只希望今日在此地见到卫檀生，真的是巧合。

高骞确实有些事要忙。他已不再是个懵懂不知事的少年郎，身处官场，有自己的应酬。

他抽不开身，不能全程陪着惜翠与高莹，只能在离去前特地嘱咐了惜翠一两句，又让高莹带着她些。高莹虽然不乐意，但看在高骞的面子上，还是勉为其难地答应了。

此时，高家带来的仆役们已将帷帐扎好。

前往帷帐的途中，高莹与惜翠迎面撞上了四五个衣袂飘飘的少女。高莹面色一喜，立即奔上前去，那都是平日里与她交好的小姐妹。

“莹娘，可算找着你了！”说话的是个着茜红色襦裙的少女，她说着就要拉高莹跟她们一起去荡秋千。

一见到她们，高莹就把高骞的嘱咐忘得干干净净，连连应声，恨不得马上就扑到秋千架前。

几个人亲亲热热地互相问过好后，再看惜翠，却客气疏远了许多。毕竟她们听说这高家三娘在家中并不受宠，到现在也不认得几个字。

其中一个少女站出来，客客气气地问惜翠要不要跟她们一起去荡秋千。

高莹不高兴地说：“你叫她做什么？”

她这几个好友，不是内阁王学士家的孙女，就是礼部刘侍郎家的幼女，个个知书达理，聪慧过人。高遗玉那么蠢笨，念个书都念不明白，跟她们一起出去后，肯定要在她这几个好友面前丢脸，她才不乐意。

话一出口，高莹似乎也意识到当着外人的面这么说不太妥，忙将话锋一转：“三姐性子静，对这些怕是不感兴趣呢。”说着她忙看向惜翠，拼命给惜翠使眼色，希望惜翠有自知之明，别跟着去。

只见惜翠那双黑白分明的眼内平静无波，高莹看了心跳不禁漏了一拍，心想：她……她该不会要跟着去吧？

惜翠哪里看不出她的小心思，移开视线，“嗯”了一声，对面前的这几个姑娘道：“娘子的好意我心领了，但我如今有些乏了，只怕是不能相陪了，娘子们和莹娘一起去吧。”

高莹听她这么说，轻轻地舒了一口气。

她们走了几步后，高莹鬼使神差地停下脚步，回过头，看到高遗玉依然站在那儿，乌黑的发间，一根红艳艳的发带高高扬起。

将高遗玉一个人丢在那儿，不知怎的，高莹竟觉得有些愧疚。

刘三娘在前面喊她了。高莹晃晃脑袋，赶紧将这个念头甩了出去，快步跟了上去。

眼看着高莹离去后，惜翠收回视线。

高遗玉之前本就没一个谈得上话的朋友，惜翠干脆自己一个人漫无目的地到处走走，顺便欣赏欣赏这里的春光。

到处都有人，哪儿哪儿都不缺欢声笑语。

惜翠一个人默默地走了一会儿，突然觉得她这样好像挺落寞的，走来走去没人搭理，看上去反倒更可怜了。

于是，她停了下来，故作深沉地盯着棵杏花树看了一会儿。

褚乐心碰巧看到的就是这么一幅画面。

高挑俊俏的少女站在杏树下，杏花零落，堆了一地的香雪。

少女目光沉静，乌发微扬，清清冷冷得如同一把破开飞花的利剑，又像极了话本中那些英气逼人的红衣侠女。

看着这个和高骞极其相似的少女，想到之前那些传言，褚乐心犹豫了一瞬，走上前去。

“高娘子？”

这一声将神游天外的惜翠拉回现实，她回头一看，只见之前那个舞剑的少年正站在她身后，犹犹豫豫地望着她。

惜翠有些吃惊，不知道褚乐心突然主动叫她是为了什么事。这褚乐心不去找高骞，跑到这儿来干什么?

惜翠目光诧异，褚乐心不好意思地涨红了脸。

她还没开口，褚乐心已出声解释道：“我方才只是看高娘子站在这儿，才想过来打个招呼。”

他觉得这高家三娘虽然确实木了点，但远远没到传言中的那种地步。看她一个人孤孤单单地站在这儿，褚乐心觉得她有点可怜。

她是二郎的妹子，二郎不在，他当然要照拂她一二。

“娘子是不是在找高郎君？”怕惜翠尴尬，褚乐心很体贴地给她找了个理由，“我刚刚看到二郎回帐子里去了。娘子若找不到帐子，我带娘子过去吧。”

惜翠看了他一眼，少年好看的眼中略含紧张，但更多的是天真与清澈。

“那便麻烦你了。”她很给面子地顺坡下驴。

他们到了帐中，高骞果然已经回来了。

瞧见是褚乐心带她回来的，高骞可能猜到了什么，但当着褚乐心的面，没有多言。

“可累了？”将茶盏和果盘推到她面前后，高骞问。

惜翠摇摇头：“没走几步路，哪里累。”

高遗玉不像大多数士族少女那样弱不禁风。她从小就帮着田家干活，力气大，身体特别健康，没病没痛。

高骞想了想，觉得确实如此。在健康方面，遗玉从没让他操心。

高遗玉回到高家后，高家不仅找人教了她诗书，还找人教了她些诸如捶丸、马球和投壶一类时下正流行的游戏，好让她能尽快融入京城的社交圈中。高遗玉诗书学得不怎么样，却很喜欢骑马，有事没事就去马场转转。

褚乐心一屁股坐下后就不肯走了。他似乎格外珍惜这次机会，一直逮着高骞问东问西，问的内容大多与兵营有关，末了，又一脸艳羡地感慨道：“倘若我也能跟二郎你一样便好了。”

高骞：“为何要这么说？”

褚乐心蔫蔫的，道：“家父一直想让我走科试这条路。”

他们褚家以文传家，褚乐心倒像是生错了地方。他自小就喜欢唐传奇里的那些剑客游侠，梦想着有朝一日能仗剑走天涯，再不然就是投身兵营。

正因为如此，他一直特别崇拜大名鼎鼎的高家二郎。

听说，前些日子有贼子摸入皇城，想要行刺官家，还是高家二郎反应迅速，当机立断，将贼人斩杀于御前的呢。这等威风，褚乐心每每想起都热血沸腾，好像自己也跟着亲身经历了一遍。

帷帐被拉开，帐外的景象一览无余。

惜翠坐在案几前，捧着茶杯，看着帐外的春色，漫不经心地听褚乐心和高骞说话，也算惬意。

中途突然有人入帐来寻高骞，似乎又有什么要紧事。

高骞要走，褚乐心不方便继续待着，便跟他一块儿离去了。

临近午时，高莹总算回到了帐中，但高骞一直没再回来。

安阳侯夫人吩咐下人们在柳树下摆上了酒席，叫大家一起来吃酒。

大梁民风较为开放，男女同席不算稀奇。惜翠坐下来的时候，卫檀生正巧坐在她对面，吴怀翡坐在她身侧。惜翠向吴怀翡问了声好，又看向了卫檀生。

瞧见惜翠正看着他，卫檀生温润端方地笑了笑。

惜翠对这场酒席的情节有印象。待会儿席上要行酒令，吴怀翡脱颖而出，被京中贵族们另眼相待。

毕竟是女主角，吴怀翡从小跟着学医的恩师其实是游历至乡间的当世圣手，同时也是个博学的耆儒。吴怀翡天资聪颖，跟着恩师既学医又学文，直到今日，才在这场酒席上大放异彩。

看着坐在不远处的吴怀翡，惜翠默默地想，这将是吴怀翡的主场，她只要做个捧场的观众就没问题了。

席间果然有人提议要行酒令，行的是“春”字令，“春”字在句首。

褚乐心吟了一句：“春江潮水连海平。”

吴怀翡看了眼桌前的酒盏，吟了一句：“春风送暖入屠苏。”

众人依次吟了下来。轮到惜翠的时候，席上的人不由得都看向了她。毕竟大家都听说这个高家三娘性子蠢笨，高家虽找人教了，她却还是大字不识几个。

坐在惜翠对面的青年僧人眼珠一转不转，安静地看着她。

惜翠：“春……春眠不觉晓？”

她确实没文化，跃入脑中的只有上小学时学的孟浩然的这首诗，好歹是混过去了。

一轮一轮下来，大多数诗句已让人念过了，能吟咏的已经很少了。众人纷纷败下阵来。

又轮到卫檀生了。他想了一会儿，微微一笑，也弃了权，以茶代酒，自罚了一杯。

此时，席间只剩下吴怀翡与另一个妙龄少女在对垒。

这个妙龄少女是詹事府贺詹事家的女儿贺妙，是京中鼎鼎有名的才女，也是原书中用来衬托吴怀翡的小角色。

就连饱读诗书的贺妙此时也不免要思索一番才能对上，这个名不见经传的医女却能脱口念出一些生僻的诗词，众人不由得面面相觑。

眼看就要被吴怀翡比下去，贺妙的神色有些难看。

见如此下去不好收场，有人赶紧替贺妙打圆场，换了规则，从头再来。

这次的规则是要求第一个人所吟诗句，“春”字居首位，第二个人所吟诗句，“春”字处第二位，依次而推。

轮到卫檀生时，他未有思索，吟了一句“柳色春山映”，顿时赢得了一片叫好声。

这一句贴合时景，酒席设在柳树下，远处正是绵延青山。而“柳色春山映”出自王摩诘的《春日上方即事》，正是一首禅诗。

此句一出，有人叹道：“不愧是京中赫赫有名的卫家三郎，果真是天资不凡。”

先被吴怀翡比下去，现在风头又被这和尚抢去了，贺妙心中不平，面上却笑道：“背前人的诗实在无趣，不如我等一块儿行酒联诗好了。”

背诗惜翠还能蒙混过关，但作诗嘛，她还是很清楚自己有几斤几两的。

贺妙自己起令，先作了一句，其余人稍加思索，也随其后。

轮到惜翠的时候，众人又不免好奇起来，这高家三娘要如何作诗？

褚乐心望向惜翠的目光中隐含担忧。

惜翠摇摇头，端起了酒盏，道：“我愚笨，不会作诗，自罚一杯。这场酒令我还是不参与了。”

贺妙突然拦住了她，笑道：“娘子无须自谦，随便作一句即可。”

惜翠抬头看着这个京中久负盛名的才女。

贺妙不慌不忙，好像确实不知道她不会作诗，只以为她在自谦。

惜翠心里很清楚，贺妙性格自负，心眼极小，不过是看她与吴怀翡相识，而且关系不错，这才迁怒于她，将气撒在了她身上，顺便用她衬托自己。

在场众人都在观望她会做何反应。

褚乐心闻之不由得一愣，忍不住开口道：“高娘子不愿，你又何必逼她？”

贺妙还没回答，卫檀生却替她答了。他望着褚乐心微笑道：“六郎，你此言差矣，贺娘子这如何算得上逼？”

惜翠忍不住在心里骂了卫檀生一千遍！

贺妙本来还觉着这和尚有些讨厌，现在却觉得他看起来顺眼了许多。她迅速反应过来，道：“六郎，你误会我了，我确实没有要逼高三娘的意思。”她面露歉意，“不过确实是我唐突了，我给三娘赔……”

“承蒙贺娘子高看一眼，”惜翠忍无可忍地打断了她，“我确实不会作诗。一杯不够的话，那我自罚三杯不知够不够？”说完，她也没等贺妙反应，端起面前的白玉细嘴酒壶，在卫檀生的注视下连倒了三杯饮下。

惜翠三杯下肚，贺妙脸色一黑。

贺妙生得美，个性清高，身边向来不缺追捧她的士族子弟。

眼见贺妙面色不好，在座中已有人心生不满，觉得这高三娘未免太不给人面子。贺娘子是不知者无罪，高三娘这样认真，倒弄得人下不了台了。

有人出声道：“贺娘子是好意，高娘子未免也太不给人面子了。”

“正是如此，大家玩得开心便是，何必如此较真？”

褚乐心忽然站了起来：“这席上虽有像贺娘子这般有高才的，也有像我这种不通文墨的，要是继续如此联诗，倒是叫我接不下去了。”

平日里看多了那些话本，见众人纷纷为难一个姑娘，褚乐心看不过眼，热血上头，气鼓鼓地端起酒杯，也连饮了三杯：“我也跟着自罚三杯，如何？”

被褚乐心这么一打岔，气氛非但没有缓和，反倒更加紧张了。

众人一时哑口无言。

就在此时，高莹猛地一拍桌子，杏眸圆睁，怒道：“你们这话是什么意思？三娘不会就是不会，你们为此事还要争到何时？”

她早看不惯这贺妙的德行了，自视甚高，眼高于顶。她不喜欢高遗玉，更看不惯贺妙在那儿装傻充愣，扮可怜样。

高莹开口，周围替贺妙说话的，气焰顿时弱了。

他们敢这么说，不过是看到这高三娘在高家并不受宠，而高莹对她态度冷淡。如今高莹替她说话，他们掂量掂量其中的利弊，自是不敢再多言。

褚乐心虽常常冲动行事，但人并不傻，意识到自己如此贸然出头反会遭人误解，在高莹开口后，顿了顿，接着说：“不如这样，都听我一句，这联诗就到此为止，接下来还是掣签行令如何？”

在一片沉默中，还是吴怀翡率先附和道：“好，便听褚郎君的。”

眼看气氛已有些尴尬，吴怀翡起了头，其余人自是同意了。

贺妙脸色微沉，下意识地看向卫檀生，却没想到他正看着褚乐心与那高三娘，看都没看自己一眼。她脸上有些挂不住，悻悻地坐下了。

装着象牙签的竹签筒被端上了桌，共一百二十支，正面刻唐人七言诗句，背面刻令约。

褚乐心先掣签，摇落一支，拿起来一看，顿时便笑开了：“这支签理当是高二郎的，不过二郎不在席上，便由我来喝这一杯吧。”

此签正面刻“骍弓在臂剑横腰”，背面刻“习武者饮一杯”。

褚乐心的脾气来得快去得也快，他痛痛快快地饮下一杯，将签筒交给身边坐着的下一位。

席间的气氛终于渐渐复归热闹。

吴怀翡摇出一支签，正面刻“折来细想无人赠”，背面刻“自饮一杯”。她当下便倒了杯酒饮尽。

签筒转到惜翠的手上，惜翠也有些好奇自己能摇出什么。

她捡起象牙签，只见正面刻着“与君双栖共一身”，再转过来一看，不由得一愣，背面刻着“与对坐者共饮一杯”。

坐在她对面的，除了卫檀生还能有谁？

她看着象牙签不说话的模样惹得人好奇地催促起来。

“摇出了什么？快说来给大家听听。”

惜翠看了一眼卫檀生：“上面刻有……‘与君双栖共一身’，要与对坐者共饮一杯。”

对坐者？

对坐者不是卫家三郎吗？

在座的皆是一脸茫然。

卫三郎虽说剃了头，出了家，但毕竟是个男人，哪有陌生男女共饮一杯的道理？

“要不……这令约就算了吧。”有人提议。

褚乐心也看了过来，关切地道：“三娘，你再摇一支。”

惜翠拿着签，看着卫檀生。

卫檀生对上她的目光，突然袍袖一卷，将面前的琉璃酒盏拿了起来。

他端着酒盏，看向褚乐心，神色从容地道：“不必如此麻烦。我既入了禅林，便是佛陀座下的弟子，不过共饮一杯茶罢了，这有何可避讳的？”

他袈裟垂落，神姿俊秀，气质脱俗。旁人再计较这些世俗规矩，好像倒变得古板迂腐了。

褚乐心摇头道：“这不行，三娘毕竟还未出阁，倘若这事传出去，对三娘不好。”

贺妙讥讽道：“这有什么不好的？还是说你信不过我们？”

在这一点上，褚乐心却很固执。男女有别，哪有让高娘子与卫檀生共饮一杯的道理？

两人争执之时，卫檀生已站起身，从容地饮了半杯，喝完又借了条帕子，将杯口擦拭干净，再将剩下这半杯递给了惜翠。

惜翠接过，心知卫檀生在看，垂着眼，喝得很慢。

杯口触上淡色的唇瓣，好像隐隐约约有一缕檀香回荡在杯中。

茶水入口，在唇上留下些水珠。惜翠卷起舌尖舔了舔，将唇上的水珠一并舔入口中。

面前的僧人眼神微变。

她脸上虽在大大方方地笑，但内心深处，好像听到了自己嫌弃自己的声音。

这细微的动作，惜翠保证，只有卫檀生能看见。

将剩下的半杯茶饮尽后，惜翠将酒盏还给了他，顺便留意了一眼他的反应。

青年僧人伸出手，佛珠轻摇。

他看着她，唇角微弯，好似十分满意。

这不会……不会真的有用吧？惜翠愣愣地想。

如此，这事总算是揭过了，接下来惜翠也没再摇到什么乱七八糟的签，顺利地走过了后面的流程。

这一场酒席，别人的目光其实没有放在她的身上，他们中的大多数人被吴怀翡吸引了注意力。

吴怀翡容貌秀丽，举止文雅，才思敏捷，又得侯夫人另眼相待，旁人还以为她出生于什么隐士的家中。有向她搭话的，也有向她求医的，吴怀翡都一一得体应对。一场酒宴下来，她博得了不少好感与赞誉。

褚乐心记挂着酒席上的事，酒宴结束后也并未离去，而是站在惜翠身旁安慰了她一两句。

发生了贺妙一事，有不少人对她心生不满，觉得这高三娘确实愚笨不堪，对于人情世故一窍不通。

不过，虽然有不少人站在贺妙那一边，但也有一些人早就看贺妙不顺眼了，眼下这么一闹，反倒对惜翠生出了几分亲近之意。

只能说祸福相依，有所失则有所得。

惜翠没怎么在意。她的目标自始至终就只有卫檀生而已。

可能是喝了些酒的缘故，回到帐中，惜翠有些困，就睡了一会儿。

她是被高莹推醒的，一睁眼就看到高莹娇艳如花的俏脸。

“快醒醒！”高莹一脸嫌弃地道。

“怎么了？”

高莹看着她，鄙夷地道：“睡什么睡，快与我一起去马场！”

“去马场做什么？”

“打马球啊，”高莹道，“还能做什么？”

惜翠刚睡醒，其实不太愿意动弹。

高遗玉喜欢骑马，但惜翠之前只在动物园摸过一次马，根本不知道怎么骑马。

“我不去了。”惜翠疲倦地说。

“你躲在帐子里像什么话？”高莹眉毛一扬，“你不去就会让人看笑话，旁人说不定还以为你是心虚，怕了贺妙，才不敢出来见人。”

马场距此处不远，打马球也是今日早早就安排好的活动。

被高莹从帐中拖出来，刚到马场，惜翠就看见褚乐心正牵着匹马，兴高采烈地冲她笑：“三娘！六娘！你们都来啦！”

高骞不在，高莹硬要骑高骞骑过来的那匹高头大白马，惜翠则问马倌要了一匹性格温驯的小红马。

第一次骑马，惜翠本来还有些担心，但她的身体好似对此格外熟悉，翻身上马，动作一气呵成。

这种熟悉的感觉使得惜翠放下心来。

她不会打马球，没有参与，只是骑着马在场外看。

褚乐心兴致极高，跟高莹他们一起在马场上驰骋。

春日里天高云淡，马场上尘烟滚滚，众人争相追逐，衣袂翻飞。

因为马场宽阔，惜翠没有看见卫檀生与吴怀翡的身影。

吴怀翡是不会参加的，而卫檀生腿脚不利索，不可能上场，想来二人都是在场外看着。

惜翠绕着马场走了一圈，果然在场外看见了卫檀生。卫檀生竟然没和吴怀翡在一起，一个人站在那儿。

惜翠没贸然凑上去。就她目前看到的来说，想要卫檀生对她动心还很难。

想到这儿，惜翠有些犯难。

她没有“攻略”他人的经验。

在瓢儿山上，她之所以敢接近卫檀生，是因为当时他还是小孩，她没什么心理压力。

她那几日待在空山寺，两人之间的关系没有任何进展，难道她真的要想方设法地勾引他吗？他可是个和尚。

惜翠正沉思时，场中突然传来一阵骚动，混合着马的嘶鸣声与人的尖叫声，依稀能听见有人在惊慌失措地大喊：“惊马了！”

“惊马了！”

惜翠猛然回神，只见场上尘烟滚滚，一匹高大的白色骏马正在人群中横冲直撞。

其他还在场上的人吓得纷纷避让，一时间场上几乎乱成了一锅粥。

那……那是高骞的马！

高莹呢？

想到这儿，惜翠大骇，慌忙扫视了一圈。

终于，惜翠在一处角落里瞧见了那抹小小的身影，她正和褚乐心站在一块儿，面色苍白，看起来吓得不轻。

还没等惜翠松一口气，只见受惊的白马突然一头冲了出来，朝卫檀生所在的方向狂奔而去。

这一切发生得太突然，卫檀生有腿疾，一时竟闪躲不开。

惜翠想都没想，冲上前去，一把拽住了他的胳膊，将他拖离马蹄之下。

她用足了吃奶的力气，由于惯性，没站稳，倒退了两步，跟着卫檀生一起摔倒在地。

白马如一阵飓风般冲过去，卷起漫天沙尘。

惜翠四仰八叉地摔在地上，背上传来一阵闷痛，而身上好像压了一座小山，差点被压得断气。

“下……下去。”惜翠吐出嘴里的沙子，使劲推了推身上的重物。

灰尘渐渐散去，她终于看清了眼前的景象。

卫檀生正低头俯视着她，两人间的距离不过一指，鼻尖贴着鼻尖。惜翠甚至能清楚地看见卫檀生绀青色的眼中映着她吃惊的面容。

在日光的照耀下，他的瞳仁好像被细细地描上了一层金色的弧光。他一只手抵在地上，正好将她圈入了怀中，袈裟垂落在她的身上。

卫檀生就这么居高临下地看着她，眼中那圈金色的弧光好像在缓慢地流动。

圆滚滚的白色佛珠落在她的脖颈间，在她的脖子上滚过时，一股冰冷之意仿佛在瞬间钻入了她的肌肤，渗入了她的四肢百骸中。

接着，他伸出另一只手，缓缓地扼住了她的喉咙。

那双泛着金色弧光的瞳孔好似毒蛇的竖瞳一般，冷冷的。

惜翠没反应过来，顿时愣住了。

卫檀生在做什么？

他垂下眼睫，五指慢慢地收紧，惜翠的呼吸霎时变得困难起来。

就在惜翠觉得他可能真的想掐死自己的时候，他突然收回了手，也收回了压在她身上的身体。

脖子与身上的压力猛地一空，惜翠呛咳了两声，看向了他。他已经恍如无事般地站了起来，甚至向她伸出了一只手，拉她起来。

黄沙散去，终于有人跑过来查看他俩的情况。

惜翠愣愣地摸着脖子。虽然卫檀生刚刚没使上什么劲，但她好像能感受到他确实是想要杀了她。就像当年用碎瓷片割开了“鲁飞”的喉管一样，他确实是动了杀心的。

卫檀生眼睛微眯。方才，一截雪白的脖颈映入他的眼帘，就像剥了壳的鲜菱，它纤细、柔软，好像只要他稍稍用力就能将其扭断。

这杀意只短短地在心头掠过一瞬，旋即又消散了。

很快，两人被赶来的其他人团团围住，卫檀生抬起眼，敛下眼底的浮光。

谁都没想到会在马场上发生这种事，还好白马很快就被人制住带了下去，没有发生人员伤亡，受到牵连的也只有惜翠和卫檀生两个倒霉蛋。

高莹跟着褚乐心大汗淋漓地跑了过来，见惜翠没事，都松了口气。

安阳侯夫人崔氏急急忙忙赶了过来，亲自察看两人的情况，见两人毫发无损，心上的一块大石这才落地。

她想想都有些后怕。倘若卫三郎和高三娘在她这儿出了事，她当真不知该如何交代才好。

“不过，你这也太莽撞了，”拧着帕子，长长地吐出一口气后，崔氏仍不忘教训道，“倘若没拉回来怎么办？”

没想到面前的少女依旧神色镇静，道：“我当时没想那么多，只想着要救人。”

崔氏又看了面前的高三娘一眼，眼中不禁掠过一抹赞许之色，暗忖，她这般模样，确实有其兄风范。

“檀奴，”崔氏看了一眼站在身旁的卫檀生道，“愣着干什么，还不快过来感谢高娘子的救命之恩？”

听了崔氏的话，卫檀生依言上前，合掌行了一礼，神色恭谨，看上去诚意十足：“多谢高娘子救命之恩。待我回去后，定会在佛前为娘子点上一盏长明灯，日夜照料，以佑娘子在日后无病无灾，平安喜乐。”

惜翠看着他一副真诚的模样，有点怀疑自己的眼睛了，刚刚还想趁人不注意掐死她的人是谁啊？

顾及两人都受了惊，崔氏也没有多留他二人，吩咐丫鬟送惜翠与卫檀生下去歇息。

惜翠回到帷帐中，见到高莹。高莹告诉她，她在紧要关头舍己救人的美名已经传出去了。这个时候，也没人再想酒席上的事了，更没人再去想高家三娘怯懦没主见的传言。高三娘哪里怯弱了？如果这也算懦弱怕事，那这世上哪里还有所谓的好汉可言？

“你这次可算是出尽了风头，”高莹幸灾乐祸地笑道，“贺妙肯定气坏了。”

高遗玉代表着高家的颜面，高莹虽不喜欢她，但她给高家长了脸，高莹自然也高兴，连带着对她的态度都温和体贴了不少，甚至亲自给她倒了杯茶。

惜翠对高莹口中的事不感兴趣，一回想起刚刚卫檀生的举动就觉得脑仁疼。

卫檀生肯定有问题。

她那次死了之后问过系统，系统还信誓旦旦地保证卫檀生的性格没有任何问题。如果说之前他是因为她土匪的身份才对她痛下杀手，这一次，她跟他之间非亲非故，他为何还想要掐死她？

惜翠自暴自弃地想，他总不能是因为记恨惜翠之前打扰了他与吴怀翡相处吧？就现在这个发展情况来看，卫檀生根本不是温柔的男配角，而是个反派角色。

在帐中想着这些事实在有些憋闷，惜翠坐了一会儿，起身去了帐外。

果真如高莹所说，她舍己救人的事已经在宴上传遍了。但凡见到她的士族男女，不是上前对她嘘寒问暖一番，就是和颜悦色地主动微笑示意。她之前还孤零零的没人搭理，现在却走哪儿都有人向她问好，这等变化让惜翠一时无法适应，落在别人眼中，却又成了高三娘性子谦逊，不爱招摇，和她兄长一样沉稳。

不知道是不是想什么来什么，她走了两步，忽然远远地看见了那袭玉色袈裟。这个时候，惜翠其实不太想看见他，转身想要偷偷避开。但卫檀生已经看见了她，道：“高施主。”

惜翠只好走了过去。

初春刚冒出的草尖儿嫩嫩的，卫檀生席地而坐，袈裟铺了一地，看上去非常软和。

惜翠在他身旁坐下，看见他身侧堆了些柳枝，膝上堆了些杏花。

他的手指白净而纤长，灵巧地穿过柳枝，渐渐地编出了一个花冠，杏花疏淡有致地点缀其中。

当今有不少妇人喜欢戴花冠，京中东大街夜市上也常常有人叫卖。

惜翠有点惊讶，卫檀生竟然会编花冠，还有闲情逸致一个人坐在这儿编。

他垂眸，翻转着看了一眼，似是不太满意，又取了身旁的一根荆条穿入其中。柔和的花冠横生出几分突兀的阴郁感。

“高施主。”卫檀生示意她低下头来。

惜翠：“给我？小师父你自己不戴？”

大梁男子簪花实属平常之事，也算风流雅事。

卫檀生摇头道：“我为禅门弟子，不着香花鬘。”

看着花冠上的刺，惜翠难免开始胡思乱想，卫檀生是不是刚刚没掐死她，现在后悔了，想要用刺戳死她？

头上落下一个很轻的花冠，并没有发生她想象中的血案。

“算是报答施主此前的救命之恩。”

惜翠摇头道：“我不需要你报答我。”

卫檀生看着她，等着她接下来的话。

惜翠想了想，将花冠拿了下来道：“空山寺的事与吴娘子的事，我很抱歉，但我并非你眼中的那种任性的娇娇女。”

卫檀生的反应很平静：“施主此话何解？”

“我的意思是，”惜翠直视着卫檀生说，“我是真心实意想要同卫小师父结交的，我既捧出真心待你，也望卫小师父日后能以诚相待。”

卫檀生沉静地看着她，眼中的微光看得惜翠心一悸。

他面不改色，这让惜翠一时有些迟疑，不知道自己是不是说错了话。

良久，他才开口：“我未有轻视高施主的意思。若高施主是因为前些日子的事，”卫檀生合掌行了一礼，“那我在此向施主赔罪。那日，确实是我冲动了。”

“我不需要你赔罪，”惜翠说，“我不求卫小师父能以对待吴娘子的态度对待我，只希望卫小师父能正眼看我。”

自从她换了个身份到现在，卫檀生就没有正眼看过她。现在的卫檀生虽比之前更温和，却也更加虚伪。

卫檀生看了她许久，久到甚至有些冒犯和露骨。直到惜翠有些不太舒服地蹙起了眉，他才终于又开了口。

“好，我答应你。”他如此说道。

“那卫小师父是愿意同我结交了？”

卫檀生嘴角微弯：“倘若高施主再来寺中，我定当奉清茶以待。”

惜翠：“希望小师父记住今日所言。”

卫檀生莞尔不语，掸了掸身上的草叶，口称有事，向她告别。

惜翠摸了摸自己头上的花冠，看着卫檀生离去的背影，没想明白他究竟想做什么。他是真的答应了她，还是说又只是在敷衍她？

将花冠顶在脑袋上实在过于招摇，惜翠觉得有些羞耻，在卫檀生离开后就将它取了下来，拿在手上。

就在此时，她身后忽然传来了褚乐心的声音。

“三娘！”

惜翠转过身子，道：“褚郎君？”

少年飞快地跑了过来，眼睛亮晶晶的，看着她的眼中满含佩服之意。

“方才人太多，我不便上前，本想去帐中找你，却又担心打扰到你。”褚乐心笑道，“没想到能在这儿碰上三娘。”

惜翠十分冷静：“郎君找我有事吗？”

褚乐心一愣，一时间不知道该怎么回答。

他困惑地挠了挠头。他好像确实没什么事，就是有些担心她而已。虽然旁人都说她长得像个男人，不如旁的娘子柔弱可怜，他却不这么觉得。

杏花树下一眼，褚乐心觉得这个高娘子就像传奇里所写的那些侠女。而今日这番变故又确确实实地印证了他心中的所思所想。褚乐心不禁为自己独具慧眼而得意起来，束在脑后的乌发轻轻地晃悠着。他道：“我只是有些担心三娘你的安危，才过来问问。”

褚乐心想得很单纯。他向来喜欢结交那些在他眼中有侠气的人物，如今对惜翠的好感度自然“噌噌”地往上涨。

“多谢你关心，我没事。”

“那我陪娘子走走吧！”他兴高采烈地提议。

少年的眼中干干净净的，没一丝暧昧。

还没走两步，他瞥见惜翠手上的花冠，十分好奇。惜翠含糊地应付了一句，他倒没有怀疑，睁着一双大眼问她能不能让他也戴一会儿。

褚乐心穿着赭色长袍，戴上花冠，并无女气，反倒多了分别样的意气与风流。

这花冠惜翠拿着没什么用，也不能戴出去，她看褚乐心喜欢，便顺手送给了他。

他不好意思地谢过了，看样子确实是很喜欢。

时至日暮，嬉闹了一天，众人纷纷乘车而返，高骞却一直没回来。直到掌灯时分，惜翠才终于见到他的身影。原是宫中有事，他入了宫。

高骞也听说了惊马的消息，一见到她，便特地安抚了两句："腾霜性子温驯，今日我才特意骑出来，怎会突然受了惊？"

惜翠的脑中立即浮现出无数阴谋论来。

"我要去马厩看看。"他眉心紧锁，"你今日受了惊，倘若无事，先歇下吧。"

这些事惜翠不懂，她也确实累了，听了高骞的话，一上床就睡着了，一觉睡到天亮。

虽说卫檀生答应了她以诚相待，但惜翠没有着急去找他。她若上赶着就去了，说得好听是急促，说得难听是廉价。她就算没多少经验，也懂得一些男人的心理。

惜翠在家中待了两天，田刘氏来信，想让她回家吃顿饭。

惜翠去了。

饭桌上，田老头不在，说是今日去村上吃宗酒去了，惜翠倒是见到了高遗玉之前一直想嫁的焦荣山。那是个年纪轻轻、皮肤黝黑的青年，五官端正，袖口上沾了些面粉，总体来看，拾掇得还算干净。

一家人团聚的饭桌上多了个外人，这让惜翠觉得不太妙。

焦荣山对上惜翠的视线，露齿笑了笑："自从你回到高家后，精气神可全变啦。我也险些认不出你了。"

和焦荣山的态度相比，惜翠的反应可以说是十分冷淡。她道："荣山哥，好久不见。"

焦荣山面色一怔，却不好追问。

饭桌上，焦荣山一直在看她，惜翠基本就没怎么抬过头，一直闷头吃她自己的。

“上回你走得太急，都没好好看看你，”田刘氏往她的碗里夹了一筷子菜，叹了口气，意有所指地说，“要是你能嫁回来就好了。嫁在家附近，我跟你爹也能放心。”

惜翠停下筷子。

田刘氏是在暗指她跟焦荣山的亲事。田家和焦家毗邻而居，要是高遗玉嫁给了焦荣山，也就相当于嫁回了田家。

夫妻俩一早就默许了高遗玉与焦荣山的亲事。他们两人从小一起长大，彼此知根知底，关系也好，要是能结为夫妻，再好不过了。

高遗玉被高家认回去后，田刘氏虽然知道这门亲事恐怕成不了了，但心中难免还怀着希望。见两个小的对彼此也都有意思，田刘氏不忍心把他们拆散。焦荣山踏实稳重，是个难得的好夫婿。田刘氏以为，要是女儿嫁给了那些轻浮的膏粱子弟，还不知要吃多少苦，听说那些富家子弟一天到晚出入勾栏瓦肆，纵情声色，不爱着家。

听田刘氏提起这事，焦荣山面色一红，但眼中也浮起期盼之色。

“阿姐，”田勇良踌躇着问，“他们……可还是不同意你跟荣山哥之间？”

惜翠握紧了筷子。

这么看来，高遗玉想要嫁给焦荣山，并不是她一个人的主意，田家与焦家也在背后支持着。可惜，她不是高遗玉，对焦荣山没半分感情。

“娘，”惜翠搁下筷子，反手搭上田刘氏的手背，“我不能嫁给荣山哥了。”

“怎么？”田刘氏一脸愕然。

“他们……”惜翠当然不可能说是她变心了，干脆将麻烦甩给了高家，“他们确实不同意。女儿累了，不想再争了，再这么争下去也不会有个结果。今生，我和荣山哥无缘了。”

田刘氏：“这……这怎么？”

“芸……芸娘！”焦荣山也怔住了，“你……”

惜翠看向他道：“荣山哥，我……不能嫁给你了。”

“你此话当真？”焦荣山呆住了。

田刘氏讪讪地问：“芸娘，怎么如此突然，好端端地就……？”

“并非突然，”惜翠道，“我心中其实早已有决定。我既入了高家的门，行事便得依照他们的规矩来。他们不愿意，女儿纵使做得再多，也都是在做无用功罢了。”

焦荣山脸色遽变：“他们不愿，你就这样甘心听他们的话吗？”

惜翠看向他道：“荣山哥，那你说我能怎么做？”

焦荣山面露愤恨之色，将筷子往桌上一拍：“当初明明说好要同我一起争，今日你却变了心！我之所以到今日都未曾娶亲，便是为了等你，我焦荣山待你，自觉问心无愧，你怎可罔顾你我之间的情意，出尔反尔？！”焦荣山越说越激动，竟然不顾田刘氏在场，气急败坏地指责起惜翠来，“是是是！你是高家的女儿，身份何等尊贵，日后自然是要嫁那王侯将相的！如今可不是我高攀你了？”

田刘氏：“荣山！”

田刘氏一声轻喝，焦荣山好像清醒了过来，但脸色依旧难看，道：“是我，是我不知天高地厚，不自量力，癞蛤蟆还妄想吃那天鹅肉。”

他一甩衣袖，看向田刘氏道：“婶子，对不住，我先回家了。”

“荣山！”田刘氏唉声叹气，“荣山！你何必呢？有话坐下来好好说。”

焦荣山愤愤地道：“我跟此间主人没有丝毫关系，又如何有脸面在这儿待着？”

见焦荣山离去，田刘氏长叹一声，再看了看惜翠，却看不出她在想什么，一时不知该如何是好。眼看话是谈不下去了，田刘氏只好匆匆忙忙地嘱咐了惜翠两句：“快吃饭，荣山是孩子脾性，喜欢你喜欢得紧，听你这么说一时半会儿受不住，难免冒失了些，我这就去哄哄他。”

就这样，这顿饭以不欢而散告终。

饭后，惜翠没回高家，而是绕道去了空山寺。她在府上待了两三天，眼见着时间差不多了，便决心再去跑一趟。

她当然是换上了男装。

慧如见到她来，十分高兴，告诉她卫檀生眼下不在寺中，而是去了山下宣讲佛法，约莫申时才能回来。惜翠就和慧如坐在一块儿喝茶聊天，从慧如口中打探到了不少有关卫檀生的消息。

“师叔是在六年前上山的，当时冷冰冰的，也不爱亲近人，看着可吓人啦。

“后来，禅师将师叔收为弟子。几年下来，寂空师叔才慢慢地变了性子，也爱笑了，成了现在这副模样。”

等了好一会儿，眼见卫檀生还没回来，惜翠告别慧如，去求了支签。

拿着签，惜翠正要去找人解，突然一只白净柔软的手伸了过来，拿走了她手上的签。

惜翠抬眼一看，是卫檀生。他看起来好像刚从山下赶回来，手上拎着斗笠。

“听慧如说你来寺中找我。”他莞尔一笑。

惜翠：“见你一时没回来，我便到这儿来求个签看看。”

“慧如都已同我说了，”卫檀生低头扫了一眼，弯唇道，“求的是姻缘？”

惜翠有些窘迫。她求的确实是姻缘，问的也正是卫檀生的心意。她想要弄明白她究竟什么时候才能拿下他，结束任务。

被正主逮了个正着，饶是惜翠，也不由得尴尬地轻咳一声。

卫檀生瞧她面色尴尬，嗓音突然变得有些清冷，快步向前走了两步：“我来吧。”

他取了签纸递给惜翠，惜翠接过，展开一看。

这是个下签，“遇人之不淑矣”。

惜翠语塞。

看出她面色不好，卫檀生眼一弯，柔声问：“怎么了？”

“没什么。”惜翠收起签纸。

她其实不太信这个。她对自己的运气还是有些了解的，就是没想到这签说得这么直接，连一点念想都没给她。

她不说，卫檀生也没问她。奇怪的是，她没回答他，他的心情倒好像一时间变得极好。他微微一笑：“当日我答应过施主，若施主来，定当奉清茶以待。施主，请。”

“请。”

天际一轮红日渐渐落下，晚霞漫天。

想到当日离去前所见的那个头戴花冠的褚家六郎，青年僧人压抑住混乱的心绪，镇静自若地攥紧了手中被他调包的原签纸，将其笼入了袖中，心中冷冷一笑。

“结发为夫妻，生当复来归，死当长相思”。

对于求神拜佛的态度，惜翠其实跟大部分人没什么两样——好的灵，不好的就当不可信。至于签纸上所说的遇人不淑，某种程度上也算是真相。反正到目前为止，她对他都没有什么其他的想法，就算卫檀生真的不是好人，吃亏的也不会是她。反正在得到她想要的话之后，她就可以回家了。

惜翠跟着他一路走到禅堂，看他走在前面，袍袖随晚风而动。

卫檀生走得很慢，也给足了惜翠思考的时间。

或许是因为吴怀翡，之前卫檀生与惜翠只是维持着恰到好处的礼节性关系。如今他总算能正眼看她，答应与她相交，这给了她一些信心，也让她忍不住反思自己。

虽说要“攻略”卫檀生，但她到现在也只是走一步算一步，基本上很少主动出击，和他的关系也只是停留在“淡若水”的相交阶段，没一丝一毫的男女间会有的暧昧。卫檀生喜欢的应该是像吴怀翡那样温柔、知性、独立的女性，但以她现在的容貌，要她走温柔、知性的路线确实有些难。她暗忖，不知道卫檀生喜不喜欢天真、诚恳的青春少女？

就在她胡思乱想间，禅堂已经到了。

斜阳如流金照耀在禅堂中，洒下斑驳的光影。此时僧众都已去了斋堂用饭，禅堂中空无一人，倒是个说话的好地方。

将手中的斗笠放在地上，卫檀生在她对面坐下。

惜翠暂且将自己脱缰的思绪给拉了回来。

“其实，我一直很好奇，”为她倒了杯清茶，他突然开口问，“施主缘何能看上我，愿与我相交？”

为什么？因为她想早点回家啊。在这儿待了这么长时间，惜翠实在很想她电脑上没来得及玩的游戏和那些才看了一半的电视剧。

“因为，”惜翠看了看他，想到自己要树立的“青春少女”的形象，好像不太好意思一般地眨眨眼道，“因为小师父生得好看。”

“爱美之心，人皆有之。”惜翠攥紧袖中的手，看上去真的就像一个忐忑不安的垂涎他人美貌的十五岁少女，“我看小师父神姿爽拔，想要与你结交。”

高遗玉长得像高骞，自然生着和他一样的眉眼。她说这话时似乎当真是发自内心的。

她生着一双仿佛清澈见底的眼，这双眼干净明亮，看人时十分专注。卫檀生好像被这双眼感染，心情跟着变好了一些。

但他很快就意识到了这一点，指尖轻轻地捻了捻袖中的签纸，神色跟着一点一点地冷了下来。

再抬眼对上惜翠的视线时，他没有表现出什么吃惊的神情，只缓缓地微笑道：“原来如此，施主过奖了，容貌本为骨上之皮，无有美丑之分。”

惜翠看他的模样也能猜出来，从小到大，他应该听了不少类似的话。卫檀生没有怀疑她的话的真实性。可能有不少姑娘曾经对他表露过好感，她只不过是这些人中的一个。

惜翠也不知道该说他自信，还是说他对自己的容貌有着十分正确的认知。毕竟他长得确实很好看，就算现在是个光头，眉眼间的秀美也难以让人忽视。

原书作者曾经费了不少笔墨，用了一大段话来描述卫檀生的容貌。他“小菩萨”的称号是在他下山还俗后渐渐传开的，不过，眼下也已经有人开始如此称呼他了。

惜翠：“小师父禅心通达，我却没小师父这等觉悟，我只是从小就喜欢生得好看的人罢了。”

她和卫檀生之间其实没有什么话可说。卫檀生好像真的只是请她喝一杯茶而已，喝了茶，再无其他话。

没有办法，惜翠只能当自己在相亲，将茶杯中的茶一口气喝了个干净，然后没话找话地继续聊：“听慧如说，小师父去了山下讲经？”

“确有此事。”

惜翠很给面子地夸了他一句：“小师父年纪轻轻，对佛法已有如此精深的见解，不愧为享誉京城的卫家三郎。不知小师父讲的是什么经？”

卫檀生提起茶壶，重新替她倒满了一杯，笑道：“今日讲了些《心经》。”

他倒茶时，腕上的佛珠在烛光下也泛着些光。惜翠这才发现他一直戴着的佛珠上竟然刻了字，蝇头大小。

察觉出她对他的佛珠感兴趣，卫檀生很大方地解下佛珠，放到她的手心，任她看。

“观自在菩萨，行深般若波罗蜜多时，照见五蕴皆空，度一切苦厄。”惜翠转动着佛珠，对着烛光，缓缓地念道，“舍利子，色不异空，空不异色，色即是空，空即是色……”

“这便是我今日所讲的《心经》，”卫檀生颇有耐心地解释道，“因字数少，便能刻在珠串上。你若喜欢，就拿去吧。”

他温和地弯唇，在烛火的映照下，眼眸中似有异色流光。

“这既是小师父的佛珠，我怎么能夺人所好？”惜翠重新将佛珠串还给了他。

“这串佛珠陪我甚久，庇佑我多时，”他将佛珠重新放在了她的手心，“施主前些日子的救命之恩，我无以为报，这串佛珠，便送给施主，望能保佑施主日后一生无忧。”

手心上的佛珠串看上去有点像白玉材质的，又不太像，似乎刷上了一层釉或是什么，微微泛黄，握在手中，透着股沁人的凉意。

卫檀生见她没动，拿起珠串，替她戴上。

惜翠抬眼看他，卫檀生微笑道：“我将这串佛珠赠予施主，望施主能珍惜我这一番心意，好好保管，莫要再转赠他人。”

他后半句话似有所指，惜翠才想到他指的或许是花冠的事，道：“那花冠我不好戴出去，见褚郎君喜欢，便随手送给了他。”

卫檀生似乎没有要听她解释的意思，惜翠便闭上了嘴，也不再去说了。

两人又静静地喝了一会儿茶，惜翠换了个姿势，本来想向卫檀生告辞，就在此时，禅堂外突然有了些动静。

她又坐了回去。

好像有人正站在布幕外说话，听声音应该是一男一女。他们说话的声音本就小，隔着布幕，让夜风一吹，更加难以分辨，惜翠只能模糊地听见“放心”“斋堂”“没人”一类的字眼。

惜翠下意识地看了卫檀生一眼，意思很明显。

卫檀生却好像根本没有接收到她的暗示，站起身温言道：“跟我来。”神色一如往常。

惜翠没办法，只能跟着他往屋内走去。

堂中并没有可供躲藏的地方，但在禅堂正中有一个巨大的佛龛，供奉着药师佛，他们勉强能在佛龛后躲一躲。

那声音更近了。

这让惜翠感到有些焦躁不安。而卫檀生只是弯弯唇角，低声叹息：“看来，你我二人来得倒不是时候。”

惜翠沉默地攥紧了手指，尴尬得喉口发紧，只想赶紧逃离这个地方。

可是如今她跟卫檀生偏偏进也不是，退也不是，只能一起挤在佛龛后，被迫听着外面上演的一场“好戏”。

这本就是个转身也难的地方。她看不清卫檀生的神情，只能听见他的呼吸声——平稳而悠长。

但这呼吸喷吐在她的耳侧，让她避无可避。

气息很烫。

禅堂内正亲得难舍难分的男女突然停了下来，紧跟着传来女人的声音：“灯……灯……”

男人笑了一下：“为何要熄灯？这样不正好吗？让我看看你。”

女人没有被情欲冲昏头脑，声音中隐含担忧：“要是有人进来了怎么办？你快些去，将这蜡烛吹灭。”

女人不愿意再继续，男人只好停下，去吹熄禅堂中摇曳的烛火。

烛火一灭，整个禅堂霎时间陷入黑暗中。

呻吟声再度断断续续地响起。

惜翠深深地吸了一口气，努力压下纷乱的思绪。

她正愁没有办法与卫檀生暧昧，这不是正好吗？

她虽然不知道卫檀生脸上的神情究竟如何，但记得，书中曾经有一段类似的情节。

那个跟她同名同姓的恶毒女配角“吴惜翠”，因为暗恋高骞，曾经给吴怀翡和卫檀生下过药，希望这两人能意乱情迷，被人捉奸在床，落得个名声扫地的下场。

虽然最后那两人也没发生点什么，但孤男寡女独处一室，气氛十分暧昧。正是经过这么一次后，卫檀生对吴怀翡的爱慕之情愈烈。

惜翠不确定地想，卫檀生虽然不喜欢她，但毕竟是个男人，肯定会有正常的生理反应。他没往暧昧的地方想，那她只能尽量把他往暧昧的方向带了。

总而言之，她要先让他意识到身边的人是个异性，还是个觉得他长得好看，对他有好感，想要同他结交的异性。

这没什么可羞耻的，我只是想回家而已——这么催眠着自己，惜翠往他身边挨了过去。

她一挨上去，卫檀生立时就发觉了。好在他只当她是害怕被发现才往他这儿靠的，并没有想到她还怀着些见不得人的小心思。

惜翠往他那儿靠了一点，也不太好把握接下来要怎么做。其实她不需要做些什么，两人靠在一起，衣摆纠缠，呼吸交融，看上去已颇为暧昧。

月亮渐渐攀上了窗檐。

惜翠缩在佛龛后，保持着一个姿势不敢乱动，生怕被月光一照，让那两人发现了异常。

不过这显然是她多想了。禅堂中的一男一女正忙着温存，哪里有往别处看的心思？

惜翠缩在佛龛后，胳膊和脚已经开始有些发麻。她忍不住偷偷探出头，瞥了一眼他们，想看他们结束了没有，没想到瞥到了极具冲击力的一幕。

她赶紧收回头，不经意间一抬眼，却在月色下撞上了卫檀生的目光。他正在看着她，眸中仿佛闪过一抹讶异之色。

惜翠十分镇静地低下头，企图借夜色来表现出自己的羞愧与忐忑不安。

以她目前的身份而言，她刚刚的举动确实有点出格。

该看的东西，不该看的东西，惜翠都看过不少，早就锻炼出了一颗强大的心脏，但高遗玉不应该接触到这些东西，同时代的这个年纪的姑娘更不会探出头去看，无怪乎卫檀生有些惊讶。

这没有办法，惜翠本来还觉得有些尴尬，时间一长，男女的喘息也就变成了背景音，无法在她的心底再掀起任何波澜。

也不知过了多长时间，喘息声才慢慢地停了下来。

一男一女却没有离开，而是说了会儿情话。接着穿衣着袜的声音传来，随后两人一起悄悄地走出了禅堂。

“咔嗒”一声传来——他们还没忘记将门落上锁。

禅堂被锁上，他们今夜是出不去了。

惜翠看了卫檀生一眼，卫檀生依旧神色从容，好像并未将刚刚发生的事放在心上。

“看来今日要在此凑合一晚了。”他苦笑道。

凑合就凑合吧，惜翠麻木地想。之前在瓢儿山上的时候他们又不是没一起睡过。她当时把他当作一个遭逢巨变、无依无靠的小孩子，还为他唱过摇篮曲。

看着月色下近在咫尺的俊美面容，惜翠有些愣神，忽然有些疑惑，卫檀生究竟是因为小时候的劫难才变成现在这副模样，还是说本性就是如此？

眼睛一眨，她又恢复了清醒。不管卫檀生究竟是什么样的，都与她无关。她只要摸清他的喜好，想方设法地“攻略”下他就够了。

保持着一个姿势在佛龛后待了太久，血液流通得不顺畅，惜翠站起来时，脚已经全麻了。

刚想跺跺脚，惜翠脑中蓦地灵光一现。

脚麻并非不能忍受，高遗玉也没有低血压，但她要是表现出站不稳的样子，借势摔倒在卫檀生的怀中，也不失为一个拉近他们距离的好方法。

身随心动，惜翠豁出去了，装作站不稳的模样，脚下一个踉跄，朝着卫檀生的方向倒去。

现在她只能希望卫檀生能接住她。

为了看起来逼真一些，她是真的倒了过去，一点力气都没收。要是卫檀生没接住她，迎接她的很有可能是禅堂坚硬的地板。

幸好，青年僧人手疾眼快地接住了她。

只是，这一倒，方向却和她预估的有些偏差。

惜翠本来想的是正好落入他的怀中，但几乎是一头栽在了他的大腿上。好在她反应迅速地偏开了头，才避免了更加尴尬的处境。

不过，这依然是个极其尴尬的姿势，不只是惜翠，连卫檀生都愣住了。

感觉到身下的身体一僵，惜翠心中也泛起了难言的感觉，下意识地屏住了呼吸。

她的脸颊贴上了卫檀生的袈裟，好像能隔着袈裟感受到他小腹上传来的热意。

“高施主？”她的头顶上传来卫檀生的询问声，声音温和，略含讶意。

惜翠窘迫地道了声歉，想赶紧站起来，没想到屋漏偏逢连夜雨……可能是上天也想要助她——她一起身，头发正好挂在了袈裟的如意钩上。

她一扯，头皮上传来的痛意使她一头撞到了他肌肉结实的胸上。

埋在他胸前的姿势虽然比刚刚的姿势要好一点，但也没好到哪里去。

惜翠深吸一口气，迫使自己冷静下来。

她不太敢动，只能伸手摸索着想要解开被钩住的发丝。

“等等。”

她的手腕被人轻轻地按住了。

指尖相触，好像有一阵细雨落在了心上。微凉的指尖穿过她的发丝，将如意钩给解了下来，总算拯救了她的头皮。

如意钩本是用来挂住袈裟的，如今一解开，宽大的偏衫霎时铺落在地，他只身着里衣，半跪在地。

惜翠不好多看，只能匆忙道了个谢。

他捡起如意钩，重新将袈裟系好，才正眼看向她：“无妨。”

他的眼眸如一汪平静的春水，波澜不惊，似乎根本没有受她的影响。

他喜欢的毕竟是吴怀翡，又是个修行的和尚，怎么可能这么快就能跟她生出暧昧来？

接二连三的小插曲使惜翠已经没心思再想着做些什么了。

或许是因为尴尬，她和卫檀生都默契地没有提方才发生的事。

他整理好袈裟，走到佛龛前，取了一根香，将灭了的烛火重新点燃。火苗跃起，昏黄的光一点一点地照亮了整座禅堂。

卫檀生好像想到了什么，问："今夜我们被困在此处，想来是出不去了，施主一夜未归，家人可知晓？"

惜翠："无妨，我事先已同家人打过招呼。"

卫檀生颔首："那便好。"

禅堂两端设有僧众打坐参禅用的春凳，春凳后设有广单[①]，平常他们就在广单上小憩。今晚，他们正好能在广单上睡一觉。

广单很长，隔了四五个人的距离，惜翠背对着卫檀生躺了下来。

到目前为止，卫檀生还是喜欢着吴怀翡的，绝不会，也没兴趣对她做任何事。在这一点上，她没有什么可担心的。

卫檀生却并未入眠。

少女背对着她，曲线并不窈窕，乌黑的发散落在广单上，好像睡得很安心。

卫檀生移开视线。

她不知道，他其实可以轻而易举地杀了她。

因为自小体弱，他一直跟着教习师傅学武，虽说由于腿伤最终没能继续下去，但人的命门究竟在何处，他都知道。否则，当年他也不会如此轻而易举地杀了那土匪。

很奇怪，他竟然又想到了那土匪。

那土匪总是静静地陪他一会儿，之后再离开。等他离开后，茅屋中又只剩下了卫檀生一人。

卫檀生已经习惯了肮脏的环境，在绫罗绸缎中待着是待着，在粪水秽物中待着也是待着。土匪走了之后，他倒感觉到了清静，终于少了一个人在耳畔说着话，自以为是地担心他，刻意地找话聊，小心翼翼地讨好他。

---

① 广单：长连床，供坐禅偃息。

在土匪离开茅屋后，他像往常一样换了个舒服点的姿势躺下来。

月亮没有嫌弃那间污秽的茅屋，一视同仁地将月光挥洒在地。

屋里没有蜡烛，他全靠月光照明。

半夜，他从噩梦中醒来，陪伴他的唯有寂寞的月色。

不知为何，她总是会让卫檀生想起那土匪。那个土匪死不瞑目的模样始终在他的脑海中盘旋，他也没有想要驱散的念头。

或许是因为他们太像了，他才会想要看她痛苦，以至于想要杀了她，就像当年他亲手杀了那个土匪一样。

他们太像了。

明明两人毫无关系，为何给他的感觉这么像？

卫檀生也有些困惑。

他不喜欢高骞，尤其是和高骞在茶堂中见了那一面后。一想到吴怀翡面对高骞时所表现出来的样子，他就感到心烦意乱。

高骞很看重他这个妹子，如果自己杀了她，带给高骞的痛苦不言而喻。

在马场上，卫檀生还是没下得去手。

他暂时还不想杀了她，这不是因为生出了什么恻隐之心，而是因为她当时那微怔的样子像极了那土匪，使得他略有失神。

不过他还是看不惯她春风得意的模样。

卫檀生走到香案前，将袖中的签纸烧了个干干净净。这让他的心情变得舒畅。

他转身一看，她腕上的佛珠在月色下泛着微光。

佛珠很适合她。

这佛珠他戴了许久。

十多年前，西域曾有一个胡姬，容色倾城。她死后，他取其尸骨，打磨成了这一百零八颗佛珠，以警醒自己一切皆空。当年容色动关外的胡姬死后也不过是一堆白骨。繁华转瞬过眼而去，一切终无妍媸之别，也无善恶之分。

世事本空。

故而，方才禅堂中的事未能引动他一丝的欲念。他只是很想知道，有朝一日，当她知晓了这一切后会做何反应。

那才是能引动他的欲望的事情。

因为身侧多躺了一个人，惜翠睡得很不好，断断续续地做着梦，好不容易熬到早上，禅堂门外终于传来了些动静。惜翠赶紧和卫檀生一起躲回佛龛后。

每天，执事会提前将门打开。开了门，他似乎有什么事，没进堂中，将钥匙揣入怀中又离开了。

等他一走，她和卫檀生才终于出了禅堂。

被锁了一夜，一踏出禅堂，惜翠心神一松。

此时天还未亮，晨光昏暗，依稀能看见天际尚未落下的残月。等会儿会有僧众来禅堂参禅，这儿不好久留，他们得赶紧走。

卫檀生一夜未归，需要赶去做早课。

一晚上没睡好，惜翠只觉头重脚轻，眼睛都快睁不开了，自然也没心思再和他说些场面话，只道："既然如此，那我们便在此分别吧，我也要先回客堂了。"

回到客堂后，她躺到床上补了一个回笼觉，醒来后才终于恢复了些精力，看了眼窗外的日光，估摸着应该到上午了。

惜翠从昨晚起就没吃什么东西，下了床，一阵饥饿感袭来。她摸了摸平坦的肚皮，换上衣服，穿上鞋，打算去斋堂。

穿鞋时，瞥见手腕上的那串佛珠，惜翠愣了一愣，才反应过来卫檀生已经将这串佛珠送给她了。但她这时迫切地需要吃点东西来填饱肚子，便没再多想佛珠的事。

她过来得晚，斋堂里已经没剩下什么了。

今日当值的正好是她认识的一个和尚，法号行真。

粥已经没了，行真在笼屉里翻了半天，也没找到个馒头。

将笼屉合上，他不好意思地说："抱歉，施主，今日的早膳都已吃完。施主若饿了，不妨等一会儿，我这就去为施主熬点粥。"

惜翠摇摇头："不用这么麻烦，我自己来就行。"

她突然想到卫檀生是和她一起分别的，他转身就去做早课了，应该也没吃早饭，便问："对了，寂空小师父有没有来过斋堂？"

行真："我今早并未看到寂空来这儿。"

惜翠若有所思。她上班时是一个人住，平常没时间烧饭，但周末偶尔会自己做菜吃。对于自己的厨艺，惜翠还算有信心。

仔细想想，她似乎没什么拿得出手的特长，如今的模样也不是传统的美人，要"攻略"卫檀生难度很大。有句俗话不是说"抓住男人的心，首先要抓住男人的胃"吗？她虽然觉得这话没什么道理，但现在什么都想试一试。

行真告诉她，厨房里的食材她都可随意取用。惜翠谢过了他的好意，不过也没想做多么复杂的菜。

她往灶台上略扫了一眼，空山寺的斋堂内，食材倒很齐全。惜翠没去看那些菜，现在还不是饭点。刚好锅旁有个陶罐，她揭开盖子一看，竟然是一罐牛乳。

“你们能喝牛乳？”惜翠困惑地问。

行真看她惊讶，忙解释道：“能是能喝的，当年佛陀也曾喝过些供养的羊奶，不过我们一般不会主动去采买，这一罐还是山下一位施主今早刚送来的。前些日子他家的牛丢了，我们寺中的其他师兄弟帮忙找回了牛，他今日便送了几罐牛乳过来。施主可是要用这一罐牛乳？若施主要用，尽管拿去用吧。”他挠了挠青色的头皮，笑道，“我还不知道该怎么处理这牛乳呢。”

惜翠将陶罐拖出来道：“多谢你，我刚好想到要做什么。”她刚刚还在纠结要做什么，一看到这牛乳，就确定了下来。

“施主要做什么？”行真不解地问。

惜翠一本正经地回答道：“桂花牛乳糕。”

这道甜点做起来很方便，小时候她妈经常做给她吃。

她将藕粉、糯米粉和白糖混合，加入糖、桂花和牛乳，放入锅中蒸了一会儿，糕点就做好了。

刚蒸出来的桂花牛乳糕看起来晶莹剔透，分外好看。

惜翠自己尝了一口。

她不喜欢吃太甜的，也就没放太多的糖。

桂花糕入口，有些微甜的奶味。她自己觉得还算不错，能端出去。

比起端去给卫檀生吃，先填饱她自己的肚子才是最要紧的。她实在是饿了，和行真对坐着分食了不少。

感到胃里有些东西后，她才把剩下的桂花糕装入食盒中，给卫檀生送过去。

她将糖浆浇在了桂花糕上，画了一个小笑脸。

说实在的，她也不能做到对卫檀生完全没有怨言。将自己连日来的不满发泄在桂花糕上后，惜翠满意地将它装进了食盒里。

“这是什么？”

“一个笑着的人脸。”

“为什么要在桂花糕上浇个人脸出来？”行真疑惑地问，“这多古怪。”

她差点忘了她和这里的人存在“文化差异”。但没关系，她毕竟是要回家的，而决定她能否回家的那个关键因素，就是她要送去桂花糕的人。她只愿卫檀生能喜欢吃她做的桂花糕，顺便因为桂花糕对她萌生好感，到时候她再诱导他说出“我爱你”，她就能回家了。

想象很美好，现实却很残酷。

惜翠提着食盒，出了斋堂。

算算时间，卫檀生应该已下了早课，回到寮房了。

寮房外栽种了些橘子树与芭蕉树，都是青绿色的。

卫檀生就住在寮房二楼。

惜翠登上楼，却在楼梯拐角处碰见了一个十分眼熟的僧人。

这年轻的僧人神色看上去很不好。他没料到会在这儿碰上别人，正好与惜翠的视线相撞，这目光自然也就落入了惜翠的眼底。

他微微一愣，忙扬起了一个亲昵的笑，道：“高施主可是来找寂空的？”年轻的和尚让开一步，笑道，“寂空眼下正在寮房内。”

寒暄了两句，他便匆匆忙忙地离开了。

惜翠站在原地，看着他离去的背影。

她认得这和尚。如果她没记错，这是上次骚扰吴怀翡的那个僧人。

她在空山寺中所见的和尚，或许是因为在山上待久了，大多朴实而真诚，像他这般轻浮的极为少见。

他来找卫檀生做什么？

惜翠握紧了食盒，心念一转。突然，她觉得这和尚的嗓音有些熟悉，像昨天在禅堂内偷情的男人的声音。只是昨天那男人的声音因为情欲而有些失真，她一时半会儿也分辨不出来究竟是不是他。他既然敢骚扰吴怀翡，那做出在禅堂内偷情这种事也未必没有可能。

不过这些事总归与她无关。

惜翠敛下思绪，叩响了寮房的门。

卫檀生果然和行真一样，没看懂她想要表达什么，盯着盘中的桂花糕看了半天。

看起来，这像是个人脸，似乎……是在笑？那两点想来便是眼睛了，那一条拉出来的线是嘴巴，但是鼻子呢？鼻子在何处？

卫檀生笑着抬头问：“这是什么？”

惜翠言简意赅地答道：“笑脸。”

卫檀生："这笑脸上为何没有鼻子？"

卫檀生把惜翠问住了，她斟酌着说："因为……不好看？"

"那施主为何要在这上面画一个人脸？"

惜翠："因为好看。"

卫檀生冲她微微一笑。

"小师父还不吃吗？"在卫檀生开口问出些别的问题前，惜翠将筷子递给了他。

他看上去确实是想要再问些什么，但见她递过筷子，笑了笑，不再问，而是低下头尝了一口。

"没想到，施主的厨艺倒是不错。"抬头，他客客气气地夸赞了一句，正如惜翠此前夸赞他一般。

卫檀生很给她面子，吃了不少。

惜翠看他桌上摊了本佛经还没看完，自己主动收拾了食盒，不欲再打扰他。她知道什么叫分寸。

没想到她正要离开的时候，卫檀生叫住了她，道："施主不再多留片刻？"

惜翠假装没有听懂："小师父可还有什么事？"

卫檀生望着她，倏地笑了："倒是没什么事，只是想到前些日子施主曾托我为你讲经，我眼下正好得空，不知施主愿不愿意在这儿听我讲上片刻。"

托卫檀生为她讲经只是她当时为了接近他无奈中想出的下策。平心而论，她对佛经没有多大的兴趣。但卫檀生都主动提起了，那惜翠也没有理由拒绝。

将食盒放回了桌上，她重新坐了回去，昧着良心说："小师父既然有空，我自然是愿意的。"

就这样，卫檀生足足给她讲了两个小时的佛经。

出了寮房，惜翠心情有些复杂，总感觉卫檀生之所以会挽留她，不过是想要逮着她宣扬佛法。

抛开那些乱七八糟的想法，惜翠将食盒带回斋堂，清洗干净，还给了行真。

高骞忙着宫中的事，没空管她，她侥幸在空山寺多待了两天。

这几天，每到空闲的时候，她总会到寮房中听他讲经，顺便带上一些自己做的糕点，企图用投喂的方式来抓住他的心。可惜这么做收效甚微，比起她带来的糕点，他似乎更喜欢他那一抽屉的云片糕。

当她问他是不是喜欢吃云片糕时，他却答："只是习惯了这一样罢了。"而后，他再将云片糕装盘，给她倒了一杯清茶。

像前几天那样，惜翠敲了敲门，寮房中却迟迟没有动静。

“小师父？”惜翠道。

昨天卫檀生还与她约定了这个时候，此时寮房中怎么会没人？他应该不是那种没有时间观念的人。

略一思索，惜翠直接推开了门。

门没锁，屋内空空荡荡的，唯有风从半开着的轩窗中吹入。

她走到桌前，摸了把桌前的白瓷茶杯。茶杯中的水还是温热的，显然人才离开没多久，茶杯旁的佛经也没合上。

惜翠转出寮房，四下走了一圈，还是没看到卫檀生的踪迹。

她问了其他僧众，他们也都说没看见他。

正当这时，她又碰上了上次在卫檀生的寮房楼梯处碰见的那个僧人。这一回，他却连招呼都没有向她打，行色匆匆，好像忙着去做什么事。

惜翠主动叫住了他：“寂……寂尘师父？”

他似乎是叫这个名？

那僧人脚步一顿，转过脸来，笑道：“高施主？施主怎会在此？我刚刚竟没瞧见你。”

惜翠没有理会他的寒暄，紧紧地盯着他，问：“师父要往哪里去？”

寂尘笑道：“去禅堂参禅。怎么，施主有事要找我？”

惜翠收回视线：“没什么事，只是有点好奇。”

寂尘局促地笑了笑，又迈开脚步匆匆地离开了。

回想起他袖角上沾着的灰尘与木屑，惜翠顿了顿，紧接着，毫不犹豫地往他来时的方向走去。

一路走，一路找，她终于发现了一间不太起眼的柴房。

这间柴房本是寺里堆柴的地方，但后来，寺中修了一个更大的库房，这间柴房也就废弃了，平常很少会有人来此。

惜翠刚走近柴房，就听见柴房中传来了个女人的声音，是那种刻意掐着嗓子发出来的声音。

女人叹了口气：“小师父，不是奴不愿放你出去，只是拿了人的钱，自然要替主顾把事情办好。有人叫奴过来陪小师父，我也只好照做了不是？”

惜翠走到柴房前，头一次体会到什么叫“差点喷出来”。

那女人的声音隔着门板继续传来。

“奴知道小师父你是出家人，不该破戒的。说实话，要做这事，奴心里也慌得很。但钱拿都拿了，开弓就没回头箭。小师父放心，奴做这一行也有十多年了，定能将你伺候得好好的。”她唉声叹气，好像也很为难，“你年纪还小，又是个和尚，怕是麻烦，等会儿指不定要怎么折腾。”

惜翠只听到了女人的声音，却没听见卫檀生的声音。她上前一步，想要透过门缝看清里面究竟是什么样的情况。

但门缝里视野太狭窄，女人站在卫檀生面前，惜翠看不见卫檀生，只能瞧见一抹玲珑窈窕的水红色身影。

没想到会撞上这么个场景，惜翠想了半天，都没想出来这是书中的哪一段情节。

女人弯下腰，继续道：“别说，小师父长得还怪俊俏的，奴见过的男人多了，但从没见过长得像你这般好看的。”

惜翠终于听见了卫檀生的声音，和以往没什么分别，温和轻柔，不慌不乱。

“我很好看？”

女人愣了愣，随即答道：“自然是好看的，小师父生得分外俊俏。”

惜翠试着推了推门，没推动。

门已经从里面闩住了，将柴房锁得牢牢的。

虽然惜翠不知道寂尘与卫檀生之间究竟是有什么仇什么怨，但卫檀生就要失贞了，她不能坐视不理。

门打不开，窗户开得又颇高。惜翠走到屋子前搬了两三块石头垫了垫脚，这才看清屋子里的一切。

卫檀生斜倚在柴火前，望着面前的女人，神色还算得上镇静与从容。女人的年纪已有些大了，穿着水红色的海棠花衫子，涂着些脂粉，徐娘半老，但风韵犹存。

女人俯下身，啧啧有声地感叹道：“待会儿啊小师父别害怕，也别害臊，这一切都交给奴，奴保管给你伺候得舒舒服服的。”

眼看着她就要动手去脱卫檀生身上的袈裟，惜翠赶紧出声：“放开他。”

惜翠话音刚落，屋里的两个人顿时都看向了她。

对上两人的视线，不知怎的，惜翠的脑袋卡壳了一秒，她一时间竟想不出来要说什么。

“放开他。”仓促间，曾经在网上看到的一些词语在脑海中浮现，惜翠脱口而出，“让我来。”

柴房中霎时间安静了下来。

回过神来后，女人被她吓了一大跳，瞪着眼问：“这位小郎君又是从哪儿冒出来的？”

惜翠：“我来找人。”

女人快步走到窗前：“你找谁？”

惜翠对上卫檀生看过来的视线，道：“我找这位小师父。”

“那可不行。”女人笑了起来，“奴答应了恩客，要带他见见世面，这小师父奴可不能交给你。”

惜翠沉静地问：“如果我非要他呢？”

“要也不能给你。”女人笑道，“就算要给你，至少也得等奴办完事之后。”

惜翠思索了一秒：“既然如此，不知娘子愿不愿意也带我见见世面？”

“那你也得乖乖等在他后头。”

任凭惜翠如何说，女人就是不松口。

“总而言之，就是不行。”她又走到卫檀生面前，继续扒卫檀生身上的袈裟，“再拖下去可就来不及了。”

卫檀生看着惜翠，唇角一弯，神色从容得好像被扒衣服的根本不是他一样。

他这是在等惜翠行动。

袈裟滑落，紧实的胸膛也随之呈现在女人眼前。

可能是因为卫檀生在空山寺要常做农活儿，他的身材倒是有些出乎女人的意料，看起来并不瘦弱，上身像白玉似的，却也很有力量感。

卫檀生的袈裟一直滑落至腰际，腰下却被层层堆叠的布料隐约挡住了。

扒了卫檀生的袈裟，女人开始解自己身上的褙子，一边解，一边说道：“倘若小郎君你非要在这儿看着，奴也不介意。”

女人的衣衫滑落，露出白花花的肌肤。

眼看着卫檀生就要失去贞操，而他绀青色的眼正温和地望着自己，没办法，惜翠只能硬着头皮，拿起她刚刚垫脚用的石头开始砸门板。

惜翠打不开锁，但柴房的门板久经年月，却很容易砸开。幸好高遗玉的身体素质好，惜翠“哐哐”地砸了十几下后，竟然真的将门砸开了。

木屑飞溅，惜翠跨过了残破的门板，走进了柴房。

女人见状，有些慌了神，衣衫不整地忙朝着惜翠跑来：“郎君这是做什么，不是说让你等等了吗？”

惜翠放下石头，走到柴火堆前，挑了根细一点的木柴，在心中默念了声“对不起”，扬起木柴，朝着女人的脑门敲了一下。

女人身子一软，倒了下去。

眼前的场景惜翠很熟悉。她记得当初在瓢儿山上时也是如此。她敲晕了洪常峰，抱起了卫檀生，想要带他离开那儿。

今时不同往日，她不想重蹈覆辙。

回想起当初脖子上的那抹凉意，她没有要抱他的念头，便丢下了木柴，十分客气地道：“小师父。”

“高娘子。”青年僧人赤裸着胸膛，微笑着，波澜不惊地回答她，好像打着赤膊的根本不是他一样。

惜翠没看他白花花的胸膛，道：“我方才去寮房中找你，见你不在屋中，这才找了过来。”惜翠看了眼地上的女人，问，“这是怎么回事？我来时看到了寂尘师父，你得罪他了？”

卫檀生依旧一副“泰山崩于前而色不变”的神态，道：“娘子可还记得前几日在禅堂中所见之事？”

“那是寂尘？”

他颔首。

惜翠皱眉：“当日我们躲得好好的，他没发现你我，你怎么会招惹到他？”

与此同时，她心中浮现出一个大胆的猜想，这猜想使得惜翠将眉头蹙得更紧了一些。难道是卫檀生主动招惹了寂尘？寂尘当初调戏吴怀翡时，见惜翠出面便适时地收了手，颇为精明，不像是个会主动挑事的人。

卫檀生却没有正面回答她的问题，只笑着打了个太极：“此事说来话长。”

惜翠换了个问题：“他找妓子来做什么？”

卫檀生笑道：“他害怕我将禅堂中的事告知寺中维那[①]。”

惜翠：“就想要先下手为强，陷害于你？”

卫檀生颔首：“然。娘子方才见到他，他应是正准备去找僧值。”

---

① 维那：寺院中的纲领职事，掌理众僧的进退威仪。

惜翠沉默了一瞬。

寂尘要找僧值，将卫檀生逮个正着吗？

这一招虽然阴损了些，对于和尚而言，却很有效。

“淫”乃是四大根本戒之一，若是卫檀生真的让僧值抓了个现行，那他的和尚生涯恐怕就到此为止了。

“这么说来，他已经带着僧值在赶来的路上了？”

“然。”

“小师父还不穿好衣服，赶快离开这儿？”

卫檀生扯出一抹淡淡的微笑：“我动不了，自然也穿不了衣服。”

惜翠镇定地看着他：“为何动不了？”

卫檀生淡然地回望她，道：“寂尘给我下了药。”

“那杯茶？”

“正是如此。”

惜翠看了眼他赤裸着的胸膛。他一丝不挂的样子她都见过，她若帮他穿个衣服似乎也没什么，更何况只有上半身。

惜翠弯下腰，捡起地上的袈裟。

她没穿过，不太清楚这究竟要怎么穿。但寂尘与僧值正在赶来的路上，卫檀生再不赶紧穿上就来不及了，她只能姑且试一试。

卫檀生是斜靠在柴火堆前的，高遗玉个子又高，惜翠只能跪下来，替他穿上衣服。

青年的腰窄而瘦，惜翠伸出胳膊环住他的腰，低下头将堆在腰上的布料往他身上胡乱拉了拉，尽量不碰到他的肌肤。

“能抬手吗？”

卫檀生微笑着摇头：“怕是不能。”

惜翠犹豫了一会儿，抬起了他的胳膊。

触手温热，惜翠一时好像惊讶于像他这样的人竟也有如此温暖的肌肤。

卫檀生的胸膛微微起伏，他顺从地任由她摆弄，偶尔给她一两句指导。惜翠甚至能闻到他身上散发着些檀香的气息。

卫檀生微微垂眼，看着正在自己胸前捣鼓着的人。

她的态度很拘谨，动作既不过分亲昵，也不过分疏远。乌黑的发丝垂落在雪白的颈侧，随着她的动作微微滑动。

他半弯着唇。日光穿过破烂的门板，竟在他的唇侧投射出一抹隐隐的艳色。

惜翠抖了抖袈裟，拧起了眉头。刚刚她好像摸到了什么硬硬的东西。

这么想着，她又摸了一把，果然在柔软的袈裟中摸到了个长条状的物体，隔着布料也能感觉到其冷硬。

是刀。

“你带了刀？”惜翠抬头问。

卫檀生正低头看着她，她一抬头就撞上了他的下巴。惜翠捂住头，看了眼卫檀生。

由于药效，他不能躲。他本就皮肤白，被她一撞，下巴都红了一圈。他顶着红红的下巴，保持着礼貌的微笑，看起来竟然还有些凄惨。

惜翠的心理稍微平衡了些。

“那是刀？”她又问。

卫檀生大方地承认。

保险起见，惜翠没继续问下去。她有预感，即便她没来，卫檀生也不会就这么坐以待毙，任由别人摆布他，这把刀就是验证她猜想的最好的证据。

惜翠捣鼓了一会儿，勉强给他穿上了。她退后半步看了一眼——虽然不如他自己穿得整齐，但还勉强能见人。

惜翠：“好了。”

卫檀生连衣服都不能自己穿，她也不指望他能跟她一起走。

吴怀翡身形纤弱，惜翠背起她来毫不费力。卫檀生怎么说都是个男人，惜翠就算力气再大，也不能轻轻松松背着个男人到处跑。再加上刚刚砸门已经费了不少力气，惜翠尝试着背了两次，最终都是以两人双双摔倒在地结束。

她还能在摔倒时调整姿势，尽量规避伤害，卫檀生因为不能动，摔得十分结实。

摔得如此惨，卫檀生竟也没生气，只说道：“娘子若是背不动，便将我放下来吧。”

惜翠鼓足了一口气，拉起他，继续尝试。

“放你在这儿，等着被捉奸吗？”

身上的重量是实打实的，惜翠摇摇晃晃地往前走，没走两步路，就累出了一身汗。额上一滴豆大的汗珠滚落，悬挂在鼻尖，欲坠不坠。

“即便娘子你背得动，想来我们也走不远。”卫檀生的嗓音在她的头顶响起。

卫檀生的话不无道理。她就算能背得动他，也走不了几步。

惜翠停下脚步：“这么说来，小师父有解决的办法？”

“娘子不如先将我放下来。”

惜翠毫不犹豫地将他放了下来。

卫檀生问：“娘子今日可带了经文？”

惜翠知道他想要做什么了，将袖中的经卷递给他：“带了。”

卫檀生接过那卷《无量寿经》，随手翻了翻。

惜翠：“我去处理那位娘子。”

惜翠将那昏倒在地的女人拖到柴火堆前，用柴火埋住，再用些松毛严严实实地盖住，确保女人不会被发现后才回到卫檀生身前，在他对面坐下。

当寂尘领着僧值赶来的时候，看到的便是这么一幅场景。

卫檀生端坐在柴房中，膝上摊着经卷。那位高郎君正襟危坐，神情严肃，在听卫檀生讲经。

如果忽略那破烂不堪的门板，这倒是一幅颇为闲适的画面。

僧值寂安顿时看了寂尘一眼。寂安面庞生得方正，目光严厉。

寂尘一怔，迅速在柴房中扫了一圈，却没找到他今日特地叫来的那妓子。这小小的柴房中并无女人的身影。

寂尘心里“咯噔”一下，再看向卫檀生，见他神色从容，知道肯定是他做了什么。

僧值寂安没有看寂尘，直接跨过门板，踏进了柴房中。

“寂空？”

寂安一出声，沉浸在佛法中的二人好似才发觉到他们的到来。

“寂安师兄？”卫檀生讶然问。

“你与高施主怎么会在这儿？”寂安看向身后，“还有，这一地狼藉是怎么回事？”

“我今日与高施主散步至此，”卫檀生神色未变，温和地说，“见到一只猫不知怎的跑到了柴房里，困在这儿不得脱身，就与高施主一道儿搬起石头砸破了门，将那可怜的猫救了出来。”

“那猫呢？”寂尘突然阴沉地问。

卫檀生笑道：“这山中野猫向来怕人，自然是跑了。”

寂尘冷笑一声：“救猫便救猫，你们在这儿讲什么经？”

“救猫的时候小师父犯了腿疾，一时走不动路，”惜翠站起身道，“这才坐在柴房中休息了一会儿。左右无事，小师父便拿出经卷讲经给我听。诸位师父怎会到此？”

僧值是个一板一眼的人，说起话来也没有避讳：“方才寂尘同我说，他在这儿看到寂空与个女子苟合。”

“女子？”惜翠的眉头皱得更紧，“什么女子？我与寂空小师父一直在此，并未看到有什么女子。是不是寂尘师父看走了眼？”

早在其他人面前锻炼出了演技，惜翠表现得十分镇静，丝毫未乱。她这镇静的样子使得卫檀生多看了她一眼。

僧值又扫了一眼柴房：“无妨。或许是寂尘看走了眼，高郎君无须惊讶。”

卫檀生却意有所指地笑道：“我与高郎君在此讲了有一刻钟的经，不知寂尘是看见了什么，才误将这经书看走了眼，竟看成我与一个女子在此苟合。”

佛由心生，心中有佛，所见即是佛，心中是淫欲，所见的自然是男女苟合。他这话无非是在暗示寂尘心中所想皆是淫秽，在场的何尝听不出来。

寂尘平日里本就品行不端，常和女香客拉拉扯扯，比起他的话，其他人倒是更相信卫檀生所言。

寂尘站在一旁，暗暗咬牙。他平时最恨的便是卫檀生这看似宽容温和的笑，如今听卫檀生话里话外皆是暗讽，如何不恨？

卫檀生说的理由虽牵强了些，倒也能说得通，而寂尘一时半会儿竟找不出破绽来。寂尘与那妓子相熟，她平日里什么都不爱，唯独爱钱，他这才找了她过来。高郎君是空山寺的大香客，又与寂空关系好，倘若是高郎君赶来给了那妓子一大笔银钱，叫她离开这儿，也并非没有可能。

想到这儿，寂尘心下懊恼不已，暗骂了一声那妓子，却不好再说什么。

寂安的态度已经很清楚了，他摆明了不信自己的话，只信那寂空的。寂尘只能调整好神情，附和赔笑着说兴许是自己看错了。

寂尘在寺中的名声向来不如寂空，寂空是了善住持的弟子，掌书记一职，质疑寂空无异于质疑禅师，而这高郎君出身显赫，亦是寂尘得罪不起的人物。寂尘今日也只能憋屈地吃下这个暗亏，打碎牙齿和血吞。

僧值寂安见卫檀生还坐在地上，又问：“可还能站得起来？”

卫檀生这腿疾时不时就会发作一次，故而寂安并未怀疑。

卫檀生摇摇头：“今日犯得凶猛，许是不能。”

“此地寒凉，在这儿坐着终归不好，我扶你到寮房中躺下歇息。”

惜翠没有跟他们一起回去。等他们一走，看清四周没人后，她才将柴火与松毛拿开，将女人从柴火堆里抱了出来，静静地等女人醒来。

女人醒来后还有些茫然。惜翠没等她问出口，就从袖中摸出一锭银子塞到她的手心："这锭银子给你，时间不早了，你快些下山吧。"

女人傻愣愣地握住银子："这……这是怎么回事？那小师父呢？"

惜翠："小师父已经回去了，这一锭银子是你的封口费，今日之事，你不许向任何一人说起。"

将那女人送走后，惜翠又折回了卫檀生的寮房中。

僧值寂安早已离开，卫檀生半靠在床上，半合着双眼，似是轻轻吐出了一口气。

再抬眼时，他眼中已染上了些分不清是真还是假的笑意："今日真是多亏了娘子及时相救，否则，到时还不知要如何收场。如此看来，娘子又救了我一次。"

惜翠给他倒了杯茶，随口问："我救了你两次，你要如何报答我？"

卫檀生反问："娘子想要我如何报答？"

他的袈裟是惜翠胡乱穿上去的，经过一番折腾，早就凌乱不堪。

惜翠将茶杯往他手中一塞，在床沿上坐下，看着他绀青色的眼问："那小师父觉得以身相许怎么样？"

卫檀生并不惊讶，神色平静："娘子何出此言？"

惜翠就是随口一说，根本没指望卫檀生能答应她。她偏了偏头，看了看他，说道："因为小师父生得好看吧。"

卫檀生看了她好一会儿，突然又笑了："娘子说笑了。我既是禅门弟子，又怎能嫁娶？"

早就料到会被他明明白白地直接拒绝，惜翠也不尴尬："我眼下也想不出来要什么报答，不如拖到日后，等我什么时候想到了，再向你讨要也不迟。"

卫檀生颔首道："也可。"

惜翠等他喝完茶，将茶杯拿了回来："你的身体还能动吗？"

"已经能动了，只是还没什么力气。"

"既然如此，那我就不打扰小师父歇息了。"

惜翠离开寮房，特地替他掩上了门。

虽说她要"攻略"卫檀生，但她还不想表现得那么卑微。

那些将自己低到尘埃中的爱情初看似乎感人至深，细想一番也就明白了，不对等的感情在大部分情况下不会有什么好结果。

翌日，惜翠再去找卫檀生时，他刚刚步出了寮房，正准备关门。

卫檀生今天的打扮与平常有些不同，手上拿了顶斗笠，好像是要下山。

“小师父，你这是打算下山？”

卫檀生颔首：“受山下一户人家相邀，下山为其说法。”

惜翠略一思索：“小师父要如何报答我，我已经想好了。”

卫檀生合上门，转过身：“娘子请说，只要在我力所能及的范围内，我一定会为娘子办到。”

惜翠笑道：“也没这么麻烦。不如小师父请我吃顿饭吧。”

卫檀生看着她，似乎没想到会是这么简单的一个要求。

“仅仅如此？”

“就这样。”

“既然如此，娘子今日不妨与我同去。”他微笑道，“等我讲完经，再带娘子去山下逛一逛。”

这正中了惜翠的下怀。

她想不到能让卫檀生报答她什么。她倒是想要他对她直接说句“我爱你”，只不过，系统要求，卫檀生说这话时必须是发自内心的。既然她让他这么说也没用，那还不如借机今天去约会一次。

两人一起下了山，春晖疏疏落落，落满了衣裳。

脚踩柔软的松针，卫檀生闲话家常般地徐徐说道：“娘子来得正合适，再过几日我便要前往后山的石室中闭关，到时候恐怕见不到你了。”

“闭关？”

“每年这个时候我都会闭关静思一段时日，今年也是如此。”

“那你什么时候出关？”

“这倒没个定数，少则十多天，多则一个月。只是今年寂安师兄想让我早些去。”

这出乎惜翠的意料。

不过，这既然是他每年都要做的事，她也没有理由拦着他。

卫檀生要去的是一户王姓人家，夫妻俩无子，在京中做些小本生意，有些闲钱，常延请卫檀生来家中为其说法。

见到惜翠与卫檀生同来，夫妻俩愣了一愣，但旋即便笑着招呼两人入内。

夫妻俩没因为卫檀生年纪小而轻视他，相反，对他十分敬重，奉上茶果，口称法师。

卫檀生笑道："每次前来都要麻烦施主，我心中实在过意不去。"

王氏也笑道："法师能来，我们心下欢喜不已，法师不要银钱，我们也只有多备些茶点了。"说完，王氏招呼惜翠："这位郎君也吃些吧，都是今早在曹家糕点铺买的。"

卫檀生不怎么吃那些茶点，只喝了杯茶。

双方寒暄了两句，卫檀生才开始讲经。

这其实跟俗讲没什么差别。王氏夫妇无子，见卫檀生样貌生得好，性子也好，请他过来说法，也是想要有个人能陪在跟前解解闷。

卫檀生自然也知晓这些，故而讲得不算深，大多是些有寓言意味的通俗易懂的小故事。

寺中本就要向诸僧传授五明学科，"声明"便是其中一项。故而和尚大多口齿伶俐，辩才无碍。

卫檀生声音不高不低，娓娓而谈，用语生动，笑意盈盈。夫妻俩听得很是入神。

卫檀生讲到一半，忽闻有人敲门。

伴随着敲门声，一男声问道："王娘子可在家？"

王氏这才回过神来，忙站起身，面露歉意："想来是今日订的油饼到了，法师可喝杯茶歇息歇息，我这便去瞧瞧。"

卫檀生："娘子但去无妨。"

没隔一会儿，王娘子便手里拎着个食盒，引着一个男人进了屋。

男人年纪不大，相貌平平，胜在打扮得干净利落。

惜翠一见到他，心中陡然紧了紧，皱起了眉。

这是焦荣山？

虽然之前只见过他一面，还闹得个不欢而散，可惜翠对他的印象不可谓不深刻。她本以为田家那一面便是最后一面了，没想到今日在王家还能看见他。

王氏拎着食盒，一边往里走一边笑道："这焦家做的油饼乃是一绝，我知晓小师父茹素，今早便订了一盒梅花饼，特地托焦家小郎做的，没放那些猪油，小师父大可放心地吃。"

王氏转头对焦荣山道："你且等等，喝杯茶，我这便去拿钱。"

焦荣山笑得露出一口白牙："这不急的。"

王氏匆匆地去了。

焦荣山似乎与王家十分熟悉，王大郎招呼他过来喝茶，他也没客气，笑道："正巧累了，来郎君这儿讨杯水喝。"

他一抬眼，便瞧见了惜翠，茶还没进肚，茶杯停在了嘴边。

惜翠面色未改，不动声色。她今日穿着男装，就算焦荣山认出她来了，她不承认便是了。

"遗……遗玉？"他看起来似乎也不太确定，呆愣愣地望着惜翠。

惜翠蹙眉："你是……？"

或许是想到了前些日子的争执，焦荣山神色尴尬，也不喝茶了，将茶杯搁在了桌上："我……我……""我"了半天也没"我"出个所以然来，焦荣山怔怔地问，"你……你怎么在这儿？高家人允许你出来了？"

这一插曲吸引了王大郎与卫檀生的注意。卫檀生低垂的眼睫颤动了两下，他抬眼望向了桌前的两人，眸中漾过一抹淡淡的微光。

惜翠道："我未曾见过你。"

"怎么会？"焦荣山大吃一惊，"你怎么会不认得我？"他好像想起了什么，眉头皱了起来，又急急地说道，"虽然你如今打扮……虽然你如今打扮得和往常不同，但你我从小一起长大，我又怎会认错？还是说，是因为上次的事……"他的语气中已带了两三分笃定之意，他沉默了一会儿道，"上回确实是我太冲动了，没考虑到你，但我那也是被你的话气得昏了头……"

见他还有再往下说的意思，惜翠打断了他："我并不知晓你在说些什么，我确实不认得你。"

"这怎么可能！"惜翠如此一说，焦荣山顿时急了，脸色遽变，"你还在同我生气？我都同你说了，上次是我太心急，确实是我不好。我都已经同你道了歉，你怎么还做出这么一副模样？"

焦荣山性子急躁，是个冲动易怒的人，如今见惜翠拒不相认，顿时有些气急败坏，目光一扫，便瞥见了卫檀生。

焦荣山见他正襟危坐，袈裟曳地，面容甚美，又看了一眼坐在他身侧的惜翠，竟觉得两人有几分登对。焦荣山的脑中"嗡"的一声，他有些口不择言起来："你一个女人打扮成这么一副模样，还同这和尚一起，这像什么话！你是因这和尚才装作不认识我的？"

他说得急，旁人一时插不上话，王大郎不知所措地看了过来。

惜翠镇静地望着他："我确实不认得你，你兴许是将我与旁人弄混了。我见你方才提到‘高家’，我确实姓高，但不叫什么遗玉。我名唤高继仁，家中行六，人都唤我一声六郎。”

惜翠的嗓音冷而清，自始至终面色也未有变化。

焦荣山看着看着，不知怎的竟有些心虚——这人的容貌乍一看确实和遗玉一样，但细细看来，好像和遗玉又有几分不同。遗玉的眼睛圆一些，这人的眼睛却好像更长几分。

心中一旦生出了怀疑的念头，焦荣山就越看越觉得不太像了。是了，遗玉并非这样的性子，她打小就喜欢自己，每次两人就算吵架，没几天也能和好如初，她断不会如此绝情。可见这人确实不是遗玉。

焦荣山狐疑地想，这人姓高，难道是遗玉的族兄？

再见此人目光未有闪躲，镇定自若又略含不满地同他对视，焦荣山有些慌了神，竟不太敢继续对视下去，目光忙往旁边一让。

这样一来，焦荣山又同那和尚对上了视线。

对上焦荣山的目光，那和尚嘴角泛起了一抹浅淡的笑意，慢条斯理地说：“施主确实是认错人了，这位高郎君乃是我之好友，确实不叫什么遗玉。”

焦荣山的气焰随之弱了下来，他讪讪地道：“是……是吗？”

眼见气氛缓和了过来，王大郎赶紧过来帮忙打圆场，笑道：“小郎许是真的认错了，这世上样貌生得像的不知凡几，认错人乃常有的事。我之前还差点将一位娘子错当成了内人，可讨得一顿好骂。”

万幸的是，王氏终于从屋里拿了钱赶回了堂中。她没看出堂中气氛有异，笑骂着走了过来：“也是我糊涂了，竟把今早备下的零钱给忘了，左找右找都没找到，将屋里翻了个遍，这才在床脚找着了。喏，小郎，这些饼子钱你可得收好了，倘若像我一样粗心，可就麻烦了。”

她将铜钱递了过去。

焦荣山接过钱，却不敢再待下去了。这人若真是遗玉的族兄，那便也是国公府的人，国公府的人可与遗玉不同，个个都是自己惹不起的存在，眼前这人已有不满之意，倘若回过神后计较起来，难免为自己招来祸事。

思来想去，他还是先走为上。

王氏不晓得前因后果，见茶水没动，还想留他吃茶，见他逃也般地离去了，难免有些疑惑：“怎么走得这么快？连茶水都没喝上一杯。”但她也未曾在意，又笑着将食盒打开，招呼众人一起吃饼。

被焦荣山一打搅，惜翠也没了吃东西的心情。

盒中的饼呈梅花状，金灿灿的，分外好看，但一想到是焦荣山做的，惜翠便没了动筷子的欲望。

王氏夫妻俩都很热心，惜翠不愿拂了王氏的好意，这才吃了一些。卫檀生倒是吃了两块。

用完茶点，又坐了一会儿，他们便起身向王氏夫妻拜别。

王氏夫妻本欲留饭，却遭卫檀生婉拒，他推说二人刚吃了饼，腹中不饿，夫妻俩这才失望地将二人送到了门外。

出了王家，临门不远便是一条宽阔的长街。

此时正值晌午，日头当空，街上人来人往，分外热闹。

惜翠望向卫檀生。

面前的少年僧人似是看出了她在想什么，眼睛一弯，笑出了一弯月牙儿，道："娘子是想去吃饭，还是想四处逛逛？"

惜翠道："先逛逛吧，我不饿。"

惜翠过来后基本上就是在高家和空山寺两处跑，就算出门，也不过是去了一趟侯夫人府。到现在，她还没见识过大梁的繁华，既然得空，肯定是要好好看看的。

大梁类宋，商业繁荣，有条类似汴河的大河贯穿大梁京城。

河畔，船工正忙着卸货。来自天南海北的珠宝、布帛、茶叶、粮食，统统经由这条大河输送至京中。

街角巷口聚拢了一堆午间歇息的长工，商铺鳞次栉比，各式各样的胭脂水粉、笔墨纸砚琳琅满目。

有老翁正穿梭在繁忙的人流中兜售着自家酿的酒。

卫檀生走在她身侧，恰到好处地与她保持了一臂的距离。

此时，他没戴斗笠，只将斗笠拿在手中，缓步而行。

因他顶着个光秃秃的脑门，又是个跛足，且容貌甚美，不少人往他这个方向看来，瞧见他微滞的步伐，不由得心下叹息。

同情的叹惋本没有恶意，但与卫檀生一同沐浴在这种目光之中，惜翠都有些不舒服，卫檀生却好似习以为常。

惜翠顾及他是跛足，走起路来难免有些费劲，没逛上两圈，便寻了个茶摊坐下来歇息。

两人相对坐下，店主擦干净了桌子，上了壶热气腾腾的茶汤。

“你担心我的身子？”他突然开口。

惜翠没有掩饰：“是。”

卫檀生轻笑：“我自小便已习惯了，后来幸得吴娘子帮我调养，这跛足已好上了不少，你倒不用挂念我。”只这一句，他便将惜翠的话堵了回去。

“倒是你，”卫檀生轻描淡写地将话题绕到她的头上来，“今日碰上的那位郎君，你认得？”

没想到卫檀生竟会关心她的事，惜翠有些惊讶。毕竟卫檀生的兴趣一直在吴怀翡身上，他对她一直没怎么关注，直到现在，待她的态度才好上一些。

惜翠应道：“是。”

卫檀生淡淡地道：“娘子与那位郎君之间似乎有些私人恩怨。”

惜翠握紧了茶杯，又松开：“我也不瞒小师父，这位郎君是我幼时的一位好友。”

他笑道：“没想到娘子交友甚广，除了我与那褚六郎，却还有一位郎君。”卫檀生的眸光冷冷的，他轻声叹息道，“这让我颇为好奇，娘子究竟还认得多少人。”

惜翠的身子有些僵硬。

他似乎猜中了她心头所想，缓缓地说：“娘子曾面色诚恳地说愿与我结交，想来，这话恐怕也对不少人说过。在娘子看来，什么人都能担得上朋友二字？”他笑道，“便如今日那焦郎君？”

惜翠喝了口茶，润了润喉咙，镇定地说：“小师父误会了。在我看来，小师父与他二人均有所不同。”

卫檀生笑道：“有何不同？我愿听娘子一解。”

惜翠小心措辞，慢慢地说：“这位焦郎君，我自小与他一起长大，我们虽有些幼时情谊，但年岁渐长后，难免生疏不少。至于褚郎君，”惜翠道，“这褚家六郎向来仰慕我二哥，我与褚郎君之间倒没什么关系。”

对于她的解释，卫檀生没表露出多大的反应，只是略点了点头，淡淡地道：“原来如此。”

“至于小师父……”惜翠低声道，“小师父是我长这么大以来第一次真正想要结交的好友。”

卫檀生眸光微闪。

她低垂着头，手指暗暗摩挲着杯面，似乎很紧张，在腹中努力搜寻着合适的字句。

他唇角扯出一抹笑，心想：这口是心非的丫头。

但不知为何，见她这番模样，他心情好了不少。他微笑道："我倒是不知，我竟能得娘子如此厚爱。"

惜翠恳切地说："小师父天资卓越，精于禅学，能与小师父结交，是遗玉之幸也。"

她认真地吹捧卫檀生的行为似乎有些用处，卫檀生袍袖一振，笑了笑，方才的冷漠气息消散。

看来喜欢听人拍马屁倒是人之常情，惜翠暗暗地记下。

歇息了片刻，结了茶钱，惜翠与他继续向前。

他们没有目的地，只是一路走一路看，偶尔碰上感兴趣的则停下脚步，相谈两句，多看两眼。

他们行至中途，正好赶上有一富户娶亲，铺了十里红妆，敲锣打鼓，歌声震天。车马行进中，道旁的行人纷纷往两侧避让。

惜翠还没见过古代的迎亲队伍，这是头一回见。

看他们拿着妆盒、衣匣、灯烛，跟着花担子往新娘家中去，她觉得很新奇，不由自主地被这喜气洋洋的气氛感染，脸上也带了些笑意。

惜翠转头看向了卫檀生。他甚至都没看这车马一眼，神色淡然，一副意懒的模样，并无往前去凑热闹的意思。

等迎亲队伍走过，两旁的行人这才又回到了街上。

"小师父对这似乎并无兴趣？"

"为何要有兴趣？"卫檀生言语有礼地反问。

惜翠想了一下，说道："这有人嫁娶，看看热闹本为人之常情。"

被她如此一说，卫檀生好像提起了兴趣，面露笑意，道："你可曾听过志公禅师？志公禅师身具五眼六通，通晓今生前世之因果。一日，有户人家正办喜事，他应邀前去，到了那儿却脱口念了几句话。"

"什么话？"

卫檀生一边往前走一边朗声道："古古怪，怪怪古，孙儿娶祖母，猪羊炕上坐，六亲锅内煮……众人皆道喜，我谓众生苦。"

伴随着他清润的嗓音，惜翠腕上的佛珠相撞，发出一连串清响。

"其子娶的妻，实乃其婆婆转世而成。而这户人家前世本为屠夫，当初屠戮的猪羊如今投胎转生为亲朋好友，而前世的亲朋好友投生为锅中的猪羊，受沸水烹煮之苦。如此想来，"他牵了牵唇角，眼中有些讽意，"这看人嫁娶，究竟还有何意思？”

见惜翠久久没有说话，卫檀生面上似乎掠过一抹歉疚之色：“可是吓着你了？”

惜翠摇头，饶是她，听到这诡异的佛偈，脊背也不由得爬上一阵寒凉。

见她面色不好，卫檀生唇角又是一弯。

惜翠与他一直逛到了傍晚。帝京日落后，重头戏才刚刚开场。

大梁夜市繁荣，日落西山后，商铺前点上了一盏盏黄莹莹的灯。河中拥挤地停泊着无数的大船小船，星星点点的船火倒映入水，与街市上的灯辉连成一片。嬉笑声、吆喝声、鼓乐声汇聚为一条极富人情百态的声色河流。

月光穿云破雾，下照人间。京城中的夜生活才刚刚拉开序幕。

有三两头戴花冠、腰肢纤细的女伎正沿街卖唱赶趁，不远处的一棵槐树下，一伙人正聚在一起关扑。

察觉到卫檀生在往那儿看，惜翠跟着止住步子：“小师父在看什么？”

卫檀生笑道：“只是在那货郎的担子中瞧见了我曾经遍寻不得的一本旧书。”

惜翠：“你想要这书？”她快步走上前。

大梁百姓与宋朝百姓也有些相似之处，譬如，都热爱关扑这种娱乐活动。

树上挂了个三尺圆盘，圆盘上绘有各种各样的飞鸟走兽，有些像后世夜市里的扎气球游戏。惜翠站在树下看他们扑了一会儿就掌握了游戏规则。

那货郎见她衣着华贵，忙笑着招呼道：“郎君可要试一试？一文钱扑一次。”

惜翠：“我要这本书，倘若我赢了，可给我？”

“只要郎君赢了，大可拿去。”货郎道，“郎君可挑好了要射哪个？”

惜翠看了一眼，圆盘上绘的动物大小差不多，不论射哪个都没有太大差别。

“就选这头虎吧。”

她掏出一文钱递给了那货郎，接过一支五色羽毛制成的针箭。

货郎转动圆盘。

卫檀生就站在她的身侧，静静地注视着她。

惜翠并不紧张，等看准了，才将针箭丢了出去。

她没中。

她又给了货郎五文钱。

高遗玉的动态视力很好，她有信心能射中。

她一连射了三支后，圆盘停下，针箭堪堪扎在了老虎图上。

货郎取下针箭，笑着将担子中的那本旧书递给了她。这本书在货郎看来没多大用处，就算给了出去他也不心疼。相反，有人既然扑得了，还能招揽其他人继续来玩。

惜翠将旧书塞到了卫檀生的怀里。卫檀生低头看了看，抬眼笑道："多谢。"但他没收下，而是将书塞回了惜翠的手上，自己则走到了那货郎面前，掏出了几文钱交给他。

货郎略感惊讶："小师父想要扑哪个？"

卫檀生随手一指，微笑道："便是这个。"他指的是个云纹木簪。

他自幼习武，学过射箭，准头比她好上不少，只试了两次便将木簪扑到了手。

货郎脸上的笑已有些僵硬了，他看到这两人没有再扑下去的意思，面色才缓和了不少。

云纹木簪落入惜翠左手的掌心。

这虽是个木簪，但雕得线条流畅，款式简单清雅。

惜翠抬眼对上卫檀生的视线，他莞尔笑道："礼尚往来。"说着，他袍袖一扬，将她右手中的书给抽了出来。

惜翠握紧了木簪，也露出了笑脸。

华灯绚烂，她的脸颊上好似泛起了一抹淡淡的红晕，眼眸明亮如京中的河水，倒映着漫天的星辉，竟也有几分别样的风流。

卫檀生移开了视线。

接下来，他兑现了承诺，请惜翠吃了顿饭。

走了一大圈，惜翠确实有些饿了。她知道卫檀生有钱，没跟他客气，点的都是自己爱吃的，同时没忘记为他点上几样素的。

吃完饭，卫檀生结了账，二人一起返回山上。

一路上并无灯火，他们只能买了盏灯笼，提着灯，在山路上摸索着前行。

卫檀生在前，惜翠在后。

"夜里山路难走，娘子请跟紧我。"

就这样到了山门前，卫檀生却突然将灯笼吹熄了。惜翠刚想问他，卫檀生却道："嘘——娘子噤声，小心让寂安师兄瞧见。"

惜翠沉默了一瞬："你没向寺中告假？"

卫檀生苦笑道："倒是告了假，只是没想到会拖到这么晚。"

他话音刚落，黑夜中遥遥传来一阵脚步声和签板相撞的声音，在寂静的深夜中显得尤为清楚。

僧值寂安边摇签板边走，脚步声离他们愈来愈近。

“得罪了。”就在此时，惜翠耳畔突然响起卫檀生温润的嗓音。

他一手握住她的臂膀，将她往旁边一拽，靠着墙，深深地隐入了黑夜中。

卫檀生离惜翠极近，近到她能瞧见他下垂着的眼角和泛着微光的双眼。只一刹那，不用他开口，惜翠已经下意识地屏住了呼吸。

寂安摇着签板，脚步轻而慢。

在漫长的等待中，惜翠蓦地感觉到脖子后面好像落了什么虫子，痒痒的。

她面色一变，张了张嘴。卫檀生已手疾眼快地捂住了她的嘴，轻轻摇了摇头。

他凑近了，唇瓣贴在她的耳畔，唇间吐出一个低而沉的气音：“嘘——”

他一只手把她的嘴唇捂得紧紧的，另一只手却越过她的头顶，往她的脖颈后面伸去，微凉的指尖不知是有意还是无意，轻抚过惜翠光洁的肌肤。

指尖慢慢地摩挲着，像一条吐着芯子的冰冷的毒蛇。而后，卫檀生的手指顿住，稳稳地一抓，便将方才落在她脖子上的蜘蛛给捏在了手心。

寂安终于走过去了，签板相撞的声响渐渐远去。

卫檀生这才放开她，俯下身，将手上捏着的一只蜘蛛也放了下来。

夜色中，惜翠隐隐能瞧见他的脸。他神色坦荡，并未因刚刚的亲密相触而表露出半分尴尬之色。

“时候不早了，回去吧。”他起身，提了提衣袖，笑意晏晏地说。

在山下逛了一圈后，卫檀生便开始准备闭关的事宜。这次寂安让他提前闭关，说不定正与寂尘一事有关。

在他闭关前，惜翠特地去送了送他。

卫檀生瞧见她来，不禁笑道：“不过是闭关十天半个月罢了。”

惜翠一本正经：“卫小师父既是我之朋友，我前来送送也是应当的。”

卫檀生笑了笑，请她喝了杯茶。

寮房轩窗大敞，春风穿堂而过。

“要在石室中枯坐半个月，小师父不感到无聊吗？”

“若想要得到真乘，自然是要行难行之事，忍难忍之情。”

惜翠坦诚地说：“我生性好动，叫我枯坐上十天半个月，我做不到。”

卫檀生难得大笑。

惜翠陪着他静静地坐了半个时辰。他左腿盘起，右腿垂下，坐在榻上，望着窗外的春景。其间两个人一言未发。

惜翠看了眼杯中的碧影浮花，突然觉得像现在这样其实也不错，平静悠闲，不用想太多的事。

青年僧人瞧了眼窗外的枇杷树，悠悠地念了一句崇慧禅师的偈语“时有白云来闭户，更无风月四山流”，这才起身。

石室就在空山寺后山。

惜翠目送他步入石室，直至那抹玉色的身影消失不见。

卫檀生闭关后不久就是高老夫人的寿辰，惜翠暂时收起了其他心思，下了山，专心致志地准备这次寿宴。

不知为何，山路上，她总感觉有一抹视线正追随着自己，等她回过头去，却什么都没看到。这或许是她的错觉吧。

从男女香客们的脸上收回目光，惜翠有些不安。

这次高老夫人的寿宴上请来了不少人，很多是之前与她在京郊宴会上见过的熟面孔。

那些人见到她，不论男女，都颇为亲和地同她打招呼。

高家中有人听说过她马蹄下救人一事，也有人不曾听闻，看到这番场面，不由得满脸惊讶，难以置信地打量着站在一旁的惜翠。

惜翠还看到了上次见到的褚家六郎褚乐心与行酒令时不依不饶的贺妙。

褚乐心今日穿了件亮色的衣衫，意气风发。

少年先同高骞打过招呼，又转过脸来，神采飞扬地向她问好。惜翠态度拘谨有礼，倒是少了些亲切之感。但褚乐心好像没有察觉到她的客气与疏离，照样高高兴兴的。

祝寿时，高莹送上了一尊玉观音，哄得高老夫人满面笑容。

惜翠将自己手抄的《无量寿经》也呈了上去，高老夫人态度不冷不热的，夸也夸了两句，之后便让下人将其收了起来。

惜翠没指望能借这卷佛经改变高老夫人对她的看法，顺从地退到一边。倒是褚乐心将这一幕看在眼里，心中有些不舒服，等寿宴一散，特地凑上前。

他怕她伤心，又担心她看出来他的意图后觉得难堪，一直在变着花样地说些趣闻逗她开心。

惜翠被褚乐心弄得哭笑不得，只好给面子地笑了笑。没想到褚乐心见她笑了，大受鼓舞，兴致来了，又要舞剑。

“娘子可会吹笛？”

惜翠：“让郎君见笑了，我不通音律。”

褚乐心懊恼地敲了敲脑袋，道：“没笛曲也无妨，”他立马又换了副表情，借了一把剑，脚步轻快地走到庭中花树下，握着剑行了一礼，“娘子且看着就好。”

惜翠站在廊下，看他身姿矫健地舞了一曲。

落花纷纷，衬得少年愈加秀美挺拔。

少年气喘吁吁地收了剑，奔上前来，笑吟吟地问：“我舞得可好？”

惜翠点头：“好。”这话她发自真心。

褚乐心这才满意地笑开了。

在高府，惜翠处事总要顾忌一些礼节。因为在马场救了卫檀生那事，她现在惹人注目得很，稍有不慎，就会沦为活靶子。

看完剑舞，惜翠便找了个借口与褚乐心告辞。

惜翠本想回到屋里休息一会儿，高骞的声音却冷不防地在她背后响起。

“褚家六郎虽性子跳脱了些，但为人赤诚。”

惜翠只觉头一痛，认命地转过身：“二哥。”

高骞：“嗯。”他停顿了片刻，接着道，“若你喜欢，褚六郎不失为一个良人。”

惜翠有些窘迫：“褚郎君没有这个意思。”她能看出来，褚乐心看她的眼神单纯，不含一丝爱慕之意，与她说话、相处也很自然，根本没有别的意思。

高骞：“你年纪不小了，也是时候谈婚论嫁了。”

兄妹二人的生母宋氏去得早，高骞不得不为高遗玉做打算。惜翠佯装打了个哈欠，推说困了，赶紧溜进了屋里，独留高骞一人站在屋外。

不是他想管太多，高骞疲倦地捏了捏眉心。

她的心事，她不说，他也一清二楚。这些日子以来，她与那卫檀生走得太近，始终让他心中有些不安。

第四章　火烧身

卫檀生闭关的日子里，惜翠过得颇为清闲。

不用考虑“攻略”的事，她打算抽空好好地在京中游览一番，等以后回去了，还能留下些美好的回忆。

卫檀生对她的态度和之前相比似乎有了细微的变化。惜翠乐观地想，只要她坚持下去，说不定真的能有所突破。

其间，她碰上了吴怀翡一次。吴怀翡在京中一家名为仁安的药坊坐诊，见了惜翠，特地请她到药坊里坐了一会儿，喝了杯茶。

经常待在府外的事，惜翠并不怕被高家人发现。她早就买通了门房，称外出是去看望养父母，又怕高家人知晓后心生不满，让门房行个方便。

因为田家夫妇时常上门，门房不疑有他，银钱到位了，他自会每日替她开门。

保险起见，她偶尔也会待在屋里抄抄经，看看书。

时间一晃而过，转眼到了卫檀生出关的日子。

当天，惜翠特地翻了翻衣柜，换了件衣裳，取出了那支云纹木簪。

回来后，惜翠就将木簪放在了匣子中，一直没拿出来。

木簪样式简洁不花哨，和男装正好相配。

知道他会在今天上午出关，她一早就与慧如小和尚在石室外等着。卫檀生在石室中待了十来天，若一出关就瞧见有人在门外候着，惜翠不相信他不会有所触动。

石室外开了两三枝春桃。

惜翠与慧如等了一会儿，桃花枝下终于出现了那抹熟悉的玉色身影。

她顿时整理好表情，露出一抹恰到好处的笑容，看了过去。

春风微醺，暖日融融。桃花借着东风腾向半空，打着旋儿，又悠悠地落在了僧人的肩头。

卫檀生步子一顿，看向在石室外守着的两个人。

她不知已守候了多久，站在那里，遥遥望过来的眼中含着些温和又浅淡的笑意。

日光有些晃眼，卫檀生一时间竟有些失神。等回过神来后，他恢复了往日的神色，脸上重新挂起了那似有若无的笑。

连日闭关，卫檀生清瘦了不少。惜翠打量了他一眼，见他颔下生了一层淡青色的胡楂，但脸上笑意依旧。

“高娘子，你怎会在此？”将行囊交与慧如，卫檀生莞尔一笑，与平日相比，语气竟难得地温和了不少。

惜翠笑道：“我只是来瞧瞧，没想到慧如说你今日出关。左右无事，我干脆就在这儿等着了。”

“是吗？”他的语气突然冷了几分，甚至步伐也快了不少。

惜翠不明所以地抿抿唇，跟了上去，问：“这次闭关可有所得？”

“佛法艰深，虽有所得，但终究难以悟透。”

“莫要灰心，卫小师父聪慧之名早已传遍京城，倘若持之以恒，定能有所悟。”

卫檀生：“那便借娘子吉言了。”

惜翠、慧如一直跟着他回到了寮房。

卫檀生转身道：“慧如，你先回去吧。”

惜翠本以为卫檀生会让她与慧如一同离开，但他只是瞥了她一眼，不再言语。

将行囊放在桌上，卫檀生目光一扫，似乎在找什么。

惜翠疑惑：“在找什么？”

卫檀生走到柜子前，打开抽屉瞧了一眼：“在找我那镜子。”

他四下翻找了许久，也没找到镜子的踪影，道：“罢了，许是来收拾屋子的僧人将我的镜子收起来了。”

“小师父要镜子做什么？”

卫檀生苦笑：“连日闭关，自然是要刮干净我颔下的胡须了。”

惜翠心念一动：“不如我来帮你？”

卫檀生面露诧异。

惜翠按着他坐下来，道：“我来。”变成“鲁飞”的时候，她在这事上还是得了些经验的。

卫檀生竟也任由她拉着自己坐下。

“可有剪刀或是小刀？”

卫檀生拉开抽屉，从一格中取出一把银鞘小刀：“麻烦高施主了。”

惜翠拿起小刀，小心翼翼地刮。

卫檀生微仰起头，凝视了她许久才缓缓闭目，看上去安静、温柔，将身体的控制权交给了她。

惜翠一点一点将那层淡青色的胡楂刮干净。

窗外，檐角的铜铃被风吹起，其声泠泠。

僧人宽大的玉色袈裟曳地。

怕自己手不稳，将他弄出血，惜翠屏住了呼吸，专注手下的动作，连他睁开了眼也不知晓。

“好了。”见他颔下终于恢复白皙光滑，惜翠松了口气，抬眼笑道。

惜翠这一抬眼，正好和卫檀生的目光对上。她一愣，手上拿着的小刀正好砸在了左手的手背上。

刀刃在手背上斜斜地拉出一条薄而长的血线，小刀哐当掉落在地。

这一突发状况将两个人都吓了一跳。

惜翠痛得倒吸了一口气。

她其实挺怕疼的，高遗玉的身体对痛觉也分外敏锐。不过，一直以来她都怕麻烦别人，磕到或碰到了，就算再疼也会忍着。

这次也一样。

惜翠下意识地将手往身后缩，却没成功。卫檀生一把抓住她的手腕，将其拉至身前道：“让我瞧瞧。”

惜翠没办法，只能任由他看。

这一下她伤得不轻，手上被划了一条颇长的口子，鲜血霎时间便沾染了卫檀生的手心。血珠顺着手背往下滚落，洁白与艳红交织，竟有种惊心动魄的美感。

温热的鲜血滴落在掌心，卫檀生指尖一颤，目光转黯，一眨眼的工夫又恢复如初。

卫檀生镇定自若地松开了惜翠的手，道："我这便去库房看看，上回寺中有僧人砍柴时受了些伤，吴娘子留下了些止血的伤药，或许有用。"

自己的伤势自己清楚，惜翠没有逞强，安静地坐在寮房中等着卫檀生回来。只是，她足足等了有一刻钟的时间，等到手上的血都已结块，也没看见他的身影。

没等到卫檀生，她倒是等来了慧如。慧如拿着个小瓷瓶与一条干净的绸布走了进来："高施主，师叔叫我来给你包扎伤口。"

"你师叔呢？"

慧如走上前："师叔下山了。"

"下山？"

"嗯。"慧如将瓶塞拔开，"高施主伸手。"

"我也能包扎，"慧如道，"平常师兄师弟们受了伤，都是我帮他们敷药。"

惜翠伸出手，有些茫然。

卫檀生不是给她拿伤药去了吗，怎么就下山了？他在这个时候下山做什么？不知为何，惜翠心头涌上了些不祥的预感，问："他下山做什么？"

"高施主且忍忍。"慧如抬起小脸，担忧地看着惜翠道，"很疼的。"

惜翠捏紧了衣袖，点头。

药粉撒上伤口的感觉无异于盐撒上伤口，她皱紧了眉。

慧如将绸布抖开："我也不知道师叔为何下山，但听闻好像是为了吴施主的事。"

一听这话，惜翠连疼也顾不上了："吴施主？"

"正是。"慧如道，"刚刚好像有人到寺中来找师叔，说是吴施主的药坊出了点事，师叔应是去了药坊。"

惜翠问："你可知道仁安药坊里出了什么事？"

慧如认真地想了一下，道："这我就不晓得了。"

慧如离开后，惜翠在寮房中静静地坐了很久，忍不住苦笑。她本来以为这段时间以来她和卫檀生之间的关系有了不小的突破，没想到，到头来还是她在自作多情，吴怀翡一出事，他就走得毫不犹豫，甚至连招呼都未来得及打一声。

寮房外的枇杷树枝叶轻摇，在她脸上洒下明暗不一的光影。

之后惜翠下了山，往仁安药坊的方向走去。

走在路上，那种恍若被人暗中观察的感觉再度涌现，惜翠回过头，冷声道：“谁？”可她眼前仍旧是拥挤的山路与来往的香客。

搜寻了一圈，没发现任何蛛丝马迹，惜翠只能将疑虑再度按下，赶去了仁安药坊。

她赶到的时候，事情似乎已近尾声。

药坊前的人群正慢慢散去。

惜翠本想进去看看，但迈不动步子。

望着药坊的招牌，听着药坊中传来的隐隐约约的说话声，她突然觉得很疲倦。

她这样不是因为卫檀生抛下她去找了吴怀翡，而是因为尴尬。她觉得太尴尬了，尴尬到甚至不想待在这儿。她这辈子好像还没这么尴尬过。

惜翠觉得她现在这副样子十分滑稽。

她一直是个自尊心颇强的人，这还是她头一次放下自尊。为了回家，她千方百计地讨卫檀生的欢心。

她不知道自己在卫檀生的眼中究竟是什么模样，也不知道他是如何看待她的。

她这段时间以来的所作所为想来是令人发笑的，她宛如跳梁小丑。

手背上传来的疼痛好像时刻提醒着她，卫檀生从来就没有将她放在心上过，而她还沾沾自喜，以为自己确实让卫檀生心动了。

事情的发展始终不如她所愿。

药坊里的小药童苍术赶人离开的时候看见了她，认出她是之前找过娘子喝茶的姑娘，惊讶地瞪大了眼，没想到她会突然出现。

“高娘子，你怎么会在这儿？”

他平日里要喊号，嗓门大，加上纷争已经平息，他的声音自然就显得格外突兀，足够让屋里的人听得清清楚楚，连本来打算要离开的人也因此停下了脚步。

“高娘子？”

药坊中，吴怀翡正在清扫地上的碎瓷片。她讶异地停下动作，下意识地看了一眼卫檀生。

两人皆放下手中的活儿，走到了门前。

这个时候，就算惜翠想走也来不及了。

僧人与医女站在门前，宛如一对璧人。

惜翠与他们之间的距离并不远。夕阳的余晖洒落在地，却好像划开了一道暖黄色的天堑，透着冷冷的光。

惜翠忽然无比清楚地意识到，她现在身处书中的世界，面前的人是作者笔下的角色，也是她手机屏幕中冷冰冰的几个方块字。他们本来就不是同一个世界的人，她又何必强求？

惜翠突然想通了。这本就没什么可在意的，自始至终，她的目标不过是早点回家而已。企图用假意换取真心的她，说起来也好不到哪里去。

拿出当年玩游戏的气势来，惜翠默默地鼓励自己。她可是“攻略”了数个角色的心狠手辣、冷漠薄情的女人吴惜翠。

整理好思绪，惜翠主动走上前来。

“高娘子？”吴怀翡讶然问。

惜翠没有避开卫檀生的视线，直视着他道：“我方才听慧如提到药坊的事，一时有些担心，便想过来看看。”

“抱歉。”卫檀生望着她，出乎意料地开了口。

惜翠摇摇头：“卫小师父无须同我道歉，吴娘子的事更为要紧。”她神色坦然，好似全然不在意发生了什么，使得卫檀生眸光轻闪。

惜翠这个时候是真的不在意了。

虽然她不在意，但两人之间的气氛还是有些冷。

吴怀翡或许察觉出气氛古怪了，没让他们在门前傻站着，将他们迎进了药坊。

“今日之事，多谢卫小师父。”

苍术凑了过来：“幸亏我机敏，叫人上山给卫小师父送了信，娘子怎么不谢谢我？”

原来是他送了信。

卫檀生突然笑道：“自然是要谢你的，便先请你喝这杯茶如何？”他笑着倒了杯茶，递给小药童。

苍术确实是渴惨了，接过茶杯便一饮而尽。

卫檀生又倒了一杯茶递给惜翠，柔声道：“娘子从寺中匆忙赶来，喝杯茶歇歇吧。”

惜翠低头看着青瓷杯，见他白皙的手指按在杯腹上。

他望着惜翠，目光中没有歉疚，也没有探究之意。

惜翠接了茶杯，二人指尖相触。一刹那的工夫，惜翠便收回了手。

就在这时，吴怀翡瞧见了她手上包着的布，担忧地问道：“娘子的手……？”

“方才不小心让刀划破了，在山上时慧如已帮我处理过，不打紧。”

慧如虽学了些医术，但毕竟不算精通，包扎的技术也远远不过关。

吴怀翡道："还是让我来看看吧。"说完，她眉眼和顺地解下了布条。

鲜血已经浸透了里面的一层绸布，吴怀翡揭开时，绸布上粘了一层皮，惜翠只觉手上传来一阵生疼。

吴怀翡叫苍术拿来一些伤药，又帮她处理了一番，抬眼看她，有些纳闷地问："娘子不觉得疼吗？"

惜翠点头："疼。"

吴怀翡笑了："我还是第一次见高娘子你这样疼也一声不吭的人。"

苍术取来了用沸水煮过的麻布，吴怀翡动作娴熟地重新帮她包扎好了。

惜翠收回手，这才有时间询问吴怀翡究竟发生了何事。

吴怀翡称前些日子有人来仁安药坊看病，其中一人在被抬来的时候已经不行了，死在了药坊中。那家人不服，叫来了族中的亲戚闹事。药坊中的瓶瓶罐罐被砸破了许多，药柜都被拉开了，药材散落一地。

仁安药坊只是间小药坊，最近才在京中打出了一些名声，面对这满地的损失，吴怀翡心疼极了。

惜翠对这段情节有些印象。吴怀翡上京后，人生地不熟，幸得仁安药坊闵老板的赏识，这才在京中初步站稳了脚跟。

仁安药坊在京中有个老对手——济善坊。

济善坊在京中的名声比仁安药坊更响。吴怀翡刚到京中时曾想去济善坊碰碰运气，但对方看她年纪太小，又是个姑娘家，未把她放在眼里，直接拒绝了她。等吴怀翡在京中闯出些名声后，他们又心生悔意，想要重新将她拉拢过去。但吴怀翡念及闵老板的恩情，委婉地拒绝了对方抛出的橄榄枝。

眼见仁安药坊的生意越来越好，济善坊便动了些歪心思，趁着闵老板因事带着人外出，坊中只有吴怀翡一个姑娘管事之际，安排了人手，在背后撺掇这一户人家来闹事。

这济善坊只算个小角色，在京中有些靠山，最初给吴怀翡下了不少绊子，让她吃了不少亏。好在吴怀翡聪慧，将对方的阴招一一化解。而高骞知道此事后，动用了些家中的关系，干脆将济善坊的势力连根拔起。至此，济善坊这个麻烦才算解决。

显然，吴怀翡也看出了其中的蹊跷。她细眉微蹙："我总觉得事情没那么简单，也许他们是受了谁的指使也未可知。"

卫檀生道："闵老板前脚才离开，他们后脚就过来了，这些人不过是乡野农户，缘何消息会如此灵通？话里话外，更是直指药坊害死了他们的族亲，显然是有备而来。定是有人在背后指点，想要败坏仁安药坊的名声。"

吴怀翡或许已经想到了是谁，但摇摇头："先不提这个。卫郎君，你手臂上的伤口还未包扎，让我来替你包扎吧。"

惜翠这才发现卫檀生受了伤。刚刚他未发一言，垂手站着，鲜血浸湿了左臂的袖摆，有血珠从袖口一滴滴地落下来。

惜翠："你的伤……？"

苍术道："高娘子有所不知，刚刚实在是太惊险了，那些人怕是得了失心疯，竟然顺手抄起桌上的花瓶就往娘子的头上砸。还好卫小师父赶来得及时，护着我家娘子，让她避开了这一劫。"

苍术说得眉飞色舞，朝惜翠使眼色，又望向正在处理伤口的二人，话语中略含揶揄之意。

在他看来，这卫小师父定是喜欢自家娘子的，否则怎么会在那花瓶落下的时候，一把将娘子揽入怀中，以身代之呢？

卫檀生受的伤不轻，有些碎瓷片甚至深深地扎入了他的皮肉中。他撩起了袈裟，露出小半截紧实的手臂。吴怀翡用镊子帮他将碎瓷片一点点地夹出来，动作轻柔，神情专注，小山似的眉头轻轻蹙起，担忧是发自内心的。

卫檀生低着头，不知是在看他手臂上的伤，还是在看吴怀翡。

吴怀翡满怀歉疚地抬起头道："今日实在是多谢小师父出手相助，是我无能，累得小师父受伤。"

"娘子客气。"卫檀生温柔地说，"今日只是赶得巧了，未能替娘子做些什么。"

吴怀翡摇头："今日若不是小师父帮忙，恐怕这会儿我已不能站在这里了，小师父的救命之恩，我无以为报。"

仁安药坊中如今正是一团乱，尚有许多杂事要处理。吴怀翡不愿他们两个有伤在身的人帮忙，只说自己身边有苍术，应付得了，含蓄地催促两人回去养伤。而她则改日抽个时间，请他们吃一顿饭。

在吴怀翡的坚持下，惜翠与卫檀生一同离开了药坊。

两人都没吭声。

他和她，一个伤在胳膊，一个伤在手背，看上去都有些狼狈。

走了一截路，惜翠停下脚步："今日便在此分别吧。"

卫檀生说："我送你。"

惜翠拒绝了："此地离我家不远，我走几步便到了，不用再麻烦小师父了。"

他突然道："娘子可是气我不告而别？"

惜翠没想到卫檀生会主动问出口，道："是，我确实有些生气。小师父就算有事离开也应当知会我一声。不过，"惜翠话锋一转，"我现在已经好多了，只是刚刚有些恼。"她将声音放柔和了一些，神色坦然，"吴娘子那儿的情况确实更紧急一些。"

卫檀生垂眸："不管怎么说，确实让你受了气，此事是我做得不周到，我送你回去。"

惜翠："你今日受了伤，还是早些回去歇息吧。"

见她不愿，卫檀生沉默了一瞬，最终道："也好。"

踏着斜阳，惜翠慢慢地往回走，喧闹的人声与马蹄声犹如一阵风在耳畔回荡。

她走到一半，前路却被一人一马挡住了。

高大的白色骏马打着响鼻，拦在了她的面前。

骏马上的绯衣青年勒着缰绳，惊喜地道："高三娘，你怎会在此？"

惜翠一怔："褚郎君？"

褚乐心瞧见她的惊喜在看到她苍白的面色时化作了惊讶和担忧："娘子怎么一个人？你的丫鬟呢？"

惜翠不想多说，只道："只是出来走走，没带上丫鬟。"

褚乐心不赞同地道："娘子一个人出行，太危险，我送娘子回府。"说罢，他从马上翻身而下，牵着白马，走在了惜翠的身侧。

"三娘，你今日怎么打扮成了男人的样子？"褚乐心好奇地问。

苍术认得出她是因为她曾经穿男装见过吴怀翡，但褚乐心从未见过她穿男装的样子，竟然能一眼认出她来。

惜翠问："你是如何认出我的？"

褚乐心思索片刻，道："我也不知道，只是一眼就认出来了。"他停下脚步，将惜翠从头到脚打量了一遍，"娘子，你打扮得还不够像，明明一看就能看出来。"

打量她的同时，褚乐心也发现了她手上的异样："娘子，你这手……？"

"没什么，只是摔了一跤，已经去医馆包扎过了。"

褚乐心没有怀疑，道："原是如此，那娘子你下次走路时可要小心了。"他笑道，"你瞧，一个人在外，终归还是不方便的，有我护着娘子回去，娘子就不用担心再摔跤了。我会好好看着你的。对了，娘子回去后，近几日千万不要吃那些牛羊肉和辛辣刺激的东西，不然要留疤的。娘子生得这般好看，倘若留了疤就不美了。”

褚家姐妹多，褚乐心也就养成了体贴的性格，对于女子保养一道，甚至比惜翠还要精通一些。

惜翠惊讶地看着他，完全没想到这个满脑子想着杀敌报国的少年还有这么细心的一面。

褚乐心将她送到府门前，碍于礼节，没有入内。惜翠谢过他，刚踏入府中，就听见他突然又叫住了她。

“娘子！”

惜翠：“褚郎君还有何事？”

褚乐心牵着马站在夕阳中，笑道：“这月初八，京中佛寺行像[①]，你可要去看看？到时候可热闹哩。”

惜翠不知道“行像”是什么，含糊地应道：“到时候再说吧。”

褚乐心却将她敷衍的回答当作应允，笑道：“那你跟高郎君、六娘他们一定要来！”

惜翠告别了褚乐心，回到府上，碰上了高骞。高骞几乎一眼便看见了她手上包着的麻布，问：“这是怎么回事？”

惜翠：“不小心磕到了，没什么大事。”

高骞不相信她的说辞，皱起了眉头，要察看她的伤势。

无奈之下，惜翠只能搬出吴怀翡，把今天在仁安药坊发生的事通通告诉了他。

“我这伤吴娘子已处理过，有吴娘子在，二哥难道还不放心吗？”

她一搬出吴怀翡，高骞的注意力果然从她的伤势上转移到了吴怀翡的身上。

高骞想到那个身形单薄却个性坚韧的女子，眉头皱得更深，犹豫了片刻，终究还是沉声追问了个中细节。

惜翠一说，高骞就意识到此中定有蹊跷，简简单单地安慰了她两句便离开

---

① 行像：用宝车载着佛像巡行城市街衢的一种宗教仪式，也称行城，一般在佛生日时举行，西域也有在其他节日举行的。

了。惜翠猜他不是去了仁安药坊，就是去托人彻查此事了。

惜翠看着高骞远去，转身回到自己的屋里。

虽然褚乐心同她说了行像的事，但惜翠没心思多想，过了几天就将它忘在了脑后。

她也没有再去找卫檀生。她虽然很想回家，但还不想在这种情况下硬凑上去。她需要时间整理思绪，重新规划。

一连数日，惜翠都待在府中，没有外出。倒是门房收到了一封信，转交给了她。

惜翠想不出来谁会寄信给她，拆开一看才发现寄信的人是卫檀生。

信中没说旁的，只提到她之前有些物什落在了客堂，他想找个日子当面转交给她。

她坐回桌前，提笔回了一封信。

那些东西对她而言没什么用处，她让他自己处理就好。

她托人将回信送到山上后，便没有再收到消息，猜想卫檀生可能已按她信里说的做了。

等到高莹叫她去看寺庙的行像时，惜翠才猛然记起已经四月初八了，正是褚乐心之前提起的日子。

四月初八，诸寺行像，这在京中算是件大事，除了高莹，高家还有不少小辈赶去看。

从京郊回来后，高莹对她的态度好了不少。她在宴席上给高家长了脸，高莹自觉要拉她一把，勉为其难地带上了她。

她一直没有去找卫檀生，“攻略”他的事被她暂且搁置在了一旁。惜翠想，这个时候出去看看，散散心也无妨。

高骞今日轮休，但或许是忙着查清楚济善坊与仁安药坊之间的恩怨，早早便出了门，自然也没能同他们一道儿去。

整个京城的百姓为讨个吉利，似乎都在今天出门了。街角巷口已经聚满了人，卫兵开出了一条大路，以防踩踏事故发生。

高家提前订下了一家视野极为开阔的酒楼，众人临窗观看，不用和人在下面挤着。

惜翠到时，褚乐心正坐在桌前，除他外，还有几个与高莹交好的娘子、郎君。他们显然是早早就约好了。

褚乐心瞧见惜翠，立即起身打招呼。几人寒暄几句之后，各自落座。

他们坐在二楼临窗的位置，看向街面，虽然清静了不少，但又像是少了点什么。

褚乐心似乎嫌这样不够热闹，屁股还没坐热，就坐不住了，想要下楼。奈何其他人自认身份高贵，不愿去那人挤人的街上，褚乐心问了一圈，竟没人愿意陪他。

少年便将可怜巴巴的目光放到了惜翠的身上："三娘……"

在哪儿看对惜翠而言其实都一样，只是被人这么满含希冀地盯着，惜翠压力有点大。

想到此前还是他把自己送回家的，惜翠点头应了，陪着他一起下楼，走入了人群中。

褚乐心千恩万谢地笑道："我就知道娘子一定愿意陪我。"

他眼睛尖，找了个好地方，带着惜翠凑了上去，还没忘记伸出胳膊护着她，免得她被人撞上。

他们终于站定了，惜翠将目光放向了长街。

褚乐心："我听说队伍已到了北街，想必拐个弯就来了。"

话音刚落，在喧闹声中，一阵梵乐佛音飘来。褚乐心露出一副"看吧，果然如我所说"的得意模样。

伴随着佛音，以金银琉璃为饰的宝车终于载着佛像缓缓驶向街心。

仿佛被这梵音感染，人群渐渐地安静了下来。

宝车共有数十轮，车上的众菩萨宝相庄严，诸佛或立或卧。宝盖步辇，汇聚如云，珠罗绮绣，耀眼夺目。

京中各寺的僧人都跟在宝车左右侍奉着。惜翠看见了不少空山寺的熟人，他们神色严肃，口念佛经。

在走过的僧侣中，惜翠还看见了卫檀生，他跟在空山寺的僧人身后。但两个人相隔着人潮，卫檀生似乎并没有在人群中发现她。

从仁安药坊分开后，惜翠与卫檀生就再没见过面。今天她在这儿看见他，属于"意料之外，情理之中"。

身旁的褚乐心显然也瞧见了他，惊讶地道："咦，这不是卫家三郎吗？此次行像也有他？"

褚乐心的声音很快就被梵音法唱吞没。

卫檀生走在佛像左侧，左腿微跛，但走得很稳当。

香烟若雾，诸菩萨的宝相也在缭绕的烟雾中若隐若现。时间突然变得很慢，泥塑的佛像似乎也有了一种不受时空所限的神性。

一路上百姓们撒花礼敬，漫天花雨伴随着阵阵梵音飘落，落在他的肩头、衣角。卫檀生眉眼微弯，长长的睫毛微微低垂，整个人看上去犹如高居神坛之上的佛子，又温和得如同一头田间的白牛——至忍温良，善调善御，从村至村，从巷至巷，所游行处，无所侵犯。

惜翠与宝车上的佛像四目相对，只觉仿佛身处一种极为奇异的时空中，脑海中一片茫然。

等车轮滚过，她才清醒过来。而此时，香烟已散，卫檀生已从她的视野中离去，只剩下一缕乳白色的轻雾与一地的落花。

众人追随着香车不断往前拥，人潮离去后，只留下她、褚乐心与零零散散的几个人。

“那是卫家三郎？”褚乐心慢慢地往前走，道，“三娘，你方才可瞧见了卫郎君？”

惜翠还在想刚刚那一幕，心不在焉地说：“看见了。”

一直到刚刚她才发现，她不了解卫檀生。那个走在佛像左侧的僧人在方才那一瞬间，给她的感觉竟然如此陌生。

她对卫檀生的理解大部分建立在书中的描述与瓢儿山上短暂的相处上。至于他究竟是什么样的人，她一无所知。

她就像走入了一片迷雾中，真正的卫檀生好像被雾遮住了，面目模糊。

褚乐心在说什么，惜翠已听不太清。

忽然，走在她身侧的绯衣少年站定了，吃惊地叫道：“卫三郎？”

惜翠蓦然回神。方才那侍奉着佛像的僧人不知何时已走出了行进的队伍，来到了他们面前，就站在他们的不远处，垂袖而立。

这真是“说曹操，曹操到”。

褚乐心都蒙了：“卫郎君怎会在此？”

青年僧人不紧不慢地走到两人的面前，定定地看了他一眼，又移开视线，望向了惜翠，笑道：“只是瞧见了认识的人，便想来打个招呼。”

褚乐心没看出异常，傻傻地问：“郎君，你就这样离了队，可有关系？”

“只是有事离开一会儿，无妨。”他虽是在回答褚乐心的问题，眼睛却一直看着惜翠。

在府上这几日，惜翠已经完全冷静下来了，如今对上卫檀生的目光，也能礼貌地颔首示意："小师父，许久不见。"

看来，刚刚卫檀生还是看见了她与褚乐心。

卫檀生淡淡地道："已有六日未见。"

"原来已经这么久了。"

褚乐心顺着卫檀生的视线看去，终于察觉出了两人间的异样，默默地蹙起了眉。

卫檀生双眼微弯："娘子与郎君也来看京中行像？"

惜翠："在家中无事，出来凑个热闹。"

褚乐心觉得卫郎君与三娘之间的气氛太古怪了，古怪到让他有些不安。在卫檀生开口前，褚乐心思索了一番，还是上前一步，关切地道："郎君离队已久，为免被发现，还是快快回去吧，有什么话不妨回头再说。"

卫檀生侧头看了看绯衣少年秀美的眼眸，唇角扬起一抹意味不明的浅笑："多谢郎君关心，但……我还有一事需要告知高娘子。"

惜翠："小师父请讲。"

卫檀生笑道："上回同娘子说过的，那些落在客堂的物什，我不便代为处置，就暂时收了起来，想来还是交由娘子亲自处置最为稳妥。等行像过后，我带娘子去取。"

"不用这么麻烦，"惜翠道，"寺中可还有其他师父在？"

"今日诸位同修大多不在寺中，山门已关，不招待其他香客。"卫檀生面带歉疚之色，"还有一事，望娘子莫怪我失礼，娘子的东西我一时不知往何处放，如今都在我房中收着。"

他话都说到了这个份上，惜翠也不好再说什么，道："那小师父何时得空？"

卫檀生略一思索："约莫申时六刻，娘子可在山门前等我。"

惜翠："我知道了。"

他特地离开队伍，好像真的只是为了说这件事，说完，便又走入了人流中。

褚乐心："娘子？"

惜翠："我没事。"

褚乐心想问些什么，但碍于这是她的私事，最终还是没有问出口。

惜翠虽不知道此前自己究竟落下了什么东西，但刚好也想借此机会和卫檀生好好谈一谈。

距离约定的时辰还早。大梁皇帝信佛，稍后队伍还要入宫，受皇帝散花。队伍入了宫阙，百姓就不能跟进去了。

惜翠与褚乐心分别，和高家人一起回到了府上。

她在府中等了一会儿，一直到申时方才出发。

众人今日都挤到京中去看行像了，山下基本看不见一个人影。

惜翠登上山径，果然在山门前看见了一面竖牌，上面的文字委婉地表达了今日不接待香客。

此时，距离二人约定的时间还有一刻钟。

山上风大，惜翠拢紧了衣襟。她大概等了二十分钟，却迟迟没见到卫檀生的踪影。

惜翠皱了皱眉，心想：他是不是有什么事情，耽搁了？

他要入皇宫，有事耽搁了也很正常，她没将这个放在心上，又等了半个时辰，但还是没看到他。

她等了整整两个时辰，卫檀生自始至终都没有出现。

天渐渐地黑了。

不论他是不是有事耽搁了，她都不能再等下去了，只能下山。只是，她下山的时候，那种被人窥伺的感觉又出现了，好像有谁在盯着她。

这一次的感觉比前几次更加强烈。

惜翠不动声色地加快了脚步。她如今手无寸铁，四周又没有人，更无处可躲。

忽然，她的肩膀被谁拍了一下。

惜翠一僵，正想要迈开步子赶紧跑，但一双手以迅雷不及掩耳之势捂住了她的口鼻！

这是一双男人的手，手上生着一层厚厚的茧。

失去意识前的最后一秒，她好像闻到了一股淡淡的油墨气息。

等她再一次醒来的时候，她已经不在山上了，而是在一间破落的屋子中，双手被粗麻绳牢牢地反绑在身后。

惜翠试着挣了一下。但麻绳绑得很有技巧，她没能挣开。

她被人绑架了。

就算平日里再镇定，碰上这种情况，惜翠还是有些慌神。不过眨眼间，她就又恢复了冷静。

她还有系统。虽然系统放养了她，但只要还没完成任务，她就不会死。她也不怕死。

惜翠闭了闭眼，深吸一口气，暂时放弃了挣脱绳子的想法，开始打量起周围的环境。

这是一间十分阴暗的屋子，墙角结了不少蛛网，透过窗户，能看见天已经完全黑了下来。

屋中点了一盏灯，能让她看清周围的环境。

她身旁堆着不少废纸，有字，也有画，如此看来，这里更像是一个堆放着杂物的库房。

即便点了灯，屋里的光线也十分暗，惜翠费了很大的力气才伸头看清了身旁的字画上的题跋。

这题跋她好像在哪里见到过，是在……高家？

落款为昌彭祖。

她想起来了，这昌彭祖是前朝名家，尤工书画。高家门第不凡，自然藏有他的作品。

但昌彭祖的画价值千金，绝对不可能被随意地丢弃在这儿。这儿恐怕是个专门存些假字画的库房。

惜翠又联想到她昏过去前闻到的那股油墨味，猜想绑架她的人做的应该就是跟字画有关的生意。

但是她不记得她有认识这样的人。高遗玉向来行事低调，几乎没结下过什么仇家，这段时间以来，她得罪过的人……

惜翠使劲想也只想起了焦荣山和贺妙。

焦荣山家中是做油饼的，他身上常年带着些面粉的味道。这事应该不会是他做的，他没有这个胆量。而贺妙，她们之间没有深仇大恨，贺妙没理由做出这种事。

一阵寒风吹过，门忽地被人从外面推开。惜翠全身一紧，神经跟着紧紧地绷了起来，警惕地看向门外。

从门外走进来一个文士打扮的中年男人，三十多岁，留着一把胡须，面庞白净，看上去温文尔雅，甚至给人一种亲和之感。

她对这个人没有任何印象，搜寻高遗玉的记忆，也没有找到和此人有关的信息。

“你醒了……”

瞧见惜翠正警惕地看着自己，中年文士笑了一下。

惜翠开门见山地问："你是谁？"

"我？"他摇摇头，"你不认得我。"

惜翠紧紧地盯着他："既然我不认得你，那你为何要把我带到这儿来？"

中年文士笑道："你猜猜看。"

惜翠沉默了一会儿，问："是因为高骞？"

此话一出，中年文士一怔，她的话似乎给他带来了不小的震撼。

看来她猜对了。

她既然没得罪过什么人，那应当是受人牵连。在她认识的人中，高骞的可能性最大。

"是，你猜对了。"中年文士走上前来，语气还是很温和，"你不认得我，我也不认得你，但我认得你二哥。"

"这几天来，跟踪我的是你？"

"是我。没办法，你二哥那儿实在太难下手，我一连数月都没能寻到突破口，只能从你这儿入手。"

惜翠问道："高骞做了什么？"

"他？"中年文士淡淡地道，"他杀了我大哥，我要为我大哥报仇。"

"看来你二哥没有告诉你他的那些丑事。"对上惜翠迷茫的眼神，中年文士在她身旁坐了下来，"既然这样，还是让我来告诉你吧。"

"我这个人恩怨分明，跟谁结下了梁子，就去找谁。我没打算伤害你，你无须害怕。"他看了她一眼，笑道，"不，你看起来好像根本不害怕，这倒是奇了。"

"害怕没有用。"惜翠垂眸道。

"这话说得确实有道理。你放心，我已派人给你二哥送了信，只要你二哥愿意过来替你，我就放了你。"

"你到底是谁？"

"我叫耿宣仁，我大哥叫耿巢汉。"中年文士说道，"爹娘只生下了我们兄弟二人，我们兄弟俩打小就生活在一起，感情甚笃，但后来，你二哥杀了我大哥。我们家中虽不富足，但此前过得倒算和乐，大哥一死，家母悲恸欲绝，没几日便跟着去了。家父魂不守舍，做工时被货箱砸中，抬回来时也已经仙逝。你二哥害得我家破人亡，所以我要找到他，找他报仇。"

耿宣仁和耿巢汉？

惜翠一愣。这名字犹如一把小钩子，将那些她记不太清的书中情节一并钩了出来。

她想起来了。原书中确实有耿宣仁和耿巢汉这两个角色。

这一切还要从高骞与吴怀翡初遇的那天讲起。

那天皇城遭袭，高骞在追捕贼人的途中一时不察，受了重伤，倒在路旁。

耿巢汉平日里靠做短工为生，那日做完工，喝了不少酒，晕晕乎乎地走到皇城附近，正好碰上了高骞。

夜色昏暗，血气掩盖了酒气。

彼时，高骞身受重伤，意识早就不太清醒，误将耿巢汉当作贼人当场斩杀，摇摇晃晃地往前走了几步之后便彻底昏了过去，被出诊晚归的吴怀翡捡回了药坊。

高骞养好伤后，并不知晓自己当日斩杀了一个无辜百姓。

其他同僚虽然在事后查清了真相，但心知以高骞的性格，他恐怕会对此事难以释怀，思来想去，便将这事按下了，并暗中派人到耿家赔罪。

耿巢汉的弟弟耿宣仁始终觉得自家哥哥的死有蹊跷。他在京中经营着一家书画坊，消息颇为灵通，经过数月调查，终于知晓哥哥之死是高骞所为。

他自是恨到了骨子里，一心筹谋着为兄长报仇。

这段情节其实只是男女主角感情的催化剂。书中，高骞与吴怀翡一起遭到了耿宣仁的算计，但毕竟有主角光环在身，很快就脱离了险境，并在一同落难之际培养出了深厚的感情。

最后，高骞得知了事情的真相，选择放过耿宣仁。

他对耿巢汉的死难以释怀，幸好有吴怀翡从旁开解，这才从阴影中走出来。

或许是多了一个高遗玉的缘故，这本该落到高骞头上的报复落到了她的头上。

惜翠皱紧了眉头，跟着想到了之前马场上的那次意外。

那天，高骞不在，高莹骑的正是高骞的马，事后，高骞也说腾霜绝不会无缘无故受惊。恐怕耿宣仁从那天起就有所动作了。

惜翠继续问："惊马一事也是你做的？"

耿宣仁似乎吃惊不小："是，的确是我所为。"他轻叹，"但人算不如天算，没想到高骞那日突然离开了。当日我虽然失败了，却也不是全无所获。你兄长身旁有亲兵环绕，我手不能提，肩不能扛，正愁找不到机会对付他，那日之事倒提醒了我，不妨另择他法，从他处着手。"

"所以你选中了我？"

耿宣仁道：“在一干手足当中，他的确最重视你。”

惜翠又问：“你是如何摸清我的行踪的？”

耿宣仁也答了：“我此前只知晓你们高家人常去空山寺上香，便时不时在山下徘徊，至于你的行踪，还要多亏一个人。我记得……他似乎姓焦。”

惜翠追问道：“焦荣山？”

“正是此人。”耿宣仁反问道，“你与他曾订下婚约？”

惜翠摇头：“没有。”

耿宣仁道：“想来也是，你兄长怎么会让你随便嫁给一个平庸无能之辈？当日我在山下徘徊，正好碰上这位焦郎君，上前攀谈之时，他告诉我他有一个未过门的妻子，似乎与这山上的和尚有些关系。他心中怀疑，便想过来看看。”

惜翠抿紧了唇。

那天她骗了焦荣山，他事后果然还是怀疑了。他若没有心生怀疑，也不会撞上耿宣仁，让耿宣仁得知她的行踪。这些事情一环紧扣一环，仿佛冥冥之中自有天意。

惜翠没再吭声。

丧兄之痛每日都在折磨着耿宣仁。面前的女人生得和高骞如此相像，她不吭声，耿宣仁冷笑起来，主动问道：“我大哥并未做错任何事，你兄长却误杀了我大哥，可该有报应？

“你可知晓其他人怎么说？他们都说那高家郎君斩杀贼子于御前，何等威风！他们可有想过我大哥何其无辜？我大哥什么都没做，却成了你兄长的刀下亡魂！他的死反倒还为高骞换来了名利！”

“你兄长午夜梦回之时，可有悔恨，可有愧疚？”耿宣仁冷声道，“也是，像我们这种平头百姓，贱命一条，死便死了，怎么值得高家郎君放在眼里。”

惜翠沉默了片刻，道：“他有悔恨。”

“有也晚了！”耿宣仁道，“他既然心中有愧，为何我大哥下葬时他不来，我大哥头七时他不来？我大哥死后这么长时日，我为何都未看到过他的身影？”

他越说越激动，脸部表情也渐渐扭曲。言罢，他突然喘了口气，又冷静了下来。

“你不用害怕，”耿宣仁看了看她，“杀我大哥的人不是你，我会给你二哥送信，只要你二哥肯来换你，我就放你回去。”

她离开之前，高骞不在府上。

思及此，惜翠心中一紧，问："要是我二哥没来呢？"

"要是你二哥没来，"耿宣仁道，"那我就只能对不住你了。谁叫你是他的妹子呢？他不来，我只能以彼之道，还施彼身。你二哥当初如何对待吾兄，我就如何对待你，让他也尝尝失去至亲的滋味。"

惜翠："我离家之时他不在府上，你送信给他，他收不到。"

"这我就不管了。"耿宣仁看向她，露出一抹和蔼的笑，"他若收不到，这便是天意。杀了你之后，我还会继续找法子杀了他。"

"你能等多久？"

"这就要看我的耐性够不够了。"

惜翠的心往下沉了沉。虽然她不怕死，但她的任务才进行了一半，她不想从头再来。

其实就目前而言，耿宣仁还是十分理智的，但凡她有什么疑问，他都尽数回答了。

可她还是不敢贸然同他谈判，以防刺激到他。从刚刚的谈话中她能看出来，他看似冷静，实际上神经已经紧绷到了极点，她稍有不慎，事情的发展就会变得比现在更糟。

似乎觉得说够了，耿宣仁站起身，道："我已给你二哥的下属送了信，你且等着便是了，等着看他会不会来替你。"说完，他没再看惜翠一眼，直接走出库房，反手重新锁上了门。

屋内的灯焰晃了晃，拉出一线欲灭不灭的微光。

双手被绑了这么长的时间，早就没了知觉。

耿宣仁不知道给她用了什么药，她四肢瘫软，使不出半分力气。

他很谨慎，她身旁都是字画，惜翠看遍了屋子也没看到什么尖锐的东西。

摆在她面前的，似乎唯有耿宣仁留给她的那一条出路。

只是高骞今日一早就出了门，没人过问他的行踪，他也没留下任何口信，耿宣仁的信到底能不能送到还要打一个问号。想到这儿，惜翠叹了口气。她真心实意地觉得，再也没有人比她更惨了。她不仅没"攻略"卫檀生，还要再次丢掉性命。

耿宣仁离开后便没再回来。

身上的药效未完全散尽，迷迷糊糊间，她又睡了过去，这一觉不知道睡了有多长时间。

惜翠是被门外的动静惊醒的。

耿宣仁不知何时回到了库房中，神情复杂难辨。

摇曳的烛火在墙上打下明暗不一的光影，他手中端着个酒碗，臂弯上搭着一条白绫。惜翠的心顿时乱了起来。

耿宣仁的面色格外阴沉："你二哥不愿来。既然如此，我也只有对不住你了。"说完，他一步一步地朝她走了过去。

眼看着耿宣仁已端着酒碗上前，惜翠心中焦急万分。

这不可能。

以她对高骞的了解，高骞绝不会畏死，倘若没来，定是被旁的事耽搁了，这其中肯定还有些别的原因。

她现下浑身瘫软，双手又被牢牢地束缚在背后，耿宣仁若是硬要给她灌下这碗毒酒，她绝对没有反抗的余地。她只能试着一点一点地拖延时间。

"你的信当真送到了他面前？"

耿宣仁因为她的话停下了脚步："我没必要欺瞒你。"

惜翠舔了舔干燥的唇角，心跳如擂鼓。她努力让自己平静下来，道："我二哥并非那种贪生怕死之人，你的信若真的送到了，他不可能不来。"

耿宣仁不知是想到了什么，突然折返到一张矮桌前，伴随着"当"的一声，酒碗落在桌面上。

"我并非不讲情面之人，"耿宣仁转过身道，"你既然问了，那我便与你讲个清楚，免得你认为我欺瞒你，死也死得不安心。在那之后，我会让你明明白白地上路。"

惜翠愣了愣，似乎从耿宣仁的眼中看到了一丝怜悯。

她还来不及细想，他已然开了口："那封信确实送至你二哥面前了。"

"他在哪儿？"她忙追问道。

耿宣仁道："一处药坊中。"

惜翠脑中一空。今天一直困扰着她的许多疑问似乎在此刻得到了解答，其中原因，她不用想也明白。

果不其然，耿宣仁嗤笑道："药坊中的那个医女是高骞的意中人？我瞧他护她倒是护得紧。那药坊中似乎是起了什么争端，你二哥要护着他的意中人，分不出心神，没看我送过去的那封信。

"我只给他送了信，却没义务告知他这封信究竟关系着什么。他看不看，都是他自己的选择。”

“他不在意吾兄的生死，总归要在意你的生死。”耿宣仁微笑道，“他不为我大哥的死而心怀悔意，那总该为你的死而心怀悔意。让他余生都活在愧疚中，不比直接杀了他更好？”他颇为痛快地笑了出来，“这都是天意。他又怎会料到这封在他看来无关紧要的信却事关他小妹的生死呢？”

昏暗的烛光中，他看不清面前少女的神色。只见她半低着头，鬓发散乱，清瘦的身躯好似被大雪压折的细竹。

耿宣仁一怔，心头涌上怜悯之情。毕竟这高家娘子是被她的兄长舍弃在了此处。高骞将他的意中人护在身后，却未料到其妹在这儿等着他救命。

只是这点怜悯不足以化解耿宣仁心中的仇恨。

他痛快，简直痛快极了，痛快得笑出了声。

无意中瞥见她这副模样，又想到药坊中的另一个人，耿宣仁突然觉得没了心情，笑声戛然而止。

他本不愿多嘴，只是想到药坊中的那一幕，还是有所动摇。沉思片刻，他问道：“今日你等的那和尚是你的情郎？

“那我不妨多告诉你一件事。就算我今日没将你绑来此处，你也等不到他。”

耿宣仁说道：“那和尚也在药坊中，同你二哥一起。”

惜翠沉默地垂下眼。

如此一来，高骞今早外出与卫檀生失约之事都有了答案——吴怀翡那儿出了事。

她早该想到的，书中曾有这么一段情节。济善坊再次闹事，高骞与卫檀生都为护着吴怀翡，赶了过去。当时两个人为了女主角针锋相对的情节在评论区里掀起了不小的风波。

惜翠平静地收紧了手指。

亲疏有别，她不怪高骞与卫檀生，毕竟他们也不会料到她出了事。只是，疲倦与尴尬好像浪潮一样，又一次铺天盖地地朝她涌来。

惜翠忍不住苦笑，突然失去了挣扎求生的力气。

她早该知道自己在别人心中有几斤几两。

“我也不想杀你，你我之间或许还有几分相似之处。”耿宣仁可怜她，“我在这世间已是孤身一人，而你，同我相比也没好到哪里去。毕竟，同时被兄长与情郎抛下的，世间只有你一人。你要问的，我已经回答了，你在死之前可还有什么未竟的心愿？此事不该牵扯到你，你若有什么遗愿，我会尽力替你完成。”

惜翠合上双眸，吐出一口气：“在我死之前，你能否为我解开这绳子，再为我取纸和笔来？”

耿宣仁思索一番，道：“可以，但在此之前，你得喝下这碗毒酒。”

他回到桌前，一只手端起桌上的酒碗，另一只手攫住她的下颌，迫使她张开了嘴。她没法反抗，一碗毒酒便全被灌入了口中。

被硬灌酒的感觉并不好受，饶是惜翠已经做好了准备，求生的本能还是使她下意识地挣扎了起来。

呛咳出来的酒水顺着嘴角流入了领口，她的眼中泛起了泪花。

“喀……喀喀！”

喉咙中犹如火烧一般，惜翠趴在地上，费力地喘了口气。

毒酒生效没有她想象中的快，除了舌底发麻、喉口干涩外，她暂时还没有感觉到痛楚。

“如今毒酒我已经喝下去了，你大可放心了。”她一开口，才发现自己的嗓音已如垂垂老矣的妇人般沙哑不堪。

此时此刻，少女的眼中竟透着一股凉意。

那眼神并非冷，只是凉，淡而薄，是一种平静到极致的疏远。

被这么一双眼盯着，耿宣仁不知不觉间竟松开了对她的桎梏。

“现在，可否为我取纸和笔来？”

看着她的模样，耿宣仁倒是说不出一个字来了。

她以一种十分可笑的姿势趴在地上，甚至都没力气擦拭唇角的酒渍。

毒酒开始生效了。惜翠的眼前渐渐模糊，所见皆化为两三个重影。

她用力甩了甩脑袋，握紧了笔杆。

握着笔的手哆哆嗦嗦，她已经再难使上力气，每一笔都虚浮无力，在纸上拖出了长长的尾巴，每个字都歪歪扭扭的。

短短二十个字，几乎用尽了她全部的力气。

就算死，她也要在卫檀生的心中留下挥之不去的痕迹，让他不得安生。

惜翠哆嗦着又深吸了一口气，想将腕上的佛珠取下来。

她努力脱了好几次都没能脱下来，好不容易将佛珠取下来，又伸手去取发间的木簪。

终于将这两样东西取下来后，惜翠把它们推到了耿宣仁的脚边，喘着气道：

“烦请你把这些东西还给那位小师父。”

耿宣仁本来就是一个普通人，看到面前的少女狼狈不堪的模样，心底的良知终于被引动，主动问道：“你还有什么想对你兄长说的？”

惜翠自己没什么想对高骞说的，但毕竟她这具身体的主人和高骞有兄妹之谊，沉默了片刻，道：“你告诉他，让他多多保重身体，他……”

话说到这儿，她却再也说不下去了。

腹中传来一阵绞痛，很快便以排山倒海之势朝她袭来，好像有一只手在她的五脏六腑间搅动。

这一次，死亡来得格外缓慢，痛苦也好似被无限延长。惜翠不由得死死地掐住了手，疼得眼泪扑簌簌地掉，指尖嵌入掌心，留下深深的印痕。

耿宣仁似乎看不下去了，将臂弯中的白绫拿下来。

轻柔的白绫绕上了她的脖颈。

“这一切都是你二哥选的，”她的耳畔传来一声轻叹，“要怪就怪你二哥吧。”

脖颈前的白绫被猛地收紧。

她与这个世界的联系被彻底切断了。

她终于不用再受这种折磨了。惜翠庆幸地松了口气。

“六郎，已经一天了，你快出来用些膳食吧。”望着紧闭的屋门，褚二娘忧心忡忡地屈起指节敲了敲。

屋内安安静静的，没有任何动静，但正是这份安静使得褚二娘心中更加担忧。

前两天，高家三娘突然去了，六郎得知此事后竟面色遽变，回头就将自己在屋里关了整整一天，任谁来说也不理。

那高三娘她不认得，只依稀有个印象，似是高家才从外面认回来的血脉，不得家里人看重。

好端端的人，怎么突然就没了？高家对外称她得了急病，药石罔效，但褚二娘听旁人说高三娘的死另有原因。似乎她死得不太光彩，高家这才以急病为名，对外瞒了下来。

褚二娘晓得六郎与高家二郎交好，却从没听闻他还与那高三娘有些干系。眼见六郎已经有整整一天一夜没吃东西了，褚二娘急得原地打转。

她不肯放弃，继续敲门：“六郎——”

她的手停在了半空，因为门突然被人从内拉开了。褚二娘一抬眼就对上了弟弟的面容，顿时愣在原地，一个字也吐不出来。

她那往日神采飞扬的弟弟此刻面色憔悴，就像换了个人，怔怔的，木木的。

他瞧见她，一开口便问："二姐，我能去高家看看吗？"嗓音沙哑得厉害。

望着褚乐心，褚二娘一时语塞。高三娘毕竟未出阁，只在家中停灵，不受旁人吊唁。

少年失魂落魄，秀美的眼中满是懊悔之意。

他自顾自地喃喃道："都是我的错。当日我若陪着她，她也不会……我明明晓得的，却还是让她一个人去了……都怪我……"

褚二娘小心翼翼地唤道："六郎？"

此时，褚乐心才蓦然回神。

"我没事，二姐。"他道，"刚刚我说的话，你不必往心里去。"言毕，他又回到了房中，锁上了门。

六郎性格纯善。褚二娘虽不知晓此间缘由，却大概知道前两天京中行像时，正是高家三娘去的那一天。六郎那天和高家人待在一起，想来，高三娘当时也去了。

他眼下定是将高家三娘去世的责任揽在了自己身上，正自责得无以复加。

褚二娘看在眼里，急在心里，心知无法劝解他，只能重重地叹了口气，望向了东北方向。

京城东北角，高府内。

少女正躺在床上，眼眸紧闭，鸦羽样的眼睫低垂，脸上并无痛苦之色，宛若陷入了沉睡。

魂帛竖立在堂中，高高地扬起。

高贵英武的高家二郎像出了鞘的利剑一般，守护在侧。

他来晚了。

本该护着她的时候，他没出现，如今只能在她踏上黄泉路前守着她。

高骞的目光从她的发髻上移了下来。

少女乌黑的鬓发间点缀着金银玉珠。她换了件新衣，上着束领藕色素面短袄，下着薄绢白纱裙，腰间压着他当日亲手给她的白玉麒麟玉佩。

高骞的面皮绷得紧紧的。

遗玉从没穿戴过这么好的服饰。从回到高家的那天起，她就没过上好日子。当初，他暗暗立誓，定要好好弥补自己这个失而复得的小妹，是他亲手毁了自己的誓言。

少女乌黑的发丝被人有意地放在胸前，是为了挡住脖颈上青紫色的勒痕。

高家三娘死得不光彩，尸身被人用草席卷起来丢到了荒野。

紧接着，高家便得了信，赶紧去收殓。

她的脖颈上有勒痕，唇角有酒渍，似是被人灌下毒酒后，硬生生地勒死了。

高家人怕她被歹人侮辱了，特地在沐浴时查看了她的身子，见她尚有清白之身才松了口气。

她生前已受了非人的折磨，死后又要受如此羞辱。高骞握紧双拳，心如刀绞。

她那天给他送了信。

她是给他送了信的。

她在向他求救。

可是他没有拆信，甚至没多看那信一眼。

一直到风波平息后他才想起那封信。

是他的一念之差害死了遗玉。

她的尸身被抬回来的时候，她也是这般安详的模样。她到底是受了多大的痛楚，以至于死时竟好似松了一口气。

信上的墨痕好似凝结成了泪痕，一字一字地啼着血泪。

高骞将后槽牙咬得紧紧的，合上双眸，不敢再看下去。

懊悔与羞愧将他整个人吞没了。他对不起遗玉，没颜面看她。

高骞沉默地洗干净手，将灵床上的少女抱起来，亲手放入了棺木中。

棺盖合上，该下钉时，他却迟迟没从棺木前离开。那个平日以冷硬著称的高家二郎，嘴唇死死地抿成一条线，五指紧紧地攀着棺木，指节因为用力而凸起，泛起了淡淡的青白色。

高莹担忧地看着他，道："二……二哥……"

高骞好似终于回过神来，俯身将高遗玉颊侧散乱的发丝别至耳后，才松开棺木，站起身，目睹棺盖重重地落下。

高三娘死前未出嫁，死后不得入祖坟，只能做个孤魂野鬼。

高家特地挑了个风水宝地，将她安葬了。

南方人多信巫鬼，测其魂魄复还之日，定要举家回避。世家大族向来以此为耻，但想到她是枉死的，高家到底还是有些不安，特地上空山寺请了僧人为其作法，追荐亡魂。

法会格外盛大，她死前未得重视，死后倒是备极哀荣。

法事在夜间举行。

黄昏时，空山寺的僧人来了十多个，其中自然有那抹清疏爽拔的身影。

高骞淡淡地看了他一眼，目光相触间，二人都并未多言。

卫檀生跟在师长身后，迈步踏入了堂中。

行像当日，随队伍入宫后不久，他便被官家召去了。

卫家三郎的神童之名官家也曾听闻，得知他入了宫，顿时兴致勃勃地召他入殿面圣。

官家要面见他，他脱不开身，只能暗中派了个小沙弥去送信。小沙弥回来后却道没看见高家三娘，许是早就离开了。

等从殿前退下，他又得知吴怀翡出了事，想着既然高遗玉已经离去，便赶去了药坊，打算隔日再另行解释。没想到，他没等到解释的机会。

高遗玉死了。

听到这消息时，卫檀生愣在了原地。

她死了？

她死得如此突然，以至于卫檀生起初并不相信。直到高家派人上山请僧众下山为其作法，施放焰口，他才终于反应过来，她确实是死了。

几日后，山门前有人塞给了慧如一个红木盒，说要他转交给卫檀生。

盒内垫了张旧纸，纸上压着一串佛珠和一根木簪。

卫檀生双眉一挑，当即追了出去，送信的人却早有准备，已然下了山。

卫檀生回到寮房内，往日常含笑意的唇角难得压了下来。

他用指腹摩挲着木盒，心中略感茫然，一时说不上来是何心情。

他曾经想过杀了她，却没料想到她会以这么突然的方式结束一生。

她不该死，至少不该就这么死去。

或许，他对她是在意的，至于从何时起……卫檀生合眼慢慢地想——似乎是他出关那日。

他踏入石室，在石床上闭目趺坐，数日苦修，面对的都是昏暗的岩壁和夜间呼啸而过的冰冷的山风。

一朝出关，他在石室外的暖阳下，对上了她温和明亮的笑。

她站在石室外，不知道已等了多长时间。那一瞬间竟让卫檀生的心头同时生出摧毁与爱怜两种欲念。

他怔了怔，若无其事地走上前去。

如今那抹流云不再游动，停下了脚步，被锁入了盒中。

卫檀生冷眼合上了红木盒，没看压在底下的旧纸。

在此之前，除了那土匪，还没有人的死能让他如此在意。

他心上竟泛起了……愧意与悔意。

倘若他当日赶去了山门前……

思及此，卫檀生一怔。他竟也有愧意？

他本该平静无波的内心泛起了涟漪。

除却愧意，他的胸腔中震荡着的更有无来由的怒、怨，它们在胸中不断翻滚着。

高府内，堂中法事将启。

僧人伫立在阶前，腕上重新挂上了珠串。

月华如霜雪，覆满了庭院。

溶溶月色中，他眼前蓦然浮现的竟是灯火明明灭灭的河畔，少女站在树下关扑时爽朗温和的模样。

回到了堂屋，灵台上的灵牌让他觉得分外刺眼，他恨不得立时拂袖毁去，将它踩到脚底。

铃声清脆，伴随着幽幽暗香，透过了暗夜，奉请地藏王菩萨，引亡魂与孤魂来此。

“一心召请，前王后伯之孤魂等众：累朝帝王，历代侯王……呜呼！杜鹃叫落桃花月，血染枝头恨正长！

“一心召请，英雄将帅之孤魂等众……

“一心召请，裙钗妇女之孤魂等众：宫帏美女，闺阁佳人，胭脂画面争妍。龙麝薰衣竞俏。云收雨歇，魂消金谷之园；月缺花残，肠断马嵬之驿。呜呼！昔日风流都不见，绿杨芳草髑髅寒！”

众僧开卷诵唱，眉宇冷肃，面有慈悲哀戚之色，唯独他一人面色冷淡如冰。

最后，众僧将灵牌焚烧完，再将作为供品的糖糕抛在堂内，由众人抢拾，法事才算圆满结束。

其中一颗蜜饯落入火盆中，卫檀生鬼使神差地弯腰将那蜜饯捡了出来。蜜饯上沾了不少木灰，一部分被熏烤得漆黑。

他俯身时，袖中露出一截纸角。

他终究还是将红木盒子里的那张旧纸带了出来，放在了袖中。

如今见袖中的旧纸探出一角，卫檀生微感迟疑。他是不信世上有亡魂的，但此时也忍不住去想，这难道是她的意思？

将蜜饯放入口中后，他将旧纸缓缓展开。

他口中含入的是灵牌焚尽后的灰屑，一嚼一咽间，仿佛在将灵牌的主人吃入腹中。

纸上的字迹虚浮无力，拖曳出长长的墨痕。他能想象到她是如何写出的。

他死死地盯着旧纸。

“日月长相望，宛转不离心。见君行坐处，一似火烧身。”

卫檀生紧紧地攥住了佛珠。他倒没想到，她竟有如此心思。她死前也不想让他安生吗？

卫檀生垂下眼，嘴角浮起一抹冷笑。

她确实做到了，他这辈子都不会忘了她。

他手一松，佛珠的串线顿时崩断，白玉似的珠子当啷作响，滚落一地。

第五章　女　配

惜翠睁开眼。

她果然又回到了那个纯白色的空间，看见了那个浮在半空中的光球。

光球飘到她面前，冰冰冷冷的电子音响起。

“欢迎回来，宿主。”

刚刚经历了一场死亡，惜翠身心俱疲。即便如此，她还是简略地交代了一番：“又见面了，这次任务失败了，接下来我会再接再厉的。”

光球顿了顿，主动安慰她道：“宿主已经做得很好了，只要坚持下去，总有一天能‘攻略’卫檀生。”

惜翠现在不太想谈这个，腹中好像还残留着刚刚的痛楚。她现在只想休息一会儿。

光球好像看出了她有多疲倦，沉默地在她的身侧来来回回地飘，不去打扰她，给她留足了空间。

惜翠安安静静地坐了两分钟，觉得恢复了些力气，休息得差不多了，忙又打起精神，直接切入主题：“接下来又是什么身份？”

系统回答得十分迅速：“接下来，宿主的身份是‘吴惜翠’。”

惜翠：“‘吴惜翠’？”

这个答案让惜翠始料未及。

虽然穿越成“鲁飞”的时候她曾经吐槽过，为什么不让她穿越成那个和她同名同姓的女配角，但如今真让她穿越成书中那个大名鼎鼎的恶毒女配角，惜翠反倒犹豫了。

想到“吴惜翠”干的那些事，惜翠斟酌着问：“能不能换一个身份？用这个身份去‘攻略’卫檀生，难度太大了吧。”

系统：“很可惜，由于宿主失败了两次，目前，与宿主的身体最为契合的只有‘吴惜翠’。”

听光球提到她失败了两次，惜翠难免有点心虚。

“那像这次一样，重新安排一个身份？”

系统委婉地拒绝了她：“抱歉，宿主，安排高遗玉的身份已用尽了我全部的精力。”

惜翠仍不死心：“可是，这么一个角色要怎么‘攻略’卫檀生？”

“这就是宿主要考虑的问题了。”

系统的意思很明确，她不能反抗，只能乖乖地接受这个安排。可是惜翠一想到书中那些有“吴惜翠”掺和的情节，头便隐隐痛了起来。

系统：“还有一点我需要提前告知宿主。”

“什么？”

“‘吴惜翠’为主要角色，宿主需要在确保情节线不会混乱的情况下进行‘攻略’。”

“这是什么意思？”

“也就是说，凡是有‘吴惜翠’参与的相关情节，宿主都不能逃避。”

惜翠愣了好一会儿才反应过来：“你是说，我要走她的情节线，该做坏事的时候做坏事，该陷害吴怀翡的时候就要陷害吴怀翡？”

系统夸赞道：“宿主很聪明。”

惜翠无语了，心想：别以为你夸我就没事了啊！当初，“吴惜翠”这个角色只要出场，《太平医女》的评论区下就会掀起腥风血雨。那些评论大致围绕着“女配角怎么还不死”“吴惜翠什么时候领盒饭”一类的内容展开。可想而知，这个角色有多惹人嫌。

系统：“我相信凭借宿主的聪明才智，一定能妥善地处理二者之间的矛盾。”

惜翠：“如果我不参与那些情节呢？”

电子音中还是没什么情绪，但它接下来说出口的话彻底打消了惜翠挣扎的念头。

“倘若宿主不参与那些情节的话，那么因‘吴惜翠’而产生的漏洞会导致整本书的故事线断裂，而宿主也将被困在书中，再也无法回去。”

这个后果她承担不起。

权衡之下，惜翠咬了咬唇：“我明白你的意思了。我会尽力而为的。”

“不过请宿主放心，宿主补全主要的情节即可，其他小的漏洞将会由我负责。在没有‘吴惜翠’参与的情节之外，宿主大可根据自身意志自由活动。”

想到自己接下来要面临的艰难险阻，惜翠一点也放松不下来，双眉不知不觉地皱起来：“我还有一个问题。”

“宿主请说。”

“在情节线之外，我能自暴身份吗？”

系统：“我只见过拼命捂住真实身份的宿主，像你这样自暴身份的倒不多见。”

惜翠道：“捂住真实身份对我而言没有什么好处吧？”

好不容易推到当前的进度，她不想从头再来。她之所以在死前拼尽全力也要写下那首诗，便是想在卫檀生的心中留下难以抹去的痕迹，让他的心中永远都有这么一个位置属于高遗玉。

一个妙龄少女在死前留下近乎惨烈的告白，她不相信卫檀生会无动于衷。

至少就她这段时间的观察来看，他并不是全然没有被触动的。

若他还记得高遗玉，等到恰当的时机，她再自暴身份，“攻略”起来应该会比现在容易许多。

在书中，“吴惜翠”对卫檀生的态度可算不上有多友好，其实，她几乎是上赶着凑到卫檀生面前“送人头”的存在。

提到“吴惜翠”，就不得不提吴怀翡了。

《太平医女》全书三线并行，一条是吴怀翡行医救人的事业线，一条是吴怀翡、高骞、卫檀生纠缠在一起的爱情线，还有一条则是吴怀翡认亲的家庭线。

吴怀翡并非真正的乡野医女，其实是大梁吏部稽勋司郎中吴水江的独女，乳名玉娘。大梁六部，握有实权的不是尚书而是郎中。

在双亲的呵护下，吴怀翡有着十分幸福的童年生活。

变故发生在她四岁那年。

那年元宵节，吴怀翡出门看灯的时候被人贩子拐走，机缘巧合下被一对同样姓吴的农家夫妇收养。夫妇俩对吴怀翡很好，特地请了教书先生给她起名。先生见她的脖颈上挂了个玉佩，便为她起名为怀翡。

“吴惜翠”则是吴怀翡走失后，吴水江夫妇在哀痛之下收养的孤女。

女主角与女配角是一对没有血缘关系的姐妹。她们之间本没有交集，一直到吴怀翡上京。

“吴惜翠”打小身体就不好，可以说是在药罐子里泡着长大的，也正因如此，才在小时候被亲生父母抛弃。当时“吴惜翠”刚巧得了场急病，吴水江夫妇在听闻了吴怀翡的名声之后，特地请吴怀翡到府中为女儿治病。

“吴惜翠”病好后，吴氏夫妇感激吴怀翡的同时又觉得她格外亲切，吴冯氏便常常叫吴怀翡来聊天，一来二往，对吴怀翡甚是疼爱。

这在“吴惜翠”看来便是吴怀翡抢了属于自己的宠爱。仅仅如此便罢了，“吴惜翠”还偏偏看上了高骞，因此对吴怀翡恨之入骨。

高家与吴家有些沾亲带故的关系，“吴惜翠”从小就喜欢高骞。而高骞的性格惜翠是知道的，在遇到吴怀翡前，他根本没有那些风花雪月的想法，在遇到吴怀翡之后才开了窍。

更巧合的是，卫檀生还俗后不久，卫家便为卫檀生订下了一门亲事，他的未婚妻正是“吴惜翠”。

这样一来，四人之间的关系变得剪不断，理还乱。

因为讨厌吴怀翡，“吴惜翠”连带着记恨上了爱慕吴怀翡的卫檀生。“吴惜翠”想摆脱两人间的婚约嫁给高骞，为此甚至算计到卫檀生的头上，对卫檀生一直没好脸色，常常出言羞辱。卫檀生倒是表现得十分宽容大度，一直没和她计较。

“吴惜翠”嫁给卫檀生后仍没死心，甚至给卫檀生戴了绿帽子。

到书的末尾，吴怀翡与高骞订下了亲事，“吴惜翠”的身世被揭露。

得知自己的身世后，“吴惜翠”一病不起，没多久便郁郁而终。卫檀生则到全书结束都未曾再娶。

而现在，惜翠就要用这个身份去“攻略”卫檀生。

想到这儿，惜翠何止觉得头痛，连胃都开始隐隐作痛。现在她唯一能寄希望的就只有自暴身份这招了。

系统：“按理说宿主是不能自暴身份的，这不符合角色的人设，‘吴惜翠’绝对不会说出那些话。但宿主可以试着用一种比较迂回的方式，侧面提点。”

“你的意思是我能暗示，但不能直说，只能让他们自己发现？”

“是。”

惜翠：“我明白了。”

这比她想象中的要容易许多，总算让她多了一些信心和底气。

陆陆续续地回答了惜翠提出的一些问题后，光球终于说回了正题。

“宿主准备好了吗？倘若准备好了，接下来便要进行第三次‘攻略’了。”

惜翠长长地吐出一口气，道：“来吧。”

她准备好了，就算前方是刀山火海，她也要回家，没有任何人和事能够动摇她回家的意志，因为她爸妈还在等她。

“对了，系统，我还有一个问题。”

“宿主请问。”

“这个世界的时间流速与现实世界是一致的吗？”

“这点宿主大可放心，书中世界的时间流速比现实世界快上许多。宿主在这儿待一年，现实世界也不过过去了一个小时左右。”

一直萦绕在她心头的问题终于得到解答，惜翠心里踏实了不少。如果是这样的话，那她就不用担心她失踪造成的影响，也不用担心回去后的工作问题了。她现在做的那份工作，工资不错，时间也比较充裕，她不想重找。

在系统的帮助下，惜翠闭上了眼。

等再次睁开眼时，她已经是书中那个恶毒的女配角“吴惜翠”了。

她伸出手，瞧见的是苍白瘦削的五指，指甲被精心修饰过，上面涂了一层淡红色的花汁。在花汁的遮盖下，也能隐隐瞧出她的指甲泛着些病态的青白色。

“吴惜翠”的体质与高遗玉相比，更是有着天壤之别。刚进入这个身体，惜翠便能感觉到胸口处传来了阵阵闷痛。五指虚虚握拳，她也使不出什么力气来。

衣衫下的身躯瘦弱得像纸人，好似风一吹就会倒。

凛冽的夜风从小窗中灌入，她吸了一口气，喉咙随即传来一阵痒意。

惜翠咳嗽了几声，走上前，将那扇大开的窗重新掩上，这才觉得舒服了不少。

做完这一切，惜翠打量了一眼周遭的环境。她如今身处一间暖阁，暖阁装饰得清贵雅致，里面烧着炭，燃着熏香。

嵌螺钿紫檀榻上铺着厚厚的猩红色云锦被，她刚醒来时便是斜倚着软榻。榻旁搁着一杯冷茶，显然主人无心饮用。

惜翠费力地思索了半天，光凭这些信息也无法判断出这究竟是书中的哪一段情节，直到那扇门被人从外面推开。

走进来的是个样貌平平的丫鬟，她颧骨微耸，一上来便急急忙忙地赶到惜翠的面前，低声道：“娘子，您吩咐下来的事，我都照做了。”

惜翠试探性地喊道：“海棠？”

丫鬟立即应道：“娘子可还有什么吩咐？”

书中，“吴惜翠”有个心腹丫鬟，名叫海棠，性格和主子一样刻薄，不好相处，但对“吴惜翠”还算忠心耿耿。

一主一仆，一样的瘦，也一样的歹毒，总在谋划着些阴损之事。

什么叫“吩咐下来的事”？惜翠眉心一跳，立刻有了种不祥的预感。

“吴惜翠”性子高傲，对待旁人时没什么好脸色，惜翠模仿着她的语气，微扬起尖尖的下巴，淡淡地问：“你是如何做的？可有留下什么把柄？”

海棠信誓旦旦地道：“娘子放心，我依照娘子的吩咐将那盘糕点送了过去，吴大娘子根本没有怀疑。待会儿，这盘糕点下肚，吴大娘子与卫郎君保准会丢尽颜面。”

听到这话，惜翠觉得胸口好像更堵了一点。她终于知道自己现在身处哪段情节了，正是“吴惜翠”给卫檀生和吴怀翡下药的那段。

对待卫檀生，“吴惜翠”将恶毒女配角的精神发扬得很彻底。

书中，安阳侯夫人在侯府举办了一次赏梅宴，中途吴怀翡稍感不适，卫檀生亲自送她回到了屋里。就在这个时候，“吴惜翠”让海棠送去了掺了药的糕点，并让海棠把房门落上锁，想让这两个人意乱情迷，被人捉奸在床，好落得个名声扫地的下场。

当初看到这儿，惜翠还嘲笑过春药的不科学性和女配角的智商——吴怀翡好歹是个大夫，怎么可能说中招就中招？

但吴怀翡这个时候还拿女配角当妹妹看，没有多想，傻傻地吃下了掺了药的糕点。

海棠既已赶了过来，那么吴怀翡和卫檀生便已经被反锁在屋里了。

她怎么说都是拿了剧本的人，根本不担心卫檀生会因把持不住而对吴怀翡做出些什么事情。她眼下唯一头痛的是，按照故事发展，这个时候她要去找高骞，还要故意在高骞面前扭伤脚踝，好引着高骞去那间屋子，看清那对“狗男女”的真面目。

两弯柳叶眉紧蹙，惜翠正凝眸细思着什么，苍白的面色中看不出喜怒哀乐。海棠猜不透她的心思，有些紧张：“娘子？”

“我没事。”惜翠淡淡地道，“你先下去吧，这儿不用你伺候。”

海棠听了她的话，退了下去。

该来的躲不掉，系统让她补全故事线，她别无选择。

惜翠理了理微乱的衣摆，披上榻旁搭着的大红披风，打开门，走入寒冷的夜色中。

她记得“吴惜翠”是在一座凉亭中找到高骞的。高骞向来不热衷于宴饮应酬，找了个机会离开人群，孤身一人待在凉亭里。

惜翠问了问路上碰到的丫鬟，终于找到了那座八角凉亭。

亭前的石级层层向上铺展，月色落了一地，宛若积雪。惜翠望着石级，有些犯难。

她要在上石级的时候故意扭伤自己的脚。

不得不说，在某些方面“吴惜翠”也算得上有决心、有毅力，对自己着实狠得下心来。

鼓足勇气后，惜翠提起裙角奔上前去。

“吴惜翠”下得了狠手，但她做不到。她本来想着做个样子就罢了，没想到这个新身体实在太弱，没跑上两步就好像耗尽了力气，仿佛有只无形的手正将她往后拽。她脚下一个踉跄，结结实实地摔倒在了亭前。

被这动静吸引，原本靠在亭前遥望寒月的青年男人走了过来。

入目是一双玄色长靴，惜翠下意识地抬眼向上看去，青年男子目光淡然地望着她。

在对上高骞视线的同时，惜翠愣在了原地。

夜风自两人间呼啸而过，青年男人的容貌清楚地映在她的眼中。

高骞和之前相比成熟了些，剑眉入鬓，目光沉沉，紧抿着唇，似乎依旧沉默寡言。然而，他的脸上不知为何多出了一道伤疤。这道刀疤自眼角一直延伸到耳根，望之让人心惊。

如果说之前的高骞冷中带柔，那如今的他便更冷了些，犹如在火炉中反复淬炼的利剑，越发难以接近，使人生畏。

瞧见是她，男人眉头一皱：“是你？”

习惯了高骞隐含关怀的语气，乍一听他冷漠的言语，惜翠一怔。

好在她很快便恢复了镇静。

她现在是“吴惜翠”，不是高遗玉，举止也要有所不同。虽然惜翠已记不清“吴惜翠”当时有何反应，但依照其性格来看，应该会故作柔弱。

“吴惜翠”很清楚自己的优势在何处，常常拿自己的病体说事，一碰上什么事就眼睫一颤，一双大眼中滚出点点泪珠，看着楚楚可怜，宛如在风中摇曳生姿的一朵小白花。

可惜这招对高骞没什么用。“吴惜翠”不知道，高骞向来就不喜欢这种柔弱得如同菟丝花一样的姑娘，他欣赏的是能和他并肩站立的聪明、顽强的女人。

虽不喜欢“吴惜翠”，但碍于两家的情分与幼时的情谊，高骞偶尔会对她略有照拂。也正是这照拂给了“吴惜翠”错觉，使她愈加迷恋高骞，以致做出无法挽回的错事。

他们前不久还是兄妹，现在她一下子又要扮演暗恋他的女配角，惜翠压下心头涌出的那点诡异感，回想着书中的情节，双肩微耸，露出痛苦之色。

高骞伸手将她拉了起来，等她站稳便立即收回手，不欲与她多接触。

“可有事？”他沉声询问。

惜翠低下头：“我没事，多谢二哥。”“吴惜翠”也叫高骞“二哥”。

夜风一吹，少女好像不堪这冷意，身形摇晃欲倒。刚站稳没多久，她又如同一根寒风中的芦苇，朝高骞的方向倒了过来。

高骞伸出手掌，抵住她的腰。

惜翠扬起尖尖的下巴：“好像方才崴得厉害了些，站不住了。”

惜翠没想改变“吴惜翠”在高骞心中的印象，原著中是什么样，她照着这情节走就是了。只有在卫檀生那儿，在情节之外，她还需要做出调整。

对于高骞，惜翠心中有些愧疚。

失去至亲，他心中必定不好受，而她愧疚的点在于，她无法为他做些什么。

她很自私。

她想要回家。

在另一个世界，有家人等着她；而在这个世界，她却伤害了视家人甚重的高骞。

高骞蹙眉。他何尝察觉不出面前的少女对他的心思，却不好直接拒绝。

吴二娘此人，看似柔弱，实则心机深沉。他素来不喜欢这类人，只好能避则避。

“我扶你去旁边歇歇。”

“多谢二哥。只是这凉亭中风大，我这身子你也是知道的。”惜翠含蓄地引入正题，“不知能不能麻烦二哥扶我到那边的客房里去？”

高骞不疑有他：“走吧。”

计划已经成功了大半，她只要按部就班地走完接下来的流程就好了。

这个时候，还有个女配角含羞带怯地对高骞抒发爱慕之情的情节。

“又让二哥见笑了，仔细想想，我总是在你面前丢脸。”脸红这事不是惜翠能控制的，她只能低下头，道，“方才我闲逛到这儿，没想到能见到二哥，心中雀跃，一时忘了脚下……”

高骞的反应很冷漠，他甚至都没应上一声。

惜翠毫不在意，继续唱着自己的独角戏：“能在这偌大的侯府里瞧见二哥，想来也是上天的用意哩。”

高骞：“……”

“二哥怎么一人待在那凉亭中？寒风刮骨，二哥千万要当心身子，不要着凉了。”

高骞：“……”

长靴踩在雪上，男人缄默不言，继续向前走。

想想应该说得差不多了，惜翠闭上了嘴，看起来像是因为高骞不解风情而尴尬。

这一路上，她总控制不住地望向他脸上那道蜿蜒可怖的伤疤。书中没有提到过他脸上有伤疤，那这道伤疤究竟是因何而来的？

高骞一定察觉到了她的目光，但不欲与她多接触，因而恍若未觉，什么也没说，什么也没问。

有意领着高骞走到那间灯影幢幢的客房前，惜翠推开了门，道：“就在这儿吧。”

她知道这屋里其实只有吴怀翡一人。

在发觉中招之后，卫檀生当机立断，破窗离去。“吴惜翠”的计谋根本没有对吴怀翡造成任何影响。倒是她领着高骞过来后，高骞看到与往常不太一样，脸色通红、露出了些小女儿情态的吴怀翡，心中有所触动。

配角就是给男女主角助攻的，惜翠很清楚她的人物定位。

屋中果然只有吴怀翡一人，被下了药的她正强忍着情潮，忙着翻找解药。

门被人推开，吴怀翡顿时如惊弓之鸟一般，仓皇地看向了门口。

眼中映入吴怀翡惊慌失措的身影，高骞略有不解，低声道：“吴娘子？”

“高郎君？高……高郎君！”受药物影响，吴怀翡往日的镇静模样全然丢失，面色酡红，失声道，“你……你怎会在此？”

高骞看着吴怀翡与往日明显不同的样子，眉头蹙得更紧。

吴怀翡这才发现站在他身侧的人：“二妹？”

惜翠调整好了面部神情，故作惊讶地问：“大姊，你怎么在这儿？你的脸为何这般红？”

吴怀翡跟之前相比没什么变化，眉眼温和如故，只是衣着打扮比以往好了不少。

吴怀翡就算再傻，在吃下那盘糕点后也开始对女配角生了疑心："我……"只是吴怀翡对这妹子到底还有几分幻想，勉强笑了笑，道，"我不太舒服，在这儿休息一会儿。"

高骞问："你脸色如此红，可是着凉发烧了？"

吴怀翡慌忙应道："许……许是如此吧。"担心被高骞看出异样，吴怀翡又道，"我是个大夫，这不过是小病，稍后喝上一帖药就没事了。"

"倒是二妹与郎君，"吴怀翡犹豫再三，还是问出了口，"你们怎会在此？"

吴怀翡望着门前并肩而立，好似亲密无间的两个人，目光有些黯然。她对"吴惜翠"与高骞在一起的事还是有些芥蒂的。毕竟这两人自幼相识，她无法插入其中，再说了，前几年还发生了那事……若不是因为她，当年高娘子也不会……

越过"吴惜翠"，瞧见高骞脸上的那道刀疤，那抹深埋于心底的愧疚再次涌现，吴怀翡原本酡红的脸好似苍白了两分。

高骞简明扼要地解释道："二娘扭伤了脚，我扶她到这儿歇息片刻。"

吴怀翡猛然回神，目光再次落在了惜翠的身上："二妹，你的脚……？"

惜翠在回忆故事情节。

得知自己的计划落空后，"吴惜翠"该是又急又气的。她心气高，赔了夫人又折兵，打死也不愿让吴怀翡帮她看伤，不想让吴怀翡在高骞面前再留下好印象。当初高骞就是因为吴怀翡的这双妙手才对她有所关注的，"吴惜翠"怎么能给她在高骞面前出风头的机会？

心知自己退场的机会到了，惜翠冷淡地说："没什么大事，刚刚疼得厉害，现在已经好多了。"

吴怀翡："还是让我帮你看看吧。"

少女却格外冷漠，道："不用麻烦大姊了，大姊有病在身，还是多担心担心自身吧。"

吴怀翡错愕间，"吴惜翠"已经拂袖离去，眼中有阴狠之色，好像在和什么人生气。

吴怀翡在心中叹息。她爹娘未曾隐瞒她的身世，她从小就知道自己并非爹娘所生，她的亲生父母另有其人。这么多年来，她一直期盼着能有一个真正的家。

刚回到吴家时，她也是满腔激动，突如其来的亲情使她受宠若惊。

原来那个亲切可人的吴夫人竟是她的娘亲。

吴怀翡怜惜这个陌生的小妹体弱多病，对她百般呵护，想做一个好姐姐。只是“吴惜翠”总对她爱搭不理。

她一开始只当“吴惜翠”是孩子脾性，时至今日才明白，“吴惜翠”对她，恐怕是厌恶到了骨子里。今日这糕点……恐怕也是“吴惜翠”让人送来的。

她的用意，吴怀翡不敢细想。

幸好卫郎君当机立断，破窗而出，这才没酿成大错。

“若无他事，我也先行离开了。”

男人低沉而有磁性的声音将吴怀翡的思绪拉了回来。看着面前这个男人，吴怀翡张了张口，想说些挽留的话，但话到嘴边，最终还是咽了回去。她轻轻点头：“好。”

那抹高大的身影又融入了无尽的黑暗中。

吴怀翡回到桌前，收拾满桌的瓶瓶罐罐。

经过方才这一出，她体内原本汹涌的情潮倒是消退了不少。

指尖掠过瓶口，吴怀翡出了神。

这几年来，她很清楚高郎君的变化。自那事之后，高骞看上去和往常一样，但她知道，他心中极其自责。

他灭情绝欲，继续尽心尽力地守卫着皇城，使得那些在皇城窥伺的宵小不敢再动。

同时，他将自己的心彻底地封闭了起来。

高骞稳步走在寂寥的长夜中。

这几年来，他已经习惯了踽踽独行。在遗玉死后不久，另有一封信送到了他的桌前，直到那时他才知晓，原来一切都是因他一人而起，一切都是因为他当时错杀了一个人。

写信之人耿宣仁要求见他一面，他应约前往。

耿宣仁是个沧桑而文雅的中年文士，一开口便说要同他决一生死。

“我杀了你妹子，你杀了我大哥，我们之间早已分不清谁对谁错。”耿宣仁道，“你受我一剑，这一剑算是还给我大哥的。至于接下来，谁生谁死，全都是天意。”

高骞：“我自幼习武，这场决斗对你而言并不公平。”

“我并非真的手无缚鸡之力，你受我一剑在先，算不得不公平。”

高骞应承下来，受了他一剑。

接下来的决斗，耿宣仁输了。

剑尖堪堪停在耿宣仁的喉前，只要高骞再往前递上一寸，耿宣仁定会血溅当场。

然而，高骞没有这么做。他收回剑，折断剑身，又将断剑丢在了耿宣仁面前。

“原谅你，对遗玉不公。我们二人谁都没资格替逝者原谅谁。只是我毕竟对不起你大哥在先，不会杀你。”

高骞在决斗时留下的伤已经愈合，心上的愧疚与自责却这辈子都无法消散。

他也没有要从过去走出来的意思。这都是他应得的，他错杀无辜在前，连累至亲在后，活在自责与忏悔中反倒让他稍感放松。

不知为何，他耳畔蓦地响起刚刚吴家二娘的那句话。

“二哥怎么一人待在那凉亭中？寒风刮骨，二哥千万要当心身子，不要着凉了。”

高骞步子一顿。

遗玉死前留给他的也是这么一句，这一声“二哥”与记忆中的“二哥”重叠。

她要他保重身子。

高骞将手探入袖中，握了握那装有护身符的香囊。

离开客房后，惜翠不太清楚自己要去哪儿。

书中没有交代“吴惜翠”的去向，惜翠已经补全了她该补全的故事情节，这段时间独立于情节之外，可以自由活动。

侯府中的梅花开得极好，她四周都是温暖的烛光，自主厅那边飘来隐约的笙箫乐声。

惜翠对宴饮没有兴趣。

以目前的身体状况，她不能在外面久留。思来想去，她还是觉得回到方才的暖阁里更为合适。

惜翠裹紧了大红披风，顺着月光与雪光，慢吞吞地往回走。

“吴惜翠”的身体好像不论怎么捂都捂不热，北风自不远处的湖面上吹来，冻得人手脚僵硬。

乌云遮蔽了月亮，在这夜风呼啸间，突然，湖畔传来哗啦啦的声响。

惜翠循声看过去。夜色昏暗，她只能看见一个全身湿淋淋的人。他好像刚从湖中爬出来，衣衫袖摆都在往下滴着水。

这宛若水鬼般的出场方式没有吓到惜翠。

在瓢儿山上的经历极大地锻炼了惜翠的胆量，让她这个平常连恐怖片都不看的人成功地进化为一个搬运尸体都面不改色的“壮士”。

惜翠往前走了两步，想要看个清楚。就在她刚靠近湖畔时，那抹身影突然动了。

她还没来得及有所反应，天旋地转间，后背被重重地抵在树干上，疼痛感猛然袭来。

这个身体的敏感程度超乎她的想象。

或许是因为刚刚在湖水中泡过，来人浑身上下都散发着阴寒的气息。牢牢制住她双肩的手更是冰得吓人，指尖上残留的冷水霎时浸透了她的衣衫，在上面留下大块的水渍。

惜翠拧紧了眉，试着挣扎了一番，没有挣开。

虽然来人的身体透着股寒意，但惜翠还是隐隐约约能感觉到在这寒冷中有一股炙热与躁动之意。

炙热与躁动?

惜翠只觉脸上滚过什么冰冷的东西，来人终于开了口，嗓音清亮：“你是谁? ”

天际的云雾渐散，残月终于探出一个小尖儿，月光照出了来人的脸。

这是……卫檀生?

不怪惜翠有些犹疑，主要是现在的卫檀生和她印象中的相比，出入实在有点大。

故事发展到这个阶段，他已经还了俗，样貌没什么改变，眉眼清俊，鼻梁挺直，头顶不再像以前那样光秃秃的，但头发还不是很长，堪堪齐肩，用一根发带束在脑后。

虽然他的头发湿透了，但惜翠依稀能看出他的发型有些像“妹妹头”。

她的记忆尚且停留在不久之前，一眨眼的工夫，卫檀生已经留了个滑稽的“妹妹头”。

惜翠愣住了。

留给她震惊的时间不多，她马上意识到卫檀生的状态有些不对劲。

可能是他吃下了糕点的缘故，他的双眼在月光的映照下泛着动人心魄的幽光，那抹温润内敛之色已散得一干二净，周身散发着危险的气息。他死死扣住她肩膀的五指此时也灼热得像燃烧的火炭一样。

他不可能不认得“吴惜翠”，之所以会问出这句话，很有可能是因为他的意识已经不太清醒了。

她是要“攻略”卫檀生，但还没打算献身。

惜翠使劲地推了推他。

压在她身前的男人像座小山，而“吴惜翠”又跟猫一样，没什么力气，无论她如何推，卫檀生依旧纹丝不动。

“你是谁？”卫檀生又开了口。

他能察觉出面前的女人有些熟悉，但究竟哪儿比较熟悉，他想不起来了。

他糕点吃得多，误食的药也多。

他本不是重欲的人，在他眼中，男女之事无异于野兽行径，任由淫欲驱使之人粗陋可鄙。更重要的是，他不愿如此简单地着了旁人的道。

然而，他在山上清修多年，压抑了二十多年的欲念被药物一撩，一朝喷涌而出，如野火燎原，纵使他跳入湖中，也不能浇灭一二。

察觉到身下的女人在挣扎，他不自觉地又用了些力气，压得更紧，鼻尖依稀闻到一丝极淡的红梅暗香和微苦的药味儿，很好闻。

卫檀生循着这股暗香探过头去。

颈侧传来男人沉重的呼吸声，惜翠整个人都僵住了。隔着湿透了的布料她也能感觉到卫檀生紧绷着的滚烫的肌肉。

这家伙的状态很危险。

惜翠在心中敲响了警钟，冷淡地道：“我是吴惜翠。”

心中越紧张，惜翠表现得越镇静。

积雪压在梅树梢上，风吹过，残雪和梅花瓣纷纷落下。

“吴惜翠？”男人疑惑地轻问。

紧扣着她肩膀的五指缓缓地松开了，他往后退了小半步，低下头，端详着她。

惜翠的眼睫轻轻颤动，雪花落在上面，转瞬间就消融了。

卫檀生渐渐清醒过来，轻笑道：“原来是你。”

卫檀生果然对“吴惜翠”不感兴趣。惜翠松了口气，头一次庆幸她的身份招人嫌。

“抱歉。”卫檀生面色温和，“我不知晓是你。”

惜翠没说话。

要说卫檀生不知道这件事是她在搞鬼是不可能的。但不知道为什么，他没表露出来，对她的态度和往常一样。

就算在书里也是一样的，他一直温和而宽容，就连女配角在他的脑袋上“放羊”，他也从容自若，惹得读者心疼他心疼得要命。

现在惜翠知道了，卫檀生不在意，不代表他当真心胸宽阔、温和无害。原著中，“吴惜翠”会“郁郁而终”恐怕和他脱不了干系。

“你为何在此？”卫檀生又问。

“屋里太闷，我出来走走。”

往常“吴惜翠”对他没有什么好脸色，如今见惜翠神色淡然，男人倒是略感惊讶。

只是他不感兴趣的人，他向来不会放在心上，所以此时也无意探究她的变化。她是何模样，与他并无半分干系。

“原是如此。”卫檀生笑道，“屋外风大，你身子不好，还是快些回去吧。”他虽说着关切的话，却没有要送她的意思，摆明是要她拖着病体，自己回去。

如此对待一个病恹恹的少女，卫檀生不可谓不狠心。

惜翠反倒如释重负。她现在还没想好要怎么面对他，卫檀生这个态度对她而言刚刚好。这也提醒了惜翠，“吴惜翠”在他心里确实没什么分量。尽管“吴惜翠”对他冷言冷语，甚至侮辱他是个瘸子，卫檀生也没把她放在心上。

这种无视比恨更加可怕。

见卫檀生似乎比刚才清醒了不少，惜翠也没同他行礼，转身离开。

没走两步，她又被他叫住了。

“对了，翠娘，你刚刚送来的糕点，”卫檀生莞尔一笑，“我很喜欢。”

他的声音清楚地回荡在红梅白雪中，惜翠脊背微僵，没回话，迈步离开。

惜翠行走在寒夜中，背影清瘦，身体单薄得似乎不堪寒风摧折。但卫檀生心里清楚，这个看似楚楚可怜的女人，心中盘算着的事阴毒得很。

被她这么一打岔，卫檀生体内翻涌着的欲望平息了不少。他算算时间，吴怀翡也该找出解药了。

卫檀生抖了抖衣裳，将落在肩侧的发丝拢到胸前，绞干了水，往另一个方向走去。

等回到暖阁中，借着灯光，惜翠才看见她胸前的衣襟已经湿了大半，紧贴在肌肤上，带来一阵刺骨的寒意。

想到这个身体的情况，惜翠不敢耽搁，赶紧将暖炉挪过来，烘干衣物。

她没再出去，窝在暖阁中迷迷糊糊地睡了起来，一直睡到宴饮结束。

她刚才对吴怀翡的态度很不客气，但她们到底是姐妹，离开时还是得一起。

二人离去时，安阳侯夫人亲自送她们出门。主人家，尤其是侯夫人亲送，自是非同一般的待遇。

崔氏对这姐妹俩的态度可以说是天差地别。她见的人多，看得出这吴家二娘看似柔弱可怜，实则阴郁，活像个鬼。对待吴家二娘时，崔氏只维持了两分面子上的客套。而吴怀翡机敏温厚，深得她欢心，崔氏便挽着吴怀翡的臂弯，二人一路有说有笑。

惜翠不疾不徐地走在两个人身侧，心思没放在她们身上。可能是因为在暖炉旁待得太久，又在外面吹了不少冷风，她现在头昏昏沉沉的。

登上车，惜翠没看见吴怀翡欲言又止的模样，靠着车壁又睡了过去。

回去后，惜翠就生病了。

这病来势凶猛。前几天惜翠几乎是在浑浑噩噩中度过的，足足过了两天，身体才有所好转。

缠绵病榻的滋味不好受，健康的灵魂被困在一个羸弱的身体中实在让她欲哭无泪。她完全无法想象这十多年的日子“吴惜翠”是怎么熬过来的。“吴惜翠”生长在这种环境下，难怪会养成如此敏感狭隘的性格。

其间，她见到了吴水江夫妇。

虽然认回了亲生女儿，但这夫妇俩对待这个养女与以往没什么不同。十多年相处中生出的深厚感情岂是一朝一夕能被抹去的？奈何“吴惜翠”看不出来。

吴怀翡毕竟失散在外多年，刚被认回来，夫妻俩对她更关注一些实为人之常情。但“吴惜翠”只能见到吴氏夫妇对吴怀翡的好，心中怨恨吴怀翡抢了属于自己的宠爱。

该是她的，“吴惜翠”半分也不愿让，父母、高骞都被她归为自己的所有物。

接过海棠递来的药，惜翠憋着气喝了一小半，还剩大半碗。

舌根又苦又麻，她实在喝不下去了，便含了颗蜜饯，打算缓缓再喝。

望见紧闭的门窗，嗅着屋里的炭味儿和药味儿，惜翠蹙眉，道：“把窗户打开点，透透气。”

海棠道："娘子病刚好，还是不要过冷风了。"

惜翠："这点冷风不妨事的。"

"吴惜翠"喜怒无常，海棠不敢忤逆她，只好走到窗前，将窗户支开了一道小缝。

刚支开窗户，海棠就听到了前院传来的动静。她贴在窗前，竖起耳朵听了一会儿，急急忙忙地跑过来道："娘子，前院好像有人来了。"

惜翠不太感兴趣地问道："你有没有听到是谁来了？"

海棠道："我这就去看看，娘子在这儿等一会儿。"

海棠一溜烟地跑了出去，惜翠捡起在床头搁着的一本书，顺手翻了翻。

病刚有起色，她却在琢磨之后要如何面对卫檀生。

她现在的身份虽然尴尬，却也有个好处。过段时间她会嫁给卫檀生，到时候两个人同处一室，相处的机会多了，她行事也会更方便一些。

卫檀生喜欢的是吴怀翡那种温婉知性类型的，她现在倒是能走类似的路线。

原书中，有关女配角的外貌描写只有短短四个字——相貌平平。惜翠特意照了照镜子，"吴惜翠"生得的确算不上什么大美人，但容貌端正清秀，也有几分味道，只是因常年生病，气血不足，人又太瘦，显得有些刻薄。

惜翠将书翻了没两页，便见海棠进了屋。

海棠凑到床边，低声道："奴婢晓得了，是卫郎君过来了。"

卫檀生？惜翠放下书，心里一紧："他来这儿干什么？"

海棠知道娘子向来厌恶卫郎君。娘子曾不止一次暗中垂泪，只道是爹娘偏心，这大娘一回来，他们就忘了她这个女儿，甚至将她许给了一个不良于行的人。

海棠神色严肃，冲上前，扶着惜翠躺下，替她掖了掖被角，道："许是那卫郎君听说娘子得了病，特地过来探病。娘子且躺下，等他过来，我只说娘子睡了，将他打发出去就是了。"

比起如临大敌的海棠，惜翠倒是很平静，依言躺了下来，扯着被子盖好了。

"吴惜翠"与卫檀生有婚约，没多久就要嫁过去了。未过门的妻子生了病，他过来探病，不算出格。

卫家人是担心他在寺中待太久，无心成家。吴家人则是担心"吴惜翠"心中有怨言。两家人都有意让两个人多接触接触。

老人家以为，两个孩子都是朝气蓬勃、春心萌动的年纪，不愁日后培养不出感情。

在两家长辈有意撮合的情况下，卫檀生听闻她生病，自然是要过来看看她的。

卫檀生这次来，恐怕看她是假，借着探望她的名头探望吴怀翡才是真。他们才经历了那么一件事，他心中自然很担忧他心尖尖上的那位。

脚步声在门外响起，来的不只卫檀生一人。雕花床前架着扇素面小屏，惜翠能依稀瞧见那边走动着的人影。

“翠娘可醒了？”问话的是吴水江。

海棠福身道：“娘子刚服了药睡下。”

“吴惜翠”的性子，在官场沉浮多年的吴水江怎么会不清楚？见海棠的眼神略有闪躲，他心中已明白了个大概。

吴水江抚须沉思片刻，道：“先叫她起来。”

“翠娘既睡了，便让她先睡吧，何必这么麻烦？”卫檀生说道。

吴水江在心中叹息。他如何不知道翠娘的心思，当着卫檀生的面却不好开口。

“就让小婿在这儿陪她一会儿，等她醒来吧。”卫檀生微微一笑。

惜翠躺在床上，听他们两个人又说了些什么，接着吴水江自行离去了。离去前，吴水江特地嘱咐海棠要好好照顾惜翠。

屋里只剩下卫檀生、海棠与惜翠三个人。海棠护主，小心翼翼地道：“郎君，娘子才睡下，不知何时才能醒来，不如郎君先去花厅内坐一会儿，等娘子醒了再探望也不迟。”

卫檀生却温和地道：“我在这儿陪翠娘一会儿，不碍事。”

惜翠看了一圈床头，将床上那扇挡风的小小的枕屏扫落在地。

“咚——”

惜翠适时地唤道：“海棠？”

不知道娘子为何突然弄出这动静，海棠赶忙应声：“娘子。”

“谁在外面？”

海棠看了一眼卫檀生。

卫檀生站起身，走到屏风前，道：“是我。”

海棠将那扇素屏撤去，惜翠披衣起身，颔首道：“原来是卫家郎君。”卫檀生今日穿了件佛头青的圆领袍，乌发垂落在肩头。

卫檀生的目光落在床头的半碗药上。药尚有热气，她才喝了不到一半。

他不动声色地收回目光，微露笑意，到床前坐下道：“听说你前些日子受了风寒，可好些了？”他只字不提这都是因为他将她按在树上过了寒气。

“多谢你的关心，已没什么大碍。”

“既然如此，那我便放心了。”卫檀生颔首，目光好似不经意地落在那个药碗上，“这药怎么没喝完？”

惜翠实话实说：“太苦了，喝不下去。”

卫檀生将碗拿起来，道：“我喂你。”

衣袖滑落，露出他手腕上的那串佛珠。

惜翠目光微滞。

看来耿宣仁确实做到了他应下的事，这串佛珠又回到了卫檀生的腕上。

惜翠摇头，伸出手，想将碗拿过来，道：“我自己喝就是了。”

卫檀生没应，握着勺子不紧不慢地搅拌了两下，道：“你有病在身，还是我来喂你吧，毕竟再有几日，你我二人便要成亲了。”

惜翠不好硬抢：“那麻烦你了。”

虽然她不知道卫檀生为什么会这么体贴，但心中有些不太妙的预感。

瓷勺触碰碗面，“叮叮当当”地响，他舀起半勺乌棕色的药汁递到她的嘴边。

即便是她爸妈也没这么喂过她，惜翠不太自在地张开了嘴。

瓷勺直接探入了她的口中，卫檀生将那半勺药汁倒了进去。瞬间，惜翠苦得皱了皱鼻子。

卫檀生看似动作轻柔，实则一勺接一勺地灌，她还来不及吞下上一勺药汁，下一勺又至。这让惜翠忍不住联想到她上次死前被硬灌毒酒的感觉。惜翠别过头，心生抗拒。

瓷勺撞上惜翠的牙齿，卫檀生端着碗，疑惑地问：“怎么了？”

惜翠咳嗽着说：“够了。”她来不及咽下去的药汁顺着嘴角流了下来。

“碗中的药还没喝完，”卫檀生温柔地道，“如何够？”言罢，他又将勺子伸入惜翠的口中，瓷勺几乎快戳进了她的喉咙里。

惜翠用力推开了他，趴在床头喘了口气，眼角已泛起了泪花。

“够了。”

卫檀生哪里是喂药，分明是在蓄意报复她前几天的所作所为。

因为被药汁呛到了，惜翠苍白的面颊上浮现出一抹病态的红晕，咳嗽个不停。

卫檀生见她眼角有泪，将瓷勺丢入碗中，把碗搁在一旁，不上前帮忙，只淡淡地望着她。等惜翠抬起头，目光对上他的双眼，他才微笑道：“怎么如此不小心？”说完，他从袖中摸出一条帕子，捧起她的脸。

他指腹使力，跟要蹭下她的一层皮似的，帮她拭去了唇角的药汁。

突然，惜翠的神色变得极为古怪，她道：“你……你让开点……”

卫檀生一怔，未来得及有所动作。

“阿嚏！”

卫檀生瞪着绀青色的眼，愣住了。惜翠揉揉鼻子，面无表情地道：“都叫你让开点了。”

卫檀生收起给惜翠擦脸的帕子，擦了擦他脸上的药渍，薄红色的唇掀起弧度，面上看不出喜怒。

“看起来，你的病还未好全。”他轻叹道，“再过两个月便是喜期，到时候，若是误了喜期该如何是好？”

误了喜期恐怕正合他的心意，也是“吴惜翠”求之不得的事情。

惜翠却和他们不一样，道：“放心，我一定在此之前调养好身子。”

卫檀生：“看来你已想通了。”

惜翠点点头：“嫁鸡随鸡，嫁狗随狗，我这一病，病得厉害，一只脚踏入了鬼门关，没什么想不通的。”

突然换了性子恐怕也会导致人设崩坏，惜翠只能选择循序渐进地来，至少，她需要缓和一下她和卫檀生之间的关系。当然，一些符合“吴惜翠”人设的讽刺与挖苦之言，她是不能省去的。

卫檀生早已习惯了“吴惜翠”高傲的目光。她素来看不起他，眼中恐怕只有高骞一人。他也未曾在意过对他而言无足轻重的人的看法。她这拖着病体费心谋划的模样，在他眼中可笑又可悲。

眼下，她少了两分傲气，多了两分温和，端坐在床上，双眼澄净，倒让他想起了一个人，一个已死去很久的人。

卫檀生移开视线，没有多想，用一句话结束了谈话：“那我等着两个月后迎娶你过门。”

雪一连下了几日才停。

一辆马车碾过泥水残冰，穿过帝京的长街，最终停在了一条窄巷前。

车帘被掀开，从车中走下来一个年轻的男人，他步伐沉稳，面上的刀疤破坏了他俊美的面容，使他多了些戾气。

他走到巷尾，抬手叩响了巷尾一户最不起眼的人家的门。没多久，门被人打开，一个八九岁的小童走出来，迎他进了屋。

男人问："你师父可醒了？"

小童毕恭毕敬地答道："家师刚醒。"

小童引他入了堂屋，里面已有老者等着了。

老者精神矍铄，面色红润，此刻正摆弄着桌上的棋盘。男人走到他面前，行了礼，坐了下来。

老者吩咐小童奉上茶。

倘若有人曾见过这位老人，一定能认出这是十多年前在京中颇负盛名的圣手张泰宁。张泰宁不仅精于医术，还通晓天文地理、星象卜算、儒释道法。

早在十多年前他就退隐乡野，不问世事，也不知是什么时候回了京城。

男人落座，一老一少开始下棋。下到一半，张泰宁好似随意地问道："你今天又是为什么而来的？"

男人正是高骞。

他默然无言，隔了好一会儿才开口道："我今日还是为舍妹之事而来。我还是想不通先生当初所说的话是何意。"

张泰宁："这有什么想不通的？"

高骞："先生曾说，舍妹未入轮回，自有别的缘法。"

从安阳侯府回去后，不知为何，他整日都静不下心来，满脑子都是吴惜翠那声"二哥"。

遗玉死后，他为求清净，来这儿小住过一段时日。

张先生精通星象卜算，他放不下遗玉，特地请先生帮他算了一卦。

当时，张先生捻着胡须，面露讶异之色，告诉他："令妹尚有别的缘法。"

她已经死了，怎么还能有别的缘法？

"天机难测，这其中究竟是何缘故我也猜不透，"张泰宁放下一颗黑棋，"恐怕只有时候到了，你才能得到你想要的答案。"

两人又下了一会儿棋，说了些闲话。

高骞站起身，将茶一饮而尽，拱手告辞。他还有事在身，每个月只能抽出半天时间来探望张泰宁。

人死不能复生。起初，高骞只将张泰宁的话当作安慰。但时间长了，这短短一句话就好像成了一种执念，日日夜夜都缠绕着他。

遗玉未入轮回。

高骞原本是不信鬼神的，她死后，他也忍不住去想，她有此卦象，是不是因为没能进祖坟？她是不是成了个孤魂野鬼，日日都在世间游荡，饱受折磨？

比起这些猜测，高骞却更愿意相信另一种可能。

这世上曾有借尸还魂的异事，前两年贵州那儿就曾传出一起。

有一曹姓大户死了女儿，几个月后，却有一个姓李的村妇找上了门，自称是曹家逝去的女儿。曹家的人观其言行举止与死去的女儿无二，才学亦绝非寻常村姑水平，当即便将她认回了家中。

西南巫鬼之风盛行，从那儿传出来的事不可尽信，但此事与张泰宁的话让他心生期盼。

说不定张泰宁说的缘法指的正是这个。说不定遗玉和那借尸还魂的曹家女一般，阳寿未尽……

倘若真是如此，那如今，小妹的魂魄又在何处？

他一想到这儿，头就开始痛。

回到马车上，高骞疲倦地揉了揉额角。

坐在车外的长随忍不住探头进去，担忧地询问："郎君？"

高骞冷冷地道："我无事，快些回家去吧，莫让婆婆等急了。"

高骞每天早晚按例都要向老夫人问安，今日刚进院子，却撞上了大嫂李氏。

瞧见高骞，李氏忙招招手，示意他来廊下说话。

"婆婆刚刚睡下，你就不必过去打扰了。"

思及老夫人这几日无精打采的模样，高骞怕惊扰了在屋里睡觉的老人，皱眉低声问："婆婆的病可有起色？"

李氏道："我叫你过来正是为了此事。婆婆的病一直不见好，我听说你认识的那吴娘子医术高明，曾经治好了侯夫人的病。你明天能不能将她请到家中来，替婆婆瞧上一瞧？她此前救过你一命，我们还未谢过人家，着实失礼。借这次机会将她请过来，既可请她看看婆婆的病，也可谢过她当日救你之恩。"

吴怀翡？想到那抹窈窕的身影，高骞不假思索地应承下来："好。"

李氏轻轻吁了一口气，催促道："好了，时间不早了，该用晚膳了，你快些去梳洗一番。"

高骞点头离开。

另一边，吴府内，惜翠正在看书。

前几天，卫檀生看过她就走了。惜翠也没心思打听他之后是不是又去看了吴怀翡。

卫檀生这次来提醒了吴冯氏，养女下下个月就要成亲了。

婚期在即，阖府上下都在忙她的婚事，惜翠却在头痛要怎么应付接下来的情节。

没错，这个时候女配角也没放弃对付吴怀翡，想方设法地弄出了不少事。譬如，她时不时给吴怀翡找麻烦，叫下人故意为难吴怀翡，偶尔称吴怀翡偷了她的东西。

这些事，惜翠都根据小说情节做了。她虽然感到很抱歉，但不得不做，只能在做过之后暗中嘱咐下人多多照拂吴怀翡，却不要说是她吩咐的。

如此一来，下人们都想不明白这个喜怒无常的姑娘究竟在想什么。

若说吴怀翡之前还对惜翠有些期待，随着惜翠的小动作越来越多，她也渐渐地失望了，面对惜翠时绝不多言。

饶是如此，女配角还不知足，凡是吴怀翡的，她都想抢过来。

此时，海棠站在她身边，愤愤不平地道："我就是替娘子觉得委屈，那是宫里赐下来的上好的流霞锦，夫人却吩咐陈嬷嬷先送到她那儿，让她先挑。要不是我留了个心眼，提前打听到了这事，娘子可就要穿她挑剩下的了。"

看见惜翠不紧不慢地翻书的模样，海棠心里越发着急。

过了好一会儿，那个懒洋洋地躺在榻上的少女终于将书一合，抬起了瘦得惊人的下巴，下达了命令："走，我们去她院里。"

海棠忙帮她披上了厚重的斗篷，跟在她身后，去找吴怀翡的碴。

在小说中，女配角一直和吴怀翡过不去，海棠的煽风点火占了很大一部分原因。偏偏海棠是真的心疼女配角。只能说，主仆二人智商都不怎么高。

吴怀翡如今住在西边的琼苑中。

失去女儿后，吴冯氏一直保留着给她准备的院子。琼苑风水极好，邻近书楼，院中种了不少梅树、琼花。

"吴惜翠"一直很喜欢琼苑，总想着要搬进去住，不过无论"吴惜翠"如何撒娇闹腾，吴冯氏都没同意。而吴怀翡一回来便住进了琼苑，"吴惜翠"自然恨得牙痒痒。

惜翠带着海棠走进琼苑时，屋里正在挑料子的几个人面色都不太好看。

吴怀翡的神情还算镇静，但服侍她的小丫鬟奉药心知这二娘子背地里给自家娘子使了多少绊子，脸色便没吴怀翡那么好看了。

带了大箱子过来的陈嬷嬷则有些尴尬，这箱中装着的正是宫里赏下来的流霞锦。

流霞锦是大梁的属国供奉的，色泽好，更有异香，官家就赏下来这么点，一送到府上，夫人就吩咐她先送来琼苑。夫人心疼亲生女儿之前流落在外，吃了不少苦，一直想补偿她。

赏下来的几匹料子里，纹样统共只有三种：一种是牡丹缠枝纹，一种是胡桃纹，还有一种是花草吉祥纹。

“看来我来得不是时候。”模仿着电视剧里那些说话阴阳怪气的恶毒女配角，惜翠站定了，环视一圈，如此说道。

吴怀翡瞧见她，也不招呼，只问道：“你怎么来了？”

惜翠：“我来看看大姊。”

惜翠不知道自己的演技怎么样，但从吴怀翡这几天的反应和眼下的神情来看，惜翠的演技应该还算不错。

陈嬷嬷阅历丰富，反应也快，脸上迅速挤出殷勤的笑，道：“二娘子来得正好，宫里刚刚赏下来一批料子，娘子快来挑挑。”

惜翠扫了一眼。

吴怀翡挑中的是牡丹缠枝纹的，花草吉祥纹的太老气，胡桃纹的又平庸了许多。“吴惜翠”什么都要挑最好的，手一指，就指中了那匹牡丹缠枝纹的料子。

陈嬷嬷心中打起了鼓，忍不住偷偷瞥了一眼吴怀翡，见这位姑娘神色如常，暗暗生疑。

“就这个吧。”惜翠道，“回头给我送来，我正好想做一件新衣。”

陈嬷嬷不好多说，只能应下。

在小说里，夺了料子后，“吴惜翠”还是不满足，更加得寸进尺。

为了补全情节，惜翠走上前，摸了把那花草吉祥纹的料子，转过身，扯开料子，笑道：“大姊之前没穿过这么好的料子，恐怕不懂，不如我给大姊挑一件。大姊懂岐黄之术，这花草吉祥纹的再适合你不过了。”

吴怀翡的目光随之落在了她手中的那匹料子上。

陈嬷嬷早就垂下了眼。她一直听说二娘子与大娘子不合，如今一看，果真如此。这二娘子虽体弱，性子却不好招惹。她不敢触这霉头，只能将自己的存在感降到最低。

捧着料子的少女面色苍白，笑靥如花。只有吴怀翡才知晓这笑容中藏了多少把刀。“吴惜翠”连番的小伎俩早已让她的心凉透了，也使她认识到了“吴惜翠”的真面目。

那不过是一匹料子，吴怀翡不想和她计较，便淡淡地道：“那就这匹吧。”

见大娘子退让，陈嬷嬷松了口气。这边没她什么事了，她便忙不迭地退下了。

屋里只剩下这主仆四人。吴怀翡转过头来，问：“你如今还有什么事？”

惜翠看了眼吴怀翡屋里的书箱，暗暗握紧了拳。

根据小说的情节，接下来“吴惜翠”要做一件她出嫁前做过的最蠢也最恶毒的事——当着高骞和卫檀生等人的面把吴怀翡推下书楼。

另一边，高府的大门前，高骞掀开车帘，进入车厢内坐下。

车轮滚动，往城南的吴府方向驶去。

男人端坐在车内，双手放在膝上，若有所思。

那日他离去前，张先生又帮他卜算了一卦，卦象在南。

南边或许有他想要的答案。

“大姊，你屋里这书箱是怎么回事？”瘦弱的少女意有所指地问。

吴怀翡看着自己的小妹，微蹙眉头，不明白她这回又要耍什么花招。

“这是前些日子爹爹借我的书，我正要送回书楼去。”

惜翠抽出最上面的那本，道：“《梦堂稿》？爹爹竟将他最爱的这本书借给了你？”

“吴惜翠”之前看中了这本书，想拿走，而吴水江没同意。

《梦堂稿》是吴水江所仰慕的一位前朝大家的笔记，他耗费了很大的心力才寻来原本。“吴惜翠”向来不爱看书，平日里对书本也不甚爱惜。她拿过去不过是随手翻着玩，吴水江自然不愿将自己的宝贝借给她。

而吴怀翡不同，她聪慧，对书籍也甚为爱护。吴怀翡想借，吴水江略一思索，便大方地借了出去。

吴怀翡心知她定是在埋怨爹娘偏心，想到她之前的所作所为，心里有所防备，伸手将书拿了回来。

吴怀翡的担心其实并非全无道理。“吴惜翠”确实想故意糟蹋这本书，只是考虑到这毕竟是吴水江的宝贝，不敢妄动而已。

惜翠继续道：“书箱太沉，不如让我帮大姊一并搬上去吧？”

“不必了。”吴怀翡冷淡地说，“有奉药帮我，不必麻烦你。你大病初愈，还是快些回去歇息吧。”

“我们姐妹好不容易才相认，我只是想陪大姊多说会儿话。”惜翠的眼中浮现受伤之色。

若放在以前，吴怀翡还会对这姐妹之情有一丝触动。但现在，吴怀翡已不再相信她的话了。

见一时半会儿劝不走她，吴怀翡抿起唇，不愿再同她啰唆，随她去了。

吴怀翡想，有她亲自照看，就算翠娘想动手也难以找到机会，她只要小心提防便是。

吴怀翡没有再管惜翠，吩咐奉药带上书箱，提裙出了屋。惜翠忙跟了上去。

海棠对吴怀翡冷淡的态度有些不满，想要说些什么，却被惜翠拦住了，只好讪讪地闭上了嘴。

书楼的屋顶上堆了一层厚厚的积雪，天一放晴，积雪经过日光一晒，水珠顺着屋檐“滴滴答答”地往下落，浸湿了木质的楼梯。

奉药看了眼屋顶，忍不住嘀咕：“这几日都是晴天，雪怎么还没化完？”

吴怀翡提醒道：“看什么看，还不快点跟上来？”

惜翠却没看屋顶，只是特地留意了一眼楼梯。

书楼只有两层，楼梯也不算高。小说中，吴怀翡刚被推下楼梯就撞上了高骞与卫檀生，幸亏高骞反应快，接住了她，这才没出什么大问题。

一想到待会儿自己要亲手把吴怀翡推下去，惜翠便觉得压力颇大。

万一她待会儿没控制好力道，或者高骞没及时赶来，吴怀翡出了什么意外，她可承担不起后果。而且，要她把一个妙龄少女推下楼，她过不了心里这关。

之前惜翠为补全故事线所做的事不会危及别人的生命，如今碰上会危及他人性命的事，就算提前知道了结果，她也不敢赌。

她现在好像走入了一条死胡同，做不是，不做也不是。她若是不做，故事一崩，她从前所做的努力就全部付之东流，她可能再也回不了家了。

惜翠胡思乱想之时，吴怀翡已将书箱中的书一本接一本地放回了书柜里。

吴怀翡确实聪敏好学，回吴家不过短短数月，已经看完了十多本书。难怪“吴惜翠”始终争不过吴怀翡，甚至没给她造成任何威胁。

高骞不傻。比起阴狠的“吴惜翠”，他肯定会选择吴怀翡。

将借来的书尽数放到书柜中后，吴怀翡没有着急离开，而是将书柜上其他凌乱的书一本本地摆放整齐。

吴怀翡整理书的时候，惜翠在心中估算着时间。

虽然《太平医女》的情节她已经忘得差不多了，但有关“吴惜翠”的情节她记得很清楚，毕竟“吴惜翠”和她同名同姓，看书的时候她难免会对此人多关注些。

全书讲述的是吴怀翡行医救人的故事，情节围绕着吴怀翡治病救人的线索展开。这段小插曲与高老夫人的一次风寒紧密相关。

高老夫人年纪大了，身体大不如前，这次染上风寒，竟久病不愈。为此，高骞特地请吴怀翡到高府为高老夫人看病，而“吴惜翠”得知此事后妒火中烧。

吴怀翡这一去，肯定又要在高骞面前出风头。

“吴惜翠”接受不了这样的事，在下人来禀告时被愤怒冲昏了头脑，满脑子只想阻挠吴怀翡与高骞相见，没多考虑就把吴怀翡推下了楼。而高骞与卫檀生好巧不巧地出现在小楼前，目睹了这一幕。

这一举动可以说直接将“吴惜翠”打入了万劫不复的境地，自此之后，高骞对她再无好感。

吴怀翡已整理好书柜中的书，准备下楼。而惜翠在等的那个书中提到的前来报信的丫鬟一直没有过来。

望着距离自己只有半步的背影，惜翠心中一紧。

不知道因为什么，情节发生了变化，那丫鬟没有来，但她要是再不动手，等吴怀翡顺当地走下了楼，就来不及了。

惜翠的指尖一动，本应该推出去的手却始终伸不出去。

眼看着吴怀翡已迈出了步子，惜翠不由自主地跟了上去。

就在此时，惜翠发觉头顶上突然传来了一些异动。

一大块雪因日光暴晒，从屋檐上滑落。

吴怀翡抬头一看，忙闪身躲避。

楼梯上还残余着些薄冰，这一避，她脚下不稳，顿时仰面朝楼下跌去。

一个大活人当着自己的面滚下楼梯，惜翠愣了愣，来不及多想那所谓的情节线，回过神来时已朝吴怀翡伸出了手。

她没有拉住吴怀翡，倒是和她一起踉踉跄跄地跌下了楼梯。

失重的感觉蓦然袭来，天旋地转间，惜翠眼前好像闪过了一抹玄色的身影。

一双大手稳稳地接住了吴怀翡，将她揽入了怀中。

等这双大手的主人想要再拉惜翠时，两人的指尖在半空中擦过。

二人四目相对，他只堪堪揪住了一个衣角。

“刺啦”一声，布料破裂的声音清楚地回响在耳畔。

高骞瞳孔紧缩，眼睁睁地看着少女如一根枯草，被北风高高地卷起，然后摔落在地。

高骞手上紧握着的只有半片衣角，眼前浮现的却是少女临死前含着血泪的双眼。少女质问道：“二哥，你为什么不来救我？你明明可以救我的，你为何不救我？”

失去意识前，惜翠看到的是一双朴素的青履。

她的身体好似被人扶住了，落入一个温热的怀抱中，脑袋上传来一阵剧痛。

她好像做了一个很长的梦。

梦里，她处在一片无边无际的黑暗中。她分辨不清她究竟梦到了些什么，就是觉得头很痛。

黑暗中好似出现了一抹熟悉的略显臃肿的身影。

就算过了一辈子，她也会记得这抹身影。

那是她家“母后”。

惜翠想追过去。她觉得头好痛，特别想扑到妈妈的怀里撒撒娇，就算被骂“这么大的人，还没个正行”也不要紧。

她就想赖在妈妈的怀里。

但是画面一转，黑暗与身影全都消失得干干净净。

惜翠蓦地睁开了眼。

“你醒了？”

目光对上了一双绀青色的眼，惜翠愣了愣，过了好半天才找回了些意识，迟疑地问道：“卫檀生？”

青年坐在她的床侧，垂眸俯视着她，应道：“是我。”

刚苏醒的少女显然不在状态，往日那苍白阴郁的面容上露出了些许茫然之色，整个人显得柔和了许多。

惜翠捂住脑袋，却碰上了裹了一层又一层的细麻布。

脑袋上传来一阵接一阵的钝痛，使得惜翠刚刚卡壳的脑子终于清醒了不少。

对了，她刚刚摔下了楼梯，好像碰到了头，直接失去了意识。那她昏过去前，那个温热的怀抱是谁的？

惜翠问：“是你送我过来的？”

卫檀生颔首：“是。”

头更痛了，惜翠面露痛苦之色。

“你刚醒，勿要多动。”卫檀生走到桌前，倒了杯茶递给她，温声道。

喝了口茶，惜翠才觉得轻松了不少，终于有力气去想刚刚发生的事。

就在她犹豫着要不要动手的时候，屋顶上的积雪落了下来。

难道这是因她而产生的蝴蝶效应？该来的那丫鬟没来，倒是多了原本没有的雪。

回忆起之前发生的一幕，惜翠吐出一口气。

从高骞他们的视角看，吴怀翡应该就像是被她推下去的一样。系统没有提示的话，是不是就意味着这段剧情她平安地混了过去？

她本来想从卫檀生的眼中找出些线索，然而他的神情和往常一样，微微下垂的眉眼温和如旧，非要细究的话，只是看她的眼神中好像多了两分探究之意。

卫檀生本就不是个情绪外露的人，惜翠猜测，说不定他是在惊讶她的阴狠。在他和高骞的眼里，她很可能已经成了既蠢又毒的典范。

惜翠握紧了茶杯，正想从卫檀生的口中打听点什么，门又被人推开了，吴怀翡提着她的药箱走了进来。

瞧见惜翠，她三步并作两步，匆匆来到床前。

“你醒了？”

吴怀翡的神情看上去有点奇怪——混合着担心、焦虑、内疚等各种情绪，望向她的眼神格外复杂，就好像今天才第一次认识她。

吴怀翡搁下药箱，伸出手，轻轻地扶住了惜翠的脑袋，轻声问：“头还痛不痛？”语气同之前的冷淡相比，有了翻天覆地的变化。

可能是因为滚下楼梯时摔到了头，对如今这情况，惜翠有点反应不过来。

“我……”吴怀翡顿了顿，“我来帮你换药。”

吴怀翡过来后，卫檀生适时地退了下去。

望着惜翠头裹麻布的模样，吴怀翡心中五味杂陈。

刚刚……是她拉住了自己。

吴怀翡到现在都记得很清楚，是翠娘义无反顾地拉住了她。

翠娘不是恨她至深吗？为何在这紧要关头，翠娘伸手拉住了她，以至于自己跌下了楼梯？

吴怀翡心中惘然。她这才发现，自己其实根本不懂这个小妹。

翠娘的头受了伤，考虑到她的伤势，吴怀翡替她换了药之后，没有多打扰她，抛下一句“好好休息”后便提着药箱离开了，独留惜翠一个人靠着床，有些蒙。

这个发展和惜翠想象中的不太一样。

吴怀翡合上门，才转身就撞上了高骞。他正站在门外，也不知站了多长时间。

“高郎君。”

“翠娘的事，我很抱歉。”男人冷肃的面容上竟微露局促之意。

吴怀翡摇头：“这不关郎君的事。翠娘在里面休息，郎君可要和我一起去花厅？”

男人拒绝了她：“不必了，我在这儿……”他顿了顿，“再待一会儿。”

吴怀翡的目光黯淡了下来，手指不由自主地攥紧了药箱。

她知道，翠娘刚刚为了救她摔下楼梯，她不该生出这种情绪的。

压下心头浮起的淡淡的酸楚感，吴怀翡勉强扯出一抹微笑，迅速整理好了情绪，拎着药箱无声地离开了。

高骞没有注意到吴怀翡的情绪，将目光放在了屋内。

屋内没什么动静，他不知道吴惜翠现在的情况究竟如何了。他合上眼，面色疲惫。

吴惜翠摔下楼时的神情竟与遗玉的模样重叠。

她不由自主地朝他伸出了手，眼中满是惊恐之色。他却没拉住她，眼睁睁地看着她从身旁跌落。

他对吴惜翠本没有多少关注，也从没把她放在心上。或许是出于自责，也或许是有别的什么原因，高骞鬼使神差地来到了屋外，却没有迈出那一步。

如果是遗玉……

奇怪的是，他总是忍不住因吴惜翠而想到遗玉。

张先生曾说南边会有他想要的答案，他心中很清楚，吴惜翠绝非遗玉。她们两人之间并无任何相似之处。就算遗玉当真有别的缘法，就算她真的未入轮回，恐怕也早已被他这个做二哥的伤透了心。

踌躇了许久，高骞最终还是未能迈出那一步，在屋外静静地站了一会儿，又转身离去。

第六章 夫 妻

卫宗林新得了一罐好茶，因卫檀生与吴惜翠有婚约，特地叫卫檀生给未来岳丈送去。未承想，卫檀生一来就撞见了这事。

女儿在成亲前见了血光，吴水江有些担忧。但见卫檀生神色如常，似乎并不介意，他也松了口气。两人客客气气地交谈了一番。

惜翠伤到了头，需要静养。卫檀生将那罐茶留下后，不欲多加打扰，便回了卫府。

今日出了这么一件事，高骞再请吴怀翡到府上为高老夫人看病已不现实，只能另择他日。他不方便在吴家久留，不久后也离开了。

高骞回到高府同李氏说明了缘由后，李氏除了感叹一番，也没说旁的。

走在高府的游廊上，高骞停下了脚步。

吴惜翠摔下楼的那一幕如同魔咒一般时刻纠缠着他。他捏了捏眉心，当即叫了个下人备上些上好的药材，送到吴府。

惜翠躺在床上又睡了一觉，一直到日暮时分才醒来。吴水江夫妇听说她醒了，赶忙进来探望。

吴冯氏性子软，瞧见女儿伤得这般严重，不由自主地红了眼眶。吴怀翡坐在母亲的身旁安慰她。

“要不是玉娘告诉我，我还不知道你竟是为了救她才跌下来的。”吴冯氏特地避开了伤处，爱怜地摸了摸惜翠的发顶，心中既酸涩又愧疚。

自从玉娘回到家里后，翠娘就好像换了个人。她年纪小，一时不能接受多了个大姊的事实，吴冯氏能够理解。两个女儿，一个是亲生的，一个是收养的，手心手背都是肉。吴冯氏心疼亲女儿流落在外受了苦，也担心养女会介意她并非自己亲生的。

对于两个孩子间的争斗，吴冯氏一直睁一只眼闭一只眼。她本以为时间会抚平一切，却没想到翠娘行事越来越过分。一开始，翠娘的行为还能用孩子心性解释，但后来她使的那些陷害玉娘的小伎俩，早已不是一句“孩子心性”解释得了的了。

吴冯氏对翠娘有些失望，因而冷落了翠娘不少时日。若不是玉娘今日告诉她，她还不知道翠娘竟能为了救玉娘而奋不顾身。

是她误解了这孩子，翠娘只是敏感了些，之前一时想不开，其实是个好孩子。

想到自己这些日子对女儿的冷淡，吴冯氏鼻尖一酸，“呜呜”地哭了出来。

吴水江与吴怀翡见了赶忙去劝。

“娘，不哭了，翠娘无事，还需要静养。”

惜翠有些不明所以，但还是跟着劝了劝吴冯氏。吴冯氏这才止住了哭声，脸上挤出笑意，道：“玉娘说得对，我不哭了，你刚伤到头，还需要静养，我和你爹就不打扰你了。”她揪着帕子道，“你好好休息，我把我身边的珊瑚拨给你，有什么事，你就跟珊瑚说。”

珊瑚是吴冯氏的心腹丫鬟，听了吴冯氏的吩咐，赶忙行礼。吴水江又说了几句安慰惜翠的话，几人这才离开。

琼苑中，吴怀翡的心情并不轻松。

翠娘总觉得自己抢了她的东西，但自己心中又何尝好受？

想到今日发生的种种，吴怀翡不禁苦笑起来。

她就算是父母亲生的，毕竟还是在这个家中缺席了十多年。她羡慕吴惜翠与吴冯氏之间的亲昵，吴冯氏对她始终带着两分讨好。而翠娘与高郎君自小的情谊更是令她每每想起都辗转难安。

多想无益，吴怀翡叫奉药将纸笔拿来，专心地为惜翠书写药方。翠娘毕竟是她的妹妹，还救了她的命，她不能在这些方面使性子。

除了珊瑚，吴冯氏又拨了两个丫鬟照顾惜翠的起居，日后这几个丫鬟也会陪她一起嫁去卫家。

惜翠伤到了头，吴冯氏最关心的就是这伤在她成婚前到底能不能好，会不会留下疤痕。倘若这伤不能在婚期前好起来，婚期就只能延后了。

好在高府与卫府都特地送来了一些能养肌淡疤的伤药，吴冯氏自是感激不尽，赶忙叫人备下给这两家的回礼。

前脚病才好，后脚又磕到了头，惜翠一连半个月的时间都是在屋里度过的。吴冯氏对她看顾得紧，吃食都一手包办，不想让她留疤，更不想误了婚期。

嘴里都淡出鸟来了，这就是惜翠这段时间最真实的感受。

她这一摔，全家对她的态度突然有了翻天覆地的变化，之前对她还有所防备的吴怀翡也变得温和体贴了不少。

惜翠茫然的同时有些不安，不知道眼下这样算不算破坏了故事线。按理说，这段小插曲之后，她在几个主角眼中的地位应当一落千丈才对。

系统没有提醒她，她只能往好的方向想。她安慰自己，或许只要将情节补全了，就没有多大的问题，毕竟让卫檀生爱上“吴惜翠”本就是一个漏洞。

在吴冯氏的精心照顾下，惜翠拆了麻布的额头上总算光洁如初。吴冯氏这才放下心来，转身又筹备起了婚事。

惜翠在府中养伤的时候，婚期也一天一天临近。

她快要和卫檀生成亲了。

心知这一切都是假的，惜翠心中根本没有即将成亲的喜悦或不安，心态如常地跟着吴冯氏学习庶务，准备着接下来的婚事。吴冯氏倒很担心她，拉着她絮絮叨叨地交代了不少事。

翠娘在家中被宠坏了，吴冯氏生怕她嫁过去之后，行事还同以前一般任性，到时候若是得罪了夫家，那吃亏的还是她。

迎亲前三天，卫家派人送来了催妆花髻、销金盖头之类的东西，吴冯氏也送去了罗花幞头等物。

迎亲当天，吴冯氏一大早就待在惜翠的房中，陪惜翠一起梳妆。

少女纤细的身躯压不住艳红色的喜袍，苍白的脸被脂粉厚厚地盖住，眉毛也被精心描画了一番，嘴唇上涂了一层口脂，大得惊人的眼中好像闪动着幽怨的光——这怎么看都有些像鬼片里要去配冥婚的女主角。

惜翠被自己的想象逗笑了。她一笑，倒是冲淡了脸上那抹哀怨之色，多了几分明艳的喜意。

吴冯氏十分满意，忙不迭地夸她。

见她笑了，吴冯氏只当她是因为要嫁人了，心中喜悦。一直以来都担心着女儿心情的吴冯氏因此更加高兴了。

“对了，”吴冯氏脸上露出些拘谨的笑，道，“翠娘，娘这儿还有些东西要给你。”

惜翠接过她递来的东西，是一本小册子与一只葫芦。

翻开小册子，惜翠一窘。这上面画的全都是一男一女在打架，而那只葫芦，从中分开后正是两个交合的小人。

听说古代女人出嫁前，母亲会对女儿进行性教育，看来这事不是传言。

惜翠觉得卫檀生对这种事应该不太感兴趣。不论是寂尘那次，还是妓女那次，或是前不久他中了春药那次，卫檀生都没表露出什么明显的欲望来。他在空山寺十多年，想来对于性欲，已可以把控得很好。她并不担心即将到来的洞房。

“到时候，”吴冯氏红着脸小声道，“若是不习惯，你且忍着些，多多担待卫小郎君。卫小郎君此前一直待在空山寺中，对这些事恐怕也不太懂。你们二人在行房前先看看这个，慢慢摸索着也就明白了。少年人血气方刚，这些都是人之常情，翠娘，你也莫要觉得害羞。”

惜翠一时不知该说些什么才好。

吴冯氏出身书香门第，好像羞于提起这事，只简单地跟女儿交代了几句，叫她慢慢看，就离开了。

惜翠翻了翻，觉得卫檀生估计没兴趣和她一起钻研这个，便将画册合上了。她有些出神，不知道这一次自己到底能不能成功。

就在这时，吴怀翡从门外走了进来。

“翠娘？”

惜翠低头一看自己手上的东西，赶紧将它们塞入袖子里。婚服是琵琶袖的，袖口窄，袖摆大，里面能放不少东西。

吴怀翡过来是帮她送东西的，送完东西后却没走。妹妹出嫁，还是嫁给卫檀生，吴怀翡也说不上来自己是什么感受。

吴怀翡心中清楚，他们两人都对彼此无意，翠娘心系高骞，而卫檀生……

吴怀翡知道卫檀生此前对她曾有些好感，但这几年，她与卫檀生也疏远了不少。不只卫檀生和她，其实她、卫檀生、高骞三个人都渐行渐远了。高娘子已成为横亘在三人中间始终无法迈过去的一道坎。她只希望翠娘在嫁给卫郎君之后，能与他和睦共处。

虽然惜翠与吴怀翡的关系缓和了不少，但是姐妹之间还是没多少话。坐了一会儿，吴怀翡也离开了。

吴家嫁女儿，亲戚来了大半。一大堆人热热闹闹、开开心心地挤在一处，祭完祖，惜翠忙得几乎转不开身。

吉时一到，卫家迎亲的队伍便赶了过来。

惜翠拜过吴氏夫妇，被女眷簇拥着送到了门前。临行前，吴怀翡帮她重新理了理罗裙，迟疑了一番，还是轻声说道："到了卫家后，要与卫郎君好好相处。"

惜翠没想到吴怀翡临行前还会对她说出这些话，轻轻点了点头，表示自己听进去了。

卫檀生带了对大雁来。他今日也打扮了一番，越发显得俊秀，看得吴水江十分满意。

之后惜翠就被送上了车。

卫檀生骑马在前，她看不见他，心中也没起多大的波澜。

来到卫府，完成沃盥、交拜仪式后，惜翠与卫檀生牵着同心结，并肩完成了其他的仪式。

盖头被挑起来，露出惜翠的面容，卫檀生看她的神情与往日相比没有什么变化，他只是弯起眼，轻轻地笑了笑，这笑中有几分真情几分假意，惜翠猜不透。

在卫府，惜翠见到了卫宗林等卫家亲眷。卫家人丁单薄，卫老夫人前几年已经过世，今日到场的人并不算多。

卫宗林与卫檀生父子之间有些隔阂。

惜翠记得当年在瓢儿山上，卫宗林不惜舍去卫檀生的性命也要剿灭山匪，哪怕鲁深声称要将卫檀生的脑袋割下带过来，卫宗林也无动于衷。

或许卫檀生会是现在这种性格，和卫宗林有很大的关系。

两人上前拜见亲长时，这对父子面上都没有多余的表情，只维持着淡淡的礼节性的笑。对于她这个新妇，卫家人看起来还算满意。

等一切忙活完，惜翠最终回到房中，和卫檀生一起坐在床上，任人将彩果、喜钱砸在他们身上。

他们吃了同牢饭，饮罢合卺酒。由于卫家家风较严，亲眷们象征性地调侃了两句，便退出了新房。

床上撒落的红枣、花生都已经被收走了，帐子也被掩上了。

密不透风的帐幔中，只剩下惜翠与卫檀生两人。

弦月初上，红烛高烧，白玉麒麟香炉中正缓缓冒着香烟。她和卫檀生都没有任何新婚夫妇会有的羞涩或喜悦。

卫檀生一直没有动静。惜翠坐得身子有些麻，想换个姿势。

“这……是何物？”惜翠的耳畔突然传来卫檀生略显惊讶的声音。

惜翠偏头一看。他指的是她的袖子。

袖子垂落在床上，很明显能看出有一小块凸了起来。

忙了整整一天，惜翠筋疲力尽，一时间也没想起来这是什么，直接将袖中的东西摸了出来。

烛光一照后，映入眼帘的是两个小人——男性小人托着女性小人，女性小人的双腿盘着男性小人的腰。两个人赤裸裸的，紧密地拥抱在一起。

惜翠抬起头，清楚地看到，卫檀生在看清她手上的东西后，面露讶然之色，那双绀青色的眼吃惊地睁大了些。

今天吴怀翡来时，惜翠来不及收拾，顺手把这个小葫芦塞到了袖子里。忙了一天，她将它忘在了脑后，没想到会在这个时候将东西拿出来，还是当着卫檀生的面。

就算是惜翠，这个时候脸上也有点挂不住了。

惜翠握着葫芦，轻轻地咳嗽了一声。

烛火跃动，原本就憋闷的幔帐中此时好像更加闷热了，空气中更是弥漫着尴尬的气息。

卫檀生也咳嗽了一声，脸上的讶异之色慢慢消失，转而笑道：“这可是丈母给你的？”

惜翠将东西握得更紧了：“嗯。”

“给我吧。”卫檀生弯唇笑道。

“给你？”

卫檀生：“收起来。”他看了看她的手道，“你应该不想一直这么拿着。”

惜翠当然不想，听卫檀生这么说，就给了他。偏偏在卫檀生将那葫芦拿走的时候，更尴尬的事情发生了。

两个紧密相拥的小人从中间分开了。

这两个小人本就是可拆卸的，被他一拿，紧密嵌合的部位顿时分开，一个在他的手上，另一个还在惜翠的手里。

卫檀生望着手上的男性小人，沉默了。惜翠更窘迫了。两个人大眼瞪小眼地对看了一会儿，卫檀生朝她伸出手道："另一个。"

惜翠将剩下来的女性小人递给了他，然后就看见卫檀生当着她的面，镇定自若地将这两个小人合上了。

一男一女又紧密地抱在一起了。

惜翠："……"

卫檀生从容地抬眼，笑道："好了。"说着，他掀开帐幔，走到墙角的红木立柜前，将这对小人收进了柜子中。

做完这一切，他才又回到惜翠的身旁坐下。

见小人被收了起来，惜翠迅速整理好自己的情绪。

只不过，长夜漫漫，接下来她要如何度过还是一个严峻的问题。

在一片尴尬的静默中，卫檀生再度开口："累了一天，翠娘可要先去洗个澡？"

卫檀生的神色还是没有什么变化，他好像并不觉得这话在这个时候说出来有多暧昧。

惜翠放在膝上的手缓缓地握紧又松开："也好。"

她如今倒不用担心今晚会发生什么，就是觉得和卫檀生枯坐着实在难熬。

卫檀生朝屋外唤了一声，守夜的下人立即进了屋。

没多久，一桶热气腾腾的洗澡水就被抬到了插屏后面。

惜翠走到屏风后，特地看了一眼卫檀生。

卫檀生坐在床上，手上不知何时多出了一本佛经。他正慢慢地一页页翻看。

在洞房花烛夜，他还有心思看佛经，她对他而言果然毫无吸引力。对于这点，惜翠不知道该喜还是该忧。喜的是，她暂时不用和卫檀生"滚床单"；忧的是，前路漫漫，她不知何时才能完成任务。

惜翠脱下厚重的喜服，将它们搭在屏风上，跨进了木桶中，任热水没过肩头，酸乏的四肢在此刻仿佛得到了按摩。

累了整整一天，惜翠吐出一口气，将头靠在桶壁上休息了一会儿。

喜烛仿佛为整间新房蒙上了一层红色的轻纱。

水珠飞溅，微微濡湿了屏风的绢面。从卫檀生的角度看过去，绢面上映着曼妙的人影。不过卫檀生确实对此不甚感兴趣，无意中瞥了一眼，又收回了视线。

惜翠洗好了，披了件外套，绕过屏风，看见仍旧在灯光下翻阅佛经的卫檀生，问：“你要不要也去洗洗？”

卫檀生合上佛经，笑道：“好。”

惜翠擦着头发等了一会儿，没多时，卫檀生也洗漱妥当，走了出来。

下人将木桶撤去，屋里又只剩下两人。

或许是因为应酬了一整天，卫檀生看上去也有些累了。他莞尔道：“让你久等了。”

卫檀生坐到她身旁，一眼就瞧见了她被白色单衣包裹着的圆鼓鼓的胸脯。

少女侧着身子擦头发时，胸前的衣襟敞开了些。卫檀生不带任何欲望地想，这看上去很像斋堂的行真师弟蒸的馒头。

惜翠并不知道卫檀生想了什么。

她在困惑，卫檀生对她的态度似乎太好了。除了上次给她喂药时表现出来了些报复性，到目前为止，他对她都颇为温和。惜翠没忘记在书中“吴惜翠”是怎样辱骂他的，不敢掉以轻心。

卫檀生沉默，惜翠也不好说话。突然，卫檀生开口了，声音依旧很温和：“你饿不饿？”

她从起床到现在一直没有吃东西，卫檀生不说还好，他一说，惜翠顿觉胃里一阵绞痛。

“有点。”

“我这便喊人传饭。”

卫檀生吩咐下去后，没多久便有下人陆陆续续上了菜，就搁在屋内的红木圆桌上。

螃蟹小饺儿、冰糖燕窝、香酥鸭子、糯米凉糕等，花样繁多，满满地摆了一桌。

惜翠是真的饿了，看到桌上的菜便拿起了筷子，察觉身侧的人没动静，问道：“你不吃？”

“我不饿。”卫檀生望着她，轻轻摇头。

惜翠也只是礼貌性地问一句，卫檀生不吃，她不强求。

桌上的菜大多合她的口味。惜翠将目光移到饭菜上，却没有留意到身旁的青年一直在看她。

等她吃完一碗饭，卫檀生这才站起了身。对上惜翠疑惑的视线，他温柔地解答了她的疑惑："你慢慢吃，今晚我去书房睡。"

"你今天不在这儿睡？"惜翠诧异地搁下筷子，皱起了眉头。

虽然她也不太想和异性睡同一张床，但是如果新婚第一天，卫檀生就不在这儿睡的话，传出去未免有点不好听。她不能保证明天卫家人会如何看待她，无论如何都要把卫檀生留下来。

卫檀生道："我还有些事需要处理。"

"有什么事非得在新婚之夜处理？"

"一些要紧事。"卫檀生面不改色地补上了一句，"你大病初愈，身子骨弱，这个时候不宜行房。"

惜翠："……"

"行房"两个字被他随意地说出来，要是其他未通人事的姑娘听了，肯定会脸红。但被卫檀生这从容的态度所感染，惜翠也没太大的反应。

殊不知，她这一幕落到卫檀生的眼里，令他忍不住微微侧头，好奇地看了她一眼。

她换下了大红色的喜袍，卸下了浓妆，面容素净，两弯柳叶眉不自觉地蹙起，好像在思索什么重要的事。这个时候的她和他印象中那个阴毒刻薄的"吴惜翠"有天壤之别。

她简直就像是……换了一个人。

卫檀生转了转佛珠，默默地想："吴惜翠"好像不爱吃甜食。

在他的记忆中，爱吃甜食的另有其人。

那桂花糕上用糖浆浇出的古怪人脸再一次涌入了他的脑海中。早已死去多时的亡魂伴随着红艳艳的烛光，好像轻轻地落入了这个女人的眉眼中，再度活了过来。

惜翠没察觉到卫檀生的情绪变化。她在思索着一件对她而言十分重要的事。

卫檀生将话说得非常直接，她不好再拦他。实际上，她也拦不住。

惜翠思索了片刻。卫家之所以给他定下这门亲事，是因为卫檀生还俗后还是整天埋首于佛法中，不理俗务。卫家子嗣少，自然不能看着他这样下去，让他成家，也是希望他能收收心。

吴水江掌吏部官员升迁的实权，对于卫家这个正在衰落的家族而言是个再合适不过的联姻对象。

卫檀生在新婚之夜抛下她独自去书房，这事若是传到卫家人的耳中，想来一时半会儿也怪不到她的头上。

“那你去吧。”想明白后，惜翠抬头道。

这回轮到卫檀生惊讶了。

惜翠：“你不是有要紧事吗？”

卫檀生过了好一会儿才反应过来，点点头，笑道：“确实如此。抱歉，今日委屈你了。”

他洗澡后穿着一件素白色的单衣，下着青裤。惜翠想了想，去柜中翻出一件微黄的银鼠裘给他披上了。

面对她这突如其来的关怀，卫檀生又是一愣。

惜翠退后半步：“外面冷，披上这个。”

卫檀生骨节分明的手指捏紧了银鼠裘，他点点头，打起灯笼，迈步走出了房间。

卫檀生走后，惜翠撑着下巴看了看喜烛，烛泪已经堆得很高了。看了一会儿，她收回视线，将目光放在了大红牡丹缠枝纹的被褥上。

惜翠唤了珊瑚进来。

她之所以没喊海棠，是担心海棠进来后，发现卫檀生已经离开，恐怕会替她感到不平。

珊瑚跟着吴冯氏的时间长，嘴巴紧，不该问的绝对不会问。

但瞧见屋里只有惜翠一人时，她还是有些吃惊，眼神复杂地偷瞄了惜翠一眼，欲言又止。惜翠装作没有看见，叫她将屋子稍微收拾了一番。

夜已深，喜烛不能灭，要一直烧到天亮。

惜翠疲惫地躺下，似乎明白了“吴惜翠”为什么会在嫁给卫檀生后，做了那么多坏事。

“吴惜翠”在新婚之夜就被丢下，以她高傲的个性，定是要百倍奉还的。故而在嫁进卫家后没多久，她先是打发了卫檀生的贴身丫鬟，紧接着又勾搭上了卫家的一个俊俏的马奴。

一开始“吴惜翠”还有些心虚，但见卫檀生没有说什么，便更加肆无忌惮地在他的头顶上“放羊”。

想到这些日后她要亲自补全的情节，惜翠无奈地闭上了眼。

总而言之，她先养好精神再说。

或许是因为身处一个全然陌生的地方，惜翠一晚上都睡得很浅，早上一点动静就惊醒了她。

她睁开眼，望着映在窗纸上的稀疏花影，听到窗外鸟雀儿的啼鸣，再挽起帐幔，看见已经燃尽的喜烛，心底不禁有了一种奇怪的感觉。

原来她已经嫁人了。

丫鬟陆陆续续地端着水盆、巾子等东西进来，惜翠顺便问了一声卫檀生的动向。

她刚问，帮她擦脸的丫鬟便手一抖。

“怎么了？”

“没……没什么，是婢子手滑了。”丫鬟摇摇头，看着惜翠的眼中已浮现出了些许同情之色。

只一个晚上，府里的人便都晓得这个三少夫人并不得郎君宠爱了。

这也难怪。郎君虽已还俗，但一心向佛，此前并无娶妻生子的念头，只是因为老夫人催得狠了，无奈之下才娶了吴家小姐过门。据说郎君本来看中的是吴家刚认回的大娘子，不知为何竟和这吴家的小娘子成了亲。

不过，少夫人就算不受郎君宠爱，那也是郎君的娘子。而那个人，这个时候恐怕不好受呢。想到那个人总爱在她们面前摆谱的模样，小丫鬟们在心中轻嗤了一声。她还真以为自己能爬上郎君的床？也不看看自己几斤几两！卫家可是正经人家，哪里会像那些荒唐的门户，着急给儿子配妾。

丫鬟捧着个蚌壳样的镏金口脂盒，洒了点水，呈到惜翠面前。惜翠蘸了一点口脂在指尖，抹了抹嘴唇。

惜翠梳妆梳到一半的时候，屋外传来了些动静。她伸出脑袋一看，便看见卫檀生踏入了屋内，他今日换了件浅赭色的衣裳。

惜翠：“你回来了？”

“回来了。”卫檀生笑道，“我陪你一块儿去见爹娘。”

“那你等会儿，我马上就好。”

“尚早。”卫檀生坐了下来，“你不妨慢慢来。”

惜翠自然不会真的慢慢来，毕竟他们今早是要去见公婆和其他亲戚的。想要“攻略”他已经够难了，惜翠还不想再添上婆媳矛盾。她一想到要应付那些就感到头痛。

她飞快地穿上描金海棠纹的短襦，整理了一番压裙的玉禁步：“我好了。”

卫檀生走在前，惜翠跟在他身后，由他领着去拜见公婆。

"爹娘脾气很好，你不必紧张。"

"嗯。"

堂屋内，衣着绛紫色束腰软纱长裙、梳高髻的貌美妇人一见她和卫檀生，便笑吟吟地喊道："瞧，檀奴和新妇来了。"

晕晕乎乎间，惜翠被一堆人拉了过去。金钗罗裙，看得惜翠眼花缭乱。

她下意识地去寻找卫檀生的身影。卫檀生却在和旁人说着些什么，都没朝她看一眼。惜翠在心里叹了口气，努力打起精神面对眼前的这堆人。

拉住她的是卫家长房嫡子卫大郎的媳妇孙氏，卫大郎正是卫檀生的亲哥哥，按辈分，惜翠要唤孙氏一声"嫂嫂"。

卫家总共有三房，卫老夫人与卫老爷都已故去，暂且不提。

卫檀生是大房的幼子。卫家三房统共有四个儿子，其他人早已娶妻生子多年，只有卫檀生刚刚娶妻。

孙氏拉着惜翠，亲昵地往她的手腕上套了个白玉镯，作为见面礼。

惜翠隐隐感觉孙氏的态度有些古怪。她虽然表现得很热情，但笑意未达眼底。但一眨眼间，这感觉又消失得无影无踪，好像刚刚的一切只是惜翠的错觉。

其他人对惜翠也十分亲昵，仿佛她和卫檀生就是天造地设的一对，而他们对今早已经传遍卫府的流言全然不知。

众人又簇拥着她和卫檀生去给大房的卫氏夫妇拜礼。

端坐在高堂上的便是卫宗林与卫杨氏。

惜翠上前拜过，从珊瑚的手中接过盛放着枣、栗的盒子，将其献给卫宗林，再将盛有干肉的盒子献给了卫杨氏。

卫家是个大家族，虽然地位不如高家，但因为世代为官，礼节繁多。惜翠小心谨慎，一一照做，没出什么差池。

惜翠脸颊微红，神色恭敬，完全不像昨日被卫檀生抛下的模样。卫家众人看在眼里，心思各异。

谁都知道卫檀生平日里一门心思扑在佛法上，要不是他十六岁的时候还待在庙里，卫杨氏眼看着大郎的儿子都已经念书了，心里着急，催了好几回叫他下山，卫檀生指不定要在庙里当一辈子的和尚。

到他二十二岁，二房和三房的小孙子都能走能写了，卫檀生还是没有成亲的意思，卫宗林这才替他安排了一门亲事。

卫杨氏看着新儿媳很满意，虽然她的身子骨弱了些，但只要好好调理，总是能养回来的。再说了，卫檀生有腿疾，门第高一些的人家不愿将女儿嫁过来，门第低一些的卫宗林又看不上。这吴二娘子看上去稳重谦逊，想来是能和三郎一起好好过日子的。

想起三郎昨夜做的荒唐事，卫杨氏想着回头定要好好训他一番，哪有成亲当晚将妻子丢下，自己跑去礼佛的?

他一心向佛没关系，反正已经娶了妻，夫妻感情日后也能慢慢培养。卫杨氏还指望着他和大郎卫景能给大房开枝散叶呢。

思及此，卫杨氏塞给了惜翠一根凤衔石榴的发簪，惜翠垂着头收了。

由其他妇人拉着坐下后，惜翠也不插话，偶尔抿唇微微一笑。

石榴寓意多子多福，卫杨氏的心思很明显了。惜翠握着发簪，默默地想，就算她愿意努力，卫檀生也不配合啊，更何况她不愿意。

等他们拜过尊长，回到院里的时候，已经不早了。

一进屋，卫檀生便捧了卷佛经坐下，自己看自己的，也没有和惜翠交谈的意思。惜翠看了他一眼，没上去攀谈，而是来到了外间的暖阁中。

卫檀生看他的佛经，她刚好趁着这段时间了解卫家的情况。

小说中，“吴惜翠”嫁过来后做的第一件事就是打发走了卫檀生的贴身丫鬟贝叶。

自从卫檀生还俗之后，贝叶就一直跟在他身旁尽心尽责地服侍他。书中对贝叶这个角色着墨不多。惜翠特地将她叫来，打算从她那里探听一些关于卫檀生的消息，顺便看看她究竟是个什么样的人。

得知少夫人传唤时，贝叶正在屋里忙着做针凿活儿，对同住一屋的小丫鬟们的目光视而不见。

她们都等着这一天呢。自从郎君订了婚约，她们就等着她摔下来。但她向来不信命。

银针刺入布面，针线翻飞，一朵活灵活现的碗口大的牡丹快绣好了。她将绣绷放下，站起身，理了理衣裙，往郎君住的院子走去。

惜翠吩咐下去不过片刻，贝叶就匆匆忙忙地赶来了。

惜翠好奇地看了她一眼。这是个细腰的美人，鹅蛋脸，头发乌黑，气质清新淡雅，看上去不像丫鬟，更像哪个小户人家教养出来的女儿。

想到有这么一个美人倾心于卫檀生，惜翠不禁感慨，他确实艳福不浅。

惜翠收回思绪，问了问卫檀生的情况。

贝叶一直服侍卫檀生，自然比惜翠更了解卫檀生。譬如说，他平日里爱吃什么，有什么爱好，有什么喜欢的东西。

从贝叶的口中，惜翠得知他平日都吃素，不吃蒜、韭菜、葱等气味重的东西，没什么爱好，但喜欢拨阮，也喜欢羯鼓，因为腿疾，不常走动。他没有官职，也无心仕途，还俗后一直在家中修行，偶尔去空山寺里住半个月，或是去布施些银钱。

贝叶口中的卫檀生和惜翠记忆中的卫檀生没有什么差别。

惜翠叫珊瑚赏了贝叶一些银钱，道："麻烦你了，这里没你的事了，你下去吧。"

贝叶却没有动。

惜翠："你还有什么事？"

贝叶从袖中摸出一个盒子，低眉顺眼地道："前些日子郎君吩咐婢子去寻一卷佛经过来，今日刚刚送到。"

惜翠没多想："给我吧。"

贝叶却将头垂得更低了些，露出白皙的脖颈："这卷佛经是由前朝弥信法师从西方带回的，历经多时才寻来，郎君此前再三叮嘱婢子，一定要妥善保管，万万不能经他人之手。"

惜翠神情严肃，将她从头到脚打量了一遍，问："连我也不能碰？"

"娘子恕罪。"惜翠话音刚落，面前的女人扑通一声跪了下来。

"婢子不是这个意思，只是……"贝叶顶着她的目光，低声道，"郎君的吩咐，婢子不敢违抗。"

暖阁中的动静终于吸引了里间卫檀生的注意。屋内，卫檀生翻着经卷的手一顿，他合上了经卷，朗润的嗓音也随之传来："怎么了？"

他走出里间，一眼就瞧见了跪在地上的女人，又看了眼惜翠，面露惊讶之色。惜翠坦然地对上他的目光。

暖阁同里间只有短短一截距离，她不相信卫檀生什么都不知道。他应该已经在里面听了一会儿了。

惜翠揉了揉额头。她虽然没什么宅斗经验，但学生时期看过的宅斗小说也不少。她又不蠢，哪里看不出面前这个女人的用意。怪不得“吴惜翠”嫁过来后第一个打发了贝叶。

卫檀生找贝叶问了话，贝叶立即恭恭敬敬地将那木盒递到了他手里。

“原来是这个。”卫檀生笑道，“我差点忘了，麻烦你了。”

瞧见卫檀生笑吟吟的模样，贝叶面色微红：“郎君既吩咐下来了，这都是婢子该做的。”

再见到郎君的面容，听到郎君的声音，贝叶只觉连日以来无法同旁人言说的凄楚渐渐散去。她的心更加坚定了。

面前的男人是她服侍了数年的郎君，也是她心中认定的唯一的主子。

书中没有这段情节，就在惜翠思索究竟是凭自己的意志行事，还是按照“吴惜翠”的个性来应对时，卫檀生又将目光转到了她的身上。

惜翠不禁蹙眉，不明白卫檀生要做什么。

卫檀生将那木盒搁在了惜翠的手上，朝跪在地上的贝叶道：“以后这些小事就交给翠娘处理吧，翠娘说什么，你照做便是了，无须再问我的意见。”

这回轮到惜翠怔住了。

触及她错愕的目光，青年眼如新月，笑意融融。

惜翠避开他的视线，心中有了答案。虽然她现在这个身份不讨喜，但好在卫檀生这个“小变态”并非全然拎不清，也给了她些面子与尊重。

听卫檀生这么说，跪在地上的美人面色一白。贝叶听出了他话中的深意，将身子压低了些，咬了咬下唇，道：“回郎君的话，婢子明白了。”

贝叶退下后，惜翠与卫檀生一起回了里间。

卫檀生仍去看那卷他没看完的经文。

“你有想问的，直接来问我岂不是更方便一些？”翻着手中的书，他神色平静地道。

惜翠一愣，问：“你听到了多少？”

“全部。”

惜翠：“你在看佛经，我怕打扰你。”

“过来。”卫檀生搁下佛经，朝她招了招手，“坐到我身边来。”

他的嗓音如一条流动的清溪，惜翠走到他的身旁，坐了下来。

卫檀生调整了一下坐姿，微笑道：“我就在你面前，你有什么想问的？”

“我没有什么想问的。”她摇摇头，回答道。

卫檀生也不在意："既然如此，那你就坐在这儿陪我一会儿吧。"他笑道，"待会儿晚膳，还要陪爹娘他们一起用。"

因为有她这个新妇在，晚饭是卫家一大家子人一块儿吃的。

借此机会，惜翠暗暗记住了几个今早没记住的人脸和人名。

那个是二嫂，这个是小侄女，那几个是二房与三房的庶子、庶女。

惜翠少不得要送点礼来表达她的心意。

受之前的事影响，惜翠在饭桌上下意识地注意起卫檀生究竟夹了什么菜吃，不料身侧传来了大嫂孙氏的笑声："当真是新婚的小夫妻俩呢，我看你们，吃个饭眼睛也离不开对方。"

孙氏说完，桌上的其他人都不禁掩口轻笑了起来。

"让嫂嫂见笑了。"卫檀生倒是很淡定，搁下筷子微微一笑。

"之前，爹、娘、你大哥和我，我们一直担心着你的婚事。"孙氏看了一眼坐在她身侧的，年纪约莫三十，颌生短须的男人，那便是卫檀生的大哥，卫大郎卫景。

"如今看你终于娶了妻，你们夫妻间和和睦睦的，我们也能放心了。"孙氏眼含笑意，"这回娘总算不用再催我帮你相看别人家的娘子了。"

"不过你们既已成亲，怎么还这么怕羞？"孙氏打趣道，"称呼也生疏得很，不像夫妻俩，倒像是主客俩。既已成亲，就是一家人，不如叫声檀奴来听听？"

卫檀生朝惜翠看了过去。卫杨氏也笑着看向她。

惜翠对上卫檀生的目光，他的眼中沉静得如一汪碧波。她迟疑了一会儿，还是吐出了这个对她而言亲昵得有些过分的称呼。

"檀……"她稳了稳心神，缓缓道，"檀奴。"

桌上的众人顿时又笑了起来。

"好了好了，新妇害羞，你就别再打趣她了。"

欢声笑语过后，孙氏又状似关切地问道："正所谓成家立业，这家已成，三郎也到立业的年纪了，不知有何打算？"

见孙氏一副试探的模样，惜翠蓦然意识到，这话其实才是孙氏的重点。至于刚刚那一番打趣，只是孙氏引入这个话题的"砖"罢了。

从今日的探听中，惜翠得知卫杨氏有意让孙氏接管大房的庶务。

孙氏出身商贾之家，爱财如命。卫杨氏不爱干涉媳妇的自由，大房的钱财有不少由孙氏掌管。

卫檀生没有一官半职，也不在卫家的铺子中做事，平常又要去布施百姓，不能为大房挣钱就罢了，反倒花大房的钱，孙氏不满也在情理之中。

孙氏的心思其他人岂会不懂？她所想的其实也是卫氏夫妇所想的。三郎光在家待着总归不是办法，早晚要找一些事做，日后大房的铺子也要分别交由三郎和大郎管理，三郎刚娶了妻，现在正是提及此事的好时机。

卫杨氏搁下筷子，关切地问："是了，待在家中礼佛总归不是个办法，三郎，接下来你可有想做的？若没什么想做的，不如去帮你大哥打理铺子，城西的那家布庄正缺人手。"

孙氏面色一变，笑容僵在脸上。众人皆知，大房城西的布庄生意红火，可捞的油水也极多。

孙氏的反应不出惜翠的意料——孙氏既不满卫檀生无所事事，也不想卫檀生插手家中的生意。

卫大郎没孙氏想得那么多，听母亲如此说，点头道："要是三郎愿意，过两天我便带三郎去看看。三郎聪慧，有他帮忙，铺子的生意或许还能更好些。"

卫檀生的表情依旧没太大的变化，脸上带着些温和的笑意。

"我之前在寺中待得久，从没管过家中的生意，一上来便管布庄，没经验，也应付不过来。"

卫宗林思索片刻，想想似乎也觉得有道理，便问："那你中意哪一间铺子？"

惜翠本以为卫檀生会婉言谢绝，没想到他道："不如将家中的那间药堂交给我来管。"

那间药堂本是卫檀生年幼时，也就是他从瓢儿山上被救出来后，卫杨氏为替他积功德所开的，平常就为寻常百姓诊治，要价不高，挣不得几个银子，勉强保持收支平衡罢了，卫家没指望它能挣钱。

孙氏听卫檀生这么说，脸色才好了一些。

"我看你哪里是想管家中的生意，分明就是想给他人行方便。"卫杨氏没好气地说道。他要这药堂，明摆着是为了那些看不起病的平民百姓。

"哪有你这样的？这世上穷苦的人何其多，即便你要救要度，这么多人，你也度不完。"想到这儿，卫杨氏叹了口气，语重心长地道。

自家儿子一门心思扑在佛法上，卫杨氏向来颇有微词。修功德，修的也只是来世，来世究竟如何，谁也讲不清楚。

她虽有些牢骚，但不好宣之于口，毕竟当年是他们对不起这个小儿子，没看好他，累得他小小年纪就有了腿疾。

卫檀生并不答话。或许他不单单是为了那些穷苦百姓。

惜翠默不作声。

吴怀翡常常去卫家药堂拿药，偶尔也被卫檀生请去药堂为人诊治。如果说卫檀生这么做是为了能再见到吴怀翡，为她行方便，也并非没有可能。

想到卫檀生到现在还惦念着吴怀翡，惜翠觉得自己的头好像又痛了起来。

一旁的孙氏见状，忙上来打圆场："三郎心善。俗话说，好人有好报，这么多年来，三郎的福缘早已不知有多深厚，之后定当有善报。娘，您也不必太忧心，这些事做做总没坏处。我看这几年来，家中铺子的生意红红火火，正是菩萨有感三郎的善心，显了神通。"

这么多年了，要能说动早已说动了，看他还是这么一副心如止水的模样，卫杨氏心知说不动他了，叹了一声，没有再多言。

"好了好了，都少说几句。"卫宗林蹙眉，"翠娘刚嫁进来，你们在饭桌上说这些干什么？"

惜翠一下子被当成了挡箭牌，众人都朝她看了过来。惜翠抿起唇，礼貌地笑了笑。

用过晚膳，她和卫檀生顺着抄手回廊缓缓地往回走。

"今日之事，让你见笑了。"卫檀生目视前方，温和地说。

惜翠觉得对于他家中的那些事，自己还是不要多话最好。

她不答话，卫檀生也不在意，继续说自己的："想来你今天也对我那嫂嫂有了几分了解，我这大嫂并非良善之辈，日后你离她远一些。"

他说这话，惜翠就更不能答话了。

此时，一轮残月已升至半空，月光洒在长廊上，拉出两条清影。

卫檀生没再多说，她就和卫檀生这么沉默着并肩行了一路。

快到院子了，他停了下来，柔声道："回去吧。"月光下，卫檀生的眼中有些月色，肌肤上也蒙上了一层如水般的月华。

"你不和我一起睡？"惜翠疑惑地问。

昨天晚上卫檀生就没和她一起睡，难道今天他还是不打算回屋睡？

她问这话本来没有别的意思，但卫檀生听后怔了怔，弯唇一笑，不疾不徐地问："你想要和我同寝？"

惜翠："我不是这个意思。"她这个时候才发现她刚刚的话有多暧昧，听上去简直就像在邀请卫檀生和她一起睡觉一样。

卫檀生摆出一副很有耐心的模样，像是等着她接下来的解释。惜翠认真地想了想，觉得反正都已经这样了，就无所谓丢脸不丢脸了，干脆道："其实也可以这么说。我们刚成亲，倘若一直分居，是不是不太好？"

她将话说得够明白了，不相信卫檀生会听不出来她的意思。

卫檀生果然听出了她话中的深意："确实是我疏忽了，只是，"他话锋一转，"我的确有些要事得尽早处理完，和你同处一室，定会打扰你歇息。"

"我睡眠很好。"惜翠补充，表示她根本不介意。

但卫檀生还是微笑着拒绝了她："再给我一些时间，等我将手中的事处理完。"他几乎没有给她反驳的机会，就将事情决定了下来，"我会吩咐贝叶跟着你。她在我身侧服侍有些年头了，你有事不妨交给她去做。"

惜翠和卫檀生分别没多久，贝叶就来找惜翠了。

之前在暖阁中被郎君寒了心的贝叶接到了郎君的吩咐，心中难免又燃起了希望。

她对着镜子，望着镜中柳眉杏眼的女人。她绝不甘心在无边无际的岁月中枯等，日后被随便配给一个下人。她相信郎君还是倚重自己的。之前是她太冒失了，这回一定要把握好机会。

惜翠其实不太愿意看见贝叶。贝叶的那些心思，卫檀生不可能看不出来。但不知道为什么，这"小变态"还是把贝叶支给了她。

要问的事惜翠已经问得差不多了，贝叶毕竟是卫檀生的贴身侍女，听说当初还是在卫杨氏身边伺候的大丫鬟，惜翠也不会真的交代她做什么事情，照例还是让珊瑚和海棠服侍自己。

贝叶在惜翠这里受到冷遇，脸色慢慢地变得难看。

翌日一早，惜翠向卫宗林、卫杨氏请过安，由卫杨氏的另一个大丫鬟白桃带着，在卫府转了一圈。

卫家没高家大，但走在其中也容易迷路，日后要在这儿生活，惜翠觉得有必要提前熟悉一下环境。

再往前走就是下人们住的地方了，白桃停了下来："娘子，再往前就是下人们住的地方了，这地方腌臜，婢子带您回去吧。"

惜翠应下。

然而，她们还没往回走两步，身后忽然传来了一阵喧闹声。

听见这动静，惜翠想了想，转过身，循着声音又走了回去。白桃不敢多言，只能跟在她身侧。

她们到了那儿一看，却见两个小丫鬟正在争执。两个小丫鬟中间站着个年轻的仆役，旁边还围了几个像是在劝架，实则是在看热闹的人。

这两个丫鬟也不知道是因为什么事闹了矛盾，吵得面红耳赤，连惜翠过来都没发觉。而被夹在中间的年轻仆役一脸尴尬，劝也不是，不劝也不是。

惜翠和白桃过来后，那仆役顿时警觉起来。

他显然是认识白桃的，目光落在她身上，神情吃惊："白……白桃姐姐？"

仆役一开口，旁边看热闹的丫鬟、小厮们纷纷一愣，顺着他的目光看过去，个个大惊失色。

那两个小丫鬟吵得正凶，对周遭的动静毫无所觉，直到劝架的人不过来拉了，四周安静了下来，才反应过来。

一回头，瞧见白桃与惜翠，本来还吵得面色通红的小丫鬟脸上血色顿失，吵是不敢吵了，哆嗦着唇瓣，忙不迭地弯腰行礼。

"白……白桃姐姐……"

白桃是在卫杨氏身旁服侍的，在下人们中很有威严。她皱起秀眉，丫鬟、仆从们大气也不敢出，个个噤若寒蝉，同时偷偷地看向站在白桃身旁的惜翠。

他们不知道这面生的娘子是谁，之前从未在府上见过她。

"你们这是在做什么？"白桃厉声道，"见了三少夫人，还不快些行礼？"

其他人这才明白过来，原来这位就是三郎君新娶的娘子，立刻纷纷向惜翠行礼。

白桃看向那两个小丫鬟，问："你们俩，刚刚在少夫人面前吵些什么？"

被点名的两个小丫鬟哪里还有刚才的气势，在大丫鬟面前，哆嗦得像两只鹌鹑，答也不敢答。

其实看她们这般模样，又见连朔方才站在她俩中间，白桃心中已明白了七八分，不禁在心中叹了口气。

她们无非又是因连朔起了争执。

连朔正是那个站在两个小丫鬟中间的年轻仆役，样貌好，虽是个马奴，但府中不少小妮子倾心于他，隔三岔五就因为他吵起来。

前几天白桃才打发走几个，没想到她们还是不知悔改，又闹出这事，还是在少夫人的面前。

白桃的脸色不太好。

卫家以诗礼传家，仆从们也都略识几个字，这是外人都知晓并称颂的。少夫人才嫁过来，就瞧见这事，他们这不是明摆着给卫家丢脸吗?

白桃暗想，还好少夫人不懂其中的关节。

主人仁慈，这帮贱奴反而无法无天了起来。今日，就算少夫人不在场，这事也不能轻易揭过去。

思及此，白桃冷声道："咋咋呼呼的，没一点规矩，待会儿你们两个自己下去领罚。"

听闻这话，两个小丫鬟惨白着脸，哆嗦得更厉害了。白桃姐姐素来严厉，不知会怎么罚她们。

白桃教训下人，惜翠不好插手，没有吭声，算是默许了她的举动。

连朔见白桃动了真格，忙走上前，跪到惜翠面前为那两个小丫鬟求情。

"三少夫人息怒，今天这事不怪另外两个姐姐，全是因我一人而起。"

白桃："你要给她二人求情吗，连朔？"

连朔？惜翠眼中掠过一抹惊讶之色，细细地看了那仆役一眼。

面前跪着的仆役不过十六七岁的年纪，身着青色的衣裳，乌发如墨，色若春晓，看上去不像仆役，更像个俊俏文弱的小书生。

不怪惜翠惊讶，因为这名字和书中那个马奴的名字一模一样。

这就是书中和"吴惜翠"偷情的那个小马奴?

惜翠还没收起她脸上的惊讶之色，连朔已磕了几个响头。少年肤色极白，自眉骨到指节，每一寸肌肤都细腻如玉。他跪在地上，如弯着的小竹。

"并非求情，只是向白桃姐姐阐述真相。"

他接下来所说的话，惜翠没听清楚，此时此刻，她的注意力已经全部放在了这个叫连朔的少年身上。

少年不经意间一抬眸，正好和惜翠的目光撞上。

惜翠没有移开视线："你叫……连朔？"

他道："回少夫人的话，奴确实叫连朔。"

惜翠："抬头。"女人的嗓音清而冷，像天空中旋转飘落的雪花。

连朔抬头看她。她单薄的身子藏在盛装下，尖尖的小脸埋在柔软的狐裘里，腰肢盈盈一握，神色高傲，冷傲的模样好像猫爪一样直挠入人的心里去。

他不由得涨红了脸。

书中交代连朔是个马奴，“吴惜翠”一眼就看中了他。知道自己再也没有办法嫁给高骞后，“吴惜翠”好像彻底放弃了挣扎，没多久就和连朔勾搭上了，趁卫檀生不在的时候，常常跟连朔在马厩中私会。

这就是“吴惜翠”与连朔第一次见面的情景。

他的衣摆上没有污渍，身上也没有马粪的味道，相反，还隐隐飘来一股淡淡的梅香。

“你用了香？”惜翠问。

自己身上的味道被少夫人闻了去，连朔的脸涨得更红了，他解释道：“因奴平常伺候马，身上的气味难闻，所以私下会用些香，免得熏到旁人。”

惜翠随口道：“难为你有心了。”

连朔一愣，瞧见少夫人不甚在意的模样，不知为何隐隐有些失望。但很快，他又愣住了。那冷清的少夫人弯了弯唇角，竟对他露出了浅浅的笑。

这一笑叫连朔出了神。

连朔为她们求情，非但没动摇白桃的决心，反而给自己招来了惩处。

白桃看了看惜翠的脸色，见她刚刚问那几个问题好似心血来潮，问后便不再过问此事，便放下心来，冷着声继续道：“好，既然你要为她俩求情，那就跟她们一起下去领罚吧。”

此时，连朔满脑子只剩下少夫人刚刚那抹淡淡的笑，根本听不进去旁的。

三少夫人刚刚……是对他笑了？

和贝叶一样，连朔心知自己样貌生得好，不甘心一辈子只当一个马奴。此时，连朔心中七上八下，忍不住浮想联翩。

自从来到卫家做事以后，他一直想靠自己的皮囊搭上卫家的娘子，借此换得荣华富贵。奈何卫家家规甚严，几个娘子不常出来走动，就算好不容易出来一次，也不是他一个小小的马奴能接触到的。他听说，府上的三郎君一心侍佛，无心于男女情爱。若是这少夫人闺中寂寞，他也并非没有机会。

一番盘算后，小马奴已头晕目眩、口干舌燥，思绪更是飘到了十万八千里外。

打定主意要接近少夫人后，连朔小心翼翼地从袖中摸出个破旧的香囊，忐忑不安地看向惜翠，道：“奴前些日子收集了些落梅，晒干了，根据香谱上的记载，配上其他香料，存了一小罐。少夫人若是喜欢这味道，我回去之后就给夫人送点过去。”

白桃将眉头皱得更紧，语气加重了很多：“少夫人哪里用得着你的香？！”

连朔这才如梦初醒，意识到自己刚刚的举动确实太莽撞了，忙磕头认错：“是奴唐突了，奴只是看到少夫人喜欢，没多想，就想把这香献上来。”

他样貌生得好，说起话来也好似发自肺腑，额头“咚咚咚”地撞在地上，没一会儿就红了一大片。

就在他懊恼忐忑之际，一双纤细的手伸了过来，取走了他手中的香囊。

连朔愣愣地看着那高贵的少夫人拿着他的香囊，全不在意它有多破旧，还拿到鼻前轻嗅了一下。

“确实挺好闻的。”她弯唇道，然后将香囊丢回了他的怀里，“你想献香，也是一片忠心，我就不怪你方才的唐突了。但是这香，你还是自己留着用吧。”

连朔茫然地握着香囊，小小的香囊似乎变得冰冰凉凉的。

“时候不早了，”惜翠转向白桃，“我们回去吧。”

连朔回过神来时，那抹瘦弱堪怜的身影早就与白桃一起离开了。

惜翠走完这段情节，将连朔抛在身后，手心都湿了。

她没有“吴惜翠”那么强的心理素质，无法当着这么多人的面和人玩暧昧。

回到屋里，她还是没看见卫檀生的踪影，这反倒让她松了口气。

到中午的时候，海棠替她卸下发钗，伺候她午睡。

“吴惜翠”虽病弱，头发却生得很好看，乌黑有光泽，如一匹绸缎。单看这头长发，她可一点也不像一个常年缠绵病榻的病秧子。

海棠拿着梳子慢慢地为她梳头发，梳齿刮过头皮，穿过发丝，让惜翠觉得很舒服。渐渐地，惜翠泛起了些困意。

“吴惜翠”的这个身体因为常年生病，没什么精气神，极易犯困。受这影响，她也开始变得嗜睡，稍微坐一会儿，困意就像浪花一样打来。

“海棠？”惜翠眼睛都快睁不开了，困倦地道，“扶我到床上睡一会儿。”

“海棠”没有应声，但还是听了她的吩咐，放下了梳篦。

惜翠突然觉得不太对劲。这“当啷”的声响，她只有在卫檀生身旁时听到过。

她一转头，瞥见了一双骨节分明的手，手腕上挂着一串佛珠。

困意顿时消散，惜翠睁开眼，对上了那双绀青色的眼。

“卫檀生？”惜翠道，“你怎么回来了？”

不知从什么时候起，海棠和珊瑚已经退了出去，站在她身后帮她梳头的人成了卫檀生。他像是没看见她惊讶的目光，镇定自若地笑道：“是我。”

“你不是还有些事要做吗？”

青年没有回答她的问题，俯下身子，玉色的发带垂在脑后，轻轻晃动。

卫檀生抬起她的手，凑到她的袖口前，轻轻地闻了闻。鸦羽样的眼睫一颤，他抬起眼笑道：“是梅花？你今日熏香了？”

卫檀生的嗓音如碎冰，落在惜翠的耳中，让她顿觉一阵凉意袭来。

连朔的香囊也不知是用什么方法做的，留香持久，她不过是拿起来闻了闻，沾染到手上的香气竟一直没散，还偏偏让卫檀生闻了出来。这让她对卫檀生的嗅觉有了新的认知。

才见过连朔一面，惜翠不想这么快就翻车，若无其事地抽回手，状似随意地答道：“可能是在外面站久了，不小心沾到了些梅花的香气吧。”

“昔日寿阳公主于梅树下小憩，始得梅花妆。”卫檀生看上去不像是怀疑的模样，只笑道，“今日翠娘你站在梅树下，却得了梅香。”

惜翠将话题带了过去：“你那些事忙完了？”

卫檀生这才回答了她的问题：“差不多都已讫了。”

“那你……”惜翠有些迟疑。

卫檀生听出了她话中的意思，笑道：“日后我都会在此歇息。”他问道，“你不是要午睡吗，可愿跟我同寝？”

卫檀生自然地向她发出了一起睡觉的提议。

惜翠看着他，缓缓地点了点头。

…………

帐幔落下，她睡在里面，卫檀生睡在外面，两个人保持了半臂的距离。

惜翠闭着眼睛躺在床上，刚刚还有些困，现在因为卫檀生突然到来，困意全无。

卫檀生似乎也没睡着，不过呼吸悠长而沉稳，看上去就像睡着了一样。

不知不觉间，她和他成亲也有数日了，关系却好像没多大的进展。她曾经问过系统，能不能主动表明自己的身份，系统告诉她，她不能主动说，但可以暗示和提醒。现在两个人同床共枕，倒是个难得的机会。

她早就想过这事。她一直以“吴惜翠”的身份生活下去不是办法，而且还要时不时地扮演恶毒女配角这个角色，就算这“小变态”再特立独行，想来也不会喜欢上这种手段低劣的女人。

这段时间以来，她一直在找一个合适的机会向卫檀生暗示自己的真实身份。只不过，借尸还魂这种说法太荒谬，她不确定卫檀生能不能联想到这一层。如果他真的能在她的暗示下看出她就是昔日的高遗玉，那会如何对待她呢？

她不甘心此前的努力付之东流，否则也不会在临死前特地留下那首诗。不论后果如何，她都想试一试。

惜翠的脑海中闪过千百种念头，她不愿让这难得的机会溜走。下定决心后，惜翠压低了嗓音，蹙起双眉，梦呓似的道："小师父……"

她若直说她是高遗玉会破坏角色的设定，但说梦话应该算是另辟蹊径，钻情节的空子。

"小师父"这个称呼，她只在作为高遗玉的时候使用过。"吴惜翠"要么直呼卫檀生大名，要么唤他"卫郎君""卫三郎"。

睡在她身侧的人很快就察觉到她这儿的动静。惜翠虽闭着眼，但能感受到卫檀生的目光落在了她的身上。

她没办法睁眼看个清楚，只能继续闭着眼演戏，将放在被褥下的手攥紧了。

突然之间，一只手好像落在了她的发顶。那一瞬间，惜翠的呼吸停了下来。

卫檀生正缓缓地抚摩着她的发丝。

绵长的气息缭绕在她的耳畔，那道朗润的嗓音柔和地唤道："翠娘？"

惜翠没有出声。

"小师父……是何人？"卫檀生轻声问。

惜翠全身僵硬。

卫檀生态度暧昧，她不能确定他有没有看出她在装睡。

已经演到这儿了，惜翠不可能停止，继续呢喃。

这回，她喊的是慧如。

"吴惜翠"应该没见过慧如。

然而，卫檀生此时移开了视线，没有任何动作。惜翠耐心地等了一会儿，卫檀生依旧没动静。

不确定他究竟在想什么，保险起见，惜翠只能暂时结束了她的试探。

做梦的人没有那么清醒，不能说出完整、有逻辑的句子，但她吐露出这些信息应该就足够了。只要卫檀生有心，早晚会心生怀疑。

不知不觉间，困意再度袭来，惜翠昏昏沉沉地睡了过去。

醒来时，她身旁空无一人，但被褥上还留有余温。卫檀生不知道去了哪里。

一直到傍晚，惜翠才又看到他。卫檀生没有因为她中午的梦话表露出特殊的反应，对她的态度和之前没什么差别。

这事不能急，她只能慢慢来。

自从卫檀生回房休息以后，大部分时间，她和卫檀生相处和谐，没出现什么风波，看上去像一对相敬如宾的夫妻。

接手了家中的药堂后，卫檀生开始忙活药堂的生意。

这间药堂只能勉强维持收支平衡，孙氏一直冷眼看着卫檀生经营，就连卫杨氏也不指望卫檀生能让它赚多少钱。

惜翠发现他好像比之前忙了些，不再像个无事的富贵郎君，翻阅的书中多了一些医书。

她现在每天都在扮演一个温柔贤惠的妻子，时不时还会抛下一些暗示，卫檀生却好像一无所觉。他在其他事上洞若观火，在此事上反倒变得迟钝了，好像压根没有往别处想，弄得惜翠有些蒙。

惜翠暗想，该不会这“小变态”根本就没把高遗玉的死放在心上吧？惜翠瞬间觉得欲哭无泪，真要是这样的话，那她以后的路就难走了。

她自己一个人胡思乱想也没有答案，只能压下心头的担忧，在他出门前帮他披上大氅。

“外面冷，早些回来。”踌躇片刻，惜翠踮起脚，帮他理了理衣襟，叮嘱道。

此时不过寅时，屋外天还是黑的。卫檀生看她一脸倦意，不禁微笑道：“天还未亮，再去睡一会儿吧。你身子骨弱，日后不必特意起来送我。”

他今日又要去药堂打理生意。

目送他离开后，惜翠补了一个回笼觉。

她醒来后无事可干，卫杨氏就叫她过去说话。

卫杨氏先是说了些卫檀生和卫家的事，接着又细细地问了她从前在吴府上的事。

“你们新婚当天的事我也听说了。”卫杨氏面带歉意，轻轻地叹了口气，“檀奴前些年一直待在庙里，不懂事。要不是我和他爹求他，他这会儿恐怕还在庙里念经。从山上回来后，他一直茹素，守着清规戒律，怕是正因为如此，洞房那日才……”

“娘，我懂的。”惜翠握住卫杨氏的手，开始睁着眼睛说瞎话，“檀奴只是不大习惯而已，我没生他的气。像檀奴这么纯善的人，这世上不多了。能得三郎为夫婿，有娘这么好的婆婆，是翠娘前世修来的福分。”

卫杨氏爱怜地看了她一眼，摸了摸她的头发，道：“你能这么想，我也就放心了。能有你这么个善解人意的媳妇，才是檀奴前世修来的福气。娘问你个问题，你也别怕羞，如实告诉娘，好不好？”

惜翠隐约猜到卫杨氏要问些什么，道：“翠娘一定知无不言，言无不尽。”

卫杨氏咬着耳朵，低声问：“你与檀奴可行房了？”

这个问题惜翠也不知道要如何回答。

想来想去，她只能如实相告：“这……”惜翠低下头，小声道，“还未曾……”

这没出卫杨氏的意料，她叹了一声，道：“我早就知道会如此。”

她这个儿子，在庙里待了太久，委实清心寡欲了些。

“翠娘，你别生气。”卫杨氏道，“回头娘定要说说他，让檀奴尽早和你行房。”

这话，惜翠实在不知道该怎么接，憋了半天，只能故作羞涩地低下了头。

卫杨氏却还没放过她，道：“我家檀奴虽在庙里待的时间久了点，但也是个男人。只要是男人，一旦尝了这滋味，就戒不掉了。我们卫家不像那些糊涂的人家，早早就给儿子收了丫鬟。”卫杨氏笑道，“檀奴到现在都还没尝过这男欢女爱之乐。到时候翠娘你莫要害羞，和檀奴加把劲儿，过段时日，保准能给我卫家添个子嗣。”

远在药堂中的卫檀生可能不知道，他这个时候已经被自己如此外放的亲娘出卖了个彻底。而惜翠只能嘴角一抽，继续装羞涩，埋头不答。

卫杨氏看起来对惜翠这个儿媳颇为满意，又拉着她喝了一会儿茶，说了些婆媳之间的悄悄话，才将她放了回去。

惜翠回去的路上，天空中飘起了小雪，雪花晶莹可爱，落在树梢草叶间。

刚刚从卫杨氏那儿出来，惜翠不太愿意回屋里待着，就带着珊瑚四处走了走。

当世的士大夫爱修私园，卫宗林也不例外。卫家在后院辟了个小花园，虽然不大，但树木、山石应有尽有。这个时候，园中的梅花都已盛开，四处有暗香浮动。

惜翠顺着小径往前走，远远就看见有个人正站在梅树下，好像在忙活着什么。惜翠上前一步，终于看清了对方的模样，竟然是昨天碰过面的连朔。他虽然是个马奴，倒也很注重个人形象，正拿着个小包袱收集落梅。

一转身，他看见了惜翠，手中的小包袱一下落在地上，梅花瓣散落了一地。

“少……少夫人？”

她没想到自己不过随便逛逛，还能撞见他，没在意他脸上的诧异之色，不动声色地问：“你在做什么？”

连朔赶紧将地上的包袱捡起来，收拢了花瓣，道：“奴在收集梅花配香呢。”

惜翠：“这就是你上次说的那个？”

少年脸色微红：“是。”

连朔本不该过问主人的事，但意外地见到了少夫人，心中极为激动，不禁问道：“少夫人可是来这儿赏梅的？”

自从少夫人回去后，他日思夜想，满脑子都是她清冷的模样。郎君是出了名的清心寡欲，这闺中寂寞，恐怕这位少夫人实在难熬。他虽有意，奈何只是个马奴，实在找不到能接近主人的机会。今日他们能见上这面，定是上苍的旨意。

连朔忐忑不安地看向面前的女人。她会怎么说？会斥责他太失礼吗？

在连朔忐忑的目光中，惜翠回答了他的问题：“是，闲来无事便到园子里走走。”

短短的一句话，却让连朔立刻大受鼓舞。少夫人没有反感他多话，这就代表着他这副容貌还是有些用处的。他若是攀上了她，将来就不必再与马为伴，以养马为生了。终有一日，他会有机会施展他的抱负。

连朔的心怦怦直跳。

他爹娘为奴为婢一辈子，他从一生下来就是贱籍，就算靠自己的努力识了字、念了书，也无用武之地。他不甘心，定要摆脱这该死的贱籍，为自己挣来荣华富贵，就算是顺着女人的裙子爬上去的也无所谓。

连朔知道这个年纪的女人喜欢什么，压下心头的激动，忙弓身道：“夫人若是觉得无聊，不如听奴一言？”

“你说。”

连朔咽了口唾沫：“马厩里新出生了一匹小马，夫人可想去看看？”

同外面的冰天雪地相比，马厩中要暖和不少，虽然气味儿有点难闻，但并非不能忍受。

连朔小心翼翼地将那匹小马驹抱了过来。

小马驹刚出生没多长时间，耳朵短而翘，鬃毛毛茸茸的，堆在脑袋上，眼睛乌溜溜地转着，活泼好动。

小动物是能治愈人心的。

连朔的确很懂女人的心理，惜翠看到他怀里的小马驹后，忍不住笑了。

“夫人若不嫌弃，可以摸一摸它。”连朔道。

惜翠伸手摸了一下，手下的皮毛温温热热的，小马驹眨着长长的眼睫毛，眼睛水润，似有灵性。

小马驹伸着脑袋亲昵地蹭着她的掌心。

将小马驹带回母马身旁后，连朔望着母子俩，叹了口气。

接下来就全都是套路了。

连朔向惜翠讲述了自己悲惨的童年——一出生就是贱籍，双亲早亡，被主人辗转卖了不少回，最终才在卫府中安定下来，做了个马奴。

“你识字？”

“识得几个字。”连朔拘谨地说，“却不多。”

紧跟着，他又向惜翠抒发了他的抱负。

惜翠听完，直接道：“以你目前的才学，恐怕考不上功名。”

“奴晓得。”连朔道，“说出来也不怕夫人笑话，奴想要经商。只可惜奴如今只能待在这儿，整日与马为伴，不知什么时候才是个头。”

俊秀的少年情绪低落的模样确实很容易激发女人的同情心。若现在站在连朔面前的是个不谙世事的小姑娘，很有可能被他的皮囊与悲惨的过往吸引，怜悯他的遭遇，想做那个赏识他、成就他的抱负的女人。早已熟知各种套路的惜翠却不动声色，连朔看了她好几眼，有点拿不准这位少夫人心里在想些什么。

眼看时候不早了，卫檀生也要回来了，惜翠没再多说什么，准备离开。

“我送夫人。”少年殷勤地弓身将她送出了马厩。

惜翠赶到小院时，正好撞上从外面回来的卫檀生。

灯笼悬挂在廊下，被风吹得四下摇晃。

卫檀生瞧见她，吃了一惊，询问道：“翠娘，这么晚了，你去了何处？”

自从接管药堂之后，他每日披着一肩风雪回来时，屋外的天色都已经大黑。

惜翠走上前，道：“我在房中待着无聊，出去转了转。”

几年过去，卫檀生长高了不少，比“吴惜翠”高出了一个头。惜翠低垂着眼，替他解下大氅，掸去上面的雪。

卫檀生身上带着些凉气，眉间、发间都落了不少晶莹的雪花，低下头看着她忙活。

“翠娘？”

“嗯？”

他将手伸向了她的发顶，略一停留，又伸到了她的面前。

骨节分明的手指正捻着一根枯黄的稻草。

“你发中有草叶。”

惜翠看着那白如玉的手指，心脏狂跳，却还是故作不在意地说道：“许是在哪里沾上的吧。”

她已经解下了自己的鹤氅。

和上次一样，卫檀生没有怀疑。风吹过，他指尖的草叶不知飞去了哪里。他又伸手到袖间，从袖中摸出了什么：“此物给你。”

“这是……？”惜翠抱着鹤氅，犹疑地看着他。

他手心里躺着一根云纹的玉簪，样式和当初他送给高遗玉的那根发簪几乎一模一样，不同的是当初那根是用木雕的，而这根是以玉雕成的，线条明显更流畅，做工也更细致。

看着这根玉簪，惜翠几乎以为他已经察觉出了她的身份。而他看上去还是和往常一样，仿佛这仅仅只是一个巧合。

“今日瞧见的，”卫檀生微微一笑，“想着或许你会喜欢。”

惜翠接过玉簪，笑道：“确实很好看，我很喜欢。”

和他日日共处在一室后，惜翠才知道他腿上的旧疾每逢雨雪天气就会发作。这是当年他在瓢儿山上留下的毛病。

想到当初那个浑身脏兮兮的警惕性极高的小孩子，再看着眼前这个已经比她高出了一个头的笑吟吟的青年，惜翠恍惚了一下，觉得所有的一切好像就发生在昨天一样。

将鹤氅挂回衣架上，惜翠往他的怀里放了个暖炉。

室内烧着炭，温暖如春。卫檀生穿着件素白的单衣，坐在榻上，束发的杏色发带也被取下，缠在腕间，乌黑的发丝尽数散落在肩头，意态悠闲。

看着这样的卫檀生，惜翠竟然有些心虚。这大概就是丈夫出去工作到天黑，妻子却刚出轨幽会回来的感觉。虽然她与卫檀生之间还算不上真正的夫妻。

“翠娘？”

冷不丁地被喊了名字，惜翠眉心一跳，忙打起精神：“怎么了？”

卫檀生抱着暖炉，笑问：“今日，娘可是去找你了？”

惜翠不疑有他：“今日你走之后，娘确实找我说了些话。”

卫檀生静静地看着她，笑道：“方才，娘也找了我。”

“找你？”惜翠的眼不禁睁大了点。

卫杨氏找他该不会是因为今天的事吧？

卫檀生的话印证了她的猜测。

“翠娘。”卫檀生放下暖炉，下了软榻，绀青色的眼如玉石一般，面上未见羞涩，不闪不避，大大方方地问道，“你可愿……和我行房？”

“我……”

卫檀生一直走到她面前。他的身形挺拔如松，黑得如墨一般的发垂在洁白的衣襟前，给她带来了一阵压迫感。

惜翠不禁往后倒退了一步，刚落回原位的心脏再次提到了嗓子眼。

对上卫檀生的双眼，惜翠难得手足无措起来，口舌发干。

一个家族若是想要长久，必定要根深叶茂，子孙众多。卫家子嗣太少，这些年来一直在走下坡路，已经处在了衰落的边缘。

她要“攻略”卫檀生，其实已经做好了走到这一步的准备。

惜翠从来就没将上床这种事当成洪水猛兽，这或许还是因为她的母亲。

在她到了年纪之后，她家“太后”就特地叮嘱过她，如果有了男友，一定要做好防护措施，女孩子千万要保护好自己。

这种事在惜翠的眼中没什么大不了的，她只是没想到会这么仓促。或者说，她压根没有想到卫檀生会这么主动。

当初两人被锁在禅堂中，他也没对她流露出任何兴趣，镇静自若的模样好像身处清风明月中。惜翠能看出来，经过多年的禅定修行，他对这些事没有兴趣。

察觉到她的退却，青年停下脚步，没再往前，耐心地等待着她的回答。

惜翠舔了舔发干的唇瓣，努力平静下来。卫檀生只是在问她要不要履行夫妻义务，只要她不愿意，他恐怕也不会勉强。

惜翠抬眼，尽量镇静地说道：“这事我做不了主，还是要看檀奴你的意思。”

她本就瘦弱，裹在层层纱衣间的腰肢十分纤细，又因慌乱而气息不稳，胸脯此刻正剧烈地上下起伏着。

她明明很紧张，却还要硬撑着强装冷静，与卫檀生对视，那本就苍白的脸更是因为情绪的波动泛起了一抹病态的红。

卫檀生看在眼里，心中一动，蓦地笑出了声："我明白你的意思了。"他微微一笑，笑容若朗月，"你放心，你不愿意，我不会勉强你，至于娘那儿……有我顶着，你无须担心。"

惜翠虽然不想承认，但确实松了口气，接着道："我……并非不愿意。"但这个时候她再说这话，怎么听怎么没有说服力。

卫檀生却好像将她的抗拒理解成了她对高骞还有旧情，对她的话不置可否。

惜翠干脆放弃继续往下解释，保持了这个暗恋高骞而不得的人设。

这事总算揭过去了。

她和卫檀生都不习惯睡觉的时候身边有人服侍，因此，现在屋里只有她和卫檀生两个人，其他人都被打发下去了。

烛火燃烧着，人影倒映在窗上，看上去倒也有些寻常夫妻之间的温馨感。

洗漱之后，卫檀生看了一会儿账本。他这几天很少看佛经。

或许是受刚刚的话题的影响，两人沉默着，气氛使人有些不安。在这古怪的气氛的驱使下，惜翠抿抿唇，坐了过去，选择主动搭话，问了两句药堂的情况。

"生意比以往好了一些。"她一问，卫檀生就将账本放了下来道，"再过一段时日，想来就能盈利了。"

"你不看了？"

他微笑道："不看了，养足精神才好办事。"说完，他走到床头吹熄了蜡烛，道，"睡吧，时候不早了。"

躺在床上，惜翠却睡不着，如果……

她的思绪浮浮沉沉。

如果，与卫檀生亲密接触真能增进感情的话，她不介意试一试。

似乎被她的焦躁感染，卫檀生从床上坐起来，又点上了灯："怎么了？"

烛光照在他的脸上，使他白皙的肌肤愈加细腻如玉。他的衣襟敞开了不少，两三缕发丝垂落在胸膛前。

"卫檀生，"惜翠终于问出了一直憋在心里的话，"你想要和我行房吗？"

他端着灯台凑近了些，气息有意无意地喷在她的脸上，却没有正面回答她的问题。

"翠娘，你看。"卫檀生突然伸出一根手指，在她的脑门上轻轻一戳，微凉的指腹顺着她的额头一路下滑，“倘若剖开你这张皮囊，便能瞧见骨骼、肌肉、筋脉……”

手指滑过她的鼻尖，停在她的上唇：“口鼻中的涕液。”

手指停在她的咽喉前：“嗓中的痰。”

“肌肤上的汗垢，那些脓血与屎尿。”

“你我体内，皆是如此。”卫檀生嗓音轻柔，双眼低垂，低声道，“身中但有屎尿臭处不净，其有夫妻者，便有恶露。”

“若是要问我的意思，”卫檀生偏着头，坦然地说道，“我觉得脏。”

卫杨氏不与他们住在一起，自然不清楚惜翠和卫檀生之间的情况。

与他们朝夕相处的丫鬟却将一切清清楚楚地看在了眼里，知道他俩根本就是表面夫妻，没有发生任何实质上的夫妻关系。

丫鬟中海棠不急，急的是珊瑚。珊瑚不爱说话，但心中考量得多，为自己日后在卫家的地位着想，思索再三，委婉地劝惜翠尽早找个时间与卫檀生行房。

“不是婢子多嘴，只是日子一久，夫人那儿定有所觉。再者……”珊瑚担忧地道，“郎君身边还有不安分的人盯着。”

珊瑚指的是贝叶。

一想到贝叶，珊瑚眼中的忧色更浓。为了安抚珊瑚，惜翠应了下来。

但实际上，在经历了那晚的对话后，惜翠心里十分淡定。

她曾经以为，几年时间过去，卫檀生不会还像从前那样偏激，没想到他还是当初那个“小变态”。他的病一点都没治好。

就这样安安稳稳地过了几天。

大梁回门没有固定的时间，惜翠和卫檀生特地选了个天气好的吉日，一起回去拜见吴水江与吴冯氏。

一大早，珊瑚和海棠就开始忙活。这是惜翠嫁到卫家后第一次回去，自然要好好打扮，好让双亲见了放心。

冬天快要过去了，天气转暖。担心惜翠的身子，珊瑚还是给她披了件红艳艳的小斗篷。卫檀生今日则穿得单薄得多，如长竹一般，贞劲挺拔。

马车已在府外备好，惜翠上车前，有个年轻的仆役手疾眼快地替她掀开了帘子。

惜翠还没登上车，顿在了原地。

连朔正冲她笑。

“少夫人。”少年笑得殷勤，但由于皮相生得好看，倒使人生不出恶感来。

要不是连朔突然出现，几天时间过去，她都快忘了有他这么一个人存在。

惜翠下意识地留意了一眼卫檀生的方向。她正好挡住了卫檀生的视线，这里是卫檀生的盲区。

知道卫檀生看不见后，惜翠想了想，登上车，也冲连朔露出了一抹含蓄的笑。

车前的仆役受到了鼓励，笑得更加灿烂了，双眼专注地望着惜翠，好像天地间只剩下了她一人。

坐到车上后，惜翠又想到了车前的那一幕。

连朔显然是将“吴惜翠”当成了救命稻草，费尽心思想要借她的力量向上爬。但他不知道，“吴惜翠”的心还在高骞那儿，她始终没有放弃对高骞的执念。

这次回门，也是书中写到的一段情节。

“吴惜翠”与卫檀生回门当日，刚好高骞再到吴府邀请吴怀翡去帮高老夫人看病。好不容易见到心上人，“吴惜翠”全然忘了自己已嫁为人妇，当着卫檀生的面朝高骞扑了过去。

因为这段情节，读者给了卫檀生一个“小可怜”的称号，并再次发出呐喊：“‘吴惜翠’什么时候下线？”

她在沉思时，卫檀生已登上了车，在她身旁坐下，难得问了她一句：“在想何事？”

“没什么。”惜翠答，“只是想到待会儿就能见到爹娘了。”

卫檀生笑道：“你刚刚可有见到那车前的仆役？”

“怎么了？”

卫檀生蹙起好看的墨眉，又缓缓地松开，颇有些调笑意味地说：“他身上的梅花香气和那日你身上的香气倒是有几分相像。”

惜翠仔细看他的神情，觉得他不像是发现了什么，更像是和上次一样，不过是随口一提。惜翠淡淡地说道：“是吗？我记不清了。”

“走吧。”卫檀生看了她一眼，弯唇一笑，朝车夫吩咐道。

马车驶动，惜翠无论如何都轻松不下来，不敢想象待会儿到了高骞面前会是怎样一番光景。

卫家距离吴家不远，不消片刻，他们就到了吴府大门前。

吴氏夫妇爱女心切，早已在门外等着迎接，吴怀翡则陪在吴冯氏身侧。

卫檀生先下了车，也不着急去拜见吴氏夫妇，而是站定了，朝惜翠伸出手。

惜翠将手搭了过去，借力下了车。

两人走到府门前，拜见过吴水江与吴冯氏。

吴氏夫妇见小两口关系好，倍感欣慰，心想年轻人都是如此，翠娘之前不愿嫁人，但和郎君相处的时间久了，也就培养出感情了。

吴怀翡则十分讶异，惜翠嫁过去不过短短数日，与卫郎君之间什么时候变得这么有默契了？卫檀生伸手，惜翠搭手，两人神色平静，看起来不似作假，倒像是习以为常了。

翠娘能解开心结与卫郎君好好生活，吴怀翡自然也感到欣慰。

目光不经意间对上卫檀生的双眼，吴怀翡向他点头示意。想到昔年的事，常人难免会尴尬，但她和卫檀生都不是那种拘泥于过去的人。

吴水江满意地抚了抚颌下的胡须，领着妻女们一同踏入府内。其余下人忙去解马卸鞍，将带来的礼物抬了下来。

惜翠和卫檀生过来的时候已经临近午时了，吴冯氏早就吩咐下人置办了一桌酒席。

众人落了座，还没来得及动筷子，突然有个小厮来报，说是高家郎君前来拜访。

惜翠提前看过小说，不是很意外，吴怀翡却是一愣。

吴水江知道高老夫人尚在病中，赶紧让那小厮将高郎君请过来。没过片刻，小厮就将高骞领了进来。

高骞显然已经知道自己来得不是时候，一迈进堂中，没有看其他人，只沉声向吴水江道歉。

两人说过些场面话后，吴水江请他一并坐下来吃饭，卫檀生也笑道：“高郎君来得正巧，不如留下来一起用膳吧。”

高骞没有推辞。

丫鬟早已多上了一双碗筷。

本来吴水江与卫檀生翁婿之间要说些闲话，高骞一来，话题自然也就引到了别处。

吴冯氏却没想这么多。她眉开眼笑，不住地看着惜翠与卫檀生，越看心里越满意，忙着给两人夹菜吃。

惜翠头痛地看了眼碗里堆得高高的南瓜。她不爱吃南瓜，尤其是烧得太烂太软的，在瓢儿山上的时候，那些土匪也不是顿顿能有饭吃，没饭吃的时候就用南瓜代替，导致她后来一看到南瓜就想吐。

和她不同的是，“吴惜翠”好像很喜欢吃南瓜。

要是碗里的南瓜只有几筷子，她也能硬塞进去，偏偏她碗里那软塌塌的南瓜几乎快堆成了山。

犹豫间，惜翠伸出筷子，想努力吃完，另一双筷子突然拦在了她的面前。

“我记得你似乎不吃这些。”卫檀生冲她柔和地笑了笑，杏色的发带垂在肩上。

一旁正与吴水江交谈的高骞也因这儿的动静偏头看了过来。

惜翠反应不及，卫檀生把南瓜夹去了大半。旁人一眼看过去，以为那是夫妻之间亲密的小动作。

高骞微感诧异，目光不露声色地扫过二人。

他素来没有关注旁人的习惯，但卫檀生与“吴惜翠”的关系，就算他没费心留意过，也是知道一些的。“吴惜翠”对这卫家三郎总有些无来由的恶意，两人像现在这般和谐而亲密，高骞倒是第一次见。

这总归是旁人的私事，他无权多做评判。不过他难免又想到了遗玉。

遗玉曾经喜欢过卫檀生。

高骞攥紧了手中的那双筷子，指节绷得紧紧的，神色转冷。

他本不该迁怒于别人，卫家三郎与“吴惜翠”过得好也罢，不好也罢，都与他无关。只是，遗玉曾经如此爱慕这卫家三郎，甚至不惜扮成他的模样，不顾世俗礼节也要上山。

遗玉去世不过短短数年，这卫檀生竟已经将她忘得一干二净。

南瓜……他记得遗玉也不爱吃南瓜。

高骞紧抿薄唇，心头再度漫上了些刺痛。

遗玉的爱好与生活习惯，他都一一记在心里。他与遗玉失散十多年，致使遗玉与他相处的时候，似乎总隔着些不可见的阻碍。他不善言辞，也不知道该如何接近自己的妹子，只能每隔几日将小鸾叫过去，好了解遗玉的近况。

遗玉不挑食，这南瓜算是唯一一样她不爱吃的东西。

不过，“吴惜翠”也不爱吃南瓜吗？

高骞一愣。

他这么一想，等再看过去时却突然发现，眼前这个“吴惜翠”和他记忆中的那个人有了不小的出入。

惜翠的心情不比高骞的轻松到哪儿去。

按理来说，卫檀生不应该知道她不爱吃南瓜。只有一次，卫檀生点了个南瓜羹，她没动一筷子。

卫檀生是怎么知道她不爱吃南瓜的？

一时间，惜翠几乎以为卫檀生已经发现了她的身份。然而她转过头看了他一眼，还是没从他的脸上看出任何异样。

他究竟在想什么？

惜翠猜不透卫檀生究竟在打什么哑谜。如果他真的看出了她和“吴惜翠”之间的差别，那为什么还要藏着掖着，不直接问她？

满桌子的饭菜都好像变得寡淡无味了起来。

这儿的动静不仅吸引了高骞，也吸引了吴冯氏。吴冯氏惊讶地问：“翠娘，你什么时候不爱吃这个了？”

“今日不太想吃。”惜翠笑道。

吴冯氏没有怀疑自己的女儿，只笑道：“你嫁了人，性子倒也变了不少，和从前相比，竟沉稳了许多，我这做娘的都快认不出你来了。”

说者无心，听者有意。高骞的心中涌起淡淡的疑虑。

他今日是为了吴怀翡而来的，高老夫人还在家中等候。用过午膳，吴水江不好多留他，叫吴怀翡提上药箱赶快去给高老夫人看病。

惜翠赶紧跟着他们一块儿站了起来。

这个时候她该出场了。

到后期，“吴惜翠”在作者的有意安排下，基本上已经沦为小丑。或许是因为知道自己与高骞之间没有可能了，“吴惜翠”的心理也越来越扭曲，但凡是能和高骞有接触的机会，她绝不放过。

在众人迈步离桌时，“吴惜翠”假装因病没有站稳，栽向了高骞的怀抱。只要与高骞接触，她就会激动得脸色泛红，大得惊人的眼含情脉脉，完全不管在场的人会是什么反应。只要能让吴怀翡不痛快，她就痛快极了。

作为一个正常人，惜翠无论如何都做不出这种事情，酝酿了一会儿才故作没站稳，踉踉跄跄地往高骞的方向歪了过去。

眼看着她就要栽进高骞的怀抱了，一只手却好像预知了她的动作，从她的腋下插过，环着胸，牢牢地接住了她。惜翠没来得及扑腾两下，就被带着跌进了对方的怀里。

旃檀香气伴随着药的苦味钻入惜翠的鼻腔。她双手抵在了卫檀生结实的胸膛前，下意识地抬头看去，只见一条杏色的发带垂落在她的鼻尖。

卫檀生把她箍得紧紧的，好让她不会再有任何动作。

与他强硬的怀抱不同，他绀青色的眼里却满是温柔之色，似乎藏了数不尽的关切与体贴。

“怎么了？”他温言问道。

他的呼吸如羽毛一般在惜翠的耳畔拂过。

近在咫尺的眼眸恍若深深的暗渊，几乎要将她吞噬。惜翠挣扎了两下，没有挣开，道：“没什么。”她尽量不去看那双眼，干巴巴地解释道，“头有点晕。”

卫檀生放开她，不过手还是把着她的胳膊。

“可要坐下歇歇？”卫檀生看似体贴地问，“高郎君那儿有大姊在，你身子不适，不必再去送了。”

“我没事，”惜翠摇头，推开他站稳了，“我们过去吧。”

卫檀生垂下眼眸，长长的眼睫毛在眼皮上投下淡淡的阴影。

他没有因为她刚刚推开了他而感到不满，只觉手臂上似乎还停留着方才那古怪的触感——软绵绵的，倒不似他想象中那般惹人厌恶。

他勾起唇角，不禁微笑了起来。

高骞何尝察觉不出惜翠的意图，只是见她被卫檀生拦住了，想着多一事不如少一事，选择了沉默，继续迈步向前。

走出几步时，高骞却忽地停下了脚步。

在高骞看来，卫檀生夫妇之间若说是夫妻恩爱，倒也不太像。虽然娘亲去得早，但他还记得爹娘之间相处的种种细节，爹娘相处时绝不是这两人现在表现出来的这般模样。

他心中猛地掠过一丝不确定的念头——方才，惜翠看着卫檀生时，有点像……遗玉。

这个念头如一把铁锤重重地砸在他的心上。

因为这个突如其来的想法，高骞一时失神了。

“高郎君？”

听到吴水江疑惑的问询，高骞陡然回神，忙止住纷乱的思绪，郑重地行了一礼：“今日打扰了郎中一家团聚，某实在惭愧。”

吴水江笑道：“小郎君一片孝心，我怎会怪你呢？快些去吧。”

“玉娘，到高家后可要细细为老夫人诊治，”吴水江嘱咐道，“莫要有任何闪失。”

吴怀翡：“儿晓得。”

惜翠看了一眼站在身侧的卫檀生。这次不是她没按情节走，而是卫檀生中途插了一脚。接下来的情节，惜翠打足了精神，半点不敢松懈。

好在这段情节比较简单，她只要说两句话，表达出她对高骞的关心就够了。

惜翠上前一步，笑道：“二哥，大姊，你们路上小心。”

书中描述这一段时，着重写了“吴惜翠”的神态，说她双颊微红，眼神满含倾慕之意，就连吴冯氏都看出来了些不对劲。

惜翠也不知道这满含倾慕之意的眼神究竟是什么样子。高骞身材高大，比她高出来不少。她只能仰起头，大大的眼睛一眨不眨，专注而又含情脉脉地看着他，嗓音温柔了不少。

“今日与二哥一别，不知何时才能相见呢。”

果然如书中所说的那般，在场的众人都隐隐察觉出来了不对劲。

吴怀翡面色苍白，本以为翠娘已经想通了，没想到翠娘对高郎君还有余情。吴怀翡睁着杏眸，目光幽怨。

吴冯氏虽然迟钝了些，毕竟还是活了这么多年，将女儿的不对劲看得一清二楚。她登时看了眼卫檀生，却见这个新女婿平静地望着自家女儿，秀气的脸上看不出喜怒。

吴冯氏暗道不妙，眉间突突直跳。她心中察觉出了什么，却不敢细想，也不愿往别处去想，只能安慰自己翠娘只是有些任性罢了。

吴冯氏想，翠娘和高家二郎有些幼时的情分，翠娘自小就仰慕他，嫁了人以后两人再难见到，翠娘舍不得他也是人之常情。

吴冯氏看在眼里，心里急得团团转。她和卫家三郎没什么接触，不代表她看不出来这小郎君有几分傲气。由吴水江亲自拍板定下的人会比高骞差到哪里去呢？吴冯氏不明白，翠娘怎么就看不清呢？还像小时候一样天天追着高二郎跑。

这孩子怎么这么傻？她嫁了人，在这种场合应当多多注意才是，怎能当着夫婿的面这么看一个外男？

吴冯氏没办法，只能赶紧将她拉了回来，笑着打圆场：“时候不早了，莫让老夫人等急了，快去吧。”

凝滞的气氛这才缓和了一些。

高骞看着被吴冯氏挡在身后的惜翠，唇抿得紧了些。

他稳下心神，与吴水江再拜过，同吴怀翡一起迈下了台阶。

吴冯氏心里的石头还没放下，偏头又看见自家女儿正看着高骞离去的背影，不禁倒吸了一口凉气。

吴冯氏不敢多看这卫三郎的脸色，忙推着惜翠往里走：“回去吧，回去吧，你好不容易回家一趟，我和你爹还想和你说会儿话呢。”

马车穿过胡同，驶入长街，高骞手握缰绳，骑着马走在车前。

他很少走神，做什么事都追求一个心神专注。

马车经过街巷，他却无意四处看，思绪不禁飘远了。而他的所思所想竟都围绕着一个昔日他根本不会在意的女人。

他的心中埋下了怀疑的种子，此刻种子蠢蠢欲动，正欲破土而出。

上回张先生告诉他，南边会有他想要的答案。但那一天除了因为吴惜翠坠楼而再度想到遗玉之外，他一无所获。

难道说遗玉与吴惜翠之间有什么关联吗？

高骞眉心紧锁。

吴惜翠确实有了不小的变化。寻常人若不是遭逢大变，绝不会在这么短的时间里发生这么大的改变。她身上，究竟发生了什么？与遗玉有关吗？还是说这一切仅仅只是他一厢情愿的猜想罢了？

骏马之后跟着一辆装饰精美的香车。

吴怀翡只能听见街巷热闹的吆喝声，看不见跨马随车的高骞。

翠娘对高郎君还有余情——这短短的十个字犹如魔咒一般纠缠着吴怀翡。

吴怀翡放在膝上的双手紧紧地攥住了裙摆。

那高郎君呢？高郎君在想些什么？他又是如何看待翠娘的？

吴怀翡不敢去想。

她只怕再想下去会摧毁她这么久以来辛苦建立的防线。

只要能维持着眼下的局面就够了，她不奢求那么多了。

吴怀翡在京城的世家大族中已闯出了不小的名声。

她是高骞特地请来为老夫人看病的，高家人不敢怠慢。

吴怀翡提着药箱进了老夫人住的上房，高骞站在廊下，没跟过去。

李氏吃惊地问："三郎，你不进去？"

高骞低声道："我尚有些事，马上就回来。"

离开老夫人的院子，穿过垂花门，他一路走到了自己的那间书房中。

桌上正摆着一封刚呈上来不久的书信。高骞坐到桌前，取出信。

自从张先生卜了那一卦之后，他就吩咐人到大梁各地搜寻这些年来借尸还魂的奇闻——有些是人编出来的话本故事，还有些不过是以讹传讹的谣言，一番挑拣下来，真正有一定可信度的不过五六起。

他一一翻过，神色凝重。这些人不论男女老幼，都有个共同之处："尸"与"魂"之间的生辰八字相合。

窗外的日光穿破薄云，透过窗牖，洒在室内。

高骞若有所思地看了眼明晃晃的日光，站了起来。

另一厢，吴怀翡收回诊脉的手。

"老夫人身体没有大碍，只要日后多加休息和调养便可。"她笑道，"待会儿我就给老夫人开个调理身子的药方，回头再按方子上写的煎药服下便可。"

一旁的高家女眷如释重负地叹了口气。

李氏满怀歉意地笑道："今日实在是麻烦娘子了，知道婆婆无事，我便安心了。"

吴怀翡浅浅地笑了笑。回想起方才高骞走得仓促，她只觉心头微感苦涩。

高老夫人躺在床帐中，已经歇下，众人不便打扰，陆续走出了屋子。

想到这吴家大娘昔日还曾救过三郎的性命，李氏正要开口重提此事，却恰好看到高骞大踏步地回到院中。

"三郎，你来得正好。"

高骞："婆婆如何？"

李氏道："托吴娘子的福，已无大碍。上回的事你还没谢娘子，这回可要一并好好谢过吴娘子。"

“我晓得。”高骞低声道，“我还有些事想单独问吴娘子，大嫂能不能给我一点时间？”

待李氏走后，廊下只余高骞和吴怀翡两人。

面对男人高大的身躯，目睹他微寒的眼神，吴怀翡不由得轻轻地咽了口唾沫，心脏怦怦乱跳，心头那阵苦涩霎时被淡淡的雀跃之感替代。

“郎君……可还有什么事？”她的声音中含了几分她自己也不易察觉的期盼。

“恕某失礼，”高骞嗓音低沉，说出口的话将她那点雀跃与期盼摧毁殆尽，“娘子能否将令妹的生辰八字告知于我？”

吴府。

吴水江与卫檀生还有些翁婿闲话要说，吴冯氏则领着惜翠回到了惜翠出嫁前住的小院。

惜翠嫁到卫家之后，吴冯氏依旧每日遣丫鬟过来打扫，屋子里的陈设和惜翠出嫁前无异。

母女俩说了会儿话，吴冯氏怜惜女儿体弱，点上了安神香，叫女儿躺在床上小憩一会儿，自己退出了屋。

午后的阳光洒落，卷帘外，梅花开得正浓。

少女躺在榻上睡得很香，原本苍白的脸颊被日光晒得红扑扑的，鬓发钗环歪斜，乌墨色的长发如同一匹光亮的缎子。

卫檀生从吴水江那儿回来，走进来的时候，看到的就是这么一个场景。

他走到榻前坐下，没发出任何声响，只静静地注视着她。

这是他第一次看见惜翠睡得这么香甜。

卫檀生弯弯唇角。

他有个怪癖——一看到别人睡得香，他心中就会涌上一股将那人叫醒的欲望。

他凑近了些，目光顺着少女光洁饱满的前额一路往下，最终停留在……她饱满的胸脯上。

想到方才手臂上的奇怪触感，卫檀生顿了顿。

她那儿和他身上的所有地方都不太一样。

她身子弱，削肩细腰，此刻衣襟微敞，露出些凝脂似的白色肌肤，叫那乌墨的发丝衬托得更加让人心乱。

虽然他对男女之事没什么兴趣，但该知道的也都是知道的。

她那儿和他想象中的似乎不太一样。这还是他头一次对女人的身体生出了些许困惑与好奇，甚至冒出了想要探究个清楚的念头。

这便是女体？纤细的腰肢上托着这么两团惹人注目的东西，看着古怪极了。为何它们能引动男人的欲望？

卫檀生随心而动，俯身过去，手最终停留在离少女胸前一尺远的地方。

趁人入睡时做出这般举动，并非君子所为。他转念一想，手换了个方向，毫不留情地戳了戳少女柔软的脸颊。

在她睁开眼之前，他又若无其事地收回身子，坐直了。

惜翠是被落在脸上的什么东西给戳醒的。

她迷迷糊糊地睁开眼，却在榻旁看到了一个按理来说不应该出现在这儿的人。

貌若好女，乌发墨鬓的青年正专注地盯着她看。惜翠忙坐了起来，午后的困意顿时散了个一干二净。

“你怎么过来了？”她不自觉地往后靠了靠。

刚睡醒，嗓音还有些沙哑，惜翠咳嗽了一声。

卫檀生见她哑着嗓子，没着急回答，竟主动走到桌前给她倒了杯茶，让她润润喉咙，然后才坐了下来。

“刚从爹那儿回来，便想着来看看你。”卫檀生眼睛眨也不眨，脸不红心不跳地盯着惜翠道，“未承想你醒得这么早。”

惜翠根本没想到自己是被眼前这人戳醒的，只当是自己睡眠太浅。

喝了口茶，喉咙里确实舒服了不少，惜翠捧着茶杯问：“眼下什么时辰了？”

“未时三刻，时间尚早，你可还要再睡一会儿？”

“不睡了，睡多了不舒服。”惜翠拢了拢散乱的发丝，理了理衣襟，随口问了一句，“我爹还在书斋吗？”

奇怪的是，卫檀生没有回答她的问题。惜翠抬头看过去，却见这“小变态”正一本正经地望着她，而他的目光好像放在了什么奇怪的地方……

惜翠理着衣襟的手顿了一顿，卫檀生看的方向是……她的胸？

这个念头刚刚冒出来就被惜翠给掐灭了。

虽然“吴惜翠”的胸大了点，但她不觉得卫檀生会突然对女人的胸产生兴趣。

在惜翠乱想的时候，卫檀生的眼睫毛一颤，他收回了目光。

惜翠再看他时，他已经恢复了以前那副温润从容的模样。

整理好衣裳，惜翠和他一道出了屋，但是她心里还是觉得怪怪的。

一家人坐在前厅里又叙了些闲话，一直到日落西山，斜阳穿过厅堂，洒在雕花的栏杆上时，卫檀生才和惜翠起身拜别。

吴冯氏极舍不得他俩，将他俩送到了府门前。

想到之前惜翠看高骞的眼神，吴冯氏始终不放心，又偷偷将惜翠拉到一边，千叮咛万嘱咐："翠娘，你年纪不小了，在婆家可不能再像在家里一般任性。回去后，要好好侍奉郎君与公婆，莫要耍小性子。"

吴冯氏一直觉得翠娘太任性了，一般人受不住。再加上翠娘体弱多病，身子一直不大好，如何帮她安排一门合适的亲事一直是吴冯氏最头痛的事。

选卫檀生做女婿，吴家也有自己的考量。

先说卫家。卫家虽是个百年大族，但已是日薄西山，走在衰落的边缘，若想要再振兴卫家，子孙后辈定是要走仕途的。

吏部掌百官升迁，吴水江任吏部郎中十多年，一直手握吏部的实权。

不过吴家是新贵，到吴水江这儿才冒出了点头，在这富贵场中根基不稳，正好与卫家一拍即合。

虽说两家是互利互惠的关系，但他们卫家人在朝中担任的都是些无关紧要的闲职，若是想要再往上走，还得仰仗吴家的关照。只要吴水江不倒，翠娘在卫家就有说话的底气，卫家人也不敢轻视她。

再说这卫家三郎。卫家三郎虽身有残疾，但自小就因才华出众闻名京华。甚至连久居宫中的官家也听闻过卫家三郎的名头，曾特地召他入宫面圣，这就表明卫家三郎是个有真才实学的人。

人们都说卫三郎慈悲宽容，能包容翠娘。要是翠娘能跟他一起念念佛，定定心，吴冯氏便放心多了。吴冯氏不奢望他们这对夫妻能有什么出息，只要他们能平安喜乐，不出什么差错地过完这辈子，就满足了。

在拉着惜翠，得到她的亲口保证后，吴冯氏这才放心。

等惜翠回到卫家的时候，已经是掌灯时分[①]。

之后，生活好似又慢慢地恢复了平静。

卫檀生早出晚归，她就守在门前等着他。卫檀生看她的眼神日益变得奇怪起来，惜翠想问又找不到合适的理由。

过了些时日，卫檀生经手的药堂的生意有了不小的起色。

看完账本后，卫杨氏大喜，卫宗林也十分满意。

卫宗林本来将厚望全都寄托在卫檀生这个小儿子的身上，哪里晓得飞来横祸，卫檀生的腿伤了。他不喜欢卫檀生整日念经礼佛，却也知晓自己愧对卫檀生，不好多说什么，如今见卫檀生终于做出了一些成绩，一高兴，当下便亲自拍板，要将城西那间布庄拨给卫檀生经营。卫宗林想着，檀奴打小聪慧，做什么事都上手极快，将这布庄交给檀奴，自己不用担心。

这也是他和卫杨氏商量之后做的决定。

之前是大郎连带着一起管了三郎的铺子，三郎现在管事了，属于他的那份，他自然是要拿回来的。

这么一来，卫家的气氛顿时发生了明显的改变。

大哥卫景没有看出来任何异样，还为自己的弟弟感到高兴。大嫂孙氏的脸色却阴沉沉的，笑容也没了。

孙氏出生于商贾之家，卫家的这些铺子这些年来都是她在费心经营。在她眼里，这些铺子早就归入了他们那一房。背地里，她也捞了不少油水。眼下，卫宗林将那间生意最红火的布庄拨给卫檀生，无异于从她的嘴里抢肉吃，让她将这辛辛苦苦经营起来的铺子拱手让人，孙氏哪里甘心？再说了，万一卫檀生从账本上发现了什么问题，她怎么在这个家里待下去？这不是叫她死吗？

但卫宗林发话了，她不敢不从，不仅不敢不从，还要笑脸相对，连声陪着夸赞。

孙氏悔得肠子都青了。早知道会这样，当初她就不该主动提起那一茬。他花钱就让他花，在家中当个无所事事的散人总比现在插手家里的生意要好得多。

对于这个小叔子，孙氏可谓心情复杂。

---

① 掌灯时分：天黑点灯的时候。

她性子好强，凡事喜欢压别人一头，偏偏嫁给了卫景。卫景性子敦厚平和，做事一板一眼，外人提起卫家，难免都会提一句这卫家三郎卫檀生，这卫家大郎卫景却几乎无人问津。

卫景处处被这个弟弟压着，倒也不觉得有什么，孙氏却咽不下这口气。等她掌家之后，这小叔子平常什么事都不做，整日捧着卷佛经，只花钱，孙氏更是心疼得不得了。

卫宗林要将铺子拨给卫檀生管，她私下里少不了要跟卫景抱怨，想撺掇他去卫宗林那儿说两句话。但卫景是个士人，对商贾之事向来没什么兴趣，只疑惑地皱眉道："你一介妇人管这些做什么？喜儿刚睡醒，吵着要见你呢，你还不快去哄哄他？"

喜儿正是孙氏与卫景的儿子。

孙氏将儿子哄安分了，回到自己的屋里，将桌上的花瓶尽数拂落在地。靠着桌凳，她喘了口气，妆容都有些花了。

他们卫家人倒是一条心，只有她是个嫁进来的外人。

孙氏捋了捋额际凌乱的发丝，脸上突然染上一抹冷意。

无论如何，这个铺子她是不能给卫檀生的，至少现在不能给他。她这个小叔子狡诈得很，她若现在把铺子给了他，无疑是把自己往死路上推。她还得另外想个办法。

当晚一家人聚在一起吃饭。

卫宗林想要卫檀生接手布庄，故作不经意地提到了布庄在怀州的一笔生意。

孙氏心念一转，搁下筷子，笑吟吟地道："这怀州距京城不远，既然三郎要接手铺子，不如就趁这次机会，亲自去跑一趟如何？"

大梁怀州产出的怀锦闻名天下，卫家布庄的锦缎多出于此。孙氏表示，让卫檀生亲自到怀州跑一趟，谈下这笔生意，顺便历练历练。

"这……"卫杨氏担忧儿子，"三郎腿脚不方便，去怀州一路上舟车劳顿，恐怕不妥呢。"

孙氏的话倒合了卫宗林的心意，实际上，他也正有这个想法。

"这有何不妥？自京城到怀州，沿途吏治清平，并无土匪生事。怀州富饶，又不是叫他去那穷乡僻壤，他一个大男人，难道还挨不住路上这点风尘？"

卫宗林发话了，卫杨氏不好再多说。

听到这话，卫檀生只恭敬有礼地答了一句："但凭爹娘安排。"

这事就这么定了下来。

惜翠心中却有些不太好的预感。自从卫檀生管事以来，阖府上下就有些山雨欲来风满楼的味道。惜翠蹙眉问：“你当真要去怀州？”

两人并肩走在庭院中，卫檀生温言答道：“便当是去游历一番，中途也能长长见识。”

惜翠没有答话，在回想大梁地图。

怀州距离大梁帝京确实没多远。抿抿唇角，惜翠下定了决心，抬眼道：“我和你一起去。”

虽说小别胜新婚，但她和卫檀生都还没培养出来感情，就要分别，等卫檀生回来后他们岂不是更加生疏了？

古代交通落后，就算京城距怀州再近，谈生意一来一回，还是要耽搁不少时间，而且路上的不确定因素太多，她不想再等了。

卫檀生面带诧异之色：“你要与我同去？”

无怪乎他惊讶，哪有做生意的路上还带着妻子同行的？她这个要求确实出格了些。

“是，我想和你一起去。”惜翠重复了一遍。

卫檀生侧头，墨色的长发沐浴在银色的月华下。他静静地看着她，似乎来了兴致，问道：“你为何想要和我同去？”

“因为……”少女的嗓音淡淡的，轻轻地落在他的心头，“我舍不得你。”

卫檀生本来只是随口一问，惜翠直接而利落的回答却让他微微一愣。

他再一次专注地正眼打量起面前的少女来。

皎洁的月色下，她的眼神十分坦荡。

那不是“吴惜翠”的眼神，或者说，那个人不是“吴惜翠”。

这么长时间接触下来，他早就察觉出了异样，也没把她当“吴惜翠”看待过。她和“吴惜翠”之间的差别太大了，透过这皮囊，他看见的是另一个灵魂。

眼前这个人是谁呢？这曾经让他百思不得其解。

望着这双眼，卫檀生突然觉得她身上好像缺了什么东西。

缺了什么呢？卫檀生默然地想。

他的目光沿着她的腰肢往上，掠过胸脯，在触及她乌黑的鬓发时，他终于想了起来。她的鬓上干干净净的，没戴什么多余的饰物。

在她的鬓发上，缺了抹流云，那天他走出石室时亲眼看见的那抹流云。

“我送你的那支簪子呢？”

“簪子？”惜翠不解，这“小变态”刚刚沉默了这么长的时间，结果就问我的簪子？

惜翠摸了摸发髻：“今天忘了戴上。”

“日后记得戴上。”

卫檀生只字不提惜翠要同他去怀州的事，她却坚定了决心要和他一起去怀州，任凭旁人如何劝说也不动摇。

也不知道卫檀生后来说了些什么，卫家人最终还是同意了让她和卫檀生同行。

除了担心努力付诸东流之外，惜翠坚持要和卫檀生一起去，还有一个原因。那就是她总有些不好的预感，觉得在去怀州的路上可能要发生什么事。

可不论她怎么想，就是抓不住脑海里的那个念头。

到底是因为什么？惜翠头痛欲裂。

很快她不用再想下去了，因为在收拾好行囊，和卫檀生离开京城后不久，她那不祥的预感便应验了。

伴随着车外的一声“有土匪”，惊叫声、马嘶声与刀剑相撞的鸣金声霎时响作一团，才驶离京城没多远的马车骤然失控。

坐在车上被颠得七荤八素的惜翠终于在这个时候想起来她究竟忘了哪一段情节！但就算她现在想起来也已经晚了，车外已经杀作了一团。

厮杀中，有个护卫冒死冲到车前，想要带她和卫檀生离开。

帘幕还没掀开，只闻一声惨叫，鲜血溅满了厚重的青色帘幕。

在这危急时刻，坐在她身旁的卫檀生当即钻出了车。

沾满了鲜血的帘幕被掀起，又猝然落下，只透过一丝微光，惜翠依稀能瞧见车外惨烈的景象。

车夫被一刀毙命，已经死在了车外。他们的车队已经被不知道从哪儿冒出来的土匪给围在了旷野中。

这次出行，卫家挑的护卫都是好手，此刻正提着刀，梗着脖子和土匪拼杀。

一瞧见卫檀生钻了出来，有个护卫横剑于胸，挡下劈面而来的一击，抽空扭头大喊了句：“郎君快逃！”

卫檀生蹙眉，不假思索地将死去的车夫推下了车。骏马因受惊高高扬起马蹄，拖着车子四处打转，卫檀生勉强稳住身体后，握紧缰绳，使劲一扯，长鞭随即落下。

在护卫的掩护下，他冲破了土匪的包围，驾车一路狂奔！

很快就有土匪发现了疾驰的马车。

那黑衣匪首看起来三十多岁，脸上有疤，像一头矫健的黑豹。他目光闪烁，高声喝道："追！"

车内，惜翠咬紧了牙关，连滚带爬地爬到了车前，挑开帘子，才瞧见了卫檀生的身影。

道旁的树木飞快地往后退去，成一线绿色，马蹄扬起漫天的尘土，惜翠几乎睁不开眼。

卫檀生的衣服已经全让那车夫的血给浸湿了，他眉头紧锁，神色凝重，唇侧全无笑意。

马受了惊吓，已经不听人的指挥了。

卫檀生方才用尽了全部的力气才驾着马车冲出重围，如今已没有力气控制方向。

就在此时，一个瘦弱的身体爬了过来，卫檀生侧头看去。

"我帮你。"惜翠喘着粗气，哆哆嗦嗦地摸上了缰绳。

她脑海里空白一片，根本来不及去想那些有的没的，只知道这个时候再不自救，她和卫檀生可能就会死在这儿。

她这辈子还没有过这种刺激的体验。

惜翠的手心被缰绳磨得火辣辣的，身体更是差点被颠散了架。饶是如此，她和卫檀生一把扯住了缰绳，使出了吃奶的力气往后拉。

天气刚刚回暖，前几天有一场倒春寒，又硬生生地将温度拉了下来。天空中飘着细雪，风卷着沙石拍打在他们的脸上，像刀子割脸一样疼。

这个时候多说不便，卫檀生只看了她一眼就又收回了目光。

惜翠死死咬紧了牙齿，抿紧了唇，和卫檀生都没有多话，目光倾注在马车上。

奈何她这个身体的力气微弱到几乎可以忽略不计。人力有限，行至一处下坡路时，卫檀生以一人之力已拉不住几近疯狂的高头大马。

骏马挣脱了缰绳，车上的两人毫无防备地被甩下了马车。刹那间，卫檀生长臂一伸，揽住了她，将她护在了怀里，带着她重重地摔落在地。

这山坡极陡，他们的五脏六腑在这个时候都好像被抖了出来。两人顺着山坡一直往下滚，滚到坡底的黄土上才停了下来。

时间好像在这一刻静止了，耳畔嗡鸣不止，惜翠仰面躺了好一会儿，才终于恢复了意识。

不只手心疼，她全身上下无一处不火辣辣地疼。她想要看看卫檀生，推了一把，却发现压在她身上的人毫无动静。

惜翠心一惊，推开了他，翻身坐起来。

他的手刚刚一直护在她的脑后，她才没伤着。惜翠把他的手拿开一看，他这双手指修长如玉的手此刻已被地上的沙石草叶刮得血肉模糊。他的双眸紧紧地闭着，鸦羽样的眼睫毛垂在眼皮上，遮去了眼中绀青色的浮光。

“卫檀生？”她的嗓子就像两个卡紧了的齿轮，好半天才勉强挤出破碎的字句。

“卫檀生？”

卫檀生还是没任何动静，杏色的发带因为刚刚的冲撞也不知道落在了哪儿，乌墨色的发丝散开，凌乱地搭在脸上。

惜翠伸着手指，凑到他挺而直的鼻下，这才松了口气。

还好，他还有气。

惜翠赶紧又检查了一遍他的身体状况，没发现什么严重的伤势，猜测他应该是刚刚撞到了头，昏了过去。

没想到这“小变态”在坠车前竟然护住了她，惜翠愣愣地看着他光洁的容颜，心中五味杂陈。

深吸了一口气，迫使自己冷静下来，惜翠环顾了一圈。

车马都已经没了踪影，她和卫檀生不知道滚落在了哪里。

前方是一片山溪，溪水很浅，水中散落着大小不一的碎石。要是她和卫檀生再往前滚一点，惜翠不敢想象这后果。

溪水上方有一处短崖，周围树木环绕，也不知道是什么树，叶子还是绿的。

在这儿她听不到其他的动静，探了一圈路，回到了原地，只能先等卫檀生醒过来。

哪承想，天空中的雪愈下愈大，卫檀生还是没有醒来的迹象。

惜翠冻得面色发白，嘴唇发青，哆嗦个不停。再等下去，她完全有理由怀疑她和卫檀生都会冻死在这儿。

刚刚她发现短崖下有一个石洞，那儿应该能避避寒。只是怎么将卫檀生挪过去，就成了她当前最为棘手的问题。卫檀生看着清瘦，但毕竟是个成年男人，压在她身上时，就像一座小山。

在心底默默地给自己打了个气，惜翠颤颤巍巍地迈出了第一步。

卫檀生两条腿垂在地上，被她连背带拖地往前挪。

惜翠头脑发昏，冷风和着雪花钻进了领子里，冻得她直打寒战。

惜翠不敢松懈，担心她这口气要是松了，就再也提不起力气了。

她不喜欢欠别人的人情，卫檀生既然护住了她，她总要报答他些什么。

短短的一截路，她却觉得好像走了足足有十年。

走到一半的时候，惜翠察觉到身上似乎传来了些细微的动静，男人轻轻地“嗯”了一声。

惜翠大喜过望：“卫檀生，你醒了？”

她一激动，手上不稳，差点带着卫檀生一起栽倒在了地上。

卫檀生睁开了眼，第一眼看到的是少女乌黑的发顶和窄而瘦弱的肩膀。他眼中隐隐有困惑之色闪过，嗓音低哑，沉沉地问：“翠娘？”

惜翠将他放了下来：“你没事吧？觉得怎么样？要不要紧？”

卫檀生定定地看着她，少女的脸上满是担忧与焦虑，过了好一会儿，他才从茫然的思绪中回过神来，低声道：“我没事。”

惜翠没想那么多，简单地向他交代了一下情况。

“你还能走吗？我带你去那边那个石洞里歇歇。”

情况比她想象中的可能还要糟一些。

卫檀生的左腿本来就有问题，刚刚他从那么高的山坡上摔下来，现在左腿动也动不了，只能依靠右腿勉强行走。

惜翠扶着他，两个人走走停停。

他只要往旁边一瞥，就能瞧见身旁的人，刚才所见的那乌黑的发顶和颤抖着的瘦弱的双肩再一次浮现在眼前。

他们好不容易进了石洞，发现石洞里面淤积了不少水，生满了青苔。

惜翠挑了个干燥的地方，让卫檀生靠着石壁坐下后，自己再也没有力气动一根手指头了，手和腿都在止不住地打战。

洞外寒风冷雪呼啸而过。

这个地方只能挡挡风。惜翠往卫檀生的身边挨近了些，两个人窝在一起，全靠体温取暖。

惜翠以为自己已经算坚强了，之前明明已经死过两次了，但从来没有哪一次像现在这样惊心动魄。

或许是因为脱力了，或许是因为劫后余生带来的情绪起伏，也或许是因为这个身体太感性，惜翠一直以来绷得紧紧的神经猛然一松，泪水不由自主地就掉了下来。

看见卫檀生一动不动的模样，她刚刚是真的慌了。

要是卫檀生死在这儿了怎么办？他不能死，他要是死了，她就再也没办法回家了。而且，如果一个人为了护着她而死在这儿，她承受不起。

担忧、愧疚和恐惧一并吞噬了她。

“翠娘。”卫檀生的声音蓦地响起，“你在哭？”

惜翠擦了把眼泪，但红通通的眼眶无法遮掩。

“我没事。”惜翠调整好了情绪，看向卫檀生。

这时她才有精力回想从出京到现在究竟发生了什么。

她终于想起了这段情节。

书中曾经简略地提到过，卫檀生离京后碰上了土匪。这片地带本不该有土匪出没，之所以会让他们碰上，全是因为孙氏在暗中使绊子。

怀州那儿的生意孙氏一直未曾谈下来，之所以叫卫檀生去，一是为了给自己腾出些时间处理账本；二是她看准了卫檀生拿不下来，回来后要在卫宗林面前丢脸。

本来计划得好好的，等卫檀生离开后，孙氏却又开始担心了。

她暗忖，以她这个小叔子的才能，怀州的生意他说不定还真能拿下来。到时候，卫檀生把生意谈了下来，万一卫宗林一高兴，将她暂管的其他几间铺子全给了他，她哪里来得及处理这么多店铺的账？

思及此，她疏通关系，找来一个姓鲁的男人。据说他曾经当过土匪，是从死人堆里摸爬滚打出来的，行事狠辣，懂分寸。

孙氏叫他领着手下拦下卫檀生的马车，再将这件事栽赃给卫家在京中的竞争对手头上，处理得干净些。

她的本意并非害人，只是想给卫檀生一个教训。她想，他受了伤，自是不能再打理生意。而且她听说过这小叔子幼时的遭遇，想着他养尊处优惯了，幼年的噩梦若再一次出现，定会心生恐惧，吓也要吓得在床上躺个几天。

到时候她再去卫杨氏那儿说说这生意场上的凶险，卫杨氏定舍不得将儿子立在靶下。

不过孙氏到底还是看轻了卫檀生，卫檀生非但没事，反倒杀了回来，打了她一个措手不及。

因为这段不是特别重要的情节，再加上当时她是熬夜看的，时间一长，她都忘了个七七八八。

现在一想起，惜翠只觉心越发地沉。

原著中，那群土匪受了孙氏的吩咐，绝不会像现在这样拼命。到底中间发生了什么，才导致这群土匪改变了主意，想要置他们于死地呢？

难道他们是为了财？这不可能。

这个念头刚冒出来就被惜翠掐断了。孙氏应该支给了他们足够多的银两。

他们这支车队是去做生意的，又不是运货去怀州的，根本没带什么银钱。他们犯不着铤而走险，得罪主顾。

那究竟是因为什么？

冷风肆意地往石洞里钻，像一把尖刀，往他们的皮肉里钻。惜翠不自觉地打了个哆嗦，脑子里那点想法也被风吹得全散开了。

她下意识地看向卫檀生，不自觉地开口问了句："你冷不冷？"

从刚刚起，他一直很安静，靠着石壁，不多话，也不像在养神。在她费劲思索的时候，他就这么望着她，目光中好像夹杂了无数种她看不懂的情绪。那目光就像一波春水，透着亮亮的澄碧色。

"我不冷。"听到她问话，卫檀生的唇角勾勒出了一抹笑意，他轻声道，"倒是你，看上去不太好。"

惜翠搓了搓已经僵硬的指节。

卫檀生的话没有错，她这个身体的生理素质实在太差了，刚刚把卫檀生拖过来就已经拼了她的老命，全身生出了一层薄汗。之后没干透的汗让风一吹，冷意像是钻进了她的心窝子里。

"过来。"卫檀生忽然道。

他这是让她坐过去一点。看她没懂，他又笑道："我们本为夫妻，早就同床共枕过了，你还在乎这个？"

这个当口，自然是两人挤在一起更暖和。

惜翠也没忸怩，又往他的身旁靠了点。

刚坐过去，卫檀生就拉住了她的手。惜翠抬眼看去，他神情从容，手指紧紧地攥着她冰冷的指尖。

他毕竟是男人，手生得大，轻而易举就将她的手掌包裹住了。惜翠动了动指尖，没有抗拒。

他们俩坐得本来就近，她一凑过去，就更近了。他身上那股旃檀香气此刻也被洞外的冷风给吹散了，若有若无地飘荡在半空中。

她没有想到她和卫檀生第一次牵手是因为这个，而且是在这种情况下。

二人双手交握，确实生出了些许的暖意。

惜翠垂下眼，去看他的手背。他的手还在渗血，血肉模糊的伤口触目惊心。

好像是猜到了她想问什么，身旁的青年淡淡地道："不疼。倒是你，"卫檀生看向她，"有没有伤着哪里？"

惜翠摇头反问："我没事，你身上怎么样？"

她身上都是轻伤，能忽略不计的那种，但卫檀生不一样。跳车时，他先护住了她，接着又护着她一路往下滚。他腿上本来就有旧伤，伤上加伤，惜翠有点担心。

卫檀生的回答让她松了口气。

"我没事。"

惜翠沉默了。

不知道为什么，卫檀生醒过来后给她的感觉有点怪。他好像哪里不一样了，具体是哪里不一样，她也说不上来。

他话不多，甚至也没怎么笑。不过惜翠想，这也难怪，在这种困境中还端着个笑脸，那是缺心眼。

往常他的嘴角挂着的笑和他的人一样令人捉摸不透。如今，他不笑了，澄碧色的眼眸中好像蕴藏了沉甸甸的情绪，更让人看不透。他看着她的目光就像是火一样，火舌顺着发丝吞噬着她。

在这种目光下，惜翠低头是因为不自在。

少女的手很小，被包裹在手心里，像一个微凉的小雪团，衬得他的手越发烫，像火一样，似乎要将那团雪烫化了，化作雪水，一点点地渗入他的心底。

就连卫檀生自己也说不清这莫名其妙的感觉是怎么回事。

不只是手，他全身上下都跟着热了起来，随之涌上心头的是一阵烦躁。这是他二十多年间很少有过的感受。

青年垂下泛着冷光的眼眸。

有那么一瞬间，他心中又涌出了一阵暴虐、嗜杀的欲望。

她的手很软，只要他使点劲，她一定会喊疼。他甚至还想一寸寸地把它们掰断……

可是，当他再对上她黑白分明的眼睛的时候，在他胸中呼啸着的不安与狂躁霎时间消散了。

他闭上眼，就像昔日禅定一样，不去看她。

可他一闭上眼，就会想到她在车上的模样——努力平衡身体，哆哆嗦嗦地爬过来，非要和他一起执缰。她力气太小，动作也笨拙，几乎拽不住绳子，手心被磨出了红痕，却还憋着一声不吭。

当马脱缰的那一刹那，他的第一反应是去看她。

她好歹是他的妻子，是个病弱的女人，他和她之间没什么深仇大恨以至于他非要看着她死。

但是，这不像他。

这不该是他。

在他眼里，不论男女老少，都是一具皮囊，那些老人、孩子和女人，对他而言没什么差别。所谓的“老吾老，幼吾幼”他根本不在乎。

他们都是人，都是在七情六欲的苦海中挣扎着的人。他只要站在岸边冷冷地看着就够了，看着他们沉沉浮浮，而他们那些好的或是坏的感受都与他无关。

有时候，这些“水沫”也会溅到他的脸上，让他感觉到一点喜怒哀惧。但他很快就能擦个干干净净，继续看着他们。

予乐为慈，拔苦为悲。他们的痛苦让他觉得高兴。高兴了，他能趺坐下来，为他们讲经颂法，救他们脱离无边的苦海。

可是现在不一样了。好像有一只手抓住了他的脚踝，想要把他往水里拖。

他就这么被拽进了水里，那些未知的奇异的感受，如同一个个浪头扑面而来。

想要摆脱心底的烦躁而不得，卫檀生再一次闭上了眼。

可是他一闭眼，那些画面就像扭曲的鬼影纷纷往他的脑子里钻。

他眼前看到的是那落满了雪花的窄窄的肩头。她咬着牙，颤抖着背着他，弱不禁风的身子好像马上就能被他压倒。

她不肯撒手，吃了一嘴的雪，仍一步一个脚印往前迈。

这到底是为什么？

为什么他碰上的人都这么自以为是？

那土匪是这样，她也是这样。

他们以为他会感激不尽吗？

卫檀生冰冷的右手掐紧了佛珠，一粒一粒，掐得紧紧的，另一只手却被传来的体温渐渐地焐热了。

雪花自洞外吹过，打着旋被卷到了半空中，高高地飘起，一路飘到了道旁。

道上，马车的“尸体”散乱着，一地狼藉。

那里有几十个沿途追来的如狼似虎的土匪，为首的那个正蹲在地上看车辙与马蹄印。

车辙叠着马蹄印，马蹄印叠着车辙，乱七八糟。再往前，车辙没了，马蹄印却还在。

男人看了眼道旁的山坡，直起身，吩咐一队人继续往前，另一队人则跟着自己往坡下走。

男人握紧了腰侧的佩刀，嘴角扯出一抹冰冷的弧度，微露出的牙齿就像森白的獠牙。

这么多年过去了，当年惨烈的景象仿佛还历历在目。

卫宗林带过去的兵杀了他大部分的弟兄。而卫宗林生的那小子放了一把火，火势迅猛，将寨子烧了个干干净净，老六和其他人的尸体都没剩下。

他这六弟，人蠢没脑子，此前还替那小子求情，哪里知道自己同情的是个狼崽子，最后落得个骨头都没留的下场。

他那么多弟兄死在了山上，而他在所剩不多的几个弟兄的掩护下，如同丧家之犬一样仓皇地逃了出去。

这么多年，其他兄弟早就洗手不干了。兜兜转转之下，只剩下他一个人。他辗转天南海北，忍辱负重，做过很多事，干过很多活儿，重新收拢了一帮兄弟，专帮人干那些见不得人的勾当，直到去年才上了京。

没想到，老天爷这回总算眷顾了他，让他找着了机会。

刀鞘中的利刃好像按捺不住了。

鲁深拍了拍刀鞘，恶狠狠地想，他到底是要报仇的，为了他那枉死的六弟，也为了寨中的其他弟兄。

他的动作还要再快一点。

鲁深谨慎地看了眼京城的方向，目光转沉。这里离京城太近，他始终有点不安。

在距离山道不远处的旷野上，有一队人马。

旷野上显然刚发生过一场厮杀，尸体横七竖八地倒了一地，枯黄的草叶尖儿上正滴着血。

“找到了吗？”一个精壮的中年男人越过一地的尸体，走到一个年轻男人的身侧问。

年轻男人生得极俊，像他这么俊的人，是很少出现在这种场合的。但中年男人知道，这个年轻男人完全有资格。

年轻男人正是高骞。他今日没穿铠甲，只穿了件墨绿色的箭衣，革带掐住了腰，一身肃杀之气。

高骞默不作声，良久才开口指了个方向，嗓音低沉：“去前面。”

中年男人立即传令下去，一队人马重新整顿。

高骞握紧了缰绳，绷着唇，又想到了半个月前和吴怀翡的对话。

“抱歉，翠娘的生辰，我不能告知郎君。”吴怀翡故作镇定地说，药箱的提绳却死死地箍紧了指腹。

“为什么？”

“此事牵扯颇深，郎君不要再问了。”

“令妹的生辰八字，对某而言至关重要。”高骞蹙眉，“娘子当真不能告知于我？”

不是吴怀翡不愿说，而是她说出来也没用。翠娘并非吴冯氏所出，她的生辰八字自然也无处可寻。

怕她在身世公之于众后被人看低，伤了她的心，这件事吴怀翡和吴氏夫妇都默契地瞒了下来，不让旁人知晓。平常他们该怎么对她，还是怎么对她，对外只说在吴怀翡走散后，夫妻俩又生了个女儿。

这个秘密，吴怀翡不能说。

但是吴怀翡看高骞的态度，觉得他是真的有什么要事。他的为人，她是信得过的。于是，吴怀翡迟疑了一瞬，还是问出了口：“郎君能不能告诉我，究竟是什么事？”

“吴惜翠”并非吴水江与吴冯氏所出。

这个答案虽让高骞惊诧，但他并没有把它放在心上。

他的重点不在这儿。

见吴家人也不知道“吴惜翠”是何年何月所生的，接下来的数日，他只能派人四处寻访，总算循着蛛丝马迹，找到了“吴惜翠”的亲生父母。

这对夫妻基本上快将这个女儿忘干净了，更不要说还记得她的生辰。

幸好当年接生的产婆还活着。那产婆有一本旧册，上面细细地记录了由她接生的婴儿的出生时辰。

“吴惜翠”的生辰八字与遗玉相合。

这还不够。

高骞了解得越多，心反倒越沉稳。他还要亲自去问她，问个明白。

令他始料不及的是，她与卫檀生前些日子就离京前往怀州了。

他当即告了假，召集了一帮部下，紧随其后，日夜兼程，却没想到只看到了方才那一地的尸体。

她究竟在哪儿？高骞凝眸策马，目视前方。

风雪刮得愈紧，很快大地就白茫茫一片。在这旷野中，这队人马就像是突然杀出来的黑金利剑，将冷雪硬生生地划出了一道口子。

与此同时，石洞中的空气仿佛凝固了，好像在酝酿着即将爆发的矛盾。

被卫檀生握着手的短短十多分钟里，惜翠能感受到身旁的“小变态”好像经历了全身心的挣扎。至于他为何而挣扎，她没看出来。

卫檀生看她的眼神越来越复杂。他手一紧，使了点力气，就在惜翠吃痛的那一刹那，又突然松开，闭上眼睛，靠着石壁不说话了。

惜翠早已习惯卫檀生时不时地“发病”了，她现在也确实累了，没心思再去关注他的心理问题。

雪还在下，古怪的暗潮却在石洞中一点一点地滋长。

本来冻得像冰一样的手在相握了一会儿之后，渗出了一层薄汗，惜翠觉得很不舒服，想抽回手。握住她的手的大掌紧了紧，不让她抽出来。她都觉得汗腻腻的有点恶心了，卫檀生却好像没有察觉。

他闭着眼，惜翠不知道他在想什么。如此过了一会儿，卫檀生却突然主动松开了她的手。没等惜翠开口，他已睁开了澄亮的眼道：“外面有人。”

石洞之外，鲁深已经下了山坡。

枯枝杂叶上挂了条血迹斑斑的杏色发带，像个吊死的人。

他用指尖挑起那根发带。

他们就在这儿。

他要的是这发带的主人的血，光发带上的这点血怎么够？鲁深发狠地想，他要用那小子身上所有的血来祭奠他那些死去的弟兄。

土匪锐利的目光巡视着，很快就锁定了短崖上的石洞。

他将发带往地上一丢：“去上面。”

沾了血的杏色发带被狂风一卷，飘飘摇摇，不知被刮到哪里去了。

听了卫檀生的话，惜翠眉一皱，稍微放松了的神经再度绷紧到了极点。

她没听见石洞外有什么动静，但卫檀生常年禅定修行，五感比她敏锐得多。

是那群土匪？他们竟一路追到这儿来了。惜翠的眉心皱得更紧了。

这个石洞他们已经待不下去了。

石洞太小，没任何藏身之处。

再加上这个石洞裸露在短崖上，目标太明显，她能一眼看到，其他人肯定也能一眼看到。倘若被逮住了，她和卫檀生只能等死。

但这个时候就算要跑，他们也跑不了多远。

难道就没有办法了吗？惜翠只觉心上好像被绑了个大石头，直往下坠。

坐以待毙向来不是她的风格，事态紧急，也没有再多做考虑的时间，惜翠抬起头：“这石洞待不下去了，我扶你，我们去外边。”

他们若继续待在石洞里，结局就是个死。她和卫檀生的身上都没带多少银钱，这群土匪既然能不辞辛苦一路追击至此，那就是想要杀人灭口。既然横竖都是一个死，那他们不如试一试，搏一搏，说不定还有一线生机。

卫檀生没有否决她的提议，惜翠扶着他站起来，两人跌跌撞撞地走出了石洞。

他们若往下走，就会和循着山坡上来的土匪撞个正着。为今之计，他们只能往短崖上走。

短崖并不算陡，不过想要爬上去，对如今的两个病号而言也够呛。

刚踏出石洞，惜翠往下一瞥，一颗心顿时提到了嗓子眼。

确实有人！那正往石洞的方向来的人是那些土匪。他们追来了！

惜翠不敢耽搁，忙借着灌木的遮掩，扶着卫檀生往上走。

这么冷的天气里，惜翠的后背上硬是紧张得渗出了一层汗。大雪刮花了眼睛，她的鞋袜都已经湿了，湿沉沉地粘在脚上，她每迈出一步，都重若千钧。

惜翠心底苦不堪言。

鞋袜上的雪凝结成了冰，她走在崎岖不平的山路上，双脚就像被刀割着一样。她不禁苦中作乐地想，小美人鱼或许也就是她现在这副模样了。

就算惜翠这么安慰自己了，心里还是不轻松。

她要坚持住。她死没关系，她死了还有活命的机会，卫檀生不能死。

卫檀生的目光落在她的身上，却像雪一样。

他已经看不懂她了，眼中掠过一抹转瞬即逝的茫然。

从刚才起，一直缠绕着他的陌生的感觉令他蹙眉。那一瞬间，他竟然想要为她停下脚步，好免去她身上的负担。

他竟然也会心有不忍吗？卫檀生眼含讥讽地一笑。

在此之前，他断然不会有此念头。旁人对他好，他都能心安理得地接受，不觉得有什么不妥。在他看来，这都是他们一厢情愿，他们要这么做，和他有什么干系？当然，他们不奉献了，他也不会强求他们。就算他们为他死，他也不会皱一下眉头。

他就像天际的雪花，凉薄，如今落在少女的肌肤上时，却生出了热意。

忙中出错，惜翠也不知道踩到了什么东西，一个小石块从短崖上滚落。

小石块骨碌碌地滚下去，在这寂静的山谷中，就像一道催命符。

崖下的人按紧了佩刀，抬头看去。

惜翠忙蹲下身，透过草叶的缝隙，瞧见那反射着寒光的刀尖，血液都好像结了冰。

她虽然看不清对方的脸，但能看出来对方大概有六个人——就算只有五六个人也够她和卫檀生喝上一壶。

“去。”有土匪转头吩咐同伴。

两个土匪缓步朝崖上走了过去。

惜翠心中焦急，忙扶起卫檀生，想要抓紧时间赶紧往上爬。没想到她这一拉却没拉起来。

卫檀生：“来不及了。”

惜翠皱眉，继续拉他：“来不及也要试试，万一呢？”

卫檀生道：“你看上面。”

惜翠抬眼一看，一时语塞。

卫檀生说得没错，确实来不及了。越往上草木越稀疏，只剩下杂草与岩石。她只要和卫檀生走上去，就一定会被发现。而崖顶不知何时已多出了个横挎大刀的土匪。他们就算爬上去了，迎接他们的也只有一把断头刀。

上下都没有退路，左右皆是绝壁，他们已经无处可逃。

“翠娘，”卫檀生突然道，“你就在这儿待着，不要乱动。”

“你想干什么？”惜翠蹙眉。

卫檀生不答反问：“这地方十多年来就不曾有土匪出没，你说，为何偏偏让我们撞上了？”

惜翠：“是大嫂。”

卫檀生低声喟叹，对她的称呼旋即一变：“翠翠，你确实很聪明。”

“翠翠”两个字在舌尖滚过，被轻巧地吐出，似乎含了无尽的亲昵之意。

“他们受了大嫂的吩咐，要找的人只有我。”卫檀生又道，“他们要对付的只有我。”

“你信不信我？”他接着说，“信我，你在这儿不要乱动，我就能为你带来一线生机。”

“那你呢？”惜翠反问。她不觉得卫檀生会有什么舍己为人的光荣品德。

“我？”他弯唇笑道，“自是听天由命。”

惜翠抿唇：“我和你一起。”

卫檀生的眼里好像有一片幽深的海。

惜翠的心脏扑通扑通直跳，她迎上他的视线：“我说过，嫁鸡随鸡，嫁狗随狗，既然嫁给了你，夫妻一场，黄泉路上结个伴也不孤单。”

这话她自己说出来都觉得肉麻，但作用似乎很显著。

卫檀生没再说话，眼中暗色的“波涛”中倒映着漫天的雪花。看上去，他倒像是被她同生共死的宣言感动了。

“翠翠，”忽然，他伸出手，指尖轻轻擦过她的脸颊，笑道，“在这些人的眼里，男人可以死，女人不行。”

卫檀生说得含蓄，意思却很明白，女人往往要被留下来泄欲。

“你放心，”惜翠面不改色，“在此之前，我一定会先死。”

她活不下来，难道还没办法死吗？

一回生，二回熟。“死”这件事，惜翠敢打包票，没有人比她更熟练。

惜翠将发髻中的那根流云玉簪拔下来，放在手心，抬眼去看卫檀生，眼中冷清清的，像冰魄。

卫檀生目光流转，摩挲着她的脸颊的指尖重重按下。

这还是第一次，有人想要和他一起死。

随之而来的是怎么也压不下去的膨胀、扭曲的快意。

他是个饿鬼，饿鬼是永远吃不饱的。既然她愿意陪他一起死，话已说出口，他当了真，就容不得她反悔了。只是他暂时还没打算死在这种地方。

卫檀生眼中的情绪越发复杂，在她说出那番话的时候，他就像那海面下隐藏的贪婪巨兽，想要将她吞吃入腹。

他松开了她的脸颊，站了起来。

惜翠也握紧了玉簪，同他一道。

卫檀生生得好看，就连危机当前，也镇静从容，丝毫不乱，好看得不像是去赴死的。这是他头一次走在她前面，将她护在了身后，挡去了狂乱的风雪。

那两个土匪不用上来，惜翠和卫檀生已经走了下来。

瞧见她和卫檀生，几个土匪面面相觑。

在被带下山前，她脑子里已经预演过了无数种可能性。然而在看到这群土匪的一刹那，饶是她做足了准备，也不由得如遭雷击，愣在原地。

土匪没什么特别，样貌和普通人无异，看上去就像在巷口拥挤着的等活儿干的短工。唯一不同的是，这些人的眼中多了几分精光与戾气。

但在这些土匪中，有一个人，气质与众不同，像头黑豹。

这领头的土匪怎么会是鲁深！

惜翠与卫檀生都愣住了，没想到会在这儿看到一个熟人。

她不会看错，这张脸确实是鲁深。

对这个世界的人而言，从瓢儿山被烧到现在已经过了十多年，但对她而言其实只过了一年多。一年多的时间过去了，鲁深的样貌还清晰地印在她的脑海中。就算她记性再差，也不可能忘记鲁深长什么模样。

那个本该已经死了的男人没有死，非但没死，还站在了他俩面前。

眼睁睁地看着鲁深朝他们缓步走来，惜翠的神色陡然一僵，脑中已经疯狂地发问。

这是怎么回事？为什么鲁深会在这儿？他不是死了吗？

系统呢？

她就算再蠢也能意识到现在这个情况不对劲，可是任凭她如何呼喊，系统还是像之前一样，除非她死了，否则绝不现身。

鲁深并不着急和他们说话，而是吩咐手下将他们带回了崖上。

他带过来的人少，上面都是他们的人。这么多年，他谨慎的性格倒是丝毫未变。

来到崖顶，惜翠越发不安。她已经快要理不清这错乱的情节了。碰上鲁深不比碰上其他土匪要好到哪里去。为首的是他，也就难怪这帮土匪会这么穷追不舍了。

她不知道这么多年来鲁深究竟经历了什么，但毋庸置疑的是，他眼下正是为复仇而来的。

到了崖顶，鲁深这才缓缓开口："卫檀生，许久不见。"

卫檀生的反应足够快，眨眼间，他已收起了脸上的惊讶之色。

这一次再见，足足隔了有十多年，当年那个狼狈的小男孩已长成了个斯文俊秀的青年。

鲁深爱笑，就算在现在这种境遇下，昔日的仇敌就在眼前，就在咫尺之间，他的脸上也有一抹笑意。

在他如同丧家之犬四处流离之时，他也正是靠着这张笑脸左右逢源，才慢慢地一步一步地爬了起来。

他不怒吼，也不质问。

他不着急报仇。

他向来很有耐性，毕竟人都在眼前了，跑也跑不掉。

鲁深笑着，扯动脸上的刀疤，显得亲切而狰狞。

卫檀生也笑，道："是你。"

鲁深饶有兴致地笑道："你见到我不惊讶？"

"惊讶，"卫檀生笑道，"死了十多年的人突然从坟墓里爬出来，我定是惊讶的。"

"我大嫂找的人原来是你。"卫檀生整了整衣袖，微笑道，"既然是你，那一切都解释得通了。以她的性子，她恐怕还不敢对人下杀手。鲁郎君是瞒着我大嫂前来复仇的？"

"十多年没见，没想到你比你那老子有出息不少。"鲁深的目光落在惜翠的脸上，一寸一寸地打量着她，像在评估什么货物，"想来，这便是尊夫人了。"

有在瓢儿山上的经验，惜翠当然不会以为鲁深会怜香惜玉。就如同卫檀生所言，落在他们的手上，她没什么好下场。

“生得不错，”鲁深淡淡地下了个评语，“只是看着病恹恹的，也不知是个什么滋味。但究竟是什么滋味，等你死了，我尝过也就知道了。”

这种话很下流，但他是悍匪，不讲求什么仁义道德。

鲁深的兴趣显然不在她身上，三两句话之后，他就引入了正题，道：“既然好不容易再见了，闲话不多说，我问你几个问题。

“寨子里的那把火可是你放的？”

卫檀生眉毛都没动一下：“是。”

“好，”鲁深赞了句，“有担当。那老六呢？”

从鲁深的口中听到这个称呼，惜翠不自觉地看向卫檀生。

卫檀生平静地道：“我杀了。”

得到这个回答，鲁深似乎并不意外：“我来替老六报仇，你不害怕？”

“若是寻常土匪，我或许还忌惮一些。”卫檀生道，“你，我就没什么可怕的了。”

鲁深心平气和地问：“怎么说？”

卫檀生道：“当年找不到你的尸体，家父怎么会甘心？”

鲁深：“这么说，卫宗林一直没放弃找我？”

卫檀生：“这么多年来，家父确实没找到你，但找不到你，不代表找不到别人。”

鲁深目光一凛，面上的笑意顿收。

“那些曾经护着你杀出重围，如今金盆洗手了的兄弟在哪里，没有人比家父更清楚。你可要杀了我试试？”卫檀生笑道，“用你几个兄弟的命换我一人，是笔不错的买卖。”

鲁深盯着他看了一会儿，笑了起来：“我在这儿杀了你又何妨？卫宗林这时候一无所知，恐怕还以为你已经到了怀州。等你老子察觉不对的时候，中间这段时间已经足够我安置弟兄们了。”

鲁深极其看重弟兄，卫檀生用这话刺激他，他是动了杀心的。

他看向卫檀生的左腿，叙旧般地问：“这么多年过去了，你这左腿还没好？既然这左腿还没好，”说话间，鲁深横着刀，刀光一现，骤然发难，“那这右腿不如也一并舍了吧！”

他像一头扑食的黑豹，刀光涌现之处，眼看就要飞溅出一片鲜血。

紧要关头，卫檀生却往后退了半步。

堪堪半步，刀尖砍落的是小半块布片。

一击不中，鲁深没留给卫檀生喘息的机会，提刀再攻。

卫檀生本来就是个跛子，虽然小时候曾经学过些招数，但还远远不能和在死人堆里打滚的鲁深相比。更何况卫檀生还受了伤。

卫檀生从袖中反掣出一把匕首。一直在旁边看着的惜翠见到这一幕，心下顿觉不妙。

他疯了吗？谁给他的自信和鲁深硬碰硬？他也不想想，自己的一把小匕首打得过鲁深的大刀吗？匕首还没插进对方的胸膛，大刀就能将他捅个对穿！

眼看大刀即将落下，卫檀生马上就要被捅个对穿——

不行！惜翠的瞳孔骤缩。

从刚才起她就一直在等，然而故事的发展压根没有因为卫檀生是主要角色而产生什么偏移。

刀一落下，卫檀生只能是死。卫檀生不能死！

事到如今，她管不了那么多了。

惜翠眉心急跳，来不及多想，跌跌撞撞地踏出了一步，高声道："大哥住手！"

霎时间，风停，雪止。

崖顶只回荡着她的这一句话。

鲁深收了刀，看向了她，连卫檀生也看向了她。没人料到这么一个病恹恹的女人会突然扑上前来。

一声呼喊，几乎用了她这个身体所有的力气，惜翠的手都在抖。饶是如此，惜翠还是咽了口唾沫，颤抖着抬起头道："大哥。"

"你叫我什么？"

"大哥，"顶着鲁深的视线，惜翠道，"我是'鲁飞'。"

短短六个字让鲁深面色遽变，他问道："你说什么？"

这个时候，惜翠几乎不敢去看卫檀生的反应，只是撑着一口气，继续道："大哥，你听我说。"

鲁深显然不相信她所说的，只当是卫檀生将"鲁飞"的事告诉了她。

从陌生的女人的口中听到记忆中的兄弟的名字，鲁深收敛了笑意，眼中迅速掠过一抹不可察觉的狠辣之色。

一个妙龄少女自称是当年瓢儿山上的黑脸大汉，这事确实有点惊悚。但惜翠没办法了。

卫檀生不能死。作为主要角色，他死后肯定会让整个故事崩坏。到时候，她从哪里回家？

两害相权取其轻。她没忘记系统曾经含蓄地提醒她：“按理说，宿主是不能自暴身份的。”

“按理说”，仅仅三个字，联想的空间却很大。

鲁深的故事早在十多年前就已经结束了，眼下他还能站在这儿，就是故事线发生了什么变故，这变故不应该算到她的头上。

于是，惜翠飞快地道：“大哥，我确实是老六！我没死！”又道，“借尸还魂，你有没有听说过？”

“你不信也没关系，我一样一样讲给你听。”惜翠特地用上了青阳县的方言，“当年你还记得吗？大哥你和我瞒着我爹到灶上偷馒头，被我爹抓了个正着，爹将我俩提到外面的院子里罚站了一整天。”

鲁深的眼中浮现出愕然之色。

纯正的方言一时半会儿是模仿不出来的。

惜翠知道这是起作用了，忙继续说：“还有，你要上瓢儿山之前，问我要不要跟你一起，你讲，我跟着你，你就能保证我日后都吃得上饱饭。

“还有小时候插秧的时候，我俩在水田里摸鱼摸虾，我以为摸出了一条黄鳝，结果是条水蛇，当时吓得一屁股坐在了田里，还是大哥你抓了蛇，我俩偷偷支火烤了吃了，回去谁都没说。”

她说得越多，鲁深眼中的愕然之色就越重，唇角的那抹笑意也就散去了一分。

很多童年的小事只有鲁深和“鲁飞”知道。当年一场大旱过后，故人都死在了灾荒和瘟疫里，就算有人想要打探，也没法从死人的口中打探出来什么。更何况，绝不会有人费心调查这些鸡毛蒜皮的小事。

这不可能。

鲁深断然否认。他定定地看向面前这个弱不禁风的女人：细腰盈盈一握，面色苍白，楚楚可怜，像一朵日渐枯萎的花。

要他相信这女人是老六？

可她口中说出的话作不了假，这些事只有他和老六知道。

鲁深握着刀柄的手一松，目光却如同未收入鞘中的刀：“老六？”

“我知道这事挺难让人相信的。”惜翠苦笑，“大哥，我确实是老六。”

鲁深看上去好像想要再说些什么，偏偏在这个时候，远方突然传来了一阵马蹄声。

“大哥！”一个年轻的土匪气喘吁吁，快步奔到鲁深面前，“下面来人了！”

这回鲁深是彻底无暇再去管惜翠了。

“看样子倒像是官兵，不过穿的都是常服。人太多，弟兄们撑不住。”

土匪面色急切。

他话音刚落，远方不知何时已聚拢了一队精兵，人马在雪色中，乍一看上去，像一片白中的黑色阴影。

鲁深脸一沉，知道在这个时候确实不能多留了。他手下的人不多，也没持多少弓矢，倘若打起来，定要折损在这儿。

他向来是个能审时度势的人。他知道，他早晚是要杀了这卫檀生和卫宗林的。

鲁深冷下脸，不知在想什么。

马蹄声迫近，他不退反进，忽然拔刀向惜翠砍来！

惜翠一时不察，猛地后退一步，摔倒在地，谁料鲁深忽然收了刀，动作迅速地将她拦腰抱起，道：“你究竟是不是老六，待会儿说个清楚。”

就在鲁深收拢部下，开始后撤的当口，远处的精兵中陡然奔出一匹雪白的高头大马。

马蹄伴着马嘶声高高扬起。天旋地转间，惜翠身下腾空，落入了一个温暖的怀抱中。

跨坐在马上的男人一手勒马，一手捞住她，目光冷傲，乌墨的发在寒风中四下飞舞。

“遗玉。”高骞沉声道。而后，他很快又抬起眼，看向鲁深：“你带我妹子走，可问过我这个做兄长的意思？”

对上脖颈前的剑光，鲁深反应倒快，朝其他人一招手：“走。”不过临走前，鲁深还是深深地看了惜翠一眼：“我还会回来找你。”

躺在高骞的怀里，惜翠被这突如其来的变化弄得半天都没缓过神来。

“二哥？”惜翠口先于心一步，下意识地就喊出了那个最熟悉的称呼。

这一声呼唤好像让眼前的惜翠和曾经的小妹重叠了。高骞心头猛地一跳，搂着她的手臂紧了紧，低头看向她："二哥在。"

对上高骞的目光，惜翠这才反应过来自己刚刚下意识地喊出了什么。就在此时，她的耳畔又掠过一道清朗的男声。

卫檀生笑着看向坐在马上的两人道："高郎君抱着他人的妻子，可有问过我的意思？"

伫立于崖顶的青年温文有礼，眉目疏朗，目光触及高骞怀中的少女时却隐含了一丝冷厉之色。

两个男人的目光针锋相对，毫不相让。

高骞皱紧了眉，揽着缰绳掉转了马头，环着自家妹子的手臂却没有丝毫放松。落入他怀中的少女好像正为这突如其来的发展而微微愣神，她的容貌虽然发生了变化，但性格没有任何改变。

这便是遗玉，他不会认错。

失而复得的喜悦攫取了高骞的全部心神，他压下心头的喜悦与酸涩，不露声色地看向卫檀生。

高骞和这卫家三郎往日接触不多，两人不是同路人，更谈不上有什么共同话题。高骞除了知晓遗玉对卫三郎有几分爱慕之情外，卫家三郎于他，只是个见过几次面的陌生人。

他们没有什么接触，自然也没有什么多余的感情。但这还是头一次，高骞对一个人平白无故地产生了些不满和敌意。

想到这是遗玉如今的郎君，高骞将眉头皱得更紧了。

遗玉如今已经嫁了人，高骞再抱着她显然极为不合适。但在场的都是他手下的精兵，训练有素，不会在背后非议他人。

素日里端正有礼的高家二郎因此选择忽视妹夫还站在面前这一点，依旧搂着惜翠，淡淡地道："遗玉受了伤，又受了惊，我这做兄长的要带她回京疗伤。"

卫檀生的眸色更冷了，但唇还是弯着，他笑道："我之翠娘何时成了郎君的妹子？"胸中翻腾着怒意，尤其是在目光触及搁在惜翠手臂上的那只手时，怒意更盛。

那只手，碍眼，碍眼得以至于他动了嗔心与杀念。

"此事容我等稍后再议。"高骞未有相让，嗓音也冷，"崖上风大，遗玉受不得冻。"言罢，吩咐手下的一个亲兵为卫郎君牵匹马来。

"郎君，请。"

队伍下了山，在一处小客栈中修整。

马被牵到厩中喂了些草料，人则都进了客栈里歇息。

客栈不大但胜在干净，门口厚厚的蓝色花布幔一挡，风雪都被隔绝在了屋外。

高骞直接将惜翠从马上抱了下来，跨过门槛，低声问："遗玉，你可要吃些什么？"

躺在高骞怀里的惜翠一路上已经全明白过来了，心知身份已经暴露，自己也没再伪装的必要了。

高遗玉的身份曝光，正合她的心意，就是鲁深……这就有点难办了。

惜翠的神经一直紧绷到现在，骤然一松，头开始有点晕，太阳穴突突地跳。她也没有心思再去想这么多，脑子里已经乱成了一团糨糊。

这感觉她再熟悉不过，是感冒的前奏。

可能是之前跳车还滚下山坡，经历了各种惊险的场景，又吃饱了一肚子的风和雪的缘故，她现在难受得厉害，就想到床上躺一会儿。

"我不吃。"惜翠默认了高骞的称呼，嗓音中难掩疲倦，"我想睡一会儿。"

高骞捞着她的手臂又收紧了一点，嗓音也压低了一些，像是怕打扰了怀中的少女，道："好，你先去睡一会儿，醒来再吃。"

目睹兄妹亲昵的一幕，卫檀生冷笑一声，更觉刺眼，心头是怎么也按捺不下去的怒意。

她便这么信任高骞？卫檀生想到这儿，眸色更沉。

没关系，她都是他的人了，这其中缘由，他还有时间好好问清楚。

来到曲尺柜台前，掌柜瞧见个高大俊美的郎君怀中抱着个姑娘，身侧还跟了个神清骨秀的郎君，忙不迭地赞道："郎君与尊夫人感情甚笃呢，这位小郎君可是令弟？看着也是一表人才。"

这话一出，面前两个郎君面色都不太好。

高骞："这是舍妹。"

那尤为清俊的小郎君笑道："掌柜说笑了，这是内人，至于那位郎君，是某妻舅。"

意识到自己说错了话的掌柜愣愣地看着眼前的这一幕，心中打起了小鼓，只觉着这一家人当真古怪，哪有妹子嫁了人还让兄长抱着的？可是看着高骞一副不好招惹的冷面模样，他不敢再问。

目光一转，掌柜瞧见了另一位郎君。这位郎君的容貌美得绝无仅有，笑容也温和没架子，但眸色阴沉得好像蕴藏了一汪墨，看着比那郎君还要可怕几分。

掌柜不敢再看，忙安排了屋子，看着三人一起上了楼。

屋子不大，一张床、一张桌、一张柜，该有的都有，收拾得齐整。

高骞弯腰将惜翠放在床上，扶着她的脑袋枕上枕头，直起身，对上了卫檀生的视线。

“卫郎君还有何事？”

卫檀生坐在床边，抬手捋了捋惜翠额际的发丝，笑道：“这话应该由我来问。多谢高郎君送内人回房，若无事，还请郎君避让，留给我们夫妻二人一些相处的时间。”

惜翠能感觉到额头上落了什么，也能隐隐听见卫檀生在和高骞说话，本来还能勉强保持清醒，结果一沾床，意识就逐渐飘远，怎么也拉不回来。这一堆烂摊子她只想养足了精神之后再收拾。

惜翠沉沉睡去，只剩下屋里相对着的两个男人。

“遗玉需要休息。”高骞道。

“翠娘我自会照顾。”卫檀生抬眼道。

望着卫檀生的模样，高骞眉头皱得能夹死一只苍蝇。

世人都称卫家三郎乐于禅寂，雅量容人，但眼前这个青年连自己身上的伤都还没处理，就用冷厉的眼神看着他，怎么看都像是一个护住自己的东西不肯撒手的小孩。遗玉嫁给这种人，简直是胡闹。

高二郎神色严肃地想着，殊不知自己也像个抢玩具的小孩。

两人僵持了一会儿，最终还是高骞先服软：“先让遗玉好好休息，你身上的伤也要处理，有什么话，稍后与我出去再说。”

卫檀生听后收回手，帮床上的人掖了掖被角，道：“但听郎君之言。”

两人出了屋，轻轻带上门。

虽然不满卫檀生，但遗玉毕竟喜欢他，高骞也只能将个人情绪暂且搁置在一旁，吩咐属下拿伤药来给卫郎君处理伤口。

卫檀生坐在桌前，高骞坐在卫檀生的对面。

瞧着卫檀生坦然地伸出手，处理伤口时面不改色的模样，高骞心里对他的不满才稍微散去了一些，心想，他倒也有两分骨气与耐性。

卫檀生的伤口被清理干净，撒上药，缠上了细布。

高骞看着那细布，沉声问：“郎君知不知道尊夫人就是遗玉？”

“曾有所怀疑。”卫檀生答道。

“你何时发现的？”

“翠娘出嫁前。”

二人一问一答，一个固执地称惜翠为遗玉，一个不妥协地将惜翠唤作翠娘。

客栈里生了些炉火，两人中间却好像还有猎猎寒风，暗潮涌动。

“我此前虽怀疑过翠娘，奈何找不到证据，”卫檀生道，“看来，高郎君已经找到证据了？”

高骞：“此事回京后我会与你详谈。”

青年悠悠呛声道：“那不知郎君现在找我究竟所为何事？”一言一行，看上去真不像传言中那个宽容有雅量的卫家三郎。

高骞：“遗玉是某妹子，就算无事，某也不能过问了？”

卫檀生的伤口已差不多包扎好了，帮忙包扎的少年嘱咐道：“郎君莫要多碰这伤口，也别揭开看，要换药的时候就到我这儿来。”

“多谢。”

收回手，卫檀生掀起唇角：“二哥误会了，二哥既是翠娘的兄长，当然有资格过问翠娘的事。”他将“二哥”两个字咬得重，像是知道高骞对自己这个妹夫并不满意，有意硌硬人。

果然被硌硬到的高骞心情复杂，奈何遗玉嫁给卫檀生的事已成定局，他总不能叫妹子同卫檀生和离再嫁。望着这看上去温和实则小心眼的青年，高骞拧眉沉思，觉得日后自己少不得要敲打他一番。不过这还得等遗玉醒来之后再说。

高骞心中尚有许多话没来得及吐露，包括……那句来迟了的道歉。不愿再多想自家妹子上辈子惨死的事，高骞有意将这个念头掠了过去，心想，都过去了，还好遗玉已经回来了。

所谓话不投机半句多，高骞站起来，言简意赅地向卫檀生辞别，也不和他啰唆，径直去安排同自己一起前来的下属。

高骞叫上几个菜、几壶酒，十几个人在客栈内散开，分桌而坐，各自吃酒取暖，歇歇脚。

唯独卫檀生一人在这群人中格格不入。他也不甚在意，独自坐了片刻后提步上了楼。

他站在门前却没着急进去，低下头，将手上刚刚包扎好的细布直接揭开。

“刺啦”一声轻响，细布粘连着血肉被揭开，卫檀生眼睛都未曾眨一下，又将被鲜血洇湿的细布随意地缠了上去，这才推门而入。

卫檀生进来的时候，惜翠刚醒。

睡了一觉后，精神虽然养足了点，不过惜翠还是累，四肢尤其是大腿酸疼，喉咙也有点疼。她揉了揉额角，抬头就看见了卫檀生推开门，缓步走进来。

一看见卫檀生，撞上他那绀青色的眼，惜翠就明白躲不过去了。手一放，往床头一靠，惜翠态度十分诚恳地道：“有什么问题，只管问吧。”

卫檀生不慌不忙地走到她的床边，没说话，只静静地看着她。

气焰嚣张的风雪被锁在了窗外，不甘寂寞地拍打着窗牖，几块木板吱呀作响。

高骞特地吩咐人在屋里烧了炭，但客栈里能有什么好炭，煤味重，呛人得很。惜翠靠在床上盖着被子，不一会儿竟被热出了一身的汗。卫檀生的目光更让她的心里七上八下的，她摸不准他的态度。骗了他是她的不对，但这并非出自她的本意，况且她之前还被卫檀生抹了脖子，一来二去也算是扯平了。

卫檀生坐了下来，没给她半分薄面，直接开口问：“那个瓢儿山上的土匪……”

避无可避，惜翠心情沉重地回答：“是我。”

“高遗玉？”

“也是我。”

“那觊觎……”他将觊觎两个字加了重音，“觊觎高骞的吴惜翠……？”

“还是我。”

卫檀生顿了一会儿，没再继续问下去，取而代之的是足足看了她一两分钟。就在惜翠觉得脸上的毛孔都要被卫檀生研究得一清二楚的时候，他又开了口：“翠娘。”

“嗯。”

卫檀生问：“你究竟是男是女？”

惜翠蒙了，这“小变态”是在和她开玩笑吗？！他关注的点竟然是这个？

“呃……我是男是女很重要吗？”

卫檀生不疾不徐地道：“我们既已成亲，我自然想知道，日日与我同床共枕的究竟是男人还是女人。”

惜翠：“……”

她本以为他已经跳脱了常人的思维，没想到在这点上还是与常人无异。其实她理解卫檀生的心情，老婆突然变成了黑脸壮汉，是个人都要纠结一会儿。

“是男是女都是一副皮囊，”惜翠道，“你自小就在庙里当和尚了，难道连这都参不透？”

卫檀生很干脆地答道：“我既已还俗，自然也是红尘中的庸人一个。”

毕竟还得“攻略”他，不能光给他留个黑脸壮汉的印象，免得这位留下心理阴影，惜翠坦然地道：“我是女人。”

卫檀生的神情看上去不像惊讶。得到惜翠的回答后，他点了点头说道：“既然如此，那我便放心了。”

在惜翠回答前，他心中已有一番计较。男人与女人之间的差别不仅体现在性征上，一言一行和思维方式都有不小的差别。就算惜翠不说，他也能分辨出一二。

“那，”一抬袖，卫檀生调整了个坐姿，眼中薄光莹莹，这才引入了真正的正题，“现在能否告诉我这一切究竟是怎么回事？”

惜翠想过会有这么一天，顶着卫檀生的视线也不觉紧张，将自己的经历原原本本地讲了一遍，只不过略过了有关系统、穿书的细节。

“你们佛门不是有三千世界的说法吗？我原本就是个女人，只不过和你们不在同一个世界。我们那个世界与你们的世界其实很像，在大梁之前，我们的历史是一样的，但在大梁之后，我们的历史就走入了另一条岔路。”

现代和古代解释起来太麻烦，她也不想解释得那么清楚。

“不知道怎么回事，我早上一睁眼就发现自己的灵魂离体了，附在了那个土匪的身上，”惜翠抬眼道，“然后我就遇到了你。”

接下来的话不用她说卫檀生也知道，没多久她就被他杀了。

就算两个人都心知肚明，惜翠还是怀揣着一点报复的心思继续说了下去。譬如，刚开始她是多么害怕一类的话。

抹了她脖子的罪魁祸首卫檀生在听她说出这么一番话的时候，很给面子地露出了歉疚的表情，顿了一会儿道：“当年之事，是我对不住你。”

惜翠：“这也不能怪你，毕竟当初我确实是一个土匪，而你只是为了逃跑而已。”

“在那之后，我一睁眼，发现自己并没有死，而是又换了个躯体，”惜翠道，

“那次我醒过来，是在去寺庙上香的路上。”

“在寺里，我看见了你。当时我不太确定那是不是你，毕竟已经过去了很多年。”惜翠比了个手势，“你也长大了。”

“长大”两个字落在卫檀生的耳中，他眸光一闪，按捺下隐隐的不满之色。

“所以，回去后我就扮作了高骞的模样，来到空山寺中，想要弄个明白。”惜翠面不改色地将自己的所作所为全都圆了过去，这样她当初为什么接触卫檀生也都有了理由，“借尸还魂这种事说不清楚，我只能瞒下来，作为高遗玉继续生活下去。”

在她说的同时，卫檀生也在看着她。

她说话的口气很平静，面色也很从容，没有一丝一毫的怨愤和不满。她微微偏着头，好像在思索过去的事，再一抬眼，嘴角弯出了一抹苍白的笑意，黑白分明的眼睛里干净得不染纤尘。

越看，他心中越迷茫。她为什么不恨？为什么能这么从容地说出这种事？为什么不在意？他曾亲手杀了她。

看着少女的模样，卫檀生有些恍惚。当初杀她时的感受，他到现在都没有忘，也不会忘。温热的鲜血飞溅在手上、脸上，他好像能触摸到生命跳动着的脉搏。

他吮吸着别人的痛苦，以此为养料地活着。

卫檀生垂下眼，努力抑制住发抖的身体。难怪，看着高遗玉，他仿佛看到了那土匪。原来，所有的源头都在这里。

他的痛苦、欢愉、在她死后所感受到的愧疚，那些真正地作为“人”活着的感受全因为她一人而起。

可是，她为什么不在意？

思及此，他心头涌现出了一股怒意。

对卫檀生的心理变化浑然不觉的惜翠继续说道：“在这世上，我也不知道能够找谁，想来想去，只能找你。你是我在这世上最为熟悉的人。”

在听到她说的这句话后，卫檀生感觉内心奇异地平静了下来。

“那吴惜翠又是怎么回事？”他问，“你为何不同我说？”

“我这次附身和以往两次有些不同，脑中浑浑噩噩的，在附身的前几天都凭着这个身体的本能行事，就像梦游。”惜翠看向他，“在此之后，我才慢慢找回了自己的意志。”

这么一来，惜翠就将为了补全情节所做的事也圆了回来。

“借尸还魂这种事太匪夷所思，即便和你成了亲，我也不敢直说，害怕被人当成妖怪，所以，”惜翠道，“我没办法，只好从侧面提醒你。”

比如，她那次说梦话的事。

卫檀生听完她的解释，怒气消散得一干二净。

土匪是她，高遗玉也是她。她说，在这个世界上，她所熟悉的人只有他。

她是他的。

她的这三次经历只有他知晓，她这三次重生都因他而起。

想到那土匪，他感觉厌恶、痛恨；想到高遗玉，他既爱怜也想冷笑。那些经年累月、日日夜夜纠缠着他，不肯放过他的感情，终归于一人，化为一颗树种，深埋在地底。而今，这个念头一起，树种破土而出，霎时便长成了一棵参天巨木，树藤紧紧地缠绕着他的心脏。

卫檀生觉得心中胀胀的，快感比任何时候都来得剧烈。

她是他的。

卫檀生咀嚼着这句话，消散不见的怒气被隐隐的喜悦取代。

她在这个世上的一切行为都只因他而起，他是她唯一熟悉的人。

她是这个世界上……卫檀生若有所思地张开了手，又轻轻攥紧。

她是这个世界上……独一无二，原原本本属于他的。

这种奇异的感觉一遍一遍撞击着他的心房，快感如电流般穿过四肢百骸。

卫檀生兴奋得眼神发亮，那温和的下垂着的眼尾好像也飞扬起来，带着一抹艳色。他现在恨极，怒极，又高兴极了，想要放声大笑。

一眨眼间，他却又迅速地平静了下来，从外表上绝对看不出他扭曲的内心。

“大概就是这么一回事。”简单地讲完了自己的经历，惜翠抬眼，想看卫檀生的反应。

卫檀生看上去对她的故事的接受程度很高，道：“原来如此，”他换了个姿势，眼睫一动，“我明白了，确实玄妙。”

“你没有什么想问的？”

“我有一个问题。”

“你叫什么？”望着惜翠，卫檀生弯唇笑道，“我的意思是……你真正的名字。”

惜翠一愣，这还是第一次有人问她的真名。这感觉很奇怪，好像她一说出口，就穿越了真实与虚假，将真正的自己介绍给了他。

“我……”犹豫了一会儿，惜翠还是开口道，“我叫吴惜翠。我确实叫这个，和这儿的‘吴惜翠’同名同姓。”

这感觉太奇怪了，惜翠不想在这个话题上啰唆，又问：“除了这个，还有什么吗？”

“我的确有许多困惑。”卫檀生道，“但是现在还不是谈话的时候，等回到京城，养好了伤后再说也不迟。”

惜翠略感纳闷，觉得这“小变态”好像有什么变化。可他究竟哪里变了，她看不出来。能这么轻松地蒙混过关已经够出乎她的意料了，目前而言，她也不想没事给自己找事做。卫檀生不追问，她就当不知道。

屋里陷入了一片古怪的寂静中。

卫檀生不说话，只望着她，看得她头皮发麻。她浑身都不自在，只好匆匆忙忙地将头低下，却无意间瞥见了卫檀生手背上透出了血色的细布。

“你的手？”惜翠适时地表露出了自己的关心。

“无事。”卫檀生低头看了一眼，抬头笑道，“已经处理过了。”

这细布裹得乱七八糟的，怎么看都不像是好好处理过的样子。想到他是为了护着她的脑袋才弄成这样的，惜翠抿起唇角，伸出手道：“我来。”

青年讶异地看向她。惜翠彻底无奈了：“我帮你重新裹一下。”

他听话地将纤长而白皙的手指放在了她的手心里，有点像是在和主人握手的小狗。

卫檀生的指尖凉得像冰一样，惜翠紧锁眉头，小心翼翼地拎起布头，一圈一圈，绕着将细布揭了下来。

“如果弄疼你了，你就直说。”惜翠嘱咐道。

“好。”他的嗓音出乎意料地温柔。

她不是大夫，也不会处理伤口，只能尽量避免接触卫檀生的伤。她小心翼翼地将细布缠好，系上一个蝴蝶结，确保不会散开。至于卫檀生落在她发顶的视线，她就装作没有看见。

“好了。”

“多谢。”卫檀生收回手，新奇地看了眼自己手背上的蝴蝶结，眉眼弯弯地笑道，“翠翠。”

她妈都没这么叫过她。

看着自己的成果，惜翠微窘。

一回生二回熟，惜翠向卫檀生解释过后，再应付高骞就容易许多。

她将那套说辞大致向高骞说了一遍，自然瞒下了瓢儿山上的那段。高骞顾及她的病体，没有多问，反倒安慰了她两句，叫她好好休息。

在客栈中休整了一天，队伍回到了京城。

没想到回京城的当天，惜翠就病倒了。

就算是一个健康的成年女性，大冬天经过这么一番折腾也得病倒，遑论吴惜翠本就是个药罐子。回到卫家后究竟发生了什么，卫檀生又是怎么向卫宗林和卫杨氏交代的，她什么都不知道。

这病来势凶猛，她的喉咙本来只有一点疼，而现在疼得几乎说不出话来。惜翠不仅鼻塞、咽痛、头痛，还流鼻涕，躺在床上的某个瞬间，几乎觉得自己又要读档重来了。

迷迷糊糊间，好像有人端来了药，温声道："乖，张嘴。

"翠翠？"

虽然对这恶心的中药十分唾弃，但为了保住自己的命，惜翠还是嫌弃地张开了嘴，由人喂着，将药全吞了下去。那人不知是珊瑚还是海棠，帮她擦了擦唇边的药渍，又帮她调整了软枕，好让她睡得更舒服一点。

喝完药，她再一次睡了过去。而端着药碗的青年轻轻地将药碗搁在高凳上，没弄出一点声响。

没有离开，卫檀生坐了下来，看着窝在被褥中的少女，用还没好全的丑陋的手抚上了她的脸颊。

她的脸苍白中透着不正常的嫣红，比胭脂都要红，像傍晚艳色的斜阳，失去了血色的唇瓣似乎还残留着药味。

她是他的。

他低头凑近了些，细细地嗅了嗅，指尖顺着她的脸颊落下，按在唇上。

她的唇柔软得不可思议。

他低声道："翠翠，乖。张嘴。"

他一字一顿，语气缠绵。

病中的少女不疑有他，张开了嘴。他眸中流转着异光，将她口中的柔软叼入了自己的口中。

她是他的。

在她愿意与他一起死，在她说出那些话的时候，她就别想反悔了。

对他来说，仅仅这么点还不够，他还想要更多。只有占有得更多，他才更满足，才更安心。

饿鬼常陷于饥渴之苦恼，若偶尔获食，于将食时，又化作火焰，无法下咽。

卫檀生眼神暗沉，呼吸急促，攫取着她口中的全部。昏睡中的她喘不过气，下意识地想往后躲，他紧紧按住她的后脑，不让她逃。

他颤抖着，唇齿间因为兴奋而溢出暧昧的声音，那是杀戮也无法带给他的欢愉感。

原来他曾经厌恶的事，竟然能带给他如此的乐趣。

他还想要更多，心头的焦躁这么告诉他，只有那样才能满足他。

但现在还不是时候。

他不讨厌“病”，甚至喜欢极了，觉得那像枯骨中生出的花。

卫檀生抽回身，若无其事地替她掖好被角，摸了摸她的发顶。

现在他更希望她早些好起来，她眼下这副模样，美则美矣，却太无趣。

黍宁 著

青岛出版集团 | 青岛出版社

第七章　三　火

三少夫人病了。

郎主安排郎君去怀州谈生意。郎君才走了一半，不知为何又回了京，回来后不久，少夫人便一病不起。

少夫人病得凶险，药汤灌下去，不见起色。凡是见过少夫人面的丫鬟这会儿都不由得暗暗忖度，如此病弱的少夫人，不知能否熬过这一次。少夫人才嫁过来没多久，若是熬不过去，喜事恐怕就要变成丧事了。

“贝叶，你不是见过少夫人吗？”下人们正八卦间，有个小丫鬟随口问了一句，眼睛里闪动着些看热闹的光芒。

谁不知道在少夫人病着的当口，有人心思正热络着呢。小丫鬟心中嗤笑，望向贝叶的目光却如常。

在小丫鬟的注视下，样貌清丽的女人拎起食盒，瞥了她一眼，冷冷地道：“管好你自己的嘴，少在这儿嚼舌根。”言罢，拎着食盒转身就走，只剩下一抹袅娜的身影。

小丫鬟顿时脸色一变，待贝叶走远了，不满地啐了一口：“装什么呢，你有几条尾巴真当我不知道？谁不知道这府上就你巴巴地盼着夫人……”

就你巴巴地盼着夫人死……这话太冒犯人了，小丫鬟刚说了一半又将话咽了回去，左顾右盼地留意了一眼四周，见没人注意到这儿才拍着胸口，吐出一口气。

她想想还是气得慌，又往地上啐了一口。

拎着食盒走在路上，贝叶低头细思。

这几天府上谁都不高兴，郎主与夫人没往日和善了，而大少夫人，贝叶前几天撞见她的时候，她失魂落魄的。

也不知郎君与少夫人这趟出去究竟发生了何事。

少夫人这一病，院子里的气氛沉闷得紧，人人做事都憋着一口气，像是怕惊动了病榻上的那个人，平常爱俏的几个小丫鬟也不打扮了。

想到这儿，贝叶心中一动，脚步一转，端着食盒往屋里走去。

屋里没人，她快步走到自己的床边，从枕头下翻出个妆奁打开。

指尖在口脂上挑了一丁点，涂在唇上，她对着镜子抿了抿唇，用纸轻轻地揩了点，又细细地抿了抿，直到唇上那抹红显得自然了些，才理了理发丝。随后贝叶将妆奁一合，塞到枕头底下，又拎起食盒，低着眉眼匆匆出去了。

少夫人这一病，夫人重视得紧，特别吩咐厨房熬了药粥。但少夫人恹恹的，丫鬟们怎么将粥送过去基本上就怎么拿回来，她们只管送到，至于少夫人吃不吃，这就不关她们的事了。

那些小丫鬟那么想贝叶倒也没错，贝叶的确是巴巴地盼着院子里那位一病不起，倘若她真的一场急病去了，这才正合贝叶的意。

拎着装了粥的食盒，刚进院正好撞上了一个人，贝叶忙往后退了一步，待看清来人，心不免怦怦直跳。

“郎君。”

眼前这个容貌甚美的男人除了素有“小菩萨”之称的卫家三郎还有谁？

“是你。”卫檀生微微侧头道。

贝叶抬起头，温柔地道：“婢子来给少夫人送膳食。”

眼前的男人美得像松林中的晨雾，叫人捉摸不透，又像玉，温润中透着些艳色。虽然已经在郎君身边伺候了好几年，但每每瞧见他，贝叶还是不敢细看。

郎君和往常似乎不太一样，唇上泛着层薄而亮的嫣红，眼睛如碧波，眼中那原本内敛的光此刻招摇地泄了出来。

郎君今日……似乎很高兴。

贝叶心中打起小鼓，昂起头，唇上红，脸上更红。

然而卫檀生只是瞧了她一眼，或者说，看了一眼她手上的食盒，道：“翠娘刚睡下，粥你先拿回去放在炉子上热着，等她醒来再吃。”

卫檀生的嗓音依旧温和，但“翠娘”这两个字落在贝叶的耳中，让她就像被架在炉子上烤的粥一样，心里“咕嘟咕嘟”地冒着泡，难受得要命。

贝叶垂眸道：“也不知少夫人的病何时才能好，我们都很担心少夫人。”

男人望着她，却没回答她的问题，只弯弯唇角，迈步离开了。

贝叶僵在原地。郎君虽脾气好，但她不敢招惹，怕他看出自己的那点小心思。

在门前逗留了一会儿，贝叶拎着食盒出了小院，没想到才穿过一道门，又迎面撞上了另一个人。

那人正在门前徘徊。

贝叶止住了步子，诧异地想：这人叫连……连朔？

一个马奴，她本不会放在心上，但连朔这名字她倒是听说过。

贝叶瞥了他一眼，他确实生得清秀，难怪那些丫鬟提起他时总是嬉笑嗔骂。只是贝叶自诩是三郎君屋里的人，和寻常下人间划出了一条泾渭分明的线。

少年也看见了她，起先是吓了一跳，但随即反应过来，忙笑着招呼她，笑起来时样貌更是好看。

问题是，这个叫连朔的马奴怎么在这儿？

少夫人病了。连朔平日在马厩中，消息不灵通，得知此事时都已经过了两三天了。

连朔心中焦急。他已经许久未见她了，女人看着小马笑出来的模样，到现在他一闭眼还能想起来。

少夫人虽说冷淡了些，但连朔相信他与她之间不是没有可能的。她这次得急病，一定是路上郎君不上心的缘故。他要是能在这个时候好言安慰她一番，不愁没有继续往上爬的机会。

像他这般身份低微的人，好不容易才在贵人面前冒出了一点头，要是不加把劲儿，终归会被人忘在脑后。他必须想办法见她一面，提醒她，还有他这么一个人在。

他对她的感情，其中或许夹杂了两分爱慕，但更多的是功利。

除了要在她面前找存在感，他也要看看她病得重不重，她要是真如传言中般垂死，那他也只能自认倒霉，另谋出路了。

正当连朔焦急却又无可奈何的时候，他刚好碰上三郎君院里的王嬷嬷来找他。王嬷嬷前几天尝过他腌制的黄瓜，想问他讨一罐，回头轮值的时候吃茶用。

这是送上门的机会，连朔哪有不答应的道理，赶忙叫王嬷嬷回去等着，自己装了一小坛腌黄瓜，抱着青瓷小坛来到了三郎君的院门前。

只不过，望着院门，连朔又不敢进去了。

“也没什么大事。”望着贝叶，少年不好意思地笑了笑，道，“只是刚刚王嬷嬷寻奴，奴……奴不太认得路，也不知道是不是这儿。”

“王嬷嬷？王嬷嬷寻你做什么？”

“奴自己腌了一小坛黄瓜，王嬷嬷喜欢，就叫奴给她送些来吃茶用。”

今日确实轮到王嬷嬷在外间守着伺候。

望着连朔手上的青瓷小坛，贝叶淡淡地道：“今日确实是王嬷嬷当值，你快些去，记得莫要打扰在屋里养病的夫人。”

连朔忙不迭地应了下来，捧着青瓷小坛迈步进了院子，走了几步，又回过头问：“这位姐姐，奴还有个问题。”

“你问。”

连朔犹疑道：“少夫人……病得厉害吗？”

贝叶心中疑虑：“你问这个做什么？”

连朔道：“前些日子，奴当着少夫人和白桃姐姐的面犯了错，多亏少夫人心善，没有计较。听说少夫人病了，奴有些担心。”

贝叶：“你都是听谁说的？少夫人的事不是你能管的，快些做完你的事就走吧。”

望着少年离去的背影，贝叶心中疑虑更甚。不过送坛腌黄瓜罢了，他大可以进去，何必在院子门口左顾右盼的，看上去倒像是心中有鬼。

“听说少夫人病了，奴有些担心。”

耳畔回响着这么一句话，贝叶愣了愣，心头顿时浮现一个她不敢深究的猜想。

惜翠醒了。

她喝了药，又蒙在被子里睡了一觉，出了些汗，感觉比之前好了点。

她好像做了个梦，梦里有人给她喂了药，但再往下想，她就没什么印象了。她就觉得好像有段时间憋得难受，怎么也喘不上来气。想来可能是她闷头在被子里憋的，她没往心里去。

惜翠在床上躺了两三天，全身上下就像被汽车碾过一遍，哪里都疼，又酸又疼。她拢好衣服，将自己裹严实了些，这才下床想要走两步，活动活动四肢和关节。她现在身体素质太差，这么下去可不行。她得找个时间锻炼锻炼，否则这脆弱的小身板恐怕再也经不起这么一场大病。

门窗闭得紧紧的，海棠跟着她久了，已经摸清了她的生活习惯，赶紧走上前，把那扇窗打开透气。

庭院里，将腌黄瓜送给王嬷嬷后，连朔心中怅然。凭他如今的地位，他是接触不到少夫人的，但就这么离开，什么也没看到，他始终有些不甘心。

这么想着，他蹑手蹑脚地走到了窗下，将目光轻轻投过去。

瞧见映在窗户上的那抹身影后，连朔心跳漏了一拍，大气也不敢出。那抹身影他熟悉得很，这般单薄，除了少夫人还能有谁？

左思右想之下，他目光一扫，瞧见了院里的那棵梅树，忙快步走了过去。他上下看了看，特地挑拣了一枝开得最好看的，折了下来，塞进了袖子里，又回到窗前。

将梅枝轻轻地搁在窗台上，他正要屈指去敲窗——

窗户突然从里面打开了。

连朔吓了一跳，忙矮下身子。

紧跟着，窗户里探出半个头来。

海棠伸出手测了测温度，没风。天气终于回暖了，不冷，她给娘子开窗透透气想来是没什么问题的。

正要收回身子时，她一垂眸，惊呼出声。

“呀！这是哪儿来的梅花？”

将梅枝拿在手上，海棠面色讶异，怎么好端端的窗台上多了枝梅花？

惜翠：“梅花？”

“对啊，娘子，你看。”海棠脚步轻快地走到惜翠面前，将梅枝递给惜翠。

藏身在窗台下的少年轻轻地吐出一口气，面上露出一抹喜悦之色。

如果窗台上落了一片梅花花瓣还能说是风吹来的，但这一枝梅花明显是有人折下来，再放在窗户上的。

“还挺好看的，”海棠道，“许是哪个爱玩的丫头丢在这儿的。到时候定要好好教训她们一番。”

惜翠看了一眼梅枝，收回视线，“嗯”了一声，没太在意。

“对了，”将梅花枝放下，海棠问，“娘子可是饿了？厨房准备了药粥，但娘子刚才还没醒，便没送进来。娘子要是饿了，我这就去厨房取来。”

躺了一整天，什么也没吃，惜翠确实饿得有些眼冒金星，一听有粥吃，赶紧叫海棠取过来。

至于那枝梅花，海棠觉得丢了怪可惜的，便找了个细口的瓷瓶插进去，就摆在了床头，也好去去病气。

梅花就这么静静地盛开着，红得张扬，扎眼极了。

她们本以为梅花是哪个小丫鬟丢在窗台上的，没想到第二天窗台上又多了枝梅花。

接下来的日子里，窗台上时不时会出现一枝红梅，有时候是早上，有时候是傍晚。

出现一次是巧合，频繁出现就绝对不是巧合了。

饶是海棠也察觉出不对劲了，娘子却一副若无其事的模样。碍于娘子，海棠不敢多问，她向来是无条件服从吴惜翠的。

惜翠没表露出任何讶异之色，海棠也只好每次都将红梅拿过来，替换瓶中的那一枝，甚至有意帮惜翠将此事瞒了下来。这梅花来得古怪，她不能让人瞧见。

惜翠想过，偌大的府上，没什么人会有闲心时不时给自己送梅花。卫檀生不可能，这“小变态”没这么多闲情逸致。她想来想去，能和梅花联系起来的似乎只有连朔。

如果梅花是连朔送的，那惜翠不可能声张，只能装出一副什么都不知道的模样，叫海棠将梅花拿回来，别让其他人看见。

惜翠病得重，为了不打扰她养病，卫檀生如今不和她住在一处，平常自行去书房内歇息。正因为如此，卫檀生才没发现异常。

在卫檀生的眼皮底下偷偷摸摸地做这种事，惜翠觉得压力很大，但碍于情节，还得硬着头皮继续。要是接下来的情节出现差错，后果惜翠可能承担不起。

她养了几天，身体终于有了起色。就在这个时候，高骞差人送了一封信给她。

高骞虽然答应了一切事等回京之后再说清楚，但由于惜翠现在和他没有任何血缘关系，又嫁了人，碍于世俗礼节，高骞便一直没有出现。即便是这回送信，保险起见，他打的也是高莹的名头。

信中，高骞问她愿不愿意与他见一面，将她身上发生的事告知吴家的人，并向吴家道歉。

他虽是武将，却也是恪守着儒家礼法长大的，性格端方正直、一丝不苟，在这点上也是如此。惜翠占用了旁人女儿的身体，而真正的“吴惜翠”不知所终。于情于理，这件事他们都应该让吴家夫妇知晓。

惜翠看着信，沉默了一会儿。她确实占用了“吴惜翠”的身体，也没有办法心安理得地继续瞒着这对老夫妇，与他们演绎骨肉情深的戏码。

想了想，惜翠提笔回复了一句，“全凭二哥做主”。

信送回去没多久，吴怀翡突然给惜翠寄了一封信，请她明天上午在京城的雍硕楼见一面。吴怀翡已经备好了酒席。

惜翠收到信的时候，海棠正帮惜翠盛粥。

海棠对吴怀翡很警惕，道：“无事献殷勤，非奸即盗，娘子不要管她，让她等着。”

惜翠将信收好，压在一边，决定等吃过饭再做打算。她还没吃上一口，屋外突然有丫鬟传报，说是孙氏过来探望。

帘栊一打，孙氏进了屋，瞧见她在喝粥，愣了愣，问：“我来得不是时候？”

惜翠放下勺子站起来行礼：“大嫂。”

孙氏赶紧拦住了她，道：“你大病初愈，这些虚礼就免了吧！”

两人坐下来，寒暄了一番。

从回京以后，惜翠就没看到过孙氏，今天还是头一次。孙氏看上去有些古怪，平常打扮得明艳，笑起来也爽朗，今天却面色苍白，眼里也失去了往日的神采，笑容十分勉强。

孙氏来找她没什么大事，只是问了两句她的病情，又细细地叮嘱了一番，叫她好好养着，言语中十分关切，甚至多了几分讨好之意。

惜翠一阵茫然。她才病了两天，怎么就感觉跟不上情节的发展节奏了？

孙氏雇了鲁深他们要给卫檀生一个教训，如今看到卫檀生和惜翠回来，自然心虚、害怕，但还不至于怕到这个地步。

看着孙氏的模样，惜翠蹙眉，心想：难道在自己生病的时候，卫檀生去找孙氏谈了些什么？这“小变态”恐吓孙氏了？

还没等惜翠问个清楚，院外又传来了些动静，说是卫檀生回来了。孙氏登时如惊弓之鸟一般起身告辞。

卫檀生进来时，孙氏低着头，匆匆忙忙地与他擦肩而过。

“大嫂？”卫檀生步子一顿，叫住了她，腕间的佛珠也随之轻轻一撞。

孙氏忙停下脚步，脸上挤出一抹生硬的笑：“三郎。”

卫檀生退后半步，态度恭敬有礼，泰然自若地问：“大嫂可是来找翠娘的？怎么不多留一会儿？”

孙氏看着他，就好像看见了一尊煞神，眼神躲躲闪闪的，道：“喜儿正寻我呢，我就不打扰你们夫妻俩了。”说完，忙不迭地抽身离开，甚至被门槛绊了一脚。

孙氏这副模样，惜翠哪里还有什么不明白的？她心情复杂地看向卫檀生，而“罪魁祸首”好像根本没有自觉，径直走到惜翠的身边坐下。

孙氏的情况，惜翠不想多过问，只能装作什么都没看出来，道：“你来得正好，”惜翠指了指桌上的粥，“要不要和我一起用一些？”

卫檀生理了理衣袖，弯着眉眼笑道：“也好，我今日恰巧还没吃什么东西。”

海棠立即又上了一副碗筷。

惜翠给他盛了点粥，把碗推到他面前。卫檀生拿起瓷勺，笑吟吟地和她说了声“多谢”。

惜翠暴露身份之后，和卫檀生之间倒不像她想的那样尴尬，反倒多了几分自然。他们有点像那种经年老友，在多年的相处中点点滴滴地积累下来了不少情谊。至于之前那些可能令人尴尬的事，卫檀生不提，她也不会主动去说。

粥软软糯糯的，屋里安静得只剩下瓷碗和瓷勺相撞的“当啷”声。

粥吃到一半，卫檀生突然放下了勺子，面色古怪。惜翠正想问他，突然看到他低下头，伸出手挡在唇前，如玉的指节一屈。

他打了个……喷嚏。

惜翠：“你……感冒了？是不是被我传染的？”

不对，她这几天和卫檀生没什么接触，卫檀生为了不打扰她养病，很少过来。她就算要传染，也不该传染给他吧。

听到她的话，卫檀生眼神异样，捏了捏鼻尖，轻咳一声，嗓音哑哑的，问：“感冒？”

“就是感染风寒的意思。”

“此事与翠娘无关，”卫檀生笑道，“想来是昨天我睡在书房中，忘了关窗的缘故。”

他一句话还没说完，又是一个喷嚏。青年眼神柔和，眼中波光潋滟，看上去有两分可怜巴巴的意味。

惜翠："我去吩咐厨房给你煎碗药。"

厨房那边很快送来药，卫檀生喝了，将药碗递给她，抬头笑道："有些苦。"

惜翠接过药碗放在桌上，认命地给他找起了蜜饯。她正翻找时，身后又传来卫檀生的声音："你房中何时摆上了梅花？"

惜翠动作一顿，指尖僵在半空中。幸好她背对着卫檀生，他看不见她的表情。

她道："没什么，屋里太闷，海棠时不时折一枝，摆在屋里好去病气。"

惜翠已经将装着蜜饯的嵌螺钿木盒翻了出来，拣了一个蜜饯递给他。卫檀生抬眼看着她，也不接。惜翠目光疑惑地看了过去。他微扬下巴，示意她将手放得低一些。

惜翠动了动胳膊。青年半倾着身子，就着她的手指张口含住了她手中的蜜饯，下颌骨处的线条十分流畅。

微软的唇瓣碰到指尖，卫檀生耳侧的发丝垂落在她的手上，手指被包裹住，惜翠的脑子里"嗡"的一声炸开了，头皮一阵发麻，鸡皮疙瘩一个接一个地冒了出来。

不知道是不是她的错觉，她感觉卫檀生的舌尖好像在她的指腹上轻轻地划过了一圈，将她指腹上的糖屑舔得一干二净。

他坐直了身子，仍旧一副和煦沉稳、光风霁月的模样，腕间佛珠上的佛经字样清晰可见。对上惜翠的视线，他甚至露出了一副微讶的表情，好像在询问她有什么问题。卫檀生这副端方君子的模样，好像刚刚那瞬间的情欲与暧昧只是她的错觉。她总不能问他，刚刚你是不是舔了我的手吧？

惜翠僵硬地收回手，手指上还有那黏糊糊的感觉，指尖全是这"小变态"的口水，有点恶心。

趁卫檀生不注意，惜翠赶紧低头用袖口擦了擦手指。但在她低头的瞬间，青年眼尾一垂，双眼蓦地冷了下来。

只是这冷冷的目光刚闪过，他的鼻尖又传来一阵痒意，一个喷嚏直接将他眼里的冷光摧毁。

惜翠将嵌螺钿的木盒盖上时，卫檀生忽然道："翠翠，明日我便搬回来住。"

他搬不搬回来住惜翠并不在意，他们之前又不是没同床共枕过。惜翠正想应声，但瞥见瓶中的红梅后，马上改变了想法。

这阵子连朔天天来送花，没让人发现。可这“小变态”的五感向来比其他人敏锐，做贼心虚的惜翠哪里敢让他在这个时候搬回来？于是惜翠道：“我的病还没好，再过两天吧。”

卫檀生笑吟吟地道：“你看，我正好染了风寒，你我都抱病在身，不如抱团取暖，也不惧将这病气过给旁人。”

惜翠移开视线不去看他，道：“再等等。”怕卫檀生在这个问题上多做纠缠，惜翠走到桌前，将刚刚压在桌上的信递给他道，“明天我要出去一趟。”

“去哪里？”

“雍硕楼。”惜翠示意他看信，“吴怀翡想和我见一面。”

卫檀生既然已经知道了她的真实身份，她也没必要再装模作样地喊吴怀翡“大姊”。

惜翠特地留意了他的反应，他在听闻“吴怀翡”三个字时，脸上没什么异样的神情。但卫檀生本来就是个善于伪装的人，惜翠不清楚他现在对吴怀翡是否怀有旧情。

原著中，卫檀生即便和“吴惜翠”成了亲，还是像其他男配角一样对女主角多有照拂，坐稳了“备胎”的宝座。

惜翠依稀感觉出卫檀生现在对自己有些好感，但不确定他对自己的感情能不能和他对吴怀翡的感情相提并论。

卫檀生将信收起来，道：“我陪你去。”

惜翠不太想让卫檀生和她一起，这些事她更想自己解决。

卫檀生也没有强迫她，道：“也好。”随后不甚在意地将信放在一旁，抬头道，“翠翠，过来。”

惜翠在他的身旁坐下。

他转过头来看着她，笑道：“陪我一会儿。”

到了傍晚，卫檀生还是回了书房睡，惜翠松了口气。

翌日清晨，向卫杨氏知会了一声后，惜翠回屋换了件衣裳，准备出门。

出门前，她忍不住扭头看了眼窗台，上面空荡荡的。

卫檀生虽答应了她会缓几天再搬回来，但终究是要回来的。

想来想去，惜翠提步去了外间，找到海棠，嘱咐她去马厩找一个名叫连朔的马奴，带一句话给他。惜翠让海棠路上务必小心谨慎，不要让别人注意到，如果有人注意到她，不要犹豫，也别管带话不带话的事，马上回来。

海棠见惜翠神情严肃，没有多问，立即应承下来。惜翠这才略微放下心来。

马车载着她一路行至雍硕楼。

雍硕楼在京中有些名气，算是个高档酒楼。

她一踏入酒楼，就有跑堂迎上来，问过她的名姓，引她往楼上的包间走去，说是已有客人在包间里等着她了。

惜翠被他领着，推开了包间的门。出乎她意料的是，包间里坐了不止一个人。

藕荷色琵琶袖上襦配如意云纹百褶裙的是吴怀翡，她打扮得清新淡雅。

玄色窄袖长袍，腰束白玉带的是高骞。

而坐在高骞身旁的那个身着月白色圆领袍，如杏的双眼顾盼生辉的少年竟然是褚乐心……

另一头，海棠得了惜翠的吩咐，没多耽搁，趁着没人，立即出了门往马厩的方向走去，一路上没被人撞见。只不过她前脚刚走，后脚窗台上又被人轻轻放下了一枝红梅。

青年袍袖翩翩，缓步出了书斋，走入院中。他正欲推门进房间时，乍见窗台上有一抹艳色。

佛珠滚动了两下，一只手捡起了窗台上的红梅，那人绀青色的眼中眸光颇深。

他轻轻巧巧地从梅花瓣里取出了个卷得细细小小的字条，展开一看。字条上只有一行小字。

卫檀生在心中念了出来，“春近野梅香欲动，有意觅鸾交”。后面还有五个字，仿佛亲昵无边的情话，“愿夫人爱我”。

愿夫人爱我……

指腹从字条上滑过，卫檀生眼角低垂。

愿夫人爱我吗？

想到屋里那枝怒放着的红梅，他嘴角扯出一抹笑意，难怪她不愿他搬回来。

但那可不行。当初是她亲口说愿与他同生共死的，她每次重生后，都主动凑到他跟前来。

她是他的。既然她将自己交给了他，那很多事就由不得她自己做主了。

卫檀生将字条重新卷起来，放入袖中。至于那枝梅花，就这么搁在了窗台前，静静地等待着它的主人将它拾起。

雍硕楼里，惜翠还是一脸蒙。

身着月白色圆领袍的少年一见她踏进包间便站起身，道："高……吴娘子？"

褚乐心说第一个字时语气还是高兴的，但在见过她的容貌后，语气瞬间变得犹豫，有些手足无措。而吴怀翡看她的目光也是疑虑中夹杂着一丝复杂。

高骞站起身道："遗玉。"

吴怀翡顿了顿，也站起身，道："高娘子，坐下来再说话吧。"

四个人都站着也不是个事，惜翠便坐了下来。她落座后，吴怀翡犹疑片刻，率先开了口："你……当真是高家娘子吗？"

出乎意料地省去了那些寒暄，吴怀翡秀眉紧蹙，明显在等惜翠给一个答案。

来之前，惜翠已经做好了准备。她答应了高骞，此事全凭他做主。吴怀翡也是吴家人，惜翠既然要向吴家人公开身份并道歉，必定不能瞒着吴怀翡。

但在心中做好准备和在现实中直面问题根本不是一回事，面对吴怀翡，惜翠一时间竟然不太敢看她。

吴怀翡是"吴惜翠"的姐姐，面对她，惜翠心头浮现出一抹鸠占鹊巢般的愧疚感，不禁抿紧了唇。

其实惜翠之前问过系统关于"吴惜翠"下落的问题。系统告诉她，她只是借用了"吴惜翠"的社会身份，"吴惜翠"本人没事。在惜翠攻略成功后，系统会再安排一个长相一模一样、全新且健康的身体给"吴惜翠"。

"我说过，安排高遗玉的身份已用尽了我的精力。在这么短的时间内，我无法再为宿主打造另外一个全新的身份。

"要知道，想要打造一个新的身份，最简单的是打造一个躯壳，而最难的是如何将这个躯壳巧妙地插入书中的世界，安排好他（她）的过往与社会身份。

"宿主借用'吴惜翠'的身份攻略期间，我可以缓慢地恢复精力。宿主完成任务后，我会为'吴惜翠'打造另一具健康的躯体。"

系统还告诉她不用担心，并再一次强调，这里仅仅是一本书中的世界。她也按照系统所说的，一直都在努力地将眼前所处的环境当书中的世界看。这里的所有人都是由作者操控的，这里的一切都不是真实的。

因为这里的一切都是假的，所以她不用付出感情，完成任务后回家就可以了。可是，她待的时间越来越长，情感渐渐战胜了理智。如今，惜翠猛然发觉，站在她面前的都是有着真实情感的人。

就在当下，面对吴怀翡的询问，惜翠似乎再也没办法将这个世界当成一本书看待了。

她占据了“吴惜翠”的身体和社会身份。即使穿越和重生都不是她的本意，即使“吴惜翠”会得到补偿，这也是她无法洗刷的原罪。

在这看似虚假的书中世界，惜翠的负罪感是真实的。这种沉甸甸的感觉使得惜翠的心里十分难受，脸上火辣辣的。

惜翠沉默了一会儿，还是道：“是，我是高遗玉，抱歉。”

她承认之后，除了高骞，其他两人看着她的目光都发生了细微的变化。吴怀翡随之沉默了片刻。

高骞将这事告诉吴怀翡的时候，其实她是不相信的。然而高骞并不是会拿这种事开玩笑的人，而且翠娘的性格确实变了很多。直到今天，翠娘亲口回答了她的问题后，她才真正地信了高骞说的话。

一时间，吴怀翡看着面前的少女，心中说不出来是什么感觉。

这个人是……高娘子？

眼前这张熟悉的面孔与空山寺中的那个少女渐渐重合，叠加成了一张吴怀翡格外陌生的脸。

吴怀翡心中算不上惊讶，也算不上为“吴惜翠”感到难受或是愤怒。

高骞已经提前替他妹子向她道过歉了，当时她什么都没有回答，因为她觉得自己没有资格替妹妹回答什么。她与“吴惜翠”之间的感情没有那么深，就算曾经有些亲情，也早被冲淡了许多。

在得到这个答案之后，吴怀翡觉得心好像被刺痛了一瞬，但还没到难过得掉泪的地步。她担心的是爹娘若是得知此事，恐怕要伤心了。爹娘与她不同，他们是看着“吴惜翠”长大的。

“这不关你的事，”吴怀翡摇头，嗓音很温柔，“你无须向我道歉。”

惜翠攥紧了膝上的裙子，低声道：“也是在向翠娘道歉。”她是发自真心地在对原来那个“吴惜翠”道歉。

褚乐心眨着眼，想要说什么，但碍于当下这古怪、沉闷的气氛，也不好插嘴。就在这时，高骞沉声道：“此事是我和遗玉对不起翠娘，吴郎中与吴夫人年纪大了，此事暂时不要向他们提起。等日后找个合适的机会，我再带遗玉去向他们道歉。”

听高骞这么说，惜翠望着他的侧脸，有些愣神。

高骞皱着眉头，脸色严肃。

察觉到惜翠愣怔的目光，高骞看向她道："遗玉？"言语中隐含关怀之意。

惜翠这才回神，点了点头："好。"

高骞主动站出来与她一起扛下这个责任，出乎意料又好像合乎情理。他一直重视她这个妹子，就算她在面对他时表现得很冷淡，他好像也不在意。

挡在她面前要和她一起赔罪的男人不再是书中代表着"男主角"的冰冷符号，而是一个有自我意识、疼爱妹妹的好哥哥。

惜翠对他有些感激，攥着裙子的手紧了紧，心中一动，好像有什么东西渐渐化开。她不太想抗拒这种感觉。

"到时候，"望着惜翠与高骞，吴怀翡停顿了一会儿，眼中有鼓励之意，"我会和娘子一起，娘子无须害怕。"

"二哥也会和你一起。"高骞沉声道，"是我们兄妹对不起吴郎中一家。到时候，二哥和你一起向他们赔罪。"

"还……还有我。"从刚才起就一直憋着没有说话的褚乐心这个时候终于忍不住开口了，"我……我也会陪高娘子一起的！"

吴怀翡讶异地道："褚郎君？"

褚乐心看着惜翠，神色很复杂。他想要上前，但看见那张陌生的脸，又不知道在纠结什么，踌躇着不敢上前。

高郎君告知他这件事时，褚乐心正在批阅公文。

高娘子死后，他第一次感受到生命的冷酷无情，出于愧疚，他收了心，这几年按照爹娘的期盼，老老实实地踏上了仕途，做上了家人安排的不大也不小的闲散官职。而听到这个消息的那一刹那，他高兴得连笔都没有拿稳，直接从椅子上蹦了起来，公文哗啦啦散了一地。

可真正再见到高娘子后，他反倒不敢上前了。

他太纠结了，刚刚高郎君、高娘子和吴娘子之间的气氛更让他觉得手足无措。

在褚六郎的内心纠结成了一团麻花的时候，反倒是惜翠主动朝他笑了笑，道："多谢。"

这一笑，那个在褚乐心的记忆中渐渐走远的人仿佛重新变得鲜活。杏花树下，那个红衣细腰、高挑俊美得好像唐传奇中的侠女的娘子，又回来了。

褚乐心愣愣地看着惜翠。

高娘子现在的样貌确实发生了些变化，脸部线条变得柔和了，人也更柔弱堪怜了些，但给他的感觉没有发生改变，她依旧一副冷淡又有礼貌的样子。

另外，高娘子似乎比之前更亲切了些。之前他看着高娘子，就好像隔了什么，可现在，那横亘在她与旁人之间的东西好像被敲碎了。她笑起来的时候也生动了许多。

褚乐心看着看着，嘴角不自觉地扯出一抹神采飞扬的笑容。

这是褚乐心这几年来第一次真正地、发自内心地笑出来。他放松下来时，眼睛格外亮，眼角弯起来，像小月牙儿。

高遗玉死后，他一直自责于当初没有陪她多走一段路，亲自将她送回家。他觉得，只要他当初多注意一些，她就不会孤身一人，被奸人所害。

褚乐心性子纯善，却也爱钻牛角尖，高骞不愿他一直生活在阴影中，思索再三，最终还是将这件事告诉了他。

“抱歉，”褚乐心唇角的笑意收敛了一些，语气忽然变得认真起来，双眼凝视着惜翠，“当初是我太粗心大意，没想那么多，竟将娘子置于危险之中。这几年来，我一直在想……倘若能再见到娘子就好了，倘若能再见到娘子……”

这几年，他每每回想此事，浓重的负罪感几乎压得他喘不过气来。在这无数个难熬的日日夜夜中，褚乐心曾经无比期盼高三娘能魂魄入梦，好给他一个机会让他道一声歉。

这是他所活二十多年来，第一次这么惦念一个女人，无关情爱。

幸好……

褚乐心长长地吐出一口气，心想：幸好还能再见到高三娘。

“倘若能再见到娘子，”他顿了顿，坚定而认真地说，“我想向娘子说声对不起。”

少年认真的模样看得惜翠心口一窒。沐浴在褚乐心的目光中，惜翠不禁苦笑。

直到今天来到雍硕楼，她才真正意识到她之前好像确实混账了些，将别人的真心当作摆脱不及的麻烦，将这里的所有人都看成了冷冰冰的符号。

她还是会回家的，她要回家的决心无论如何都不会有任何改变。不过，现在她想试着了解一下这个世界。

虽然她付出的感情越多，和这个世界的羁绊越深，回家时就会越痛苦，但人生本来就是由无数次相遇、相知和相离组成的。就算她现在在这个世界里逃避了这些感情，回到现实世界还是无法避免那些分分合合。

这是人生路上必须要经历的，她总不能逃避一辈子。她还不如在回家之前，把在这个世界的经历当作一段旅程，而褚乐心等人就是她在这段旅程中结交的好朋友。

褚乐心的神情很认真。被他影响，惜翠的神情也不由得变得认真起来。

“这不关你的事，相反，”惜翠眨眨眼，能感觉脸上的热度在不由自主地攀升，随后不太自在地说，“我很高兴认识郎君。”

瞧见少女面色隐隐发红的模样，褚乐心又是一怔。

对惜翠而言，说出这种话还是有点羞耻的。她轻咳一声，压下那点尴尬和不自然，恢复了镇静，问道：“你们点菜了吗？我有点饿，出门前没吃什么东西。”

褚乐心这才猛然回神，忙接话道：“没有！我、高郎君和吴娘子都还未点菜。娘子想吃什么？这雍硕楼虽不大，”少年眉开眼笑地说，“但我能保证这里的菜是全京城最好吃的。娘子若是不信，待会儿尝过就知道了。”

菜由惜翠与褚乐心一起点，高骞和吴怀翡对吃什么不太在意。

抛下之前那些心结后，惜翠和褚六郎现在简直像是一起出门玩的好朋友。褚乐心拍着胸膛，眨着秀美的大眼，道：“信我信我，这个绝对好吃……三娘，你能不能吃辣？这个虽然辣了些，但也特别好吃！”

在褚乐心的倾情推荐下，他们点了一桌子菜。

吴怀翡坐在惜翠的右侧，在等候上菜的间隙，低声对惜翠道：“其实我也有一事要同娘子说。娘子之前会遭遇那件事，我也有一定的过错，今日我也要同娘子道歉。”

惜翠惊讶地摇了摇头：“这不关娘子的事，娘子无须道歉。”

吴怀翡笑了笑，道：“要道歉的，否则我心难安。”

惜翠安静了半晌。她明白吴怀翡为什么会向她道歉，她上次的死虽然和吴怀翡没有关系，但吴怀翡定然也在自责。

惜翠在心里叹了口气，轻声道：“都过去了。”

“是。”吴怀翡颔首，笑道，“都过去了。”

他们吃完饭，是高骞送惜翠离开的。褚乐心是外男，不太方便，吴怀翡则体贴地给他们兄妹二人留了谈话的空间。

从楼上到楼下停着的马车前不过短短几十步路，高骞和惜翠却仿佛走了有足足一年。

下了楼，高骞才问出了一直萦绕在心中的问题：“遗玉，”高骞的脸上难得浮现出犹疑之色，“你怪二哥吗？”

他知道这个问题对于遗玉而言太沉重，只是过了这么久，他依然无法释怀。他想知道遗玉有没有怪他，或者说，有没有恨他。

他不配做她的兄长。

他想要知道在她的心中究竟还有没有他这个二哥。

他只是想得到一个答案，就算遗玉依旧在怪他，他也会沉默地认了。

“我没有怪你，”惜翠看出了身侧这个高大冷峻的男人的犹豫与胆怯，顿了顿，接着补充道，“二哥。”

其实她不需要再多说什么，叫一声“二哥”就足够了。

高骞显然理解了她的意思，从刚刚起就一直紧锁着的眉头终于渐渐地展开了。他手指一动，忍不住抬手放在了惜翠的脑袋上，摸了摸她的发顶。

“遗玉，谢谢你能原谅二哥。”高骞扯出一抹极淡的笑意，道。

他心里清楚，虽然遗玉原谅了他，但他还是无法原谅自己。他不会将这些表达出来，只是道：“走吧，二哥送你。”

上车前，惜翠回头看了一眼。高骞站在雍硕楼门前静静地目送着她，脸上那道可怕的伤疤好像也在日光的映照下柔和了不少。

马车驶过，从惜翠的方向看过去，地上那抹人影拉得极长，而站在酒楼前的人静默得好像一尊伫立着的雕像。

惜翠放下车帘，重新坐直了。

惜翠出去得早，回来得也早，回到卫家时其实才过午时。

马车在府门前停下，惜翠收拾好乱七八糟的心绪，打起了精神，准备全心全意地应对她将要面对的一切。

不知道她交给海棠的事，海棠做好了没有。

惜翠一边要“攻略”卫檀生，一边要保持情节线不崩，就像在万丈深渊上走钢丝，稍有不慎就要粉身碎骨。

她才下马车，就有个仆从上前帮着卸马。这人衣衫整洁，看身形有几分眼熟。惜翠没有多想，理了理裙摆，正要踏进府门，突然身后有人叫住了她。

“少夫人。”

这声音很耳熟，惜翠微微一愣，转过身，果然看见了一张俊俏的脸。

“奴来接少夫人回府。”连朔正牵着马看着她，态度卑微又恭敬，目光热切如火。

打发了车夫，趁四下不注意，惜翠跟着他走进了马厩。

此刻马厩中空无一人。卫家算不上什么大家族，养的马不多，负责照料马的原本有连朔与另外一个老马奴，那个老马奴因为年纪太大，几个月前回了家中静养，如今府上的马全由连朔一人照料。

看连朔的反应，惜翠就知道海棠的话应该还没带到。既然连朔主动找到了她，那她还是亲自对他说清楚吧。

可惜翠万万没想到的是，她刚走进马厩，连朔见四下无人，便膝盖一弯，朝她跪了下来！

“少夫人，奴罪该万死！”

惜翠蒙了，大脑完全跟不上情节的发展速度。她离开后，府上究竟发生了什么事？

在她愣神间，连朔已经对着她连磕了几个头，道：“奴知道，是奴太冲动了，但奴控制不了自己的感情。哪怕少夫人听了奴的话，要将奴赶出去乱棍打死，奴也不在乎。奴还是想说，自从上次见了少夫人一面，奴便爱上了夫人，从此之后，日思夜想，不能成眠。”

少年仰起了俊俏白皙的脸蛋，乌黑的发凌乱地落在脸颊上。他继续道：“我愿侍奉夫人，望夫人不弃。愿夫人爱我！”

在一连送了数日的梅花之后，他终于忍不住了。

少夫人没有拒绝他的梅花，而是将梅花拿回了屋里，插进了花瓶里，这就代表着少夫人对他也是有意的。既然她有意，那他更不能再继续等下去了。

于是，他又送了一枝夹带着字条的梅花。

中午，他趁着旁人吃午饭的时候再溜过去看，那枝红梅果然已经不见了。这就是说，少夫人知道了他的心意，没有拒绝他！

意识到这点后，连朔欣喜若狂，恨不得立即去见她。不过，他偷摸过去后，却未能寻得芳踪，只听说少夫人出了门，不知何时才会回来。

他只是个下人，消息不灵通，只好守在府门前等着她回来，在卸马时再吐露心意。卑微的马奴下定了决心，今日一定要赌一赌、拼一拼，不这样，怎知荣华富贵不会降临到自己的头上？

惜翠终于回过神来，震惊地看着眼前的小马奴。如果她没有猜错的话，连朔这是在主动勾引她，向她自荐枕席。

惜翠尴尬了。

这确实是原著中的情节。原书中，“吴惜翠”直接收了连朔。而在连朔之后，“吴惜翠”陆陆续续收了一些戏班子里的戏子以及样貌俊俏、家境贫寒的男子。

惜翠看着连朔的脸，他确实容貌俊俏。但她才不会傻到以为他是为自己的风姿所倾倒呢，他无非是求个富贵罢了。

闺中少妇和拼命往上爬的马奴，一个只求排遣寂寞，一个则求财求权，两个人各取所需。

可问题是，她不是以前的“吴惜翠”啊！

惜翠苦不堪言。情节发展得太快，她还没来得及反应。

“你……”惜翠蹙眉道，“你起来说话，我有事问你。”

连朔跪在地上没有动：“奴爱慕少夫人已久，如今只求夫人给个答复。夫人若是不答，奴就在这儿长跪不起。”连朔苦笑起来，目光黯然，看得人不由自主地心生一股怜惜之意，“今日能将心意告知少夫人，奴不后悔。”

他不起，惜翠也懒得再逼迫他，问：“我只问你，你当真如此爱慕我？”

“奴对少夫人的爱意未敢有半分欺瞒，若有欺瞒，奴定遭雷击，烂心烂肺，不得好死。”

对于古人而言，这誓言也算十分狠毒了。

惜翠思忖了片刻。原著中只提到吴惜翠与连朔有奸情，但具体情况如何作者却没多提及。既然如此，那留给她发挥的空间很大。

她道：“你和我说过，你想要出人头地……”

连朔低头道：“是。”

“你说你仰慕我，我怎么知道你是真的仰慕我，还是想要借着我往上爬？”

连朔：“奴真心仰慕夫人，作为男子汉大丈夫，也着实想做出一番事业。但我对夫人的爱意与我之志向之间，并无任何冲突。”

“我这人，最看不起没有能耐的男人，”惜翠蹲下身，看着他道，“你一个卑贱的马奴，凭什么认为只靠着样貌，就能攀上我？”惜翠说话时刻意模仿了“吴惜翠”，为了更逼真暧昧一些，还试探性地伸出手，抬起了他的下巴。

他下巴光滑，胡楂被刮得干干净净的。

头一次做这种动作，她也有些紧张，只能当作在为以后的情节做准备。

跪在地上的男人双拳紧握，垂落的发丝挡住了半张脸，看不清脸上的神情。他道：“奴确实没有资格获得夫人的垂怜，这确实是我痴心妄想了。

“奴所拥有的，也不过是对夫人的这片真心。”

惜翠没有回答他的话，自顾自地继续道：“不过，你确实生得好看。我给你一个机会。”

连朔情不自禁地抬起头。少女的指甲上染了些花汁，红得像血。他盯着她的手，喉咙不由自主地滚动了两下。

“我看不起没有能耐的男人，你若是真心爱慕我，就让我看看你的决心。你如今不过一个养马的，连铺子里帮工的小厮都不如，我要你在一个月内摆脱如今卑贱的身份。”惜翠说，“干什么都好，只要能凭借自己的能力往上爬，我就能给你个机会。”

从马厩中出来的时候，惜翠不自在地抖落了脚尖上的草叶。

就在不久前，听闻她的话后，连朔亲吻着她的鞋尖，答应了她的要求。

惜翠只是想拖延时间，尽可能地维持现在的局面。

这样应该能打发他一段时间吧？

他想往上爬，那她给他这个机会好了。惜翠不太反感这种将自己的野心表露得明明白白的人，也想看看连朔究竟能做到什么地步。

回屋前，惜翠特地将全身上下检查了一番，掸去身上和头上的草叶，确保没任何问题了，才往院里走去。

刚踏进屋里，惜翠就发现气氛不太对。海棠站在外间伺候，低着头，神情古怪，大气也不敢出。而里屋内，卫檀生正斜靠在软榻上看佛经，一只腿盘起来，一只腿搭着，看上去颇为闲适。

惜翠心里拿不定主意，只能装出一副再从容不过的模样，打起帘子，走进了里屋。正看着佛经的男人抬起头，朝她柔和地一笑，道：“翠翠，你回来了？”

再看见卫檀生，惜翠微微一愣，不由得多看了他一眼。

受褚乐心影响，惜翠其实也想多了解卫檀生一些。她点点头，朝他所在的方向走了过去，问：“你怎么在这儿？”

“我有些想你，就搬了回来。”卫檀生莞尔，“怎么，你不愿瞧见我？”

惜翠“哦”了一声，突然不知道要说些什么。倒是卫檀生主动询问道：“你去见过吴娘子了？”

“是。”惜翠解下斗篷，搁在了衣架上。

“她也知晓了你的身份？”卫檀生的目光有意无意地落在她的鞋尖上。

惜翠："知道了。"她一边应答，一边看了眼榻旁的花瓶。

花瓶里的梅花不知何时已经被换成了一簇墨兰。

卫檀生顺着她的视线看过去，笑道："我正想问你，为何好端端的将红梅换成了墨兰？"

惜翠移开视线："没什么，只是看多了一种花，难免觉得无趣。"

这墨兰应该是海棠换上的。

幸好卫檀生没在这个话题上多做文章，且神色闲适，好像只是随口一问。

不过对于做贼心虚的惜翠而言，感觉不亚于飙车。

卫檀生微笑着看着她，眼神却很冷。袖中的字条被他捏成了一个小小的纸团，倘若他再用上两分力气，字条似乎能化作齑粉。

骗子。

会骗人这点，她倒是和从前一样。

"那你如今有何打算？"他胸中翻涌着怒气，可还是弯着眉眼，笑吟吟地继续问道。

惜翠道："我会去吴府一趟，向郎中道歉。"

卫檀生与高骞的性格大不相同，卫檀生的道德观念淡薄得很，他根本不在乎这些事，旁人的感受与他无关。至于道歉，在他看来，无异于闲着没事给自己添麻烦。但听惜翠这么说，他也没什么异议，只是挑了挑眉。

"高郎君今日也与你同去了？"他换了个问题。

惜翠问："你怎么知道？"

"他既是你二哥，这件事定也有他在其中周旋的缘故。"

从前，卫檀生对高骞十分不耐烦皆是因为吴怀翡。而今，对于他们之间的关系，卫檀生倒是看淡了许多。

不过，卫檀生对高骞的厌恶没有减少半分，反而觉得高骞比之前更碍眼了。

"不对，"卫檀生突然轻轻摇头，"不能说他是你二哥。高郎君实际上算不得你兄长。"

"为什么这么说？"

"难道不是？"卫檀生反问。

惜翠："你要这么说，其实也没错，我在原本的世界里没有兄长。"

卫檀生没有再多问什么，低下头，自去看自己的佛经，修眉细眼，既温润又冷漠。

他像尊观音一样镇在屋里头，惜翠找不到合适的时机问海棠怎么回事。一直到晚上，屋里的气氛都压抑而古怪。

夜间，海棠将钩着的帐幔放下后就悄声离开了屋里。

惜翠闭着眼，不知道为什么，始终睡不着。身旁躺着个人的感觉如此鲜明，她强迫自己放空思绪，沉入梦乡。

就在这时，躺在她身旁的卫檀生突然开了口，嗓音也如同一缕幽香，缓缓地飘散进了黑夜中："睡不着吗，翠翠？"

惜翠如实回答："有一些。"

没想到，她话音刚落，身侧躺着的青年一手撑着被褥，慢慢地坐了起来。

"翠翠，睁眼。"

青年居高临下地看着她，如僧人手持金刚杵，安坐在莲花座上。

乌发披散在肩头，卫檀生俯下身子，冰冷的唇瓣含住了她的耳垂，指尖慢条斯理地摩挲着她脸颊的肌肤。

"既然睡不着，"他高而挺直的鼻梁一下又一下地蹭着她鬓角的发丝，间或抵着她的鬓角轻轻一撞，"那不如，就在今日行房。"

一股痒意顺着耳垂渗入肌肤，惜翠浑身一个哆嗦，将眼睛睁大了些，没搞明白这"小变态"今天究竟在发什么疯："卫檀生？"

他等不及了，抬头微笑起来，绀青色的眼看着像是在黑夜中潜伏着的一头野兽。他垂眸，莞尔道："乖，叫我檀奴。"

窗外好像下了点雨。雨不大，扑簌簌地落在芭蕉叶及草尖儿上，沙沙作响。冬末春初的冷雨下，凉意浸透了墨色的寒夜。

他冰凉的指尖像蛇一样往下探去。

惜翠头皮发麻，一把抓住了他的手腕。就算是她，现在脸上也在不由自主地冒热气。

在男女感情方面，她从小就比别人冷淡一点。她上了大学都没心思谈恋爱，毕业之后每天过着两点一线的生活，下了班后只想玩会儿手机，拥有一点自己的空间。

谈恋爱这种事，不说没遇到合适的，就算遇到了，她有时候也怕麻烦，不想让属于自己的私人空间被挤占。她就这么任其发展，一直拖到了现在。

可现在的情形对于一个没有感情经验的大龄单身女青年而言，委实刺激了些。幸好天黑，帐幔将一线烛光挡得严严实实的，卫檀生就算视力再好，也看不清她脸上的红。

“檀……檀奴……”惜翠停顿了一会儿，喉口发干，企图让面前的“小变态”冷静下来。

他们都是成年人，她若不愿意，直接说清楚就是了，不会因为这件事而又哭又叫。更何况，惜翠也不是不愿意。

卫檀生长得好看，收拾得干净，身上也没什么奇奇怪怪的气味，衣襟、袖口甚至散发着淡淡的旃檀香气。而且他之前一直待在庙里，洁身自好，和他在一起，她算不上吃亏。

但她还是觉得太突然了。

“翠翠，你不愿意？”跨坐在她身上的青年压低了些身子，唇瓣由她的耳垂移到了脖颈处，轻声询问。

生理反应使得惜翠止不住地哆嗦。她转了转头，想要避开。

“你……”惜翠嗓音干涩地道，“你不是嫌脏吗？”

青年抬起绀青色的眼，蹭了蹭她的鼻尖，轻声笑道：“粉香清婉，何从谈脏？佛陀曾言，这世上无一个常我，”他腕上的佛珠在她的腰间缓缓滚过，“昨日的我非今日的我，昨日说的话，又如何作数？”

惜翠觉得自己肯定说不过他，低下头不看他，问：“你今天怎么这么突然？”

“娘急了，”卫檀生跟着低下头，“为人子女，自然不能看着父母焦急而不予理会。见娘亲忧心，当然是要想方设法地尽孝。”

到了这个时候，惜翠反倒有些按捺不住心中的吐槽欲了。

所以，这就是你尽孝的方式吗？

卫檀生眨眨眼，面不改色地道：“翠翠，你不是爱我吗？”他附在她的耳畔，一字一句地念道，“日月长相望……宛转不离心……见君行坐处……一似火烧身……”他念着念着，嗓音蓦地冷了下来。在惜翠看不见的地方，青年的眼神也冷了下来。他又道：“你不是爱我吗？”

“你还记得？”惜翠愣住了。

“为何不记得？”他磨蹭着她的脖颈，梦呓般地道，“你当初特地托人将这首诗交予我，不就是想要我记你一辈子吗？”

“故意留下这么一首诗，”趁她愣神，他手腕轻轻一扭，挣脱了她的手，继续往下探去，“想要我余生都为此愧疚，想将我的下半辈子搅得不得安宁。翠翠，你确实狠心。”

她今日穿了件白玉兰色的裙子，腰上系着红艳艳的丝绦。他将手放在她腰间的裙带上，顿了顿，抬眼问：“翠翠，你爱我吗？”

猝不及防地听到这个问题，惜翠有些惊讶，下意识地抬头看去：“我……我爱你。”

她听到自己这么说，又低下头。

惜翠说出的话好像不可动摇的誓言。但她知道，她不爱他。

她或许对他有些好感，却谈不上爱。惜翠很清楚，她对卫檀生的感情远远敌不过想要回家的念想。

惜翠心中生出一阵接一阵的歉意。

青年埋首在她的颈间。他看不见她脸上的神情，只听见她说“我爱你”。他唇角微扬，如玉的眼此刻灼灼似火烧，心中生出一股陌生的情绪，是高兴，是欢愉。这是他头一次这么高兴，也是如此心满意足。不过三个字，就好像使得他胸中压抑了一整天的怒气宣泄而出。

他眼中的冰湖蓦地裂开了，湖水顺着倒挂的飞瀑汇入浩浩荡荡的长江，碧波荡漾，滋润着两岸的青草。

卫檀生情不自禁地弯着唇角，轻声道：“翠翠，”语气柔和得连自己都未曾发觉，“既然爱我，给我吧。”

“等等！”感觉到腰上的裙带一松，惜翠心跳漏了一拍，慌了神，急急忙忙喊了一句，差点咬到舌头。

惜翠不太敢看他，急得汗都落了下来：“我……我今天不太舒服。”

这话她自己都觉得没有说服力。

其实比起和卫檀生亲密接触，她更抗拒的是将自己的身体暴露在人面前。

出乎她意料的是，被她拒绝，他没有生气。

他用胳膊支起身子，低头看着她。不用卫檀生说，惜翠都知道她的脸估计红得像个番茄。

“翠翠，我疼。”他胳膊一松，将整个人的重量都压在了她的身上，鼻尖一下又一下地撞击着她的脖颈，以此来宣泄自己的不满。

卫檀生的嗓音好像比火炉还要烫上两分，他哑着声音道：“若今日你不舒服也无妨，但你帮帮我。我疼。”

他压住她，将身下的人制得死死的，一手将她的脑袋摆正，另一只手则摸上了自己的裤腰。

惜翠立刻察觉出来他想干什么，脸红得好像能滴血。

她没有动。

察觉到她的态度变得顺从了后，卫檀生满意地笑了。他一只手摸着她乌黑的头发，轻声笑道：“别怕。”另一只手探入她的衣襟中。

身下的人想要躲，他牢牢地压住了她，低下头，弯了眉眼，眼中满是笑意。枕上散落的乌发像一匹光洁的绸缎，前前后后来回摇晃。

忽然一阵夜风吹来，帘外的风雨好像更大了些，雨珠斜斜地拍打在窗上。窗下一丛丛的芭蕉被风雨打得左右欹斜，庭院中的一树白玉兰被吹落了不少花瓣，晶莹的雨珠顺着洁白的花瓣往下落。

窗户被风吹开了，雨丝斜斜地打进屋内，洇湿了床榻。

惜翠仰着头，面色通红地看着床帐。

她做梦也没想到事情最后会发展成这样，耳畔似乎还回响着青年喑哑的嗓音，他的吐息声连夜雨都挡不住。

床帐打起又放下，屋里的烛火摇曳了两下。青年赤着足，披散着墨发下了床，没叫任何人，自己去打了盆水，端了进来。

“我自己来。”惜翠翻身下床，指尖都在抖，不敢去看裙子上的花。

微黄的烛光下，她裙摆上的白玉兰晶莹皎洁、栩栩如生，犹如庭院中那一树被雨打湿的花，裙上好像都沾了些旃檀香气。

惜翠面色更红了，闭上眼，轻轻吐出一口气，努力冷静下来。

卫檀生似乎没看出她的尴尬，眉眼弯弯地看着她，道：“抱歉，弄脏了翠翠的衣裙。”

佛珠在烛光下滚了滚，散发着莹莹的光，悬挂在他的腕上，有种异样的美感。他端着烛台走到衣柜前，翻找中无意间瞥见了当初被塞进衣柜的玉样的小人儿。青年握着烛台的手紧了紧，眼神沉了沉，貌若好女的脸一半在烛火下，一半在黑暗中。

翻出了件旧衣，卫檀生拿着衣裳走到床前，递给她，笑道：“先穿着，下次再给你买新裙子。”二人指尖相触，温度高得吓人。

惜翠接过衣裳，走到屏风后。她身上的裙子已经不能再穿了。

空气中的旃檀香气更浓了。

惜翠盯着裙摆上的白玉兰看了一会儿，还是觉得脸上烧得慌，不敢再看。她将紧贴在肌肤上的裙子脱下来，赶紧换上了卫檀生拿给她的那件衣裳。

当初洞房时，卫檀生不是没隔着一面素屏看过这绰绰人影，可是今天再看，心态却好像发生了变化，很难不往其他方面想。

青年掐紧了佛珠，开始回想刚刚的感受，身上好像生出触电似的奇异的酥痒，连带着心底也生出一阵痒意。

不够，这还不够，他想要更多。只有真正地占有了她，他才能略感心安。

比起身体上的快感，心理上的占有欲得到纾解，更让他欲罢不能。

卫檀生轻合眼帘，欲望在叫嚣，理智却告诉他还不行，还没到时候，他不能操之过急。

惜翠理了理裙摆，拢上散乱的衣襟，才从屏风后出来。

卫檀生见她出来了，从容地笑着问她现在困不困。

回想之前那句“既然睡不着，那不如，就在今日行房”，惜翠脸上好不容易压下去的热度又有回升的趋势。刻意避开卫檀生的视线，惜翠摇摇头：“时候不早了，睡吧。”说完没等他回答，自己先上床掀开了被子，躺了回去。

惜翠冷淡的态度令卫檀生微微一怔，可他俯身瞧见她微红的耳根后，又轻轻地笑了出来。接着，他也掀开被褥，躺在了她的身侧。

那股浓浓的旃檀香气直往惜翠的鼻子里钻，怎么也散不去。惜翠嗅着那香气，更睡不着了，一闭上眼就好像瞧见了卫檀生半垂着的眼睫，耳畔又响起了高高低低的喘息声。刚刚，她硬生生忍住了，没发出一点奇怪的声音，倒是卫檀生叫得有些出乎她的意料。

惜翠捏着被子，压根无法阻止自己的思绪神游天外。

惜翠安慰自己，大概打开新世界的大门后，总会如此吧。

越想越觉得脸上烧得厉害，她赶紧收回思绪，闭着眼开始默默地数羊。

一只羊，两只羊，三只羊……

第四只羊跳出了羊圈；第五只羊走上了马路，碰上了开车的第六只羊，上了第六只羊的车；第七只羊坐上了飞机；第八只羊乘坐火箭冲出了大气层，直奔外太空……羊群在一个新的星球落地，建立了羊的殖民地，开始繁衍生息。一代又一代后，有一部分羊不满压迫，揭竿起义……很快，又有一只羊在惜翠的耳畔唱道：“看大王在帐中和衣睡稳，我只得出帐外且散愁情。”

惜翠绝望地睁开眼，发现了一个悲惨的事实，她完全睡不着了。

雨还在淅淅沥沥地下着，饱受失眠摧残的惜翠看了眼安然睡在她身侧的卫檀生。青年好像没有被之前发生的事影响，长长的眼睫搭在眼皮上，睡得很安稳。

静静地看了一会儿卫檀生睡觉的模样，惜翠想开了。大家都是成年人，早晚要经历这一遭的。

怦怦直跳的心渐渐地平静了下来。

听着滴滴答答的雨声，她终于感觉到了些倦意，缓缓地沉入了梦乡。而她才睡着不久，一直闭目的青年睁开了眼，一双美目在黑夜中好像一对星子。

夜雨还在下，欲望却如窗外未绝的细雨，点点滴滴，一直到天明。他搂紧了怀里的人，将整个头都埋入她的肩窝，只留出个乌黑的发顶。

这一晚上惜翠睡得其实不是很安稳，总感觉身上好像压了什么，喘不上来气，一直处于半梦半醒间，天还未亮就已经彻底醒了过来。

有人起得比她更早。

她刚睁开眼，耳侧就传来一阵温热的气息，额头上被蹭了蹭。

“翠翠，早。”卫檀生正笑盈盈地望着她。

“早。”失眠到后半夜的后果是，卫檀生神采奕奕，而她只能疲倦地点点头。

昨夜的蜡烛已经燃尽了，屋里还是黑的。

虽然还困着，但她这个时候也睡不着了，掀开被子想要起身。睡在外侧的青年没有要起来的意思。

“卫檀生？”惜翠顿了顿，问。

“你跨过去吧。”卫檀生摇头，莞尔道，“无妨。”

惜翠犹豫了一下，最终没跟他客气，提步跨了过去。

只是她才迈开一条腿，卫檀生却突然坐了起来，膝盖蓦地顶到了她的裙间。惜翠下意识地往后让，一让，身体顿时失去平衡向后倒。好在卫檀生一把拉住了她，双手在她的腰间一掐，扶着她的腰，抱着她抬头看了过来。

这姿势十分尴尬。

她的腰被掐得牢牢的，惜翠挣了一下，没有挣开，低头看向卫檀生。对方却仰着头，目光澄澈地唤道：“翠翠。”

他的手一路往上，微微用力，姿势调换，他将她压倒在被褥上。

“翠翠，卿卿。”他口中胡乱念着亲昵的称呼，唇瓣撒娇似的来回轻蹭，乌黑的发晃来晃去，“帮我。”

和他柔和的语气不同，他的右手强硬地扣住了她的手腕，往下带去。

天边泛起了鱼肚白，没多久，朝霞浮现，很快就将整片天空染作绯色。

惜翠当然没有帮他，无奈卫檀生将她压得死死的。面对此情此景，惜翠终于说出了那句霸道总裁的名言：算了，你自己来。于是抱着她的“小变态”真的乖乖地自己解决了，她才换上的裙子又没法穿了。

惜翠回到屏风后换衣裳，说不上来是什么感觉。她能察觉出卫檀生对她的感情有了变化，但还不能确定，只怕是自己想多了。特别是在这种情况下，她更加分辨不出这“小变态”的改变究竟是因为性还是因为爱。

惜翠不像那些身怀“攻略”任务的前辈一样擅长应对男女感情问题，反而十分茫然。一开始，她想的只是对卫檀生好，可惜现实给了她惨痛的一击，一厢情愿地讨好他根本没有用。后来，她想扮演成卫檀生喜欢的类型，就像吴怀翡那样的，但一个人的个性是很难改变的。她糊里糊涂地走到现在，没弄明白自己怎么和他发展到了这个地步。

惜翠叹了口气，心想，不管是由爱及性还是由性及爱，只要他能爱上她就够了。

日光穿透窗牖，一片暧昧的暖色落进了青年的眼中。他唇角浮现了些笑意，理了理散乱的衣襟，解开腕上缠着的杏色发带，随意地将发丝往脑后一拢，翻身下床。但目光触及床下那双翘头的云履时，那落了暖色的眼眸不禁一冷。

那双翘头的云履上，粉色的细线勾勒出柔软的花瓣，花瓣的边缘却沾了些泥，不仔细看，很难察觉。

府上早晚都有人洒扫，青石铺就的地面上干干净净。而惜翠从府上乘着马车到雍硕楼，一路上更没有沾上泥巴的机会。

卫檀生拎起鞋，拿到鼻下轻轻地嗅了嗅。虽然味道很淡，但他在泥土的腥味中隐约能闻到些马粪的气味。

“春近野梅香欲动，有意觅鸾交”。

他垂着眼，指尖滑过鞋履，哂笑。

若不是她给了些希望，对方绝不至于莽撞到写出这种字条。

卫檀生的面色几经变化，绀青色的眼中再次迸发出流彩似的异光，想杀戮的欲望在心中翻滚。

但是他思及昨晚那声“我爱你”，心中又有了一股甜蜜的感受，轻柔地将那充满魔性的欲望包裹住了。

这也是他不曾有过的感受，是妒意？

最终，他眼中迸发出的异光猛地消失，变成一抹困惑之色。

用手按住胸口，他平静地想，原来这便是妒意。

压下那些陌生又复杂的情绪，卫檀生弯了弯唇角。

那马奴的事，我可以不计较，当作不曾看到。

但是翠翠，我原谅你了，你不准再背叛我。

他放下鞋，望向那扇素面的绢屏。

你答应过我的，黄泉路上也愿意陪着我。

你不准背叛我。

换好衣服出来，惜翠看了眼床榻。身着白色单衣的青年正坐在床头，不知道在想些什么。

惜翠忙着换裙子，没穿鞋，只穿了双单袜走在地上。换完衣服后，她才感觉到脚上好像缺了什么，赶紧折回去穿鞋。她这个身体柔弱，被风一吹都可能病倒。

但她的脚还没碰上鞋面，卫檀生突然拦住了她。惜翠抬头，无声地询问。

“鞋脏了，”他的神色似乎有些古怪，但那好像只是她的错觉，下一秒，他便又柔和地笑道，“我再去给你拿一双新鞋。”说完真的走到柜子前，取出一双青绿色的云履交给她。

“多谢。”

穿什么惜翠不太在意，正要去接的时候，面前的青年又收回了手。没等惜翠问出口，他已蹲下身，抬眼笑道：“翠翠，我帮你穿。”

惜翠看着卫檀生捧着鞋的模样，有些发愣。虽说之前他的行为举止都十分温柔妥帖，但他主动提出要帮她穿鞋未免还是有些过头。难道男女之间有了性关系之后，改变会这么大吗？惜翠不禁陷入了困惑。

在她脑中转过数种想法时，卫檀生已低下头，帮她穿鞋。惜翠不自在地将脚往后缩，他却抓着她的脚踝不准她动。

“翠翠。”卫檀生一手抓住她的脚踝，另一只手却探到了脑后。

他微微侧头，将杏色的发带一抽，满头青丝如流水般滑落。他拿着杏色的发带，在惜翠愣神间，一圈一圈地缠上了她的脚踝。他用修长的五指灵活地打了个结，发带垂落着，像鸟垂落的双翅。

卫檀生看着自己的作品，眼睫像蝶翅一样轻轻一扬：“就这么系着吧！”他朝她莞尔笑道，“很好看。”

惜翠收回脚，低头看了眼，不明所以地问：“为什么给我绑上这个？”

这样，他的“翠鸟”就不会飞走了。

青年眨眨眼，没有正面回答，只微笑道：“因为看着好看。”

惜翠没多问，道：“好。”大部分时候，她不会反驳卫檀生的意见，尽量顺着他来，反正就算这样绑着也影响不了什么。或许她还可以理解为这是“小变态”给她的定情信物。

卫檀生跟着她站起身，走到她面前笑道：“翠翠，帮我穿衣好不好？”

惜翠没回答他，转身拿起搁在衣架上的衣裳：“伸手。”

他一低头就能看见她站在他面前忙忙碌碌的样子。或许是因为病弱，她如今身形偏瘦，不像之前那样，和他差不多高。现在他只要微微倾身，就能把下巴搁在女人的发顶上。

他看得满足，忽又怒气横生，最终，神色又定在了近乎痴迷上。

他真的将头搁在了她的发顶上，长臂一拦，抱住了她，在心里轻声念道：翠翠，不要背叛我。

“卫檀生？”

“叫我檀奴。”他吐着气，双眼弯作两个月牙儿，低声道，“翠翠，等我今晚回来。”

惜翠装作没有听见，淡定地理了理腰带，拢了拢衣襟。帮他穿完了衣服，她自己才走到榆木红漆的梳妆台前坐下。她待会儿还要向卫杨氏请安，刚刚耽误了一会儿，再不抓紧就来不及了。

直到这时，守在外面的丫鬟才得了命令，捧着盥盆陆陆续续进了屋。

出了上次的变故，卫杨氏不敢再让卫檀生打理铺子，让他先歇息。卫檀生也应了下来。但平日里卫家的一些应酬活动，卫檀生还是要去的。

卫家大郎卫景性格拘着了些，平日里忙着在官署上班，没那么多空闲。反倒是卫檀生，虽然身有残疾，但风姿俊逸，长袖善舞，颇通人情世故，又因乐善好施，在京中有些清名。旁人都愿意同这位卫家三郎结交。这也是孙氏最不平的一点。

卫檀生和惜翠各有各的事情要做。换好衣服，梳洗完毕，惜翠先往卫杨氏的院子里去，卫檀生比她晚上一步。

在她走后没多久，卫檀生在床榻上静静地坐了一会儿，才唤了个贴身侍奉的长随进来。

“将少夫人的鞋拿去烧了。”他眉眼可亲地如此吩咐道。

来到卫杨氏住的院子，惜翠请过安。

丫鬟奉上茶，卫杨氏与惜翠说了另一件事。今岁正当大比，过段时间，南边有个纪表哥会上京赶春闱一试，到时候要住在卫家。

“他与他妻儿之间感情甚笃，不忍分离，定是带着妻儿一并来的。到时候一家子住下来，少不得要忙活一番。我想着将这事交给你与阿媛处理，你看如何？”

卫杨氏口中的阿媛指的正是孙氏，孙氏单名一个媛字。

惜翠这几天都没看见孙氏，猜她或许是因为做出了那事，怕卫檀生揭露，心虚，往日总是抓着府上的庶务不撒手，如今低调了许多。

卫杨氏是有意想让惜翠学着处理庶务，学着掌家，惜翠自然答应了。

卫杨氏立即就安排下来，叫孙氏带着惜翠。

得了这个消息，孙氏思索了片刻。卫檀生自从有了她的把柄后，一直拿捏着她。她只觉得头顶上悬了把剑，不定什么时候会掉下来，日日都睡不安生。等到了白天，她又像头驴，整日为他做事还讨不到好。每每思及此，孙氏又悔又恨，却拿这位小叔子毫无办法。

如今卫杨氏吩咐下来，孙氏更不敢有所懈怠。

看着眼前举止有礼的少女，孙氏心中盘算，洞房当夜，卫檀生虽抛下了她，但这两人的关系倒还算得上不错。刚出阁的小姑娘头脑简单得很，或许自己能从她这儿入手，叫她求个情，吹吹枕边风。

这么想着，孙氏待惜翠愈加尽心尽力，态度也温和得不得了，甚至还将自己的宝贝儿子喜儿带了过来，企图攻陷惜翠的心防。可惜惜翠本来就不大喜欢小孩，见到喜儿也只是礼貌地问了两句，给了颗糖叫他自己去玩。这时孙氏才发现自己想错了，这个弟媳看着挺好相处的，实际上冷得紧。

喜儿却好像很喜欢这位叔母，常常跑到惜翠的屋里来找她。

“叔母！”水晶帘内探出个小小的脑袋，喜儿眉开眼笑地跑了进来。

惜翠看得无奈。他可爱是可爱，但她实在是不擅长应付小孩，之前耐着性子应付下来的也只有卫檀生一个。况且卫檀生早熟，不需要她费什么心。

喜儿不同，他是得了娘亲的命令来的，娘亲吩咐他要好好和叔母一起玩，因此正愁没人陪着他的小男童就越发黏人了。

喜儿的头发留得很长，从头顶开始留起，额前搭着乌黑的刘海儿。

惜翠蹲下身，翻出个云片糕塞到他的手上，拍了拍他的脑袋：“喜儿乖，叔母还有事要做，喜儿拿了糖先去自己玩好不好？”

小男孩不依，惜翠千哄万哄才将他哄出去。

小男孩拿着云片糕，兴高采烈，刚踏出门，正好撞上个人。喜儿抬起头，顿时认出来，眼前这生得格外好看的青年是三叔父。

“喜儿见过叔父。”

三叔父蹲下来，与他视线平齐，笑着问：“喜儿手里拿的是什么？”

虽然和眼前的人接触不多，但喜儿很喜欢这个生得好看的叔父，脆生生地答道：“是叔母给的云片糕。”

“叔父刚回来，肚子有些饿了，”青年笑道，“喜儿能把云片糕给叔父吃吗？”

喜儿想了想，大方地将云片糕让了出去。

那三叔父又哄了他两句，才拍着他的头，叫他出去玩，自己提步进了屋。

“翠翠。”

不用看，惜翠也知道进来的人是谁。

“卫……”不太习惯这个过分亲昵的称呼，惜翠停了一下，才道，“檀奴。”

青年很满意，走到榻前，将她抱起来，放在膝上：“翠翠。”

惜翠一低头，正好看见她刚刚给出去的云片糕。卫檀生也不尴尬，眨着眼道：“你将我的云片糕给了喜儿。”

没想到卫檀生和她计较这个，惜翠叹了口气：“喜儿只是个孩子，你和他计较做什么？”况且他足足囤了一小木柜的云片糕，她只拿出来了一盒。

不觉得自己的行为有任何不妥的青年依旧柔和地笑着，手上的动作却已经不规矩起来：“翠翠，你将我的云片糕给了别人。”他在她的脖颈上咬了一口，“要如何补偿我？”

他不安心，哪怕只是一盒云片糕也不行。

他的欲望全因她一人而起，欲壑难填也难平。

他往下摸去，摸到少女的脚踝，感受到脚踝上系着的那根细细的发带后才松了口气。

欲念一起，他的眼中好像荡起了烟雨清波。

翠翠。

我的翠翠。

缃裙垂落在他的腰侧，如同起起伏伏的流云。坐在他怀中的少女抵着他的胸膛，却不动声色地伸出手，摸到刚刚搁在榻上的书信，将其缓缓拢入袖中。

她垂下眼，眼中却澄澈清醒得如同一面明镜。

那之后，惜翠叫他先去清洗，自己才得空去看袖中的书信。

刚刚拿到信，她还没来得及看，就被卫檀生抱了个满怀。

拆开书信，惜翠匆匆地扫了一眼。

这是高莹寄给她的信。虽说署名是高莹，但寄信的人实为高骞。惜翠现在和高骞已没了血缘关系，又有着男女大防，每回寄信高骞都是借着高莹的名。

信中没写什么大事，只叫她过两日一起去踏青。

如今京郊河畔春日风光正好，常有悠闲的京城百姓去河畔喝酒赏春。金吾卫事多，高骞抽不开身，又想到自家妹子是个不爱待在家里拘着的，就叫她和高莹她们一起去玩一趟。其间种种他都已经打点妥当，到时候不只高莹，其他士族的娘子和郎君也会过去。

卫家衰落，高莹是高家最受宠的嫡女，若能攀上高家这支，卫杨氏定是求之不得。如此一来，卫杨氏绝不会阻拦惜翠出去，不仅不会拦着，甚至塞也要将惜翠塞进去。

信中另外附了些银票。

高骞表达关切的方式一如既往地生硬且别扭，就是打钱，给的是他的俸禄和月例。

惜翠现在不像之前那样缺钱了，不过还是将那几张银票收了下来。

等卫檀生出来，惜翠才将这事告诉他。卫檀生拣了把椅子坐了下来，笑着问："你想去吗？"

惜翠拿了个手巾给他擦头发："还好。"

他的头发又长了许多，本来及肩，如今已到了胸前。惜翠帮他擦头发的时候，青年舒服地伸展着脖颈，滴滴水珠顺着发尖往衣襟里落，洇出胸膛的轮廓。

"我不想你去，翠翠。但是，我若是拘着你，你嘴上不说，心中定是不高兴的。"卫檀生笑道，"你去吧，我与你虽是夫妻，你的事却不应当全由我来做主。"

他不想让她出去，甚至想将她关在屋里，谁都不准看。她只要看着他一人就够了。但是如此一来，她定会不高兴。

他的"翠鸟"被抓得越紧，挣扎得就会越厉害。

惜翠给他擦着头发的手停了下来，片刻，又裹着发丝慢慢地拧水。

她道："多谢。"

如此，这件事就算是定下来了。

卫杨氏得了消息，果然没拦她，还安慰她这几日累着了，到时候好好休息休息。

这几天，惜翠说是和孙氏一起打理纪表哥上京的事，实际上做的远不止这些。卫杨氏出生在春日，生辰将近，紧跟着又要操办一场。纪表哥一家这时候上门也有着替姑妈庆生的意思。两件事撞在一起，惜翠要做的肯定就多了。

想到还没上京的纪表哥一家，惜翠实在算不上心情轻松。

原著里曾经提到过这一家。

书中，“吴惜翠”这个角色到后期已经彻底崩坏。她嫁给卫檀生后越走越偏，与他的关系也越来越差。见纪表哥样貌不错，“吴惜翠”甚至想要借勾引纪表哥之事羞辱卫檀生。不过，纪表哥与他的妻子感情深厚，最后“吴惜翠”非但没成功，反倒落了个没脸。

想到接下来要面对的情节，就算她之前没什么心思去郊外踏春，这个时候也难免想出去逛逛。

到了信中约定的日期，惜翠登上车去往京郊河畔。

如今正是三月的天，春日风光正好，日头高悬在天上，不冷也不晒，暖风和煦。

河畔杨柳依依，地上已经铺设了不少坐具，不论是高门的贵族还是平头的百姓都在这个时候相携着踏青，堤岸上热热闹闹的。

惜翠下了车，褚乐心远远地就看见了她，但碍于她如今已经嫁了人，不好上前来打招呼。

她嫁给了那卫家三郎，这事一直让褚乐心觉得有些不真切。对方陌生的容颜也让他看着有些恍惚，他因此不太敢上前。

其实，他已经很少像现在这样有空出来游玩了。被家人安排着当了个散官后，他性子稳重了不少。再加上惜翠死后，有桩心事压着，他更不可能再像以前那样没心没肺地混日子。

昔日在席上舞剑，风头最盛的褚六郎，将剑挂在了车上，没带下车。

犹豫再三，他还是跟着吴怀翡一起，走上前跟惜翠打了个招呼。

“高……吴娘子！”

惜翠看见他道：“褚郎君。”又转向吴怀翡：“吴娘……”

“就叫我大姊吧。”吴怀翡温柔地笑了笑，“叫别人听见，难免多想。”

“大姊。”

惜翠跟着他们一起见过高莹。

“吴惜翠”小时候和高莹曾有几分交情，不过随着年岁渐长，她们没怎么联系，渐渐地也就疏远了。高莹知道她整天觊觎着自家二哥，对她也喜欢不起来。

不过现在高莹可是想不明白了，好端端的，二哥怎么叫自己多多关照她？哪有嘱咐她关照别人老婆的？难道说二哥反悔了？

看着面前的少女，高莹心里直犯嘀咕。难道就像那些话本子里写的那样，吴惜翠都嫁作他人妇了，二哥这才念得她的好来？

这个念头使得高莹打了个哆嗦，不敢再继续往下想，将那些乱七八糟的心思赶紧收拾收拾，同眼前的少女淡淡地问了声好，算是打了招呼。

仆从将坐具铺好，众人移步坐下。

这些人中，高莹家世门第最高，性子也最为张扬，什么事都是由她来领头。

吴怀翡如今在京中也算个传奇，很受其他人追捧。不少人在私下猜测这吴家大娘子的婚事究竟要落在谁的头上。

目光在众人的脸上一扫，高莹皱起眉，道："那姓陶的怎么还没来？"

几个小姑娘听了笑作一团："他啊，还不知道在哪里鬼混呢。"

正当这时，突然有个男声插入少女们的娇笑声中，男声隐含不满："谁说我去鬼混了？"

伴随着人声，缓步走来了两个年轻的男人。一人着宝蓝色长袍，腰束玉带，头戴玉冠，五官端正，就是脸上不耐烦的神色使得他看起来有些轻浮。另一个年轻男人身着白衣，虽说是和他一同来的，但低垂着眉眼，显得谦卑。他容貌看不太清，但身形纤瘦，隐隐透着些女气。两人身后，亦步亦趋地跟着抱着坐具的仆从。

"呀！"刚刚开口嘲笑那蓝衣男子的少女笑着道，"你可算来了！再不来，阿莹可要生气了。"

那蓝衣男子一走过去，仆役便赶紧将坐具铺设妥当，又细细地掸去了坐垫上根本不存在的灰尘。

高莹眉眼严厉："陶文龙，你又来迟！"

那名唤陶文龙的蓝衣男子笑嘻嘻地道："我确实是来迟了，在这儿向阿莹你赔个不是。"说罢，朝身旁的白衣男人使了个眼色。

白衣男人倒了杯酒，递到了陶文龙的手上。

高莹的目光落在了白衣男人的身上，她问："陶文龙，这是谁？"

白衣男人的眉眼压得更低了，形容也更加谦卑。

陶文龙不甚在意地瞥了白衣男人一眼："他？"露出一抹笑，"你们应该是认识的。"

有人道："这人看着确实眼熟了些，一时半会儿却想不起来在哪里看到过。"

其实看着白衣男人恭敬地跟随在陶文龙的身侧，在座的人心中都已经有了些计较。陶文龙行事荒唐，是个不折不扣的纨绔，那青年男人无非是他近日的新欢。

陶文龙这才懒洋洋地揭露了答案：“他是顾小秋。”

此言一出，满座哗然，连褚乐心都不由得愣住了。

高莹面色一僵，霎时间有些气急败坏：“你！你怎么能……”后半截话到底没有说下去。

惜翠不明所以，没弄清楚高莹等人为什么会这么激动。

这时，白衣男人总算抬起了头。

惜翠看清了他的容貌，不由得愣在了原地。

白衣男人的容貌算不得多美，但胜在面容白皙清秀，双眼剔透，顾盼生辉。

看见这么一张脸，惜翠的大脑中空白了一瞬。这张脸，怎么和她穿越前的一个小堂弟一模一样？

惜翠的堂弟叫吴盛，比她小两岁，和她关系不错。论容貌，眼前的人几乎和她的小堂弟是一个模子里刻出来的，唯一的不同之处在于，她堂弟的皮肤没这么白，气质也没这么柔和斯文，眼前的青年像个文文静静的姑娘。

惜翠脑中一片混乱，又猛地捕捉到了一线清明。

顾小秋。

他似乎是个唱戏的。

她对这个名字有印象。自连朔之后，“吴惜翠”好像又跟顾小秋好上了。

她记得“吴惜翠”很喜欢顾小秋，甚至给他安排了一处别院叫他住着，之后还经常找借口不归家，明目张胆地在顾小秋那儿住了下来。

可是，这顾小秋怎么长得和吴盛一模一样？对着她堂弟的脸，她怎么下得了手？

或许是因为她的目光太直接，白衣男人循着她的视线看了过来。他的视线如同一只蝴蝶，落在她的眉间，又振着双翅，翩翩飞离。

顾小秋是谁？是最近京中风头正盛的戏子。他唱旦角，扮相柔美，唱腔清丽圆润，很受大家喜爱。卫杨氏喜欢看戏，也喜欢顾小秋演的戏，她的生辰快到来了，孙氏也计划着去请顾小秋那个班子到府上来，为卫杨氏演几出。

倘若只是因为唱戏唱得好，顾小秋还不至于在京中闹得满城风雨，与达官贵人的绯闻让他名声尽显。

前些日子，陶家的陶文龙和于家的于自荣就因为争夺顾小秋闹翻了。后来还是陶龙文将他弄到了手，日日带着，相伴左右，同进同出，以兄弟相称。众人对他俩的关系心知肚明，不由得偷偷去看顾小秋，想看看他到底有什么本事，能让陶文龙和于自荣两人交恶。

处在众人的目光之下，顾小秋恍若未觉，仍旧是一副低眉顺眼的模样。

有人上来打圆场，高莹便没再和陶文龙计较。她性格是骄横了些，却不至于没眼色地将气氛闹得难堪。

见顾小秋一脸沉闷，旁人暗自打量了一番，兴致也就散了，权当没他这个人，照例喝酒行乐。

顾小秋一直温顺地坐在陶文龙身侧，不多出声，仿佛一个若有若无的隐形人。陶文龙看上去也没对顾小秋有多关照，他和于自荣争抢了那么久，不过是为了争一口气。

他们喝酒行乐，惜翠就坐在一旁看。

顾小秋不是吴盛，她心里清楚，吴盛绝对不可能出现在这儿。

只是，他和吴盛实在太像了。看着他低眉顺眼的模样，惜翠好像回到了她高二那年去大伯家里拜年的时候。

那时候年味儿还没散去，大人们在客厅里嗑瓜子、闲聊。吴盛上初二，把自己关在屋里赶寒假作业。他数学好，英语差。惜翠英语不错，年级又比他高。大伯和她爸妈就让她教吴盛英语。

他将卷子铺开，握着黑色的中性笔，努力地写作业，她就在旁边看着。

顾小秋的模样，和吴盛低着头写卷子的模样几乎一样。

其实她和吴盛的关系没那么亲密，毕竟二人之间隔了一层。但现在见了他，脑子里勾连着那些往事，想到过年的时候一家人聚在一起吃年夜饭时那亮堂堂的灯光、饭桌上热腾腾的饭菜、亲戚长辈问起他成绩时少年腼腆的微笑，惜翠不禁有些眼热。

顾小秋似乎若有所觉，往她的方向看了一眼。她赶紧垂下眼帘，不让情绪再影响自己。

行酒到了一半，有些唯恐天下不乱的人觉得无聊，又看面前的青年生得清秀，皮肤白净得像个姑娘，眼珠一转，拿他来寻乐子，笑着问他怎么不喝，又道："可是陶四郎不准你喝？"

陶文龙嗤笑道："我哪里不准他喝了？他是不能喝，一沾酒身上就起红疹子。"

这话说得暧昧，有人不怀好意地笑了起来，道："他身上起不起疹子，陶文龙你是怎么知道的？"

“要说旁人不喝酒倒也算了，顾郎君哪有不喝酒的道理？”那人讥笑道，“就算是喝一两口也无妨。”

陶文龙看了顾小秋一眼，白衣青年没什么反应。陶文龙一拍手，吩咐人斟满了酒，叫顾小秋饮下。

看到现在，惜翠顿时皱起了眉。顾小秋喝酒会起疹子，明显是酒精过敏。过敏这种事，闹不好是能出人命的。

但酒一倒满，顾小秋当真端起了酒杯。他的嘴唇一沾上酒杯，刚刚劝酒的人就笑了：“这不是能喝吗？陶文龙，你也忒护着这小郎君了。”

顾小秋喝下一杯酒，白皙的脸上顿时窜上了不正常的红，呛咳了一声，赶紧伸出袖子来挡。加上他容貌清秀，常年扮旦角，一举一动皆有风情，在座的人不由得看愣了，心中嘀咕，怪不得那陶文龙和于自荣抢他抢得头破血流，确实是有些勾人的本事。

回过神来，劝酒的人忙又饶有兴趣地继续灌。

白衣青年的额上已冒出了些薄汗，缩回袖子里的另一只手已经开始漫上一阵轻微的痒意。

望着和吴盛一模一样的脸，惜翠皱着眉到底是看不过眼。

看他的反应，已经是有些不舒服了。陶文龙似乎觉得他面色红润的模样甚为好看，只笑看着。

惜翠再看向吴怀翡，她的眉头也紧紧地皱了起来。

“别喝了。”眼见顾小秋举起酒杯又要喝，惜翠忍无可忍，忽地出声。

她一出声，其他人顿时看了过来。白衣青年也抬起眼看向她，酒杯停在了唇前。

在众人的注视下，惜翠面色镇静，冷冷地道：“我们带来的酒本就不多，自己都没喝上两口，你们是想让他一个人都喝了？”

吴惜翠性子本就不好相与，她这么说倒也没引起别人的怀疑。

惜翠容色冷淡，那劝酒的人见她面色不快，微微一愣，也不好再继续劝下去。顾小秋算不上什么东西，但这吴惜翠毕竟还有些身份地位在，他们不好与她闹翻了脸。

白衣青年将酒杯放下，又温顺地低下了眉眼，不再去看惜翠，不言不语地守候在一边，只是喝酒上了脸，脸上的薄红如漫天的云霞。

惜翠也没去看他。

他们占据了一个好位置，堤岸上的风光一览无余。

京郊的献河，是一条波涛滚滚的长河，每天都有数艘大船运送着来自全国各地的货物，河上船只来来往往，它养活了京城数以万计的人口。

或许是觉得无聊，喝了一会儿酒，闲坐了一会儿，陶文龙到底是坐不住，带着顾小秋离开。起身前，那白衣青年目光一瞥，好像朝着这儿看了一眼，又好像没有。

惜翠看见吴怀翡看了眼顾小秋的身影，眸中若有所思。

吴怀翡一转头，对上惜翠的视线，愣了一愣。吴怀翡似乎看出了惜翠在想什么，竟然主动开口解释："顾郎君他……命也苦。"吴怀翡斟酌着说。

"为什么？"

吴怀翡："他幼时家中贫困，自己主动去学了戏。所在的那个戏班，戏班主更称不上是什么好人。"

惜翠静静地听吴怀翡说。

"如今，他母亲生了重病，全靠珍贵的药材吊着，每日花钱如流水。若非他在京中唱出了些名声，也承担不起那每日花出去的银钱。"

惜翠问："他可是来找过你？"

吴怀翡颔首："我前些日子替他母亲看过，他母亲大限将至，药石罔效。只是他不肯认命罢了，倒也算个孝子。我看今日，陶文龙待他……"吴怀翡也犹豫了一瞬，似乎在想要不要继续说下去，但见惜翠正看着她，顿了一顿，也就继续往下说了，"陶文龙今日待他算不上多好。陶文龙与于自荣相争不过意气用事，过不久厌倦了，他到时候又要落在于自荣的手中。"

接下来的事吴怀翡没有继续说，就算不说，惜翠也能听明白。

顾小秋跟着陶文龙，落了于自荣的面子，到时候落到于自荣的手中，恐怕没什么好下场。

吴怀翡确实也是这么想的，她为治病救人走动得多，对于京中那些弯弯绕绕的人际关系，也比惜翠更清楚。

于自荣性子阴郁，在京中的名声比陶文龙的更差一些。想到前不久顾小秋找到她，跪在她面前求她救人的模样，再看到那抹清瘦的白衣渐行渐远，吴怀翡忍不住轻轻地叹息了一声。

"说起来，也要多谢你今日替他说话。"

说者无心，听者有意。同吴怀翡与褚乐心告别后，回去的路上，惜翠忍不住一直在想顾小秋的事。

顾小秋和堂弟吴盛长得实在太相像了。

惜翠想到吴怀翡说的话，又想到书中的情节。

书中是“吴惜翠”将顾小秋包了下来，那她现在要不要赶在于自荣之前将他包下来？

头痛。惜翠揉了揉脑袋，心中摇摆不定。

明智些，她最好不要掺和这些乱七八糟的事，免得结下仇家，但是想到那和吴盛一模一样的脸，惜翠叹了口气。

少年做着卷子，转过头来问她单词的画面还历历在目。就算她和吴盛的关系没亲密到那个地步，她似乎也看不下去和堂弟一模一样的脸去受人折磨糟践。

没想到出去散心一趟还给自己招惹了那么多的麻烦，回到屋里，惜翠认命地翻出了自己的小金库。

吴冯氏给了女儿丰厚的嫁妆，高骞又往她这儿寄了不少银票，她不缺钱，养一个普通戏子不在话下。

问题在于顾小秋的身份，他不是个普通的戏子，在京中有些名声。惜翠不确定若按照书里写的那样，包下来之后再给他安排一处别院住着，究竟要花多少钱。

她觉得手上的现金或许不够，还得去卖几样首饰凑些钱。

顾小秋现在还跟着陶文龙，情况不算太紧急，她还有时间安排。

合上盖子，惜翠正好听见孙氏叫她。正值春日，又赶上纪表哥上京与卫杨氏的生辰，阖府上下都准备裁上两件新衣。孙氏叫她过去，是问她的意见。

惜翠一过去，就看见一个俊秀的仆从在那儿候着，而孙氏正坐在位子上挑着他带过来的料子。

见惜翠过来，孙氏赶紧招呼她坐下，问她这些料子如何。惜翠这才将目光从那仆从的身上收回，稳了稳心神，看向那些五颜六色的缎子。

站在屋里等吩咐的那个年轻的仆从，是连朔。打惜翠一进屋，他的视线便落在了她的身上，遮遮掩掩又炽热迫切。如今孙氏低下头去挑料子，年轻的仆役的目光则更加直接。

“我觉得这料子倒不错，”孙氏未有察觉，指着那匹青色的绢布，笑道，“檀奴皮肤白，这青色的正好衬他。”

“蜀地的月华缎也不错。”孙氏笑道，“也能给你裁件新裙子，你看怎么样？”

挑了一会儿，有个丫鬟上前行了一礼，称是喜儿刚刚午睡醒来，吵着要找娘亲。孙氏就这么一个儿子，呵护备至，爱得跟眼珠子似的，听闻这话，忙把手上的活儿放下。

“翠娘你自己先挑着看，我去将喜儿抱过来。”她笑道，“他闹腾得紧，这么大人了还离不了娘。”

惜翠：“大嫂但去无妨。”

于是，屋里只剩下她和连朔两人。

孙氏一走，一直站在屋里候着的连朔终于按捺不住了：“少……少夫人。”

惜翠看向他。

“少夫人叫奴做的事，奴都已做到了。”

他想尽了办法，终于摆脱了马奴的身份，眼下正在卫家的绸缎铺里做帮工。

连朔急切地看着面前的女人。她要他做的事，他已经做到，如此一来，她定不会再拒绝他了。

那正在看料子的女人放下了手中的缎子，嗓音淡淡的：“你做得很好。”

连朔看着她，心中跟猫挠一样。他豁出去地上前一步，伸手一把握住了女人的手：“少夫人……”

触手温软而细腻，连朔一个哆嗦，恨不得低着头亲下去。

他也这么做了，唇瓣正要碰上手背，屋外突然传来了脚步声。

连朔心中扑通一声，登时如惊弓之鸟般，缩了回去。

帘外闪过一片衣角，是孙氏回来了。

没想到孙氏回来得这么快，他慌忙倒退半步，恭恭敬敬地行了一礼：“少夫人尽管挑，倘若没有喜欢的，奴再去抱一些回来。”

在孙氏的身后，还跟着一个丫鬟抱着喜儿。

一瞧见惜翠，喜儿便伸出手：“叔母！叔母抱！”

惜翠抬头，那抱着喜儿的丫鬟看着自己，略有些发愣。

“少夫人？”这丫鬟不是别人，正是贝叶。

惜翠从她的手里接过了喜儿，贝叶行了一礼，垂下双眼往后退去。

孙氏拧了把喜儿的小脸：“不是说要找我吗？怎么自己甩下乳娘一个人跑了，还跑到你三叔的院子里去了？

“幸好贝叶知道我在这儿，将你抱了过来，我看你是要急死我这个做娘的。”

喜儿被捏了脸也不觉得痛：“因为娘这几日总和叔母在一处，我找不着娘，自然是要去找叔母的。”

孙氏顿时笑道："你这个小鬼灵精。"

恭顺地站在一旁的贝叶看着孙氏与喜儿之间母子和睦，目光却总忍不住往另一边看去。

这人似乎就是当初那个叫连朔的马奴。

想到刚进屋时，只有吴惜翠与连朔在屋里，贝叶心中直跳，一颗心几乎从嗓子眼里跳出来。如果她刚刚那一眼没看错的话，那马奴握着少夫人的手？

当时孙氏的注意力全在喜儿的身上，未曾看见，她却看得清清楚楚。

不过一瞬，那马奴听见动静又慌忙地松开了手。

几乎下意识地，贝叶又想起前不久在院门口看见的，那马奴踌躇不安的模样。

"少夫人……病得厉害吗？"

贝叶喉咙发干，忍不住瞥了那马奴一眼。那马奴正看着少夫人，目光绝不是一个下人看主子的那种。

贝叶赶紧移开视线，心中像打起了小鼓，头脑却再清晰不过。

郎君他知不知道这件事？

走出屋的时候，贝叶的脚步还有些虚浮。

贝叶心不在焉地想着，步子走得快，没多时竟走到了郎君的书房前。

看着近在咫尺的一道门，贝叶咬着唇，犹豫了半晌，终究是叩响了门板。

门内传来青年温润的嗓音。

贝叶推开门，因为心中忐忑，走得格外慢，步子迈得格外小。

书斋内明净宽敞，屋外春光正好，小窗被推开，任凭和煦的春风吹入书斋内。幸得一个玉兔样的白玉镇纸牢牢地压着，桌上的纸才没被吹得四散。

红木雕云龙纹的书案前坐着一个青年。他坐姿随意，乌黑的发垂落胸前，束发的发带不知什么时候已经换成了棕褐色的。

贝叶走进书房，看见卫檀生的模样，本来已经酝酿好的话却一句都说不出来了。

"贝叶，"卫檀生搁下手中的活儿，笑着问她，"你怎么来了？"

自家郎君向来是再温顺可亲不过的，贝叶心想，或许是因为常年礼佛，郎君也不像其他人那般骄矜。贝叶又想到方才所见的那幕，稳住了心神，走到书案前福了福身，道："郎君一人待在书斋里无人服侍，我心中担忧，特地过来听候郎君差遣。"

"我在寺里生活多年，早就习惯一个人了，不用你服侍。"卫檀生微笑道，"你与其到我这儿来，不如去找翠娘。我将你支给了她差使，你去问问她那儿可有用得着人的地方。”说罢，他又低下头去看书案上的账本。

贝叶将嘴唇咬得更紧了一些，道：“少夫人那儿正忙，似是不愿婢子过去打扰。”她主动挽起袖子，拿起墨锭，按着砚面帮忙磨墨。

她心中着急，手上磨墨的动作却不疾不徐，状似无意地说：“少夫人心地善良，对待下人们也和气，刚刚婢子还看见夫人与一个马奴相谈甚欢呢。”

卫檀生抬起眼，看了过来。贝叶乍对上他那双眼，心口一紧。

她手下不稳，墨汁飞溅出来几滴，但还是强作镇静，一边磨墨一边说：“区区一个马奴，少夫人也能如此和气相待，与他相谈甚欢。能得少夫人这个主母，是贝叶的荣幸。”

贝叶试探性地看了一眼卫檀生，但对方神色如常。她看不出个所以然，心头发怵，不知道要不要继续说下去。但她都已经踏出了这一步，若直接回去，心有不甘。她只能压下慌乱，继续说：“不过，少夫人也是对我们这些下人太好了，那马奴毕竟是个男人……”

砚台中的墨实际上不用再磨，已经乌黑浓稠了。

“贝叶。”卫檀生终于开口道。

她搁下墨锭，忐忑不安地看向他：“郎君。”

“退下吧。”青年微笑，“这儿暂时用不着你伺候。”

贝叶心中不甘：“贝叶只想如从前那样为郎君磨墨罢了。”

“贝叶。”卫檀生的脸上是疏离有礼的笑，目光却莫名地有些吓人。

饶是如此，贝叶也没有退缩。夫人将她拨到郎君身旁伺候的时候，她已经在心里认准了郎君，做好了将自己的身心全都交给他的准备。她的容貌在一干下人中最惹眼，夫人安排她伺候郎君，定有日后把她抬为通房的打算。她是郎君的人，自然要一门心思为郎君打算。少夫人背着郎君与下人勾结，她怎能坐视不理？她在赌，赌的是郎君能明辨是非，赌的是她服侍郎君这些年来二人的情谊。

贝叶心中打定了主意，干脆跪了下来，继续说：“婢子与郎君说实话吧，少夫人恐怕已经生出了二心。方才婢子亲眼所见，那马奴与少夫人双手交叠……”

“贝叶。”

头顶的嗓音冷若冰霜，她不禁打了个激灵。她抬起头看卫檀生，他正面无表情地看着她，这一眼看得她如坠冰窟。

“郎……郎君……”

“下去吧。”卫檀生笑了，“主人的事，你不该过问。”

没想到情况会变成这样，贝叶不甘心地道：“郎君！”

“贝叶，你逾矩了。你不该乱嚼舌根，在我面前搬弄少夫人的是非。”卫檀生笑道，“退下吧，不要让我再说一遍。”

卫檀生的目光让贝叶浑身发冷，她都想不起来自己到底是怎么退出书斋的。

初春的日光打在她的身上，她却从脚底板一直冷到头顶，怎么也暖和不起来。

回想刚刚卫檀生的眼神，贝叶怔怔地想，那明明是郎君，是那个京城里人人夸赞的温和可亲的“小菩萨”，怎么那一眼……怎么那一眼看着就像地狱里的鬼呢？这究竟是哪里出了问题？

在孙氏的建议下，惜翠挑了两匹缎子给连朔，让他过段时日裁成新衣。

连朔看着惜翠，还想再说什么，碍于孙氏在场不好开口，只能藏下那些心思，恭恭敬敬地听从惜翠的吩咐，弓身道：“奴晓得了。”

孙氏看了他一眼，道：“行了，你下去吧。嘱咐你的事莫要忘了。”

连朔无可奈何地退了出去。

喜儿坐在椅子上，摇着两条藕节似的短腿，闹腾得厉害。

“叔母——叔母——陪喜儿玩好不好？”

孙氏笑眯眯地看着自己的儿子，没有拦着。至少，在惜翠表露出不耐烦之前，她都不会去管。她还得借自己这个可爱的儿子，和惜翠拉近关系呢。

想到自己的小叔子卫檀生，孙氏就忍不住直叹气。派人暗害小叔子的事一旦暴露，她就是死路一条。孙氏为求自保，自然什么都答应卫檀生，他要账本，她便全送了过去。如此一来，她更是将把柄交到了他的手上，再也没有翻身的可能。如今，府里的铺子名义上还是孙氏在料理着，实际上不管是大房还是二房的生意，全落入了卫檀生一人的手中。

她那个小叔子，平日里看似无欲无求，一门心思扑在佛法上，实际上是个吃人不吐骨头的，引诱她一步步往坑里跳。她都来不及挣扎，手上的权力就被他尽数夺走。奈何她自己确实做了错事，眼下落得这个下场，也只能认命。因此，料子刚被送上来，孙氏就积极地先帮他们夫妻俩挑选，对惜翠百般讨好。

惜翠陪喜儿玩了一会儿，孙氏在一旁看着，笑眯眯地与惜翠说着话。

孙氏将分寸拿捏得极好，在惜翠厌烦前抱走儿子道：“好了，别闹你叔母了，到娘这儿来。”

孙氏抱着喜儿，看惜翠面有倦色，体贴地问：“翠娘，你可是累了？要不回去歇歇？”她叹了口气，戳着喜儿的脑门道：“都是你这个皮猴儿，整日缠着你叔母。”

小男孩扭着身子：“我喜欢叔母嘛。”

孙氏见儿子会说话，口中指责，眼中却含着笑，道：“如今这儿也没什么事，翠娘若是累了，就去歇一会儿吧，其余的事交给我来做便是。”

惜翠知道这些日子孙氏都在想方设法地讨好卫檀生和自己，也没有再客套：“那就多谢大嫂了。”

其实惜翠没有累，回到屋里后，打算收拾收拾妆奁，看看有什么能拿出去卖的。

就算卖首饰，她也得卖得隐蔽些，毕竟卫檀生的洞察力强得惊人。关于顾小秋的事，惜翠不想露出任何马脚。

幸好“吴惜翠”之前有一批心腹，其中，海棠忠心耿耿，只要是惜翠吩咐下去的事，就一定照办。惜翠不用自己出面，也应该能赶在于自荣之前包下顾小秋。

惜翠一层一层地清点妆奁。

那对银镯子她没怎么戴过，应该能拿出去卖。

点翠的多宝簪——翠鸟在现代已经被列为濒危动物了，惜翠看到这支多宝簪，心里不舒服，一次都没戴过。这支多宝簪她也能拿出去卖掉。

过了半个时辰，妆奁中的首饰她都清点得差不多了，再凑些银票，就算顾小秋名气再大，也应该绰绰有余了。

晚些时候，卫檀生从书斋回到了屋里。惜翠镇定地合上妆奁，吩咐下人们摆上晚膳，两个人就坐在屋里用膳。

吃完饭，她洗完澡，坐在镜子前梳头。

刚洗过的头发很难梳通，打结打得厉害。卫檀生从屏风后出来，走到她的身后坐下，拿起梳篦，微微一笑道：“我帮你。”

惜翠回头看了他一眼。他灵活地整理着她缠成一团的发丝，动作轻柔，语气也很柔和，问：“怎么了？”

“没什么。”惜翠转过头道。

卫檀生没再多问，手执梳篦，一下又一下，耐心地帮她一点点打理。

“翠翠？”

“嗯？”

他好像是随口一问：“你爱我吗？”

惜翠道：“我爱你。”

“你当真爱我？”

惜翠顿了顿：“我爱你。”

“只爱我一个吗？”他手上动作不停，轻声问。

惜翠转过身，终于察觉出不对，问：“为什么突然这么问？”

二人四目相对。

“没什么。”卫檀生放下梳篦，代之以手，拢了拢她的发丝，笑道，“只是突发奇想。”

惜翠看了他一会儿，青年含笑与她对视。

“这世上，我只有你。”她听到自己这么说。

话音方落，卫檀生的神色好像微微一变，又好像没有变。他俯身轻轻地抱住了她，低低地唤道：“翠翠……”

过了一会儿，他又问：“翠翠，当真只有我一人？”

窗外的天已经全黑了，草叶间有虫鸣声。惜翠沉默片刻道：“只有你。”

他插入她发中的五指紧了紧，倏忽又松开了。

“卫檀生，那你呢？”惜翠咽了口唾沫，滋润了发干的喉咙，试探性地低声询问，“你爱我吗？”

卫檀生放开了她，看着她道：“我不知道。”他重复道，“我不知道，翠翠。”

他不知道什么是爱，只知道她是他的。她是他的妻子，理当属于他。

他再次抱住她，将手指插入她的发间，冰冷的唇也落在她微湿的发上，轻轻地吻她。

“没什么。”惜翠在心中叹了口气，觉得他真是狡猾又自私。这个答案不出她所料，她不该对他抱有任何期待。

她将目光放在廊下悬着的灯笼上。春天已经到了，天气转暖，飞蛾正绕着灯笼来来回回地飞。

良久，她听到了卫檀生的声音。

“时候不早了，我们上床歇息吧。”

这一晚，什么也没发生。

过了几天，纪表哥一家终于来到了京中。

马车到卫府门前时，府上已经点灯多时。几只灯笼挤出来迎接，将阶前照得亮堂堂的，好不热闹。

纪表哥本名纪康平，娶妻黄氏，如今膝下有一女纪书桃。

纪康平与黄氏是青梅竹马，黄氏自小身体就不好，生女儿书桃时闯了趟鬼门关。纪康平怜惜黄氏，不让她继续生了。故而两个人成亲十年，只养育了一个女儿。纪康平对这娘俩呵护备至，就算是上京赶考也不忍与之分离，正好有亲戚在京，便带着妻女来投奔卫杨氏。

纪康平扶着妻子黄氏下车，又将女儿抱下来，领着妻儿一齐上前行礼。

他的容貌算不上多俊美，但胜在长得周正，没什么架子，风度翩翩。灯下，他望向妻女的目光十分柔和，一看就是个好丈夫与好父亲。

黄氏的青丝被绾成发髻，斜插着发簪。她打扮素净，目若明珠，笑容干净，那是被保护得很好的人才会有的笑容，温婉又慈爱。黄氏很符合男人对一个妻子的想象。而二人的女儿书桃和喜儿差不多年纪，生得十分可爱。一家人手牵着手，和和睦睦。

惜翠随卫杨氏一起迎出来，看着眼前这一幕，有些难受。原著里，“吴惜翠”根本不爱纪康平，却想方设法地勾引他，一是为了报复卫檀生，二是看不得这一家人如此和美。

黄氏体弱多病，“吴惜翠”看到黄氏时难免联想到自己。黄氏有丈夫体贴呵护，“吴惜翠”却嫁给了一个自己根本不喜欢的男人。她心中不平，便想拆散这对夫妻。

众人寒暄了一番之后，介绍到了惜翠与卫檀生的身上。

纪康平与卫檀生是认识的，笑着招呼道：“檀奴，许久不见了。”他又看向惜翠，笑容亲切，眉眼间满是正气，“这位便是弟妹吧？”

惜翠行礼道：“见过表哥。”

纪康平笑道：“我一看弟妹便知晓她是个贤良淑德的妇人，檀奴，你有福气。”

惜翠对这位纪表哥的话不予评判，没想到卫檀生眉眼弯弯地笑道：“能娶翠娘为妻，确实是我的福气。”

“当初看你一门心思扑在佛法上，我还替姑母担心，没想到这么快你也成家立业了。”纪康平言语中似有感慨。

“俗世有俗世的欢喜。”卫檀生笑道，“下山之后，我体会到了不少此前在庙里不曾体会到的喜怒哀乐。”

又说了一通话后，一家人往府里走，仆从们忙着从车上抬下箱笼。

惜翠垂眼跟在他们的身后，眉头紧锁。连朔与顾小秋，她勾搭了就算了，但纪康平是别人的丈夫……惜翠移开视线，不去看这一家人。她过不了心里这一关。

幸好书中，纪康平对黄氏感情深厚，无论“吴惜翠”费了多少心思，纪康平对妻子的爱都未被撼动半分。

纪康平这个角色与顾小秋与连朔不同。作者在顾小秋与连朔的身上没怎么着墨，只简略地提了提。但为了突出“吴惜翠”的滑稽，作者在纪康平这个角色上费了些笔墨，特地设计了“‘吴惜翠’勾引不成反被义正词严地拒绝”的情节。

这个情节，惜翠是要补全的。想到这儿，她不禁头痛欲裂。

席上，纪康平对妻儿十分关切，特地将口味清淡的菜挑出来，夹到妻子的碗里。

喜儿好不容易碰上书桃这么个同龄的玩伴，两个人早已兴高采烈地玩到了一起。

夜已深，卫杨氏怜惜纪康平一家舟车劳顿，用完晚膳便安排下人整理了房间，让纪康平一家住进去，其他事只待明日再说。

房里，惜翠正对着镜子拆发髻。卫檀生突然问：“翠翠，你看纪表哥一家如何？”

惜翠正想着纪康平的事，闻言有些心虚，手一抖，一枚重瓣莲花发钿正好卡在了发间。她不明所以，因此答得谨慎：“才见过一面，我不敢评判。但是表哥与表嫂看起来人都不错，应该是好相与的。”

“我瞧你方才一直盯着他们二人瞧，想来心中定有不少话要说。”卫檀生弯弯唇角，“他们夫妻二人确实恩爱。”

卫檀生说完，没再继续说纪表哥一家的事。惜翠松了口气。

发钿卡得死死的，她解了半天也没解下来，对着镜子也看不清楚究竟缠了多少头发。

“翠翠？”

惜翠如实回答：“发钿卡住了。”

“过来。”

有卫檀生帮忙，那被卡在重重莲花瓣之间的发丝终于被解出来了。

“疼吗？”他揉着刚刚被钩住头发的那处，低声询问。

惜翠："还好，不疼。"

翌日，纪表哥没打算待在府里。他一方面忙着春闱，另一方面要跟同年们多走动走动，好为日后踏上仕途做准备。

早上，惜翠的额上落下一个吻，卫檀生起身披衣，道："时候还早，睡吧。"

卫檀生在京中有些名气，今天要带纪康平去京城里四处转转。

惜翠躺在床上，额头上仿佛还停留着刚刚的触感——很冷，没任何温度。奇怪的是，卫檀生对她的态度极尽温柔。惜翠想不起来这究竟是从什么时候开始的，似乎早已成了卫檀生的习惯。

卫檀生和纪康平直到晚上都没回来。跟着他们的小厮传来消息，说是二人被薛家的郎君留在府上过夜，不回了。

卫檀生和纪康平，一个自小在寺庙中长大，一个一向顾家。两个人即便彻夜不归，也没什么人担心他们会出去花天酒地。卫杨氏没有在意，只让那送信的小厮退下。黄氏性格温柔，知道丈夫不回家也不着急，依旧笑着。只是惜翠早已经习惯枕侧多一个人，现在床上只剩下自己，有些不适应。

天虽然已经黑了，但时候还早，换算成后世的时间，不过晚上八点钟的样子。"小变态"不在，惜翠打算看些话本打发时间。虽然她后面还有些麻烦事，但当下总要好好放松一下，才能迎接之后的挑战。

这些话本都是海棠帮她买的，她没什么要求，海棠便一股脑地买了许多市面上受欢迎的。话本大多是主角坐拥三妻四妾，倚玉偎香的故事。

屏退了下人，惜翠仿佛回到了从前熬夜看小说的时候，正看到主角跳墙私会的那一段，门外忽然传来了一声接一声的叩门声。这叩门声时轻时重，似乎在小心提防着什么。

她早已吩咐过不需要人伺候，这个时候还会有谁来？惜翠搁下话本，披上衣，一开门，顿时愣住了。

月色下，连朔的手正好停在半空中。

"少夫人。"

这个时候，惜翠终于体会到了现实和小说交织的荒谬感。

俊俏的仆役一见到她，眼中便迸发出激动的神采。

"你怎么在这儿？"来不及多想，惜翠环顾四周，赶紧将他拉进屋里，蹙眉问。

“奴思慕少夫人心切。”

女人似乎刚洗过澡，未束青丝，披散在身后。天气渐渐地热了，她只穿了件鹅黄色的春衫，搭配杏红色的薄绢裙。鲜嫩的颜色冲淡了她周身的病气。

草叶中虫鸣嗡嗡，夜间的风燥热不安，让连朔整个人也有些发热。他道：“少夫人，上回奴没来得及说，这回奴想亲自过来告诉少夫人，少夫人让奴做的事，奴做到了。”

他知道自己这次莽撞了，但本来就有野心，最瞧不起那些唯唯诺诺、瞻前顾后的人。他已经达成了当初定下的目标，这回她总不至于拒绝他。他忐忑不安，又满含期盼地看过去，没想到女人摇头道了声“不”，脸色瞬间一僵。

“现在还不行。”惜翠压下心头的不安，说道，“你眼下不过在铺子中做帮工，可帮工又有多大的出息？”

连朔有些急了：“那少夫人究竟什么时候才能答应奴？”

惜翠看着他，耐心地问：“你想往上爬是不是？”

连朔一愣：“是。”

惜翠走到梳妆台前，从妆奁中取出一个小小的顺袋。虽然连朔来得突然，但她早在几天前就想好了对策。

“少……少夫人这是何意？”连朔怔怔地问。

“拿着。”惜翠想了想，露出了一抹微笑，“你做到了答应我的事，这很好，但是我知道以你的才能，能做到的远不止这些。我赏识你，连朔。你既然想往上爬，就拿这些银钱当眼下的资本。我相信你能靠这笔银钱做出一番事业。”惜翠刻意将语速放得很慢，少女的声音软而轻。

连朔愣住了，从小到大就没有一个人对他说过“我相信你”这种话，每当他表露出自己的野心时，总有人讥讽他痴心妄想。

他和他们不一样。他们心甘情愿地屈居人下，愿意一辈子给人做牛做马，但他不愿意。上天给了他这么一副容貌，他不想每每遇人都要卑躬屈膝，想要抬起头、直起腰，与主子们平起平坐。

这还是头一次有人没有嘲笑他。那个总是神色冷淡的少夫人恍若变了个人，微笑着，轻柔地说着她相信他。一时间，连朔说不上来自己的心中是什么感受，只是愣愣地看着她，竟连自己的来意都忘了。

还是少女将那顺袋塞到了他的手中，道：“拿着。”

顺袋触手沉甸甸的，他那一门心思往上爬的功利心好似也被这顺袋给压了下去。马奴再看向少女的脸，竟感到有些羞愧：“少……少夫人，我……”

这声“少夫人”中带上了此前未曾有过的真情实感。

“回去吧。”惜翠摇头，“这儿不是说话的地方，你来得太莽撞了。你拿着这些钱，回去之后放开手脚去做，等真正做出一番事业后再来见我。”

“少夫人。”或许本就对少女有两分爱慕，他走到门前时，蓦地转身问，“奴能不能抱一抱你？”

惜翠一怔，旋即又点了点头。她毕竟不是真正的古人，对与异性拥抱之事看得并不重。而且连朔一直待在这儿让她心头有些发慌，她不想再与他纠缠，只希望他早些离去。

她犹豫片刻，主动上前抱了抱这个年轻俊秀的仆役。连朔激动得脸色发红，紧紧地攥住了顺袋，真情实意地道：“少夫人，奴一定不会辜负你的期望，请少夫人务必等我。”

惜翠颔首道：“好。”

送走连朔后，惜翠松了口气。她总算解决了一桩事。正当她准备回屋看那本没看完的话本时，灯笼不曾照到的阴影中蓦地响起一个熟悉的声音。

“翠翠。”

那声音凉如冰，明明很轻，却如同一声钟鸣，震得惜翠的双耳轰轰作响。

惜翠顿在原地，再也迈不动一步。

从那片阴影中缓缓走出来一个青年，他衣袂翩翩，头上系着棕褐色的发带，乌发墨鬓，貌若好女。

惜翠睁大了眼，那个本该在薛府过夜的青年缓缓走来。他走得很慢，但每一步都重重地踩在惜翠的心上。她不由自主地往后退了一步，退入房中，想要关上门。但卫檀生快她一步，一侧身，伸出一只手挡住了门。那曾经受过伤的洁白而丑陋的手背被压出一条红印，他硬生生地挤入门中。

一进屋，门反倒被他关上了，他耐心地插上了门闩。

“咔嗒——”这是落锁的轻响。

卫檀生悠悠地望向她。

惜翠：“卫檀生？”

他脸上还维持着一抹笑，眉目疏朗，笑意盈盈，温和从容地道：“我回来得晚了，叫你久等。”

惜翠的脑中嗡嗡作响。卫檀生究竟是什么时候站在那儿的？他究竟看到了多少？

“你……”她艰难地开口，才吐出一个字，接下来的话却说不出口了。

“我？”青年缓步走近，好奇地凝视着她问，“我怎么了？可是我回来得不是时候？”

“你怎么会在这儿？”

男人又笑了起来，垂下眼睫道：“翠翠，我想你了，便连夜回来看看你。说来也巧，若不是我今晚有意传信回来，又怎会撞见这一幕？”他抬起手，腕间的佛珠当啷作响，“翠翠，过来。”

惜翠浑身僵硬，没有动。

“过来。”卫檀生耐心地重复了一遍。

她走了过去。

他扣住她的手腕，唇瓣微动，叹息着说：“翠翠，你在发抖。”

惜翠狼狈地别过头：“我能解释。”这话说出口，她自己都觉得苍白无力。

草叶中的虫鸣声更大，像琴弦滑过的颤音。虫鸣声中混入了猫儿的叫声，猫儿全然没有了昔日的娇软，一声叠着一声地在叫春，叫声粗哑。

她穿得单薄，与男人紧紧地贴着，不一会儿身上就冒出了黏腻的汗。

“你要解释什么？”男人吻过她的发丝，突然道，“这里。”

惜翠一愣。

青年冰冷的吻移至她的耳后，道：“这里。”

他的呼吸很稳，她全身上下却在不自觉地发抖。

“这里。”他吻了吻她的脖颈，又嗅着她的手腕道，“还有这里。”随后他轻叹似的说，“翠翠，你身上的梅香是从哪儿来的？”

“我不喜梅香。”他垂眸说着，突然使了些力气，将她按倒在地上。

“卫檀生？”惜翠挣扎着想要起来。

他的状态不对，她清楚地察觉到了这一点。

“翠翠。”他按着她，冰冷的手摸上她的脚踝。

惜翠心中登时浮现出一阵不可名状的恐慌，不住地往后退。可她越往后退，他就越紧紧地扣住她的脚踝，将她往自己的身前拖。

身体比心先一步行动，惜翠踢开了他。青年一时不察，被她踹倒在地，肩侧的发丝轻轻一扬，又落回肩头。

惜翠来不及站起身，手脚并用，慌忙爬离。突然，她脚踝上一紧，卫檀生拉住了她脚踝上的那根杏色的发带，又将她拖了回来。

散乱的衣衫在织锦牡丹毯上铺开。一个温热的身体覆上她的后背，压了上来，伴随着黏腻的汗。旃檀香气盖过了梅香，像茧一样裹住了她。

“翠翠。”他垂眸微笑，看上去既慈悲又冷漠，随后松开了她脚踝上的发带问，“你在害怕什么？”

在她再次挣扎之前，他将一只手移到了她的脖颈前，死死地压住她，用另一只手解开腰带，裙摆垂落。

“翠翠，你为何总要骗我？”

一阵燥热的夜风吹来，屋里的烛火摇曳了两下，在墙上映出两个人影。

…………

他终于得到了她。

“翠翠……”青年低下头，满足地喘息着，轻声细语地说，“让我杀了你好不好？”

卫檀生确实想杀了她。他的人生已如此无趣，他几乎无法想象她若是死了他将会陷入怎样的境地。那些交织的爱恨与欲望是人间的滋味，是活着的感觉，令他痛苦却也令他上瘾，令他食髓知味，令他无法自拔。

可他舍不得。

他害怕以后会看不见她的脸，也看不见她的神情。

那个总是高高在上地俯视着众生的“小菩萨”，内心蓦地浮现一阵卑微的慌乱。她会不会从此之后就厌恶他了？

“翠翠，转过头来，”青年道，“让我看看你。”

惜翠一开始的确在挣扎，人在面临危险时会下意识地反抗。但很快惜翠就明白了，她反抗不了，她和卫檀生早晚会走到这一步。

“翠翠，你转过头来好不好？”

她才侧过去小半张脸，卫檀生便反应灵敏地擒住了她，道：“翠翠，张嘴。”

二人唇齿交缠，他终于彻彻底底地满足了，汗水顺着额角、脖颈、腰腹一滴滴地往下流。

草丛中，那趴伏着的野猫的叫声一点点地低了下来，软了下来。

他握住她的手腕，将她拉起来，重新抱入怀中。

他的怒火与妒意在放纵中消散了大部分，取而代之的是满足、忐忑与慌乱，像蛛丝一样，细细密密的。卫檀生抚摩惜翠汗湿的发丝，轻声道：“翠翠，对不住，是我太孟浪了。”

自知理亏，青年暂时抛掉了满腔的忌妒与愤恨，卑微地恳求她千万不要生气。惜翠回想起刚刚的一幕幕，饶是再故作镇静，脸上还是火辣辣的。

她闭上眼，不想理他。到这个时候，她也生不了什么气，只能在心里叹气。

想到之前瓢儿山上那个粉雕玉琢的小男孩，惜翠突然觉得自己禽兽不如。毕竟从卫檀生十岁到他十六岁，再到他二十多岁，她勉强算是看着他长大的，没想到有一天会和他走到这一步。

她一声不吭。卫檀生愣了愣，唇角扯出一抹往日的从容微笑，以此来压下心头的慌乱。

“翠翠，你看看我。”

惜翠睁开眼，看清他的模样后，登时一怔。

卫檀生一眨眼，眼眶霎时红了起来，眼里泛起薄薄的水雾。他全然不顾自己二十多岁的年纪，眼泪直往下落，落在惜翠的手背上，热油一般烫。

卫檀生握着她的手，央求道：“我方才只是太生气了，一时间无法自控。我错了！翠翠，你原谅我好不好？

“下回我定不会如此鲁莽。”

他真的忐忑不安，也真的忌妒愤怒，眼泪中有几分假意，也有几分真情。

惜翠握紧了手，又松开，有些无奈地道：“我没有怪你的意思。”

这“小变态”都当着她的面哭了，就算知道他哭是因为演技高明，她也不好再和他计较。

或许是对男女之事看得不是很重，惜翠发现自己并没有想象中生气。不过，惜翠还是有些不痛快，沉默地低下头，在他的肩膀上恨恨地咬了一口。

卫檀生却像是高兴了起来，轻轻地吐出一口气，将下颌搁在她的头顶上，紧紧地搂住她，再一次保证道：“下次，我定不会如此了。”

卫檀生的唇贴在她的耳畔，声音迷离，满含喟叹：“你是魔罗之女，”他抱着她，呢喃，“你是我的爱欲、乐欲与贪欲。”

二人紧紧相贴的身躯滚烫似火。如今，她的发丝、脖颈、耳后、手腕、裙间，全身上下都沾上了旃檀香气。

可是惜翠很清楚，卫檀生不懂什么是爱。他的情话说得好听，但是他不爱她。

他似乎察觉出了她的心不在焉，问：“翠翠，你在想什么？”

“我……”惜翠才吐出一个字，发现嗓音非常沙哑。她停下舒缓了一会儿，随便找了句话敷衍过去：“我在想当初在瓢儿山上的时候。”

“你当初是如何看待我的？”他略感不安。

当时他年纪小，可爱却又疏离得难以接近。

惜翠想了想，最终还是用一句不咸不淡的话来回答他：“你幼时很瘦弱。”

“我记得。”他抚摩着她的发丝道，“当时，你还带我去洗了一个澡。”

他当初只觉得她的眼神赤裸裸的，觉得她蹲在河畔的青石上看着他的样子令人恶心。而如今，他恨不得将自己全都呈现在她的面前，让她知道他生得好看，比那马奴要好看许多。

想到这儿，卫檀生松开她笑了起来。他眉眼温润，笑起来时不显媚色，有些疏朗之美。

但与他如玉君子的气质不同，他垂眸解开衣襟的动作格外流畅。

惜翠一愣：“你在做什么？”

他身上薄薄的春衫被汗水洇湿，贴着紧实的白玉似的胸膛。他笑道：“那你看我如今可还像幼时那般瘦弱？”

惜翠：“……”

没得到惜翠的回答，他也不在意，长臂一揽，又紧紧地搂住了她。

二人静静地依偎了一会儿。

“翠翠，”他又开口，像抚摩着猫儿似的抚摩着她的脖颈，捏了捏她的后颈肉，低声说，“我杀了那马奴好不好？”

惜翠心知躲不过这一劫，最终摇了摇头，直接道：“不好。”

“为什么？”他抚摩着她脖颈的手顿了顿，语气听上去还算平静。

惜翠道：“我不想你杀人。”

他腾出手来，指腹摩挲着她的脸颊，抵着她的额头问：“是不想我杀人，还是不想我杀他？”

惜翠：“我不愿你杀人。”

屋里安静了一瞬。

“好。”卫檀生将头放得低了些，一边蹭她一边说，“我不杀他。但是翠翠你答应我，日后莫要再骗我，也不要怪我，好不好？”

惜翠的心提起又缓缓地落下，她道：“我答应你。”

二人说完话，卫檀生抱着她去屏风后沐浴，却没再做什么。他体贴地离开了，留她一人清洗，等她洗完了自己再去洗。

惜翠洗完回到床上，突然想起一件事：卫檀生刚刚没有避孕。

虽然卫杨氏想尽快抱孙子，但惜翠没有怀孕生子的打算。等卫檀生洗完澡出来，惜翠踌躇了一瞬，还是问出了口："卫檀生，你能不能弄些避子汤药过来？"

惜翠不确定他会有什么反应，垂眸不去看他，所幸对方的反应还算平静。

卫檀生在床边坐了下来，问道："翠翠，你不愿为我生个孩子？"

在这点上，惜翠没有退让的意思："我还没做好准备。"

她是要回家的。而且，就算回家这个信念不存在，在这个医疗条件极其落后的世界，她也暂时没有生育的打算。

没想到，卫檀生答应了她。

虽然想看她怀有身孕的模样，但目前，他也不想有孩子。

孩子会与他夺食。

他披上衣服，穿戴整齐，过了一会儿亲自端来了一碗汤药。

惜翠松了口气，没有犹豫，接过药一口喝了下去。

他定睛看着她毫不犹豫的样子，心中有怒意，但那怒意最终被所谓的怜惜战胜，化为一声叹息。

他接过空碗，抱着她道："下次不会再让你喝这药了。"

从那晚起，卫檀生对惜翠的态度发生了不小的变化，比之前更加温和、体贴，却让惜翠有些惴惴不安。

正如承诺的那样，卫檀生没有对连朔动手，甚至没有多问她一句她和连朔之间的关系。毕竟他就算不问，也有办法查清楚。

惜翠不敢全然相信卫檀生说的话，弄来了连朔的卖身契，托人找机会带给连朔，并叫连朔速速离去。

她能做的也只有这些了。

连朔那儿总算了结了，但纪康平那儿还得令她头痛一阵子。

纪康平与黄氏感情甚笃，外人看着也觉艳羡。惜翠想来想去，只能像当初对待连朔那样，暂且拖着。要是能在此之前让卫檀生亲口说出"我爱你"一类的话，惜翠就能回家了，便不用在纪康平那儿花心思了。

只是叫这"小变态"亲口说出"爱"谈何容易？惜翠尝试了几次都没成功，只能暂时放弃。

有时候惜翠会怀疑那天晚上发生的事只是她的错觉。卫檀生在那之后再也没有爆发出激烈的情绪，又成了往日那副从容自若的模样。

而养顾小秋一事，惜翠一直在暗地里进行。

她得感谢原著中“吴惜翠”留下来的人脉，尤其是曾经帮“吴惜翠”做事的心腹。

果然，不久之后陶文龙就对顾小秋厌烦了，听说这几日带在身侧的人已经换了。比起文静的顾小秋，这个新人更得陶文龙的欢心。没过多久陶文龙就将顾小秋打发回去了。

得了消息，惜翠赶紧叫人去找那戏班主，将顾小秋包了下来。

戏班主正为陶文龙的事发愁，眼见又有送上门来的财主，哪有不肯的道理，自然是一口应了下来。

这事做得隐秘，包下顾小秋的究竟是谁，没透露出任何风声，就连戏班主自己也不清楚。

戏班主只爱钱，其他都不在乎。

不过他还没忘记顾小秋是干什么的，赶忙嘱咐了一句，让对方无论如何都不要伤了顾小秋的嗓子与身段，以免影响到登台唱戏。

过了几日，海棠终于悄声回禀惜翠，一切都安排妥当了，顾小秋已经在那处别院中住下了。正当海棠以为惜翠定会收拾收拾赶过去的时候，惜翠却摇了摇头：“再等等吧，不着急。”

有了经验，她现在更谨慎了。

惜翠记得自己的目标自始至终就是“攻略”卫檀生，而不是别的。她做其他事只是顺带的，犯不着本末倒置，这么急地赶过去。

闲暇时，惜翠安静地跟在孙氏后面学着主持中馈。要她做的事情不多，孙氏也不敢真的丢多少活儿给她。

处理好自己手头上的事后，惜翠反倒多出了大把的空闲时间，整日无所事事起来。卫杨氏对她没什么要求，毕竟吴水江身居高位，卫家日后还要仰仗这位亲家公提携。卫杨氏只希望她和卫檀生能早日生下孩子，对旁的事不太过问。

“若是觉着无趣，不妨多同盈盈聊聊，你们年龄相近，彼此之间应该有不少话可谈。”卫杨氏口中的“盈盈”正是黄氏，黄氏本名黄盈盈。

惜翠点头称是。

惜翠不去找黄氏，黄氏也会来找她。黄氏对她似乎颇有好感，或许是二人打小都身体不好，同病相怜。而惜翠面对黄氏时总有些压力。

黄氏性子柔，不爱与人争执，笑起来时也含蓄，在嘴角勾出两个浅浅的梨涡儿，像是画里的人。不过，黄氏面对纪康平时就生动了许多，眼中满是依赖和亲昵。

没什么事的时候，惜翠就和黄氏一起做绣活儿，黄氏做，她学。黄氏出生在苏扬那边，有一手好绣活儿。

黄氏一边穿针引线一边说些自己和纪康平的陈年往事，刚提起时还有些羞涩，但慢慢就陷入了回忆中，只剩下一脸幸福的小女儿情态。黄氏和纪康平从小一起长大，到了年纪，家人便张罗着给他们订了婚。他们一路顺风顺水，婚后也很恩爱。

“那你呢？”黄氏停了针，笑问，“你与三弟之间又是怎么回事？”

惜翠和卫檀生之间可复杂得多，惜翠也不可能真的告诉黄氏，只简单地说：“我与他之间并没有什么能拿出来说的，不过是父母之命，媒妁之言罢了。”

黄氏道：“姻缘本天成，我瞧你与三弟之间也是缘分到了才能结为夫妇。在我眼中，你俩也是恩爱的一对。”

惜翠道：“比不得表嫂与表兄。”

黄氏微微一笑。她虽与卫檀生接触得不多，但曾经从纪康平那儿听了些有关卫檀生的事，知道这位卫家三郎不同于旁人，自小生活在寺庙中，本没有成家立业的打算。没想到不久之后她就听到了卫檀生还俗的消息，现在他还成了亲。

虽说这桩婚事是家人张罗的，但是卫三郎看妻子的眼神中明显是有爱意的，倒是这个弟媳……

黄氏略感纳闷，觉得惜翠有些冷淡。不过，这是他们夫妻俩的事，黄氏不好多说，便低下头继续做手中的活儿。

天气渐暖，黄氏想亲手为纪康平缝制一双轻薄透气的袜子，顺便问了问惜翠有什么打算。惜翠没想过要缝什么东西送给卫檀生，被黄氏这么一问，也上了心。她想来想去，太复杂的也不会，干脆做条发带送给他。

佛教重莲花，她在黄氏的帮忙下缝了朵莲花在发带上，如今已经差不多缝好了。

惜翠将针线收好，眼看天色不早了，起身告辞。偏偏在这个时候，纪康平从外面回来了。

今天下了雨，一入春，春雨就连绵不绝。

纪康平进了屋，袍角处还有些湿。惜翠见到他，忙起身行礼。

黄氏的眼睛亮了亮，她微笑道："今日你怎么回得这么早？"

纪康平笑着看向自己的妻子，道："那些文会什么的去得多了，也没多少意思。我与其在外面与人喝酒，平白耗着，不如回家念书。"

黄氏什么都听纪康平的，笑着点头道："这样也好，毕竟没几天你就要考试了。"

跟这对夫妻在一处，惜翠顿时感觉自己就是那闪闪发亮的"电灯泡"。

纪康平似乎才想起来旁边还站着一个人，忙招呼惜翠。他望过来的目光清且正，也只有在瞧见黄氏的时候，眼中才会多出两分宠溺。

对上纪康平的目光，惜翠发觉自己真的无法勾引他。

"时候不早了，我先回去吧，"惜翠很有自知之明地摇了摇头，"就不打扰表哥与表嫂了。"

纪康平与黄氏客气地挽留了她两句，将她送到门外。

惜翠回去后，正好看见卫檀生坐在那张短榻上看佛经。

窗外雨声不绝。他空下来时也没什么旁的娱乐活动，只如从前在空山寺中时那样，捧着卷佛经看。

瞧见惜翠，他放下佛经，笑道："你回来了？"看样子，他似乎在等她。

惜翠点头，走过去，拿起榻上的芙蓉色暖被搭在他的膝盖上。他便抱着她，叫她坐在自己的腿上。

"翠翠，"卫檀生轻声问，"你去哪儿了？"

"去表嫂那儿跟她说了一会儿话。"

卫檀生好像特别喜欢抱着惜翠。她一开始觉得别扭，但时间一长，渐渐地习惯了。

惜翠被他这么抱了一会儿，整个人都坠入了一片檀香中。卫檀生的身上一直有檀香味，只是今天这香味好似格外浓，浓得甚至有些古怪。

惜翠皱了皱眉，深深地吸了口气，好像在旃檀香气中闻到了一丝臭味。那臭味被檀香压了下去，她不仔细闻几乎分辨不出来。

正当她想开口询问的时候，抱着她的青年突然扬唇笑了："我有个东西要送给你。"

惜翠有些惊讶。

他放开她，走到角落的柜子前，打开柜门，取出一条裙子。

“我曾答应你，要赔你条新裙子。”

卫檀生话说得直接，让惜翠有些窘。

看着她的模样，卫檀生笑意盈盈的。他的人生，此前一直死气沉沉的。他感觉不到那些常人的情绪，就像个寄居在活人身躯里的死人，只有痛苦能让他兴奋。如今他好像活了过来，感情充沛到连自己都有些惊讶。

爱意，恨意，妒意，辗转反侧的担忧和忐忑，卑微和慌乱，还有情欲，满得都要溢出来了。只有在一次次与惜翠的缠绵中，他才能感到满足，才能感到安心。

翠翠，是他的。

他甚至不愿意去想，那满得要溢出来的情欲下，自己刻意忽略着、害怕着的是什么。他知道，那些秘密一旦被她发现，她一定会离他而去。

卫檀生手上的裙子是石榴红色的纱裙，薄如蝉翼，裙摆上撒着些银粉，连绵若银河，捧在手上犹如一片红色的云雾。

他将裙子递过来，让她去试试看合不合身。

她将纱裙穿上身，如同一片行走的晚霞，红得耀眼，那裙摆的银粉像是伴随晚霞出现的漫天星辰。纱裙的尺寸正好合适，没一处不妥。

惜翠理了理裙摆，悄悄松了口气。幸好她此前缝了条发带，否则一时半会儿还真拿不出什么东西作为回礼。不知为什么，惜翠总感觉卫檀生这几天对她的态度温和到近乎讨好。可是，他讨好她做什么？

惜翠抛开脑中那些莫名其妙的念头，说道：“我正好也有个东西要送给你。”

她将发带递给他的时候，青年愣了一愣，似乎没想到会收到礼物。

看不出来卫檀生觉得好还是不好，惜翠有些不自在：“我自己缝的，可能不太好看。”

“我很喜欢。”他抬眼笑道，“翠翠，我很喜欢。”

“你帮我系上好不好？”他眨了眨眼睫，笑着问。

“那你坐下。”

他听话地坐了下来。

他的头发又长长了，握在手里一捧，像流水一样。惜翠特地给他系得紧了些，刚要收回手，他就握住了她的手，轻轻地吻她的手指。他嗅到她指尖淡淡的旃檀香，这才觉得满足。

他身上散发的檀香味，一丝丝、一缕缕，附在衣襟与袖口上，闻着令人安心。或许，那丝臭味只是她的错觉。

惜翠有些困，被他抱在怀里，睡了过去。

等她醒来的时候，屋外的雨已经停了，偶尔有水珠顺着瓦楞滴滴答答地往下砸。

她身上搭着她先前给卫檀生盖的暖被，而卫檀生已经不在了，只有空中还萦绕着檀香余味。

惜翠掀开暖被，翻身起来的时候，海棠正捧着个山枕走过来。

瞧见惜翠醒了，海棠一愣："娘子醒了？刚刚郎君还担心娘子这样睡不舒服，特地嘱咐奴婢拿个枕头来垫上。"

"卫檀生呢？"

"郎君刚离开。"用不着山枕了，海棠将山枕放回床上，理了理床铺。

惜翠坐在榻上，静静地思忖了片刻，半晌，终于开口道："海棠，明日我要去别院那儿，你帮我掩护一下。"

海棠似乎没明白惜翠怎么忽然又要去顾小秋那儿了，不过既是娘子的吩咐，她自然是一口应承下来。

"婢子省得了，娘子放心。"海棠道，"不过娘子怎么忽然……"想来想去，海棠还是觉得惜翠的决定有些突然。

惜翠打断海棠的话，道："我太累了，想去那儿歇息。"

惜翠的意思已经表达得很清楚了，海棠果然没再问什么。

惜翠疲倦地看着窗外，眉头紧紧地蹙着。那股隐隐的臭味儿，她之前没想起来是什么，一觉醒来倒想起了一些往事。

那臭味儿……她或许曾经闻到过。

那味道有些像她之前在瓢儿山上时闻到过的味道。

那是尸臭。

卫檀生的身上为什么会有尸臭？难道是连朔的？

惜翠不敢相信，或者说不愿相信。她正是因为不信任卫檀生才特地将卖身契交给了连朔，让连朔赶快离开。但这个时候，让她相信卫檀生违背承诺杀了连朔，似乎也不太可能。

如果卫檀生真的杀了连朔，那也应该早早地处理妥当，不至于留下什么气味。

难道是她想多了？又或者，是她将味道记混了？

惜翠头痛欲裂。

但无论是怎么回事，卫檀生肯定瞒了她什么，否则不会用这么多熏香。

连朔已经离开了，她联系不上他，现在比较担心的是顾小秋。这“小变态”聪明多疑，会不会已经发现顾小秋了？

卫檀生那天晚上会撞见她和连朔，绝对不是巧合。卫檀生门路多，是怎样发现连朔的，就能怎样发现顾小秋。惜翠甚至怀疑卫檀生在她这儿安排了什么人，或者说跟踪了她。

那股莫名的臭味提醒了她，无论如何，她这次都不能再让他发现了。

打定主意后，惜翠走到书桌前，悄悄地撕了个小纸条，再将剩下的部分通通地烧干净。海棠想要问，惜翠示意她噤声。海棠略有困惑，却没问出口。

海棠是不可能背叛惜翠的，原著中海棠对“吴惜翠”忠心耿耿，直到“吴惜翠”郁郁而终的时候都没有二心。惜翠只是担心隔墙有耳，毕竟这个年代的屋子，隔音效果不怎么好。

惜翠走到梳妆台前，将小纸条轻轻塞入了妆奁的锁眼中。只要有人打开妆奁清点她的首饰，那小纸条就一定会被捅到里面去。

当天晚上卫檀生没有回来。在海棠帮她放下帐幔前，惜翠示意海棠凑过来些，小声道：“明日你只管准备好马车，至于顾小秋的地址，你不用告诉车夫，我亲自来说。”

海棠点点头。

帐幔落下，又是一天过去了。

第二天，马车已经安排妥当，等候吩咐。

登上车后，惜翠特地留意了一下四周，没有看见什么鬼鬼祟祟的人。

她第二次就是因为被别人跟踪而失败的，如今对别人的视线还算敏锐。只是她虽然没察觉到什么异样的视线，却好像闻到了一阵隐约的檀香。

惜翠看了眼那驾车的车夫。车夫随府上姓卫，单名一个“良”字，上次她去雍硕楼似乎就是卫良接送的。

卫良今天看上去似乎精神不太好，眼下有些青黑，神情困倦。

惜翠登上车后，没有去顾小秋的住处，而是吩咐卫良去吴家名下的一处别院。这些日子她和海棠交谈时都颇为谨慎，没提过顾小秋的名字，只用“别院那边”代替。好在吴水江在京郊也有一处别院，“吴惜翠”小时候常常去那儿玩。

惜翠想得很简单，如果这“小变态”真的在她的周围布下了什么眼线，那她就将这两处别院混在一起，引导他们往错误的方向想。

马车驶出京城，很快就到了吴家的那处别院。

那处别院里只有几个仆役在打理，她踏进小院时，那几个仆役都很惊讶。

“二娘子怎么过来了？”

惜翠笑道：“就是有些累了，突然想过来看看。”

仆役也没多想，高高兴兴地忙里忙外，立即收拾好了房间让惜翠住下。至于车夫卫良，惜翠打发他回京城。

在卫良起身之前，惜翠快步走到他的身侧，招招手，示意他凑近些，露出有些不好意思的笑容。

“卫良，我来这儿的事，你千万莫要同府里说。”

卫良看了她一眼，似乎有些困惑：“少夫人，奴不明白，这有什么不能说的？”

惜翠笑道：“你也知道这几日府里事多，我还从没经手过这么多事，有些累，就想跑到这儿来歇息一会儿。不过我已嫁为人妇，还回到娘家这里躲懒，传出去恐会落人口实。”

卫良点头应了下来：“这没什么，我答应少夫人不多嘴便是了。”

惜翠：“麻烦你了。”

马鞭扬起，惜翠静静地看着卫良驾车离开了别院。

她刚刚借机走到他面前，确定那隐约的檀香味是从他的身上传来的。她再联想到卫檀生昨晚没回来，而卫良明显精神不好，或许昨天晚上正是卫良驾车载卫檀生去了什么地方。

这“小变态”为了掩盖什么才故意熏了这么多的檀香？甚至沾染了一些到卫良的身上。

府上不止卫良这一个车夫，怎么他忙碌了一夜，第二天还要一大早来送她？

惜翠站在原地看了一会儿，转身走入了别院。

她向卫良说的那席话，卫檀生可能信，也可能不信。卫檀生若是信了，那最好；若是不信，她也想好了应对的办法。

虽然惜翠看不出卫檀生究竟爱没爱上自己，但感觉卫檀生似乎对自己有很强的占有欲。如果他不相信，她便称“另外安排了一处小院，打算和离”，想必这样能转移他的注意力。

这处别院是吴水江闲暇时来放松的地方，院子建造得很雅致。小院临水，院里种了许多花，春天到了，这些花大多开了，石下阶前，一簇簇、一丛丛地开着。以前得空时，吴水江喜欢带吴冯氏和“吴惜翠”来这儿小住一段时间。几人每日在书斋中作画下棋，对着院中的一汪小池塘赏月吟诗。

别院后门外有一条小径，通往远处的农田，那是吴府名下的田。

从农田再往前，拐个弯，就能走另一条路回京。

惜翠喝完一杯茶便带了两个仆役，提着篮子一起去农田里摘些新鲜的瓜果，看上去真像是过来散心体验农家生活的。等到中午，她亲自做了午饭，吃过后就回到了卫府。

锁眼里的纸屑还在老地方，看上去没有被人动过。惜翠也不着急。

外屋的水晶帘似乎被人打了起来，珠串相撞，发出一阵哗啦啦的声响。惜翠抬头一看，正好瞧见卫檀生缓步踏入了室内。

半天未见，他看上去精神不错，嘴角含笑，眸中含光。他脑后系着的正是她缝制的那条莲花发带，发带伴随着他行走的动作，在肩侧画出一道好看的弧线。

“翠翠。”卫檀生莞尔上前，抱起她，只字没提昨天彻夜不归的事，只问，“你今日去哪儿了？我方才怎么没瞧见你？”

他身上的旃檀香气好像更浓了一些。

惜翠觉得他或许是在自己的身边安插了人手。为了验证自己的猜想，惜翠低下头，故意犹豫了一瞬，声音疲倦地道：“没什么，只是去表嫂那儿说了会儿话。”说完，她便半敛着眼眸，等着他的反应。

卫檀生原本有一下没一下地抚摩着她的发丝，闻言，果然顿了顿。

“是吗？”卫檀生笑道，“我倒没想到你和表嫂的关系这么好了。”

青年的掌心温热，落在发梢，却激起一阵寒意，那股寒意渐渐蔓延，将她的整颗心牢牢地包裹了起来。惜翠道：“表嫂人很好，我很喜欢她。”

落在发上的手不知不觉间滑落，一路往下。他抱着她，轻轻一提，将她放在了梳妆台上。青年俯身，呼吸有些急促，冰冷的吻落在她的唇角。

惜翠闭上眼，默默地环抱住他。卫檀生松开她，与她的额头相抵。

月色朦胧，屋里安静得只剩下喘息声。惜翠被提着腰从梳妆台上放下来后，扯住了卫檀生的衣袖：“卫檀生。”

他愣了愣，回身看着她，似乎在等着她接下来的话。

惜翠喘匀了气，平静地说："我今天没有去表嫂那儿。"

面前的人显然怔住了，放柔了嗓音问："那你为何要骗我？"

惜翠平静地反问道："那你为什么要派人监视我？"

他目光沉静，眼中清楚地映出她的模样，半晌才开口问："你都发现了？"

惜翠没有回答，屋里的气氛一时陷入僵持。最后，卫檀生轻轻叹了口气，缓缓开口道："翠翠，你很聪明。"

惜翠："所以，你为什么要派人跟着我？我问你，卫良是不是你的人？"

眼见被她拆穿，他也不尴尬，反倒欣然点头，大方地承认道："他确实是我的人。"

看她不再言语，卫檀生主动问道："翠翠，你在生气吗？"接着放柔嗓音道，"抱歉，对你做了这种事，这都是因为我很害怕。"他露出一抹苦笑，道，"翠翠，我很害怕你生气，怕你离开我。"

"我没有生气。"惜翠道，"连朔那件事确实是我做得不对。但我和他之间没有发生过任何事。"

"翠翠，"青年主动打断了她，唇角噙着笑意道，"旧事重提，没有任何意义。我没有怪你的意思，你不要再说了。"

惜翠看了他一眼，没从他的脸上看出任何异样。卫檀生若想隐藏自己的情绪，向来能藏得很好。她坚定地道："我不会离开你的。"

"你信誓旦旦地说出不会离开我这种话，是从何而来的自信？"青年捧起她的手，在她的手背上落下一个吻，嗓音微颤，笑道，"不瞒你说，我如今很害怕你再骗我。"

惜翠沉默不语，握紧他的手。

"翠翠，既然你已经发现了，那么能否告诉我那处别院究竟是怎么一回事？"

"我很累，"惜翠对上他的视线，毫不闪躲，"所以想去那儿歇息一会儿。"

"是吗？"他的声音听不出来是相信还是不信。

他将她拥入怀中，在她的额头上印下一吻。

"我明白了！你若想去便去吧，无须藏着掖着了，以后，我不会再派人盯着你了。"

天刚刚亮，屋外的雾气未散，朦朦胧胧的。

卫檀生看了眼睡在里侧的女人。她还没醒，眉头微蹙。

他抬手替她抚平眉间的褶皱，坐在床头静静地思索了一番，之后才不紧不慢地起床穿衣。

他起得很早，每日照例是要去礼佛的，那是从小跟着卫老夫人培养出来的习惯，还俗之后也没有一天落下。不过今天他没有去家中的那间小佛堂，而是换了个方向，去了府上的小花园。

卫檀生刚踏入小花园，远远地就看见两个小小的身影蹲在一块平坦的空地上打娇惜。一个脸蛋圆圆的，扎着小辫，一个玉雪可爱，梳着双髻，正是喜儿和书桃。

这个年纪的孩子大多精力充沛，喜儿好不容易找到玩伴，每天像火烧屁股一样，早早地就从床上一跃而起，嚷着要找书桃一起玩。

卫檀生刚走过去，两个孩子见了，赶忙乖巧地行礼。

“三叔父。”

卫檀生莞尔：“喜儿与书桃在做什么？”

“在打娇惜。”喜儿抢着开口，将手中的小鞭子塞到卫檀生的手里，“三叔父要不要和我们一起玩？”

话是这么说，但对于卫檀生会不会参与他们的活动，喜儿其实没抱多大的希望。他爹娘平日里都忙，每次他想和爹娘一块儿玩的时候，爹娘总把他交给丫鬟。府上的这些大人里，只有三叔母愿意和他们一起蹲在地上玩。

没想到三叔父看了鞭子一眼，微微一笑，竟一口应承下来：“好。”

小小的园子里，俊逸的青年蹲下身，当真和两个孩子一起甩着鞭子打起了娇惜。

在他的手下，那小小的陀螺转个不停。

日头渐高，阳光照在人的身上，几人出了一身的汗。卫檀生见状，招呼他们去休息。

不过半个时辰，喜儿就喜欢上了三叔父。三叔父长得好看，又不像其他大人那般无趣，打娇惜又玩得好，就连书桃也要卫檀生抱。

卫檀生也不嫌麻烦，一手抱着一个，一手牵着一个，三人一起到园中的小亭中坐下。

“喜儿与书桃可玩得开心？”

“开心。”小姑娘抿起唇，羞涩地笑了笑，性子和黄氏如出一辙。

休息时，两个小儿围着他，兴致勃勃地听这位三叔父说些奇闻异事。说到一半，卫檀生突然停了下来，放柔了嗓音，问道："对了，三叔父这儿有一件事想要交给你们去办，喜儿、书桃，你们愿不愿意帮三叔父一个忙？"

见长辈要自己帮忙，喜儿顿时来了精神，忙不迭地应下了。

卫檀生招招手，示意他们凑过来。这架势，使得两个小孩更加好奇、激动了。

半晌之后，卫檀生拍了拍二人的发顶，莞尔道："可都记住了？"

喜儿用力地点点头，拍着胸脯保证道："都记住了，将这件事交给我和书桃，三叔父只管放心！"

"好。"卫檀生又拍了拍二人的脊背，道，"如此一来，三叔父就放心了。你们可歇息得差不多了？若是差不多了，就继续去园子里玩吧。"

快到午时，有丫鬟过来找人，卫檀生才与他们分别。

喜儿被丫鬟拉走了，走之前还没忘朝这位三叔父眨眼睛，高声道："三叔父放心，喜儿一定不会叫三叔父失望的。"

卫檀生微微一笑，煞有介事地行了一礼："既然如此，那便多多麻烦喜儿郎君了。"

等两个孩子都被带走后，卫檀生出了园子，回到了院里。屋内空荡荡的，唯有水晶帘被风吹起时发出的细微响声。卫檀生叫来一个丫鬟，问："夫人呢？"

丫鬟恭敬地道："夫人似乎是去了嫂夫人那儿。"

得到这个答案，卫檀生不甚在意地道："你去吩咐卫良，叫他套上车等我。"接着他就缓缓走进了内室。

他出来时换了件干净的衣裳，凌乱的发丝也都被梳整齐了，脑后系着莲花发带，莲花在乌发间静静地绽放。

卫良早已吃了午饭，得了吩咐，告别了家中的婆娘和孩子，套好车在府门前等着。看见卫檀生，他赶紧低头上前行礼。

卫檀生："起来吧。"青年的声音温和，但落在卫良的耳朵里，让他有些发怵。毕竟在见过那样的画面之后，只要是个正常人，都会忍不住害怕。

想到这几日所见，卫良忍不住打了一个寒战，却不敢让面前的人看出来。他站起身，尽量稳住声音询问道："郎君，今日还去那儿吗？"那个地方，卫良可不敢再去了。

"还去那儿，"卫檀生颔首，微笑道，"麻烦你了。"

卫良心中叫苦不迭，却不敢流露出任何异色，只道："为郎君做事，哪里麻烦？郎君这话，可要折煞老奴了。”

他要驾车去的地方不是什么龙潭虎穴，只是京中一户普通的人家。至少，从外面看是一户普通的人家，位于一条僻静的小巷里。唯一不同的地方在于，这间小院里没住人，卫檀生在数年前买下了这儿，当作平日里修行起居的地方。

卫檀生虽然还了俗，但每隔一段时日便会来这儿闭关参禅，休息几天。

小院内不大，只有几间房，撇开起居吃饭用的房间不提，其中一间是个佛堂，里面供奉了一尊佛像，四周点燃了一排排的蜡烛，用来照明。屋里除了一张春凳，并无他物。最近这几天，郎君为小院购置了不少物什，有床、凳，也有女人的衣裙。

下了车，卫良瞧见卫檀生进了佛堂。卫良回去将马车停好，就在佛堂前守着。如今还不是闭关的时候，郎君只是进去礼佛，应该不会在这儿待很长时间。

只是，人一旦没事可干，就难免会多想。卫良望着那间门户紧闭的佛堂，皱了皱眉。他前些日子来这儿时没那么畏惧，但不知道为什么，这段时间过来，这佛堂里就不断有臭气飘出来。郎君在里面烧了檀香，厚重的檀香裹着恶臭，闻着更加令人作呕。

昨天晚上，卫良大着胆子往里面看了一眼，借着四壁昏黄的烛光，隐约看见佛堂里摆了副棺材。

哪有在佛堂里摆棺材的？他联想到这段时日以来莫名的恶臭，心下浮现的念头让他悚然一惊。郎君他……他该不会……？

佛堂中安安静静的，卫良越想越觉得坐立难安。他没忍住，蹑手蹑脚地走到门前，透过门缝，想要再看清楚一些。或许，昨晚是他看错了。

门缝里透出了光，卫良的一颗心提到嗓子眼。他扒着门缝细细地瞧，却还是看不清屋里的模样。

卫良心中害怕，只瞧了一会儿就觉得口干舌燥。他想着看也看不出个所以然，还是放弃吧。正当他准备收回身子的那一刹那，门忽然被人从里面打开了。他整个人压在门板上，身体来不及往回收，脚下踉跄，一个倒栽葱摔进了佛堂。

他一抬眼，总算瞧见了整间佛堂的模样。在那佛堂的角落里确实摆了副漆黑的棺材，而棺材旁……

车夫瞪大了眼。下一秒，一片布料挡在了他的面前。他顺着布料往上一看，自家那个样貌俊美的三郎君正站在他的面前，静静地望着他。

“卫良。”他开口，嗓音如风拂过松涛，清朗却冷漠。

卫檀生如玉的脸颊上映着摇曳不定的烛火，神情辨不分明。

这几天惜翠一直待在府上没有走动，只是隔两天就去京郊的那处别院里待上一段时间。卫檀生这阵子也不怎么回来。

她和卫檀生虽然都各自答应了对方，心里却清楚他们都对对方抱有怀疑，谁也不信谁。在府上的这几天，她差人去了趟顾小秋那儿，得到他无恙的消息之后，心神微微一松。她还是要早些去见顾小秋一面，将这情节完成，之后才能做正事。不过保险起见，她还是要从别院那边过去。

等到中午，惜翠拿了件衣服，吩咐仆役雇一辆最常见的车，从农田那头的小路上绕回去。

那别院的仆役帮忙雇的车果然不甚起眼。京城繁华，车来车往，马车驶入街巷，一路上碰到了不少一模一样的。

马车在京城里绕了两圈，终于在顾小秋所住的那处别院前停下。惜翠在车上将衣服换好，稍微打乱了发髻，让几缕头发垂下来挡在脸侧，这才登上石级敲了敲门。

她等了一会儿，门终于开了。开门的人穿着件青色的长袍，面容干净清秀，正是顾小秋。顾小秋似乎没想到站在门外的会是个女人，不由得愣了愣。但很快，他好像想起了什么，看了她一眼，默默地侧身让出一条路来，将她迎进了院子里。

看到那张和吴盛一模一样的脸，惜翠松了口气。提着裙摆进门前，她没忘记回头看一眼。这别院选在一处僻静的小巷中，周围没有什么人。

等进了屋，青年安静地给惜翠倒了杯茶。她接过茶杯才发现自己的手心里已经渗出了汗。

惜翠本以为这个话头要自己来起，没想到顾小秋主动开了口：“是……吴娘子？”

惜翠：“你记得我？”

顾小秋：“当日多谢娘子出手为我解围，娘子之恩，小秋不敢忘。”

实际上回去之后，他向陶文龙旁敲侧击地问出了她的名姓。

现在想起来，顾小秋也略感疑惑。明明此前从未见过，为什么他总感觉好像在哪里见过惜翠，心里甚至怀有一种莫名的亲近感？这种亲近感与爱慕之情无关，更像是亲人之间的脉脉温情，令他不自觉地想要靠近、接触她。

顾小秋心中困惑，面上却不显。以他的身份，若说起亲人之间的温情，未免可笑。这吴娘子是吏部吴郎中的掌上明珠，又嫁给了诗礼簪缨的卫家，他不过是一个贫贱的戏子，从何谈起这亲人之间的温情？倘若他说出去，只怕会被认为是趋炎附势、攀龙附凤之辈。

想到这儿，顾小秋不由得抬眸看了惜翠一眼。

他是被娘捡来的。娘含辛茹苦将他抚养成人，救命之恩与养育之恩，他无以为报。娘的病情日渐加重，只堪堪吊着一口气，他现在实在是太缺钱了，不然也不会同意别人包下自己。住进这别院时他早已做好了准备，万万没想到包下自己的人是吴娘子。

他有些好奇，吴娘子嫁给了京城的卫三郎。若论风姿，卫家三郎更胜他一筹，她为何要特地包下他？

但这些顾小秋绝不会放到明面上来问。吴娘子此前帮过他一次，她若是想要他，他必会尽心尽力地侍奉她。

在喝了几杯茶，简单地叙了些话之后，顾小秋问："娘子可用过午膳了？"

惜翠："未曾。"

顾小秋："既然如此，不如在这儿用些吧？娘子喜欢吃什么？不喜欢吃什么？"

惜翠："你做？"

顾小秋："娘子大恩，我无以为报，如今也只能做些羹汤侍奉娘子了。"说着，他又问了一遍，"不知娘子可有什么偏好和忌口？"

听到这话，惜翠第一反应是摇头："我没什么忌口，不用这么麻烦。"

但顾小秋的态度温顺而坚决，惜翠不想在这上面多费口舌，便随便说了几个菜。

顾小秋一愣，看着她的目光一变再变。这些菜大多是家常菜，做起来也不费什么功夫。再想到京中有关她心胸狭窄、难伺候的传言，顾小秋不禁皱起了眉头。传言不可信，吴娘子待人处事温和体贴，明显是极好的。

只是如此一来，他就更加困惑了，为何像吴娘子这般的人会特地包下他？顾小秋想来想去，找不到头绪，索性抛下这些念头，打算起身去做饭。

"对了，"见顾小秋专注地看着自己，惜翠不好意思地补充了一句，"我不吃南瓜。"

面前的青年怔了一瞬，突然笑了，笑容很浅也很含蓄："原来娘子不吃南瓜吗？正巧，我也不爱吃南瓜。"

惜翠只当这是他为了跟自己拉近距离而说的假话，没有放在心上。但顾小秋确实不爱吃南瓜，尤其是那种烧得软塌塌的南瓜。

顾小秋一边从水缸中舀水，一边沉默地想，自己与吴娘子倒是有诸多相似之处。

水缸中映出的人影面容清秀。顾小秋握着水瓢的手顿了顿，他蓦地发现他的容貌似乎也和吴娘子有几分相似之处，眼睛的形状更是酷肖吴娘子。但他毕竟是男子，即便常年扮旦角，五官的线条还是比惜翠的硬朗几分。可能他与吴娘子之间当真有些缘分吧！

顾小秋摇摇头，收敛心神，舀了瓢水去淘米。

他动作也快，几个菜很快就被端上了桌。

他的厨艺不错，正好惜翠也有点饿了。菜被端上来后，二人都没有说话，低头吃饭。

吃完饭，有仆役帮忙收拾了碗筷，屋里又只剩下她和顾小秋了。

顾小秋："床铺已经整理好了，娘子可要去小憩一会儿？"

惜翠微微一怔。而面前的青年或许将她的愣神当作了默认，竟然开始动手解自己的衣襟。惜翠猛地回过神来，皱起眉，拦住他道："你等等。"

顾小秋抬眼看着她，轻声问："可是我有什么地方让娘子不满意？"

惜翠："我不是这个意思。"

"那娘子有何用意不妨直说，不论什么吩咐，我都会照做。"

原著里，"吴惜翠"包下顾小秋确实有别的意思，但惜翠不好多解释，只能委婉地道："我今日没什么想法，你不要急。"眼看青年动了动唇，想说些什么，惜翠打断了他，摇头道，"这不关你的事，你很好。但我这几日只想找人陪我说些话，暂时没有别的想法。"

顾小秋想问什么，最终还是没问出口，只是拢上了自己的衣襟："原来如此，是我误会了。娘子若是想找人说话，小秋随时奉陪，只望娘子不要嫌弃我。"

意识到自己的话或许使面前的青年难受了，惜翠想了想，舒展了眉头道："不如你给我唱一段吧？唱什么都无妨。"

她说什么，顾小秋就做什么，当真给她唱了一段。他一开嗓，周身的气质顿时一变，一抬眼一低眉，有着说不清道不明的万种风情。

屋外暖日和风，莺啼燕舞。帘栊未卷，淡淡的花香直入屋内，伴随着戏词缓缓流淌，时光也好似被拉得极长极慢。

接下来的一段时间，惜翠常常在顾小秋那儿听他唱戏。但顾小秋心中还是有些不安，中间还有一次自荐枕席。在被惜翠含蓄而坚决地拒绝后，顾小秋似乎终于明白了她的意思，再为她唱起戏来时十分尽心尽力。

顾小秋虽然向惜翠自荐过枕席，但这不过是他拿不定主意时的权宜之计。看惜翠确实没这个意思，他倒是松了口气。他是个真正的男人，喜欢的是女人，也曾经默默地期盼着能有个温婉美丽的妻子。但为了求生，经年累月下来，他对床上那些事已经产生了抗拒心理。

而吴娘子……他对她没有别的想法，只有依赖，更像是把她当长姐了。

惜翠则没想太多。她和顾小秋接触了几次，接下来只要再按照书中所写的那样在他那儿住两日，这段情节就算结束了。

对此，惜翠特地找到了卫杨氏，说是想念爹娘，想回家小住两日。卫杨氏欣然应允道："你才出阁没多久，思念双亲也是人之常情，去吧，娘不拦你。"

惜翠低声道谢。

卫杨氏同意了，惜翠只需要回去向卫檀生知会一声便行，只不过卫檀生没有卫杨氏那般好应付。

"你要回去？"青年目光微讶，笑道，"若我未记错的话，翠翠，这吴郎中与吴夫人并非你的生父生母，你怎么好端端的想要回去？"

惜翠斟酌着说："是……吴娘子寻我。"

"吴娘子寻你何事？"

"或许是为了我身上那件事。"惜翠道，"至于其中的情况，我也不甚清楚。总之，这几日我要回去一趟。"她说这话并非完全骗他，高骞确实准备同她一起上门致歉。

卫檀生其实不太赞同她向吴水江夫妇坦承这件事，但也没拦着她。他温声问："可要我陪你一起？"

惜翠拒绝了："还是让我自己解决吧。这事本不该牵涉到你。"

"翠翠，"卫檀生凝视她片刻，笑道，"你我是夫妻，本为一体。"

惜翠摇头："但这次你若是去了，只怕更难收场。"

卫檀生看了她一会儿，终于没再坚持，而是唤她坐下，亲吻着她的发顶道："我答应你，不过你也要答应我一件事。过两日是十五，你陪我一起去京郊游船可好？"他软着嗓音道，"翠翠，我想同你一起去。"

"好。"她答应了。

惜翠打算带海棠一起回去，让珊瑚留下来打理屋子。听说惜翠要回去，海棠应下了：“婢子明白了，待会儿婢子就去收拾东西。”

“娘子，”海棠顿了顿，走到屋外看了一眼，见附近没人，谨慎地关上门，继续道，“顾小秋那儿您已有些日子没去了，他前几日托人来问过一次，娘子想要怎么做？是打发了他还是……？”

惜翠思索了一瞬，道：“你去告诉他，过两日我会去他那儿一趟。还有，下次不要直呼他的名字了。”

海棠看不起戏子，并不称呼顾小秋为郎君，常常直呼其名。惜翠不让她这么称呼，也不是计较她失礼，而是始终不太放心，只能尽量掩盖顾小秋的痕迹。

海棠顿时有些懊悔，忙行礼道歉：“是婢子忘了。”

二人说完，海棠将门打开，正好看见黄氏身边的丫鬟过来了，问她书桃与喜儿在不在这儿。提起这事，那丫鬟一脸无奈：“找了半天没看到人影，许是又躲哪里玩去了。我家夫人叫我过来问问，是不是在少夫人这儿？”

喜儿与书桃这两个皮猴经常躲起来捉弄人，一开始丫鬟婆子们还被吓了一跳，提心吊胆地满府去找，但这捉迷藏的次数多了，众人也就习以为常了。

海棠称没见过两个孩子，那丫鬟便福了福身子道：“不在少夫人这儿，恐怕就是在别处了。恕婢子失礼，婢子还要去别处找找看。”

又过了一会儿，卫杨氏差人叫惜翠去说话。

等众人都离开屋子了，屋里那楠木卷云纹架子床下才悄悄爬出两个小人，都憋得面色通红，一脸激动。

喜儿轻轻地推了推书桃，眉开眼笑道：“走，我们快去找三叔父！他拜托我俩的事，今日可算是办成啦！”

两个小人猫着腰偷偷地溜出了屋，兴高采烈地到了书房，扒着门，悄悄地伸着脑袋往里喊：“三叔父！”

书斋中的青年听到动静，一眼就在门口看见两个小脑袋。卫檀生搁下笔，目光微讶：“喜儿？书桃？”

二人这才煞有介事地整理着衣衫，一起走进了屋里。

“三叔父，”喜儿更大胆一些，往前迈出一步，小脸上有自得之色，“上次三叔父拜托我俩的事，我和书桃今日可算办成啦。”

“是吗？”卫檀生闻言蹲下身，笑着问，“那喜儿能不能告诉三叔父，你们听到了什么？”

自从上次三叔父将这事交给他们，已经过了十多天。每天，他俩都要抽些时间，偷偷进入三叔母的屋里。这是三叔父拜托他们做的事，他们定要好好做，叫三叔父另眼相看。

他们觉得自己不算小孩，已称得上是大人了。可惜这府上的人除了三叔父，从来没有人愿意听听他俩在想什么。前几天，他俩什么也没探听到。傍晚，他俩去回禀三叔父时，三叔父也没怪他们，反倒牵着他俩的手坐下，铺纸研墨，亲自和他们一起画地图，商讨要怎么躲开轮值换班的丫鬟们。

能坐下来和大人出谋划策，喜儿与书桃两个小人儿激动得要命。就算前几天未有结果，他们也毫不气馁，照样精神百倍。如今他俩总算探听到些有用的信息，焉能不高兴？当下就将刚刚听到的一切原原本本地复述了一遍。

卫檀生："顾小秋？"

喜儿点头道："是顾小秋，我听得很清楚，三叔父要是不信，可以问书桃。"

小姑娘跟着点头，嗓音清脆："确实是叫顾小秋，书桃应该没有听错。"

不知为何，在说出这话的同时，两个孩子都隐约感觉到，面前温柔可亲的三叔父就像变了个人一样，有些冷漠。但转瞬间，三叔父又弯下腰，挨个摸了摸二人的发顶，笑容如往常一样和煦，道："喜儿与书桃做得很好，三叔父要谢谢你们。你们可有什么想要的东西？告诉三叔父，回头三叔父叫人买给你们。"

喜儿眼睛都不眨："三叔父，喜儿想要时兴的磨喝乐。"

轮到书桃时，小姑娘面色羞怯地摇摇头，道："书桃没什么想要的。"

或许刚刚的冷意只是错觉吧，望着面前的这位三叔父，书桃懵懂地想。三叔父还是这么温柔，长得又好看，看着就让人想亲近。书桃最后没要东西。

送走两个小人儿之后，卫檀生叫来小厮，让他去买两个眼下时兴的磨喝乐和其他几样玩具、吃食，回头一并送过去。

回到书桌前，卫檀生眼眸低垂，默默地想着刚刚听到的名字。

顾小秋。

这个名字卫檀生并不陌生。

卫杨氏平日里没什么爱好，只爱听戏。卫檀生的记忆力素来比旁人好许多，这些京中稍微有些名气的戏子，他都有些印象。

卫檀生略一思索，脑海中便浮现出一个男旦的形象，两条墨眉高高地挑起，眼尾含着抹红，婉约的风情中含着抹俏。

卫杨氏找惜翠，是要谈惜翠这次回吴府的相关事宜。

“翠娘，你既嫁入了我们卫家，便是我们卫家妇了。”卫杨氏慈爱地看着她道，“能娶你为妻是檀奴之幸，我们卫家能得你这么一个儿媳，也是我卫家之幸。”卫杨氏夸赞了几句之后，接下来的话都是一个意思，暗示惜翠在吴水江面前，要多多帮衬婆家。

惜翠欣然地道：“翠娘省得。我嫁给檀奴后，便在心底将自己当作卫家人了。能嫁给檀奴为妻，做阿翁与阿姑的儿媳，是翠娘的幸事。”

卫杨氏见她是个懂事的，便满意地微微颔首：“难为你有这份心。”说着说着，话题又回到了惜翠和卫檀生的身上。惜翠嫁到卫家不过几个月，卫杨氏对她和卫檀生的夫妻生活十分关心，想要尽快抱个孙子，让卫家添些子嗣。

“这几日，檀奴可有与你行房？”卫杨氏拉着惜翠悄声问。

惜翠犹豫了一会儿，表现出一抹恰到好处的羞涩，没出声，只点了点头。

卫杨氏脸上顿时露出笑容，拉着她的手紧了紧，显得更亲昵了，转头吩咐在身旁伺候的嬷嬷将自己屋里那桃木多宝槅上的小柜拿出来。

卫杨氏摸出把铜钥匙，将其插入锁眼轻轻一旋，锁得严严实实的柜门被打开了，露出个已有些泛黄的画册。卫杨氏将画册拿出来，悄声嘱咐惜翠：“这画册你拿回去，晚上和檀奴一起看，照画上的做，到时候定能生个麟儿。”

惜翠不用看也知道画册里面是什么内容。

卫杨氏将画册轻轻塞到她的手里，二人又叙了些闲话，卫杨氏这才吩咐丫鬟送惜翠回去。

隔了两日，海棠替惜翠收拾好行装，准备回吴府。

惜翠回去当日，卫檀生起得很早。他一大早便已梳洗妥当，坐在床侧梳弄着她额际散乱的发丝，喊她起床。

“翠翠。”他俯身道。

惜翠费力地睁开眼，对上青年温和的眼。

“快些起来，今日你不是要回吴府吗？”

惜翠含糊地应了一声，揉了揉睡了一晚上有些发涨的额头，披衣起床。

刚睁眼时惜翠没留意，意识回笼之后隐隐感觉到卫檀生今天好像有些变化。具体哪里有变化，她却看不出来。惜翠才睡醒，没什么精神，并未多在意。

收拾妥当之后，她登上了停在府门前的马车。卫檀生亲自帮她打起了车帘，道："翠翠，我会想你的。"他微笑道，"早些回来。莫要忘记你我之间的约定。"

说起来有些抱歉，她一时间竟没想到卫檀生指的是什么约定。

似乎捕捉到了她脸上微小的情绪变化，卫檀生不厌其烦地提示道："这月十五。"

"京郊游船是吗？"惜翠这才有了印象，道，"我记住了。"看着卫檀生，惜翠抿唇，又加上一句，"我不会忘的。"

他也望着她，笑道："那便好。"

只是马车都已准备好出发了，卫檀生却迟迟没有将帘子放下。他不动，车夫碍于他在，也不敢启动马车。

"翠翠，"青年蓦地又问了一句，"你可发现我今日有何变化？"

变化？闻言，惜翠认真地将他从头到脚打量了一遍，还是没看出来有什么特殊的地方。惜翠虽然看不出来，但也不会直接说出口，思忖了一会儿，选择了一个保守的答案："今早我见你确实有些变化，但要问我具体是哪里，"她摇头，"抱歉，我没看出来。"

卫檀生袖中的手指紧了紧，佛珠轻响。

"没看出来也无妨。"青年放下车帘，按下心头翻腾着的思绪道，"去吧，翠翠，我等你回来。"

马车渐行渐远，直至看不见后，卫檀生才回到屋里。

往日二人同住的屋子里空荡荡的，春风穿堂而过，掀起床上的帷帐，纱幔翻飞。

卫檀生竟觉得有些冷寂。

望着室内，他唇角常含着的一抹笑意不知何时隐去了。

山上时光悠长，他早已经习惯了独处。当初他面对的并非眼前柔美的纱幔，而是昏暗冰冷的生着青苔的岩壁。更甚者，他曾在白骨前趺坐修行。在那些年日日夜夜的苦修中，陪伴着他的唯有冰冷的山风和豺狼夜间的嚎叫。这些他都未觉有什么，唯独今日。

卫檀生拾起地上被风吹落的佛经，重新搁到桌上，对着镜子坐下。

他今日打扮了一番。

女为悦己者容，他却是为了惜翠特地梳妆打扮了一番。他在衣襟、袖口处熏了些香，眉略描了描，头发特地拢作一束，垂在胸前，样貌濯濯如春日柳，清雅若高山玉。

海外传来的琉璃镜将人照得清晰，镜中的青年气韵高洁。卫檀生静静地看着镜子，渐渐地，镜中的人影幻化为另一副模样。

他涂得白白的脸，高挑的眉，微扬的红色眼尾，柔情中藏着些男人的俊。他再一眨眼，那张脸一晃，又化为另一副俊朗模样。

有光影在镜前摇摇晃晃，跌跌撞撞，狂舞不休，狂笑不止，还有人在耳畔尖叫。

卫檀生眸光一凛，几乎克制不住情绪，心头嗔怒乍现。

桌上的琉璃镜掉在地上，霎时间摔得粉碎。他弯腰去捡，镜中映着无数张扭曲的人脸，映着无数个他，眼歪嘴斜，形容丑陋。

卫檀生不禁一怔，镜中无数个扭曲的人脸也一怔。

他看得几乎有些痴了。

那才是他，那多像他。

原来如此。

他生得这般丑陋，无怪乎她会那么做，毕竟她最爱俊美的皮囊，他却生得貌如修罗。

他是那样丑。

鸦羽样的眼睫垂下，卫檀生挽起衣袖，徒手捡起地上碎裂的镜片。锋利的碎片割破了掌心，他却毫无所觉，像个在收集珍宝的稚童，一片一片地把镜片捡起来。

地上散落的人脸都是他的。他得耐心地将镜片拾起来，拾起他的脸。

利刃深入掌心，血滴滴答答地落在镜子上，他面前掠过红的花、黑的荆条和无底的深渊，耳畔的尖叫声愈加大了，伴随着念经声，好似化作了缕缕檀香，钻入他的耳中、鼻中、四肢百骸。

“翠翠……”卫檀生呢喃着，悲悯又居高临下地，对着并无他人的居室问道，“你要我拿你如何是好？”

回答他的，唯有一缕淹没在唇齿间的春风。

马车到了吴府，吴氏夫妻俩早早就得了信，正在府内等着，吴怀翡则陪同在一旁伺候。

惜翠被下人引着向夫妻俩行了礼，又同吴怀翡目光相交，示意了一番，才各自坐下。

吴水江与吴冯氏的精神头看起来不错。

惜翠这次回来，也是特地赶在吴水江休沐的日子。

吴冯氏看着惜翠，埋怨似的道："怎么又瘦了？"

吴惜翠身体不好，下巴尖尖的，怎么看都是个福薄的长相。吴冯氏怎么看都不满意，马上吩咐丫鬟们去准备几个惜翠平日里爱吃的菜，要好好地给惜翠补一补。

惜翠笑了笑，没有多说什么。

和吴冯氏不同，吴水江看惜翠则客观理智许多，问了些卫家的事，又教导她道："你阿翁是个为人一丝不苟的，在朝中素来有些直名，"吴水江叮嘱道，"翠娘你在家中任性便罢了，如今既为卫家妇，切记，定要好好侍奉公婆，莫要将小性子一并带到卫家，叫别人看了我们吴府的笑话。"

两个女儿里，吴水江其实更偏爱亲女儿吴怀翡一些，这多少是因为吴怀翡与他更相像。

对小女儿，吴水江不是不爱，只是她这骄纵跋扈的性格让他有些操心。逮着机会，他自然要好好敲打她。

吴冯氏不满地道："翠娘好不容易才回家一趟，好端端的，你说这些做什么？"

吴水江："我不教导她，难不成还像你这般溺爱？我教导翠娘也是为她好，免得你将她宠得晕头转向，让她不知天高地厚。别人家到底是别人家，她若是犯了什么错，可没人再替她兜着了。"

吴怀翡见状，唇侧抿出个浅浅的弧度："翠娘聪慧，如今嫁了人，性子也沉稳了许多，想来这些道理她都懂，定不会叫爹娘费心。"

吴水江看了一眼吴怀翡。要是翠娘能有玉娘一半懂事，他就放心了。但他知道这个小女儿的性格，这话，只能在心里说说。

翠娘也算嫁了个不错的人家，看样子和那卫三郎的感情也不错。如今，吴水江和吴冯氏最忧心的便是吴怀翡的婚事。

按理说，吴怀翡为长姐，惜翠本不应该嫁在她之前，不过吴怀翡是在惜翠与卫檀生说亲时才认回来。当时惜翠与卫檀生的亲事都已经筹备了大半，眼看着吉期在即，也不好再拖延更改。毕竟谁也没想到吴家还能与当年走散的女儿相认。事出有因，惜翠嫁在吴怀翡之前，也不算违礼。

面对这个失而复得的女儿，夫妻二人自是疼惜无比的，想要把最好的东西补偿给吴怀翡，碰上婚事这种关乎后半生的大事，是丝毫不敢疏忽。

吴怀翡样貌美，性格好，一手医术颇为精妙，同京中不少权贵有交情，尤其受安阳侯夫人的喜爱。她认祖归宗后摇身一变成了吏部郎中吴水江的长女，身价水涨船高。那些有结亲意向的人家不知凡几。吴冯氏挑了又挑，总不太满意。吴冯氏曾试探过吴怀翡的口风，吴怀翡倒不是很在意，说这几年不愿成亲，只想在双亲膝前尽孝，以弥补这些年的缺失。

女儿孝顺，吴冯氏高兴归高兴，却不能由着她。

于是惜翠这一次回府，吴冯氏便委婉地提点她，叫她帮忙探探吴怀翡的口风，如果有合适的人家，也帮大姊相看相看。惜翠嘴上答应，心里却没怎么在意。她看过小说，知道吴怀翡日后肯定会嫁给高骞。吴怀翡不仅嫁得好，而且日子会过得比其他姑娘好上许多。但这话她不好和吴冯氏说，只能答应下来，说会帮姐姐留意。

吴冯氏笑道："嫁到卫家后，你确实沉稳了许多。如此一来，娘也就放心了。"

在吴冯氏的授意下，晚上，惜翠来到吴怀翡所住的琼苑里。

吴怀翡见到她有些吃惊："这么晚了，翠娘你来这儿可有什么事？"说完屏退了丫鬟，招呼惜翠坐下，替她倒了杯茶。

"可是为了……"吴怀翡犹豫地问，"那桩事而来？"

惜翠谢过吴怀翡的茶，如实相告："是娘叫我过来的。"

吴怀翡更吃惊了："娘让你来做什么？"

惜翠道："是为了你的婚事。"

听闻这话，吴怀翡顿时有些尴尬，脸红着道："这……抱歉，麻烦你今晚特地跑一趟了。"

吴冯氏在为她的婚事着急，吴怀翡也是知道的。想到这儿，她心中不免有些低落。她不愿嫁人，或者说，不愿嫁给一个自己不爱的人。

目光落在惜翠的脸上，吴怀翡有些恍惚，这是高娘子……

吴怀翡望着高娘子，眼前好像浮现出一个高大的身影。她心头一乱，忙低下头，不敢再看，生怕将情绪暴露在惜翠的面前，随后无奈地苦笑道："还是要麻烦高娘子回头告诉娘一声，我暂时还不想嫁人。"

别人的选择，惜翠并不想过多干预，点头表示自己明白了。

吴怀翡感激地说："多谢。"

吴怀翡没想到自己如今倒是羡慕起高娘子来了，不禁轻叹一声。她回想起当初在空山寺里的时光，这才反应过来，高娘子一直都对卫檀生有意。

恍惚间，吴怀翡好像看到了那天晚上沉默地跟在自己和卫檀生身后的少女。

当时，卫檀生见吴怀翡受伤，当机立断将她抱了起来，使她尴尬得不知所措。而高娘子浑身狼狈，一瘸一拐，一言不发。那个时候，吴怀翡将高娘子误认为高骞，手足无措间忐忑地回头看了一眼，正好看见高娘子的袖间有血珠滑落，顺着指尖往下，落在草尖儿上。

那时，卫檀生看都没看高娘子一眼。

当时，高娘子在想什么呢？她可曾感到难过？她又是如何坚持下来的？

如今，高娘子与卫郎君也算得上是守得云开见月明了，吴怀翡心想。

吴怀翡不愿多想自己心上的那个人，也不愿在自己的婚事上多说，沉默片刻后主动换了个话题，问道："翠娘的事……娘子可想好了要怎么做？"

吴怀翡提到的是惜翠比较头痛的一点。吴水江与吴冯氏待惜翠越好，占据了别人闺女的身体的事，惜翠就越难以说出口。惜翠握紧了茶杯，道："我也不知道。"

吴怀翡反倒安慰她："爹娘的年纪有些大了，此事急不得，还是慢慢来吧。"

到了晚些时候，吴怀翡吩咐丫鬟提着灯笼将惜翠送了回去。

第二天，惜翠将吴怀翡的意思原原本本地告诉了吴冯氏。

吴冯氏并不意外，有些发愁："玉娘和我们之间毕竟缺了这么多年的时光，她性子静，想得多，亏我还是个做娘的，如今已经猜不透女儿的心思了。"吴冯氏叹息道，"你大姊那儿，得要你多多留意了。"

从吴冯氏那儿回来后，惜翠静心等待高骞上门。

"高遗玉"与高骞的生母去得早，父亲和大哥又不怎么管事，与"高遗玉"关系疏远。故而高骞又当爹又当妈，自觉要肩负起对她的责任，无论如何都要跟她一起，陪着她成长。眼下也是如此。

吴怀翡知道高骞究竟在想什么。这段时间他一直忙着发展自己的势力，确保自己有足够的实力与能力之后，才打算向吴氏夫妇俩说明缘由并赔礼道歉。

"高遗玉"童年失散与她临死前他未能赴约这两件事重重地压在他的心上，"妹妹"两个字几乎已成了他的执念。将妹妹带回来，小心呵护，更成了他执念中的执念。

不过惜翠一直等到中午也没等到高骞的消息。到了下午，有人传信过来，说高骞不会来了，他昨晚领兵巡逻的时候不慎受了伤。

吴怀翡面色一变，奈何信中只交代了他受伤这件事，没交代他伤势如何。

“也不知道高郎君眼下究竟怎么样了？”吴怀翡下意识地喃喃地道，神情焦急。

她无意中一瞥，却对上惜翠的目光，先是一怔，随后慌忙低头藏住脸上的焦急之色，眼中的担心却无法掩饰。惜翠假装没有看见，给吴怀翡留了调整情绪的空间。

惜翠走到桌前，拿起桌上的笔，道：“不如送信去问一问。”

吴怀翡迟疑了一瞬：“能向谁询问？”

惜翠已经不是“高遗玉”了，而吴怀翡和高骞之间也毫无干系，她们能借什么名目过问？

惜翠：“不是问高府上的人，而是问褚六郎。”褚乐心如果得了消息，肯定会赶到高府探望。

吴怀翡有些犹豫。但她确实担心高骞的伤势，想来想去，只有这个办法可行。她便坐了下来，提笔给褚乐心写信。

到了隔日午时她才收到褚乐心的回信，说高骞已没什么大碍了，只是还要卧床静养几天，叫她们二人无须担心。

如此一来，惜翠坦白身份的事只能搁置下来。

在确认高骞并无大碍后，惜翠去了顾小秋所住的别院。仔细算来，她已经快十天没见过他了。

别院中的仆役认得她，见到她来，恭恭敬敬地将她迎了进来。

惜翠没见到顾小秋，问了才知道他今日去探望他的母亲了，还没回来。惜翠等了一会儿，才见到顾小秋面色疲倦地进了屋。

一见到她，他愣了一瞬，脸上的疲倦之色化为一抹浅浅的笑意：“吴娘子。”顾小秋的笑意是发自真心的。

娘亲的病情日益加重，他也早早地做好了心理准备。只是他每次去探望时，感情都由不得人。看着病床上形容枯槁的女人，他难受之余又觉得十分疲惫。

若娘亲去世了，这世上便真的只剩下他一人了。

生父和生母，顾小秋无意相认。他们当初抛弃了他和姐姐，这一辈子，他与他们之间都不会再有任何关系。

姐姐？他确实有个姐姐。娘曾告诉他，捡到他时他身旁还有个女婴。只是娘实在穷苦，无力养育两个孩子，便只抱走了他。后来娘亲辗转找到了他的生父、生母，却还是没有他那个姐姐的消息。那时正值寒冬腊月，姐姐恐怕不是被冻死了，就是被野兽叼去了吧。

顾小秋未曾怪过娘亲，娘把他抚养大，他已十分感激了。至于那个未曾谋面的姐姐，他只有在夜晚才会偶尔梦见。梦里有个模糊的影子，是小女孩的模样，笑着称呼他为“小秋”，拉着他一起走过大街小巷。

顾小秋再一看到面前的女人，那股疲倦感不知为何散去了不少，心头难得放晴。他收敛心神，歉疚地说：“抱歉，叫娘子久等了。”

惜翠踌躇着道：“也不是很久。”

惜翠知道他的心情不好，想安慰两句，但思前想后也不知道该说什么。她嘴笨，而且这世上从来就没什么所谓的感同身受，只好作罢，给他一个安静的空间。

顾小秋刚回来，身上带着药味儿，生怕将病气过给她，行了一礼，下去梳洗。临走前他说：“我刚刚吩咐厨房做饭了，待会儿娘子可先用饭。”

等顾小秋梳洗完毕出来，却看见了明显没被动过的一桌子菜。惜翠正凭窗望月。

顾小秋吩咐仆役将小桌移到窗前，走到惜翠的身旁问：“娘子怎么不用饭？”

惜翠回头看是他，说道：“我不习惯一个人提前用饭。”

她没有骗他，而且不饿，用不着一个人提前吃。如果她提前用了，到时候顾小秋就得吃她的剩菜了。

顾小秋一时说不上来是什么感受，只觉着心头翻起一阵久违的暖意，道：“今日十五，娘子若不嫌弃，可愿同小秋一起用膳？”

惜翠点头，隐约觉得自己忘了什么，但仔细一想，又想不起来。

菜色很简单，二人吃得很慢，没说什么话，任凭月色默默流淌。

顾小秋握紧了筷子，心想，这儿很像他想象中的家。一家人将桌子摆在院子里或是窗前，就着月色纳凉吃饭，平安喜乐，就足够了。

而在卫府，丫鬟缓缓地退出了屋子。

“郎君已经歇下了，勿要大声说话，惊扰郎君。”

丫鬟左右叮嘱了一番之后，几个小丫鬟悄悄地离去了。

月色照入帘栊，清辉满地。梳妆台前的琉璃镜已换成了另一面。

在鸾鸟纹的琉璃镜前正坐着个“女人”，“她”身着大红的织金上襦，雪白的裙，乌发披散着。从后看，“女人”的个子格外高挑，肩膀也比旁的女人宽一些。

镜中映出的人，两弯黛眉似春日远山，鼻梁高而挺直，唇上细细地搽了些口脂，丹唇皓齿。双眼的眼角微微下垂，如琉璃镜上的丹凤一般，顾盼之间，勾人心魄。

卫檀生身上紧贴着肌肤的衣裙上仿佛还残留着惜翠离去前的温度，就像她未曾失约陪在他的身侧，就像他紧紧地抱着她。

“翠翠……”

他仰起脸，露出下颌处硬朗的线条，脖颈上的喉结来回地滑动着。那双漆黑的眼中泛着水光，不知是欲望还是泪。

他重新打扮了一番，如今不丑了。他如今那般好看。

“翠翠。”他眼角微红地喃喃地道。

她会不会怜惜他？她究竟何时回来？

突如其来的惶惶不安如潮水般涌来，他几乎无法忍受。青年的眼睫一颤，通红的眼中滚出一滴泪，倨傲的神色中藏着深深的卑微。

用过晚膳后，顾小秋得知惜翠要在这儿留宿，并不惊讶。

别院中本就有特地为她安排的住处，每日都有人洒扫。将小桌撤去，他亲自送惜翠回房。

见惜翠没有叫他一同入睡的意思，顾小秋低声道：“若有什么事，娘子不妨叫我一声，我会在外间守着。”

惜翠停下脚步。

触碰到她的视线，顾小秋又低下了头，形容谦卑。

惜翠道：“我并未将你当下人，你也不需要在外面守着。”

顾小秋的所作所为让她有些无奈。别说她根本没把他当下人看待，就是她真的有这个意思，也绝不会同意他守在外面。屋外多了个男人守夜，她睡不安稳。

“时候不早了，你回去歇息吧。”惜翠道，“你平日要唱戏，熬夜对嗓子不好。”

顾小秋一直都无条件地听从她的安排，听她这么说，不敢违背她的意思，便提袖行了一礼：“是。”离去前，青年犹豫了一瞬，转头道，“多谢娘子。”至于谢什么，他没有说清楚，借着月色匆匆离去了。

等远离了惜翠的视线，顾小秋放慢了步子，慢慢地想，刚刚她的叮嘱竟让他有种瞧见了姐姐的错觉。他明明知晓那只是对方在客套，但仍有些恍惚。

他是喜欢吴娘子的，不过不是男人对女人的爱意。那清瘦的身影站在门前细细地叮嘱他的样子，恰好贴合了他脑海中勾勒出来的那个形象。

今日虽非中秋，但顾小秋抬头望着天际那轮圆月时却忍不住想，若是他那大姊还在人世该有多好，他们二人相依为命，他便不是孤身一人了。

少年时，他总想去找那位无缘的阿姊，等长大了，这个念头便被封存了起来。如今，它再度出现，而且格外鲜明，在他的心中蠢蠢欲动。

或许……他还是在恐惧娘亲不久之后将要离世吧。

顾小秋的眸色一黯。

惜翠回到屋里，突然想起来自己究竟忘记什么了。今天是十五，是卫檀生和她约定去京郊游船的日子，她忘记了。

惜翠顿时捂着脑袋，发出一声痛苦的呻吟，对自己的记性感到绝望。

这几天事太多，从顾小秋到吴氏夫妇，再到高骞受伤，一件一件累积起来，她竟然把和那“小变态”的约定忘在了脑后。只是都已经错过了，如今夜已深，她就算立刻赶回去，想来也为时已晚。

问题是，她现在要怎么补救？惜翠蹙眉，认真地思索起来。

以卫檀生的性格，也不知道她失约了，他会是什么反应。

仔细一想，她虽然要“攻略”卫檀生，可对卫檀生还是不够了解。她只留意过他爱吃什么，但对卫檀生旁的喜好一概不知。他一直都是一副优雅和蔼的模样，未曾对什么东西表达出强烈的好恶。她总不能准备……云片糕吧？那未免显得太没有诚意了。

惜翠的眉头蹙得更紧了些。不管怎么说，她还是要早些赶回去向他赔罪，至于拿什么赔礼，只能等日后再慢慢想了。

第二天一早，惜翠向顾小秋告别，先赶回吴府，再从吴府回到卫家。

一下车，惜翠立即直奔二人的住处。

“郎君可在里面？”中途，惜翠正好碰到个端着食盒的小丫鬟。

小丫鬟见是她，忙躬身行礼：“回少夫人，郎君正在屋里礼佛，婢子准备将食盒带过去。”

惜翠：“给我吧。”

惜翠接过食盒，小丫鬟不但没退下，还小心翼翼地望着她，一副欲言又止的模样。

“怎么了？”惜翠不明所以。

小丫鬟叹了口气：“不瞒少夫人，郎君不知为何从昨天到现在都没用饭。我们这些下人心中担忧，却不好逾矩多问。”小丫鬟的语气更加恭敬了，“如今少夫人回来了，婢子想让少夫人帮忙劝劝郎君，多少吃一点东西。”

卫檀生从昨天到现在都没吃东西？惜翠愣住了，难不成是因为自己？

“我知道了。”惜翠将那些乱七八糟的想法按下，道，“难为你有心，先下去吧，我会劝他用饭的。”

小丫鬟恭敬地退下。

惜翠提着食盒，站在门前，想到昨天是自己失约了，心中有些不安和内疚。

惜翠推门而入，没看见人。她拎着食盒走到里间，终于看见了一个熟悉的身影。青年光着脚，正趺坐在榻上禅定。他今日穿着随意，头发也没束，天气暖和了，胸前的衣襟松松垮垮的。

卫檀生好像没有察觉到她进来，又或许是知道她进来了却不出声，依旧垂着眼，静默得好像一尊白玉观音。

这情形像是回到了当初在空山寺里的时候。惜翠将食盒轻轻放在桌上，不去打扰他，沉默地守着。她一边等他从禅定中出来，一边在心中酝酿应对的说辞。

终于，那榻上的青年睁开了眼。他眼中格外清明，一眼就瞥见了她。

卫檀生瞧见她，脸上没有任何责怪之色，照常露出微笑：“翠翠，你回来了？”

卫檀生的反应使惜翠略感疑惑，她道：“我回来了。”她拎着食盒走到榻前坐下，“抱歉，我本来应该昨天回来的，昨天是十五，我不小心忘记了。你昨天……等了很久吗？”

卫檀生支起一条腿，换了个舒服些的姿势，发丝随着他的动作从肩头滑落。他摇头道：“也不是很久，我见你不曾回来，便猜到你恐怕是忘记了。”

惜翠抿了抿唇，再次为自己昨天失约一事表达了歉意：“抱歉，都是我的错。”

“偶尔忘记一两件事是人之常情，你无须道歉。”卫檀生不甚在意地道，末了，瞧见她手上的食盒，又问，“这是……？”

惜翠举起食盒：“我刚刚回来时碰见个小丫鬟，她说你从昨天到现在都没吃东西。”

卫檀生道："昨日我见你没回来，又想到这几日疏忽了佛理，便干脆斋戒了一日。"

惜翠松了一口气，揭开食盒问："那你现在要不要吃一点？"

卫檀生没立即答应，只是看着她，微笑着道："那翠翠陪我一起用一些好不好？"

其实她不怎么饿，但卫檀生这么说了，惜翠便点点头："好。"

食盒里只备了一副碗筷，惜翠叫守在外面的丫鬟添了一副。

惜翠将碗筷摆好，卫檀生已经手执筷子坐了下来。

照顾到他的口味，食盒里装的菜都是素菜，味道清淡。一碟鲜嫩的盐水菜心，一碟细笋，一碗素鲜什锦汤。

惜翠握着筷子，桌上的菜实在淡得有些难以入口。她看了一眼对面，卫檀生吃得慢条斯理的，看上去没什么不满意的。

卫檀生似乎发觉了什么，看了过来，搁下筷子温声问："可是菜色不合胃口？"

见这"小变态"丝毫没有计较她失约的事，还表现得这么体贴，惜翠更内疚了，抿唇摇头道："没什么，我只是不怎么饿。"

"是我没想到。"卫檀生道，"若你没胃口，便不要为了陪我再硬撑了。"

惜翠低头夹了一筷子细笋，道："我再吃两口。"

他的目光在她的发顶上停顿了一会儿。惜翠察觉出来了，却装作没有意识到。

用过饭，卫檀生又捧了卷佛经看，似乎没打算再提昨天晚上她失约这件事。

他明显不在意，而她一个人站在屋子里，确实够傻的。

她没事可干，也不知道要和卫檀生说些什么。忽然，她瞥见了床上露出一角的白，看上去好像是她的一条裙子。

但她的裙子怎么会在这儿？

惜翠走近一看才发现床上不只有一条裙子，她的那件大红的织金上襦也被丢在床上。

她本来想将衣服拿起来重新放到衣柜里，但手指在触及裙子前硬生生地顿住了。那条裙子上绣着一圈花鸟纹，而眼下，那花鸟纹上有一块白色的污迹。

惜翠不是什么都不懂，看见床上的这条裙子，稍微一联想就反应过来了，脸上瞬间烧了起来。偏偏在这个时候，她身后还传来了卫檀生温润的嗓音。

“翠翠？”

惜翠蓦然回神，赶紧将裙子往床里面塞了塞，装作什么都没发生。

她转身再看向卫檀生时，他似乎往床帐里面看了一眼，又似乎没有。他眼中含笑，问：“翠翠，你的脸怎么这样红？”

“可能是今天天气太热了。”惜翠故作镇静地道。

幸好卫檀生还没来得及继续问，屋外便来了个丫鬟求见。惜翠快步走到门前，与卫檀生不经意间擦肩而过，她的肩膀烫得像是有火在烧。

来人是孙氏身旁的丫鬟，请她过去。

床上的衣裳，惜翠问也不是，不问也不是。眼下孙氏请她过去，她还有些感激。

“你回去告诉大嫂，我这便过去。”

丫鬟走后，卫檀生问她：“你要去找大嫂？”

惜翠：“不知道大嫂找我有何事，我去去就来。”

惜翠简单收拾了一番，忙带着珊瑚去了孙氏的住处。

望着她离去，青年回到屋里，突然弯下腰，对着屋里小小的痰盂将刚刚吃下的饭菜尽数吐了出来。他吐得厉害，乌黑的发落在脸颊两侧，脊背高高地拱起，和当初瓢儿山上的那个瘦弱的男孩一模一样。

他再抬眼时，眼里蒙着层水汽，眼睛发亮，令人心惊，却看不出他在想些什么。

惜翠到的时候，孙氏似乎正忙得焦头烂额。

一瞧见她，孙氏赶快迎上前：“谢天谢地，翠娘，你可算回来了。若你再不回来，可要累死我了。”孙氏笑着拉她坐下。

惜翠：“大嫂找我过来，可是有什么事？”

孙氏：“还不是为了娘的生辰？”

后天就是卫杨氏的生辰了，阖府上下都在忙，尤其是孙氏。孙氏隐隐感觉出来卫杨氏对她不再像以往那般亲热，想要借着这次机会，使出浑身解数，重新讨得卫杨氏的欢心。

孙氏忙不过来，惜翠又赶在这个时候回了吴府，因此孙氏见到她就如同见到了救星一样。

卫杨氏的生辰不适合大肆操办，只在卫府摆宴席。这一次纪表哥一家也在，如何热闹又不失节俭地庆生，让孙氏格外犯难。好在卫杨氏喜欢听戏，前几日，孙氏刚订下一个戏班，想着到那天开心开心。

惜翠："是哪个戏班？"

孙氏不甚在意地道："是畅春班，我本想请喜云班的，不过檀奴说娘亲更爱听畅春班的戏，便请了这个戏班。"

惜翠闻言，袖中的手指收紧了些。

畅春班，顾小秋便是畅春班的。

卫檀生发现了顾小秋？他究竟是什么意思？一时间，惜翠心乱如麻。

就连孙氏都发觉了她的心不在焉，不禁问道："翠娘？"

"我没事，只是刚刚有些头晕。"惜翠勉强地答道，"大嫂，我们继续说吧。"

惜翠告诉自己，眼下还不能确定卫檀生有没有发现顾小秋，不好轻举妄动，说不定这只是巧合。毕竟顾小秋所在的畅春班在京中确实有不小的名气，卫杨氏爱听畅春班的戏也并非不可能。

孙氏忙问："头晕？可是累了？是不是因为你刚赶回来，我便把你叫到这儿来了？"

再看她面色苍白，孙氏也有些担心。惜翠的身子骨一向不是很好，万一她在自己这儿有个好歹，自己不好向卫檀生交代。孙氏可算是怕了卫檀生，不敢让惜翠有任何闪失。虽然惜翠说没事，但孙氏还是扶着她躺下歇息，替她倒了杯水。

"生辰宴的事不急，你先休息会儿，明日我俩再商讨也不迟。"

现在惜翠确实没有那个心思处理这些事，捧着茶杯道："麻烦大嫂了。"

孙氏笑道："不麻烦，你的身子要紧。"

从孙氏那儿回去后，惜翠特地多留意了一下卫檀生脸上的细微的神情变化，却还是没看出什么异常。反倒是卫檀生，合上佛经问："为何总看我？可是我脸上有什么？"

惜翠移开视线："没什么，只是……"

"翠翠，"卫檀生突然打断她，走到她的面前轻声问，"我好看吗？"

他的声音有些缥缈，好像是从远远的天上传来的佛音。他微笑时，唇角扬起一个柔美的弧度，如同柔软的莲瓣缓缓地绽开，清雅中含着些绮丽。

惜翠真诚地道："好看。"这"小变态"生得确实好看。

青年顿时笑了，眉眼间洋溢着愉悦。他揽着她低声道："翠翠，日后我每一天都会这么好看。”

卫檀生的腹中已如火烧火燎一般，神色却丝毫未变。饥饿和痛苦使他清醒，也使他上瘾，使他追逐着片刻的欢愉。

行难行之事，忍难忍之情，或许有一天，他能因为这痛苦而超脱轮回，证得大道。但在此之前，他还要再好看一些。毕竟他面前的是个看重皮囊的女人，而他还要祈求着她的垂怜。

卫杨氏的生辰到了，孙氏与惜翠一大早就起来忙活。

在孙氏的帮助下，惜翠头一次操办这种事，倒也算游刃有余。幸好府上没请什么人，只是一家人热闹一下。

惜翠心里惦记着畅春班，生生地挨到了傍晚。

廊檐、门户上挂满了各式的羊角灯、球灯，彩色的琉璃分外清透，光全都落在刚刚搭建好的戏台上。下人们早就在花厅里摆好了几张桌子、凳子，等众人依次落了座，台上的戏也开演了。

因今日是卫杨氏的生辰，故而戏是由她来点的。卫杨氏点的戏是时下比较流行的《玉楼会》，讲的大致是女主角的丈夫上京赶考却杳无音信，传回乡里，乡人都误认为他病死在了路上。女主角也因此在家中被几个贪婪恶毒的宗亲欺凌。在绝望和悲痛中，女主角打起精神，与那些宗亲斗智斗勇，将孩子抚养长大，最终等到丈夫高中状元衣锦还乡，一家团聚，恶人得到惩罚。一出戏看得人神清气爽。

这会儿，台上演的正是“玉楼会·团圆”这一出，也是整台戏高潮的一段。

卫杨氏看得聚精会神。

台上那男旦，惜翠看也不是，不看也不是。思索再三，她还是面色平静地，犹如一个再寻常不过的普通观众一样，看着那男旦唱戏。

那是顾小秋。

相处的时日多了，就算他如今化了浓妆，她也能认出他。

唱到女主角妙娘与丈夫相会时，顾小秋水袖掩面，做羞涩的女儿情态，一举一动，远远看上去真的像个终于得见丈夫归家大喜过望的妻子。

丈夫忙走过去扶住妙娘。妙娘侧着脸，在水袖的遮掩下，那双眼无意间看向台下。

同惜翠的目光短暂地相接后，台上那秀丽温婉的妙娘神色如常地挪开了视线。

惜翠低下头。虽然她和顾小秋都认出了彼此，但这里绝不是相认的地方，只能装作陌生人。

她拿起个橘子正要剥皮的时候，一双手横插过来，拿走了她手上的橘子。

“我来吧。”卫檀生微微一笑，低下头去剥橘子。

橘子皮落下，他又耐心地一点一点地剥橘络。橘瓣破开，他的指上也沾了些汁水，泛着水光。二人中间渐渐弥漫起一阵微酸的橘子气息。

“给。”他将橘子递到了她的面前。

惜翠吃了一瓣，酸得直皱眉，随后将橘子搁在一旁，没有再动的打算，转而聚精会神地去看台上演着的戏。

卫檀生看向台上，又看向身旁正低声说笑的纪康平夫妻俩，眼神冷清。

卫杨氏看得高兴，吩咐下人们往戏台上丢赏钱，又笑着叫其他人点戏。惜翠和黄氏都推托了，孙氏推托不过，点了一出。

戏演到一半，卫檀生突然站起来向卫杨氏告罪，说是腿又痛了，想回去歇歇。卫杨氏听了赶紧道：“既然腿疼便赶紧回去歇歇，娘这儿也用不着你来作陪。”

卫檀生要走，惜翠自然也要跟着离开。她刚起身，卫檀生似是看见了她的动静，微笑道：“翠娘，你不用和我一起，还是替我待在这儿陪陪娘吧。”说完，也没等她回答，独自转身离去，消失在了夜色中。

周围操琴司鼓热热闹闹的，等惜翠回过神来时，孙氏正叫她坐下。

惜翠有意避开孙氏探究的目光，望向戏台。戏台上的女人一个旋身，水袖轻摇，望着惜翠的目光中隐含了些担忧。

等夜色渐深，卫杨氏有些乏了，叫停了戏，吩咐下人们再赏些钱，领着戏班子去吃些饭菜，今晚的生辰宴才算散了。

珊瑚打着个绛纱灯走在旁边，替惜翠照着回去的路。

惜翠走进院子，站在台阶前，能看见窗纸上映出的人影。

惜翠在台阶前停下步子。屋里的人听见了动静，声音传了出来。

“翠翠？”

惜翠拾级而上：“是我。”

珊瑚正要推门，青年好像看见了她的动作，清润的嗓音再度响起：“珊瑚，这儿不用你伺候，夜深了，你回去歇息吧。”

珊瑚下意识地看了惜翠一眼，惜翠道：“你回去吧。”

珊瑚这才退下。

惜翠犹豫了一瞬，刚推开门往里走，就突然跌入一个温暖的怀抱。卫檀生不知何时已守在门口，等她一进门，就将她抱了个满怀。

屋内点着灯，灯光微黄。惜翠愣愣地看着怀抱着她的青年，或者说“女人”。

“女人”皮肤白皙，眉形弯弯，眉色如轻烟，眼眸虽然如春水，却不显轻薄，发髻用一支金步摇绾起，脸颊旁的青丝又平添一分慵懒。

“她”穿了条大红的凤尾裙，青金色的上襦，裙摆在地毯上铺展游走，抱着惜翠走到榻上，这才俯身亲吻着惜翠的耳朵，问：“翠翠，我好看吗？”

惜翠彻底愣住了。她没有回答，卫檀生好像也不着急。

“你今日一直在看台上那陈妙娘。”他的指尖斜斜地擦过她的唇瓣，“你虽然掩饰得很好，但我都瞧见了。”

他都看见了。

他曾猜想那马奴并非唯一一个。只是惜翠留了心眼，对他不再像以往一样全无保留，瞒下了那个人的存在。

不过卫檀生不在意，觉得总有能找到那个人的办法。

他终于找到了那个人，那个叫顾小秋的戏子。

他给过她机会，一而再，再而三地给了她机会。但偏偏，他今日又瞧见了那个在不经意间交会的眼神。

卫檀生看着面前的女人，又想起了她当初说的爱。她临死前的告白惨烈至此，可为何她口中说着爱，眼里未见半分爱意？

他心中涌起了一阵难言的苦涩，舌根泛起了阵阵苦意。那疑似火烧身的诗此时再看，就像个笑话。

卫檀生笑道：“戏有那么好看吗？翠翠，你叫我一人在屋里好等。”他低下头，声音低而哑，“就如同十五那天一样。翠翠，你叫我好等。”

惜翠愣了好一会儿才慢慢找回自己的思绪，挣了一下，没有挣开。她望着卫檀生的模样，缓缓地意识到这几天卫檀生虽然没有提十五那天的事，但实际上一直耿耿于怀。惜翠喉咙干涩，问：“你怎么打扮成这么一副模样？”

卫檀生笑着反问：“可是不好看？那陈妙娘可有我好看？我见你似乎喜欢，便向娘告病提前回来了，就是为了打扮给你看。”青年蹭着她的脸颊，发上的金步摇来回地摇晃，“不好看吗？你不喜欢？”

“我不仅比台上那陈妙娘好看，还会唱戏。”青年笑道，“我唱给你听。”

“女人”红唇轻启，慢悠悠，摇摇晃晃地开始唱。

他唱的是《南柯记》中的选段。

“则为那汉宫春那人生打当，似咱这迤逗多娇粉面郎。用尽心儿想，用尽心儿想，瞑然沉睡倚纱窗。闲打忙，小宫鸦把咱叫的情悒怏。羞带酒，懒添香。则这恨天长，来暂借佳人锦瑟傍。无承望，酒盏儿擎着仔细端详。”

青年刻意模仿着女人的声音，偏偏自身的嗓音又沉郁醇厚，显得格外不伦不类。

卫檀生的眼睛眨也不眨地盯着她。同他艳丽的打扮不同，他唇上的笑意是带着些悲悯和超脱的，还含着些冷意。一颦一笑间，他就像一座正要爆发的活火山，看上去平静而美丽，内部却翻腾着能毁天灭地的熔岩，心中沉睡着一头冷酷无情的怪物。

现在，蛰伏着的怪物慢慢地苏醒了。

了善禅师降伏了卫檀生心中的魔，却杀不死它。卫檀生心中伺机而动的魔已经挣脱囚笼而出，似山洪般的欲望咆哮着奔腾而下。

他已坠入了三恶道。

蓦地，惜翠浑身发冷。眼前的卫檀生像是随时要爆发的火山，她进退不得。

“翠翠，你说《南柯记》这一段唱的是什么？”卫檀生温和地笑道，“这出戏讲的是淳于棼与琼英郡主、灵芝夫人、上真仙姑的故事。”

“翠翠，你说那淳于棼像不像你？”青年笑吟吟地问，涂了口脂的唇扬了起来。

“我……”惜翠深吸一口气，没有往后退，伸出双臂抱住了他，紧紧地抓着他的衣服。

青年的怀中有着极淡的檀香。

心知眼前的卫檀生招惹不得，惜翠稳下心神，缓缓地顺着他道：“我没有那个意思。我与他们之间没有发生过任何事。”

惜翠面上虽冷静，心跳却乱如雨点。倒是卫檀生的心跳声隔着胸膛传来，沉稳有力。二人的胸膛紧贴着，心跳声仿佛也慢慢地重叠。

卫檀生没有跟她说话，而是贴着她的耳畔唱《西厢记》。他一边唱一边信手去解她的衣襟。惜翠僵了一僵，顺从地放松了四肢，没有反抗。

女人的琵琶袖被高高地撸起，露出结实的小臂。卫檀生将她高高地举起来，掀起身下艳红的裙子，毫无怜惜之意。他唱完一句，笑意盈盈地吻着她的脸，仿佛做梦一般地问道：“翠翠，我好看吗？”又唱道，“如何？酒潮微晕笑生涡，待瞰着脸恣情的呜嘬，些儿个，翠偃了情波，润红蕉点，香生梅唾。”

陌生的感受猛地袭来，惜翠全身一颤，身上发软的同时又有些惊惧，想要推开他。

卫檀生不对劲，甚至比上一次还要不对劲。但他伸出的小臂结实而有力，牢牢地架着她，将她抵在墙上。她根本推不动。

“翠翠，你不喜欢吗？”卫檀生微笑着贴在她的唇上问。

他偏着头，发间的金镶红宝石步摇也随之一晃。他呼吸有些急促，却还是微笑着道：“我看你好似喜欢得紧。可还想听戏？我继续唱给你听。”他说完继续唱了起来，唱完又笑意嫣然地问，“你怎么不看我？”

卫檀生连日以来压抑在心中的嗔恚终于破笼而出。因为快感和痛楚，青年眼角泛红，眼睫被泪水打湿，脸上却依旧笑着。他满腔的怨恨无处宣泄，只能裹挟着情欲释放出来。

卫檀生低头看着惜翠，笑着继续唱道：“我这里软玉温香抱满怀。呀，阮肇到天台，春至人间花弄色。将柳腰款摆，花心轻拆，露滴牡丹开。”

想到戏台下的一幕，卫檀生眼眶发红。他心中恨恨地骂，眼泪却不自觉地往下落。

惜翠闭上眼，不敢继续看他。

“翠翠。”临到关头，卫檀生压紧了她，不让她挣脱。

察觉到卫檀生究竟想做什么之后，惜翠终于慌了，用力地推他：“不行……”她嗓音喑哑，一声比一声急，“这个不行……”

只是卫檀生的力气比她大许多，他像座铁塔，她推不动。他牢牢地按住了她，附在她的耳畔，如孩童梦呓般道：“翠翠，给我生个孩子。”

…………

在此之后，卫檀生一手压着她，另一只手搂着她，不让她有任何挣扎的机会，就这么紧紧地抱着她入睡。

惜翠倍感羞耻和难堪，但心中的认知很清晰。她不能怀孕，不能和这个世界建立太深厚的联系。

人非草木，孰能无情？她坚持了那么久，努力克制住自己的感情，不去多听，不去多看，也不去多想。

她快要撑不住了。

惜翠几乎想立即去喝避孕药，但碍于卫檀生，不好有所动作。她就算再迟钝也能看出卫檀生刚刚的精神状态极其不稳定，不敢再招惹他，只能硬生生地忍住。

惜翠想来想去，怎么都不得安生，等睡着的时候已经是后半夜了。

这一晚上，惜翠睡得极不安稳，朦胧中好像梦到了自己最害怕的场景。

卫檀生牵着一个小姑娘的手，二人一起站在前面冲她笑。她犹豫了一瞬，想要往前一步看个清楚，然而身后突然又传来一个女声。

“翠翠别玩手机了，过来吃饭了。”

惜翠一回头就看见妈妈正端着菜往桌上摆，爸爸拿了三副筷子。在灯光的照耀下，桌上的饭菜冒着热腾腾的白气，客厅的电视里传来综艺节目主持人夸张的笑声。

紧接着，她就醒了。

惜翠醒来的时候，天光微亮。她费力地睁开眼睛，隔着垂落的帐幔看到了一抹快要燃尽的烛光，再偏头看过去，卫檀生也已经醒了，正静静地看着她。对上她的视线后，他微笑着轻声说：“翠翠，早。”

昏黄的烛光下，他发丝凌乱，脸上的粉花了不少，唇上的口脂也晕了大半。他的眼里布满了血丝，整个人看起来疲倦不堪。他微笑时，一缕发丝垂落在脸侧，衣襟散开，颇有慵懒的意味。

看着他，惜翠想说些什么，一时半会又想不到说什么比较好。很快，她就说不出话来了。卫檀生贴着她的耳郭，侧身搂紧了她。惜翠的唇瓣颤了颤，脊背弯得像一张弓。

“翠翠……”卫檀生低声重复着昨天的话，“给我生个孩子吧。”

昨日的疯狂好像已化为过眼云烟，下了床，卫檀生神色如常地亲吻着惜翠的额头，走到梳妆台前给自己卸妆。他拆开凌乱的发髻，换回男人装扮，再也没提昨天晚上的事。

“昨天……”惜翠握紧双手，试探着道，“那件事我……”她觉得她可能需要再挣扎一下，解释自己和顾小秋的关系。

卫檀生却走到她的面前，弓身抚摸着她的脸颊，脸上带着常见的笑意，嗓音温和地道：“翠翠，我不需要解释。”

他一句话堵死了她所有的退路。

和前两次一样，卫檀生没给她解释的机会，有关连朔和顾小秋的事都不了了之。

惜翠知道这个时候在他的面前提这些没有用，只会越描越黑。她没有办法，只能暂时按下解释的想法，想等他情绪稳定后再和他好好谈一谈。

卫檀生似乎打定了主意想要个孩子，这次没有送上避子的汤药。与此同时，惜翠被卫檀生禁足了。

好在顾小秋那儿的情节暂时告一段落，她这段时间不需要再特地跑过去。

惜翠顺从地默许了卫檀生的所作所为，乖乖地待在府上，有时去找黄氏说会儿话，有时翻翻书，同时吩咐海棠多多留意顾小秋那儿的动静，免得顾小秋出事。

但关于怀孕这件事，惜翠还不想屈服，托海棠买来避孕药，自己偷偷地喝。所幸卫檀生这几天似乎在忙什么，她都顺利地把药喝了，不曾被他撞见。

听卫杨氏的意思，卫檀生好像有了出仕的打算。他虽然有腿疾，但此前是面见过官家的，颇受官家赏识，也有清名在身，做个闲散的官倒没什么困难。

对于卫檀生的决定，卫杨氏和卫宗林自是支持的。他们这个儿子天资聪颖，若真的有意在官场上打拼，真有可能搏出个结果来。

卫檀生每日早出晚归，惜翠早上帮他整理好衣衫，送他出门，白天随便找些事情干，到了晚上则提着盏绛纱灯立在门前，等他回来。恍惚中，她好像真的变成了一个等候丈夫归家的妻子，每天都过得平静而温馨。

不过惜翠心知肚明，这些都是在粉饰太平。连朔与顾小秋的事就是埋在二人中间的定时炸弹，不知道什么时候会爆炸，将人炸得粉身碎骨。

卫檀生到底不能将惜翠一直关在家里。

过了几日，或许是听戏还没听过瘾，卫杨氏便叫惜翠、孙氏和黄氏一起去空山寺听俗讲。

出发前，黄氏染上了风寒，头痛得厉害。纪康平急得团团转，立即找来大夫，守在一旁嘘寒问暖，伺候汤药。如此一来，黄氏是不能再和卫杨氏同行了，只剩下孙氏与惜翠作陪。

卫杨氏是空山寺的老香客，儿子又曾在寺庙中修行，一到空山寺，便被和尚们热情地接待了。

那知客僧还笑道："当日寂空所住的禅房，寺中还保留着，夫人可要去看看？"

一想到自己的儿子之前待在山上，死活不肯下来，卫杨氏便没了了解卫檀生在空山寺的生活的兴致，说："今日不去了，下次再过去看看吧。"

知客僧看她兴致缺缺的模样，便明智地不再多言。

惜翠跟在卫杨氏后面，沿着山道慢慢地看。这是她自从上次去世之后，第一次回到空山寺。

寺里没什么变化，只是修缮过一番，气势更加宏伟。至于慧如和行真那几个故人，她没有打听的机会。

惜翠想得开，能见到最好，见不到也不强求，她现在的身份不同往日，几人就算真的见面了，也没什么意义。

这回开讲的是个她没见过的陌生僧人，虽然年轻，但讲得十分流畅，言语平实幽默。台下人头攒动，众人聚精会神地听着。

孙氏和卫杨氏一样，喜欢听这些，听到精彩之处，止不住地笑，道："我看平日里就要多出来走走才好，整天闷着怪没意思的。"

卫杨氏颇为赞同，转头看着惜翠，面怀关切地道："翠娘，你平日里性子太静，也该多出来走动走动。多透透气对你这身子骨有好处。"

卫杨氏的教导，惜翠顺从地受了，道："多谢娘和大嫂挂心，翠娘明白了，日后定会多出屋走走。"

卫杨氏和孙氏婆媳俩你一言我一语地讨论俗讲中的情节，等到中午吃过斋饭，还是意犹未尽，想在寺中四处转转。

几人走了一圈，卫杨氏见惜翠面色苍白，加上意识到惜翠可能对这些不太感兴趣，便雇了一辆马车，差人将惜翠送回家。

惜翠现在这个身体也确实有些受不住，一上车便感到一阵倦意袭来，靠着车厢沉沉地睡了过去，直到被车厢外的动静吵醒。

马车行驶到一半，在一处暗巷中被人拦了下来。

马车是雇来的，车夫不是吴府的下人，眼见被四五个汉子围住，顿时心生惧意。

这几个人看上去虽然身形不是格外健壮，但目光锐利、气质冷漠。车夫走南闯北，见过的人不知凡几，一见眼前这几个汉子便知不好招惹，忙恭恭敬敬地问："各位好汉有什么事？"

他们没管车夫，径直看向他身后的车厢。

在车夫忐忑不安时，为首的一个汉子总算出声，不是对着车夫，而是朝着马车。汉子拱手行了一礼，言语也算有礼："吴娘子，我家主人想请娘子过去见一面。"

惜翠醒来后一直留意着车外的动静，问："你家主人是谁？"

“我家主人的名字不便详说，娘子只要知道我家主人姓鲁便够了。”

鲁深。

惜翠吃了一惊，只听到一个姓就明白了过来。想到当初鲁深的那句“我会来找你的”，惜翠伸手打起了车帘，看向车外。

车外站着的人比她想象中的还要多。目光落在那个看似是小头目的男人的身上，惜翠谨慎地回答道：“我知道了，但如今有事在身，不便去见。你回去告诉你家主人，另外约个时间吧。”

惜翠没想到鲁深会在这个时候找她，眼下这一箩筐的破事已经足够叫她头痛了，真是怕什么来什么。

那男人听了她的话，丝毫没有避让的意思，道：“实在抱歉，娘子的要求恕我等无法转达。我们来之前主人便再三嘱咐，一定要将娘子请过去。娘子若不来，到时候主人若是怪罪下来，我和弟兄们谁都承担不起。”

惜翠望向他，面前的几个人虽低下了头，但脚下像生了根一样，大有她不过去就不让开的意思。

马车如今停在暗巷中，他们是特地选在这个偏僻的地方拦住她的。这几个人站的位置看起来随意，但车夫已经落在了他们的控制范围之内。敌众我寡，看来今天鲁深非请她过去不可了。

惜翠问：“那你们主人可向你们说了会面的地点？”

男人回答道：“主人在雍硕楼中等着娘子。”

惜翠不动声色地估量了一番眼前的局势，放下车帘道：“罢了，你们带路吧。”

她只是担心鲁深会用她来要挟卫檀生。

上一次因为耿宣仁，她死得突然，这种事她完全不想经历第二次。

雍硕楼在京中有着不小的名气，酒楼中人来人往，楼下更有人搭台弹唱。鲁深将地点定在这儿，应该是没有在大庭广众之下，大白天掳个活人走的打算。

惜翠由人带领着走到二楼的一间包厢前。

她推门而入，一眼就看见了在里面等候良久的男人。

男人坐在窗前，正望向楼下的人流。听到动静，他转头看了过来，瞧见惜翠站在门口，斯文地笑了，道：“吴娘子，好久不见。”

听到他的这个称呼，惜翠没有立即进去，也没有答话。

男人不置可否地挑了挑眉，眉骨上的刀疤随之一动："进来吧。"

看惜翠还是没有动，他好像意识到了什么，道："你大可放心，我今日请你来没有别的用意。若你还是不放心，那便让这扇门开着吧。"

惜翠这才走进去，在鲁深身旁的座位上坐下。

鲁深应该并不相信她是"鲁飞"，这回找她过来，究竟是为了什么呢？

惜翠沉默地想，当初她自暴身份，也是情急之下不得已而为之。实际上她根本不愿再和鲁深这帮悍匪有任何牵扯。

他如果不相信她是"鲁飞"，她也不强求，正好能借今天的机会改个说法，免了日后的麻烦。

见她坐下，男人这才调整了坐姿，好整以暇地问："吴娘子可知晓我今日请娘子过来，所为何事？"

惜翠想了想，道："为了'鲁飞'。"

鲁深笑道："你当日不是自称老六吗？"

惜翠摇头轻声道："那是情急之下想出的办法。我不是'鲁飞'，骗了鲁郎君，很抱歉。"

对于惜翠的回答，鲁深并不意外。当日他乍一听得老六的消息，确实是有些失态。毕竟这女人说出来的那些事确实是只有他和老六才知道的秘密。但事后细细一想，鲁深又觉得荒谬，这世上哪里有这么玄妙的事？今日他找她过来，也是想要将这件事问清楚。

"你若不是老六，又是如何认出我的？"鲁深问，"你那天说的那些话又是什么意思？"

"不瞒郎君，我当日之所以能说出那番话，是因为……"惜翠低下头，道，"我曾经见过那位鲁郎君。"

饶是鲁深，听了她这话也不免一愣，随即收起脸上那虚伪客套的笑容问："你这话是什么意思？"

女人还是没有看他，绞紧了衣袖道："此事说来话长，不知鲁郎君有没有这个耐性听我说完？"

"你说。"

鲁深大马金刀地坐着，惜翠身形单薄，脸色苍白，被他这么一比，更显得纤弱。再加上她有意垂眸，露出一副胆怯畏缩的模样，更让人生不出什么防备和警惕的心理。不过鲁深为人谨慎，惜翠面对他也不敢掉以轻心。

“我幼时曾经随家父到地方上任，那地方潮湿偏僻，连年多雨，当时家父便请了人过来，打算将屋子好好修缮一番。也就是在那个时候，我碰上了那位鲁郎君。”

惜翠这么说，也不是信口胡诌。

她曾经想方设法地打听过瓢儿寨的消息，只听说是苍天有眼，突降一场山火，将瓢儿寨烧了个干干净净，守在寨子里的土匪们救火不及，全都死在了火海里。剿匪大获全胜，卫宗林也因为那次剿匪有功，没多久便升迁去了别处。

她还记得，那天鲁深曾经问过卫檀生，那把火是不是他放的，这就意味着传言里的那把火是真的，卫檀生真的放火烧了瓢儿寨。

鲁深那个时候领兵在山下与卫宗林对峙，离山寨远，夏日的山火经风一吹，迅速蔓延，整个山寨恐怕都被烧成了一片焦土。鲁飞那具被烧焦的尸体估计也没人认得出来。而鲁深忙着对付卫宗林，想来也没有那个闲心在一堆焦土中找鲁飞的尸体。

惜翠一边说一边不动声色地观察鲁深的神色。他没打断她，只是眉头微蹙，想来已有几分相信了。

在她的记忆中，鲁飞确实会做些木瓦匠活儿，若是当初没死，流落到市井间，靠给别人做工为生倒也说得通。

“当时我年纪小，与鲁郎君相处得不错，他常同我说些他从前的事，还悄悄告诉我他本是个土匪，因官府剿匪才流落至此，叫我不要同家里人说。我当时还不相信，直到如今才知晓鲁郎君未曾骗我。”

鲁深没完全相信她的话，也没说不信，陆陆续续地又问了些问题，惜翠都一一回答了。她为什么会说青阳县的方言？是因为鲁飞曾经教过她。她为什么对这些鸡毛蒜皮的小事记得如此清楚？是因为她身体不好，小时候只能待在家里，由于羡慕鲁飞口中的那些经历，便一直记到了现在。

等她说完，鲁深沉默了半晌。

他确实没找到老六的尸骨。比起老六死在了那场火海中，他宁愿相信老六没死。当初卫檀生不过十岁的年纪，怎么杀得了老六？

鲁深不禁又看了惜翠一眼。他虽然不全相信，但就目前来看，这个解释挺合理的。

鲁深不开口，惜翠也不再说话。最终，悍勇的土匪开了口，暂时放过了她。

“这件事我自会去求证，希望吴娘子没有骗我。”鲁深笑道，“娘子是个聪明人，应该知道我们这种人都是亡命之徒，是在刀尖上生活的，早就将生死置之度外了。”

后半句话是赤裸裸的威胁。

没等惜翠再说什么，鲁深便结束了这次对话，吩咐人将她送了出去。

走出雍硕楼后，惜翠才发现自己的手心都有些汗湿了，不仅如此，头也有些晕。

车夫忙凑过来，小心问好。惜翠摆摆手，表示自己没事，打起车帘登上马车，回到了卫府。

她是吴水江的女儿，鲁深只是要报仇，不想到处给自己树立仇家。他刚刚那一席话也只是在敲打她，不代表真的会对她做什么。

惜翠回到府上时，卫檀生不在。她走了一整天，又遇上了鲁深，确实有些累了，回到屋里睡了一觉。

惜翠醒来时，刚睁眼就看见了一张秀美的脸。卫檀生不知何时回来了，正坐在床侧注视着她。惜翠撑着手坐起来，困倦地道：“你回来了。”

“翠翠，今日陪娘去空山寺后，你去了何处？”他往里面坐了一些，揽过她的肩问。

有关鲁深的事，惜翠没有打算瞒他，原原本本地全都告诉了他。

卫檀生扶着她的肩头，愣了几秒，脸上慢慢地浮现出一抹歉疚之色：“抱歉，翠翠，是我没保护好你。”

惜翠摇头：“这事和你无关。”

“下次不要再出去了。”青年好似思索了一会儿，安抚般地微微一笑，“这事我会解决，你不用操心。你只须待在府上便可，只要待在府上，就没有人能找到你。”

他害怕，害怕极了，怕高骞、鲁深、褚乐心、那马奴，还有那戏子。

将女人压在身下，卫檀生凝视着她依旧平静的容颜，忍不住想，她究竟还和多少人有过牵扯？

不过没关系了。青年指尖一动，缓缓地解开女人的衣襟，冷静地想，再过几日，他就能安排好一切，日后便不会像今日这般担心了。

但在此之前，他想要个孩子。

他们会有一个女儿，就如同纪康平一家那样。

他望着他们一家人，望着黄氏抱着书桃与纪康平牵着手站在一起，竟也会生出羡慕的情绪来。

“翠翠，你可知晓中阴身？”卫檀生一边理着她被汗湿的发，一边低头看着她莞尔道。

他锁骨和腰腹上的汗水滴在她的身上，惜翠手指一颤，绞紧了被褥，没有吭声。

“我听说，人死后，还未投胎时，都叫中阴身。每当男女交合之时，这些中阴身便守在一旁看着，等待着钻入母体，这是他们投胎的机会。”在床帐中，青年嗓音喑哑，一字一顿，“若是男者，于母生爱，于父生憎；若是女者，于父生爱，于母生憎。”

“翠翠，”青年吃力地喘息了一声，眼尾轻扬，色若春晓地笑道，“这些中阴身都在看着你我二人。你说，你我身旁到底立了多少中阴身？”

伴随着青年醇厚的嗓音，床幔被夜风吹着，高高地扬起，似乎有无数双眼睛正紧紧地盯着他们。

惜翠掐着被褥的手指收紧了一些，她被这诡异的画面弄得脊背上陡生一股寒意，不禁别过头去道：“别……别说了。”

卫檀生抚摩着她的发顶，凝视着她道：“翠翠，你可是在想象那些站在床侧或浮在半空，窥伺着我们的中阴身的模样？”

卫檀生不由得仰起棱角分明的侧脸，咬紧牙关，垂落在脸颊两侧的杏色发带不停地晃动。

床帐被风吹得更急，重重纱幔胡乱地摇曳狂舞。

水光濡湿了眼睫，卫檀生的面上泛起了病态的红晕。

胃中如火在烧，眼前隐隐有些发黑，他呼吸急促，身体欲倒未倒，只能凭意志勉强支撑着连日以来虚弱的身躯。

眼前一片模糊，他费力地望着她，势要将她一同拖入暗流涌动的旋涡中才肯罢休。

纱幔垂落下来，云雨方歇，卫檀生下床去洗漱。惜翠攥紧裙摆，靠在床前慢慢地想，这样下去不行。如果照现在这样发展下去，她不能保证不会中招。她必须要找个时间同卫檀生说清楚，不能再拖下去了。

这么想着，惜翠看向了那面素绢的屏风，等着卫檀生沐浴完。只是，惜翠等了半天他都没回来，不由得心生疑虑，走下了床。

她犹豫了一瞬，绕到了屏风后面。

烛光轻摇，木桶里还冒着些白雾，在重重雾气中，青年疲倦地仰头靠在桶壁上，微湿的乌发贴着酡红的脸颊。他紧闭着眼，眼睫上凝了些水珠，肩窝里也有水滴缓缓滑落。

“卫檀生？”惜翠试探性地喊了一声。

青年没任何动静。

惜翠心里一紧，慌忙弯腰去察看他的情况，他面色发红，整个人看上去有些像……

心中浮现的猜想让惜翠吃惊地睁大了眼，卫檀生现在这副模样看上去有些像因为缺氧昏了过去。但惜翠只听说过在北方的大澡堂里，人挤人的时候会缺氧，还没听说过有人在浴桶里泡澡时缺氧。

想到这儿，惜翠不敢耽搁，赶紧将手伸到他的鼻下。还好，他还有呼吸，看样子确实只是昏过去了。

眼见这人叫也叫不醒，推也推不醒，惜翠有几分担心，想要将他从浴桶中拉出来。

青年的手臂又湿又滑，他看着清瘦，但身上还是有些肌肉的。她一个人没办法将他从木桶里捞出来，只能去屋外喊人。

守在屋外的下人进屋后，看见泡在浴桶里的郎君，顿时纷纷呆住，有些不知所措。

惜翠催促其中一个小厮：“愣什么？快些去找大夫。”

郎君泡澡泡昏过去了，虽然有点丢人，但救人要紧。来不及多想，众人一通忙活，总算齐心协力地将卫三郎搬上了床。

马上就有人去回禀卫杨氏。没多时，卫杨氏几人听闻消息，全都赶了过来。

卫杨氏慌忙走过来，面色焦急，鬓发凌乱，看向躺在床上不省人事的儿子，问：“这是怎么了？好端端的，怎么昏过去了？”

惜翠刚帮卫檀生穿好衣服，眼下又帮他把被子盖好，让他不至于在大庭广众之下丢人，这才抬头看向卫杨氏，回答道：“方才檀奴在沐浴，儿等了一会儿，未见他出来，便走过去看了一眼，没想到看见他昏倒在了浴桶里。”

卫杨氏担心儿子，没多留意惜翠究竟在说什么，低下头去看卫檀生的情况。见他面色苍白，卫杨氏心中愈加着急，忙回头问：“大夫呢？大夫可请过来了？”

惜翠：“刚刚已差人去请了，想来这个时候也快到了。”

卫杨氏这才略松了口气，忍不住喃喃地问：“这好端端的，怎么就昏过去了？”

惜翠看着陷入被褥中的男人，眼神闪烁，说不上来是什么感受。

刚刚她帮他穿衣服的时候，清楚地看见了青年如玉的肌肤上互相交错的伤痕。有些是刚结痂的新伤，有些是旧伤，伤口都不深，但地方极其隐秘，不是在大腿根，就是在手臂内侧，甚至指尖也有些浅浅的伤疤。

惜翠没办法形容她看到这些狰狞的伤疤后的震惊，大脑中几乎只剩下一个疑问：卫檀生的身上哪里来的这么多伤？

未等惜翠细想，屋外便传来一阵纷乱的脚步声，一个丫鬟匆忙跑进来，气喘吁吁地说：“夫人，大夫请过来了。”

围着床的众人这才纷纷散去，给提着药箱、带了药童过来的大夫让出位置。惜翠也跟着站起来，候在一边。

这大夫姓刘，平日里常给达官贵人看病，和吴怀翡有些交情，与卫檀生有过几面之缘。来的路上，刘大夫已听说了卫檀生的情况，不敢耽搁，忙坐下来为他诊治。

卫杨氏焦急地守候在一旁等待结果，刘大夫细细地看了，也有些蒙。

刘大夫：“这……”

卫杨氏追问：“怎么了？”

刘大夫面露诧异，斟酌着说：“令郎没什么大碍，这次昏过去想来是因为体虚疲倦，饮食不节，气血乏源，以致心肝失养、元神失主。平日里，卫郎君可有好好用饭？”

这卫杨氏却不知道了，便看向惜翠。

这几天白天卫檀生基本上不和自己待在一块儿，他究竟有没有好好吃饭，惜翠也没有把握。

“檀奴整天待在书斋里，每日都有丫鬟将饭送过去。”惜翠言罢，将那送饭的丫鬟叫了过来。

丫鬟道：“婢子将饭送进去后，郎君便叫婢子退下了。婢子回去收食盒的时候，食盒里都已经空了。”

刘大夫看在眼里，也不多说什么。这些大户人家向来阴私多，其中究竟有什么蹊跷他不方便，也没兴趣知晓。他今天过来就是治病看人的，把病看好就是了。

见卫杨氏担忧，刘大夫安慰了几句：“夫人不必过度忧心，等会儿我便给令郎施针，再开个益气补血、温补肾阳的药方子。等令郎醒过来，按着药方子抓药，喝下去调理几日，想来便无大碍了。”

如此，卫杨氏总算舒了口气，惜翠忙扶住她。

大夫要施针，其他人纷纷退了出去。没想到惜翠要走时，刘大夫却看了她一眼：“这位可是少夫人？请少夫人过来一步，我有些话要同少夫人说。”

卫杨氏：“去吧，刘大夫若嘱咐了什么，你便照着医嘱去做，等檀奴醒过来，也好照顾他。”

惜翠应下，走到刘大夫面前。

刘大夫：“少夫人且恕我冒犯，夫人平日里与郎君行房的次数可多？”

毕竟是为了替卫檀生看病确诊，惜翠也没觉害羞，思索了片刻，如实道：“这段时间以来，每日都有一到两次。”

刘大夫先是惊讶了一番，面前这少女看着单薄纤弱，说起房事来倒没见任何羞涩之意。不过，他好歹是个大夫，病人家属能如实地回答，不遮遮掩掩，他也欣慰。

刘大夫捋着胡须，心里不免感叹年轻人就是有活力，又道：“这几日少夫人与郎君便不要行房了，郎君气虚，切忌房事，”刘大夫目含揶揄之色，微笑道，“我知晓你们新婚宴尔，但也要多多节制才是。”

惜翠一窘，本来没觉得什么，但对上大夫的目光，顿时觉得脸上有点烧。

刘大夫嘱咐完，便也让她出去了。

刘大夫施完针，卫杨氏叫人奉上茶水，请刘大夫坐下来喝茶歇息。

众人就这么坐着说了一会儿话，没多时，屋里便传来了动静，说是郎君醒了。众人进屋，围到一起去看。

卫檀生刚醒，正靠在床上，面色有些苍白，但面对刘大夫，脸上还是保持了一个恰到好处的、礼节性的微笑。

卫杨氏埋怨道：“你怎么就昏过去了？可吓坏娘了。”

卫檀生苦笑道：“抱歉，是儿不好，叫娘担心了。”

“刘大夫说你饮食不节，致使心肝失养，你这几日是怎么回事？丫鬟送过去的饭可有好好吃？”

卫杨氏本想继续叮嘱他，碍于刘大夫还在，不好多说，便把主场交还给了刘大夫，先听刘大夫要说些什么。

刘大夫：“这几日且吃些清淡的，慢慢调理脾胃……还有，你如今气虚，这段时间便不要行房了，平日里也要节制一二。”

到底是个男人，大庭广众之下被指出气虚，需克制房事，饶是卫檀生，唇角的笑容也不由得一僵。

惜翠看着这“小变态”笑容僵硬还要维持风度的模样，也有些好笑。

这“小变态”平日里总是一副轻描淡写、从容优雅的模样，当着这么多人的面吃瘪倒是头一回。

她的眼中露出笑意，被众人围住的青年似有所觉地看了过来。

被他当场抓获，惜翠坦荡地眨眨眼。

好在卫檀生反应快，望着刘大夫，镇静自若地笑道：“是，檀奴谨记大夫教诲。”

过了一会儿，刘大夫见他已无大碍，留下了药方，提着药箱向卫杨氏辞别，临行前不忘交代，若有什么事一定要派人过去请自己。

卫杨氏忙吩咐下人准备了些银钱，将刘大夫一路送到了府门口。

等到众人都走了，屋里只剩下了惜翠与卫檀生二人。

他光着身子昏倒在浴桶里，惜翠帮他穿衣服始终不大方便，他的衣裳有些凌乱，又因为他刚刚被施过针，更是散开了大半。

他苍白的面色中隐隐晕着抹潮红，头发还没干。惜翠担心他头痛，拿起一块毛巾帮他擦头发，青年颇为温顺乖巧。

惜翠一边帮他擦头发，一边低头看了眼他手腕上淡得几乎已经看不见的伤痕。

他肤色白，腕上青紫色的筋脉也能看得一清二楚。

“卫檀生，”惜翠问出了从刚才起一直压在心里的疑问，“你究竟多久没吃饭了？”

卫檀生抬眼微笑道：“为何这么问？”

“方才刘大夫说你饮食不节。”

“我这几日没什么胃口，”青年柔声道，“故而吃得少了些，叫你担心了。”

“那你身上的伤是怎么回事？”

卫檀生的目光很奇异，奇异中甚至透着些陌生。半晌，他莞尔问：“翠翠，你是在担心我吗？”

惜翠直接答道：“是，我是在担心你。”

卫檀生看着她，沉默了片刻，摇头笑道：“不过是些陈年旧伤罢了。”

他不愿意多提，惜翠没再问下去。

晚上，卫檀生吃的是山药补肾粥，这是惜翠自己熬的。她不和他一起吃，只坐在他面前看着他吃。他吃着吃着忽然想起了什么，搁下了勺子：“翠翠，你喂我可好？”

想到坐在对面的是个病人，惜翠同意了。青年眉眼弯弯，笑意盈盈，一勺接着一勺，将粥吃了个干干净净。

软糯的粥顺着喉咙流入胃中，滋养了连日来的辘辘饥肠，温暖而熨帖。卫檀生看着面前的少女，烛光在她的发间映出暖色的光晕，显得她的发丝柔软而蓬松，粉润的指甲也在一盏烛灯的照耀下泛着光。

这似乎便是世人眼中妻子的模样。

想到这儿，卫檀生略感茫然，但心中格外平静。

快了，就快了。

第八章　阿　难

郎君年纪轻轻就肾虚，以至于昏倒在浴桶里的消息传遍了整个卫府。

下人们虽不会在明面上说，其实私下难免还是要议论的，毕竟卫家三郎风姿这么好，一度是丫鬟们暗恋的对象。一时间，众人不禁扼腕叹息，甚至有些同情这位少夫人了。

处在舆论中心的卫檀生倒是没什么反应，脸皮够厚，笑容依旧从容温和。

喜儿和书桃听说三叔父病了，都跑过来探病。惜翠没什么能招待他俩的，叫珊瑚把那装糕点的匣子端了过来，准备了些糖糕。

她好不容易将二人哄走，一回屋便看见卫檀生正倚靠在榻上，矮几旁摆了个残留着些药渍的空碗。他模仿着两个孩子，撒娇似的轻轻说："翠翠，我也要吃糖。"见惜翠没什么反应，又微笑着补充了一句，"刘大夫开的药太苦了。"

这几天，卫檀生一直在利用他的病行方便，惜翠已经习惯了。虽然她在心里腹诽肾虚算什么病，但还是将剩下的糖糕递给了他。

青年低头就着她的手吃了，吃完却没放开她，而是抱住了她。

"翠翠。"

他的身体还很虚弱，倒是惜翠占据了主动权。

半合着眼，在心里做了些准备后，惜翠低下头吻他。

青年仰着头迎合，与她分开时面色潮红，湿漉漉的眼瞧着分外可怜。他呼吸不畅，显然力不从心。

看着这"小变态"的模样，惜翠没忍住，难得微笑起来。

“你还是先听大夫的吧。”

青年苦笑，长臂一伸，揽住了她，埋头在她的颈间轻轻地蹭。

“翠翠，等过几日，我带你去看一个东西，好不好？”

惜翠不禁问：“看什么？”

卫檀生笑着道：“过几日你便知晓了。”

惜翠点点头，没往心里去。

他的身体调理了几天之后，好转了不少，面色也不再像之前那样苍白。过了一段时间，等惜翠都快忘了这回事的时候，卫檀生却突然过来跟她说：“翠翠，和我一同出去吧。”

惜翠虽不明所以，但没有拒绝：“等我叫上海棠。”

卫檀生却拦住了她，笑道：“此番只有我和你，无须带上海棠。”

惜翠以为卫檀生是要带她去赴十五那日未赴之约，想着两个人一起约会或许能提升感情，便点头同意了。倒是卫檀生，吩咐两个家丁往马车上搬了不少箱箧。

等登上了马车，卫檀生才告诉她要带她去哪里：“去的是我在京郊的一处别院。”

他今天心情很好，笑容如春风般和煦，眼如琉璃般澄澈。他换上了一身柳黄色的衫子，秀发乌黑，眉眼弯弯。

惜翠看他高兴，主动问：“哪处别院？”

卫檀生唇角一弯：“我平日里常去礼佛的一间别院。翠翠，你也知晓，从前在空山寺时我每隔数月便会去石室里闭关一段时间。我虽然还了俗，但这习惯保留了下来。”

这事惜翠当然记得。她还记得当初她守在石室外等他出关，还帮他刮了胡子。结果没过多久，他便拿着止血药跑去找吴怀翡了，留她一个人在禅房里等着，完美地诠释了什么叫一个男配角的自我修养。

当时，在药坊门口，瞧见他与吴怀翡并肩而立，她确实尴尬得几欲落泪。这个时候她再想起那件事，心情比之前平静了许多。此时，她望向面前的青年，也能微笑道：“嗯，我还记得。”却只字不提药坊的事。

到现在，惜翠其实都不确定卫檀生究竟爱不爱她。自作多情了一次之后，如今她对待这份感情审慎了许多。就算她和他之间该发生的、不该发生的都发生了，惜翠还是不觉得那是爱。

她之前虽没正儿八经地谈过恋爱，但常帮别人解决恋爱烦恼，次数多了，经验也累积了不少。如果卫檀生真的对她有意，便不会在她问及他爱不爱她时微笑不答；也不会在察觉到她和连朔、顾小秋之间有关系后，不听她解释便原谅了她。他或许对她有好感，有占有欲，但远远没到爱的地步。

有时候惜翠甚至觉得，她对卫檀生而言，有点像溺水者抓住的另一个人。他不在乎她的感受，只想紧紧地把她攥在手里来拯救自己，就算会把她拖下水，也不会有任何愧疚之意。

这绝对不是爱。

马车在小院前停了下来，卫檀生先下车，接着来扶她。惜翠将手放在他的手心，借力一跃而下，进门前看了眼四周的环境。

小院坐落在一条再平常不过的小巷深处，只是这条巷子看上去没什么人居住。旁边的一户人家大门紧闭，门上贴的福字已经褪色成了白色，石级上也生出了不少苔藓。

小院里，无人打理的桐花开出了院墙，落了一地柔软的白色花瓣，花瓣被车轮碾过，陷在污淖中，竟惨白得像堆叠着的人脸。

惜翠看了一眼，收回视线，踏入了小院。

和外面安静得有些诡异的小巷不同，小院里倒有几分人气，两三个仆役正在院落里忙活。

惜翠一踏进院子就觉得不对劲，整个院子里浮动着特别浓重的檀香味，檀香味中夹杂着一股叫人难以忽略的臭气。这味道和她之前在卫檀生身上闻到过的一模一样。

惜翠不禁抬头看去。这里的人，包括卫檀生在内好像都没觉得有什么不对，脸上也没露出任何嫌恶的神色。

马车一在门前停下，便有人过来帮着将箱箧卸下来。

惜翠站着没有动，不知为何，突然有种不太舒服的感觉。

卫檀生踩着那一地的桐花，风姿翩然地往前走了两步，发现身后没有动静，回头看了她一眼，微笑道：“翠翠？”

她没有动，他便也不动了，温和且耐心地站在原地等她跟上来。

惜翠压下心头的不安，抬步走了过去。

“这一路过来，可是累了？”卫檀生走入正屋，体贴地问，“待会儿我吩咐厨房准备些吃的，你先用过再说。”

惜翠应了一声，不由得看向了另一间坐西朝东的屋子。檀香和臭味好像都是从那间屋里飘出来的。

察觉到她的视线，卫檀生解释道：“那是我平日里礼佛的佛堂。”

得到答案，惜翠收回了视线。

厨房那边动作很快，没多久，仆役就将饭菜端了上来。菜不多，但都很合惜翠的口味。

四周萦绕着的气味太浓烈，饭菜上好像都沾染了檀香和臭气，惜翠才吃了半碗饭就搁下了筷子。卫檀生看她没有胃口，便叫人将东西撤了下去。

惜翠看着男人从容镇定的模样，终于没有忍住，蹙眉问：“卫檀生，你将我带过来是为了看什么？”

卫檀生看着她温和地说：“我这便带你过去。”

他带她去的是佛堂。

他们越靠近佛堂，那股气味就越浓烈。而走在前面的青年步伐稳当，依旧是一副什么都没闻出来的从容模样。

他伸出手，在门前轻轻一推，“吱呀”一声，佛堂的门开了。

“进去吧。”他微笑着，自己却不先入内。

她跨过门槛之后，卫檀生才跟着她走了进来。

待看清里面的布置之后，惜翠愣在了原地。佛堂面积不大，墙壁上点着一排排蜡烛，烛火烧得正旺。

而她刚踏入佛堂，顿时就对上了一双巨大的眼。那双眼睛正俯视着她。

惜翠下意识地退了一步，正好撞上了后面坚实的胸膛。卫檀生扶住她的肩膀，低声问：“怎么了？”那双扶在她的肩膀上的手，凉得彻骨。

惜翠摇头，将目光放在那双巨大的眼睛上。

这个时候她才看清楚，这是一尊佛像的双眼。佛像的眉弯得像新月，眼睛细而长，耳垂宽大且厚，脸颊丰润，神情悲悯含笑。

佛像极其大，被嵌在墙壁中，几乎占据了整个墙面，莲台靠近地面，发髻几乎顶到了天花板。佛祖趺坐结印微笑，身姿倾斜，俯视来客，衣带也如同流云般逼真细腻，层层堆叠垂落。但在烛光的照耀下，悲天悯人的佛像好像马上就要压下来，将人压成一摊肉泥。

来不及多看这佛像，惜翠往下看去。佛像前整整齐齐地摆了三口漆黑的棺材。佛像看着的正是这三口棺材。

惜翠怔怔地回头看向卫檀生。

俊秀的青年依旧在笑，问："怎么了，翠翠？"他牵着她的手走到那三口棺材前，莞尔道，"翠翠，打开看看，这便是我今日要带你来看的东西。"

"卫檀生，"惜翠好半天才找到自己的嗓音，浑身冰冷地问，"这是什么？"

青年笑道："你打开看看便知道了。"

看惜翠没有动，他拖着她，将她带到其中一口棺材前。

这口棺材看上去比另外两口棺材普通一些。棺盖半掩着，露出一条缝隙。

卫檀生推开棺盖，将里面的东西展示给她看。里面躺着个人，似乎是个男人。为什么说似乎？因为里面的人已经腐烂不堪了。

惜翠就算在瓢儿山上见过不少尸体，瞧见这一幕，还是觉得大脑一空，刚刚吃下的饭菜在胃里不断地向上涌。她很想问身旁的青年这是怎么回事，但嗓子眼好像被什么东西堵住了，什么话也说不出来。

卫檀生神色如常，紧跟着又将第二口棺材打开。第二口棺材里装了些烧焦的骨头。

而第三口棺材中静静地躺着一具女性的白骨，上身着竖领藕色素面短袄，下身着薄绢白纱裙，裙间别着白玉麒麟玉佩，雪白的颅骨压着乌黑稀疏的发。

惜翠的眼睛睁大了。

卫檀生的声音在佛堂中响起，平静而温和："翠翠，那是你。"

这声音仿佛惊醒了她，她的第一反应就是拔腿往外跑！

但男人提前察觉了她的意图，长臂一伸，将她拉了回来，牢牢地压在棺材前。

那具人骨又撞入她的眼中，它正瞪着两个漆黑的窟窿死死地盯着她看。

而在她的头顶，巨大的佛像微笑着凝视着她。惜翠几欲作呕，看着卫檀生，就像从来没认识过他一般："卫……卫檀生？！"

"翠翠，你在害怕吗？"青年轻声说，面上似有不解，"这没什么可怕的。"

"我今日带你过来是为你好。"卫檀生莞尔，看她的目光就像那尊佛像一样，满是悲悯，"翠翠，和我一起学佛吧，就在这儿。"

"我想了很久。"在惜翠惊骇的目光中，卫檀生缓缓地说，"翠翠，你太放浪了。你看，那便是那个马奴。我知晓你平日里最爱这俊美的皮囊。"

"你瞧。"他松开她，走到门前将佛堂的门锁上，这才回到第一口棺材前道，"我必须让你明白这个佛理，容貌本为皮下白骨，无美丑妍媸之分。"

多少个日日夜夜，他就结跏趺坐，揣摩着经文，静静地想：容貌本为皮下白骨，色即是空，空即是色，诸行无常，是生灭法。

可惜她不懂这个道理。没关系，他教她便好。

“翠翠，与我一起学习佛理吧，和我一起……”卫檀生顿了顿，缓缓地笑着说，“成佛。”

这几日，他日思夜想，终于找到了解决的办法。想到这个办法后，他的心变得格外平静，他终于不再受贪嗔痴三毒的困扰了。

她是被那色身惑住了眼。

他不忍心她困于五蕴之苦，要度她，度她往彼岸去。

想到这儿，卫檀生垂眸轻轻道：“翠翠，我来教你，你且听我说。”

惜翠的胃里疯狂翻涌着，她看着面前的青年，看他缓缓地向自己走来，忍不住往后退。他左腿微跛，走得不快，仿佛步步生莲，慢慢逼近。

终于，她被他逼到了门前，重重地撞在了门板上。

“哐当”的声响在佛堂中炸开。

卫檀生朝她伸出了手，腕间的人骨佛珠撞出阵阵清音。

“汝从今日。修沙门法。沙门法者。应当静处敷尼师坛。结跏趺坐。齐整衣服。正身端坐……”

惜翠看着卫檀生，手在颤，心在疯狂地跳。她从来没有像今天这样深刻地意识到，面前的青年不是她印象中的那个温柔的男配角，更不是京中众人口口称赞的“小菩萨”，甚至说，根本不是人。

惜翠做梦也没想到这“小变态”会病态到这个地步。她努力压下心中翻涌着的感觉，嗓音干涩地问：“你杀了连朔？”

卫檀生终于停下了脚步：“翠翠，我答应过你，不会杀他。”

想到棺材里那正在腐败的尸体，惜翠闭了闭眼，尽量不让自己再去想。

“那……他怎么会在这儿？”

这个时候，惜翠也不知道自己怎么还能冷静地和他说话。

越紧张的时候，她反倒越冷静了。

卫檀生确实没有骗她，也不曾背弃自己的诺言。他的确没有杀连朔。

那马奴被他发现后，跪在他面前，将罪责全部推到惜翠身上，恳求他饶命。

“少夫人第一次找到奴的时候，奴本不愿意，想着哪里能做这种事？但少夫人是主子，奴不过是个下人，下人又怎么敢违抗主子的意思？这几日，奴日日煎熬，自觉对不起郎君，不知如何是好。”

连朔刚刚拿到自己的卖身契，也有了银钱，正是要大展拳脚的时候，怎么能眼睁睁地看着一条康庄大道出现在自己面前，转眼又消失得无影无踪？想来想去，他唯有对不起少夫人了。

他若是承认主动勾引了少夫人，哪里还有命可活？少夫人可不一样，郎君那么喜欢少夫人，他就算将责任都推到她身上，想来少夫人也不会有性命之忧，无非是与郎君和离罢了。

“他怕我怕得厉害，”卫檀生缓缓地说，“我还未做什么，这马奴便冲到了街心，叫一辆马车撞死了。”

青年说话时，嗓音清澈平静。和他的嗓音一样清澈的是他的目光，他平静地说着让人不寒而栗的话。

“后来，我便买了口棺材将他放到了这佛堂里。翠翠，这马奴在被我发现之后背叛了你，你还要替他说话，还要来责备我吗？”就像当年了善禅师发现了他私藏着的骨头后一样。

在放火烧了山寨后，他又回到了山上，捡了那土匪的两块被烧焦的骨头，收入了他平日放云片糕的匣子里。

他也不知道当初为何要这么做，明明他是厌恶那土匪的。

后来，他经常对着那两块骨头修习禅定，直到被了善禅师发现。

他还算恭敬有礼地对着了善禅师磕了几个头，以报答多年来的教化之恩，次日便还俗下了山。

卫檀生当真不觉得那有什么不妥之处，不过是几块骨头，为何叫人这么忌讳？明明每个人都是几块骨头，都会死。

惜翠一时无言。连朔死了，她固然愧疚，但无法指责卫檀生什么。她与连朔之间的感情还没深到让她去指责这“小变态”冷血无情。更何况，他确实没有杀连朔。

“翠翠。”卫檀生放柔了嗓音，再一次伸出手道，“我都是为你好，过来。”

卫檀生握住了她的手腕，微露讶异之色：“翠翠，你的手为何这么冰？”

惜翠：“卫檀生，你知不知道你现在在做什么？”

卫檀生：“此话何意？”

对上他的目光，惜翠瞬间明白过来，眼前的青年不懂什么是生，什么是死。在他的眼中，生死没有任何界限。就算对着一具正在腐败的尸体，他也不过冷眼看着，就像在看一朵花盛开。

他没有生死观。

本能让惜翠想要转身就跑，但理智告诉她不行，她要留下来。

好在之前在瓢儿山上的时候，她曾经见识过鲁深他们是如何杀人越货的，如今再面对这些，也不是不能接受。

只不过她的四肢还是发冷，她也不愿多看棺中的尸体一眼。

“翠翠，坐下。”青年弯眸道。

那尊巨大的佛像正借着昏黄的烛光凝视着二人，凝视着棺木中的白骨和血肉。

卫檀生的嗓音如皓月当空中落下的两三声鹤鸣，惜翠不愿看向棺材里面，便紧闭着眼。

卫檀生的唇轻轻擦着她的耳朵，与她的肌肤相贴。慢慢地，他吐字清晰地念着经文，一边念，一边用手指抚过他所说的部位，从左脚的大拇指节，到第二个脚趾，再到第五个脚趾、足趺、踝骨、胫骨、膝骨……

惜翠只觉着自己的牙齿打战得厉害，一闭上眼，好像又对上了那具女性的白骨。

那是她，是高遗玉。

卫檀生的声音仿佛化作某种尖叫声，在佛堂中肆无忌惮地狂笑穿行。那慈悲的巨大的佛像好像也跟着笑了起来。

他抱起她，一如之前在卫府中那样，将她放在自己的膝盖上，撒娇着问：“你看我可好看？”

他强硬地将匕首塞到她的手中：“翠翠，划开看看，看看我这副容貌之下的血肉，看看这脂肪、筋脉和白骨。”

他紧握着她的手，用了十成的力气，就要带着她往自己的脸上划！惜翠瞪大了眼，终于没忍住惊叫出声：“你疯了吗？”

卫檀生的手牢牢地禁锢着她的手，她挣脱不得。眼看刀锋就要深入肌肤了，惜翠拼尽全身的力气往一旁扭去！

刀锋斜斜地擦过他的眉梢，割开一道细细的伤口，血珠顺着伤口往下滑落。

血珠落到眉梢，青年弯唇露出一抹笑，眼睫一颤。血珠滚落在他的唇侧，将那唇瓣染得更红。

惜翠呼吸急促地高高举着匕首，刀锋上也有血正往下落，染红了正紧握着的二人的手。

滴滴答答的声响在寂静的佛堂中格外清晰。

卫檀生笑意未减，脸上的血不断地往下流。

“翠翠，”卫檀生抓住她的手腕贴在胸前，沾满了血的手又湿又滑，循循善诱般地说，“你既爱这马奴，又爱那戏子，我没有办法，只能出此下策。你这般聪明，定能很快学会此间的道理。”

似乎想到了什么，卫檀生又松开了她，低头去解自己的衣襟。衣服散落，露出白玉般紧实的腰腹与胸膛，他的胸前与脊背上皆是伤痕。

“当啷啷——”这是匕首落地的声响。

惜翠愣愣地看着他，一时间无法用言语来形容眼前这一幕带给自己的震撼。他背上的伤是当初在瓢儿山上留下的旧伤，丑陋地铺展着的疤痕宛如突破脊椎骨与血肉后伸展出的蝶翅。蝴蝶抖落了翅膀上的血沫与碎肉，在昏黄的佛堂中振翅欲飞。

“凡我身上的肌肉、骨骼、筋脉，你都可以剖开，细细地瞧。我与你，终会像阿难与那摩邓女一般，一同证得解脱。”

“卫檀生。”惜翠深吸一口气。

扪心自问，她害怕，怕得手都在止不住地抖。

从小到大，惜翠头一次这么害怕。但这个时候她害怕、挣扎、尖叫、质问和逃跑，除了强化矛盾，没有任何用。这“小变态”会变成现在这副模样，和她脱不了干系。她和他之间的误会，她必须解开。

惜翠看着衣襟散落的青年，仰头微笑。她的手还在抖，内心反倒镇定了下来。

“卫檀生，你听我说。”惜翠垂眸道，“我与连朔和顾小秋之间没有发生过任何事。”

惜翠伸出双手，凭借突如其来的勇气将他压在了棺材上。

他的脊背重重地撞上棺材，虚弱的身躯竟一时没来得及反应。

烛光映在佛像含笑的脸上，摇曳不止。

惜翠用沾满了鲜血的手捧起卫檀生鲜血淋漓的脸，俯身低头亲了下去。

“我爱你。

“我爱阿难眼，爱阿难鼻，爱阿难口，爱阿难耳，爱阿难声，爱阿难行步。

“我爱的只有你。”

惜翠曾经是喜欢卫檀生的。

当初躺在床上熬夜看小说的时候，她喜欢过、心疼过这个爱女主角而不得，最终选择放手的“小菩萨”卫三郎。

成为“鲁飞”之后，她同情过那时候狼狈不堪，身处逆境却依然坚韧的小男孩。

而成为高遗玉时，她也曾对那个年轻的风姿俊秀的僧人萌生出淡淡的好感。

人会对样貌好看又博学多才的异性产生好感，惜翠也不能免俗。她对卫檀生并非全无感情，只是这份感情远远没达到让她放弃家人的地步。

她早就过了想穿越到古代，谈一场轰轰烈烈的恋爱的年纪。她的家庭普普通通，称不上大富大贵，父母数年如一日地做着平淡乏味的工作。虽然一家人难免有争吵，但日子就在油盐酱醋中过去了，算得上幸福和睦。

惜翠按部就班地长大，没做过什么大事，也没闯过什么大祸。如果没这次穿越，她不出意料会平凡地过完这辈子。她对此并无不满。

她考上了一个不错的大学，找到了一份能养活自己和爸妈的工作，平常空下来还能出去玩一趟。

做条幸福的“咸鱼”，她挺满足的。

从穿越过来开始，她就尽量避免在这个世界投入真感情，坚定地抱着回家的信念。

卫檀生是她人生中的意外。

身下的青年怔怔地望着她，眼中映出一个小小的人影，显得有些滑稽。反倒是惜翠主动捧起他的脸亲吻他，像是在安抚他。

呼吸蓦地变得急促，他轻喘了一声，唇角那抹笑意散去，眼尾却又泛起了一抹病态的红。回过神来后，他迎合着她。

惜翠将他压在漆黑的棺材上。他的两只手臂竟难得地有些无措，不知该往哪里放，最终，还是停留在了她的腰上，虚虚地揽着她。

惜翠一边亲吻着他的唇角一边低声重复道：“我爱你，卫檀生。我和连朔、顾小秋之间没发生过任何事。”

烛火在她的眼中跳跃，少女的眼好像映着星星的湖面。

他明明恨极了她的三心二意，恨极了她的欺骗，却在对上那双干净的眼睛时，忍不住浑身战栗，只因她说她爱他。

他伴随着漫天的星子坠入她眼中的湖里，任凭湖水吞没眼耳口鼻，溺死在这虚假的温柔中。

他此前从未经历过的喜怒哀乐、贪嗔痴怨，如水草一般疯狂滋长，缠得他动弹不得。这感觉越清晰，他就越痛苦；他越痛苦，这感觉就越清晰，让他上瘾。偏偏他又无法自拔，无可奈何。

执念深重至此，他如何成佛？

“翠翠……翠翠……”

二人的唇瓣分开时，卫檀生又主动仰起头凑上去，轻轻地念着她的名字，一声接着一声，眼泪却不由自主地落了下来。

他那犹如一座坟墓的人生好像霎时活了过来，那飘扬在墓前的苍白的灵幡好似化为五颜六色的经幡，还有花雨扑簌落下。那些人世间再寻常不过的欢愉和痛苦交织成一阵接一阵的酥麻，使得卫檀生难耐地弓起了脊背，压抑着喘息。激荡在内心无法言说的感受通通化作他眼中诚实的泪水。

她是个骗子，或许还在骗他，但他如今不愿再多想。

这是惜翠头一次看到这个男人茫然无措地落泪。

他眼眶湿润，脸上的血还在滴滴答答地往下落。一时间，惜翠心头猛地一跳，竟也感到一阵慌乱和茫然。

她突然不敢对上卫檀生的眼睛。她觉得自己为了回家这样做，着实自私。

到了这个地步，惜翠不想再欺骗他。只是她没有办法把和系统有关的事向卫檀生说清楚，因此只能删繁就简，将她与连朔、顾小秋之间相处的情况交代清楚。

“你信也好，不信也罢，我与他们二人之间确实清清白白。卫檀生，我和你说过，我不是这个世界的人。在原来的那个世界里，我有个表弟叫吴盛，样貌和顾小秋一模一样。”惜翠干巴巴地说，“我当时担心于自荣与陶文龙之间的恩怨会牵扯到他，这才出钱将他安置在了一处别院中。我除了去他那儿听了几出戏，吃了几顿饭，便没有再做什么了。”

说着说着，惜翠觉得自己的解释很苍白，干脆腾出一只手，抬手遮住了青年的眼睛，继续俯下身亲吻他。

卫檀生被她蒙着双眼，微微扬起下颌，出乎意料地没有反抗。他被泪水濡湿的眼睫如同羽毛一样，轻轻地一下又一下地挠着她的手心。终于，他先服了软，嗓音喑哑地道：“翠翠，你不准再骗我了。”

惜翠将额头抵在他的额上，轻轻地“嗯”了一声。

“卫檀生，”她顿了顿，继续说，“让我们俩做一对寻常夫妻吧。”

卫檀生静静地看着她。

人生一场虚空大梦，他几乎分不清眼前究竟是梦境还是现实。

他合眸，带着半面的鲜血。

他不成佛了。

如今，他只求身心自在。

他曾经秉烛看着壁画上漫天的神佛，细细观摩，遍寻解脱之法。而现在，他的“佛”就在他的怀中，他无须再向外求。

青年将脸贴在她的侧脸上，合上双眼。

“翠翠，我不成佛了，你别离开我。”

窗外，天色渐渐地黑了，一轮雾蒙蒙的月攀上了窗檐。卫檀生看着月色落在她的手上，凝望着她黑白分明的眼珠。

不知为何，他突然想到之前在空山寺时发生的一件事。

当时恰逢一场山雨，诸位师兄弟都在禅堂中做晚课，他与吴怀翡被困在屋檐下。

春雷滚滚，廊下暴雨如注，雨滴砸落在地面上又高高地弹起，如同无数玉珠自天际倾落，雨线断了又续，续了又断。

眼见一时半会也不会有人找来，卫檀生便笑道：“这雨看来停不了，娘子不如同我一道儿回屋手谈一局，且待雨停。”

眼看如今除了等雨停，似乎也没有其他办法，吴怀翡欣然应允。

对着窗外的夜雨，静听着棋子落下的声音，望着面前少女柔美的面颊，他以为这便是爱慕了，没有世人那般抵死的纠缠和爱恨嗔痴。

棋下到一半，在那瓢泼的大雨中却隐隐浮现出一团朦胧的光晕。

“那是……？”吴怀翡面色惊讶。

二人起身，看向廊下。

在那暴雨中，有人一手撑着伞，一手提着灯，艰难赶来。伞面被风吹打得欹斜，她身上的衣衫湿了大半，乌黑的发凌乱地贴在颊侧。

他与吴怀翡衣角未湿，袍袖飞扬地站在廊下。来人面色苍白，却依旧撑着伞，扯出一抹有礼的笑。

“今日晚间突然下起了雨，我想起娘子与郎君离去时未带伞，”她刻意将声音压得低沉，“辗转寻至此，总算见到了你俩，想是没有来晚。”说罢，她便将一直拿在手上的两把伞递了过去。

他道了声谢，接过桐油伞，步履轻缓地与吴怀翡走在前面。

此时，雨小了不少。伞面极大，没了呼啸的山风，伞握在手中十分稳当，他与吴怀翡的衣角都未湿上半分。

夜雨中，他脚踏一地落花，从容不迫，悠闲地与身旁的少女交谈着刚刚未尽之局。除了最初的那声谢，他再未分出半分余光给身后的人。

一路上，她便跟在他二人的身后，未有半分埋怨。

雨幕中传来击破长夜的晚钟声，一声接着一声，悠长而清正。

雨一直下，雨水交汇，被打落的桃花逐水而流。拳头大的昏黄的亮光沉默地为他二人照亮了前方的路。

春日的雨来得快去得也快，几人还未走到客堂，云销雨霁，已有一轮迷蒙的月自天际缓缓地升起。

清冷的月与灯笼那微黄的光晕照在零落的桃花上，像是在对被踩入泥泞中的落花施与一丁点温柔。

那场雨后，他便将伞随手搁在了墙角。后来，伞又被其他师兄弟借走，不知所终，他也未曾在意。

时至今日，卫檀生终于明白自己一直以来究竟在害怕什么。

他害怕的从来不是那马奴与那戏子。

他害怕的是他自己，是那个曾将她的心意弃如敝屣的自己。

而她会有旁人珍之，重之，爱之，护之。

他害怕的是被取而代之，害怕的是那没被算清的一笔笔账，害怕的是因缘果报。

如今，她是阿难。

他爱阿难眼，爱阿难鼻，爱阿难口，爱阿难耳，爱阿难声，爱阿难行步。

他长跪于佛前，求她，求他的佛怜悯自己。哪怕只有简简单单一个“爱”字，都能使得他的惶惶和癫狂尽数消解。

卫檀生将惜翠抱得紧紧的，二人的呼吸也好似在此刻缠绕成一团一团的线。

窗外的月升得更高了，那片黄澄澄的月色中含着些凄苦的冷白。

怀中的少女略有疑惑，却好像隐隐感觉出了他的不对劲，抓着他的衣服与他紧紧地相拥。二人滚烫的肌肤贴在一起，烫得她的心尖儿好像都在发抖。

卫檀生抬眼才发现少女身形单薄得惊人，搂在怀中时好像摸得见皮肉下的骨骼。

她的下巴很尖，头发黑油油的，却越发衬出面色的苍白。她的唇上只蒙了层淡淡的粉，好像血液都流干了。

这是他第一次真正地正眼凝视她。

他此前从未正眼看过她一次。

他看得见吴怀翡的美，认为吴怀翡美得温婉，如雨中怒放的白茶。他精心呵护着他的白茶，护她不受一点磋磨。

但他不曾照料翠娘半分。那些苦她一人吞了，那些风雨她一人受了，她犹如一朵盛开在红霞中、山庙旁的野莲花，小小的一朵，独自招摇，被疾风骤雨压得抬不起腰，一直被压到了泥里，但在骤雨初歇之后，又默默地站起来，笨拙地在他的眼前盛开。

他曾经杀过她，又曾经因吴怀翡而迁怒于她。他就是那场翻脸无情的骤雨。

这个时候，卫檀生的心中不由得生出一阵不可名状的恐慌。

她的花期似乎快尽了。

好像只要他一松手，怀中的她就会飘散在这溶溶月色中，无处可寻。

“翠翠。”他哑着声，眼眶通红。那个气定神闲的青年僧人此刻消失得无影无踪，唇角常含着的那抹虚伪至极的悲悯笑容也一点点地淡了下来。他垂着眼，呢喃似的重复道：“对不起，翠翠，对不起，别离开我。”

他从不奢求什么原谅，因缘本应如此。

惜翠虽然不明白卫檀生在说些什么，但还是安抚般地低声道：“好。”

那轮黄澄澄的月渐渐地开始往西偏移，往下落了。

眼看这“小变态”不再发疯了，惜翠心里其实说不上有多轻松。冥冥之中，她有种直觉，自己离回家不远了。这让她觉得自己像玩弄人感情的骗子。

在卫檀生平静之后，惜翠找了个机会让他将连朔安葬了。

卫檀生竟然答应了。

她和连朔之间没有足够深厚的感情，而且连朔的死确实和卫檀生无关，她能做的也只有让连朔入土为安。至于另外两口棺材，虽说里面装着的都是她本人，但看着也实在有些阴森。卫檀生似乎没有打算让她也入土为安，仅仅是将棺材合上，吩咐人抬到别处去了。

佛堂被打扫过后，总算一扫诡谲阴森的气息。

卫檀生没有放惜翠离去，她也没有逃跑的想法，安分地在佛堂中待了下来，吃住都在这里。至于卫府那儿，她相信卫檀生总有解决的办法。

惜翠每天待得实在有些闷了，就帮着清扫佛堂，将那香炉前的灰扫尽了，把香炉擦干净。她凝视墙壁上那尊彩绘的佛像时，也忍不住在心底问：自己是不是快要回去了？

再等等，再等等，她会找个合适的时机问出口。

卫檀生并不常待在佛堂里，但只要空下来，就会抱着她给她念佛经。

卫檀生的嗓音如鸣佩环，听得惜翠有些犯困。他杏色的发带落在她的脸上，微微发痒，惜翠去揪那发带，将它放到另一侧的肩头，又窝在他的怀里打个哈欠，随后昏昏沉沉地睡去。

窗外下起了淅淅沥沥的夜雨，如今正值春日，是雨水丰沛的时候。

卫檀生望着怀中困倦的少女。昏黄的灯光像陈旧的铜镜一样，在她身上蒙了层雾，让他看不分明。他蓦地发现自己其实不了解她，她喜欢什么、害怕什么，他一概不知。

甚至他对吴怀翡的了解也比对她的了解要多。他知晓吴怀翡口味清淡，喜欢吃红糖糍粑，怕黑，喜欢丁香色的衣裙，平日里的兴趣便是收集些散轶的医书。

对惜翠，他则一概不知。

卫檀生垂眸绞紧了指间的佛珠，一粒接着一粒，佛珠圆滚滚的，从指间滑了出去。

她还没完全入睡。他收了佛珠，轻声问："翠翠，你可有什么喜欢吃的？"

惜翠困得意识都不清楚了，隐约听到这就像隔着云层一样飘来的话，还以为自己在做梦。她含混不清地道："桂花糕吧。"她妈以前经常做给她吃。

卫檀生将她抱紧了一些，道："好。"

翌日一早，卫檀生便进了厨房。

虽然他在空山寺内长大，农忙时节要和师兄弟一起做农活，挑粪、锄地、砍柴都算一把好手，但确实没怎么下过厨，对厨房也陌生得很。

问过这桂花牛乳糕怎么做之后，他试着自己捣鼓了一会儿。

他对做菜没多少天赋，听着觉得简单，做起来还是把握不好要放多少料，端起蒸笼的时候，指尖还被烫出了一个小水泡。

他低头尝了一口，味道能入口，只是拿不准要放多少牛乳和糖。他竟不知道她是喜欢吃甜一些的还是味道淡一些的。

她曾经特地为他做过这道桂花糕，他本可根据那时的桂花糕推测出她的口味。但那时他不过是给了她几分面子，才多吃了两口。至于味道，他根本不曾放在心上。

搁下筷子，青年不由得苦笑，脸上沾了些面粉，看上去分外滑稽。

他不曾在意过旁人的想法，别人愿意对他好不过是他们一厢情愿罢了。他们若厌恶了他，他也不会强求或是埋怨。

唯独这一次，这是他第一次试着揣摩旁人的心思。

再看盘中卖相不错的糕点，他低垂着眼，手一扬，将那盘糕点打翻在地。

惜翠其实察觉出了这几天卫檀生的古怪。

兴致来的时候，他会买一堆衣裙钗环送给她。这些衣裳惜翠其实没什么兴致去换，被禁锢在这间小小的佛堂里，她有些懒散。恍惚中，她好像又回到了从前在家里的“咸鱼”生活，只是这儿的娱乐活动和现代相比少得可怜。

慢慢地，她的活动范围由一间佛堂扩大到了整间小院，至于院门，她还是出不去。

院子本来就不大，惜翠转了一圈，实在找不到什么能解闷的。待得实在无聊了，惜翠干脆架了梯子，爬到雪白的墙头上坐着，感受晚风，看对面那户人家衰败的小院中的野草摇曳。

看看外面，惜翠勉勉强强放松了心情，聊以自慰。

这天，卫檀生回来得比之前要晚一些。他推开门，一眼便瞧见少女坐在墙头上，看着巷口那窄窄的灰败的天。暮色下，她的侧脸看着分外沉静。

他停下脚步，静静地看着她。

晚来风急，卷起一地零落的叶。她衣袂翩翩，好像要随着地上的叶一同飞入无边无际的天空。

“翠翠。”卫檀生轻声唤道。

惜翠一转头，见卫檀生正站在墙下看着她，道：“我马上下来。”

青年却伸出手，眉眼弯弯地道：“跳吧。”

惜翠犹豫了一瞬，虽然觉得没必要，但想想还是给了他这个面子，跳了下去。

耳畔掠过急促的晚风，他抱住了她，往后退了一步，莹白色的佛珠撞出清脆的声响，微微弹起又落回腕上。

他稳稳地接住了她。

将她搂在怀里，他才感到些许安心。

他们用过晚膳之后，卫檀生在佛堂里点上灯，坐在灯下抄佛经。这是他从小养成的习惯。

他运笔誊抄时指尖轻移，正好露出那小小的水泡。惜翠见了问："你的手？"

卫檀生闻言低头看了一眼，感受到惜翠的目光，竟难得有些不自在，将指尖笼入袖中："无事。"

惜翠又问："是烫伤？搽过药了吗？"

一看卫檀生的反应，她就知道他定是没搽过药。

这处别院里准备的东西还算齐全，厨房的人也常备着烫伤用的药膏。惜翠问他们要了一瓶，让卫檀生伸出手，挤出点红褐色的药膏，慢慢地往他的指尖上涂。

"要是疼的话，和我说一声。"

卫檀生莞尔，眼忽地一眨："确实有些疼。"

惜翠没搭理他装可怜的模样。

药抹好了之后，卫檀生突然又问："方才可是无聊？"

"还好。"惜翠含蓄地说。

他今天回来给她带了酒，听了这话，便主动提议："月色正好，可愿同我去廊下共饮一杯？"

惜翠想着也没事可干，就陪他一起走到廊下喝酒。

酒是京城时兴的潘二家酒馆中酿的黄柑酒，度数不算高，有些甜。

酒盏摆在一旁，二人并肩而坐。

见她杯中的酒水已尽，他提起衣袖，又为她斟满一杯，笑道："潘二家酒馆酿酒用的蜜柑出自洞庭东西山，故而，这酒也被称作洞庭春色。"

酒水澄澈，确实如杯中藏着一顷碧波。

月上中天时，卫檀生似乎有些醉了。

在寺中生活了那么长时间，卫檀生滴酒不沾，酒量算不上多好，反倒是惜翠的酒量要比他好上不少。

她还清醒着，卫檀生却已经露出了些醉意。

青年醉酒时，脸颊胭红，眼眸若明月朗照大江，醉意中含着些疏朗之意。他的唇瓣沾上了酒液，莹润有光。

平常总是一副优容镇静模样的青年显然醉得不轻，可能是觉得垂落在肩头的发带碍眼，伸出手解开了脑后的发带，又不知怎么回事，指尖胡乱地摆弄，杏色的发带一圈一圈地缠到了自己的脖子上。

眼看这“小变态”就要当场自尽在自己面前，惜翠没办法，只能低下头，去帮他解。青年很不安分，凑过来要亲她的脸，微甜的酒气扑面而来，他乌墨似的头发贴在她的脸侧，让她有些痒。

这“小变态”折腾个不停，惜翠没有办法，只能手上微微使劲，扯着发带向后轻轻一拽。青年仰起头来，似乎终于安分了些，笑意盈盈地对上她的视线。

下一秒，他凑过去亲她，耐心而细致地撬开她的牙关，压着舌面舔舐着舌尖，好像在品尝那点黄柑酒的甜味，温柔得像沉醉的春风。

“翠翠。”

卫檀生喝了口酒，琥珀色的酒液顺着唇角滑落，他的唇间似乎沾染了酒的温度，眼中好似盛着八百里洞庭的春色：“甜吗？”

惜翠扶正了他的脑袋，看着他笑吟吟却明显意识不太清楚的模样，心跳漏了一拍，喉咙也像有火在烧一样。

惜翠攥紧了手指，轻轻地问：“卫檀生，你爱我吗？”

她现在有点奇怪，既想得到自己一直以来在追寻的答案，但又不想这么快从卫檀生的口中听到那几个字。

到了能回家的那一刻，惜翠反倒犹豫了，或许是因为愧疚，也或许是因为淡淡的不舍。在这个世界待久了，她总是会生出些感情的，虽不强烈，但也算抓心挠肝。这些感情在她的心上轻轻掠过，极淡，却又鲜明得让人难以忽略。

青年眨眨眼，好像不太明白她在说什么。月色下，卫檀生的眼睛极亮，被这双明亮的眼紧紧地盯着，惜翠不由自主地移开了视线。

卫檀生是个温润的长相，眼尾低垂着，人中很深，唇峰高高地聚拢，微微翘起。这个时候的他，醉眼蒙眬，身子忽东忽西，看上去像棵晚风中的玉树。

“我……”青年不由自主地往她的身上倒去。

惜翠被他压倒在了廊下，他整个身子都趴在了她的身上，抬起眼来看着她道：“翠翠，我……”

惜翠舔了舔唇角，垂下眼，继续问：“卫檀生，你爱我吗？”

“我……”他轻笑一声，正要开口，只是话没说完，头一歪，整个人都栽倒在了她的肩窝上，再也没了动静。

惜翠：“……”

卫檀生酒量浅，醉倒之后不省人事。没办法，惜翠只能扶着他回到屋里，帮他把鞋脱了，再叫下人将他抬到床上。

她自己则回到厨房熬了一碗醒酒汤，等着之后给他喝。

到了后半夜，他才醒了过来，意识还不太清楚，正倚着床，揉着额角。

惜翠将醒酒汤端给他，他笑着接了，道："多谢。"

惜翠："喝完就睡吧。"

卫檀生喝完醒酒汤，将碗搁在一旁："我想同你说会儿话。"

惜翠："时候不早了。"

他泛着水光的眼一眨不眨地看着她："翠翠，我头痛。"没等她回答，卫檀生有一下没一下地揉着额头，柔声道，"无妨，你若困了，便先睡。"

都到这个地步了，惜翠只能将他的头别过来，放在自己的膝盖上，轻轻地帮他按着。微凉的指尖落在太阳穴上，青年垂下了眼睛，唇角翘出个弧度，没多时，便睡了过去。

在空山寺时卫檀生还没成年，那时候个头和高遗玉差不多，这么几年过去，他的个头已经蹿得足够高。一个大男人枕在她的膝盖上，有些不伦不类。

保持着这么一个姿势，惜翠觉得腿有点麻，但看卫檀生睡得这么沉，又不忍心推开他，更怕他醒了之后又要折腾。

惜翠有些心力交瘁。这"小变态"十岁的时候只是冷漠了些，哪里会像现在这样？她只能慢慢地，试探着往外挪了挪脚。

她刚动，青年似有所觉，伸手摸索了一会儿。随后，他紧紧地攥住了她的手腕，将其拉到胸前贴着，再也不松开。

保持着这么一个古怪的姿势迷迷糊糊地睡着前，惜翠心底浮现的最后一个念头是，下次绝对不让这"小变态"喝酒了。

第二天醒来之后，卫檀生显然忘记了昨天发生了什么事。

惜翠一晚上没睡好，全身上下哪儿都疼，转一转脖子还能听见咔嗒声，没有心思再和他算账。

卫檀生看她颈肩酸痛得厉害，莞尔道："我帮你捏一会儿。"

他穿着件素白色的单衣，领口大敞，指上的动作很精准，力道不轻也不重，落在肩膀上很舒服。可能是因为晚上没睡好，惜翠又开始犯困，最后连自己是怎么被抱上床的都不太清楚。她只知道醒来的时候，太阳已经高高地挂在了天上，卫檀生则不见人影。

吃过下人端来的午饭后，对方告知她，郎君离去前留了话，她若待着无聊，不妨出去转转。

惜翠愣了一下才反应过来，卫檀生这是准她出去了。她确实想出去走走，活动筋骨，便走到衣柜前挑了件衣裳换上，踏出了院门。

这一路上没有任何人跟着她。

她和卫檀生之间曾充斥着怀疑、患得患失和百口莫辩。到现在，他却给了她足够的信任。

惜翠不禁低头扭了扭手腕，腕上那个淡青色的印子还没消去。她拉了拉衣袖，挡住腕上的青色痕迹，这才抬步继续往前。

惜翠穿过僻静的小巷，来到街上，顿时有种恍如隔世的感觉。

大街上人来人往，黑瓦的屋顶挤挤挨挨地凑在一起，不远处的酒楼上竖着朱红色的栏杆，有舞女正在楼上摆动腰肢跳舞，浅红的、虾子青的、靛蓝的各色旌旗也像鱼一样在闷热的空气中游动。

这是庸俗的人世的气味。

惜翠找了个摊子坐下，点了碗馄饨慢慢地吃。她刚吃过饭，不怎么饿，就是憋久了有些馋，想尝尝味儿。

一边吃，惜翠一边平静地看着眼前的长街。

街上有卖花的，也有卖糖水的、裁布的、卖烙饼的，热热闹闹。

不远处的药坊门口，一个身形纤细的青年从里面走了出来。他还没走下台阶，便回头看了眼在门口守着的小药童。药童冲他摇了摇头，他抿紧了唇，怅然若失，恍惚地走了下去。

惜翠勺子里的馄饨没兜住，扑通一声掉进了汤碗里，溅了几滴汤汁在手上。没来得及擦手上的汁水，惜翠放下勺子，目光落在青年身上，面露愕然之色。

青年是顾小秋。这么多天不见，他看起来神情惨淡，即便日头当空，脸还是泛着些冷白色，行走在人群中，恍若一抹游魂。

惜翠本想叫住他，但想到卫檀生，又抿起了唇。

只是眼看着一辆马车驶了过来，他还不知道闪躲，惜翠终于没忍住出声提醒道：“顾小秋！”

这一声顿时把青年的魂给叫了回来。

马车擦身而过，青年茫然无措的眼正好对上了惜翠的眼：“吴……娘子？”

惜翠结了账，走到他面前。

他看上去确实不大对劲，瞧见她后虽扯出了一抹笑，但这抹笑怎么看怎么勉强。

想到他刚刚是从药坊出来的，惜翠便明白了，应该是他母亲出了什么事。

“吴娘子，好久不见。”顾小秋颔首道。

他瘦了许多，宽大的袍袖垂落，身形越发清瘦笔挺。在日光的照耀下，他的皮肤白得似乎失去了血色。

人各有命，他娘本就是靠各种珍贵的药材才能吊着一口气。时候到了，他就算想要强留也留不住。

或许是因为顾小秋长得实在太像她的堂弟，又或许是因为他让惜翠想到了自己的妈妈，惜翠有些于心不忍。她想安慰他，又觉得言语苍白，话到嘴边，最终只变成了一句：“我看你方才从药坊出来，可有什么我帮得上忙的？”

顾小秋本就是不愿意麻烦旁人的性子，闻言，摇了摇头：“多谢娘子，娘子已经帮了我许多，我怎敢继续劳烦？”

只是话刚说到这儿，顾小秋望着她，却看见面前少女的脸慢慢地与另一副容貌重叠，成了另一个模样。

他怔了怔，似乎想到了什么，心倏地一跳，面色也随之变化，立时改了口风，弓身行礼道：“小秋确实有件事想请娘子帮忙。”

“家母眼下病得厉害，”顾小秋眉目低垂，艰难地说，“娘子能不能帮我问问吴大娘子愿不愿意过来帮家母看看？这京中的药坊我都已问了个遍，实在是没有法子了。”

惜翠没想到会是这个要求，道：“我不知道她如今在不在府上，但能先带你过去看看。”

顾小秋又道谢，垂落在额上的发丝被汗水浸湿，显得凌乱而狼狈，整个人看上去也像被压弯了腰的柳枝。

惜翠雇了一辆马车，带着他去了吴府。府上的丫鬟见她回来，忙过来迎接。

“娘子怎么回来了？”

惜翠问：“大姊可在家？”

丫鬟答：“大娘子如今正在屋里看书呢。”

惜翠道：“我有事要寻大姊，烦请你将大姊请过来。”

瞧见二娘子带了个陌生的外男进来，小丫鬟不免有些诧异，再看顾小秋容貌秀美，一声不吭地跟在惜翠身后，更觉得有点纳闷。小丫鬟安排顾小秋坐下等候，便去请吴怀翡。

今早顾氏的病情突然急转直下，顾小秋心中着急，从早上奔波到现在，也没喝上一口水。现在手边虽然搁着一杯茶，但他救母心切，没心思喝。他本是个温顺恭谨的性格，这个时候却难得失礼，时不时地往门口看。

惜翠知道他着急，也没有多说什么打扰他。

他们等了一会儿，吴怀翡终于赶了过来。她穿着丁香色缠枝纹的纱衣、银红色的主腰、蓝色的长裤，打扮闲适，明显是匆忙赶过来的。

瞧见惜翠的身旁还坐了一个人，她一愣，不由得放缓了脚步，惊讶地问："顾郎君？"吴怀翡再看惜翠，更觉吃惊，似乎没想到惜翠会和顾小秋凑到一起。在听顾小秋交代完来意后，吴怀翡这才明白过来。

吴怀翡本就同情顾小秋，又见他瘦得惊人，不由得暗暗叹了一声，道："原是如此。"她安抚性地笑了笑，"我明白了，郎君不要着急，我这便收拾收拾，陪你去一趟。"说罢，她又折了回去，没多时便换了身衣服，提了个药箱过来。

吴怀翡："还请郎君带路。"

惜翠觉得自己若在这个时候离去，未免显得有些不近人情，便跟着二人一同去了顾家。

顾小秋将顾氏安置在一个清静的小院中，又雇了一个婆子照顾。

顾氏病得重，顾小秋早早地离开了又没回来，那婆子急得团团转。眼下见顾小秋回来，她忙不迭地迎上去。

顾小秋没多说什么，只吩咐那婆子好好招待惜翠，便同吴怀翡一起进了里屋。

里屋门前挂着一道厚厚的宝蓝色门帘，惜翠坐在桌旁等他俩出来。

屋里传来吴怀翡温柔的声音，又夹杂着剧烈的咳嗽声。

过了一会儿，顾小秋打起门帘，请惜翠进去。他看上去神色好了不少，踌躇着说："娘……想要见娘子一面，同娘子当面道谢。"

他踌躇是因为屋内病气重，担心吴娘子嫌弃这个。好在眼前的少女并没有这个想法，没多说什么便站起身，走进屋里。

她进屋时，顾小秋的声音在她的耳畔响起："今日多谢娘子帮忙。"

屋里陈设十分简单，却收拾得很干净齐整。

惜翠一进屋便瞧见了炕上躺着的人，吴怀翡正坐在床上陪那人说话。

顾氏年纪大了，头发花白，因为常年卧病在床，面色凄苦，一双眼深深地陷入了眼窝中。

听见惜翠进来的动静，她挣扎着想要坐起来，道："这位想来便是吴娘子了，今日多谢娘子的救命之恩。"她说话时肺里如同在拉风箱，喉咙中卡了痰，呼呼地响。

惜翠加快脚步走上前："有什么话躺下再说。"

顾氏确实累了，吴怀翡扶着她重新躺回了床上。

方才隔得有点远，她没看清惜翠的模样，如今惜翠走近了，她看着少女的脸，不由得愣在当场。

这娘子与小秋生得过于相像了。

惜翠不仅像小秋，更像小秋的亲娘。

顾氏见过顾小秋的生母。顾小秋长大后，她带着他辗转寻到他爹娘的门前。

这户人家姓曹，家境算不上多好，否则当年也不会做出丢孩子这般有损德行的事。曹氏夫妇见他们打扮得窘迫，怕他们是来打秋风的，更害怕她将顾小秋送回来，并不认顾小秋。

自那之后，顾小秋冷了心，再也没有见过曹氏夫妇一面。

那曹家妇人生得颇有几分姿色，又是顾小秋的亲娘，顾氏便一直记到了现在。顾氏如今虽病得厉害，但还记得那曹家妇人的模样。

如今，惜翠的模样唤醒了顾氏尘封的记忆。

顾氏心中惊骇，却没表现在脸上。

这娘子衣着打扮素净，虽然看着身形单薄了些，但头上插的发簪和身上穿的衣裙摆明是顶好的，一看便出自富贵人家。

顾氏道："我如今拖着这副臭皮囊，也没法子起身向娘子道谢，失礼之处，还望娘子多多包涵。"

惜翠答："言重了。"

惜翠安慰了顾氏几句，看她似乎乏了，便与吴怀翡一道儿走了出去，留顾小秋在里屋陪顾氏说话。

二人出了屋，吴怀翡这才得了空闲，看向惜翠。

方才见惜翠与顾小秋一起，她心里便有些犹疑。

也无怪乎她多想，顾小秋生得秀美，身份敏感，和谁在一起都会引旁人遐想。更何况他身份低贱，寻常士族贵女们也不愿与他产生什么瓜葛，免得旁人说闲话。

吴怀翡冰雪聪明，又精于人情世故，一见顾小秋的目光和态度，便觉得有些不对劲。

此前惜翠未曾和他有多少接触，可从刚刚的相处来看，他二人摆明了是旧相识。顾小秋担忧顾氏，进屋前却还没忘记嘱咐婆子好好招待惜翠，这其中的缘故旁人不由得多想几分。

吴怀翡虽感疑惑，但细究下去未免失礼。她只能暂且按下心头的疑虑，同惜翠一起坐下。

二人寒暄了两句，吴怀翡看着惜翠的模样，心中的疑虑非但没散去，反倒更浓了。想到惜翠与卫檀生之间的那些旧事，吴怀翡终究没有忍住，委婉地问："娘子可是认识顾郎君？"

惜翠道："因为阿姑爱听畅春班的戏，曾有缘见过几面，说认识倒谈不上。"

吴怀翡听后松了口气，同时不由得红了脸，为自己方才那通胡思乱想感到有些歉疚。

吴怀翡其实很喜欢高娘子，方才见她与顾小秋之间气氛有些古怪，不免有些担忧，生怕她年纪轻，见顾小秋样貌生得美，身世又凄惨，生了怜悯之心，以至于走错路。

虽说如今高娘子的容貌与此前大不相同，但她给吴怀翡的感觉还跟从前一样，有些冷清，话不多，却无端地叫人生出几分安心感。

她说出口的话，吴怀翡自然不会再怀疑有假。

在门帘的另一头，顾小秋弯腰将枕头往上垫了垫，好让顾氏靠得舒服些。

顾氏喘了口气，看了眼门帘，轻声问："小秋，你与那后进来的吴娘子是如何相识的？"

顾小秋答道："吴娘子曾在酒宴上帮过儿子一次。"

顾氏知道她这个儿子是不善饮酒的，在外也常常身不由己，便点了点头。

"那你可知晓这吴娘子今年多大了？"

顾小秋略有不解，摇摇头道："儿子不知晓。娘问这个做什么？"

"没事，只是娘看这吴娘子面善，想多亲近亲近。"

世上相貌生得相像的人不知凡几，若说这吴娘子有可能是小秋的亲姊，顾氏未免有些不知天高地厚，毕竟那吴娘子一看便知出身不凡。只是，顾氏心里清楚，她恐怕撑不过这个春天了。若她离去，这个世界上便只剩下了顾小秋一人了，那曹家又不愿认他。

顾氏不由自主地摸了摸儿子的发。顾小秋便低着头，顺从地任由那枯瘦的五指搭在头顶上，像是在留恋娘亲的温暖。

顾氏心中微酸。到时候她要是去了，她这个儿子该有多难受？这孩子性子文静，心思重，什么事都闷在心里，不愿让她担心。正因如此，顾氏才更放心不下。

若是他那个姐姐找到了，他往后也能有个人做伴。

这么想着，顾氏不禁又道："我没几天可活了，若是你那大姊找到了该多好，之后便能和你做个伴。我也好向她道个歉，当年将她一个人留在了那儿。"

顾小秋抬头看她，反手握住了她的手："娘，你别说了，等这次病好了，儿子便带你出去转一转。"

顾氏笑了笑："不知是不是老了，我看那吴娘子总觉得与你有几分相像。"

顾小秋愣了愣，没明白为何顾氏突然将吴娘子与他那位胞姐联系到一起。

"娘？"

顾氏却不再解释，只道："那两位娘子还在屋外等着，你快些出去招待，好好谢谢她们，别让人等久了，失礼。正好我也有些累了，让我睡会儿吧。"说罢，顾氏将身子侧过去，对着墙，闭上了眼。

自己的身体自己知道，她总归是能再拖上几日的，这事回头再说也不迟，现在说出来过于莽撞。若那吴娘子真与小秋有些关系，再好不过，若只是样貌上的巧合，她现在贸然说，恐怕会得罪这吴娘子。

顾小秋帮顾氏掖好被角，关上窗，这才走出里屋，将门带上。

吴怀翡知晓他心情不好，安慰了两句。

他们这一通忙活下来已到傍晚时分，吴怀翡和顾小秋之间没多少话可说，又见时间不早了，唯恐吴氏夫妇担心，嘱咐了一番之后便起身告辞。

吴怀翡今天能来，顾小秋心里感激，也知道实在是麻烦她了，没有强求，谦卑温顺地再三道了谢，将吴怀翡送到门口。

惜翠打算跟吴怀翡一起离开。顾小秋看着惜翠，踌躇了片刻，问："娘子能否暂缓片刻？小秋有些话想同娘子说。"

吴怀翡不由得多看了他们二人一眼，但没说什么，先行离去。

惜翠看向顾小秋。顾小秋的面色还有些苍白，神情温顺得像只白鸽，低垂着眼帘道："小秋有个不情之请，望娘子恕罪。

"这几日小秋恐怕无法去别院了，家母病情严重，我想留在这儿照顾她。"

惜翠安慰道："你不用多想，正好这几天我也有些事，别院那儿不去就不去，你安心留在家里便是。"

她的声音算不得多温柔动听，落在青年的耳朵里，却莫名其妙地令人安心。他竟不太愿意让她现在就走，只想再留她一会儿。

顾小秋鬼使神差地问："这些日子小秋未能好好陪伴娘子，不知娘子愿不愿意赏个脸，留下来吃顿饭？也好让我向娘子赔礼道歉。"

惜翠委婉地拒绝了："我还不饿，你不用特地招待我。"

顾小秋："既然如此，便让小秋送娘子一截路吧。"

说完他转身去拿屋里的那盏牛皮灯笼。那灯笼不算什么好料子，光线也暗，但这个时候天还没完全暗下来，二人照明堪堪够用。

大梁都城多水，出了巷口，沿着河岸往前，每逢日落，常常有些富贵的画舫穿行在河面上，隐约飘来些鼓乐吹打的动静。

不远处，一艘画舫缓缓地驶向河岸，船上张灯结彩，雕梁画栋，悬挂着的灯笼在晚风中微微摇晃，灯影洒满了河上清波。一面朱红色的帘幕挡住了舫中曼妙的人影，觥筹交错间，谈笑声此起彼伏。

只是从这笙箫乐舞中模模糊糊地传来一声："喂！顾小秋！"

提着灯笼的青年步子一顿，脸色遽变。

惜翠察觉到他的异样，随着顾小秋的目光看去，只见那画舫不知何时已经行至二人的身侧。有个身穿靛蓝色衣袍的陌生青年正倚靠在朱漆的栏杆前，醉醺醺地望着顾小秋，面含讥讽之意："顾小秋，我叫你你怎么不应？耳朵聋了？"

没等惜翠询问，顾小秋已经暗暗地捏紧了灯笼柄，悄声解释道："那是于自荣。没想到今日会碰上他，吴娘子，你快些回去吧，接下来的路恕我无法再相送。"

那便是于自荣？惜翠看了一眼那蓝衣青年。他样貌平平，但身上酒气冲天，神情轻浮。

于自荣醉得不轻，见顾小秋不答话，动了怒："顾小秋，你愣着做什么，还不快过来？"他又看了眼惜翠，嗤笑一声，问，"你身旁这娘子是谁？"

惜翠不自觉地蹙起了眉，看向顾小秋。

他的眼睫轻颤着，灯光落在他白皙的面颊上，晕染出一片薄红，他紧捏着灯笼柄的指节泛着白。

顾小秋没有看于自荣，而是转头看向惜翠，低声道："娘子快些回去吧。"

于自荣不依不饶："怎么还不答话？"

惜翠没有动，只皱眉问："你要过去？"

顾小秋低下头，摇了摇："我得罪了于郎君，自然要上去赔罪。"

惜翠的眉头皱得更深了："你不想上去……"

"吴娘子，"顾小秋难得失礼地打断了她的话，神情卑微，固执而恳切地道，"请回吧。"

惜翠看着他，又想起了吴盛。吴盛长相秀气，性格文静内向，有一次被小混混欺负了，也不知道反抗。惜翠得知消息后赶到他家里，发现他把自己反锁在卧室里。

她隔着门安慰他："那些人欺软怕硬，你越怕，他们越来劲。真闹起来，我替你撑腰！"

惜翠："我不回去。"

身旁有几个小孩追逐打闹着跑了过来，惜翠叫住其中一个大一点的男孩，从袖中摸出些碎银，塞到他手里，道："麻烦你去一趟清河坊的蕙仙巷，巷尾有一户姓卫的人家，你就说是吴娘子有急事要找卫三郎。话带到了，我这儿还有些银钱给你们去买些吃食。"

那个孩子听了，登时拍拍胸脯，飞也似的跑开了。

顾小秋愣了片刻，垂下眼道："娘子不必为我出头，平白地生出祸端。"

他的确不愿上去。但他地位卑贱，如无根的浮萍，有些人他得罪不起，有些事他拒绝不得。他也想做别的营生，希望能娶个温柔可人的妻子，和娘亲一起平安和乐地过日子，即便日子过得清贫些，也比现在要好得多。

于自荣不耐烦了，转头吩咐身旁的家丁们靠岸，想强行将顾小秋带上来。

顾小秋见状，将灯笼交给惜翠，准备登船。惜翠拦在他前面，将他护在身后。

顾小秋愕然："娘子？"

惜翠没看他，也没挪开脚步。

于自荣笑了："顾小秋，我说你还真是个没用的，让女人挡在你前面。"

惜翠挡住了顾小秋，于自荣想看顾小秋的反应也看不见，大感败兴，心生不满，冷笑道："你是哪家的？胆子挺大的，知不知道你得罪的人是谁？"

惜翠平静地说："郎君醉了。"

于自荣嚷嚷道："你是哪家的？"

惜翠答："婢子是卫府的下人，奉主人之命，请顾郎君到府上唱戏，还望郎君能行个方便。"

这文绉绉的话听得于自荣更不耐烦了："我管你什么卫府不卫府，今天偏要让顾小秋上来。你要是知趣，就快些闪开！我若生气了，可就不会像现在这样客气了。"

惜翠曾经打听过于自荣，他家在京中算不得什么高门大户，只是他父母宠溺他，任由他胡作非为。于自荣也不是全然拎不清，知道什么人能招惹，什么人不能招惹，碰上地位比他高的，则会乖乖地点头哈腰，伏低做小。

只不过这个时候他醉得不轻，懒得去听什么卫府不卫府的。

这些顾小秋却不知道。这京城里人人都能将他踩在脚下，哪个人他都不敢得罪，更不想连累惜翠。

听到于自荣这么说，知晓他是认真的，顾小秋从左边转了出来，藏在袖中的五指默默地攥紧了，轻声说："郎君息怒，小秋这便上来。"

惜翠转头看顾小秋，猛地喝道："日日忍让，你能忍让到何时？你现在过去，是想让于自荣将你作践死吗？还是说你以为我连你都保不下来？"

惜翠看着他，眉宇间不由自主地带上了几分冷厉，看得顾小秋一时失了神。

于自荣眼看着顾小秋都要上来了，突然又被那女人拦住，心中顿生邪火，更觉那女人可恶，便招了招手。

几个健壮的家丁朝他走来。于自荣冷笑道："去，把那贱人给我丢河里去！"

那几个家丁得了吩咐，跳下船来。

惜翠退了一步，厉声道："谁敢？！你们可晓得我家主人是何人？你们敢这么对我，便是落了卫府的脸面。到时候，你们主子自然没事，"惜翠的目光扫过众人，"但你们这几个替死鬼可没什么好果子吃。"

听她这么说，几个家丁犹豫了。

眼前这少女打扮得虽然素净了些，但他们跟着于自荣久了，也能看出来她身上的衣服料子是上好的，再看她脸上未露半分怯意，明显有所依仗。这些大户人家的婢女，虽说是婢女，但论身份排场，有时候不输小门小户的正经闺女。郎君醉了，他们却没醉，若她真是个在主人面前有几分脸面的丫鬟，到时候算起账来，倒霉的恐怕还是他们。

可他们不敢不听郎君的吩咐，一时间不由得陷入了两难的境地。

于自荣见他们犹疑，叱责道："还愣着做什么？舍不得了？谁要是怜香惜玉，我就让谁代这贱人受过！”

他们几个毕竟还要在自家郎君手下讨生活，郎君的心眼和手段他们又不是没见识过，顿时你看看我，我看看你，不再犹豫，走上前去，成了个合拢包围之势。

这几个家丁生得人高马大，在夜色中看着犹如山岳倾斜而下的暗影。饶是惜翠，这个时候心里也不免有些焦急，拧着眉头往人群外看去。

河岸上的动静越来越大，不少人看了过来，河上其余的画舫小船也慢慢地靠近了，想要看个清楚。

就在这几个家丁即将动手之际，只听临近的大船里突然传来一个低沉的嗓音，冷声道：“你们谁敢？”话音刚落，一抹高大的身影也随之从船舱中迈步而出。

那几个家丁抬头看去，只见这大船上挂了灯，一阵河风吹来，灯火摇曳，照出了来人的模样。这人冷月般矜贵，但自眼角一直延伸到耳根的刀疤让他看上去犹如一尊煞神。

惜翠看得愣住了：“二……高骞？”

高骞怎么会在这儿？

站在船头的男人看了她一眼，微微颔首，目光中却多了几分暖意。这一眼停留得极短，高骞又看向了于自荣。

高骞会碰上惜翠也是巧合。高家的事如今大多是他在帮着处理，今晚他本是陪着几位大人应酬，听到船舱外有些动静，这才走出来看看，没想到会在这儿看见她。

于自荣虽然醉得不轻，不认得惜翠，却还是认得高骞的。于自荣瞧见高骞从船舱中走出来，顿时一个哆嗦，那酒意也散去了大半：“高……高郎君？”

这高家二郎，京中谁人不知，谁人不晓？于自荣赶紧吩咐人停船，上前寒暄，但高骞伫立在船头，看上去不像愿意同他闲话的样子。

“某方才听到一些动静，这才出来看看，”高骞问，“可是打扰到于郎君了？”

高骞平日里做的便是维护皇城秩序、天子尊严的事，于自荣当着他的面气焰顿消，哪里还敢作威作福？于自荣赶紧吩咐人把那几个家丁叫回来，笑道：“高郎君误会了。”

高骞模棱两可地道：“如此便再好不过。”

于自荣笑道：“也是巧了，郎君怎么会在此？”

而恰恰在这个时候，人群中又传来一声如鸣佩环的温润嗓音：“翠翠。”

惜翠循声看去，只见青年静静地站在不远处，如芝兰玉树，不知站了多久。他看着她，又好似看着高骞或是于自荣，抑或是眼前这出闹剧。

袖中的手轻轻一颤，卫檀生敛去了往日的笑意，微垂的眼睫挡去了眸中重重的思绪。

他何等聪明，看到眼前这一幕，顿时便明白了。

他来晚了，再一次来晚了。他得了信之后急忙赶来，没想到还是来晚了一步。

他脑后的发带被晚风吹起，像一条杏色小鞭，直往脸颊上抽，激起一阵细密的刺痛。

卫檀生惊疑不定地想，她会怎么看待他？当初他害得她身死，如今又来迟了一步。

卫檀生的面色顿时变得格外难看，再瞧船头的高骞与她身侧的顾小秋时，他更觉心脏好像被什么蓦地收紧，几乎喘不上气来。

在他的目光下，少女似乎松了口气，加快脚步走到他面前，直视着他的眼，语气中并无任何责怪之意："卫檀生，你来了？"

她的瞳仁是黑色的，眼中透着些冷，在暮色中又闪烁着淡淡的金色，像是一朵冷焰火，明亮极了。

但卫檀生看着看着，仿佛看到火苗蹿了出来，她的眼珠让火烧了个干净，只剩下一对吞噬光线的黑漆漆的窟窿，在无声地凝望着他。一如他从药坊中回来后梦见的那般。

卫檀生猛然惊醒，手一松，摸上腕间那佛珠，垂下眼，喉咙莫名地发涩。

"抱歉，"卫檀生缓缓扯出一抹和往日没什么不同的微笑，"翠翠，我来晚了。"

只有他知道，这是无数个日日夜夜中，他未曾说出口的话。

如今这业火总算烧到了他的身上，火舌攀上脚尖，霎时将他整个人包裹起来，将骨肉都烧成了灰屑。

晚风吹来，伫立在船头的二人的说话声叫风吹散了。围观的众人渐次散去。

没一会儿，不知高骞说了些什么，于自荣讪讪地进了船舱。随后高骞吩咐船夫靠岸，登上了河岸，目光淡淡地看了过来。

"吴娘子，"高骞瞧见在惜翠身旁站着的卫檀生与顾小秋，眉头微不可见地皱紧了，"能否移步同我一谈？"

惜翠没有多想，正要应声，卫檀生却突然道："翠翠，别去。"

惜翠一愣。青年只是看着她，嘴角笑意顿失，固执地轻声重复道："翠翠，别去。"

她与高骞如今并无血缘关系，高骞并非她嫡亲的兄长。

别去。

画舫就停泊在河畔。卫檀生紧紧地盯着她眼里那抹金黄的余烬，心中蓦地生出一种奇异的错觉与惶恐，仿佛只要她走向高骞，登上了画舫，便会随着那流水东去，奔流入海，去向一个他再也找不到的、更广阔的世界。

她身侧有高骞，也有顾小秋。他并不是她的唯一，她随时都有可能离他而去。

他与旁人不同，自小就与旁人不同。

那丫鬟临行前哭泣的模样再度浮现在他的脑海里。

“小郎，你没有心。”她哭着说，“小郎你没有心。”

“翠翠，别去。”

眼前的青年面色苍白，好似玉树在晚风中摇摇欲坠，只是轻轻地固执地重复这么一句话，好似在喃喃地恳求。

惜翠犹豫了片刻：“我不去。”便转身看向高骞，摇了摇头。高骞虽皱眉，却不好再说什么。

顾小秋似乎看出了其间诡异的气氛，将手里那盏牛皮灯笼交给了她，道：“今日之事，多谢娘子，娘子且拿着这盏灯笼，也好照一照夜路。”

惜翠和卫檀生回去的路上，正好碰见有人挎着马头竹篮当街卖花，竹篮中有牡丹、芍药、棣棠和玉兰花。

卫檀生好像想到了什么，提起衣袖拿了朵白玉兰。

酒盏似的白玉兰，里面好像盛满了琥珀色的酒。

惜翠低着头，卫檀生轻轻地将花别在了她的耳边，手指发抖。

“翠翠，”他凝望着那雪白的白玉兰，下定决心般地轻声道，“我爱你。”

他也是有心的。

“即心是佛，心即是佛，”他弯着唇，心上似乎有佛寺檐角的风铃荡过一阵颤音，他终于卑微而忐忑地将自己的心意坦露于口，“翠翠，你是我的‘佛’。”

她是他的心，也是他唯一的“佛”，别离开他。

惜翠不可置信地抬起眼。

霎时间，四周安静下来，买花声、摇橹声、嬉闹声、叫卖声、乐伎们的歌声都纷纷地停止了。

卫檀生的手指停在了她鬓角，他保持着低头望着她的姿势。

“翠翠，我做了桂花糕，我们回……”

河中的水波静止了，粼粼的波光照在他腕上那莹白色的佛珠上，交织成一道银光，落在他漆黑的眼眸深处。

惜翠的耳畔传来一道熟悉的提示音。

“恭喜宿主达成最终‘攻略’任务。”

冰冷的电子音在她的耳畔掠过。

“辛苦宿主，宿主如今的身躯已经油尽灯枯，自此之后会迅速衰竭。到那时，补全最后一段情节，宿主便能回家了。恭喜宿主。”

晚风重新开始流动，吹拂着鬓角的玉兰花瓣。夕阳渐渐地被晚霞吞噬，化为一线昏黄、橙黄、赤红色交织的光辉，鬓边的玉兰花也被染上了颜色，在她的鬓边熊熊燃烧。

卫檀生收回手，弯唇笑了，说出最后那个字：“家。”

话说出口，他反倒安心了许多，胸中膨胀着的是他从未感受过的喜乐。

“翠翠，我们回家吧。”

家里，她喜欢的桂花糕刚刚出炉。

系统的声音仿佛还在她的耳畔回响。

不远处，乐伎们又开始唱歌了，鼓声轻快，箫声悠扬，歌声飘散在黄昏的风中，好似从霞光的尽头传来。

“花不尽，月无穷。两心同。此时愿作，杨柳千丝，绊惹春风。”

春风吹动了裙摆，惜翠恍惚间意识到，大梁的春快要谢了。

她听到自己愣愣地应道：“好。”

第九章　菩　提

从惜翠刚来到这个世界到现在，支撑她继续下去的唯有回家这一个信念。然而当她真的能够回家时，涌上心头的不是喜悦，而是茫然。

夕阳慢慢地沉了下去，鼓箫声也低了下来，气若游丝般地残喘着。

惜翠动了动唇，心好似一步一步地坠了下去，再看向面前犹未觉察的青年，不知该说什么好。

这一切来得太快了，快到她甚至有些措手不及。

卫檀生或许看出了她的心不在焉，捋好她额际散落的发丝，温声询问："翠翠？"

惜翠抬头，想告诉他自己没事，话还没说出口，却突然感到一阵头晕恶心，随后眼前一黑，整个人瘫了下去。

惜翠醒来的时候，不是在拥挤的长街上，映入眼帘的也不是别院佛堂里绰绰的灯影，而是熟悉的青纱帐幔。

惜翠慢慢地坐了起来，身上盖着的是花锦被，床帐外的摆设明显和在卫府的时候如出一辙。青纱帐外，有人正背对着她拨弄镏金香炉里的香灰。

这个时候惜翠来不及去想回家的事，一见这熟悉的身影，就困惑地出声询问："海棠？"

她失去意识前，系统告诉她补完最后一段情节她就能回家了，紧接着她就昏了过去。联系到她这个身体已经油尽灯枯，这最后一段情节应该就是原著中，"吴惜翠”的身体每况愈下，卧病在床，郁郁而终的结局。

那人听见声音后转过身，对上她的视线后轻轻地舒了一口气：“娘子，你醒了？可吓死奴婢了。”

如果不是身上穿的还是晕过去之前的那件衣裙，惜翠听到这犹如穿越小说开场白般的话语，都要以为自己不小心又重生了。

“我……”惜翠本来想问自己怎么在卫府，但转念一想，换了个问法，“卫檀生呢？”

海棠之前提及卫檀生时一直没什么好脸色，毕竟“吴惜翠”厌恶卫檀生，海棠与娘子站在同一条战线上，自然是同仇敌忾。但如今，海棠的脸色很奇怪，眉眼间似乎有些喜色，她看着惜翠时，又似乎有些犹豫。

“郎君眼下正在屋外……”海棠拿了个绿织锦的枕头垫在惜翠的背后，让她靠得更舒服些，随后一边打量惜翠一边小心翼翼地说，“郎君和刘大夫在一块儿说话呢，夫人与嫂夫人也在。”

看来她昏过去之后，卫檀生把她带了回来。

惜翠靠在枕头上，没有再问下去。而海棠似乎终于做好了准备，道：“娘子，刚刚刘大夫说，你有身孕了。”

惜翠只觉耳中嗡地响了一下，犹如被雷劈了，直起身，问：“你说什么？”

海棠道：“方才刘大夫看过了，说娘子已有了一个多月的身孕。”

似乎有凉意慢慢地自指尖渗入肺腑，惜翠哆嗦了一下，愣了半天都没回过神来。

她……她怀孕了？

锦被上的芙蓉纹样极大，盘旋着落入惜翠的眼中，占据了她的整片视野。惜翠看着看着，恍若置身梦中，眼里也只剩下这朵怒放的粉白色芙蓉花。

这个时候，惜翠当然不会以为自己还在做梦。但比起这件事，她宁愿相信这其实只是她的一个荒唐的梦。

想到这儿，惜翠使劲儿掐了一下自己的小臂，肌肤上传来一阵清晰的痛感。看见腕上那片还未淡去的青色印记后，她终于死了心，茫然地接受了这个事实。

随后，她才发现之前那些疑点都有了解释。怪不得前段时间她那么嗜睡，提不起什么精神。只不过那个时候，她根本没往这方面想。

想想也是，就算在避孕方法这么多的现代，她也不能保证完全避孕，更遑论在古代。

惜翠从来没想过会怀孕。

正当她愣怔时，水晶帘被人从外面打了起来，在一阵清脆的声响中，卫杨氏像一阵风卷到她的床畔，看着她的目光慈爱而怜惜：“翠娘，你知不知道你有身孕了？”

刘大夫便站在卫杨氏的身侧，抚须微笑道：“恭喜夫人。”

卫杨氏：“你怎么不说话？可是高兴坏了？也不是娘说你们两个，你看看你和檀奴，都这么大的人了，竟然连你怀了身孕都不知道。”卫杨氏笑道，“你这次昏过去，可把檀奴吓得不轻。”

惜翠下意识地看向了卫檀生的方向。

卫檀生站在床头，难得也有些愣神。他发丝凌乱，站在那儿却还是不掩其玉样的风姿。

当看见惜翠瘫倒在他的眼前时，他的确如卫杨氏所说的那般，面上血色顿失。他差点以为又要失去她了，铺天盖地的无力感席卷了四肢百骸，平日里的镇静与从容在片刻间化为飞灰，只余吞噬肺腑的惶惶不安。

他慌忙抱住她，急急忙忙地驱车赶到医馆，又回到卫府。

如果她要离开，他什么都做不了。

她来自异界，前两次能陪在他的身边，不过是他足够幸运的缘故。倘若这一次她离开了，不愿再见到他，三千世界，茫茫人海，他束手无策。

前半生，卫檀生可以冷心冷眼，居高临下地俯视苦海翻涌，如今却再也做不到了。

卫杨氏又说了些什么，惜翠都没听清楚，只瞧见她嘴唇一张一合，笑意怎么压也压不下去，孙氏也在一旁笑着说了些什么。

卫杨氏看惜翠面色苍白，一脸愣怔的模样，心里叹了口气，倒是能理解她的反应。翠娘初为人母，怕是一时间没反应过来呢。自己当年刚怀上大郎的时候，也被吓坏了。

卫杨氏对惜翠更怜惜了两分，再见惜翠面容瘦削，心想：回头定要安排厨房好好给她补上一补，将她养得健壮一些。

卫杨氏又嘱咐了两句后便站起身，叫孙氏同她一起出去，留卫檀生与惜翠好好说会儿话。

卫杨氏心里高兴，赏给刘大夫的钱多，刘大夫自然也是高兴的。惜翠也下意识地扯出一抹笑来。

这是个意料之外又情理之中的孩子，惜翠愣愣地想。

卫檀生在她的身侧坐了下来，看着她平坦的小腹，既犹疑又困惑。

他确实想要她为他生个孩子。他虽不能理解世人对儿女的痴爱，但知道生养孩子是牵绊一个女人最好的方式。可当这个孩子真的到来了，他反倒犹豫了。

她可会怪他？

"翠翠。"卫檀生抬眼，虽还是微笑着，但笑得有些狼狈，"你有身孕了。"

惜翠有些心累。她知道她怀孕了，用不着这"小变态"再提醒她一遍。

原著中没有写明"吴惜翠"是什么时候死的，但根据书中的情节推测，大概是在她和卫檀生成亲一年多以后。也就是说，她还有一年的时间，足以将孩子生下来。

可她能生不能养，倒不如不生。

生与死对卫檀生而言没有太大的差别，无论死亡还是新生，都不曾带给他一丝一毫的触动。但如今情况好像有了些变化。

青年的手轻轻一颤，落在她平坦的小腹上。才一个月，她并未显怀，他什么都感受不到。但卫檀生不自觉地倾身贴了上去，眼前好像有莲花绽放，鲜妍可爱。

他抬起如玉的脸，面色迟疑。

这便是生，与死相对。

思及此，他有些忌妒，眸光一黯，却又有些欢喜。

最终，欢喜战胜了妒意。他将手探入她的衣内，抚过她平坦的小腹，第一次感受到新生的美妙与俗世的欢喜，不由得扬起唇角。

"翠翠，我与你有女儿了。"

若是从现在算起，孩子或许会在年末出生。卫檀生甚至能想象出来，到时候京城漫天的白，又贴满了红，他们一家三口一起守岁，祭瘟神，换门神，用乌金纸剪上许许多多的蚂蚱、蝴蝶。

女儿再大一些的时候，他便能牵着她去给人拜年了。那时她的头发应该已能垂在额前，能系上大红色的缯绳。翠翠会在屋里等着他们父女二人，他们一家人会一起烧着小炉，饮下屠苏酒。还有，他幼时玩的磨喝乐或许还在，过两天他便去找找看。

这俗世的欢喜，他并不讨厌，甚至反应过来后，高兴得忍不住溢出笑意。

如此一来，她定不会再离开他，他们会一直在一起。

卫檀生握住她的手，嘴角上扬，看着床上的她，像是在痴痴地凝望着自己的佛。

惜翠能感受到卫檀生身上那鲜明的、不似作假的喜悦之情。也是因为这喜悦之情，她更不愿与他对视。

眼神，有时候可以暴露很多想法。

惜翠提起了腰间垂落的被褥，尽量平静地露出一抹笑，说：“我有些累了，想睡一会儿。”

二人交握着的双手松开了。

卫檀生虽然不通七情六欲，但从小就会察言观色，早早便能根据对方细微的神情变化判断出他人的情绪，从而为自己争取最有利的条件。

手指上尚存的温度慢慢地冷了下来。卫檀生却什么也没说，反倒垂眸颔首，微笑道：“好，翠翠，你好好休息。”

他细致地替她盖好了被褥，慢慢地出了屋。

惜翠将锦被拉到头顶盖好，松了一口气，手却不由自主地摸上了自己的小腹。

她现在陷入了两难的境地，不知道该如何对待这孩子。她得尽快决断。

卫家子嗣单薄，得知她怀孕之后，卫府上下都表现出极大的欢欣之情。

卫宗林向来严肃的脸上露出些笑容，对卫杨氏道：“你回头到库房去，把我那件虢石的枕屏取来给翠娘送过去，她有孕在身，不能着凉。”

这虢石的屏风是卫宗林的珍藏，卫杨氏没想到他竟会这般轻易地送出去，意外的同时也没多说什么，点点头：“我想着快入夏了，到时候天气热了，也不能总让她憋在屋子里，少不得要出去纳凉。到时候我吩咐下去，叫人把轻榻和遮风的小屏都准备齐全。”

卫宗林叹道：“若翠娘这一胎能生个儿子便再好不过了，檀奴这般聪颖，若这孩子将来能得他半分的聪慧，日后也好替我卫家争光。”

卫杨氏笑道：“这还没出生呢，你便想这么远了？”

主子们高兴了，底下做事的丫鬟小厮们也高兴。

眼见阖府上下都围着二房转，孙氏不免有些眼热。但她知道，自己之前已经行错了一步，在子嗣这等大事上，不能再犯浑了。

黄氏担心惜翠头一次怀孕会害怕，常常过去给她说一些过来人的经验。二人都是多病身，在这事上，没人比黄氏更通晓了。

惜翠已经完成了任务，只要补全“郁郁而终”的结局就行。她不用再勾搭纪康平了，面对黄氏时也松了口气。

可黄氏的好心终究是白费了，惜翠已经做出了不要这个孩子的决定。

海棠一向听惜翠的话，但在这事上和惜翠有了相反的意见。

“娘子，那是虎狼之药，你这身子本来就不好，不能喝。你就算不为肚子里的孩子着想，也要为自己的身子想想。”

惜翠摇摇头，知道这事没办法和其他人解释。而且她已经决定了，就不会再动摇。海棠拗不过她，只能听从她的吩咐，悄悄弄来一服打胎的药，在厨房煎好了端过来。

捧着药汁，海棠犹未死心，神情复杂地看着惜翠道：“若是喝下去，便没有回头路了，娘子可想好了到时候要如何解释？”

惜翠：“就说我脚下没注意。到时候别请刘大夫，去请你找过的大夫，打点好了，别弄出纰漏来。”

海棠知道娘子以前厌恶卫檀生，但那都已经是许久之前的事了。自从娘子嫁到卫家之后，海棠便没在惜翠的脸上瞧见过厌恶之色。惜翠与卫檀生的感情甚至一日比一日好。卫檀生对惜翠有多好，海棠都看在眼里。

看海棠久久没动，惜翠伸出手：“给我吧。”

“娘子。”

惜翠态度坚决：“给我。”这几天她已经做好了心理准备。

望着里面黑乎乎的药汁，惜翠犹豫了一瞬，在心里说了声“对不起”，接过药碗，仰头喝下。

就在这个时候，门口突然传来一声惊呼：“翠娘！”

惜翠一抬头，黄氏正站在不远处，惊疑不定地看着她。

惜翠不动声色地放下药碗。黄氏快步走上前来，问：“你在喝什么？”文静内敛的女人第一次表现出强硬的态度，将碗夺了过来，放到鼻下细细地闻了闻，面色有些不好。

黄氏是泡在药罐子里长大的，虽然没正儿八经地学过医，但久病成医，从这味道里还是能闻出几分古怪的。她来不及问个究竟，忙掏出帕子递到惜翠的嘴边，低声道：“喝了多少？快吐出来。”

惜翠垂下眼，吐出一口黑色的药汁。

不知道是不是因为还有些犹豫，惜翠没像自己想象中那样一饮而尽，只浅尝了一口。

药汁渗入帕子里，晕出一朵妖异的花。黄氏见了，微微松了一口气，却还没放下心来："剩下的可咽下去了？"

惜翠摇头："没来得及咽。"

黄氏转身倒了杯茶递给她，又吩咐海棠端个小痰盂过来："先漱漱口。"

等惜翠漱完口，黄氏才开始问她缘故："好端端的，喝这个做什么？"黄氏细长的眉眼间浮现出淡淡的忧虑之色。

惜翠拭去嘴角的药渍，别过头："只是……一时没准备好。"

一向好脾气的黄氏不由得加重了语气，皱眉道："翠娘，你怎么这般糊涂？"

方才端起碗来仰头喝药似乎用尽了惜翠的勇气。如今再看着碗，惜翠没了刚刚那番决心。

这不过是一瞬间的事，一鼓作气，再而衰，三而竭。或许她对卫檀生并非全无感情，但让她下定决心将孩子生下来又谈何容易？

惜翠心里很清楚，在她回去之后，这个孩子没有母亲陪伴，生命中终究会缺少些东西。

黄氏说着说着，见她神色愣怔，似有所想，忍不住叹了口气，放缓了语气道："我虽不知你与三郎之间究竟发生了何事，但不管怎么样，你也不该在这事上如此莽撞。"

黄氏与纪郎幼年相识，少年夫妻，恩爱至今。对男女之情，她不敢妄称看得多清楚，但还是有几分了解的。

她能看出来，三郎爱翠娘，翠娘却未必爱三郎。

这一切清清楚楚地落入黄氏的眼中。人家夫妻俩的私事她无从置喙，但她做梦都没想到翠娘会做出这种事来。

"今日是我撞见了，还来得及。"黄氏低声道，"若我没撞上，你要后悔可就晚了。这世上的夫妻没有不吵架的，我与你表哥之间也偶有争吵。有些话，说开就好了，你千万不要钻牛角尖。"

惜翠知道黄氏是为她好，并没有不耐烦。很多事她没办法向黄氏解释清楚，只能默认了黄氏的猜测："今日是我冲动了，多谢嫂嫂。"

临走前，黄氏还是有些不放心，想了一会儿，轻声道："翠娘，三郎爱你呢。你看不清，但我们旁人看得一清二楚。"

黄氏从小便不善言辞，说得好听些是文静内秀，说得难听些便是木讷，幸而纪康平从未嫌弃她笨拙。多余的话，黄氏说不出口了，给惜翠留了独自思考的时间，拿着那碗药走出屋子，打算倒了。

黄氏刚出里屋，水晶帘旁突然转出一个人影。

“嫂嫂。”

黄氏吓了一跳，看清来人的模样后登时愣在原地，话都说不顺畅了：“三……三郎？”

晚风吹来，那水晶帘交织着日暮余晖微微晃动，光落在卫檀生的脸上，一闪一闪的，像一滴滴眼泪，于眼下垂落。

“给我吧。”

黄氏呆立着，竟真让他将手中那碗药端了过去。等她回过神来，心不免突突直跳，不知道三郎究竟听进去了多少。黄氏想说些什么，又怕他没在外面站多久，她说了反倒越描越黑。可她若什么都不说，万一三郎全听到了，迁怒于翠娘又该如何是好？

一时间，黄氏发了愁。想来想去，她只能言简意赅地说：“翠娘……并非有意，她年纪小，只是一时没想明白，脑子没转过弯来。”

“我省得。”卫檀生端着药碗道。

黄氏着急又窘迫，不知该如何是好，只好匆匆安慰了他两句，快步离去。

卫檀生平静地将药倒入屋外的芭蕉叶下，这才走入内室。惜翠正坐在桌前出神。

卫檀生缓缓走到她的面前跪下，枕着她的膝盖。他的乌发生得很长了，滑落下来。

惜翠已经听到了屋外的动静，没想到卫檀生什么都没问，什么都没做，只是静静地将头靠在她的膝上，慢慢地合上了双眼。

惜翠顿了顿，终于下定了决心，问：“卫檀生，你想好这孩子日后叫什么名字了吗？”

卫檀生不由得一愣，回过神来后环抱住她的腰，不禁笑了：“还未想好。”

当天晚上，他将她抱上床，埋头在她的颈侧。惜翠觉得有些痒，忍住没推开他，认真地问：“你说这会是个儿子还是女儿？”

卫檀生不假思索地道：“自然是女儿。”

“如果是儿子呢？”

“不会是儿子，只会是女儿。”

他接着去亲她的鼻尖、唇角、下颌，吻得细密而缠绵。

“翠翠，叫我檀奴，”他远山似的眉轻轻一蹙，眼里带笑，语气却可怜，“你总不愿叫我檀奴。”

惜翠哆嗦了一下，被他亲得有点迷糊：“檀……檀奴……”

卫檀生满意了，紧了紧手臂，笑道：“世人都言，佛慈悲。予乐为慈，拔苦为悲。翠翠，你是我的佛，予我乐，救我苦。”

只是相依偎，他便由衷地感到满足。他慈悲的“佛”宽恕了他，怜悯了他，自此之后，他们一家人再也不会分开。

比起女儿，惜翠更想要个儿子。大梁是封建王朝，即便民风较前朝开放，但身为女人总有些束缚，婚事也讲究父母之命，媒妁之言。女人日后嫁了人，更是要侍奉丈夫和公婆。这个时代对女人而言过于残酷，相较而言，她觉得生一个儿子比较好。

事已至此，惜翠又难免犹疑，自己做的决定到底对不对？

那日在昏黄的佛堂里瞧见他满身的伤疤时，她的确心神震动。但她对卫檀生的感情，还不足以支撑她放弃回家。她与卫檀生相处了那么长时间，将卫檀生的性格缺陷看得清清楚楚。可如今她不仅不能回应他的爱，甚至将他引上了一条歧路……

若她离开了，她不确定他会不会做出什么偏激的事。她希望这个孩子能陪伴他，让他不至于在以后的日子里泥足深陷。

如果没有她，一切一如原著那般发展，对卫檀生而言未尝不是好事。

原著中，在被吴怀翡拒绝后，他不恨也不痴，在往后的岁月中潜心修佛，平稳地度过了一生。

是她为了回家，打乱了他的人生。

第二日，惜翠照常去给卫杨氏请安。

卫杨氏担心她初次怀孕，恐怕会紧张，特地拉着她细细地嘱咐了一番，又道：“我与你爹虽希望你能生个儿子，但并不打算逼你。你与檀奴年纪尚轻，头一胎若是个闺女也无妨。你莫要害怕，安心养胎便是。”卫杨氏又免了惜翠每日的请安礼，叫她好生休息。

惜翠回到屋里的时候，看见卫檀生正看着桌上的纸墨，似乎在想些什么。

瞧见她拂帘踏入室内，青年莞尔一笑，叫她过来。

“翠翠，我在想，要给我们的女儿起什么名字。”

卫檀生认定了这孩子是女儿，惜翠懒得再纠正他了。

“你想到了什么？”惜翠走到桌前，低头看了一眼，只看到洁白的纸面。

幼时以聪慧名动京师的卫家三郎在起名一事上犯了难，沉思许久，始终没拿定主意。

卫檀生坦荡地笑道：“什么也没想到，倒是想了个小名。”他搁下笔，道，“翠翠，你说叫妙有如何？”

惜翠也不擅长起名，觉得妙有这名字有佛性，寓意也不错，男女都可以叫，便同意了。

这个名字传到卫杨氏与卫宗林那儿，他们都没什么异议。

如此，二人便定下了妙有这个小名。

得知惜翠怀孕之后，吴水江与吴冯氏来看过她一次。吴怀翡虽惊讶，但也不甚意外。惜翠与卫檀生成亲已有一段时日，有孕实属正常。由于吴怀翡懂医术，又是大姊，吴冯氏便常常让吴怀翡去看惜翠，帮她安胎，吴怀翡欣然接受。

高骞不知从哪儿得了消息，送上了一份贺礼，但碍于如今的身份，二人不好相见。

小妹怀孕了，高骞心中说不上高兴，也说不上不高兴。

他们无法再相见，他只能从旁人口中听说她将为人母。

高骞心情复杂，其间滋味难以道明。

他如今还不够强大，不能像从前那般护住她，为她遮风挡雨。日后，他会接管高家，一步一步地往上走，直到足够强大为止。

吴怀翡去了两三次便发现了惜翠身体的古怪之处。

惜翠被卫府与吴府的人小心翼翼地照料着，脉象却一点点地弱了下来，这变化很细微，更像无声地蚕食。吴怀翡为人细心，察觉出来了。她只当这是惜翠从小体弱的缘故，叮嘱惜翠要好好照顾身子。

收回把脉的手，吴怀翡柔声道：“是药三分毒，你有孕在身，我待会儿为你写上几份药膳方子，你便照方子调理。”

自己的身体，惜翠自己最清楚。吴怀翡察觉到的异样正是系统所说的“日渐衰竭”。惜翠真心实意地谢过了她。

吴怀翡又陪惜翠说了一会儿话，眼见时间不早了，起身告辞。

出门时，吴怀翡正好撞上了刚回来的卫檀生。她颔首打了招呼，镇静自若地与他道了别。往日种种，二人都不甚在意。

惜翠看卫檀生进来，犹豫了一会儿，开口问道："檀奴……你能不能帮我一个忙？"她不能再去顾小秋那儿了，也不知于自荣会不会为难他，只能托卫檀生照顾他。

卫檀生凝视她良久，将她揽入怀中，叹了口气，轻声道："好。"

回想起吴怀翡的叮嘱，又想到古代的生产条件和自己的身体素质，惜翠心里有些忐忑。为了到时候能少吃些苦，也为了孩子，她开始有意识地多锻炼，毕竟这个身体太单薄了。更重要的是她得想办法培养卫檀生与孩子之间的感情，培养卫檀生作为一个父亲的责任心，让他在她回去后不至于走上极端。

日子突然变得极慢，于春光中漫不经心地滑过。

惜翠有意叫卫檀生问空山寺要来一棵菩提树苗，在院中开辟了一处空地。他在空山寺的时候做惯了农活，种起树来颇为得心应手。

春天快过去了，天气转暖，青年揩去脸颊上的汗水，抬头看了眼天上的日头，转头对她笑道："等这树长成了，到了夏日我们便能坐在此树下歇息乘凉。偷得浮生半日闲，也不过如此。"

过了几天，晚上下起了暴雨。

惜翠正临窗伏案写着笔记。她想借笔记减少孩子日后没有母亲陪伴的孤寂。她写的大部分是日记，还写了些现代的童话和科普知识，给笔记按年龄和时间段分好类。

一年的时间，足够她写下不少东西了。

春雨来得突然，霎时间狂风大作，雨水如鼓点般落了下来。想到二人亲手种的菩提树，惜翠搁下笔，赶紧叫上卫檀生，披上衣，提着灯笼，撑着伞去看。

树苗被那团暖黄的光照着，在暴雨中耷拉着树枝，失去了精神。

惜翠赶紧去扶，又叫小厮们过来帮忙。一大帮人折腾到深夜，待到风停雨歇，才堪堪松了口气。

"为何这般着急？"回到屋里，卫檀生帮她脱下微湿的裙子，问道，"这树若是死了，我再去向寺里要一棵树苗便是。"

惜翠知道他没有生死观，并不着急，只是说："再换一棵，就不是这一棵了。"

卫檀生虽不认同她的说法，但没多说什么，尽心尽力地与她一起照料这棵菩提树。

没多久，惜翠就开始出现妊娠反应，早上起来头晕恶心，吃什么都没胃口，睡眠极浅，常常被庭院里叽叽喳喳的鸟雀吵醒。卫檀生就仿照唐人的习俗，扭红丝为绳，在庭院中的花树上挂上金铃，做了个护花铃。每天鸟雀飞来的时候，他就扯动护花铃，将鸟雀惊飞。

每当风来，惜翠披衣起床，一眼就能看见窗外的红绳金铃，听见它在春风中叮当作响。铃音阵阵，菩提树也于铃音中日渐成长。

刘大夫特地叮嘱了头三个月不要行房。然而，在激素的影响下，惜翠发现自己有了些难以启齿的需求。卫檀生倒是每晚乖乖地搂着她一同入睡。

青年乌发散落，胸膛袒露，在灯光下竟有种惊心动魄的奇异美感。

听到她的动静，卫檀生撑起手臂望向她，不解地笑了笑，清心寡欲得像是还在空山寺时。直到有一天，惜翠不小心撞见他独自一人跨坐在床上，手伸进层层堆叠的衣摆下，微仰起头。

对此，惜翠选择默默地掩上了门。

等到三个月过去，他们能同房时，卫檀生唇角的笑意怎么也压不下来。他笑起来时，色若春晓，满帐生辉。

惜翠伸出手环住了他的脖颈，与他额头相抵，紧密相贴。

事毕，青年眨眨眼，一本正经地给自己找了个借口，笑道："修行佛理本是饥来吃饭，困来即眠。吃饭时不肯吃饭，百种须索；睡时不肯睡，千般计较，于修行而言才是大忌。修行，讲究的是随心自在。"

二人昨晚放纵了些，惜翠早上醒来时还有些疲惫。她看了眼空荡荡的枕侧，穿上鞋，下床走了两步。

熹微的晨光下，卫檀生早早地起了，临窗坐着，低眉敛目，正拿着把银色的小剪刀剪纸。银光翻飞间，他已剪出了一只活灵活现的彩燕。

看见她，青年笑着站起来，将她抱到膝上，拿起桌上的剪纸，一样一样地往她的发间戴。

乌黑的发髻上落了些彩燕，彩燕伸展着羽翼，翩翩欲飞。

剪彩为燕是荆楚之地迎春的习俗，卫檀生做时一副煞有介事的模样。他将今春二人没来得及依风俗做的那些事一一补全了。

"我初剪这些，还不甚熟练，"卫檀生捋去她额角散落的发丝，笑道，"等明年开春，我再为你和妙有剪上一些时兴的，到时候手艺想来会比今日好上许多。"

见惜翠没什么精神，每日都困倦欲睡，卫檀生便带她出去踏青。

趁春还未去，她的身体还支撑得住，她和卫檀生一起跑了不少地方。

京郊有一片竹林，盛产竹笋，卫檀生带着她在竹林里慢慢地挖。笋尖破土而出，绿意盎然，鲜嫩可爱，爆发出蓬勃的生命力。

二人又提着扫帚清扫了竹叶，留出一片空地，就地煮了一锅笋汤。

汤色微白，上面撒了些翠绿的葱花，看上去赏心悦目。

卫檀生拿木勺搅拌了一会儿，端起碗，盛了一碗汤，凉了片刻才递给惜翠，顺便也给自己盛了一碗。

瓷白的碗中漂着微黄的竹笋，像横卧在江中的小舟。

卫檀生在山寺中待的时间长，惜翠记得他不吃葱蒜等五辛，但此时他端起碗，神色平静地喝了一口汤。

惜翠有些诧异。

卫檀生见她惊讶，眉眼弯弯地道："若只有你一人喝笋汤，未免太无趣，二人同享才能尝出些滋味来。还是说……翠翠你并不愿分我这一碗？"

春日看日出，最佳地点在山顶。

空山寺所处的空山不高，但想要到山顶，他们也得费些力气。一大早，卫檀生与惜翠便驾车去了空山。

天色未亮，二人在山脚下车，打着灯笼一路往上。

"此时山中雾气深重，"卫檀生将车上那件斗篷罩在她的身上，低头系好了斗篷前的系带，俯身落下一个吻，笑道，"你有孕在身，不能着凉。"

或许是因为怀孕了，也或许是真如系统所说的那般，惜翠才往上走了一截，就觉得体力不支，气喘吁吁。

察觉到自己身体的变化，惜翠心想：明年，或许明年这个时候就能回家了。

直到现在，她也不知道该如何向卫檀生说这件事。

卫檀生看她累了，挽起衣袖帮她揩去脸上的汗水，轻声道："若真的走不动，便不上去了，山腰也别有一番景致。"

惜翠摇头："来都来了，不上去太可惜了。"

还没到完全支撑不住的地步，惜翠不愿让卫檀生背她，二人一路走走停停，总算顺利地到达山顶。

此时，山雾还未完全消散，淡淡的雾气浮在林间。

卫檀生将带着的坐具铺在地上，悬崖绝壑，云蒸霞蔚，远处绵延不绝的山峰如生长在天际，隐隐约约只能瞧见一抹淡青色的弧线。曙光半掩，一轮红日慢慢地自山顶吐出万丈霞光，雾渐渐地散了，显现出爽朗明媚的林间之景。

二人遥遥地往下看，松涛万顷中，还能瞧见满目的嫩黄，那是山脚人家种的油菜花田。

这是春日，是新生。

四季轮转，生息繁衍，景色更迭。

天地万物，山川江河之美，她都想跟他一起感受。

一入夏，季节交替之际，惜翠就病了一场。

惜翠这一病病得严重。她有孕在身，刘大夫不敢给她开什么药，只能让她慢慢调理。好在有吴怀翡帮忙，惜翠调养了一段时日，总算养了回来。

只是，从暮春到初夏那段日子，惜翠都是在床榻上度过的。

一晃就到了盛夏，惜翠体会到了什么叫地狱般的生活。

四面的格子门都被卸了下来，藤床、薄被都被搬到了屋里，清风入室，却也抵不过炎炎暑气。心知自己时日无多的惜翠头一次希望时间能走快些，自己能赶紧回去，至少家里有空调、无线网络和冰镇西瓜。

大梁并非没有解暑的冰镇小吃，但因她有孕在身，卫杨氏格外忌讳她吃冰的，凉水也不准她多喝，只安慰她多多忍耐，又将自己份例内的冰块多拨了一些到她的房里。

惜翠吃惯了现代各种加了糖精、奶油和食品添加剂的雪糕，大梁的凉水算不上多美味的东西。但她热得没有办法，凉水都算极好的了。

惜翠穿着件白纱无袖的暑衣躺在藤床上，还是热得不行，翻来覆去地睡不着。卫檀生坐在她身侧，低眉敛目，帮她打扇。

扇面微扬，带来徐徐和风。到了酷暑，麻雀似乎也被晒蔫了，没了叽叽喳喳的心思，倒是蝉在乱叫，疯狂地求偶。

卫檀生瞧见惜翠宛如一条咸鱼般瘫在藤床上，眼里带了点笑，轻声问：“还是睡不着？”

藤床上的凉席被体温焐热了，惜翠将自己翻了个面，贴着凉快的那一面继续瘫着。

怀孕之后，她无论吃什么都没什么胃口，躺在藤床上时倒特别想吃街上卖的冰雪冷元子。冰雪冷元子是大梁随处可见的小吃，用黄豆、砂糖和蜂蜜团成一团，浸到冰水里，用来消暑解渴再合适不过。

“我想吃冰雪冷元子。”终于还是无法忍受热意和舌底生出的口水，惜翠坐起身抗议道。

卫檀生摇着扇子的手未有停顿，耐心地说：“但你如今有孕在身。”

不知是不是他的错觉，她好像比之前更瘦了，看不出怀孕了，下颌更尖，衬得眼也更大了，在身孕和酷暑的双重折磨之下，眼下泛起了淡淡的青黑色。

每日清晨，他帮她梳头发的时候，她的头发大把大把地掉，向来乌黑的发也失去了光泽。

卫檀生只当她是因为怀孕胃口不好，前些日子又大病了一场，没有多想，转瞬，注意力又集中到惜翠刚刚提到的冰雪冷元子上。

按理说，她吃些冰的是无妨的。娘那儿有他帮着说话，她少吃一些，想来娘也不会多说什么。

略一思索，卫檀生搁下扇子，亲自叫厨房做了一份冰雪冷元子送过来。

惜翠吃得极慢，半点都舍不得浪费。一碗吃完，她意犹未尽。

“明日，我带你回寺里避暑吧！”卫檀生重新拿起桌上的小扇，坐回她身旁，莞尔说，“你这几日一直没什么胃口，吃些寺里的素斋或许会好上一些。”

“翠翠……”看了她一会儿，卫檀生冷不防地道。

“嗯？”

青年倾身，修长的五指捏着扇柄，将扇面一扬，挡在了脸前，低下头舔了舔她的唇角，舌尖尝到一丝淡淡的甜。

清风徐来，扇面上的芙蓉图样好似活了一般，舒展着鲜嫩的花瓣，在风中轻颤。白绢扇面上映出模糊的交叠的人影。

他闭眼倾身亲吻她，乌发扫在她的脸上。

惜翠觉得心仿佛跟着芙蓉花颤了一下，不太自在地别过了头。

第二天，卫檀生就收拾好行装，带她去了空山寺。

抱着她走下马车时，感受到臂弯中的重量，卫檀生一愣。怀中的少女有孕在身，体重却未有什么变化，似乎还比前两日轻了一些。

一路上在马车中颠簸，她神色疲倦地将头靠在他的胸前。

她这几天总觉得累和困，好像怎么也睡不够。他一低头，就能看见她枯黄的发丝。

卫檀生收敛心神，将双臂紧了紧。

他回到空山寺后，从前的师兄弟们少不得要前来迎接。

瞧见卫檀生一如以前处事不惊、从容度日的模样，其他几个寂字辈的僧人虽不言说，心里却不免有些惋惜。若寂空未下山，说不定多年之后，当由他来继承住持的衣钵。可这终究是寂空自己的选择，他们不方便多说什么。

“慧如呢？”发现人群中少了个小光头，卫檀生略显惊讶，“他还未回来吗？”

惜翠之前陪卫杨氏听俗讲的时候就没看见慧如。在卫檀生还俗后没多久，慧如就随一位师兄北上云游去了。但算算日子，慧如也是时候回来了。

“慧如前几天回来了，昨天不知在忙些什么，又下山了。”其中一位僧人笑着解释道，“如今他还不知寂空你回了寺里。倘若他知道了，肯定是要过来见你的。”

卫檀生从前的禅房还保留着。他将行李放下后，正好听到门外传来了动静，是慧如听到消息飞也似的赶了回来。

“师叔，是我！”

卫檀生打开门，只见慧如兴高采烈地站在门外。小和尚长大了不少，皮肤也晒黑了些，看上去比之前更健壮了，性格倒没什么变化。

“我听说师叔你回来了，”慧如笑道，“还带着吴娘子！”

“我前些日子便想去找你，但师兄们不让我去，怕我打搅了你。”二人多年不见，慧如一点也不觉得生疏，抬步往禅房里走去，一边走一边道，“当初听说师叔你成亲了，我吓了一跳。”

他从未想过师叔会成亲，得到消息时还在路上，心里跟被猫爪子挠了一样，无奈不能赶回来看看。

但想到师叔娶的是吴娘子，慧如也不觉得惊讶。当初在寺里的时候，他年纪虽小，却能看出师叔对吴娘子和对旁人不同。况且吴娘子性子好，医术高，师叔能娶吴娘子为妻，慧如是极为乐意的。

“说起来，我也好久未曾见到吴娘子啦！”

刚刚站在门口，他只瞧见一个身影坐在桌前，以为是吴怀翡。

慧如颇为期待地看向在桌前坐着的人，待看清是一个陌生人后，不由得愣住了：“吴……”

半截话卡在了嗓子眼里，慧如呆呆地看着惜翠，不由自主地问：“师叔，你娶的不是吴娘子吗？”

小和尚的嗓音脆生生的，霎时间，整间禅房都安静下来。

卫檀生下意识地看了惜翠一眼。惜翠知道慧如误会了，没觉得被冒犯，卫檀生喜欢的确实是吴怀翡，这在原著中是无可争辩的事实。

慧如总算反应过来了，自知失言，登时涨红了脸，想要解释。

“抱……抱歉，我不是这个意思，只是师叔……从前与吴娘子明明是……”说多错多，慧如窘得从脖子到光溜溜的脑袋都红了个透。

“慧如，”卫檀生看似平静地道，“你误会了，我的妻子是吴家二娘。”他隐藏在袖中的五指不由得握紧了腕上的佛珠。

慧如年纪小，脱口而出的无心之言戳中了他心中难以言说的隐秘之处。

慧如臊得直跺脚，不敢看惜翠，也不好意思再待下去，飞也似的来了，又飞也似的胡乱找了个借口离开。

离去前，他还是没忍住，心虚地看了惜翠一眼，悄悄地帮忙将门带上。

慧如的反应并不稀奇，时至今日，卫府也有不少人以为卫檀生想娶的是吴怀翡。他平日里与吴怀翡走得近，二人关系亲密。但不知是何缘故，他最终娶了吴家二娘，想来或许是因为求娶大娘不得，这才退而求其次，娶了她的妹子。

每每吴怀翡到卫府时，府上便有人悄悄地留意二人的神情、反应。这些惜翠都未曾在意。

慧如走后，卫檀生按捺下胸中传来的滞涩之感，弯唇看向她，本想解释什么：“翠……”却在看清她的神情后戛然而止。

她还看着慧如离去的方向，脸上隐隐含笑，好像正为再见到慧如而高兴，丝毫没有在意慧如话中的不妥之处。

不该如此，她本不该如此的。

她太瘦了，似乎连轻薄的月白色夏衫也撑不起来，乌发披散在肩侧，更显得面色白得惊人。

她刚上空山寺的时候，穿着的可是蓝白色的衣服？

青年唇角的笑僵住了。他记不清了。

心脏仿佛被无形的手紧紧地攥住，卫檀生呼吸一乱，那股滞涩之感越来越强烈，不到片刻又化为一阵颓然。

他站在禅房内，屋外蝉鸣阵阵，骄阳似火，而惜翠无意中流露出来的态度让他好像坠入了冰窟之中。

“卫檀生？”惜翠看出了他的古怪。

他摇首，勾起嘴角笑了笑：“我无事，翠翠。”

惜翠走上前，被他搂入了怀中。他的手顺着她的脊背一路往下。

除了小腹有些隆起，她身上其余的地方一如既往，十分纤细。

他忽然想到在佛堂那日看到的那一幕。

春花已经谢了。

她似乎随春花一起，走进了一场不可避免的衰亡之旅。

二人在空山寺度过了最难熬的一段夏日，秋天又来了。

惜翠与卫檀生从春看到夏，又从夏看到了秋。

惜翠临窗梳头的时候，窗外正下着一场冷冷的秋雨。夏日盛放的荷花已经尽数凋谢，枯荷伏在浅浅的池底，在秋日的霜雨中日渐卷曲腐烂。

前几天，他们一起去了京城不远处的郭溪。

冷冷的一汪秋水中落了些晚霞，郭溪多芦苇，秋风乍起，芦花深处荡起雪涛，荒凉的芦苇荡中惊起水鸟无数，栖息在此处的大雁与黑颈鹤纷纷振翅高飞，直冲天际，悲声切切。

惜翠似乎从未见过如此景致，想要涉水看个仔细。

不知是何缘故，卫檀生一把拉住了她纤细的手腕，深深地凝视着她。在那么一瞬间，他似乎有种错觉，她会随着这群雁往南飞去。

发顶枯黄的发丝总是会冒出来，惜翠拿梳篦梳了一遍又一遍都压不下去。

卫檀生接过梳篦，取了一捧发握在手上。她的头发日益枯黄，握在手中，枯燥得像秋草。

夜深露重，枕簟上渐生凉意，即便多铺了一床被褥在上面，晚上他搂着她入睡时还能感觉到她身上冰冷的温度，就像搂着一块冰，怎么也焐不热。

半夜，她又从睡梦中咳醒。

她睡得不安稳，常常要起夜，再上床时又睡不着了。

卫檀生见她睡不着，点了灯，抱着她给她念佛经。他嗓音清朗，就着窗外萧瑟的夜雨，有助眠的作用。

秋风将窗户吹开了些，如豆的灯火摇曳了一瞬，苟延残喘了一会儿，灭了。

惜翠起身将灯重新点上，回到卫檀生的身边。

看她眼神清醒、毫无睡意的模样，卫檀生不打算继续念佛经了，而是伸手将桌上的纸铺开，笑着问她：“翠翠，我帮你画幅画像好不好？”

他凝视着她，好像要将她的容貌深深地、一笔一画地刻在心底。

惜翠有些意外，但现在确实睡不着，也很好奇卫檀生究竟能画出什么东西来，便答应了。

卫檀生根本没打算照着她现在的样子来画。他说："我想知道翠翠你真正的模样。真正的你，究竟是何种容貌？"

那土匪、高家三娘以及"吴惜翠"都是她，也都不是她。他想看见的是真正的她。

惜翠有些犯难。她当然还记得自己到底长什么样，只是不知道要怎么和卫檀生描述她的长相。

"凭空画出来太难了。"惜翠摇头，"就算你能画出来，那应该也不像我。"

卫檀生却很执着，垂下眼帘说："不试试怎么知晓？"

"那你觉得本来的我，究竟长什么样？"惜翠反问。

卫檀生又是一怔，刚刚握住笔的手不由自主地松开。

他看向灯光下的她，不过数月，她和从前相比就有了不小的变化。才说了几句话，她又轻轻地咳嗽起来。

她现在的病容称不上多么好看，唯独一双眼，依旧是清澈平静的。

他似乎从来没想过真正的她究竟是什么模样。在此之前，他从未有过为她画像的念头。或许之前他对她的爱还不够深，或者说之前他们间的感情还称不上爱。

她出生在哪儿，家里都有什么人，过去的生活是什么样的，这些他都不曾在意。他竟然连她的过去都没兴致探究。

在惜翠的无心之问下，他第一次试着一点点地勾勒出她曾经的模样。

下笔前，他闭上眼睛，努力压下脑中的那片空白，慢慢地回想惜翠现在的模样，与高遗玉的容貌渐渐重合。

一个人的容貌虽会发生变化，但性子与神态不会有太大的改变。

因为幼年学过画画，青年运笔时手腕很稳，落笔很果断。

惜翠捂住嘴唇咳嗽了两声，好奇地看向青年笔下勾勒出的大致轮廓，想看看在卫檀生的心中她究竟长什么样。

在那沙沙的芭蕉夜雨声中，他寥寥数笔，简单地勾勒出一个倚着栏杆的女人。萧瑟的秋色中，她身着银红色的裙，腰系螺青色的裙带，层层的裙裳垂落在地，脸上涂了胭脂和一层薄粉，意态悠闲慵懒。

惜翠一看，顿时没忍住笑了，一笑，就不住地咳嗽。

卫檀生搁下笔，帮惜翠拍了拍脊背。

她喘了一口气，紧蹙的眉头舒展了些，又看向画纸。

纸上的人很美，确实是寻常的仕女美人形象，但和她实际的相貌差了十万八千里。

误会这么大，惜翠并不意外。她只告诉过他，她来自另一个世界，这“小变态”误以为她口中的世界和大梁一样，才画出了这么一幅娴静的仕女图，这不是他的错。

“我不长这样。”惜翠指着纸上人的发髻说，“我没有发髻，头发是鬈曲的。”一边说着，惜翠一边在自己的胸前比画了一下，“我的头发大概这么长，直接披散着。”

她曾经留过一头直发，但熬夜使人秃头，鬈发好歹能显得头发多一点，也能让气质柔和起来，让她看上去更加温和。所以工作后没多久，惜翠就去烫了个鬈发。

卫檀生目露讶然之色。

惜翠想了想，光说似乎说不出个所以然，便拿了支笔，重新铺开一张纸，画了个简笔的小人。比起斜倚栏杆的仕女，瘫倒在沙发上的“宅女”明显更符合她的形象。

“大概就是这样了。”说着，惜翠又在另一处空白的地方画了个圈，接上短短的四肢道，“这是你。”

瞧见纸上大脑袋大眼睛的小人儿，卫檀生忍不住轻笑，道：“这倒是种新奇的画法。但我何时生得这般丑了？”她画得确实不好看，卫檀生笑道，“明明这京中人都说卫家三郎生了一副天人之姿，我这般美貌落在你的眼中便这么丑？翠翠，你看看我。”

惜翠已经习惯了这“小变态”对自己容貌的看重，答道：“好看，天底下你生得最好看。”

惜翠的凭空描述与实际偏差太大，所以接下来无论卫檀生怎么画，惜翠看着纸上的人都觉得不像自己。

最终，他收起仕女画，同其他废稿一起团作一团，毫无怜惜之意地丢进了废纸篓中。

惜翠有些惋惜：“画得好看，留着多好。”

他洗干净手，听到这话后抱紧了她，将下颌搭在她的脑袋上蹭了蹭：“但这不是你，只是个死物。”

秋雨潇潇，寒意入骨。窗前点着一盏如豆青灯，照见了池中的枯荷。

第一次，他望见枯荷时觉得碍眼，因为那象征着衰老和死亡。

惜翠感觉到他握着她的手收紧了一些，他道：“翠翠，明日我便差人将那池中的淤泥枯荷清理了。”

惜翠看向卫檀生，笑道：“现在看着虽然不好看，但明年还能长出荷花。”

毕竟，死亡与新生总是相对的。

望着低伏着的枯荷，她想起了夏天去空山寺避暑的时候。

当时，她和卫檀生想下山去买些零嘴吃，正好碰上了一场暴雨。他们没带雨伞，只能慌忙摘了两片巨大的荷叶顶在头上，随后去人家的屋檐下躲雨。

那天的雨可真大啊！

街上，行人撑着伞挤挤攘攘的，雨水顺着伞面落下。在满街的伞中，唯独冒出了两片圆圆的绿荷穿梭在人群中。

秋天的时候，或许是因为天气转凉了，惜翠的胃口好了不少。前段时间她吃不了几口就觉得恶心反胃，又不得不让自己多吃些猪肝一类的菜来补血。

秋天正是鳜鱼肥美的时候，她和卫檀生一起去钓了不少鳜鱼，拿回府里交由厨房煮了。这一顿，她难得吃了一整碗的饭。

秋天过后，她的身子似乎养好了不少。或许只是因为有孕，她才这般虚弱。

卫檀生低头看着怀中沉睡的少女，吹熄了灯，满含希冀地想：等到孩子生下来，开春了，她便好了。

等到开春，他就能与她一起坐在廊下，听着护花铃响，看着庭中的菩提树，再剪上许多时兴的彩燕。

惜翠的预产期快到了。

古代的生育条件这么差，生产前，惜翠心里完全没底。

卫府和吴府早早地做了准备，高骞还帮忙找来了京中接生经验丰富的稳婆，吴怀翡也会来帮忙。

惜翠做好了应对各种情况的准备，出乎她意料的是，系统好像给她开了个“金手指”，她在生产过程中竟然没出什么差错，也没觉得有多痛。

瞧见襁褓中的婴儿时，惜翠有些蒙，一时间没反应过来自己这就当妈了。

她生了个女儿，名字已经定下来了，叫悦行，卫悦行。

见不是个男孩，卫杨氏有些遗憾，却没说什么，只让惜翠放宽心，好好养身子。

“你与檀奴还年轻，”卫杨氏笑道，“日后还有机会。”

那毕竟是自己的亲孙女，看着看着，卫杨氏也觉欢喜，不禁眉开眼笑地说：“你看，妙有长得多像你与檀奴。”

刚出生的孩子不太好看，五官没长开，惜翠细细地看了，也没看出女儿究竟像谁。

有了个女儿，卫檀生倒是格外欢欣与满足。

晚上，卫檀生搂着惜翠睡觉时亲吻着她的鬓发，扬起唇角低声说：“翠翠，日后便是我们一家三口一起生活了。”

惜翠没有吭声。她清楚地感觉到，在生下悦行之后，她的身体便急剧地衰竭了。就像一朵花，于花期盛放后，以无可挽回的速度走向衰败。

没多久，她又重病了一场。

她其实没多少精力照看悦行，一直将孩子交给乳娘照料。

她写的笔记已经积攒了厚厚的几本，有时候看着摇篮内的悦行，她由衷地感到一阵愧疚。

惜翠不太愿意卫檀生一直陪着自己，只催他多去陪陪悦行。至于其中的原因，她始终没能下定决心与他说清楚。

悦行出生后没多久就是新年。

新年伊始，海棠和珊瑚特地给惜翠翻出了件海棠红色的新裙子，将她的发髻梳得整整齐齐的。

京城上下到处是爆竹声，全城贴满了大红的春帖。怀孕的时候，惜翠不能喝酒，如今生下了悦行，便跟着众人喝了些屠苏酒，吃了些年糕和柿饼。

卫府上下喜气洋洋的，窗户纸上糊了福字，下人们在各处换上了大红灯笼。

在这除旧迎新的喜悦气氛中，惜翠却清楚地感觉到她可能熬不到年后了。她的身体越来越虚弱，虽穿着海棠红色的裙子，看起来却毫无生气，反而透着股诡异而阴沉的死气。

刘大夫和吴怀翡来看了惜翠好几次，都没有办法。

惜翠问吴怀翡：“我是不是要死了？”

吴怀翡别过头，似乎不敢看惜翠，笑着安慰道：“哪有这回事？你刚生下悦行，身子弱，养几天就好了。”

惜翠窝在卫檀生的怀里，看他给自己染指甲。

她的五指极细，指甲盖白中泛着紫，衣袖滑落，露出一截细细的小臂。

青年垂眸，取了凤仙花汁，染得很仔细，但手指不住地轻颤，连带着手腕上的佛珠也在响。

惜翠伸出手，举到面前，借着窗户外的雪光看。

十个指头，血样的红，似乎染了丹蔻就能为她添上两分生气。

惜翠倒不惧怕死亡。她死了两次，早就不怕了，死亡于她而言是归宿。

她终于能回家了。

她日夜期盼着，总算等到了能回家的那一天。

“檀奴，”惜翠还是不太习惯这个称呼，顿了顿，才下定决心和他讲清楚，“我可能要回家了。”

在此之前，她想了很久也不知道怎么说比较合适。但如果不说，她担心日后可能再也没有机会了。

“我可能快要死了。”惜翠说，“如果我死了，你不用来找我。这次我有预感，死后就能回家了。”

“翠翠，”他平静地注视着她，似乎根本不在意她说了什么，脸上依旧带着温和的笑意，双眼明亮，“我不会让你死的。”他说着缓缓地攥紧了她的手腕，但她的手腕太细了，好像他一使劲就能将其折断一样。

卫檀生将手掌放松了些。他不会让她死的，她不可能离开他。

“我离开之后，替我照顾好妙有。”惜翠继续说，“如果有机会，多带她出去走走。”

青年虽没应声，但惜翠相信他能做到。

“翠翠，”他突然拉着她的手腕贴在他的脸颊上，“你爱我，舍不得丢下我与妙有。”

二人肌肤相贴，她的手指似乎触碰到了微热的湿意。惜翠浑身一震，别过了头，不去看他。

“倘若你死了，我会去找你。”他莞尔道，“一直找你，直到你瞧我可怜，怜悯我，主动出现度我出苦海为止。”

“翠翠，你爱我。”他亲吻着她的鬓角，轻声道，“你爱我，别离开我。”

一声又一声，他似乎在说给自己听，似乎唯有如此才能化解心底无尽的茫然和悲怆。

庭院里的花枯萎了大半，护花铃上落了雪，风也吹不动了。

死亡近在眼前，惜翠的心却格外平静。

卫檀生固执地去请了许多大夫。京城的大夫不行，他便去其他地方请，甚至吴怀翡都已经不再欺瞒他，他却仍不肯相信。

人力终究是有限的，惜翠无论喝多少药，都无法减缓衰亡的速度。

她胸腔中的感受很陌生，像有一把钝刀在一下接着一下地割着。她要死了，舌尖甚至已经无法尝出药味了，喝药像喝白水一样。

他又去了空山寺，跪在了佛陀的面前。

他曾经眼含嘲弄地看着那些在佛前苦苦挣扎的众生，如今也归于众生。

旃檀佛像依旧没什么变化，静静地立在大殿中，一如既往的温和慈悲。佛陀左手下垂，施与愿印，能满众生愿，右手屈臂向上伸，施无畏印，能除众生苦。

如今正值新年，来往上香祈求新的一年富贵平安的人不在少数，在来来往往的香客中，在缭绕的香雾中，青年闭眼，唇角常挂着的笑意收敛得干干净净。

下山的路上，卫檀生看到了一枝梅花。

他从未见过这么美的梅花，冒着漫天的风雪盛开，坚韧而饱含生机。

深夜，又落了一场冷冷的冬雨，雷声滚滚。

他从睡梦中醒来，一眼瞥见了躺在床侧的她。

她面色苍白，唇上毫无血色，脸更尖了，颧骨微凸，长而翘的眼睫覆在眼皮上。

自从惜翠病后，屋里便整夜点着灯，一个霹雳乍响，她却毫无所觉，面色苍白地窝在被褥中，像是失去了呼吸。

他心头掠过一抹慌乱，下意识地去探她的鼻息。她的呼吸虽浅，却像一根线悬着一样，不至于断绝。他松了一口气，因为恐惧而僵硬的手指慢慢地扣紧了。

再看她时，卫檀生又觉得茫然和陌生。

她从被褥中伸出的手，指甲盖上的鲜红已经斑驳，像垂死的枯梅。他看着觉得刺眼，心中竟再度涌现出一阵畏惧，畏惧她身上的死气，畏惧死亡，畏惧再和她同床共枕。

卫檀生掀开床帐，缓缓地走下床，到第二日都没回来。

从此之后，他再也没有在屋里歇下。

他每日都会去找不同的名医，却不愿再和她一起睡，不愿出现在她的面前。

惜翠现在醒得少，睡得多，大半的时间在床榻上度过。她常常做梦，有时候梦到卫檀生，有时候梦到她的爸妈，有时候梦到卫檀生牵着已经五六岁的妙有在石级上走，有时候又梦到高骞、吴怀翡和其他许许多多的人。

今天醒来的时候，惜翠突然感觉自己的精神特别好，不仅能下地了，甚至能喝粥。

她病重，只能喝些白粥，但软糯的粥入口，回味微甜。

惜翠喝了一口，问海棠："粥里放糖了？"

海棠看着她流泪，摇头。

惜翠皱眉，又尝了一口，确实是甜的："我尝着似乎是甜的。"

海棠看着她，眼泪忍不住掉了下来，哽咽着说："粥里没放糖。"

惜翠笑着说："你哭什么？我还没死呢。你现在留些眼泪，等我死的时候再哭。"

海棠呜咽了一声，一边点头一边掉眼泪。

海棠侍奉自己一心一意，惜翠已经为她准备好了卖身契和一些银钱。之后是离开还是回吴府，海棠自己决定。

惜翠现在这副模样应该就是回光返照了。喝完粥，她不太愿意浪费这么好的机会，去看了妙有。

妙有在摇篮里睡得安详，惜翠伸出手指想戳一下她，又担心会将病气过给她，便收回了手，趴在摇篮前，只笑了笑。

再回到屋里的时候，惜翠没看到卫檀生的身影。

"今天他也不回来歇了？"靠在床上，惜翠平静地合上膝上的书，对前来传信的小丫鬟点了点头，表示自己知道了。

等那丫鬟离开时，惜翠的喉咙却突然极其地痒。她弯下腰，剧烈地咳嗽起来，咳得涕泗横流，狼狈不堪，好像要将肺里的血从喉咙里咳出来。

喘匀了呼吸，惜翠平静地擦了擦唇角，苦中作乐地想，这"小变态"不和她一起睡也好，她现在的样子她自己都嫌丑，晚上动不动就要咳嗽，一咳嗽就眼泪、鼻涕、口水一起往下流。

不知道为什么，她其实……不太愿意让卫檀生看见她现在的样子。

床上的人已经不能被称为人了。

她要是像之前那两次一样，干净利落地死去倒还好，像现在这样吊着一口气就是死不了，未免过于折磨人。

吹熄了灯，惜翠仍旧觉得冷，寒意深入骨髓。屋里烧了炭，室内温暖如春，她一人盖了两床棉被，却怎么也焐不热，手脚都是冷的。惜翠下意识地将自己蜷缩起来。

生病的时候，她格外想妈妈，想到小时候感冒了又吞不下胶囊，水咳出来流了一身，她妈一边骂她一边教她怎么吞药，等她吞完了又给她盖好被子，说闷头睡一觉就没事了。

她有些委屈，想快点回家。

半夜，惜翠又觉得热，在一阵冷热交替中醒来后，又昏昏沉沉地睡了过去。

卫檀生每日都去空山寺。冬日的夜冷得彻骨，他顶着山风和冷雪去寺里上香，一遍遍地恳求佛陀。

无数佛幢被山风吹得来回飘荡，佛幢下的如意珠当啷啷作响。佛前，他为她供奉的长明灯在湿冷的地板上映出一团昏黄的光。他腕上的佛珠也映着一线灯火，生与死在殿中交错。

下山的时候，卫檀生正好碰上纪康平。

纪康平春闱考中后，一直待在家里等着授职。在家中无事，他平日里便常常与同年出去宴饮，经营人脉关系。到新春的时候，他将拜帖下得更多，与同年走动得更加频繁。最近因为惜翠病重，各种宴饮，纪康平推托了大半。

纪康平这回来找卫檀生，是想请卫檀生一起去见吏部的一位官员。此事事关前程，他推托不得，一个人去又有些忐忑。卫檀生在京中享有盛名，若能作陪自然再好不过。更何况，如今惜翠重病在身，纪康平也希望卫檀生能多出去走走，散散心。

面前的青年略一思索，便含笑点头，答应下来："好。"

纪康平松了口气，想到惜翠，又看了一眼卫檀生。

卫檀生今日穿着件玉色的衣袍、石青色的鹤氅，脑后绑着杏色莲花暗纹发带，手腕上戴着串莹白色的佛珠，单站在那儿，便是风流蕴藉。无怪乎京中人都称呼他为"小菩萨"。而如今，他如玉的脸上依旧如菩萨一般和煦，似乎惜翠重病之事并未在他的脸上留下任何痕迹。

各人有各人的活法，或许檀奴与惜翠间的夫妻情分本就淡薄一些，纪康平在心里轻叹。

酒宴上，觥筹交错。

主人请了乐伎与舞姬来助兴，笙箫阵阵，那场中的舞姬随之旋身摆腰，雪足踏出舞步，细软的腰肢摇晃。舞姬的衣裳画出柔美而有力的弧线，纤细的脚踝及丰润的手臂上，各色铃铛和钗环叮当作响。

卫檀生端坐着，看着霓裳、灯影与金铃摇动，也能微笑着与人附和两句。

一曲舞毕，舞姬的面上微红，汗水顺着白皙的脸往下落。

望着舞姬健康丰润的四肢，他忽而想到了躺在床上的她，想到了临走前看到的那一幕。她从被褥中垂落出的手臂像半截枯梅，死气沉沉。

青年蓦地捏紧了酒杯，心中像是被什么重重地击打了一下，泛起一阵刀割似的疼痛，疼得他的手指一直在颤。

乐伎、舞姬无疑是美的，比她美多了。

看着她病重的模样，他第一次畏惧死亡，如此贪恋生机。

窗外又飘起了雪，室内的灯光漏出了些许，照着如絮的白雪在黑夜中旋转腾飞。

烟花照亮了夜空，落下无数星子。

可是看着眼前的声色犬马、皮肉白骨，他突然很想回去，回去轻嗅她发间苦涩的药味儿。那些尘世的美，那些鲜活的美人都不如她。

青年茫然地眨了眨眼睛，心中像是缺了块什么，风一吹就生生地疼。

猛然间，他突然明白过来，他畏惧的从来不是她，厌弃的也不是她苟延残喘的模样。毕竟，他何曾惧怕过死亡本身？他曾经日日夜夜在白骨观修持，对着尸身观想修行。

他害怕的是她会死。只要一想到她会死，她会离开他，他便再也无法继续待在那儿。

他厌弃的是那个眼睁睁地看着她离开却毫无办法的自己。

一瞬间，他想要回去，想立即赶回去。

似乎是为了印证他的想法，喧闹的宴席上突然匆匆赶来一个小厮。小厮急切地看了一圈，目光落在了他与纪康平的身上，忙弓身行礼。

"郎君，"小厮附在他的耳畔轻声说，"府里来消息了，娘子快不行了。"

自己快死了，惜翠昏昏沉沉地想。

她见到了妙有，见到了吴氏夫妻，见到了吴怀翡，见到了卫杨氏和卫宗林，见到了孙氏、黄氏、喜儿和书桃，却唯独没有看到卫檀生。

她听到卫杨氏在催促，丫鬟慌忙回答："已经去请郎君了。"

接下来的对话，惜翠听不清楚了。她好像看见了系统的那团白光，看到了高楼大厦，视线渐渐地定在了一个小小的民居里，民居的窗户上映着吊灯温暖的光。

马车行驶到一半的时候，偏偏坏在了路上。

卫檀生好像什么也看不见，什么也听不见了，茫然地打起车帘，行走在冰冷的寒夜里，将纪康平的呼喊声抛在了脑后。

他走得越来越快，越来越快，渐渐地跑了起来，朝着卫府的方向跌跌撞撞地跑去。

昨日下了一场冬雨，地上满是湿滑的泥与雪水，雪水渗入了鞋履中，冻得他脚尖僵硬。

耳畔掠过刀割般的呼啸北风，他幼时被打折的左腿又开始疼了。

他的跛腿其实平时掩藏得很好，好到他甚至忘了自己有个跛腿。双腿一深一浅地踩入雪水中，他感受到钻心刺骨的疼。

他想要看看她。

他多想看看她。

翠翠，等我，等我。

青年恐慌地无声哀求，通红的眼里已有泪水往下落。

他终于支撑不住，摔倒在地上。泥与雪沾满了衣摆，结实的冰凌划破了手掌，他茫然不觉痛地站起身，继续跌跌撞撞地向前走。

卫檀生好像看到了他第一次见到翠翠时的样子。那时他刚醒来，稀疏的树影下，正对上她笑着说"你醒啦？"

他想看看她。

他终于赶到了卫府大门前。

卫府内静悄悄的，像是隐藏在暗夜中的兽口，但府内的灯光温暖如白昼。

他刚要抬步上前，身后却传来砰砰两声。

他抬头看去，远处接二连三的烟花在夜色中升空、绽放。

几乎在同一时间，他听见府内似乎爆发出了一阵悲恸的哀号与哭声。

他怔住了。

冬日里积雪成冰，刺骨的风吹得他面色煞白。他迷惘地愣在了府门前，漫天的星辉落了他一身。

不断八苦，不成无上菩提。

他前半生不知生死，是她教会了他生死。而如今，他要用后半生再次去超脱生死。

府外烟花声震天，府内哭声不绝于耳。这世上众人顾自大哭或大笑。

卫檀生终于回过神来，跨过门槛，沿着记忆中的路线踏入院中，来到屋里。

瞧见他回来了，守在门前的丫鬟忙朝屋里喊："郎君回来了！郎君回来了！"

丫鬟小心翼翼地看了他一眼，哽咽道："娘子已经去了，郎君节哀。"

屋里的人都在哭，落在他的眼中却是一幅吵吵嚷嚷的景象。

卫杨氏与孙氏等人挤在一处，吴怀翡正看着他，面色很古怪。

他似乎无法融入他们的悲痛中，站在门口，没有往前，只静静地看着，心中出乎意料地迷惘而平静。他这般，显得格格不入。

众人拥挤在一处，将床前挡得严严实实的，冬日的屋里烧了炭，本就闷得厉害，人一多，空气更显混浊。

瞧见他站在门口，正无悲无喜地望向屋内，屋里的人好像都愣住了。

青年乌发散乱，玉色的衣摆正往下滴着泥水，紧紧攥起的手里有血渗出。

众人自觉地为他让开，好叫他去看清躺在床上的惜翠，嘴上说着些安慰的话。

卫杨氏本想责骂他两句，一看到他的模样，却不好再说什么了。

他拖着自己的跛腿缓缓地走到床前，却没有去看躺在床上的少女，而是彬彬有礼地转向在屋里的众人，看着他们温和有礼地说："我想与翠娘一起待上一会儿。"

一时间，孙氏等人不由得面面相觑，皆拿不定主意。

卫檀生的脸上似乎没表露出任何悲痛之色，一如往常般平静，平静得有些冷漠。

孙氏看着都不由得打了个寒战，完全没想到自己这个三弟是如此冷漠的性子，就算妻子去世了，也没掉一滴眼泪。孙氏再看向床上的少女时，眼中难免染上了几分同情和悲切。

迎着众人各异的目光，青年不为所动。

还是黄氏最先反应过来，打了圆场："翠娘生前未能与檀奴见上最后一面，死后便让檀奴与翠娘单独相处一会儿吧。”

众人陆陆续续地走出了屋，来到外间商讨后事。

他看着他们一个个走出去，伸手将门合上，细致地给门上了锁，做完这一切才回到床前，看向了躺在床上的少女。

和上一次见面相比，她似乎又瘦了一些？他不太确定地想，仔细地看着她。

她的面色似乎比屋外的雪都要苍白，头发早已失去了光泽，散落在枕上，眉毛也因病重稀疏了几分，眼睫倒是一如既往地黑而长，鸦羽似的。

她死前似乎极为平静，脸上毫无痛苦与留恋之色，甚至看着看着，让人生出一种她是拥抱着死亡离去的错觉。

卫檀生脱了鞋，在她的身旁静静地躺了下来，伸出手慢慢地梳拢她的发丝，一如往常。

在她生前最后的那段日子里，他躲了出去，不敢看她一眼，不敢与她同床共枕，如今却一点都不怕了。他细细地看她，看少女的每一寸肌肤、每一根发丝。

她散乱的发髻终于支撑不住，彻底散开，那支绾发的云纹玉簪啪嗒落在地上，霎时碎成了两截。

他弯腰拾起云纹发簪，攥在手中。

破碎的玉簪刺破了他的手掌，血流得更多了。

他想摸摸她的发顶，又担心血会弄污了她的发。

她喜净，怀孕时不方便弯腰洗头，都是他握着她的发丝，帮她慢慢地洗干净。

恍惚中，他又生出错觉，她当真离开他了吗？

瞥见自己腕上的佛珠，他好像又想到了什么，忙下床取了笔墨，撩起了她的衣袖。

笔尖落在她的肌肤上，从指尖起，飘逸俊秀的字迹流畅蕴藉，如飞仙环绕飞舞。

五根手指上都被细细地写满了字，他又顺着手腕继续往下写，将她的五指、手掌、小臂上都写满了经文。

“凡所有相，皆是虚妄。若见诸相非相，则见如来……”

据说，平日里持诵《金刚经》能解百病。

他手腕一抖，晕出了一团金色的墨渍，忙又伸出衣袖揩干净了，继续往下写。

那隽秀的金色经文看起来好像真的有佛法加持。随着字越写越多，她身上的裙裳渐褪。他眼睫低垂，凝神运笔，将经文写满她全身，再弃了笔，耐心地等待她苏醒。

窗外一阵夜风吹来，她的眼睫轻轻地颤抖了一下。

无法言喻的欢喜将他吞没，他几乎狂喜地跳起来，抱紧了她，睁大了眼，想要看个清楚。

但风停歇了，她鸦羽样的眼睫颤了一下，又归于平静。她又死在了他的怀里。

手掌中传来的刺痛终于将他的神魂与理智唤醒。

他伸出手，看了眼自己鲜血淋漓的手掌，看了眼掌中破碎的玉簪，想要尽量把它们拼接完整，再为她戴上。但不论他怎么拼，那玉簪就是拼不起来。

他再度搂紧她，低头亲吻她，撬开她冰冷的唇齿，想要将自己的温度和生气渡入她的口中，但她还是没任何反应。

他终于颓然地放弃了。

很快他又发现，她躺的姿势似乎歪了点，那样睡不太舒服。她怀孕时一直睡得不太安稳。她这样睡，明日起来脖子一定会疼。

他伸出手想帮她调整姿势，手指触及她的肌肤，却不由自主地打了个寒战，那冷意一直延伸到心脏肺腑，好像叫心都紧紧地缩成了一团。

他想搬动她往里一些，像以前一样，怀抱着她入睡。

她毫无所觉地任由他摆弄，枯梅似的四肢绵软无力地垂下来。他跪在床上抱着她往床里面挪的时候，少女脚踝上的裙摆滑落，露出一截白色的袜子和一抹杏色。

他低下头，瞧见她的脚踝上紧紧地绑着条杏色的发带，绑得紧紧的。他记得翠娘当初并不愿意被他绑住脚踝，但她到死都未曾解开这条发带。

他愣了一下，摸上那条发带，蓦然间，好像整个人都活了过来。

青年颤抖着手将惜翠纳入自己的怀抱，整个人蜷缩在床上，眼泪尽数落入她的脖颈中，一声接一声地呢喃道："翠翠，翠翠。"

青年呜咽着，整个人都在发抖，怀中的少女却沉默着，没有丝毫的反应。

他箍紧了她，想蹭蹭她的额头："翠翠。"

他又哭又笑，咬着牙，像在吞咽着什么，眼泪霎时打湿了她的衣襟，哽咽声像在悲鸣。

她离开了他。

他从来没有过这么鲜明的感受。

她等了他两次，终于离开了他。

烟花再度绽放。

将下颌搁在她的发顶，青年缓缓地闭上了眼，搂着她一同入睡。

长夜漫漫，他搂紧了她，便不再冷了。

没人想到卫檀生对惜翠用情如此之深。卫杨氏、孙氏甚至吴冯氏和吴怀翡也没想到，他会躺在床上静静地搂着她一夜。

还是府中的小丫鬟发现了蹊跷，瞧见他面色苍白，地上有血，尖叫着及时找来了吴怀翡。

他收回被包扎好的手，对上吴怀翡的视线。吴怀翡本想说些安慰的话，但触及他的目光，话到了嗓子眼里却又说不出来了。

她从未见过卫檀生这副模样，披发跣足，形容癫狂。京中那人人称道的“小菩萨”在此刻化为修罗恶鬼。

原来在他们的眼中，他如此无情。抱着惜翠，卫檀生平静无波地想。

旁人都觉得他无情，那她生前，他究竟是如何对待她的？

他慢慢地回想，他曾经杀了她，嘲讽她，迁怒她，斥责她。

他对她，的确薄情寡义。

他如今知道了她的喜好，知道她喜欢鳜鱼，喜欢青绿色，喜欢春日柳枝的绿。可她现在在地底腐烂，冰冷冷的，会有蛆虫亲吻她，将她腐蚀殆尽。

他想要见她。

看不见她的时候，他服了药，解了衣裳，咬着那串冰凉的人骨佛珠，赤身裸体地躺在地上，蜷缩着，以求慰藉。

有时候，他会突然干呕，弯着腰呛出眼泪，不停地吐，一直吐到直不起身，又蜷缩起身子，躺在地上睡一夜。

他想去找她。偏偏卫杨氏同他说：“你与翠娘之间夫妻缘薄，但是你还有妙有，妙有年纪还小。”

对了，妙有，他还有妙有。她曾经说过，她只是回家了。他还不能死，还要等她回来，她终有一天会重新出现在他的面前。

妙有是她留给他的唯一的念想，那是翠翠与他的妙有。有妙有在，她一定会回来。她一定舍不得妙有。

他终于平静了下来，每日尽心尽力地照顾妙有。被他托在手中的婴儿渐渐地长大了些，也能咿呀学语了。

妙有生得像他，眉眼与他如出一辙，喜欢睁大眼望着他，似乎对什么都很好奇。

在妙有的脸上，他甚至看不出一丝惜翠存在过的痕迹。

每日清晨，他垂眸为妙有穿好衣裳，黄昏时就抱着妙有坐在廊下，静静地看着庭院中的菩提树，看着护花铃，等着她回来。

可是，他等了一天又一天，她还是没回来。

或许，那只是路途太漫长，太遥远了。

他平静下来，继续等待她出现。

有时候他也会想，她是不是不愿再看见他了？抑或是她没能回去，当真死在了病中，重入了轮回？

夜里，他哄了妙有入睡，听着潇潇的夜雨，望着窗前如豆的烛火，静静地等它燃尽。

一盏灯，两盏灯，三盏灯……数盏灯燃尽了才是一天。

一日，两日，三日……三百多日才是一年。

而后，一年，两年，三年，四年，五年……

一日复一日，一年复一年。

她像从前一般残忍，生下妙有，留妙有陪伴他，叫他照顾好妙有，让他求生不得，求死不能。

她在他的心上剖开了一道口子，在鲜血淋漓中埋下了一颗种子，经年累月，长成了一棵参天的菩提树。自此，菩提以他的血肉为滋养，占据了他的整个心房。

菩提树者，枝叶青翠，冬夏不凋，光鲜无变。

她使得他执念深重，苦苦追寻，不得正道，不得解脱，永堕轮回。

初春的时候，气温尚未回暖，夜里依旧冷得彻骨。

卧室里的空调刚好保持在二十摄氏度，窝在被子里的惜翠却愣是被焐出了一身的汗。

她摸出枕头旁的手机，看了眼时间：凌晨三点。

手机传出的光落在她的脸上，她面色苍白，神情幽怨得似乎下一秒就能去演恐怖片。

惜翠的目光不由自主地落在握着手机的五指上，指甲整洁，明显是刚被修剪过。

她放下手机，深吸一口气，掀开被子，赤脚下床打开了床头灯。黑夜中亮起一簇柔和的光，将整间卧室笼罩其中。

刚刚闷在被子里，她出了一身的汗，身上的睡衣紧贴着脊背，全身上下莫名地有些燥热。惜翠抿紧了唇，拿起床头的遥控器，关掉了空调，打开了窗。

夜风顺着大开的窗涌入，吹在肌肤上时，惜翠的大脑才慢慢地恢复了意识，重新运转起来。

她回来了。

想到这里，惜翠立即打开房门，急促地奔到她爸妈的房门前。

这时，夫妻俩都已经睡了，房门被锁得紧紧的。

像做贼一样，惜翠将耳朵贴在了房门上。她爸妈睡觉挺安稳的，屋里没鼾声也没梦话，安安静静的。但她听着听着，好像听见她爸妈的呼吸声从门缝里传出来，眼泪不由自主地滚出了眼眶，直往下落，而且还压根没有收敛的趋势。她越哭越凶。

他俩还在屋里睡觉，这个点，惜翠不敢吵醒他们，只能顺着门板坐下来，靠在门上憋着气哭。憋了那么长时间的情绪在这一刻陡然爆发，惜翠哭得抽抽搭搭的，眼泪怎么擦也擦不干净。她不知道自己究竟是在为回家了感到高兴而哭，还是在为了什么旁的哭。

哭完了，惜翠堵在心里的那口气好像终于释放了出来，心中畅快了不少。

她走到饮水机前给自己连接了两杯水，一口气喝完了，这才在客厅的沙发上坐下来，看着墙上的挂钟嘀嘀嗒嗒地走。

刚刚哭得太凶，眼睛还在疼，惜翠捏了捏两眼间的穴位才舒服了些。

现在是凌晨三点二十分，距离她回来，已经过了二十分钟。

惜翠又倒了杯水，关上客厅的灯，回到了自己的卧室里。

大多数人家已经关灯睡下了，但窗外还有几盏灯在远方的黑夜里亮着。

她已经不记得自己穿越之前究竟是几点了，大概是夜里一点多。她那时刚熬夜看完《太平医女》这本小说，正准备关掉手机睡觉。

惜翠坐回桌前，开始望着窗外的灯火发呆。

原来才过去两个多小时。

夜风吹在身上有些痒，但这鲜明的感觉提醒着她，她终于回家了。死前痛苦地挣扎和最后终于解脱的那一幕幕好像还浮现在眼前，但都离她很远了。她现在身体健康，除了熬夜导致的疲倦和心律不齐，浑身上下挑不出别的毛病。

她死前看到了吴怀翡、吴冯氏、卫杨氏，也看到了被乳母抱在怀里的妙有，却没有看到那“小变态”。她倒没有什么遗憾，当时她的意识已经不足以支撑她想那么多了。

或许她和卫檀生之间的缘分本来就淡薄，最后一面没见到也挺好的。

惜翠虽然这么想着，但心中不可忽视的空洞感还是让她不由自主地垂下了眼，深吸了一口气，攥紧了手指。

在意识远去前，她似乎在极速地下坠，迷迷糊糊间又听到了系统那冰冷的电子音。她几乎来不及分辨它话里的意思。

“恭喜宿主完成任务，解锁奖励‘时空穿梭’，如今宿主可以回家了。”

下一秒，她终于回到了自己熟悉又陌生的卧室里。

惜翠打开手机，重新点开《太平医女》这本书，手指滑过屏幕，耐心地一页一页往下翻。

“卫檀生”这个名字如今已化为手机屏幕上冷冰冰的三个方块字。

“那少年身着玉色的袈裟，面容洁白丰润，眼尾低垂，半合着眼，犹如一尊小观音，抬眼一笑间，笑意慈悲而温润。”

这是书中描写卫檀生的容貌的一段文字。

惜翠顿了顿，努力按下心头涌动的莫名的情绪，尽量保持平静，继续往后翻。

或许，她对这“小变态”的感情没有她想象中的那么淡薄。

惜翠死死地握住了手机，手指因为用力而微微颤抖，眉头紧锁，急促地喘息了一声。

人非草木，孰能无情？她能做的只有尽量压抑自己的感情，而在不需要压抑的这一刻，它终于喷薄而出。

“卫檀生望着面前的少女，她身着一袭绿色的襦裙，低着头，修长白皙的脖颈掩在绿纱下。”

“望着那一截白皙的脖颈，卫檀生合上眼，沉默了一瞬，终归是柔声回答道：‘好。’”

这是书里卫檀生被吴怀翡拒绝后的一段描写。自此之后，他偶尔会与吴怀翡、高骞来往，但终究是潜心修佛、清净无碍了。

没有惜翠。整本书里都没有她。她从始至终，只是旁观着他们的喜怒哀乐的看客。

可是在已经有了那么一番经历之后，她怎么可能还把他们当成冰冷而没有生命的角色看待？不论是卫檀生、吴怀翡还是高骞，都是她亲眼见过的活生生的人。

惜翠咬牙皱起眉，眨了眨干涩的双眼，在那瞬间似乎又想到了什么，忙退出这个界面，回到菜单页面。

屏幕上有花花绿绿的各色软件，现在看来透着股奇异的陌生感。在这些软件中多出了一个显示“正在更新中”的软件，没有名字，只有个极简单的黑白色的沙漏图标。

她不记得她在穿越前下载过这么一个软件。

“恭喜宿主完成任务，解锁奖励‘时空穿梭’，如今宿主可以回家了。”

惜翠回想起系统离去前留下的话，心猛地漏跳了一拍，紧接着又剧烈地跳动起来。

她下意识地伸出手，手指触及图标后，屏幕上弹出了个对话框。

“两个世界的时空流速正在校准，请稍后。”

系统口中的“解锁奖励‘时空穿梭’”，难道和这个手机软件有什么关系？

惜翠紧紧蹙眉，心头一片慌乱，不知道从何而来的忐忑与期盼充斥了胸膛。

凌晨三点五十九分。软件已经更新了将近四十分钟，进度却好像没有任何变化。

惜翠又起身去给自己接了杯水，把手机界面切换到微博，想要看会儿微博转移注意力。微博热搜上全是明星八卦和社会新闻，惜翠随便打开一个看了一眼，心思还是挂在了那个正在更新的软件上。

凌晨五点。

系统说过，两个时空的时间流速是不一样的，或许这里只过了一小时，那边就过去了一年。

惜翠不敢睡。

但随着时钟一点一点地走着，她反倒犹豫了。

在她等待的这两个小时中，那边可能已经过去了两年。

软件更新得极其缓慢。

凌晨六点，惜翠放下手机，将手机放回枕头上，转身走出卧室，去了洗手间。

这个点，她已经不需要再睡了。

镜中的女人，二十多岁的年纪，瓜子脸，皮肤白皙，神情看上去有些冷淡和疲倦，眼下泛着些青黑，没来得及打理的鬈发松散地垂落在肩侧。

惜翠刷完牙，冷水扑在脸上时激得她一个哆嗦，原本疲惫的神经总算精神了不少。

惜翠拿起毛巾，擦了把脸，心不在焉地搽了些水乳，这才折回卧室。

惜翠穿过客厅的时候，翠母已经醒了。

突然看到熟悉的面容，惜翠鼻子一酸，原本平复了些的心情又没控制住。她当着翠母的面又开始掉眼泪，张了张嘴，勉强发出一道沙哑的气音。

“妈。”

在过去的多少个日日夜夜中，她总是梦到父母，如今一看到，眼泪顿时夺眶而出。

看见惜翠起得这么早，翠母本来正纳闷，结果没想到女儿当着她的面抽了抽鼻子，哭成了泪人。翠母顿时蒙了：“好端端的，你哭什么啊？”

惜翠摇摇头，没说话，过了一会儿才随便找了个理由应付过去。

“我刚刚看了个电视剧……里面的主角太惨了，刚和他爸妈相认，然后不就想到了你和爸吗？”

好在翠母没多怀疑，反倒是不满地一皱眉，警惕地问：“你昨天晚上几点睡的？是不是又熬夜了？怪不得我好像夜里两三点的时候听到了动静，你说实话。”

再次看见自家亲妈一脸不满的模样，惜翠还有些怀念，笑了笑：“没，我是今天早上刚起来的时候看的，昨天晚上十点多就睡了。”

翠母显然不相信她的话，还在念叨着些什么。

惜翠一边应付了一句“哎呀，你就别问了”，一边抽空问：“妈，我爸呢？”

“在洗手间里刷牙呢。”

好在今天是周末，惜翠不用上班，吃过早饭，已经八点多了。

“不是我说你，你看你，整天熬夜，今天不是还要和遥遥见面吗？你看你现在这个样子，待会儿怎么出门？”

惜翠愣了：“遥遥？”

没过一会儿，她终于想起来了，那貌似是穿越之前她亲妈给她安排的相亲对象。

翠母往桌上摆着碗筷，还在念叨：“人家家里条件挺好的，有两套房，自己开了个小公司，虽然年纪比你大几岁，但和你是同一个大学毕业的，又是老家那边的人……”

这话就算惜翠现在听起来，依然觉得头痛。惜翠看着碗里的白粥，没敢告诉她妈，她其实早就结婚了，还给父母生了个外孙女。

对此，惜翠只能选择赶紧吃完饭，躲到房间里。

她往床上一躺，又摸出手机。早上九点，软件终于更新好了。

看着屏幕上的图标，惜翠伸出手，手指停留在这个小小的黑白沙漏上，犹豫了很久，不知道要不要点下去。

从三点到九点，已经过去了足足六个小时，换算到大梁的时间就是六年。

六年时间，妙有应该已经长得很高了。

六年，足以改变不少人和事。

指腹渐渐地移到锁屏键上，惜翠垂眸心想，或许卫檀生和妙有早就习惯了现在的生活，她不应该贸然打搅他俩。让这一切停留在最后那一刻也挺好的。他和妙有有他们的人生，她也有自己的生活。

手指轻轻地落下又抬起。

看着指腹下的锁屏键，她始终没有决定要不要按下去。

第十章　半　生

自己的爹爹有些奇怪。

在很小的时候，妙有便发现了她的爹爹与旁人的不同之处。

妙有从学堂回来时已经很晚了，天际一轮夕阳正往下坠落。

妙有放下书箧，穿着藕粉色的裙、玉白色的上袄，抱着一本书，脚步轻快地踏入了屋里，系在乌发上的大红缯绳微微扬起。

“我爹呢？”瞧见站立伺候着的丫鬟，她站定了，轻声细语地问。

“郎君正在里屋歇息。”那丫鬟的脸上也含了些笑。

她谢过丫鬟，在进屋前特地将步子放缓了些。

里间的榻上安静地卧着个“美人”，“她”发髻低垂，身着海棠红的裙，袖口处伸出一截结实的小臂，正撑着头，在榻上小憩。“她”的耳上垂下个葫芦状的白玉耳珰，腕上的佛珠一直滑落到小臂中央，裙摆上的环佩在晚风中当啷作响。

那便是她的爹爹，和旁人的爹爹都不一样。

似乎听到了妙有的动静，卫檀生睁开眼，眼里含着茫然，却在触及她的面庞时化为一抹温润的笑意：“妙有，你回来了？”

她年纪尚小，但还是乖巧地走上前，恭恭敬敬地向他行了一礼，只是胸前依旧抱着本书。

他一眼便瞧见了她怀里的书，笑着问：“今日在学堂里学了什么？可有哪里不懂？”

小姑娘“嗯”了一声，点点头，将怀中抱得很紧的书松开，递到他的面前，翻开其中一页，好奇地说：“这儿……这儿妙有不太懂。”

卫檀生接过书，垂眸看了一眼，便为她细细讲解起来。

暮风中，廊外的护花铃荡起一串清朗的铃音。

她忍不住抬头看了一眼，廊下有飞鸟渐渐地飞远了，消失在霭霭的暮色中。

卫檀生眸色沉静地看着跪坐在自己面前的小姑娘，她的脊背挺得笔直，眼神明亮而清澈。

妙有不像他与翠翠，不像他们二人中的任何一人。她自小便比旁人聪慧，从懂事起便有问不完的问题，入了学堂后更是刻苦好学。

每天，旁的孩子在玩闹的时候，她便端坐在窗下，握着笔，一笔一画地写着什么，神情认真。

她如今有了自己的书桌，抽屉中塞满了惜翠留给她的笔记和日记。她自己也写日记，常常低头练字，手臂上的布料磨损得很快。

傍晚，妙有陪着爹爹在廊下静静地坐了一会儿，一直到天黑。

天黑了，星星渐渐地出来了。

她写完了今日的课业，将抽屉拉开，拿出了其中一本笔记。

那是娘留给她的。

她没有娘，她的娘亲去世了，在她出生后没多久便离开了她。但是爹爹总说娘没死，说娘总有一天会回来的。

于是，日复一日，年复一年，她与爹爹便坐在廊下等。

她没见过娘亲长什么模样，娘亲也没留下一幅画像。

她问爹爹时，爹爹也不告诉她，只说她娘是天上的仙女，本无恒常的色相。等娘回来的那天，她看到的便是娘真正的模样。

而爹爹有时候会穿上娘的旧衣裳，戴上娘的旧首饰，打扮成娘昔日的模样。

她便不再问下去了。

虽然没有娘相伴在身侧，但她从未觉得孤独，因为笔记中写满了娘想要对她说的话。每天晚上翻阅笔记的时候，她就好像和娘亲坐在一起说话似的。

因为娘亲，她一直想出去看看，读万卷书，行万里路。

她看了眼窗外的星空。娘说，如今她所看见的星星，可能是它们数百年前的模样。

娘说，在远处有大海，海里有长鲸。有些长鲸会浮到海面上呼吸，看着天际初升的朝阳，将海水渲染成金橘色，而在海的尽头有另外一片大陆，大陆上有各色的人，有各种奇怪却有趣的文明。

她看过从西洋传来的书，她的爹爹不像其他人那般古板，从来不拘着她。

她迫切地想要出去看看，想要弄明白山、海是怎么形成的，想知道世上最高的山有多高，最深的海有多深。

她想要快点出去。

等再长大些，她就不能在学堂和其他人一块儿念书了，她是个姑娘，年纪大了，要待在家里，等到满了一定的年岁便要嫁人，不能再像现在这般整天无拘无束的。

她既想长大，又害怕长大。

她离开的契机，出现在一个雨天。

学堂里有同窗不喜欢她，与她发生争执。她生气地睁大了眼，同他理论了一番，最终夫子将他俩都责骂了一通。晚上，她回去后，耶耶就让她去祠堂里跪着。

那天下了一场春雨，暗处的青苔悄然滋长。

初春的雨，凉意沁人，她冻得唇色发白，仰头看着祠堂里的牌位和里面连绵的灯火，听着耳畔断珠似的滴答雨声。

雨雾中蓦地撑开了一把桐油伞，她看到了她的爹爹，左腿微跛，不疾不徐地穿过雨幕，朝她走来。

“悦行。”她听到他问，“冷吗？”

她点点头，又摇摇头。

她爹爹便弯腰将她抱了起来。

她伸手环住爹爹的脖颈，靠在爹爹的怀中，疲倦地说：“爹爹，我不想待在这儿了，想出去看看，一边出去走一边学。”

虽然耶耶与婆婆都对她很好，她掰着指头想，吴姨母、高叔父、褚叔父与顾叔父，他们都对她很好，喜儿哥哥也很照顾她，但她不想一辈子被拘在府上，想出去看看娘亲口中的那个世界。

她爹爹没什么反应，只是淡淡地说：“好。”

没两日，爹爹便不顾耶耶与婆婆的反对，整理好了行装，带着她离开了京城。她还在离去前，看到爹爹与高叔父吵了一架。

“我将遗玉托付于你，”高叔父嗓音低沉，“遗玉却病死在了卫府。妙有是遗玉的女儿，我无法再放心地将她交托于你。”

爹爹的面色霎时变了，身形竟有些摇摇欲坠。饶是如此，他还是维持了沉静的神情，道：“妙有也是我的女儿，我自会好好照顾她。”

他们先去了三晋。三晋表里山河，有唐虞遗风，多慷慨悲歌之士。她展开一卷先秦的古文，看那书中的聂政、荆轲与高渐离。

“稷下多辩士，邹鲁产圣人”，她与爹爹又去了齐鲁两地，去了仙源，看了泰山。

等长大些，她也懂了那些人情世故，忍不住问爹爹，当初为何愿意听从她那童稚之言，一意孤行地将她带出了京城。

她爹爹只笑着回答：“你娘离去前，曾让我日后带你多出来走走。”

妙有的童年便在舟车中渐渐地度过了。

她在江水碧波中，在乌篷船里，点着灯，看着从西洋传来的那些书；在嗒嗒的马蹄声中，在马车里，系着围腰，兴致勃勃地自己捣鼓那些望远镜，让那些小零件散落一地。

她爹从未拘束过她半分。

她五六岁的时候，爹爹为她做的竹蜻蜓，如今已经陈旧了。

她夹着那本海外地理方志，将竹蜻蜓使劲儿一搓，裙摆微扬，随后站在江畔，看那竹蜻蜓飞远，在江风中飘荡，不知要去往何方。

她爹从船舱中走出来，提着盏灯，莞尔唤道：“妙有，来用晚膳。”

晚膳是船家安排的，她捧着碗米饭，才吃了一口，便听见爹爹问她：“出了金陵，你想去何处？”

妙有握着筷子想了一下，不太好意思地笑道：“爹，我不想待在大梁境内了，如果可以，想去天竺，想去海外看看。”

她知道她爹爹此前是个和尚，虽说如今天竺佛法已经不存，但还是想去看看，和爹爹一起。

面前的男人弯唇应道：“好。”

吃完晚饭，卫檀生俯身叫妙有去睡觉。

她困倦地揉了揉眼：“爹，我写完日记再睡，马上就好。”

妙有将日记垫在膝盖上，就着渔火，耐心地一点点写着前几日的行踪。

转眼间，小姑娘已经慢慢抽条，渐露少女的风姿。她长年累月地在外风吹日晒，肌肤不似京中其他贵女一般白皙娇嫩，却健康青春。

她聪敏好学，一路上颠沛流离，风尘仆仆，却从未喊过一声苦，和衣闭眼便能安然睡去。

卫檀生翻开她枕侧的日记。虽说是日记，她却不忌讳旁人翻阅。

纸页上被她画满了地图，往西北的瀚海、狼居胥，往西南的交趾，往东北的朝鲜、濊貊，往东南的琼州。如今他们所游历的镇江、江宁、常州一带更是描绘得尤为详细。

再往下翻，是密密麻麻的天象图。

再翻一页，是日道图与月道图，两个巨大的圆形，各占据了一页纸。图侧有端正的小楷字记录着：日循黄道东行，一日一夜行一度，三百六十五日……

卫檀生合上日记，将目光从女儿的身上移开，在她入睡后走出船舱。

船舱前挂着的一盏灯悠悠荡荡，那渔火尽数洒落在江面上，暖意融融。

夜雨又潇潇地落了下来。

转眼已经十多年了，她还没有回来。

他在船头趺坐，守着小舟，对着萧瑟的江水静静地想：翠翠，你何时回来？

妙有如今已长得这般高了，菩提树也早已浓荫如盖。

他抚上腕间历历可数的佛珠，只能靠攥紧手，抒发心头的荒凉。

翠翠，你若是再不回来，我这一生就要在江水荡漾中，在明明灭灭的灯火中，在漂泊中度过了。

渐渐地，他靠着荡悠悠的小舟睡着了，凉意自指尖渗入了双膝，整个人静默得好似化为一尊泥塑的佛像。

这十四年，他潜心修佛，遵从佛理。

莫作观行，亦莫澄心，莫起贪嗔，莫怀愁虑，荡荡无碍，任意纵横，不作诸善，不作诸恶。

这十四年，他日日夜夜等待，到如今却蓦然发现，自己的人生竟如此短，短到不满百岁，短到等不到她归来。

父女俩一起去了很多地方，行陂泽栖名山，踏海波揽五岳。

在雁荡山的芦苇中，在瀚海的风沙里，在江南烟雨中，在落日祁连山下，妙有长大了。

十八岁的少女，懵懵懂懂中也渐渐地感知了情爱，遇见了自己喜欢的人，并且义无反顾地想要嫁给他。

那是京中庚家的小儿子，庚星和。

庚家算不上什么高门大族，但也是世代书香。庚星和比妙有大上两岁，二十岁的青年，正值风华正茂的时候，举手投足间，风度翩翩，温良恭谨。他与妙有合得来，也爱摆弄那些从西洋传来的玩意儿，家中藏书颇丰，只用几本书就将十八岁的小姑娘拐到了手。

每每碰上妙有，青年还没张口说话，脸就先红了个透，倒是妙有愣愣的，有些摸不着头脑，没弄明白他这男子汉大丈夫怎么这么扭扭捏捏的。

没过多久，二人便顺理成章地定了亲，这门亲事也是爹爹与高叔父他们几个亲自点过头的。

出嫁前，她与爹爹一同坐在廊下，看着庭院中枝叶繁茂的菩提树。

少女的裙摆铺落在地，像一枝初生的新荷，她的眉眼间也隐隐地有了些惜翠昔日的神采。

“你和你娘一样，小事上没什么脾气，大事上一样坚决，但你比她要大胆得多。”

将近不惑的年纪，男人却好像未有变化，没怎么变老，眼神依旧温润，容貌依旧俊秀。昔年京中的“小菩萨”一如既往地俊美动人，微笑时，唇角略显两分绮丽。

提起自己的婚事，妙有抿起唇，难得表现出一些小女儿的羞涩情态：“即便日后嫁给了星和，我也会同他一起常回来看爹爹的。”她轻声说着，又补充了一句，“爹爹，我保证。”

爹爹不赞同地摇头，微笑道：“你如今嫁了人，日后也该有自己的生活，无须总是陪在我身侧。”

妙有犹豫了一会儿，还是开口问：“爹爹，你可曾想过娶一个继室？”

她嫁给星和之后，这往后的岁月，只有爹爹一人生活了。

她始终不太放心。

娘亲离世已有十多年，但生者的日子还长。

她相信，像娘亲这般温柔的人，也不愿目睹爹爹在往后的日子里，踽踽独行。

前几年，长辈曾无数次提到要为爹爹续娶，她与爹爹行走四方时，也曾碰上对爹爹心怀爱慕的娘子。爹爹不显老，爱慕他的娘子不知凡几。其中扬州的女子尤为娇美动人，一颦一笑，皆是江南水乡的含蓄与清甜。

但爹爹好像对此没一点兴趣。

“时候不早了，你明日尚要早起。”他站起身，温和却坚决地结束了这个话题，“早些歇息吧。”

她看着他的背影，好似看见他不疾不徐、从容平和地走入了漫长的时光中。

妙有成亲那天，天公不作美，偏偏下起了雨，远处的天看上去像浸了水的棉絮，满是阴霾。

雨水挂在檐下，护花铃已经斑驳，系着护花铃的红绳也早已腐朽。

她向来不在乎这些，也不相信那些天象所暗示着的神鬼天意，庚星和也是如此。

不过是成亲当日的一场秋雨罢了，既然她决心要嫁给星和做新妇，那定是不论今日还是往后，都要风雨无阻，携手同行。

她对着镜，取了妆奁中的一支镶着红宝石的禅杖样发簪，轻轻插入发中，望着镜中那明眸皓齿、娇俏艳丽的陌生少女，不由得微微红了脸。

这还是妙有头一次这么精心地打扮。此前，她一直和爹爹到处跑，每日只将头发往脑后一拢，随便梳洗一番，衣裳穿的大多也是耐脏结实的。

但这不代表她不爱美。和大多数姑娘一样，她也爱俏。

庭院中铺就的石板路在风吹日晒之下，已经破旧得坑坑洼洼，雨水落在石板上，聚了一捧的水。

她身上的嫁衣刚刚垂落在脚背上，不能沾水。爹爹便弯下腰，让她趴在他的脊背上。他左腿虽有些跛，但还是背着她，稳当地跨过了积水。

她环着爹爹的脖颈，低头看去，突然发现爹爹的鬓角已经生出了一些白发。

爹爹这般注重自己的容貌，不是不老，只是将白发藏在乌发里，小心翼翼地将“岁月”藏了起来。

他还在等着娘归来，不愿娘归来时，见到的是已垂垂老矣的他。娘见到的一定是当年那个面若好女的“小菩萨”。

妙有收紧了些臂膀。

她已经看不懂爹爹了，甚至连高叔父与吴姨母也看不懂爹爹了。

她的爹爹是如此不可理喻，守着一个虚无缥缈的愿望，就这么活了大半辈子。

出嫁前，雨正好停了。

前来迎亲的庚星和满面通红，不敢细看她，小声说道：“妙……妙有……我来接你了。”

她看着他，两个人都红了脸。

花檐子到了，茶酒司催促新妇登车。

登车前，她想了想，牵着嫁衣回头看了一眼爹爹。

卫檀生就像背着怀孕的惜翠一步一步走下空山寺的石级一样，背起了妙有。

他看着妙有登上花檐子，从此与那庚家小郎举案齐眉地过上一辈子。

妙有，是她留给他的最后的慈悲与温柔。

他回到屋里，收拾旧衣的时候正好瞧见了搁在柜子里的那两个压箱底的小玉人儿。

一男一女，紧密相缠。

他好像回到了他和她成亲的当晚。

红烛高烧，她拿着这两个小玉人儿，坐在帐子里，愣愣地看着他，素来冷淡的脸上微微泛红。她轻轻地咳嗽了一声，无所适从地攥紧了小玉人儿，想要掩饰这通身的尴尬和不自在。

成亲后，妙有果然如她所言，每年都会寻几个日子来看他。

但大多时候，她与庚星和待在一起，夫妻恩爱，志同道合，二人天南海北地到处跑，有时候在大梁，有时候乘船出了海。

二人出海时更是两三年都回不了一趟，偶尔寄来一两封信，或是些海外的稀奇古怪的小玩意儿。

卫檀生无事的时候，好似回到了过去，常常倚在榻上翻阅经书。

前几年，他和妙有去了天竺，天竺佛法早已不存。

那时，他望着妙有，她踮着脚看那波涛汹涌的长河，看那天际烧得熊熊的晚霞。

这十多年来，他不曾梦到过她。

但有一日，他斜倚着软榻睡着了，经书就搁在膝上。

在帘外潇潇的秋雨中，他终于梦见了她。

他梦见她正坐在水晶帘外梳头，日头高高的，水样的光落在她的脸侧，女人看起来有些困倦懒散，鬓角的白玉兰好似翩翩的蝴蝶。

她仰起脸，犹疑了一瞬，还是冲他笑了笑："檀奴。"

一阵凉风吹入室内，帘幕相撞，晶莹的珠光中，他从梦中惊醒。

榻旁的如豆的灯在秋风中摇曳，烛花噼啪一声。

窗外的黄叶纷纷凋零，落在霜阶前，夜已经深了。

卫檀生剪去了一截灯花，重新拾起滑落在地的佛经，低眉信手翻了一页，继续往下看。

人生百年，眨眼间，他在梦寐中已过去了大半。

众生在梦中随业而转。一切烦恼业障，本来空寂。一切因果，皆如梦幻。

没多久，卫檀生又去了一趟郭溪。郭溪草丰沙阔，水鸟聚集，黑颈鹤其声哀哀，芦苇秋风，荒凉满目。

秋风一卷，芦花好似一夜白了头。

翠翠。

他望向芦苇深处，眼里也映出了这碧波粼粼的秋水。

眼睫垂下又扬起，他坦然平和地想：再等等，再等等我便能见到你了。

妙有觉得，爹爹愈来愈偏执，甚至偏执得不可理喻了。

他如今闭门不见客，只一人待在家里潜心修佛。

她很担心，却不好多说什么。

瞧见她蹙眉，庚星和帮她抚去眉间的褶皱，轻声安慰道：“改日便回去看看爹爹吧。”

卫檀生十岁到十八岁的人生，一直在寺中度过，而如今重归禅门，日日夜夜修习佛法。

他似乎相信自己能在死后成佛，能去往极乐，去往无上的佛国，能再见到惜翠。

他死前十分平静。

他沐浴，更衣，换上了他在空山寺中常穿的玉色袈裟，戴着那串佛珠，细细地画了眉，束好发，结跏趺坐，膝上放着个小小的红木盒，在昏黄安静的佛堂中安然地闭目坐化了。

在星和的帮助下，妙有筹办了爹爹的后事。

每每想起他安然地垂着头，敛目趺坐的模样，妙有心里既觉得难受，又觉得可悲，觉得爹爹不可理喻到了可悲可叹的地步。

昔年惊才绝艳的卫家三郎，何其聪敏，等不等得到娘亲，他怎么会不明白？

但他这半辈子，就这么过去了，活在自己给自己编造的幻境中，守着一个希望直到死。

临死前，希望破灭后，他又怀揣着另一个愿望，期盼着自己能成佛。

佛有三不能，佛能空一切相，成万法智，而不能即灭定业。

佛能知群有性，穷亿劫事，而不能化导无缘。

佛能度无量有情，而不能尽众生界。

佛不会怜悯他。

他至死也成不了佛。

第十一章　相见欢

早上九点三十分。

太阳高高地悬挂在半空，阳光透过玻璃窗洒落在室内，总算驱散了些初春空气中的寒意。

惜翠躺在床上，高高地举着手机，想了半刻，终究还是没想出个所以然。

软件已经更新好了，两个世界之间的时空流速都已经校准完毕，也就是说，从现在起，两个世界的时间已经同步了。

她还有思索的时间。

将手机重新塞回枕头底下，惜翠走到桌前，拆了片面膜准备化妆。

翠母口中的“遥遥”全名叫唐遥，这个相亲对象是惜翠的舅舅介绍的。

见面的事她推托了两三回，终于定下来了。

可能是心里想着卫檀生的缘故，化妆的时候，惜翠有些心不在焉，手一抖，眼线顿时画了出去。

眼看画不下去了，惜翠蘸了些卸妆水擦干净眼睛，合上眼线笔的笔帽，随便化了个淡妆，应付了过去。

惜翠一夜没睡，妆感也有点勉强，但看着镜子，好歹气色比之前好了些。

她稍微收拾了一番，差不多已经到出门的时间了。

手机一夜没充电，刚刚才充了一会儿，只有小半截电量在苟延残喘。惜翠揣了个充电宝，又在包里塞了些零碎物件，这才打算出门。

翠母闲不下来，大清早正在擦桌子，瞧见她打算出门，少不得又要碎碎念，叮嘱一番："待会儿见了人家，要好好表现啊，可别给我们家丢人……"

惜翠应了，出门叫了个车，报了个地名。

惜翠到了约定的餐厅，总算见到了那个"遥遥"。在此之前，她和唐遥在微信上聊过一两回，不过现在，惜翠基本上将这号人忘了个七七八八。

唐遥比她大两三岁，五官端正清秀，看上去儒雅干净。

"翠翠，我妈是你们那儿的人。"他笑道。

惜翠垂眼"嗯"了一声。

唐遥他妈是惜翠老家那边的人。唐遥家庭条件不错，家里开了个小公司，现在正在帮他爸打理生意。

等着上菜的间隙，惜翠看了眼窗外的车水马龙。如今再回到现实社会，她反倒有些不真切的感觉，就连脚踩在地上也不太像在踩实地。

她看着窗外的时候，男人也在看着她。

女人瓜子脸，五官都长得恰到好处，眼睛不算大也不算小，眼睫毛很长，黑褐色的眼珠看着很干净。她化了淡妆，只搽了些粉，擦了口红，鬈发披散在肩上，就是神情有些冷淡。

她现在没有心情相亲，一顿饭下来，唐遥也大概明白了她是什么想法。

吃完饭，他站起身道："我送你。"

惜翠拿着包，礼貌地拒绝了："不用，我刚刚已经叫了车，就不麻烦你了。"

唐遥没勉强她，但还是坚持把她送上了车，替她关上了车门。

"到家给我发个信息，"他笑道，"不然你一个女孩子，我没送你回去，到时候让我妈知道了少不得要挨骂。你到家了发个信息，我也能放心些。"

他说话时分寸拿捏得很好，笑起来又不让人觉得被冒犯。

坐在车上，惜翠又拿出了包里的手机，低头看着屏幕上那个沙漏图标的软件。

一闭眼，她好像能看见身着玉色袈裟，戴着佛珠的青年，笑意温润，眼睛像一汪澄澈的湖水。

到现在已经过去了六年的时间，卫檀生与妙有或许已经习惯了如今的生活。她当初坚持要回家，打搅了卫檀生原本的生活，欺骗了他的感情。她本已对不起他，如今也不该因一念起而贸然地回去。

惜翠有些惘然。

她说不上来她对卫檀生究竟是什么感情，也不知道她的决定对他而言公不公平。

她曾经喜欢过卫檀生。

但她的目标自始至终都是回家。为了回家，她必须避免那些不必要的感情，免得到时候无法抽身。

但感情这件事，向来只能克制，由不得人去控制。她生下妙有亦是如此。

她没想到犹豫不决间，指腹刚好按到了软件。下一秒，软件的界面就弹了出来。

惜翠吓了一跳，忙稳住心神，低下头再看，软件的界面设计得也很简单。开屏就是一篇使用说明，看上去有模有样的，很正规。软件由时空管理局研发，在使用前能选择“同意”或是“不同意”。

惜翠大致地浏览了一遍，知道时空穿梭的冷却时间为三天。也就是说，她不论去了哪个世界，想回来都要等上三天。穿书者的技能可共享给自己的队友，队友人数限制为一人。穿书技能也能对其他人使用，但人数限制也是一人。

车刚好驶过一家理发店，惜翠透过半开的车窗看见那家店，下意识地叫停了车。

等再回过神来时，她已经进了店里，坐在了镜子前。

理发小哥怂恿她弄个全套，办张会员卡。惜翠道：“不用，拉直就行。”

理发小哥见她不感兴趣，也没再推销。

对着镜子，惜翠默默地攥紧了手机。

她想回去看看。

卫檀生不知道她长什么样，她只说过她是鬈发。如果她将鬈发拉直了再站到他的面前，他不一定认得出来她。

她只看一眼，远远地看一眼。惜翠垂眸想。

如果卫檀生与妙有过得很好，她就回来，按部就班地生活，从此之后，不再打扰他们两个。

她和卫檀生都会拥有自己的新生活。

惜翠回去之后，翠母被她的新发型吓了一跳，问：“你怎么把头发拉直了？”

惜翠解释道：“没什么，就想换个发型，直发挺好看的。”

奈何她亲妈思维发散得太快，还以为她是为了唐遥才换了个发型，眼珠一转，神秘兮兮地凑过来问：“你觉得遥遥人怎么样？”

“挺好的，就是感觉不太合适。”

惜翠的回答显然不能让翠母满意。翠母问：“哪儿不合适了？你都二十多岁了，连恋爱都没谈过，想找个什么样的？我看人家挺好的，不管合不合适，你们先处着再说。”

惜翠当然不敢反驳。而且，或许是太久没见，被翠母这么念叨，惜翠倒也不觉得烦，笑着“嗯嗯”“啊啊”应了几声，回到卧室，打开了电脑里的购物网址。

除了将鬈发拉直，要想回到那个世界，她还要再做一些准备工作。

惜翠浏览网页的时候，正好来了微信消息。惜翠看了一眼，是她的朋友季悦媛，问她要不要一起出去玩一趟。

季悦媛和她的男朋友苏阳相恋了三四年，很少吵架。苏阳平时没什么脾气，大事小事基本上都听从季悦媛的安排。

每次三个人出行，惜翠就是那个最闪亮的“电灯泡”。

看到季悦媛的消息的那一瞬间，惜翠揉了揉脑袋，竟然有种恍若隔世的错觉，看着微信界面好一会儿才回复说有事不能去。

关掉微信，惜翠继续耐下性子浏览网页。

她在网上买了两件衣服和一个包袱，接着又忍痛花了点钱，买了些小银饰、小水晶，挑的是中规中矩的样式。

她没有大梁通用的银钱，到时候去了那里，要典当这些去换零用钱。

她回来的时候就不早了，盘算间，天色已经暗了下来。

翠母在外面喊她吃晚饭。

饭桌上，惜翠又被翠母和翠父联合盘问了。

翠父话不多，却是家中掌握话语权的人。她爸对她的感情问题不像翠母那么看重，只是觉得她年纪不小了，是时候交个男朋友了。因此每次翠母念叨的时候，他也会跟着帮腔。

对此，惜翠默默地选择了顺从。长久以来的斗争经验告诉她，争论是没有用的，爸妈训话，她听着就行。

没想到吃饭的时候，唐遥给她发了消息，问她在做什么。

惜翠：“在吃饭。”

唐遥回复得很迅速：“那我不打扰你了，你慢慢吃。”

看完消息，惜翠一抬头就对上了翠母含笑的目光。

“是不是遥遥给你发信息了？”

“没。”惜翠端着碗，尽量让自己的神情看上去更有说服力一些，“是一个朋友。”

又过了两天，惜翠从网上买的衣服到了。

工作压力不大，惜翠向公司请了假，和翠母打了个招呼说是去出差。

她找了个地方，换上衣服，盘了个发髻，看着那个沙漏图标的软件，眨了眨眼，深吸一口气。

夜空下，鱼尾破开月光与波光，跳出了河面，又落回了河水中。

卫檀生从睡梦中猛然惊醒。

“爹爹？”听到他的动静，小姑娘揉着双眼，打了个哈欠，疑惑地问。

他的眼睫低垂着，在眼下落下淡淡的阴影。滤去眼底的惊诧与疑惑，过了一会儿，他慢慢地扬起眼睫，静静地看了她片刻，温和地笑道：“我无事，别担心。”

小姑娘这才放下心，正要躺下去，又想到了什么，一手抓着薄被问：“爹爹，我们明天什么时候回去？林娘子说做了榆钱糕等爹爹和我回去吃呢。”

她半夜醒来，肚子有些饿，不禁开始馋林娘子做的榆钱糕。从扬州来的林娘子生得好看，说话也轻声细语的，笑容甜甜的，每次见到爹爹时总会脸红。

“无须着急，睡吧，”卫檀生道，“明日一早便能回去了。”

小姑娘乖乖地“哦”了一声，低头睡了过去。

卫檀生此时却毫无困意，低头帮女儿掖好了被角，起身步出了船舱。

他在船头坐下，回想着刚刚的梦。

小船停泊在杨柳岸边，柳枝摆动着柔软的身姿，条条垂落在粼粼的水波中。

梦里的感受如此逼真，他等了翠娘一辈子都未曾等到她归来。

他眼里掠过一丝迷茫，一时间竟生出一丝庄周梦蝶、亦真亦幻的荒谬之感。

梦中的妙有已经成亲，而他刚刚所见的妙有不过六岁。

眼眸中映着水上的波光，他心上也好似有河水在翻腾，在流淌，忽而急促，忽而平缓。

那究竟是梦，还是他死后当真又回到了过去？

情况和惜翠想象中的差不多糟糕。

望着眼前这座明显和京城不同的陌生城市，惜翠认命地叹了口气。

初春的天，阳光还不算晒，她面前宽阔的长街上人来人往，街道两旁店肆林立，牵着小毛驴、骑着马、挑着担的行人往来穿梭，热热闹闹的，高高飞舞的青白色酒旗在春风中飘扬。

但这偏偏不是京城的景致。

软件的传送地点似乎是随机的，唯一值得安慰的地方在于它没有将她传送到海外，她尚位于大梁境内。而软件上也足够贴心地显示了她所需要的信息：大梁嘉和五年，杭州。

杭州距京城有千里。

惜翠收回目光，头痛地想：当务之急还是找个地方安顿下来，再另想办法。

杭州繁华，当铺并不难找，她先是找了个当铺换了点银钱，过程还算顺利。

出了当铺，她准备去找间客栈，这时却出了些麻烦。

她身上没有路引和相关身份证明，去了三家客栈，账房都十分委婉地拒绝了她。

在来之前，惜翠也想过会碰上这样的窘境。如果实在住不到客栈，她就打算去佛寺或是尼姑庵一类的地方碰碰运气。大梁的佛寺偶尔会收留孤苦无依的女人做针妇，靠在寺庙中帮和尚们缝补衣服为生。

但想归想，她最好还是能找到一家不嫌弃她“黑户”身份的客栈。

好在这一次，在柜台后面查账的女人耐心地听完了她的说辞。

女人年纪不大，约莫二十岁，上身着一件柳青色的衫子，下身穿着条鹅黄锦绣裙，生得秀雅动人，明眸善睐，瞧见来客时便抿起唇浅浅地笑。

听闻惜翠北上寻亲时路引被偷了，女人有些好奇地问：“娘子的夫婿未能与娘子同行吗？”

无怪乎她会这么问，像惜翠这个年纪的女人，在大梁大多已经成家了，孩子也能帮着打酱油了。

想到卫檀生与妙有，惜翠顿了顿：“实不相瞒，我前些日子方与夫婿和离。”惜翠低头看着柜台上的账本，努力让自己的神情看起来黯然一点，也更具说服力一点，“也因如此，我才打算北上寻亲。”

女人听后，看她的眼神便不由得染了几分同情。见一不小心提起了惜翠的伤心事，女人赶忙道歉：“娘子想要在我们客栈下榻倒也无妨，只是待会儿登记时，我可能要多问两句，还望娘子不要嫌麻烦。”

惜翠松了一口气：“娘子问便是。”

“不知娘子姓甚名谁？籍贯何处？家中有几口人？”

提起名字，惜翠想了想，报了翠母的名字。

“我姓孔，单名一个兰字。”

至于籍贯与家中人数，她都一一应付了过去。

女人提笔一一记下，等问清楚了，收了押金，这才笑着合上了登记簿，主动介绍起自己来。

“我姓林，旁人都叫我巧娘，孔娘子若是有什么不方便之处，不妨来找我，我平日里都在这柜台前招呼客人。”说罢，林巧儿叫了个伙计带惜翠去楼上看房，又安慰了她两句。

将这一切都料理好了，林巧儿才望向门外的长街。

卫郎君与妙有究竟何时才能回来？

来到房中，惜翠放下了包袱。

这间房不大，但收拾得干净。

出发前惜翠特地将手机充满了电，还带了两个充电宝。不过就算如此，她也不敢多摆弄手机，只将手机放在一旁，静静地坐了一会儿，想着之后要怎么去京城。

她现在还不清楚这软件的传送地点到底是不是随机的，如果是随机的，那就代表着她三天之后回到现代，再过来的时候只能一切重来，能不能见到卫檀生全靠运气。

如果不是随机的，下一次的传送地点是她上一次离开的地方，那她还能一路回到京城。

答案究竟是什么，还要等她三天后再传送一次试试。

惜翠看了眼手机，眼见将近十二点了，打算下楼去弄些饭吃。

她住的这间和乐客栈不算大，大堂中的人却不少，大多是往来的浙商，临近饭点，挤挤挨挨地将整间客栈大堂坐满了。

她站在楼梯上，一眼就能看见大门外的光景。

刚刚所见的林巧儿正背对着大堂，和客栈外面的人说着些什么。

惜翠走下楼，林巧儿也转过身，怀里却多出了个五六岁的小姑娘。

小姑娘梳着双髻，穿着件血牙色的袄裙，芙蓉似的脸蛋，双眼明亮，正冲着林巧儿笑，像夏日的新荷一般清新动人。林巧儿也笑容满面地捏了捏她的脸，一大一小十分亲昵。

惜翠下楼下到一半，停下了脚步，不知道为什么，看到林巧儿怀里的小女孩的第一眼就觉得特别熟悉，但具体哪里熟悉又说不上来。

这或许是林巧儿的女儿。

惜翠本来不太喜欢小孩子，却对这个小姑娘颇有好感，这也有可能是母性作祟。

按照时间来算，妙有大概和这个小女孩儿差不多年纪。

然而等看到紧随着二人一道儿迈入客栈的男人后，惜翠才彻底地呆立在原地，垂在袖中的手不由自主地紧紧握住了一旁的楼梯扶手。

老旧的木头扶手上传来微凉的触感，让她空白了一瞬的大脑缓了缓，渐渐找回了点意识。惜翠愣怔地看向林巧儿所在的方向。

那是卫檀生。

和林巧儿一起迈步走进客栈的男人修眉细眼，笑意盈盈，腕间戴着串佛珠，乌发用根杏色的发带拢在了脑后，这打扮除了卫檀生还能是谁？

惜翠裙下的脚尖不禁往后缩了点，等脚后跟撞到楼梯时，她才猛地回过神来。

她死前没看到卫檀生，如今再看到他，竟觉得面前的男人有些陌生。

从她的经历来看，她和卫檀生不过分别了十多天，但这个世界已经过去了整整六年。

六年时间足以改变许多人和事。

妙有长大了。

惜翠离开前妙有尚在襁褓之中，五官还没长开，如今已长成了个白皙秀美的小姑娘，难怪惜翠刚刚觉得有些熟悉。妙有的五官中隐隐透着些卫檀生的神韵。

卫檀生的神情和从前相比没什么变化，整个人好像被岁月打磨得更加温厚，眉眼也更深沉了些，退去了少年时期单薄的清秀感，多了两分稳重。

林巧儿抱着妙有，转头同卫檀生说了些什么。隔得太远，大堂里的人又多，惜翠一时听不清，只看见他带着笑回答，唇瓣动了动。

这一幕落在眼底，惜翠说不清自己的心里是什么感受。

她这一次，可能又想多了。

卫檀生看上去状态很好，妙有也被养得很好，她不应该来打扰他俩。

看他俩过得很好，她就放心了。

大堂里挤了太多人，空气有些混浊沉闷，一缕风吹进大堂中，和煦的春风里好像隐隐夹杂着些苦味，或许是来自城外的那片苦丁茶林。

惜翠的脚尖又动了动，她突然想要上楼开窗透透气。

她正准备上楼时，抱着妙有的林巧儿似乎看见了她，快步朝她走了过来，笑道："孔娘子，你怎么下来了？"

这下，林巧儿身侧的男人与林巧儿怀中的小姑娘都看了过来。

惜翠被困在楼梯上，进退不得，脊背上迅速攀上了一股莫名的热意，就像一条被架到了火上的鱼。

惜翠尽量平静地与林巧儿对视，不露出任何蹊跷或值得怀疑的地方。

但当卫檀生的目光落在自己的身上时，惜翠的心还是高高地提了起来。

他的目光中没什么波澜，平静和煦，一如既往。他只看了她一眼，便别过了头。

惜翠握紧了栏杆的手指慢慢地松开了些。

她现在的样子和高遗玉、吴惜翠没有一处一样，即便卫檀生再敏锐，也无法一眼认出她。

"我……"惜翠放慢了语速，好让自己的语气不会出现什么波动，回答道，"我下来用些午膳。"

妙有好奇地看着惜翠，又突然拍了拍林巧儿的手臂，小声道："林姐姐，放妙有下来吧，再抱下去，姐姐该手酸了。"

林巧儿确实觉得手臂有些酸，听妙有这么说，就放下了她。随后，林巧儿看了眼堂中的食客们，歉疚地道："娘子来得有些晚，下面没位子了。"

惜翠道："我回屋里吃便好。"

"这不行，娘子你都下来了，哪里能让你再上去？"林巧儿笑着说，思索了一番，好像想到了什么，转头对卫檀生道："郎君可愿与孔娘子拼个桌？"

男人再一次看了过去。

惜翠压下心头乱七八糟的想法，平静地与他对视。

"若娘子不嫌弃，我与妙有无妨。"卫檀生道。

林巧儿笑道："后院那儿还有个我平常吃饭的地方，既然如此，孔娘子不妨下来与我们一道儿过去用膳。"

按理说林巧儿平日里是不和卫郎君、妙有一起用膳的，这毕竟过于唐突，卫郎君也从未表露过要请她一起用膳的意思。但如今多了一个孔娘子，林巧儿与卫郎君再坐在一处用膳便不觉得尴尬了。

更何况，林巧儿有些怜悯惜翠。这个女人与夫婿和离没多久，神情冷淡，想来心中不好受。

惜翠本想拒绝，但林巧儿先问了卫檀生，等卫檀生同意了再来问惜翠，没有给惜翠任何表态的机会。惜翠只好跟他们一起去了。

走在他们身侧，惜翠尽量不多看，也不多说。

林巧儿却当她是黯然神伤，一时没从和离中缓过神来，不由得心生同情。

见卫檀生走在自己的身侧，林巧儿更怀揣了些说不清道不明的，想要表现一二的心思，便安慰惜翠道："我知晓和离这事娘子一时半会儿走不出来，但这夫妻之间本就是看缘分的，强求不得。既然缘分尽了，娘子不妨看开一点，这后面说不定还有另一番因缘造化。"

她话音刚落，身旁的男人却蓦地开口，温和地问："和离？"

惜翠抬眼，正好撞入了他的眼里，这双眼如之前一般干净，目光澄澈温和。

偏偏这么一双眼看得惜翠的心中莫名一紧。

有那么一瞬间，她好似在这目光中无处遁形，从里到外都被扒了个干干净净。

抛开这些纷乱的念头，惜翠轻轻点了点头："正是。"

后院离大堂并不远，几人谈话间，很快就到了。

院中种了一棵槐树，槐树下摆放着一张石桌与四只石凳。

卫檀生牵着妙有，似乎没有任何避嫌的意思，目光仍旧静静地落在惜翠的身上。

妙有感觉到爹爹的手上使了些力气，攥得她的手有些疼。她仰起小脸，懵懂地看过去。只见那日光透过枝叶的缝隙在他的脸上洒落了些碎金，他的神情淡淡的，看不出喜怒。

就在这时，林巧儿好似察觉出了不对，笑道："到了到了，有什么话先坐下再说吧。"

发觉爹爹的古怪后，小姑娘担心地摇了摇爹爹的胳膊，拉着爹爹坐了下来。

卫檀生垂眸看了眼女儿，无声地笑了笑，抱着她在石凳上坐下。

坐在爹爹的膝上，妙有又好奇地看向了惜翠与林巧儿，尤其是惜翠。

女人低着头，一副不善言辞的模样。但不知为何，妙有看见惜翠的第一眼便喜欢上了她，觉得面前这位大姐姐格外亲近，好像比林姐姐还要亲近一些。

林巧儿坐下后瞧了眼惜翠，又收回目光，笑意嫣然地问："郎君、孔娘子，还有妙有，你们可有什么想吃的？若有，不妨告诉我，我这便叫后厨做去。"

回想起卫檀生刚刚的目光，惜翠有些心虚地抿紧了唇角，不明白这"小变态"究竟是什么意思，也猜不出他到底有没有看出她的身份。

她与卫檀生已经六年没见。按常理，他不可能一眼就看穿她的伪装。

想到这儿，惜翠定了定心神，埋着头，避开与这"小变态"视线交会的可能，尽力扮演出笨拙沉默的形象。

在来之前，她特地向公司请了一个星期的假，时间是足够的。

或许是因为心头萦绕着愧疚之情，也或许是出于什么旁的感受，在一切都尘埃落定的基础上，她已经没有资格再去打乱卫檀生父女俩平稳的人生轨迹了。卫檀生与妙有看起来过得很好。如此一来，三天后她就会离开。

这么想着，惜翠更镇定了些，原本僵硬的四肢也稍稍舒展了一些。

林巧儿问他们想吃些什么，惜翠与卫檀生都没什么特殊要求。林巧儿好像也猜到了这个答案，早就做好了准备，笑着说："今日厨房煮了些龙须面，若不嫌弃，就吃些汤面吧！"

说罢，她叫伙计去厨房里下几碗面，再端两三碟小菜出来。

面要等上一段时间，先上的是小菜与两碟开胃的甜点。

当菜端上桌后，惜翠有点措手不及。小菜是新腌的嫩笋和酸萝卜，脆爽开胃，但在这小菜旁偏偏多了盘冰糖红枣南瓜。

林巧儿拿着筷子，好心好意地笑道："南瓜是我这客栈里的一绝，郎君、孔娘子、妙有，你们尝尝看？"

这南瓜一端上桌，惜翠的头顶上似乎就落了道视线。她停顿了一瞬，故作未觉般拿起筷子，掀起眼帘，朝林巧儿含蓄地笑了笑："多谢娘子招待。"

惜翠夹了满满一筷子的南瓜放入碗里。这一筷子下去，惜翠觉得自己拿筷子的手都在微微颤抖。

她一直不喜欢吃南瓜，偏偏翠母特别喜欢吃，桌上常年都有这么一盘菜。惜翠从小到大吃得多了，长大后就更加厌恶了。

平心而论，桌上的这盘冰糖红枣南瓜的味道确实不错。不过不管这南瓜怎么伪装，都是惜翠从小到大不死不休地与之缠斗的大敌，也是她绝对不会屈服的对象。惜翠心里嫌弃得直皱眉，却还是又夹了一筷子南瓜放进碗里。

卫檀生好似又看了过来。

顶着他的目光，惜翠动了筷子，一口气将碗里的南瓜吃了个干干净净，又起身夹了一筷子，一鼓作气地吃光了。

就在此时，卫檀生的声音又响了起来：“娘子喜欢吃南瓜？”

惜翠抬眼，男人的唇角含了些笑意，态度有礼而不唐突，似乎只是寒暄般地问了一句。

惜翠搁下筷子，谨慎地道：“还好。”

“我瞧娘子多动了几筷子，”他笑了笑道，“便以为娘子喜欢吃南瓜。”

惜翠：“今日的南瓜做得很好，我才多吃了些，叫郎君见笑了。”

卫檀生：“只今日做得好吃才多吃了些，那娘子的意思是，平日里不喜欢了？”

惜翠：“也不是。”

卫檀生笃定地说：“那便是喜欢了。”

惜翠：“……”

“林娘子的这盘南瓜的味道确实很好，若是喜欢，娘子不必因为当着我等的面而不好意思，大可以多吃一些，”卫檀生扬起唇角，柔声说，“莫要辜负了林娘子的一番好意。”

听卫檀生这么说，林巧儿欢喜地笑道：“我便说这南瓜好吃！这盘南瓜不多了，娘子等等，你喜欢，我再给你取一盘来。”

惜翠眼看着林巧儿又取了一盘南瓜摆在她的面前。两颗红枣落在南瓜上，仿佛是南瓜在瞪着眼无情地嘲笑她。

惜翠握着筷子，如遭雷击。

卫檀生依旧在望着她。

没有办法，惜翠只能低下头，又屈辱地夹起了一筷子南瓜，含恨吃光了。

看着惜翠吃南瓜，林巧儿面上掠过一抹疑惑与惊讶。

她与卫郎君相识已有段时日，自认为算是足够了解他的。卫郎君看着温柔有礼，实际上不愿和旁人有过多的牵扯。他或许瞧出了自己的心思，对她倒也礼遇尊重，却不太亲近。

听妙有说，卫郎君此前曾经在山上出家为僧过一段时日，或许正因为如此，才对什么事都不甚上心。今日她还是头一次见到他关心别人的琐事。

林巧儿心中咯噔一下，担忧地看向了身旁默默地低头嚼着南瓜的女人。

这孔娘子的容貌虽算不上殊丽，但也是有几分姿色的。

林巧儿今日特地描眉涂唇，穿上了那卫郎君平日里喜欢的青色衫子。她扯了扯衣角，不安地想，自己不该输给孔娘子才对。更遑论，自己是未嫁之身，而孔娘子已经嫁过人了。

想到这点，她心中稍稍安定了些，看向卫檀生怀里的妙有，笑道："差点忘了，前几天我答应了妙有，要做些榆钱糕给她吃，今天可算等到你们父女俩回来了。那榆钱糕还在厨房里，我给你们端过来。"

这间客栈是她从爹爹那儿继承来的。林父无子，年纪大了，身体又不好，已经再难打理生意了。林巧儿昔年曾定了一门亲事，奈何那未婚夫成亲前便去了，她平常帮着林父打理客栈，一直拖到现在还未嫁人。

林巧儿知晓卫郎君有正妻，且与他那妻子失散了，但并不在乎。若他的妻子不回来了，她便这么陪着他；若他的妻子回来了，她便是做妾也心甘情愿。

林巧儿将榆钱糕端来，见妙有喜欢吃，又笑着招呼卫檀生与惜翠一同尝尝。

几人一边吃着，一边说着些闲话。就是这席间的话题不知怎么又绕到了惜翠的身上。

见林巧儿好奇自己和那个所谓的丈夫的事，惜翠没有办法，只能硬着头皮现编："我那夫婿本是个书生。"

卫檀生轻轻眨了眨眼睛，搂紧了怀中的女儿，没有说话。

"后来，他瞧上了旁人家的女儿，想要娶她为妻，又见我……"惜翠想了想，道，"这么多年来无所出，便动了与我和离的念头。"

"这么看来，孔娘子倒是对你这夫婿情根深种。"卫檀生蓦然开口，打断了她的话。

惜翠："郎君何出此言？"

"若非情根深种，"他的嗓音蓦地有些冷，眼中的温度也一点点降了下来，"怎会在你这夫婿打算将别人抬回家中时才与他和离？"

惜翠不好说"爱"，也不好说"不爱"，只能斟酌着道："我与他毕竟有些夫妻情分在。"

"若我是女子，"他看着她，突然笑了起来，慢慢地说，"在发觉夫婿有二心时便会与他和离。毕竟往后的日子里，还有旁人在等着，我犯不着在他一人的身上白白消耗光阴。娘子对你这夫婿情根深种，你这夫婿却不见得有多在乎你。"

惜翠一时间不知道该怎么接下去。

正好在这时，伙计将龙须面端了上来。龙须面热气腾腾的，汤色雪白，面上撒了些葱花和虾皮，碗中还卧了个荷包蛋。

卫檀生松开怀抱着女儿的一只手，垂眸拿起伙计一同端上来的小酒壶，看也未看，端起青白色的细口小酒壶仰头喝了下去。

在这酒壶触及他的唇瓣的那一刹那，伙计瞪大了眼，伸出了手："郎君！等等！"

伙计话音刚落，却已经晚了，这酒壶里的东西已经大半进了肚。卫檀生愣了一愣，面色一僵，顿时扭头剧烈地咳嗽起来。

春风一吹，老槐树下，一阵强烈的酸味霎时弥漫开来，男人的眼中也迅速地漫上了一层薄薄的水雾。

伙计看着那风姿俊秀的郎君一口气将壶里的醋喝了一半，抬手去拦的动作停在了半空，顿时傻了眼，愣愣地吐出了那还没来得及说出口的话。

"郎君，那是……醋……"

再看男人眼神茫然，眼中水汽弥漫，被酸到失神的模样，伙计既同情又怀揣了些莫名的敬意，心想，他们厨房的醋都是陈年老醋，自己虽然倒得不多，但这半瓶子喝下去定是不好受的。这不，那卫郎君都被酸哭了。

与此同时，同席的林巧儿惊呆了，待回过神来后，赶紧站起身想要查看卫檀生的情况。

"愣着做什么？"林巧儿转头对伙计道，"还不快端杯水过来？"

妙有见卫檀生咳得急促，忙伸出手帮着拍了拍爹爹的脊背，一边拍一边皱着鼻子担忧地问："爹爹，你不要紧吧？"

那伙计看得愣愣的，被林巧儿这么一说才猛然反应过来，忙不迭地转身端水去了。

"且慢。"

没料到那正偏头咳嗽的青年突然开口，拦住了伙计。

卫檀生的嗓音微哑，眼中仍笼罩着层薄薄的水雾，但慢慢地恢复了往日的神采，视线也重新有了焦点。他眼珠一转，目光定定地落在了惜翠的身上。

惜翠根本没想到卫檀生会看都没看，直接喝了半壶醋，这会儿有些蒙。

她看这"小变态"的状况不是很好，正在犹豫要不要询问两句时，卫檀生已经自己喘匀了气，并且将目光放在了她的身上。

卫檀生虽然是在对那伙计说话，眼睛却一眨不眨地紧紧地注视着她。

"不必拿水。"他又咳嗽了一声，唇角一扬，却是笑了，再度拿起桌上的酒壶凑到了唇边，冷声道，“我就是喜欢喝醋，每日都是要喝上两口醋的。”

林巧儿跟着傻眼了，还没说出口的话顿时哽在了嗓子眼里。

而青年恍若未觉，衣袖垂落，白玉似的修长手指握在壶颈上，犹如握住了美人的纤腰。他看着惜翠，又浅浅地呷了一口壶里的醋。

林巧儿：“郎君……这……？”

壶里的醋被他喝去了大半，壶底还剩下一点，又被他面不改色地喝了不少。

而他喝的同时，目光还是未从惜翠的身上离去。他握着酒壶，三两口就将剩下的醋喝了个一干二净。

卫檀生喝完又把壶晃了晃，听不到什么声响了，这才将酒壶搁下，望着惜翠笑意盈盈地问：“方才，我与娘子讲到何处了？”

惜翠就算刚刚有什么话想说，这个时候也因为目睹他这番操作，全都忘在了脑后。

“我……”在这目光下，惜翠突然觉得如坐针毡，忙避开卫檀生的视线，低声道，“我突然有些肚子痛，先行离去了。”

卫檀生与林巧儿也没拦她，只是她离去前，感觉青年微冷的目光依旧停在自己的身上。

合上门，惜翠抬手摸了摸自己的胸膛，心跳如擂鼓。

看卫檀生这态度，她不太确定他究竟认没认出自己，但不管认没认出来，她是不敢继续待下去了。说多错多，她待得久了就容易暴露身份。

在床上坐了一会儿，惜翠翻出了包袱里塞着的 Kindle[①]。

出发前，她考虑到这儿没什么娱乐方式，带了 Kindle 来打发时间，这个时候正好能用来转移注意力。

这一看，等惜翠再从屏幕上抬眼时，已经日落西山了。窗外的天色明显黑了大半。

可能是因为之前吃了一大碗南瓜，惜翠不是很饿，一想到南瓜，胃里还有些翻腾。但她没有多在意，直到晚上喝了一杯水躺床上睡觉的时候，才发现不对。

---

① Kindle：某种电子书阅读器。

她的胃很疼，全身上下还有些痒。她起来点上灯一看，胳膊上不知道什么时候已经出了些红疹子。

这是……水土不服？看着自己的胳膊，惜翠粗略地判断了一下，不禁皱眉。

她毕竟不是这儿的土著，若说水土不服，也不是没有可能。

她本来想第二天再找个医馆看看，吹熄了灯，奈何一躺下去，身上更痒，胃里也开始犯恶心。

没办法，惜翠只能坐起来，看了眼手机上的时间：晚上七点。

杭州繁华，这个点应该还有医馆是开着的。惜翠穿上衣服，推开了门。

客栈大堂中还点着灯，稀稀落落地坐了几个人，但这个时候大部分客人已经回屋里睡觉了。

惜翠没瞧见林巧儿，四处一看，伙计也不知道去了哪里。没有办法，惜翠只好先出了客栈，打算问问路人哪里有医馆。

惜翠前脚刚迈出门，正好撞上了牵着女儿的手的青年。

卫檀生停下了脚步："娘子？"

青年身旁的小姑娘瞧见惜翠好似很高兴，仰起头十分乖巧地喊了声"孔姐姐"，黑亮的眼中映着惜翠的模样，唇抿成了一个小小的月牙儿。

惜翠往旁边让了半步："卫郎君，妙有。"

卫檀生看了她一眼，却没踏入客栈，问："天色已晚，娘子还未入睡？"

他刚看见惜翠时，脸上还是含着些笑意的，而现在不知想到了什么，那笑意又收了起来。

他握紧了妙有的手，淡淡地道："长夜漫漫，无心睡眠，难道你还在想念那与你和离的夫婿？你想你那夫婿，想得夜不能眠……"卫檀生缓缓地道，"如此良夜，你那夫婿坐拥着娇妻美妾，却不一定想得到你。"

虽然不知道卫檀生的思维是怎么发散到这一步的，但想到自己如今的身份，惜翠还是谨慎地道："我与他和离后便没什么干系了，他如今做什么都与我无关。"

这个答案好像还是未能使卫檀生满意，他笑道："娘子倒是痴情，也有容人雅量，即便与夫婿和离了，还不忘为他说话。"

被卫檀生牵着手，妙有吸了吸小鼻子，悄悄地吐出一口气。

明明回去之后，爹爹胃里难受吐了一场，吐完已经沐浴换衣了，但这袖角上的醋味怎么还未散去，反倒更重了些？

“我没想他。”惜翠解释道，“我只是水土不服，想去医馆看看。”

“水土不服？”卫檀生握着女儿的手不自觉地一松，又打量了惜翠一眼，“娘子身体不适？”

惜翠：“郎君可知这附近哪里有医馆？”

卫檀生顿了片刻，道：“我带娘子去吧。”

惜翠：“这么晚了，不用麻烦郎君。郎君告诉我哪里有医馆，我自己去就好。”

卫檀生：“娘子是信不过我？”

“我不是这个意思。”

“既然信得过我，就让我引路吧。”

他将话说到了这个份上，惜翠不好再拒绝：“那便麻烦郎君了。”

卫檀生牵着妙有走在前面，惜翠跟在二人身后，看着男人发间的杏色发带伴随着他的脚步在晚风中扬起又落下，拉出一道杏色的弧线。

他走得不快也不慢，确保她能跟上的同时，和她保持了一段距离。

卫檀生的态度让惜翠有些拿不定主意，实在没明白他究竟看没看出她的身份。若说他看出来了，倒不太像；若他没看出来，以他的性格，不该在陌生人的身上费这么多心思才对。

卫檀生现在的态度，她也有些熟悉，仔细想想，很像她刚到空山寺那会儿。那时候，卫檀生似乎并不喜欢她。想到这儿，惜翠沉默了一瞬，突然有些自我怀疑。难道说，她看着就不讨喜吗？高遗玉也好，换回自己的身体也罢，这“小变态”看见她的第一眼就没什么好脸色。

走到一半，碰上有当街叫卖乳糕的，青年停下来，给女儿买了一包，这才继续往前走。

没多时，三人就走到了医馆门口。

春天正是易感风寒的季节，医馆前挑了灯，灯下排了长长的一队，馆中也挤满了病人。

等候的间隙，卫檀生蓦地问道：“不知娘子是哪里人氏？”

“我本是京城人氏，前几年才嫁到这附近。”

“说起来，我在这附近倒也有些故交，”卫檀生笑道，“不知娘子的夫家姓什么？指不定我还听说过一二。”

“我那夫家姓……”惜翠面色不变地信口胡诌，“季。”

“季姓我却不曾听闻，”卫檀生思索了一番，又笑着问道，“娘子曾言这季郎君是个书生，不知可考取了功名？”

“考取了秀才。”

“不过考取了个秀才，便想着休妻纳妾，”青年眼睛一眨，眸中掠过一抹讥诮之色，“娘子这择婿的眼光恐怕有些问题。你那夫婿学问做得不怎么样，德行倒先落了个下乘。”

话虽这么说，青年的唇角却不由得向上扬了扬。

这话说得不客气，惜翠没有吭声。

青年瞧见她的模样，不自觉地捏紧了手上的那包乳糕，唇角的笑意一敛，又冷声道：“我这么说娘子的夫婿，娘子可是不悦了？这世上的良人不知凡几，娘子对季郎君便这般恋恋不舍？我与娘子萍水相逢，今夜特地陪娘子来这医馆里走了一遭，我做夫婿，可不比你那夫婿要好得多？”

“不过，”青年话锋一转，冷哂道，“我已有了中馈，也只钟情于一人。”

“爹爹。”妙有小心翼翼地扯了扯他的衣袖，指了指他的手，“乳糕被你捏坏了。”

女儿的话使卫檀生蓦然回过神来。对上惜翠的视线，他笑吟吟地说：“抱歉，叫娘子见笑了，我除了爱喝醋，还有一项怪癖，便是没事捏这乳糕。”

说罢，好像是为了证实自己所言非虚，青年又攥紧了手，将手上的那包乳糕捏成细细的粉末后才松了手。

小姑娘愣了愣，顿时不赞同地蹙起了眉：“爹爹，这乳糕好好的，你不该平白无故地去捏它。”妙有一本正经地看着自家爹爹，轻声说，“这爱惜粮食、俭以养德的道理还是爹爹你同我说的呀。”

“而且，”小姑娘偏头，睁大眼，困惑地问，“爹爹，你何时喜欢上喝醋和捏乳糕了，我怎么从不知晓呢？”小姑娘抬头看了眼卫檀生，又看了眼惜翠。她总觉得爹爹与孔娘子之间的气氛有些古怪。

医馆的灯火落入男人的眼中，喧闹的医馆好像霎时安静了一瞬。在女儿疑惑的目光中，卫檀生停顿了片刻，抬手摸上了女儿的发顶：“妙有。”

“爹爹？”小姑娘不解地问。

青年弯唇笑道：“乖，爹爹下次不捏乳糕便是了。爹爹还有些话要同孔娘子说，你吴姨母前些日子不是给你寄来了几本医书？今日正好来了医馆，你不妨借这个机会四处看看。”

听卫檀生这么一说，小姑娘的心神转瞬便被那些药材、病症夺去，她当即点点头，提着裙角走到一旁去看伙计称量药材去了。

确保女儿待在自己的视线范围内后，卫檀生这才又看向了惜翠。

柜台足足有小姑娘的头那么高，妙有踮着脚，将自己的两只胳膊都搭在柜台上，正同伙计说些什么。

那伙计倒也没流露出不耐烦的神情，眼睛望着手上的药秤，嘴上却在笑着说些什么。四周的灯光让小姑娘的脸上泛着温润细腻的光泽，她的一双眼正紧盯着柜台，一眨也不眨，看得认真。

虽然惜翠在来之前已经做好了准备，不去多看，也不去多想，但望着妙有，惜翠还是看得有些入神。

卫檀生将妙有教养得很好，诚恳知礼。

但碍于卫檀生还站在她的身侧，惜翠看了一眼，就强迫自己收回目光，垂眸静立。

卫檀生问：“娘子在看妙有？”

惜翠：“郎君生了个好女儿。”

卫檀生看向柜台的方向，笑道：“她幼时丧母，从小就比旁的孩子懂事一些。”他状似无意般地道，“妙有四岁之前，身体一直不太好。她丧母，我丧妻，我们孤儿鳏夫只能相依为命，这六年来，凑合着也就过了下来。”

惜翠：“……”

正好在这个时候，轮到惜翠了。

坐堂的大夫看上去已有了些年纪，须发皆白。那大夫替惜翠看过后，却越过了她，直接看向站在她身侧的卫檀生，笑道：“尊夫人的身体并无大碍，只是刚到我们杭州还不大适应。我待会儿开个药方，郎君照着药方抓药便是。”

卫檀生：“多谢大夫。”

卫檀生回答得自然，惜翠一时也没发觉出来有什么不对。

等她拿了药，走出医馆，被冷风一吹，才突然回神。她现在和卫檀生哪里算得上夫妻?

惜翠再抬头时，青年已牵着妙有走在了前面，只留给她一大一小的两个背影。惜翠就算重申二人不是夫妻，这个时候也没了意义。没有办法，她只能闭眼将这个念头抛在脑后，抬步跟了上去。

惜翠走在卫檀生的左侧，卫檀生右侧的小姑娘正踩着自己的影子玩。卫檀生将妙有的手握得牢牢的，防止她被人群冲散。

虽然天已经黑了，但这条街上还是很热闹。

乳糕被自家爹爹捏成了粉末，小姑娘看着路边的糕点铺子直眨眼，拉着爹爹的手欲言又止。幸好她这不靠谱的爹总算反应过来自己对闺女的零食做了什么无耻之事，牵着女儿在一家糕点铺前停下了脚步。

“想吃什么？快些挑。”青年温声道。

小姑娘眼睛一亮，兴冲冲地去挑了。不过她还是谨记着晚上要少吃些糕点，否则会牙疼，每样只挑了一点。

看着妙有抱着油纸包，眼睛亮晶晶的模样，惜翠默默地移开视线。

托卫檀生的福，惜翠今天下午到晚上都没吃什么东西。如今看着女儿手里的零食，惜翠饿了。

尤其是小姑娘打开油纸包后，没忘记举起一个圆滚滚的豆沙团子递到自家爹爹的嘴边，道：“爹爹也吃，这回可不能再浪费粮食啦。”

当着惜翠的面，青年温柔地笑了笑，张开嘴，将那白糯的豆沙团子一口吃了。

面皮被咬破，红褐色的豆沙缓缓地流出，味道又香又甜。

惜翠疲惫地收回目光。她好饿。但她只能眼睁睁地看着这“小变态”一口接一口地吃着糕点。

虽然太丢脸了不想承认，但她确实是看饿了。

大抵人在饿的时候总会做出一些丢脸的事情，惜翠悄悄地吸了一口空气中的甜滋滋的味道。

而在这个时候，妙有似乎想到身旁还站着个孔姐姐。

小姑娘低下头，特地在油纸包里挑出一个最大最圆的糕点，递到惜翠的面前：“孔姐姐也吃。”

惜翠一愣。

这么看上去，妙有生得和卫檀生很像。但与卫檀生全然不同的是，小姑娘的眼纯净得如同山峰上未经污染的湖泊，只映着天空、星辰、树木与那前来饮水的小鹿。

这是她和卫檀生的女儿。

惜翠眼睫一颤，胃里那股火烧一般的饥饿感顿时消失得无影无踪。

她缺席了女儿六年多的时光。

惜翠扯出一抹笑，蹲下身认真地凝望着女儿的双眼，轻声道："多谢妙有。"

只是，惜翠的手指还没碰上那白糯的面皮，另一只手却横空而来。男人伸出两根修长的手指轻轻一捏，那圆鼓鼓的豆沙团子顿时被捏扁了一小块儿。

卫檀生拿过这个最大最圆的豆沙团子，眉眼弯弯地低头对妙有笑道："妙有，孔娘子水土不服，胃里正不舒服。爹爹教过你，与人相处时要设身处地地想想旁人的境况，"青年捏着豆沙团子，耐心地教育道，"否则，你这好意便有可能成为旁人推托不得的负担。"

"孔娘子的胃里正难受得紧，糯米不好消化，你将这豆沙团子递到她面前，"卫檀生用另一只手抚着女儿的头顶道，"娘子吃也不是，不吃也不是，这正让娘子为难呢。"

"抱歉，孔姐姐。"妙有听了转过身，歉疚地说，"是妙有不好，未能替孔姐姐考虑这么多。"

"……"惜翠道，"这不是你的错。"

小姑娘再度转回身子，为难地说："那这团子还是爹爹吃吧。"

在惜翠的注视下，青年举起这个最大最圆的豆沙团子，一口吃了个干干净净。

惜翠："……"

父女俩吃饱了，擦擦手，又牵着手走进了一家书铺。

妙有爱看书，每每碰上书铺，总要买些书回去看。对于自己要看什么书，小姑娘已经有了主见。

妙有挑书的时候，卫檀生便站在一旁等着，目光一瞥，便落在了左手边的书上。

这是近日时兴的话本《双归燕》。他曾经在林巧儿那儿见过一本。

这书讲的是一个叫李慧娘的妓子与一个姓郑的世家子结为夫妇的故事。话本中，李慧娘才貌出众，在察觉出郑家子变心后使出连环妙计，将夫君的心又收回自己的掌中，与那郑家子重修于好。自此之后，二人白头偕老，做了对和和美美的夫妻。

他对这些坊间话本没什么兴致，但在此时……

卫檀生心中微动，不由得抬眸看了眼站在灯下的女人。再低头时，他已不动声色地将那话本拿在了手上，与妙有手上的书一同结了账，这才走出了书铺。

三人回到客栈时，夜更深了。

卫檀生领着妙有在门前与惜翠道了别。

惜翠回到屋里，将身上起红疹的地方搽了药膏，这才躺到床上。

只是她一闭眼，那豆沙团子还在眼前打滚。

她好饿。惜翠痛苦地皱眉。

卫檀生捏起那豆沙团子的时候，那团子看上去弹性很好的样子。他一口咬下去的时候，那团子看上去弹性更好了。就在她翻来覆去地默默流口水的时候，门外忽然传来了敲门声。

惜翠开门一看，客栈里的伙计正站在门前，手上拎了个小食盒。

“这是……？”惜翠惊讶地问。

伙计见她不解，笑道：“这是卫郎君特地吩咐我买来的，郎君瞧娘子今日没吃什么，担心娘子夜里会饿。这里面有碗豆腐羹，郎君让娘子趁热吃了，说是水土不服，吃些当地的豆腐最好不过了。”

惜翠接过食盒，谢过伙计，再折回桌前掀开了食盒。

食盒不大，但满满当当地塞了不少吃食，一眼看过去，有三鲜荠菜豆腐羹、蒸梨、糖蜜糕，色香味俱全，合她的口味，也好消化。

惜翠说不上来心里是什么感受，最终还是握紧了勺子，舀了一口豆腐羹送入口中。

伙计回去复命的时候，青年与小姑娘正一起坐在灯下看书。

“麻烦你跑这一趟。”得到消息，青年抬眼笑了笑，拿了赏钱给他，待伙计走后，又低头继续看桌上的话本。只不过，卫檀生才看了两眼，胃里又开始隐隐作痛。

他腾出一只手，揉了揉胃。

他中午喝了一瓶醋，晚上又一口气吃了四五个糯米豆沙团子。卫家三郎卫檀生，再一次体会到了什么叫自作自受。不过这些，他都不甚在意。

话本被直接翻到了李慧娘挽留郑家子那一段。卫檀生看着李慧娘细细地打扮了一番，歪在榻上，支着两条白净光裸的腿，笑吟吟地邀请郑家子共赴巫山的情节。

他一手捂着胃，一手翻过一页纸，垂着眼，不由得陷入了沉思。

一碗三鲜荠菜豆腐羹，到头来惜翠只吃了一半。

吃到一半，她忍不住握着勺子想卫檀生究竟是什么意思，只是想了半天都没想出个所以然，只能盖上食盒先去洗漱。

这一晚惜翠睡得还算安稳，有可能是因为换了个环境，身体还不太适应，醒得比平时都早，天刚亮就醒了过来。

惜翠穿好衣服，洗漱干净，这才下了楼。

整个杭州城已经在熹微的晨光中忙碌起来。客栈大堂中的桌椅被擦得干干净净，柜台前的黄铜瓶里也已换上了新剪下来的梨花。

惜翠下楼后没看见卫檀生，反倒看见了正坐在桌前看书的妙有。小姑娘坐得端正，乌亮的发顶上浮着些金色的光晕。

惜翠站在楼梯前看了一会儿，还是没抵得过内心的动摇，抬步走到她的面前："妙有？"

小姑娘抬起头，瞧见她，马上放下了手中的书，乖乖地站起身向她问好："孔姐姐早。"随后微微翘了翘唇角，扯出一抹含蓄且略显羞怯的笑。

见妙有一个人坐着，惜翠问："你……爹爹不在吗？"

妙有轻声回答："爹爹今早就出去啦。前几日，爹爹说客栈不是长久的住处，要另外租一间院子住。今日爹爹收拾院子去了，叫我先留在这儿看书。"

这个回答让惜翠有点措手不及，她昨天纠结了一晚上，没想到隔天这"小变态"就要跑了。惜翠下意识地问："那你与你爹爹不住在这儿了？"

妙有："爹爹说下午就能搬过去了。"

"对了。"小姑娘有些不好意思，又有些为难，"孔姐姐，你能送我过去吗？爹爹一个人忙不过来，也腾不出空闲来接我，我不愿再麻烦爹爹了。"

惜翠："你爹爹租的院子在哪儿？"

妙有合上书，从椅子上蹦了下来，眼睛一眨一眨的，像是在笑："听爹爹说就在城西的杏子巷里。孔姐姐，你现在能带我过去吗？"

惜翠本来就是为了妙有和卫檀生而来的，眼下也确实没什么事要做，便点头答应了。

"那孔姐姐等我一会儿。"妙有见她答应了，三步并作两步，噔噔噔地跑上楼。没多时，她就背了个小包袱下了楼，走到惜翠的身侧，主动牵起了惜翠的手，笑道："孔姐姐，我们走吧。"

惜翠来不及想那么多，反手握住了妙有的手，轻轻地"嗯"了一声。

妙有说的其实不全对。她爹爹确实一早便出去了，但先去的不是那间租下来的小院，而是去了城里的青坡书院，找一个叫黄宜春的书生。

这黄宜春是杭州本地人氏，就在这青坡书院中上学，和卫家有几分亲戚关系，小时候和卫檀生在一起玩过两天，二人有些交情。

“你要问我什么？！”看着面前镇静从容、面色丝毫未变的青年男人，黄宜春骇得睁大了眼。他刚刚听到了什么？他听到这卫家三郎问他要怎么讨好女人？还是个和离过的女人！

黄宜春向来是个浪荡子，更是身体力行地展示了什么叫风流书生。他什么风流韵事没听说过？饶是如此，听到这话，他还是被吓了一大跳。

从震惊中缓慢回过神来，黄宜春眼神复杂地看了一眼这“小菩萨”，问：“你什么时候喜欢上这一口了？”虽然少妇有少妇的风韵，但这样的女子和卫家三郎掺和到一起，怎么看都古怪。

就凭卫檀生这张脸，他想要找些青春正好的小姑娘，那还不是信手拈来的事？

卫檀生这容貌也是最让黄宜春愤懑不平的地方。

黄宜春幼时见卫檀生，卫檀生礼貌归礼貌，但是总给人冷冰冰的感觉，看人的目光平静得诡异，让人瘆得慌。这几年不知为何，卫檀生有了些改变，也有了些人气，如今突然改了性子，喜欢上少妇了倒也不是不可能。

卫檀生娶过妻，只可惜那吴家女命薄，婚后一年多就去了。卫檀生没再续娶，任凭他家娘亲如何折腾，愣是将自己的房门关得紧紧的，塞不进去半个人，每天就是牵着女儿的手到处跑。

人人都传卫家三郎对亡妻情深义重，现在看来也不过如此。黄宜春在心里感叹，毕竟是整整六年，搁自己身上，自己早就憋不住了。卫檀生憋了六年，憋到现在才生出了这么点心思，黄宜春都忍不住赞叹他一声“壮士”。

黄宜春和卫檀生有些交情，这卫家三郎都亲自过来问他了，他也不能藏着掖着。待问清楚情况后，黄宜春左顾右盼了一番，压低了声音说：“这简单！才和离没多久的女人，心里恐怕正难过呢。”

话还没说完，黄宜春感觉到脖颈间蓦地传来一股嗖嗖的凉气，一抬眼，青年正有意无意地捏着桌角，笑着问：“然后要如何？”

看卫檀生笑吟吟的模样，黄宜春愣了愣，只当刚刚的凉气是错觉，继续道：

"你这个时候得好好安慰她，准能乘虚而入。"接着他又凑近了些，贴在卫檀生的耳畔，将说话声压得更低，无私地传授自己在床帏之间的经验。

"女人都是心口不一的，还怕羞，你好好哄哄她，温柔一些，将她弄得舒服了，她保管就跟你走了。"

卫家三郎曾经在寺庙里待过，又因为整天吃斋念佛，闲着没事还去布施散财，得了个"小菩萨"的诨名。当着"小菩萨"的面向他传授床第之欢的经验，黄宜春觉得压力有些大。

一抬头，黄宜春瞥见卫檀生这张俊秀的脸，又有些心虚，赶紧抓起桌上的茶杯喝了一口，压压心头的邪火。但他万万没想到的是，"小菩萨"听了他的话，慢条斯理地问了一句："黄宜春，你有药吗？"

黄宜春惊讶得将口中的茶水喷了出来。

等看到这"小菩萨"袍袖翩翩，怀里藏着瓶药，脚踩祥云似的从他这儿离开，黄宜春还有些如坠梦中的奇妙之感。

头顶的日头正烈，黄宜春眯着眼看了眼明晃晃的太阳，默默地闭上了嘴，决定对今天无意中发现的卫家三郎的秘密保持沉默。

卫檀生挑中的院子在杏子巷巷尾，环境安静，只请了一个婆子帮忙照料。

惜翠踏入院门的时候，小院里已经收拾得差不多了，院中种了些芍药、牡丹和蔷薇，正开得花团锦簇。她站在院中，却没瞧见卫檀生的身影。

妙有领着她往里走，走到一半，忽然听到一阵环佩轻响，从堂屋中缓缓走出一个人，踩着碎金似的日光，款款朝二人走来。

待那人走到二人面前，惜翠的眼睛霎时间睁大了。

她面前站着的是个高挑的"女人"，穿着松枝绿掐金线的裙，白纱膝裤，杏红色的缠枝花纹衫子，发髻上插了支镂金的禅杖发簪，耳上垂着水滴样的耳珰。

"女人"笑意盈盈，眉眼慵懒，微微下垂的眼角似乎带着些绮丽。

这是卫檀生？他不是第一次打扮成女人的模样了。

见到"女人"的第一眼，惜翠便认出了他。更让惜翠始料未及的是，妙有瞧见卫檀生，竟松开了自己的手，扑到卫檀生的怀中脆生生地喊："姑母！"

"女人"也好像没见过惜翠似的，眼中闪过一抹惊讶之色，轻声问："妙有，这位娘子是……？"

惜翠："……"

惜翠闭了闭眼，觉得一定是自己进门的方式不对。

妙有拉着“女人”，雀跃地道：“姑母，这是孔姐姐。”又对惜翠道：“孔姐姐，这位是我的姑母。”

妙有亲昵地问：“姑母，你怎么来了？我爹爹呢？”

“女人”笑了笑：“你爹爹有些事要出城，便托我先过来帮忙料理着。”“女人”说完又看向惜翠道：“多谢孔娘子特地将妙有送过来。我此前未见过娘子，不知娘子叫什么？”

惜翠被眼前这一出弄蒙了，只凭借本能茫然地道：“我叫孔兰。”

“原是兰姐姐，”“女人”笑道，“我名唤卫淑，兰姐姐唤我‘淑娘’便好。将妙有送来，兰姐姐辛苦了，不如随我入内，先喝杯茶歇息歇息。”

不对。

望着“女人”走在前面的背影，惜翠愣怔地想，这身影摆明了就是卫檀生。自己与这“小变态”做了一年多的夫妻，不至于他换了个打扮她就看不出来了。更何况这“女人”个子高挑，肩宽腿长，走路时左腿有些跛，就算垂落的裙角挡住了，惜翠也能感觉出来。

但这“小变态”好端端的怎么打扮成这副模样了？

惜翠云里雾里，根本没想明白他和妙有这父女俩究竟在搞什么名堂。

卫檀生和妙有的神态太自然，有那么一瞬间，惜翠差点以为卫家真的有个叫卫淑的亲戚。

“卫淑”领着惜翠到内室，先叫妙有出去玩，又温声细语地叫惜翠坐下歇息，自己去端些茶点来。

“卫淑”去厨房拎了食盒，装了些豆沙团子，没着急离开，而是摸出袖中的白瓷瓶，瞧了一眼，倒了一粒褐色的药丸在掌中。

这瓶药是黄宜春从一个道士的手中特地求来的，听说叫什么烈阳霸体仙丹。听黄宜春的意思，这药尤其霸道，吃的时候要注意一些，莫要吃多了。

卫檀生垂眸把玩着药丸，犹豫了一会儿，想到昔日那刘大夫“气虚”的评语，最终还是倒了杯水，将那烈阳霸体仙丹仰头就水吞服了。

卫檀生初服下去，体内并没有什么变化。心知药效还未发挥作用，他没有着急，拎起食盒走出了厨房，裙摆好似在脚下绵延成柏绿色的松涛，泛着金光。

他走进内室的时候，惜翠正望着一只铜刻梅花的香炉出神。

卫檀生将内室收拾得极为素雅，镂空木窗漏了细碎的日光进屋，桌上摆了只青玉缠枝莲纹瓶，瓶中插了几枝新剪的桃花。榻上搁了卷佛经，想来他平日里经常倚着榻翻阅经书。

这院子里只有一个婆子在伺候。而妙有的衣物都由卫檀生一手打理。刚刚她见妙有梳着双髻，系着血牙色的缯带，衣裙整洁。而且妙有虽然常年在外，肌肤被晒得有些黑，但健康活泼，被养得极好，笑起来眉眼弯如新月。其中，他费了不少心思。

她没能承担的责任卫檀生都一一替她承担了。当年空山寺中清俊出尘的少年僧人不知何时已经长成了一位温和且耐心的慈父。

惜翠正想得出神，“女人”已拎着食盒站到她的面前，笑意盈盈的，发间的禅杖发簪也在轻轻地摇晃：“叫兰姐姐久等了。”

看着眼前美目流盼的“女人”，惜翠这才猛地回过神来，一时间心乱如麻。

“女人”望着她微笑，将食盒搁在桌上，打开了食盒，在她的身旁坐下，行坐间，裙摆袍袖翻飞，带来一阵檀香香风。

“这食盒中装了豆沙团子，兰姐姐不如尝尝？”

惜翠从他的脸上根本看不出他在想什么，只能走一步算一步。

食盒中整整齐齐地摆放着几个豆沙团子，圆嘟嘟的，白净可人。惜翠拿起筷子，夹了一个豆沙团子送入口中，咬开面皮，和她想象的一样，豆沙馅确实又香又甜。

“女人”安静地望着她吃，好像在想些什么，但就在她搁下筷子时，如不经意间发现了什么似的，惊讶地问：“兰姐姐，你这腕上是怎么回事？”

惜翠顺着卫檀生的目光看过去，他指的正是自己手腕上还没完全消退的红疹。

还没等惜翠开口，“女人”又扬唇笑了笑，纤长的眼睫如扇，漆黑的眼明亮，笑意和煦：“我差点忘了，方才听妙有说，兰姐姐初来杭州有些水土不服。我记得这儿是备了些药膏的，我帮姐姐找找。”

“姐姐可抹了药？”“女人”关切地问道，“我来替姐姐抹点药吧。”紧跟着走到了一方黄梨木的矮柜前，拉开抽屉，仔细地翻了翻，总算找出了贝壳样的一小盒药膏。

卫檀生一手拿着药膏，一手便去拉惜翠的衣袖。

二人手指相触，卫檀生的手指烫得惊人。

惜翠眉心一跳，莫名有些紧张，攥起手指想往回缩：“不必麻烦娘子了，我自己来就好。”

“女人”察觉出她的意图，比她更快一步，拉着她的手，气若幽兰地笑道：

“兰姐姐，你我是姐妹，你紧张什么？”

惜翠：“……”

卫檀生的手骨节分明，足以将惜翠的手掌整个包裹住。他用指腹慢条斯理地在药膏上按了按，取了些药，涂在惜翠的手腕上，缓缓地揉捏起来。

他眉眼细而长，垂头时耳珰叮当作响，手指抚过之处，让惜翠多了两分奇异的酥麻感。

陌生又熟悉的感觉像一个浪头打过来，惜翠一个哆嗦，手指攥得更紧了。察觉到自己这久违的生理反应，惜翠更觉羞耻、绝望。某种意义上，这还是她第一次真正和异性肌肤相亲。偏偏卫檀生的神情看上去分外认真，低眉敛目，倒像是她想太多了。

他的指腹搓揉着她臂弯处微微凹陷的小窝，再往上走，被堆叠着的衣袖挡住了。他抬眼笑道：“兰姐姐，这么抹药太麻烦了，不如你将上衣脱了，我帮你好好地搽一搽。”

他伸出另一只手就要解她的衣襟。

惜翠侧了侧身，再一次挣扎道：“我自己来就好。”

“兰姐姐一人抹药多不方便。”卫檀生俯身压了过来，将惜翠整个人都圈在了怀中，“后背若是想抹药，也不方便，不如让妹妹代劳？”

实际上，卫檀生自己也不好受。药效已经开始发挥作用了，他的小腹处紧绷得厉害。

卫檀生漆黑的眼中染上了欲望的颜色，注视着惜翠的时候，努力抑制住自己的冲动，手指也因为忍耐而微微发抖。

他定了定心神，再度看向惜翠，同时松开了她。

“兰姐姐若不愿意，我也不勉强了。”他笑道，“不过我有一事想请姐姐帮忙。”

卫檀生让步，惜翠松了口气，却没放松下来：“什么事？”

“倒不是什么要紧事，姐姐先答应我。”

虽然心里清楚这“小变态”拜托她的准不是好事，但惜翠觉得自己可能失了智，竟然还能冷静地和这“小变态”演戏，道：“请娘子直言。”

卫檀生靠得太近，惜翠往后退了一步。不知怎么回事，她的嗓音有些哑，脸上的温度不自觉地一路攀升，眼神也有些飘忽。她道：“娘子不先说明，我不好答应。”

“女人”瞥了她一眼，从袖中摸出另一只小盒子，塞到她的手中，再抬眸时眼中竟有些可怜的意味：“不知怎么，我一见兰姐姐，就像与你认识了好几年一般，心生欢喜。”

“不瞒姐姐，我虽是女子，自幼身上却和旁人有些不同。”“女人”拉过她的手，放在自己结实的胸膛上，“别的娘子有的，我没有。像姐姐有的，我就没有。也因这个毛病，我从小便被人瞧不起。”

“女人”看着惜翠，一脸无辜。

惜翠：“……”

到了这个份上，惜翠终于清醒了。她的身份早就在卫檀生面前暴露了。

“卫……”

“卫什么？”卫檀生眉眼弯弯地问。

对上卫檀生的目光，惜翠第一次体会到什么叫骑虎难下，也终于明白他为什么要打扮成这副模样了。

他一口咬死了她就是孔兰，不应该认识“卫淑”。既然她之前没见过卫檀生，就更不应该看出“卫淑”是卫檀生假扮的。

嗓子眼里的话哽了半天，惜翠还是没念出那个名字。卫檀生这个“小变态”，明摆着就是故意的。

“姐姐。”“女人”见她没答话，伸手摸向自己的裙带，无辜地笑道，“别人没有的，偏偏我就有。我也瞧了大夫，大夫给我开了个药方，让我每日都往这儿抹些药膏。”

衣带轻轻一晃，女人的裙摆微扬：“刚刚我帮姐姐抹了药，礼尚往来，姐姐也帮我抹个药吧。”

“姐姐你看，”卫檀生眼睫微微颤着，轻轻笑了起来，“妹妹此处都难受得这般惊人了。”

“砰——”惜翠的脊背撞上桌案，食盒跌落，盒中的豆沙团子散落了一地。

卫檀生跨坐在惜翠的身上，垂着眼睫，有几分可怜，但手上的动作很利索。他将唇瓣附在她的脖颈前，低声道：“你当真不愿帮我也抹些药吗？翠翠？”

后半截话使得惜翠睁大了眼，青年吻上她的脖颈，抓着她的手往下探：“翠翠，你当真不愿帮帮我？”

“卫……卫檀生……”这个时候掩藏身份已经没了意义，惜翠脑中一空，往后躲了躲，艰难地说，“你先起来再说。”

“翠翠。”他不管，抬起她的下颌，低头吻了下来。

如同干燥的枯木沾了火星，火舌霎时间席卷而来，熊熊烈火让他喘得一声比一声重。他移开唇，咬着她的下颌，头抵在她的脖颈上。突然，青年一个激灵，闷哼了一声。

惜翠愣住了。

他俩衣裳相叠，他裙摆上的湿意她能感觉到。

卫檀生全身紧绷、眼中茫然的模样表明了一个再明显不过的事实——不过一个吻，他就“缴械投降”了。

卫檀生愣了愣，似乎也没想到会这样。再对上惜翠错愕的目光，卫檀生回过神来，掩饰性地低下头，唇瓣抿成一条线，强硬地拉过她的手，决心再度挽回受挫的自尊心。

惜翠往后仰了仰身子，按住了他的手：“卫檀生。”她的嗓音有些发抖，“你要不要先缓缓？”

青年去亲她的手：“不要。”

他可以。至少，他比那所谓的季郎君要厉害得多。

惜翠面色通红，别过头深吸了一口气，却闻到了浓重的檀香气息，腿好像都软了。她慌忙地站起身：“我……我去找妙有。”一起身，膝盖又是一软。

惜翠脸上火辣辣的，跌跌撞撞地落荒而逃。她跑得太急，从内室奔出去时差点被脚下的门槛绊了一下。但惜翠不敢停留，站稳后快步离开，直到身后的视线消失不见了，才渐渐放慢了脚步，喘了口气。

院中阳光正盛，院中的花被春风揉碎了，花瓣落了一地。

卫檀生没追出来。

等气息稍匀，惜翠低头看到了自己的掌心，顿时为之一窘，脸颊上刚降下来的温度又攀升了不少。

“去找妙有”不过是她的托词罢了，她现在这副模样，没有办法去找妙有。

不知道是跑的还是热的，她的心跳得又快又急。

明明来之前，惜翠决定了只远远地看一眼，事情发展到现在这个地步，已经完全超出了她的意料。惜翠现在也不太敢回想卫檀生隐忍地恳求的表情，那双曾经含着淡淡讥讽之意的眼睛里如今蒙了一层水汽，让他看起来颇为可怜。

现在想想，她或许是被这“小变态”的美色冲昏了头脑。

她和卫檀生早就不是第一次了，该做的、不该做的全都做了，但像现在这么紧张还是头一回。难道说是因为她这回是真身上阵？想到这点，惜翠更觉脸上火烧火燎。

檀香味儿直往鼻子里钻，怕被人撞见，惜翠只能将手缩到袖子里。刚好院子里有一口水缸，惜翠舀了点水把手冲干净了，看着水缸中还没绽放的睡莲，忍不住想到了如同莲花般的青年。这么想着，惜翠又往自己刚刚离开的方向看了一眼，陷入了犹豫。

她就这么跑了，好像有些缺德。可是现在再回去，她确实迈不开步子了。

卫檀生在空山寺的时候过的就是禁欲的生活，忍了二十多年，现在稍微忍一会儿，应该没什么大碍吧？更何况，卫檀生有手有脚，以他的性格也不会委屈了自己。

这六年时间，惜翠不确定他有没有找过旁人，但他总归有办法解决的。

她现在的思绪就像在掌心里扑腾着的蝴蝶，有一下没一下地挠着手心，怎么也拢不住。

惜翠又低头看了一眼，水缸中清楚地映出她的脸。女人面色通红，眼神闪烁，一副心神不宁的模样。

看清自己现在究竟是什么状态后，惜翠抵着缸沿的手下意识地一松。

屋里，卫檀生闭着眼睛，靠着桌角喘了一口气。

黄宜春没骗他，这药果然霸道，他疼得厉害。他现在这副模样，自然没办法追出去。而惜翠这一跑，一时半会儿定是不会再回来了，他了解她。

身下的感觉没办法忽视，以卫檀生的性格，他也确实不会委屈自己。火苗像是蹿到了脑子里，他将额头抵在冰凉的桌角上，脸上的汗不停地往下落。青年面色潮红，疼得嗓子喑哑。

她回来后，他本该不顾一切地留住她，就像当初在佛堂里做过的一样，将她关起来。从此之后，他们一家三口便再也不会分开了。但他知道，他如果这么做了，她定然不会开心。

他要的是她全身心地依赖自己，要的是她离不开他半步。对他而言，这才算得上圆满。

在她死后，他曾经紧紧地抱着她，想要汲取她残存的温暖。冬天太冷了，他将她抱起，少女僵硬地倚靠在他的身上，发丝垂落在颈侧，那双杏眼安静地闭着，再也不会睁开了。

他颤抖着亲吻她的鬓角，紧贴着她的脸颊，眼泪一滴滴渗入她枯黄的发丝中，她却再也不会像活人一样回应他的亲吻。他摩挲着她的手腕，与她十指交缠，想要她再度温暖起来。但她冷冰冰的，不论他如何摆弄，都毫无回应。

那一刻，他才真正地意识到，她死了。失去灵魂的躯壳，终究只是一副臭皮囊。他颓然地松开了手。

回想着女人的模样，青年轻轻颤抖着，青丝滑落，露出棱角分明的下颌骨。再睁眼时，他眼中已恢复清明。

卫檀生站起身，重新系好裙带，走出内室的时候，院中果然已经没有了女人的身影，看来她已经回了客栈。

卫檀生收回目光，没追出去，而是回到了屋里，给自己倒了桶冷水。冷水对现在的他而言好像也无济于事，泡在浴桶里，他又想到了她。她如今和之前的模样不太相同，但五官还是有几分相似之处，神情更是几乎没多少改变。

初春的冷水，寒意深入骨髓，却怎么也浇不灭他心头的那股邪火。

卫檀生将头靠在桶壁上，再将戴着佛珠的手伸入水下。

佛珠滚过腰线，眼睫上一滴水珠滑落，落入水中。

直到水面上晕出一圈圈的涟漪，他才从浴桶中站起来，紧接着找了件衣裳，系上腰带就去找黄宜春。

此时黄宜春正靠在榻上看书，一听卫檀生过来了，忙把手上的书一扔，跳下榻穿鞋相迎。

黄宜春浸淫风月这么多年，一瞧见男人的模样，马上就感觉有些古怪。

“怎么样？”黄宜春给他倒了一杯清茶，笑嘻嘻地问，“这烈阳霸体仙丹霸道吧？”

将这药拿给卫檀生的时候，黄宜春本来还有点担心，但没多久就想通了。这卫家“小菩萨”说到底也是个男人，男人和男人都一样。再说了，这能将“小菩萨”拉下水的机会，也不是人人都有的。

心理这一关过去了，黄宜春再看向眼前的青年时就更加自在了，又给自己倒了杯茶，笑着问：“那娘子可是哭了？”

哭倒是哭了，不过哭得眼角发红的是卫家三郎自己。但这话卫檀生无论如何也不能说出口，便闭口不答，摩挲着掌心的茶杯。

黄宜春只当是事成了，又兴致勃勃地招手，示意他凑过来些：“我们相交也有这么多年了，你都来问了，不如我再教你弄些别的花样？我这儿还有些东西，刚买过来还没用，你要是喜欢不妨拿去，到时候用上了，保准她离不开你。”

说者无心，听者有意，“保准她离不开你”一句话落在心上，卫檀生面色不变地抬头问：“是何物？”

“你等等。”黄宜春转身端来了个小箱子，打开一看，里面的东西卫檀生大多不认得。

这一刻，卫檀生充分发挥了之前努力研习佛法的良好美德，将东西一一拿出来，虚心地请教，黄宜春一一解答。

随后，黄宜春道：“这些回头你自己好好学习，其中的妙处不消多言。”又叮嘱道，“你自己也要多打扮打扮，她喜欢什么颜色，你就穿什么颜色的衣裳，打扮成她喜欢的模样。你卫家三郎的样貌没的说，好看得紧，细细打扮了，哪有女人不爱你这张脸？”

此外，黄宜春也一本正经地传授了不少其他方面的心得。

“她曾经的夫君是个书生，你怎么着也要学着作些诗词歌赋什么的，好胜过他不是？‘关关雎鸠，在河之洲’之类的诗，到时候不妨对着她多念念。”黄宜春道，“女人哪里有不爱听情话的？”

“见到她的时候，你要记得多看看她，温柔地注视着她。”黄宜春嘱咐道，“这目光，要像钩子那样。”

听黄宜春这么说，卫檀生有些讶然，没想到这其中还有这么多门路。

两个人，一个不厌其烦地教，一个虚心地学。

黄宜春陆陆续续地讲解了许多。末了，那“小菩萨”若有所思地拎着小箱子走了，似乎是下定决心要好好钻研一番。

可能是路上都在想着怎么用上今天学的东西，卫檀生那还没压下去的邪火复燃了，再一次体会到了什么叫自食恶果。

到家后，卫檀生闭了闭眼，脱了鞋，赤脚走入了佛堂中，趺坐开始禅定。只是他刚闭眼，妙有便牵着裙子走了进来，拿着书指着不明白的地方想要询问。

卫檀生睁开眼，尽量扯出一抹温和的笑，柔声答道：“妙有，爹爹眼下还有事，等过两个时辰去找你。”

妙有没有怀疑，将书放入了袖中：“好，那我待会儿再来问爹爹。”小姑娘睁着杏仁样的眼睛，好奇地问，“但爹爹你要做什么？”

卫檀生：“爹爹在修行。”

爹爹经常闭着眼睛坐下来禅定，妙有虽然不明白，但没追问，悄悄地走到廊下去了，不再打扰爹爹。

刚到廊下，妙有就看见爹爹雇佣的那婆子走了过来，道：“刘妈妈。”

瞧见小姑娘喊自己，刘妈妈笑了。

这小娘子可怜得很，自幼没了娘亲，和她爹爹生活在一起。好在这卫郎君还没续弦。不过他续不续弦都是拿不准的事，今天过来的那个娘子看起来就和卫郎君不清不楚的。但愿这卫郎君日后娶的继室是个好说话的，不至于刁难妙有小娘子。

刘婆子回过神来，想起了正事，问："小娘子，郎君可在家？"

"爹爹在里面禅定呢。"

刘婆子道："既然如此，那我就不打扰郎君了。等郎君禅定完了，我再过来。"

妙有："刘妈妈可是有什么事要寻爹爹？我代为传话也无妨。"

刘婆子一想这也不是什么大事，笑着从袖中摸出了一封拜帖："有人投了拜帖过来，说他家娘子是郎君旧识，听说郎君在杭州，特地登门拜访。小娘子要是得空，记得和郎君说一声。"

等卫檀生睁眼时，日头已经西斜。

出了佛堂，卫檀生便差人往客栈那儿传了信，请惜翠明天再来一趟。

惜翠收到卫檀生的信时，时候已经不早了，她的思绪也终于稳定了个七七八八。

到明天，她就待满三天了，软件的冷却时间就过去了。不过，惜翠还不想马上走。她来之前特地请了一个星期的假，在弄清楚卫檀生的心中所想之前，暂时不会这么糊里糊涂地回去。

卫檀生既然来请她了，她正好借这个机会问清楚。她首先要弄明白的是卫檀生是怎么认出她来的，接着便是他对她还有没有感情。

躺在床上，看了眼窗外的月光，惜翠翻来覆去，始终没能睡着。她生下妙有就是怕卫檀生变得极端，但现在看来，他和妙有过得很好。像卫檀生这种人，一旦想通了，就是真正地走出来了。这样惜翠心中的负罪感就能减轻一点。

她应该轻松才是，但她心里的感觉提醒着她事实好像不是这样的，她没有想象中那么如释重负。

左右睡不着，惜翠又翻出了自己的Kindle，里面存了不少季悦嫒发给她的"文学作品"。用季悦媛的话说，这就是特地给她这个单身人士准备的，能帮她在孤独的夜里排遣寂寞。

第二天一早，惜翠下楼的时候刚好碰上了林巧儿。

"这么早，孔娘子打算去哪儿？"林巧儿笑着招呼了一声。

惜翠："没什么，就是出去转一转。"

林巧儿笑了笑，没再多问，只是看着惜翠的背影，神色有些黯然。

卫郎君和妙有昨日便搬走了，也没说搬去了哪里，但听伙计说，孔娘子是和妙有一道儿离开的。不知为什么，林巧儿的心中有种直觉，孔娘子定然知晓卫郎君的住处。但很明显，孔娘子不愿意多说。

这也没什么奇怪的，林巧儿想，卫郎君生得这般俊俏，倘若是自己，也一定会牢牢地守着这住址，不给别的女人接近卫郎君的机会。

惜翠过去的时候，是妙有出来接的她。

小姑娘瞧见她，高兴地笑道："娘子，你来啦！"

"你爹爹呢？"看着妙有红扑扑的脸，惜翠情不自禁地跟着笑了。

妙有个子不高，但走得很稳当，迈着短腿，领着惜翠往屋里走。

"爹爹还在屋里。"小姑娘在门帘前停下脚步，小声道，"娘子快进去吧，爹爹在屋里等着，我要先回去看书啦。"

妙有走后，惜翠打起帘子踏入了室内。

但屋里空荡荡的，她没见到人。

她喊了一声，无人回答，床前的帐子倒是放下来的。惜翠走到床帐前："卫……"

她还没说完，帐幔中忽然伸出一只戴着佛珠的手，拽着她的胳膊，将她往床帐里一拉。惜翠直接跌在了被褥上。

她对上近在咫尺的一双眼，"檀生"两个字顿时堵在了嗓子眼里。

那"小变态"将她的手抵在胸前，低头看着她，弯起眉眼一笑，青丝滑落在肩侧："翠翠，早。"

青年还没起床，胸前的衣襟敞着，露出了结实的胸膛。惜翠顿时觉得气血上涌。

惜翠冷静地挣脱了青年的桎梏，默默地拉上了帐幔。

卫檀生没有马上穿好衣服出来。

帐幔上映着模糊的人影，青纱帐轻轻地摇曳，檀香渗了出来。

隔着帐幔都能感觉到男人落在自己身上的目光，惜翠僵硬得像个立在床前的棒槌。

惜翠攥紧了袖口，无言地仰起头，面色通红地盯着屋里的青玉梅花笔筒，心跳如擂鼓，抿紧了唇不敢发出声音。

不久，床帐被人从内挑起来，青年系上腰带，赤着脚走下床榻，又是一副神清骨秀、风度翩翩的模样。

卫檀生的目光温柔而专注，竟然让她看出了点缠绵的意味。他朝她缓缓走来，那残留的檀香气味涌入鼻间，惜翠不自觉地往后退了一步。

"翠翠。"他一步接一步，缓缓地逼近她。

或许是光顾着留意自己的目光是不是像钩子一样了，卫家三郎完全忘了自己是个跛子的事实，没留意脚下，恰好被地上散落的磨喝乐绊到了——那是昨天妙有落在地上的。

眼看在阵阵佛音中，恍若一步一莲花的青年就这么被磨喝乐绊了一下，满室旖旎的气氛顿时被破坏了。惜翠眉心一跳，手疾眼快地冲上去扶住他，一头撞在了他的胸前。

卫檀生反应快，很快站稳了，扶住她的脑袋问："疼吗？"

惜翠让开了些："我没事。"瞥见卫檀生的左腿，问，"你的腿有没有事？"

"无妨。"

站稳后，卫檀生瞥了一眼地上的磨喝乐，捡起来顺手搁在了桌上，暗自思忖：妙有这丢三落四的毛病，当真要好好改一改了。

卫檀生的发丝又黑又滑，他无须多梳理，轻轻一拢，系上杏色发带，日常打扮就完成了。

只是今天他的穿着和从前相比有些不同。他今天穿着一身枝条绿，修长的腰身上束着姜黄色的腰带，衣摆下是青色的裤子、白绫袜和豆绿色的鞋履。

这一身渐变绿，绿得别致而有层次。

"我记得翠翠你似是喜欢绿色。"卫檀生见她看着自己，莞尔解释道。

惜翠没回答。她虽然喜欢绿色，但不代表喜欢卫檀生今天这么一副打扮。

卫檀生却勾唇微笑，心中对黄宜春说的话又信了几分。

见惜翠还没用早饭，卫檀生邀她一起用膳。惜翠不饿，却不好拒绝。

饭桌上摆着的都是她平日里爱吃的，那盘豆沙团子被特地摆在她面前。惜翠看了那盘豆沙团子半天，都没下定决心去夹起来尝一口。

卫檀生似乎看出她特地避开那盘豆沙团子了，温声问："这豆沙团子可是不合胃口？"

第十二章　两同心

惜翠摇头，在青年的注视下夹起了一个团子，咬了一口。

面皮温热。

她一闭眼，好像回到了昨天，手中又有什么东西在跳动，搅得她心神不宁。惜翠心一横，将团子吃了个干干净净，这才稳住了心绪。

青年见状，不禁笑了笑。那黄宜春虽是个不学无术的，但常年混迹于风月场合，讨女孩子欢心算是有那么一手。

实际上卫檀生想错了。

黄宜春哪里会讨女孩子的欢心？女孩子喜欢他只是因为他人长得算端正，会说些无伤大雅的机灵话，显得有股憨劲儿。他虽然是个不学无术的纨绔，但比起那些纵马伤人的，就显得讨喜多了。再加上黄家富贵，就算黄宜春真是个飞扬跋扈的膏粱子弟，照样会有胆子大的人凑上前去奉承。

被人这么小心翼翼地哄着，日子久了，黄宜春也当自己是个幽默风流的人物。碰上大名鼎鼎的卫家三郎虚心求教，他这个“狗头军师”当然要尽心尽力地教导。这直接导致在风月场上一路跑偏的黄宜春，这次拉上了卫家三郎与他一起狂奔在跑偏的路上，一去不回头。

黄宜春这么瞎教不是没有私心的，毕竟就卫家三郎这么一副清风朗月的模样，谁都想看他跌下神坛是什么模样。出乎黄宜春意料的是，恋爱中的男人，智商真的会变低，自己的建议卫檀生竟然全盘接受了。

卫檀生在遇见惜翠之前，从未爱过任何人。从来都是别人为他奉献、牺牲，他还没学过如何讨人欢心。而卫檀生未发现惜翠对金银玉石、绫罗绸缎表现出强烈的喜爱之意，想来想去，只能另辟蹊径。

如果惜翠知道卫檀生心里在想什么，肯定悔不当初。没有人不爱钱，勤勤恳恳的“打工人”吴惜翠也不能免俗。她之所以没有对金银玉石表露出喜爱之情，是因为她觉得这些钱她根本带不走。既然带不走，她就没什么可在意的了。

惜翠想起今天过来的目的，刻意忘了卫檀生的古怪举动，略作整理，准备开口。

但老天爷似乎不打算给她这个机会，下一秒，一个小小的脑袋从门口探了进来：“爹爹！娘子！”如出水新荷般的小姑娘扒着门框，扬了扬自己手上的拜帖，小声道，“你们能不能过来一下呀？”

“妙有？”卫檀生讶然问。

妙有忘记了刘妈妈的嘱咐。昨天刘妈妈叮嘱她，得了空就把拜帖交给爹爹，但她看书看得太入神，将拜帖的事忘了个一干二净，直到不久前才想起来。妙有有些心虚，也不敢抬眼看爹爹的神色。婆婆和耶耶说她什么都好，唯独丢三落四的毛病怎么也改不掉。

瞧见妙有惴惴不安的模样，卫檀生暂且收回思绪，接过了妙有递来的拜帖。

拜帖上的字迹端正娟秀。

“宋修敏？”瞧见末尾落款的姓名，卫檀生有些惊讶，眼前顿时浮现出一张冷极艳极的脸来。妙有一听这名字，先是愣了愣，而后露出欢喜之色：“爹爹，是宋夫子投的拜帖吗？”

“是她。”

“宋夫子回来了？”妙有忙不迭地追问道。

惜翠坐在一边，没有打搅父女俩。

宋修敏这个名字她从来没听说过，但听卫檀生与妙有话里的意思，那应该是卫檀生在她离开之后结交的朋友。

妙有似乎很喜欢宋修敏。

宋修敏是男人还是女人？这个疑问自然而然地冒了出来。等反应过来时，惜翠才发现自己关注得太多了。

“宋修敏是曾经教导过妙有一段时日的女先生。”卫檀生将拜帖搁在桌上，突然说道。

被人察觉出自己心中所想的，惜翠有些窘迫地低下头，轻轻地“嗯”了一声，却没看见青年唇角露出的笑意。

妙有笑道："爹爹说得没错，宋夫子曾经教过我一段时日。"

那宋修敏出身书香门第，父亲是个清名在外的大儒。但她父亲去得早，她由寡母抚养长大，母女俩靠替大户人家教书为生。

等妙有年岁稍长，卫杨氏便请宋修敏到府上设帐。平日里，妙有照样去学堂同喜儿一起上学，但琴棋书画一类的，都由宋修敏教导。

妙有与宋修敏相处了一年有余，宋修敏教的内容，妙有其实不太喜欢。宋夫子教的都是德言容功，她更喜欢娘亲口中的银河、大海、长鲸、尼罗河的落日和极北之地的风雪。但她与宋修敏之间的关系极为亲密，就连卫檀生也因为妙有和卫杨氏，与宋修敏有了些交情。

卫檀生看了一眼女儿，继续道："宋娘子前些日子南下访亲去了，没想到近日正好到了杭州。"

这拜帖是昨天送来的，按帖中说的，宋修敏今日要来拜访卫檀生。

惜翠也想到了这一茬，道："既然你有客，那我便先回客栈了。"

卫檀生转头看向她，不知为什么，听了她这话后眼神冷漠，淡淡地问："翠翠，你在躲避什么？宋娘子是妙有的夫子，你难道不想见她一面？何况你来都来了，我哪里有叫你避让的道理？"

小姑娘站直了，挠挠头："这都是我的错，娘子还是留下来吧，夫子很好的。"

妙有想见到夫子，但也不想让孔娘子离开。不知道为什么，她可喜欢孔娘子了，就想和孔娘子多待一会儿。

几人正说着话，忽然有个小厮来报，说是有位姓宋的娘子前来拜访。这下，就算惜翠想走也走不了了。

妙有闻言，提着裙子，率先迎了出去。

"宋夫子！"

卫檀生温和地唤道："翠翠。"

惜翠起身跟上。

惜翠来到院中，一眼就看到了停在门外的马车。车身看起来算不上富贵，但车帘、车厢上都有浅淡的白梅花纹，细节处能彰显雅致、用心。而在车外，一个高大挺拔的男人正弯腰为那宋夫子打起车帘。

惜翠过来的时候，正好看见车上的人准备下车。

先探出来的是一双白皙如雪的手，在阳光下如同美玉。接着车帘一扬，总算露出了车中人的真面目。这位宋夫子穿着藕荷色的上襦，雪缎百褶裙配红色的花结带子，鹅蛋脸，眉眼细而长，容色殊丽，纤腰束素，身姿袅娜。

惜翠一时间有些恍惚。

她见过不少大梁的美人，吴怀翡美得温婉，高莹美得娇艳，曾经的大嫂李氏也是个雅致的美人。但还没有人像宋修敏一般，一举一动好像用标尺量过，整个人如同从画中走出来的，每一根发丝、每一片衣角都贴合了人们对古代丽人的想象。

只是这个女人神情冰冷，样貌却生得俊俏，冷中含着些艳色。

妙有早就迎上去了，宋修敏的目光却落在了站在不远处的卫檀生的身上。

对上宋修敏的目光，青年上前一步，温和有礼地笑了笑：“宋娘子。”

宋修敏的脸上这才露出了矜持的笑意：“郎君，许久不见了。”

惜翠将二人相对问好的画面收入眼底，不由得一怔。直觉告诉她，宋修敏与卫檀生的关系和林巧儿与卫檀生的不一样。

女人在车上，青年在车下，两个人看着像天造地设的一对。

和与林巧儿在一起的生疏有礼不同，卫檀生与宋修敏之间缓缓流淌着的，是常年相处中积淀下来的默契，不张扬、不激烈，却绵长。

而这个时候，宋修敏也低下头向妙有打了个招呼，眼中的笑意更多了两分真切。

女人抬头，目光一转，又落到惜翠的脸上。

但她不问，只扫了惜翠一眼。

感觉到女人的视线，惜翠一掀衣摆，却没上前。看着卫檀生与宋修敏，惜翠只觉心头好像有什么东西一点点地坠了下去。

林巧儿也好，宋修敏也罢，六年时间过去了，没有人会留在原地等待。卫檀生看上去已经走出来了，在这六年的时光中结交其他优秀的女性，这是人之常情。

当初惜翠为了回家，欺骗了他的感情，还抛弃了他。在达成了自己的目的后，她没有理由强求卫檀生在原地等她。就算看到卫檀生与这位宋夫子相处默契，她也没有过问的资格。

“这位是兰娘。”卫檀生莞尔道。

卫檀生嗓音清醇，略过了姓氏，只称呼她一个“兰”字，更有些说不清道不明的温柔、亲昵之意。

“兰娘？”宋修敏这才正眼看向惜翠，笑道，“没想到一段时间不见，郎君竟鸾胶再续了？这等喜事，怎么没通知我？害得我今日贸然过来，都没备上一份薄礼。”宋修敏一压下颌，行了一礼，说不上多么真心实意，却也挑不出来错处，“失礼之处，还望夫人海涵。”

虽然心神微乱，但惜翠还是抬起头来，镇定地与宋修敏对视，道：“娘子误会了，我与卫郎君之间并非你所想的那般。”

宋修敏怔了怔：“是吗？”说着又看了惜翠一眼，细眉微不可察地一蹙，眼中流露出淡淡的自矜之色，“原来如此，是我想错了。无论怎么说都是我失礼在先。”宋修敏福了福身，“我在这儿给娘子赔个不是。”

想错？恐怕不是自己想错了。宋修敏不露声色地看了一眼面前的女人。

她知道卫檀生之前有个福薄的亡妻。前妻早早地去了，在那之后，他便没再续娶，也没收房的丫鬟。她和他相处一年有余，从来没见过他对什么女人表现出如此亲密的态度。

宋修敏思及此，眉头皱得更深。但她一向高傲，自然不可能去问个究竟，只好将目光又放到卫檀生的身上。没想到青年脸上带着礼节性的笑意，只是淡淡地看着自己，没有解释的意思。

卫檀生的目光就像刺一样哽在她的喉咙里，让宋修敏全身上下都不自在起来。

惜翠道：“我没有责怪娘子的意思，娘子不必过于在意。”

妙有年纪小，看不出三人间微妙的气氛，只为再见到夫子而高兴。宋修敏终于将注意力转到妙有的身上，脸色温和了几分，笑着问询了两句，这才由妙有领着往内室走去。

那之前守在马车旁的男人也随着宋修敏的步伐，抬步跟上。他怀里抱着个木匣，不知道是做什么用的。

妙有显然认识他，笑道：“柴叔叔，好久不见啦。”

柴鸿光的脸上露出了难得的笑意，他道：“妙有，这么久没见，你又长高了。”

众人依次落座，面前摆上了茶盏。

柴鸿光却先一步拿起了宋修敏面前的茶杯，放下怀中的木匣，揭开盖子，里面整整齐齐地摆着一块块洁白柔软的手绢。

男人取了其中一条手绢，开始仔细地擦拭茶杯，从杯沿到杯底，擦得干干净净。

他生得高大，做这么细致的活儿，看上去有些不伦不类。而且这几只茶杯本来就是干净的，他当着主人的面这么做，未免有些失礼。但卫檀生与妙有好像已经见怪不怪了。

卫檀生道："没想到，再次见面，你这性子倒没有变化。"

宋修敏淡淡地笑道："让郎君见笑了，我这性子你也知道，一时半会儿是改不过来了。当年我还因这怪癖吃了不少苦头，幸亏有郎君为我求情。"

惜翠坐在一旁，捧着茶杯却没喝茶。她错失了妙有和卫檀生六年的时光，在卫檀生和宋修敏说旧事时也插不上话。

茶水滚烫的温度隔着瓷片传来，但奇怪的是，惜翠压根就没意识到烫。直到卫檀生看过来，她才发现自己的手指不知道什么时候被烫红了。

随后，宋修敏也看了过来。

惜翠的手其实不难看，手指修长，指甲被修剪得很整齐，但与宋修敏的手相比，还是落了下风。

宋修敏十指不沾阳春水，每日都用软膏精心保养自己的手，手指白得像一截玉，上面泛着细腻的光泽。平常写字时，她也会时不时停下来，叫丫鬟按摩一会儿手，免得手上生了茧子，显得难看。

惜翠就没这么讲究了，小时候天天在外面玩，上学的时候每周都要擦黑板、扫地，在家时要帮妈妈做家务，平时还要写作业，手上早就生了一层薄薄的茧子。

卫檀生与宋修敏一齐看过来，惜翠平静地迎上他们的目光，悄悄地把手缩在了袖子里。

宋修敏见状移开视线，瞥见惜翠发髻上的木簪时忍不住多看了几眼，唇角一扯，似乎觉得好笑。

柴鸿光就站在宋修敏身侧，察觉到了她目光细微的变化，不由得看了那木簪一眼。

其实，他就算站得再远，也能立即察觉出宋修敏的神情变化。他的命是宋修敏救的，被救下来后，他就做了个在她身旁伺候的长随。在宋修敏还是少女的时候，他就发誓一定要好好守护她。宋修敏一个眼神，柴鸿光就知道她在想什么。

柴鸿光跟着宋修敏有些年头了，耳濡目染之下，对女人的首饰也有不少了解。这孔娘子的发簪，确实廉价得有些可笑。

他见过那些家道中落，拿着旧首饰充门面的；也见过没什么底蕴的暴发户，整日戴着新打的首饰。像惜翠这样插了根木簪的，不多见。或者说，像她这样插了根木簪的，不该出现在这儿。

宋修敏耳上的珍珠坠、头上的白玉簪，虽然看着普通，但都出自举世闻名的何家。

何家的首饰，以何老爷何自珍经手的最为珍贵，宋修敏头上的这套虽然不是何自珍打的，却也是由继承了何自珍衣钵的何家长子费了数个月的工夫亲手制作出来的。

除了那发簪，孔娘子的头发也不能跟宋修敏的相提并论。宋修敏的头发每日都要抹发油，而惜翠的头发，发梢微微泛黄。

就在这时，卫檀生突然起身走到惜翠面前，眉眼弯弯地温声问："是不是被烫到了？"

惜翠没想到他会突然走过来，道："还好。"

这和她当初被剪子划到的反应一模一样。卫檀生没对她多说什么，而是看向了妙有："妙有，麻烦你帮娘子把烫伤药膏拿来，还有……"他顿了顿，笑道，"我屋里那个柜子的第二个抽屉里有个盒子，你也帮忙拿过来吧。"

妙有听了，急忙道："娘子你等一会儿，我马上回来。"

过了片刻，小姑娘跑了回来，一手拿着个瓷瓶，一手抱了个嵌螺钿的漆盒。

宋修敏看到这个漆盒，面色霎时一变。

卫檀生未有所觉地笑道："抹上这药膏就不痛了。这漆盒里都是你喜欢的吃食，我昨日便备下了，但你昨日走得匆忙，我都没机会给你。"

其他人在场，惜翠分得清孰轻孰重，便没有拒绝。

卫檀生嗓音温和，但这话落到有心人的耳朵里，令人有些不是滋味。

宋修敏死死地盯着那漆盒，只觉得它无比刺眼，不自觉地咬住了唇瓣。柴鸿光愣了愣，顺着她的目光看过去，却没看出这漆盒有什么特别之处。

宋修敏再也没办法忍下去了，突然道："今日是我来得不巧。我眼下还有些事，便不打扰郎君与娘子了。"

妙有惊讶地问："夫子，你这便要回去吗？"

宋修敏扯出一抹笑："妙有，我眼下还有事，改日再来看你。"说完，她又抬起头看了看惜翠，眼中含了两分鄙夷，随后再次望向了卫檀生。

青年没露出什么惊讶的神色，温和有礼地说："我送你。"

宋修敏将袖中的手握得更紧，却还是冷着脸，点点头道："多谢郎君。"

宋修敏来得突然，去得也突然。她离去后，卫檀生与惜翠重新步入内室。

惜翠走在他身后，二人间留了些距离。

走到一半，卫檀生忽然停下脚步问：“还疼吗？”

惜翠差点一头撞上去，站稳后摇了摇头：“我没事。”她没意识到，她的言语中已带上了两分疏离，就像当初在空山寺的时候一样，对他客客气气的。

卫檀生眼睛一眨，轻声道：“我看看。”

她的指尖还红着。青年垂下眼睫，拉着她的手缓缓地贴近了唇瓣，笑道：“我帮你呼一呼。呼呼——痛痛都飞走了。”

这话最初是妙有说的，如今由卫檀生一本正经、面不改色地说了出来。

青年低眉敛目，认真地吹了两口气，突然将她的手指含入了温热的口腔中，舌尖绕着指腹一下一下地舔舐。惜翠大脑一空，第一反应是扭头去看妙有。

好在廊下只有她和卫檀生，妙有还没跟上来。卫檀生见好就收，松开了她的手指，舔了舔唇角，笑吟吟地问：“这下还疼吗？”

他漆黑的眼像吞噬了日光的深渊，他舔着唇角，好像在回味，看她的目光和今早在帐中时如出一辙。

手指上似乎还有柔软酥麻的触感，那感觉一路蔓延到头顶。惜翠挪开视线，避免与他的目光相对，脸上又不争气地开始冒热气。

惜翠大窘，想压下脸上的热气，但生理反应压根就不是她想控制就能控制的。她越想压下来，脸反倒红得越厉害。

看到惜翠的反应，卫檀生唇角的笑意更浓了。

这时，他走到廊下，俯身折了一朵红艳艳的芍药，将那朵芍药别在了她的耳后。

她原本只戴了支木簪，显得寡淡，但耳旁多了一朵怒放的芍药后，那略显冷淡的眉眼多了两分艳色。

这和宋修敏的冷中含艳截然不同。不论是冷淡还是艳丽，惜翠都是不张扬的，是地上刚落了层小雪的冷，是花朵于山野中静默盛开的艳。

“翠翠。”卫檀生莞尔道，“你比花好看。”

她腰肢柔软，身体健康，乌黑的发就像流水。她没有经年累月由金钱堆出来的柔弱堪怜感，就算手上有薄茧也使他忍不住想要亲吻。她眉眼间的神采和当初的高家三娘一样，自然、利落。

就在这个时候，妙有终于赶了上来。她刚刚一口气跑到了巷口，只为看着宋夫子离开。虽然她很想宋夫子，但宋修敏走了，她倒是松了口气。夫子还是太傲慢挑剔了，面对夫子，她总有些压力。

妙有一来就瞧见了惜翠耳旁的芍药，抿着唇，眼睛亮亮的，笑着说："这芍药真好看，但娘子更好看！"

小姑娘的眼像极了卫檀生的，但眼神像极了惜翠，干干净净的。

惜翠微怔。她一直不敢面对妙有，因为怕被卫檀生瞧出异样，也因为心里愧疚。

小姑娘的眼睛如同星子一样，看上去无忧无虑的。但惜翠心里清楚，她从小没了母亲，绝不可能真的这么无忧无虑。

惜翠想接近她，却不敢。五指收紧又松开，想来想去，惜翠取下了芍药花，蹲下身，插在了小姑娘小小的发髻上，笑道："妙有也好看。"

正当惜翠要起身的时候，耳旁的发中又被轻轻地插入了花枝。

她回头，卫檀生扶着她的脑袋，又往她的耳旁别了一朵粉白色的芍药，他自己也别了一朵。青年温润如玉，耳旁簪花，不显得阴柔，反而多了几分风流蕴藉。

卫檀生笑意盈盈的，弯腰将妙有抱了起来："如此一来，我们三人便都有花了。"

两大一小，一家三口，脑门上都别了朵芍药，迎风招展，远远看上去有些滑稽。

"翠翠，我们回去吧。"他笑着说。

抱着妙有，卫檀生看了眼花丛中慢吞吞的蜗牛。

他了解惜翠的胆怯。她与高骞虽不是真兄妹，却一样喜欢自罪。她对待感情就像这蜗牛一样，不论何时都背上了壳，将自己压抑、禁锢得死死的。当初，是他将她逼到绝境，让她不愿再动情。如今，也会是他牵着她的手，引着她一步一步走出来。

他不着急。他向来很有耐心。

最后还是卫檀生将惜翠送回了客栈。

惜翠躺在床上，一闭眼就是卫檀生、妙有和宋修敏。她越想越不得其法，只好用被子将自己裹得紧紧的，整个人缩在里面。

现在，没有了系统，她也不用补全情节了，反倒有些无措。

没有了系统之后，她竟然不知道要做什么了。

耳旁的芍药被她搁在了桌上的镜子前。想到那芍药，惜翠鬼使神差地抓着被子往下扯了扯，只露出额头和眼睛，小心翼翼地看了眼镜中的花。粉白的花瓣娇弱柔嫩。

惜翠拽着被子，闭上眼，心中好像不可抑制地下了一场春雨，雨点就像鼓点，轻轻地敲打在她的心上。

一直到宋修敏上了马车，柴鸿光也没想明白那嵌螺钿的漆盒究竟有什么古怪。他还想问，但见宋修敏闭上了眼，就明白了她的意思，没多加打扰，体贴地给她留了独处的空间。

他爱慕宋修敏，何尝看不出宋修敏对卫檀生的心意？他在她的身边做了那么久的长随，对宋修敏是怎么心动的都一清二楚。

宋修敏受其爹娘影响，性格清高，从来没将什么人放在眼里过。一开始，她对卫檀生也很冷漠。但那卫家三郎照样是一副温和从容的模样，并不在意她的失礼之处。

宋修敏见他不在乎自己，反倒动心了。她这性子，向来是别人追求她而不得，小心讨好她，哪里有她拉下脸去追求别人的道理？

这一点，宋修敏就被那孔娘子比了下去。

柴鸿光当然能看出宋修敏对惜翠的鄙夷之情。宋修敏一直恪守礼节，惜翠与卫檀生之间没有婚约，却和他如此亲密，落在宋修敏的眼中，无疑是不自尊、不自爱的轻浮放浪之辈。

这种乡野蠢妇，宋修敏看不起，也不屑于和她去争去抢。

回想起宋修敏靠着车壁面色泛白的模样，柴鸿光勒紧了缰绳，到底还是心疼，不免沉声询问道：“娘子这便算了吗？”

“算？”宋修敏反问道，“算什么？”

柴鸿光沉声道：“卫郎君那儿。”

宋修敏听了，闭上嘴不说话了。

她能怎么办？那嵌螺钿漆盒，柴鸿光不认识，她却一眼就认了出来，那漆盒一侧有个不易察觉的“珍”字，表明里面装的是何自珍经手的头面。

卫檀生何其敏锐，定是发觉了她方才对孔兰的打量。他没直说盒子里是什么，已经是给了她面子。

在宋修敏看来，卫檀生此举无疑是在打她的脸。这么一来，她如何有脸面继续待下去？她的头面就算再好，也比不过何自珍亲手所制的。

更何况，宋修敏对这漆盒是有印象的，那里面好像是他之前要送给吴家女的头面。不过那吴家女命薄，头面还没打完，人就去了。

他一直将那副头面好好收着，不知为何，如今竟然将东西送给了不知从哪儿冒出来的孔娘子。

宋修敏想到这儿，脸色更难看了。

马车外，柴鸿光接着道："那杏子巷的院子，当初还是娘子与卫郎君一同看中的。"

宋修敏抿紧了唇。

柴鸿光叹道："而且，娘子你与卫郎君之间已经……"

听闻柴鸿光此言，女人柳眉倒竖，当即打断了他的话："这些话岂是能拿出去胡说的？"

柴鸿光也知晓自己失言了，忙低声认错。

宋修敏虽拦下了他的话头，但面色总算缓和了不少。

柴鸿光说得并非没有道理。

就算孔兰与卫檀生真的有什么，到时候，也绝对越不过她这一头。宋修敏想到这儿，脸上不由得泛起了一抹红晕，露出了女儿家的娇态。

宋修敏确实累了，心神略微安定之后，靠着车壁缓缓地闭上了眼。

柴鸿光看着那面绣了白梅的车帘，就好似隔着车帘瞧见了车中的佳人。

"娘子今日离开得仓促，还没来得及将寻来的佛经交给卫郎君。这卷佛经，娘子打算如何处置？"

柴鸿光口中的佛经是由智圆法师所抄录的孤本。宋修敏费了无数力气，才辗转寻得这孤本，想要送给卫檀生。奈何她方才使性子跑了，这卷佛经没来得及送出去。以他的意思，这卷佛经还是要娘子亲手交给卫郎君才好。

宋修敏方才被落了面子，胸中憋了一口气，这才赌气告辞。卫檀生处事向来谨慎圆滑，她以为他会挽留她，没想到他毫无反应。此刻，宋修敏也有些后悔。

她是眼里揉不下沙子的人，一瞧见卫檀生与惜翠便失了礼数。现在她回过头来一想，那孔娘子的样貌、才行、家世都不如她，她还怕了孔娘子不成？

听柴鸿光这么一说，宋修敏当下也有了些想法。不过她是绝不肯轻易表现出来的，只淡淡地道："我累了，这事还是明日再说吧。"

柴鸿光听了，便不再打扰她。

和宋修敏相处的时间久了，他便知道她只是性子高傲了些。生父宋文山去得早，她由寡母宋郭氏抚养长大。宋郭氏本就是清高刻薄的性子，宋修敏自小就被教导不能服输，做什么事都要争一口气，绝不允许旁人压自己一头。以宋修敏的条件，她要真和那孔娘子争起来，未必会输。

柴鸿光虽爱慕宋修敏，但自知地位轻贱，与她此生绝无可能。既然他早早立誓要好好守着她，自然也有义务为她扫清路上的障碍。那些腌臜事她不愿做，不屑做，那就由他来做，脏也只脏了他的手。她的这双如雪如玉的手只该用来煮茶、抚琴，沾不得一丝尘埃。

可能是已经习惯了古代的生活作息，第二天，惜翠起得很早。

一下楼，她便发现客栈中的气氛有些不对。

眼下时辰尚早，客栈没开门营业，但大堂中坐了一个正在喝茶的年轻男人。

因为只有他一个客人，一眼看去，便格外引人注目。

男人身着一件宝蓝色的绸袍，是上好的料子，五官端正，样貌也算清秀。他桌前只摆了一壶清茶。

店里的伙计忙着手上的活儿，也不上前招呼，看样子似乎已经见怪不怪了，林巧儿则坐在柜台前核算账本，头都没抬。

虽然和林巧儿接触得不算多，但惜翠知道，有客人上门，林巧儿绝对不会这么冷漠。

惜翠站在楼梯旁静静地看了一会儿，顿时明白了。

那青年男人的注意力显然不在茶上，他喝了一口茶，又放下来，眼睛时不时地往林巧儿的方向瞟去。

这男人明显是奔着林巧儿来的，而林巧儿应该对他没那个意思。

听到惜翠下楼的动静，林巧儿这才从账本中抬起头，笑着招呼了一声：“孔娘子今日起得好早。”

她如花的笑颜映着早春的日光，显得格外具有亲和力，不过余光半分都没施舍给那个男人。

惜翠礼貌地回答：“林娘子，早。”

林巧儿看了惜翠一会儿才挪开视线。而林巧儿打量惜翠的同时，青年男人也在时不时地看林巧儿。

惜翠对打探别人的私事没有兴趣，只当没看见。但林巧儿见她这么一副眼观鼻鼻观心的模样，忍不住笑了：“我方才就瞧娘子在看袁郎君。怎么样，袁郎君可是生得不错？”

她没有指明，惜翠也知道林巧儿是在说那个年轻男人。既然林巧儿主动开口了，惜翠只能答道：“我只是没想到，这么早竟会有客人上门。”

林巧儿笑着解释道：“那是袁家老三袁明喆，娘子刚来杭州恐怕不知道，这袁家乃是杭州城里的富户。”

惜翠对那年轻男人没有兴趣，没有附和。倒是林巧儿好像想到了什么，眨眨眼睛，俯身过来低声道：“这袁明喆曾经娶过一位夫人，不过袁夫人没两年就去了，到现在他还是独身。”

这饱含暗示意味的话使得惜翠心中生出一股预感。而林巧儿接下来的话验证了她的预感。

“我知晓娘子是要北上寻亲的，但娘子一个女人，孤身北上，何其冒险？要我说，娘子不如就待在杭州。我们杭州城繁华，景色也美。”

惜翠没有答话。

林巧儿见状，直接问道：“娘子与夫婿和离后，有没有想过另寻一门亲事？”

林巧儿这是要给她做媒的意思？

看着林巧儿的模样，惜翠旋即明白过来。昨天，林巧儿看见卫檀生将她送回客栈了……

惜翠想都没想，直接回绝了林巧儿：“我如今没有再嫁的意思。”

林巧儿也不气馁，笑道：“女人孤身生活过于艰难，总是要给自己找个依靠的。”

惜翠听出她话里的意思，想了想，打算讲清楚：“我觉得袁郎君这么久还没续娶，想来不是不愿意成亲，而是心里有人了。”

林巧儿一愣，立即明白了惜翠的意思，面上跟着浮现出一抹歉疚之色，张了张嘴，微窘道：“孔娘子，抱歉。”

林巧儿是个聪明人。

卫檀生样貌俊俏，脸上总是带着温和的笑，腕上戴着串佛珠，更添了两分悲悯、温柔之意。林巧儿当初一见卫檀生便心生欢喜。她经营客栈这么多年，见的男人多了，却没见过卫檀生这样的。俗话说，“女追男，隔层纱”，林巧儿本以为只要她坚持，日久天长，卫檀生总会被感动。但如今，林巧儿总算明白了，他对她根本没那方面的意思。

她刚刚想给惜翠说媒，是存了几分私心的。袁明喆两年前就看上了她，每隔几日就要来店里点壶茶，心思昭然若揭。袁家是杭州富商，林巧儿本来也是有些动心的，没想到碰上了卫檀生。如此一来，袁明喆的追求就成了她的负担。

林巧儿想着孔娘子不久前才与夫婿和离，正是难过的时候，自己要是能将袁明喆介绍给她，这样一来，不就皆大欢喜吗？但林巧儿没想到，惜翠一眼看穿了自己的心思。

当下，林巧儿面上有些发烫，在心中轻轻叹了口气，知道自己与卫郎君是彻底无缘了。

孔娘子和卫檀生才认识两三天就看对了眼，缘分一词，说起来实在是玄妙。

林巧儿早年一人扛下了客栈的担子，性格爽朗，倒也想得开。倘若卫檀生对她有意思，她就是做妾也甘愿，但既然他没这意思，她也不必再苦苦纠缠下去了。

眼见林巧儿怔怔的，好像陷入了沉思，惜翠冲她轻轻地颔首示意了一下，转身准备离开。林巧儿却忽然回神，一把拉住了她，道："娘子稍等。"犹豫片刻，说，"娘子，能不能帮我一个忙？"

惜翠点头："若有什么帮得上的，我一定尽力为之。"

林巧儿松了口气，笑道："娘子且随我来吧。"

林巧儿领着惜翠去的地方是厨房。

"我这儿还有些榆钱糕，"林巧儿道，"娘子能不能帮我带给卫郎君与妙有？"

这本来就不是什么大事，惜翠答应了。

林巧儿叹了口气，勉强笑了笑："麻烦娘子了。"

惜翠看出了她脸上的失落之色，却没有安慰，也没有立场去安慰。惜翠能做的，也只有帮忙将榆钱糕带过去。

惜翠提着食盒出了厨房，再看大堂时，那抹宝蓝色的身影不见了，想来袁明喆看到她和林巧儿进了厨房，便离开了。不过惜翠没想到的是，她刚走出客栈就被人给拦了下来。

拦她的人正是袁明喆。

心知自己唐突，对上惜翠的目光，袁明喆忙行了个礼，自我介绍了一番。

他礼数十分周全，与惜翠之间保持着恰到好处的距离，既不会显得冷淡，也不会显得冒犯。

惜翠拎着食盒问："郎君有什么指教？"

袁明喆面色一红，轻声问："娘子……可认得林娘子？"

这就是明知故问了。

“我前些日子听说林娘子染了风寒……”袁明喆身材高大，不知道怎么开口，愁得又是脸红又是皱眉，“林娘子曾经帮过我一个忙，我一直不知道怎么报答。现在听说林娘子生了病，我有些担心，便想问问娘子，林娘子今日怎么样了，病可好了？”

惜翠道：“郎君放心，林娘子如今身体已没什么大碍了。”

袁明喆这才松了口气，再看眼前的女人，眼神清澈，没有对他和林巧儿的事有过多探究的意思。他心中不禁生出了几分好感，主动问道：“娘子这是打算去哪里，可要我帮忙送一程？我有马车。”

惜翠摇头：“多谢郎君的好意，我要去的地方离这儿不远，走过去也花不了多长时间。”

袁明喆本来就只是客气地问一句，听到这话，也不强求。

与袁明喆分开之后，惜翠提着食盒往杏子巷的方向走去。

惜翠到了杏子巷，刘婆子认出了她，替她开了门。

“娘子可是来找郎君的？”刘婆子问，又道，“郎君这时正在屋里和宋娘子说话呢。”

惜翠一愣，眼前登时浮现出宋修敏那张冷中含艳的脸来：“宋娘子也来了？”

刘婆子道：“来了有一段时间了，娘子可是要找郎君？我这就替娘子通报。”

惜翠拦下了她：“不用麻烦了。妙有在吗？”

刘婆子：“小娘子出去玩了，如今不在府上。”

惜翠低下头：“既然这样，那就请刘妈妈帮忙转交一下这个食盒，就说是林娘子特地托人送过来的榆钱糕。”

刘婆子探究地看了她一眼，摆摆手道：“这可不行，娘子还是先坐下来喝杯茶，等我过去通报。郎君若知道娘子来过我却没好好招待，定要埋怨我。”

刘婆子坚持如此，惜翠也不愿真的让她难做，便与她一起步入了院中。

院子本来就不大，她们经过长廊时，春风一吹，遥遥地送来了些模糊的交谈声。

女人清冷的嗓音中含了几分暖意：“看中这院子时，我与妙有便想着种些芍药、茶花，等春天到了，定然好看。今日一看，果真如此。”

“娘子？”刘婆子回过头来，惊讶地问停在原地的惜翠。

“我没事。”惜翠抬步跟上，低声道，“麻烦刘妈妈了。”

刘婆子将她带到偏房中坐下，奉上茶：“娘子稍等，我这就去通报郎君。”

惜翠“嗯”了一声。

扭头，她正好能看见院中栽种的芍药。晚霞似的芍药，开得烂漫。

惜翠摸着空荡荡的鬓角，不知道为什么，心上好像也空空的，眼中有几分茫然。

人的心境变化得何其快，不过一个晚上，一切便截然不同了。

她心上的那场春雨，不知不觉间停了。

惜翠抿着唇，因为难堪，脸上火辣辣的。她或许又自作多情了一次。这一次，她比当初在空山寺的时候还要难受。

人毕竟不是只靠“爱情”两个字活着的。一个人活在世上，爱情只占据了人生的一部分。

她上大学的时候，室友失恋，喝得烂醉如泥，抱着人号啕大哭，哭得好像整个世界都塌了。但时间会消磨一切，室友哭过之后，太阳照常升起，生活照常继续。

惜翠虽然没谈过恋爱，但有过一个暧昧对象。她现在已经记不清那个人长什么样了，平常也不会去想这么一个人。

那么多人都能做到朝前看，卫檀生肯定也能做到。他绝不会是没了爱情就一蹶不振的废物。

惜翠有自知之明，自己没有那么大的魅力，让人念念不忘。

时至今日，惜翠还是想不通卫檀生对自己究竟是什么感情。她与卫檀生之间，或许身体方面的交流要比真正的情感交流多得多。这么想着，惜翠轻轻地吐出了一口气，目光重新落回了实处。

她或许该回去了。

只是眼下，她舍不得妙有。

思索间，刘婆子回来请她过去。

进门前，惜翠看见了守在门前的人，是昨天陪在宋修敏身边的男人，似乎叫柴鸿光。

柴鸿光像一座铁塔，瞧见她，目光直直地扫过她的面颊，似乎未觉失礼，也没有避让的意思。惜翠不由得多看了他一眼。

惜翠进门时，男人让开一步，在她经过的刹那低声道：“娘子来得不是时候。”

“不是时候”四个字，有许多让人遐想的空间。

惜翠停下脚步。

柴鸿光淡淡地道：“孔娘子只怕会冲撞宋娘子与郎君。”

惜翠收回视线，没再看他，也没有说话，踏入了室内。

屋里，卫檀生正和宋修敏面对面地坐着，二人之间隔着张桌子。

宋修敏今天穿了条鱼肚白的裙子，发髻上插着支雕花的玉簪，素来冷淡的脸上带着几分温柔，那是女儿家面对心上人时才会有的神情。

卫檀生打扮得比较随意，像是空山新雨后洁净清润的松柏。

竹帘半卷着，筛了点春光，落在两个人的衣服上。

惜翠突然发现，卫檀生与宋修敏其实很像。他们坐姿一样端正，举手投足间透露着优美，那是从小生活的环境培养出来的。他们有着相似的家庭背景和教育经历。

看着这一幕，惜翠明白心里又酸又涩又胀痛的感受是怎么一回事了。

她是喜欢卫檀生的。但卫檀生会喜欢她，更像是她在作弊。

如果没有系统，如果她没有重生两次，惜翠不确定卫檀生会不会喜欢上她。她一直以来的行为举止，在一定程度上代表了系统的意志。

如果系统没有选她做宿主，而是选择了另外一个人去“攻略”卫檀生，他会不会喜欢上那个人？

她和卫檀生之间的感情充满了巧合与算计。

相较之下，他和吴怀翡、宋修敏之间则是不受系统操控的真实情感。他们是自然而然地被彼此吸引的。

惜翠在门前停留了一会儿。宋修敏无意间一瞥，就看见了她，脸上的柔情很快消失。

惜翠心知自己来得不是时候。

卫檀生一见惜翠，眉眼弯得像月牙儿：“翠翠，你来了？”

宋修敏扬着下颌，淡淡地道：“孔娘子，又见面了。”

惜翠整理好思绪，走到二人面前，点点头，和宋修敏打招呼：“宋娘子好。”

宋修敏坐直了些，不再答话，心中却有些不解。

“翠翠”是什么意思？难道这是孔兰的小字？

想到这儿，宋修敏心中不是滋味。她平日里最厌恶的便是言行举止轻浮之辈，但如今瞧见卫檀生对惜翠态度如此亲密，竟有些羡慕。

但宋修敏转念一想，做妻子的定要宽容知礼，放浪轻浮的女人不适合做正妻。

卫檀生一眼便看见了惜翠手上的食盒，问："刘妈妈说你带了食盒来？"

惜翠将食盒放到桌上。她本来就没打算多待，因此没有落座，只是道："这是林娘子托我带来的榆钱糕。"

卫檀生一愣，似乎没想到会听到林巧儿的名字。他不自觉地抬头看了看惜翠，女人神情平静，看不出什么情绪。

刘婆子刚刚来传话的时候没多提食盒的事，他还以为惜翠特地做了吃食，装在食盒里带过来了。

但卫檀生的脸上没有流露出什么失望之色，他点点头，表示自己知道了。当着宋修敏的面，他无所顾忌地轻轻眨眼，笑道："我还以为是翠翠你亲自做了吃食带给我，原来是我自作多情了。"

卫檀生的眼神其实和之前一样温暖和煦，但他的目光与宋修敏的目光落在惜翠的脸上，就像是烙铁一样。惜翠有些窘迫，道："榆钱糕我带到了，你与宋娘子应该还有些话要说。你没什么事的话，我就先回去了。"

卫檀生还看着她，好像终于察觉出了些不对劲。但惜翠没有再待，转身走了出去，将他的目光留在了身后。

外面的阳光有些晒人，但走出内室之后，惜翠心中一轻。

卫檀生和宋修敏还在屋里。惜翠在门前停顿了一会儿，正要抬步离开，柴鸿光突然叫住了她："孔娘子且慢。"柴鸿光看着她说道，"孔娘子能不能听我说两句话？"

惜翠问："郎君有什么想说的？"

"这里不是说话的地方，娘子请跟我来。"

柴鸿光领着惜翠走到廊下，这才站定了，开门见山地说："恕奴冒昧，想问孔娘子知不知道卫郎君与我家娘子之间有婚约？"

惜翠一怔："婚约？"

柴鸿光留意着她的神情，道："看来孔娘子是不知道了。卫郎君与我家娘子在一年前相识，婚约是卫夫人亲自点过头的。"柴鸿光顿了顿，含蓄地说，"这间院子，也是当初卫郎君与我家娘子一同看中的。孔娘子是个聪明人，应该明白奴的意思。"

这个男人生得高大结实，望着她的眼神也坦荡，没有任何心虚的意味。

他说的，应该是真的。

这个时候，惜翠出乎意料地平静了下来，心好像终于落到了实处，竟然松了口气。

如果卫檀生没有点头，婚事想来也定不下来。如果她没有回来，卫檀生应该会和宋修敏走到一起。

六年的时间，他们错过了就是错过了。卫檀生和宋修敏在一起挺好的，妙有应该也会高兴。

她和卫檀生之间隔了一个时空，就算有那个软件，其中的鸿沟也不是轻而易举就能跨过去的。

如果说，之前惜翠还在犹豫，那现在，她终于坚定了想法。

柴鸿光打量着面前的女人。他说的话实则是一半真一半假。卫杨氏确实看中了宋修敏，想要为卫檀生续娶，但只有卫杨氏有这个意思。卫杨氏还没来得及同卫檀生说这话，卫檀生就带着妙有离开了京城。

在此之前柴鸿光打听过惜翠的身家背景，只听说她与夫婿和离后，打算北上寻亲，丢了路引，暂居客栈。

“我听闻娘子似乎是要去北边寻亲？”柴鸿光心里盘算了片刻，决定一不做二不休，沉声问，“娘子可想过什么时候动身？我认识的几个浙商近日要去京城做生意，娘子若要北上，不妨和他们一道儿，路上也能有个照应。”

惜翠看着柴鸿光，哪里听不出他话里的深意，他这是不放心她继续留在杭州。

“你的好意我心领了。”惜翠道，“但我已经决定不北上了。”

柴鸿光面色一变。

惜翠像是没看见男人难看的神情，接着说：“出来这么久，我打算回去了。”

“回去？”柴鸿光皱眉问。

“回家。”

惜翠前脚刚走，没多久，小院又迎来了一位客人。

黄宜春从马车上跳下来。他今天过来，是特地来问卫檀生借钱的。

黄宜春被刘婆子领进屋，一眼就看见了宋修敏，顿时笑了起来：“没想到宋娘子也在，我今日可真是来得巧。”

他们是同一个圈子里的人，圈子里有什么风吹草动，彼此都再清楚不过。宋修敏到了杭州的事，黄宜春听说过。宋修敏对卫檀生的心思已经写在了脸上，当然也瞒不过黄宜春。

此刻瞧见她，黄宜春忍不住想嘴贱两句。哪怕宋修敏冷着脸，他也不在乎。

宋修敏生得美，但个性太冷，谁娶了她回家，那简直是娶回了个牌位，每天得上香供着，守着牌位，过着清心寡欲的生活。

黄宜春今天是来借钱的，但这话不方便在宋修敏的面前说。卫檀生看出他在想什么了，领着他去了偏厅。

“你卫家三郎最近艳福不浅啊！你这几日的风光，想来也有我前几日的功劳吧？”黄宜春一屁股坐下来，没正行地笑道，“我向你借点钱，不算过分吧？”

黄家这几日管黄宜春管得甚严，黄宜春又是个花钱如流水的，这银子到手还没焐热，转头就全散了出去。窘迫之下，他自然而然就将借钱的念头打到了卫檀生的身上。

但卫檀生没说同意，也没说不同意，甚至提都没提钱的事。

“我前些日子都照你说的做了，”青年拎起茶壶，倒了杯茶推到黄宜春的面前，问，“为何与她之间还是毫无寸进？”

黄宜春过了一会儿才反应过来卫檀生是什么意思。

毫无寸进，这怎么可能？这“小菩萨”话里的意思，明显是让黄宜春先解决了这事，再来提借钱的事。

黄宜春顿时没心思喝茶了：“这一定是哪里出了问题，你仔细说给我听听！”

…………

听完卫檀生的描述，黄宜春有点蒙：“你等等，我听你话里的意思，你对那宋修敏没旁的想法？”

卫檀生搁下茶壶，收回手：“你为何会认为我对她有什么想法？”

黄宜春看他一副认真的模样，更蒙了，扭头看了眼正厅的方向，问：“你既然对她没意思，怎么不把话说清楚，婉言拒绝她？”

卫檀生淡淡地问：“我为何要拒绝她？”

“那你就是在吊着她。”黄宜春咋舌，“你既然对她没那个意思，当然要说清楚，吊着人家姑娘算怎么回事？”他自诩风流薄情，但也是怜香惜玉的，干不出欺骗人家感情的事。

卫檀生神情平静，似乎没觉得自己有任何问题，垂眸答道：“她对我有意还是无意，那是她的私事，和我并无任何干系。”

黄宜春：“但你吊着人家，人家是会伤心的。”

“她伤心也好，欢喜也罢，与我何干？”

黄宜春傻眼了。卫檀生哪里是“小菩萨”，简直比那最无情的浪子还要冷酷两分。

黄宜春吃惊地瞪大了眼，过了片刻，总算意识到卫檀生是认真的，打心眼里没觉得自己的处理方式有任何不妥之处。黄宜春也总算明白孔娘子那儿究竟是怎么回事了。

“你若是对宋修敏无意，就该好言拒绝她，”黄宜春苦口婆心地说，“你不拒绝她，孔娘子便会以为你对宋修敏存了几分心思。女人大多小心眼，容不下自己的男人身边还有别人，你这不是平白惹人生气吗？”

黄宜春心里纳闷，难不成卫檀生在寺庙里待久了，连这都不明白？

卫檀生一怔。他确实看出了宋修敏对他有意，但这和他没有什么关系。

妙有喜欢宋修敏，他对宋修敏便比对旁人多礼遇两分。其余的，他不曾放在心上，也根本想不到要直言拒绝。

他垂下眼眸，难得沉思起来。花草人畜在他的眼里并无区别。从前也不是没有人爱慕他，但他都不曾放在眼里。

而翠翠……他之前厌恶她，更多是因为她扰乱了他的心神，他的七情六欲全系在了她一人的身上。

黄宜春见他思忖了半天也没有反应，忍不住问道：“那钱，你究竟是借还是不借？”

青年抬头道：“稍后我会吩咐人封一包银子给你。”

黄宜春听了自是喜上眉梢，千恩万谢。

等黄宜春离开后，卫檀生穿过长廊回到正厅里。宋修敏依然坐在桌前等着，手旁的茶基本上没动过。

瞧见他回来，宋修敏略显欢喜。

卫檀生在她的面前坐下，思及黄宜春方才所言，问道：“娘子今日过来可还有什么事？”

宋修敏一愣：“郎君这话是什么意思？”

“若无其他要事，”卫檀生道，“娘子也是时候离开了。”

宋修敏脸色遽变：“你这是赶我走？”

“我并无此意，”卫檀生道，“只是我与娘子孤男寡女，长时间共处一室，难免落人口实。”

宋修敏看着他，怎么也没想到，不过片刻的工夫，他竟然就要下逐客令。

但他的神情疏离有礼，和之前并无任何分别。

宋修敏蓦地意识到，他是认真的。他语气温和，但说出来的话毫无感情可言。宋修敏面色惨白，失声质问道：“卫檀生，你到底有没有心？”

昨天，他不顾情面，当着她的面将头面送给孔兰，今日又要赶她走？从前都是旁人毕恭毕敬地请宋修敏去家中设帐，她生平还没受到过如此奇耻大辱，气血翻腾之下，袖中的手一阵颤抖。

她今日特地将那卷佛经带了过来，想着当面送给他后，他总该意识到她的心意。她从小到大，唯独喜欢过他一人，为他费尽心思。而他如今竟然要赶她走？

卫檀生平静地看了她一眼，心想自己自然是有心的。

“我知晓娘子的意思，但我对娘子并无他意，若是辜负了娘子的心意，在这儿向娘子赔个不是。”

这个男人，自私虚伪至极，行事无所顾忌，完全不会考虑旁人的感受。

柴鸿光显然没料到宋修敏会突然冲出来。她面色白中泛青，眼角已落下泪来。柴鸿光瞧见她这副样子，愣了愣，心如刀绞，来不及多想，迅速拔腿跟了上去。

“娘子，娘子。”柴鸿光道，“娘子，发生了何事？”

他刚追上宋修敏，她便转过身，眼中藏着一团怒火，站定后狠狠地扇了他一巴掌。

“住嘴！连你也要看我的笑话？若非你昨天撺掇，我今日如何会受此屈辱？”

这一巴掌，女人用了十成的力气，柴鸿光避让不及，被这力气带得侧过脸，脸上迅速浮现出一个五指印。

宋修敏的脸色红了又白，白了又红。她今日所受的屈辱都让柴鸿光看了个一清二楚，她如此高傲，在卫檀生面前颜面扫地就罢了，怎么能允许一个下人瞧见自己这般狼狈的模样？如今宋修敏的怨气无处发泄，柴鸿光正好赶了上来……

他一直对她有非分之想，若非他撺掇，她怎会落到今日这个地步？想到这儿，宋修敏更觉一阵酸涩。这么多年来，她一直克己守礼地活着，都怪他昨日怂恿，而她急于求成，昏了头才做出这种事来。

“你不过是一条狗，还问起我的事来了？”说罢，也不管柴鸿光是何反应，宋修敏咬紧了唇快步离开，留柴鸿光一人站在原地。

柴鸿光看着宋修敏离去的方向，到底没追过去，只转头看了眼伫立在门前的青年。青年静静地站在那里，直到宋修敏的身影不见了，才泰然自若地问：“方才，她与你说了什么？”

柴鸿光知道，卫檀生问的不是宋修敏。

柴鸿光脸上指印未消，开口说话时，颊侧的肌肉一阵刺痛：“孔娘子方才同奴说，”他犹豫了片刻，道，“她要回家，去寻她那和离的夫君。”

卫檀生的面色霎时一变，方才的从容消失得无影无踪。

卫檀生问：“她当真是这么说的？”

柴鸿光与卫檀生四目相对，心口不自觉地一滞，但依然强作镇静地道：“孔娘子离去前确实是这么说的。”

柴鸿光留意着他的神情变化，犹豫了一瞬，但想到含泪离去的宋修敏，还是忍不住道：“我伺候我家娘子已有数年，还是第一次见娘子如此伤心。郎君你……”

卫檀生却不再看他，腕上的佛珠撞出一串急促的轻响，快步走到院门前，差人备马车。

惜翠竟然要回去找那所谓的季郎君。

卫檀生死死地掐紧了佛珠，嗔怒之意几乎要吞噬四肢百骸。

他脚步急促，微跛的左腿因为骤然加快的脚步而踉踉跄跄。他虽然跛了，但身体的缺陷没有影响他的风姿。

马车备好了，卫檀生上去坐好，脸上又惊又怒。在这俊美光鲜的皮囊之下，那曾经按捺下来的杀意再度翻腾嘶吼，不受控制般，呼啸着要刺破血肉，破胸而出。

他面色阴郁，靠着车壁，指节因为用力而泛起青白，手背上青筋暴起，几乎要将手上的佛珠捏成齑粉。

卫檀生纤长的眼睫微微发颤，眨眼间，心中闪过了无数个念头。

他要杀了那姓季的，将惜翠关起来，之后再慢慢谋划。

毕竟他还有妙有。

他若以妙有要挟她，她定会顺从。

因为杀意，他口干舌燥，喉结上下滚动，唇紧抿成一条线，心中翻涌着的欲望终于再度苏醒。

回到客栈后不久，惜翠便开始整理包袱。她来的时候没带什么东西，走的时候也不需要收拾什么。

但坐在床边，惜翠低头看着手机上的软件，还是犹豫了一瞬。

惜翠放不下妙有。

她今天没看见妙有，想再见妙有一面。

正是这犹豫的间隙，门外响起了敲门声。

惜翠没多想，放下手机，走到门口打开门，看到门外的人后愣住了。

卫檀生正站在门外，眼底蕴藏着万般情绪。

“翠翠，你要去哪儿？”

惜翠愣怔之间，卫檀生已经走进了屋里，目光死死地落在了那床上的包袱上。

他等了她六年。或者说，他等了她一辈子。这次，他绝不会再放她离开。

青年将视线从床上收回来，再看她时弯起了唇角：“你要去哪儿？”

刚刚忙着收拾东西，惜翠将头发随手盘了起来，如今有几缕头发垂落下来，给她平添了两分温柔。

“你知道了？”惜翠反应过来，垂眸低声问，“是柴鸿光告诉你的？”

卫檀生定定地看着她，问：“你要去何处？”

既然柴鸿光已经跟卫檀生说了，她再瞒着也没了意义。

“我打算回家。”

“家？你的家难道不在此处？”卫檀生微笑道，“你我早就成了亲，且育有妙有，这儿难道不是你的家？还是说，你当真以为有那季郎君在的地方才是你的家？”青年的脸上露出了嘲讽之色。

“翠翠。”他一步一步地走到她面前，衣袖一扬，牢牢地抓住了她的手腕，将她抵在墙上，附耳低声问，“我一直想问，翠翠，你在逃避什么？或者说，你在害怕什么？”

脊背撞上墙壁，惜翠吃痛地皱紧了眉。

“你害怕我，害怕妙有。我和妙有有什么值得你害怕的？”他力气大得似乎要捏碎她的腕骨，毫无往日的柔情可言。

他比她足足高出一个头，此刻面上笑意全无，正居高临下地看着她，眼中似乎有嘲弄，也有悲悯。他将另一只手掐在她的腰上，好像恨不得将她的腰掐断。

“我……”对上卫檀生的眼，惜翠吃力地喘了一口气。

“翠翠，你心虚之时总会强装镇静，”青年微笑道，“强撑着一口气，神情也要比往日冷淡两分。”

这是她的伪装，也是她的盔甲，好像只要故作镇静地冷下脸来，她就能不被外物伤害。

卫檀生继续道：“你知不知道我是如何认出你的？你现在这副神情，和当日在客栈里的时候几乎一模一样。你若真是孔兰，之前就不该见过我。既然不曾见过我，那你当初在客栈里看到我时，就不该露出这般神情。

“更遑论，你还总寻着间隙，好似不经意地瞧妙有。

“翠翠，你爱骗人，却偏偏不擅长骗人。在你离开之后，我无时无刻不在留意那些但凡与你有半分相像的人，不论男女，不论老少。我之所以能一眼认出你，是因为我每时每刻都在做着与你重逢的准备。”

还有一点，他没有说——因为那个梦，或者说，那不是梦。

没有梦能如此清晰，清晰到他一闭眼就能回想起梦中的种种细节，甚至能想起妙有出嫁时嫁衣上的花纹和发簪的款式。

他等了她一辈子。

他记性很好，博闻强识，过目不忘。

在梦里的一生中，他从未遇见过“孔兰”。而这一生，他终于等到了她，就更不可能轻易地放她离去。

这么想着，他忽然冷静了下来，眼神也慢慢地恢复了清明。他笑道：“翠翠，这是你本来的模样，对吗？你不可能将路引丢在路上。如此一来就只有一种解释，那便是你根本就没有路引，那些话不过是你的托词罢了。你不属于这个世界，因而没有大梁的路引。”

“让我想想，”他微笑道，“你能回来，又能回去，这便意味着你找到了在这两个世界中来往的方法。”

“翠翠，”他将手松开了一些，冷冷地问，“你究竟还瞒着我什么？”

惜翠没想到卫檀生会问自己这些，在他的注视下别过头，避开了他的视线。

她还瞒着他什么？卫檀生的这句话戳中了她心中最隐秘的地方。

那是和系统有关的秘密，也是她一直以来尽量忽略，却始终无法无视的隐秘心事。

她和卫檀生的感情本来就建立在欺骗之上，如果她真的和他在一起了，要如何向他解释这软件的由来？

一切总会有真相大白的一天，那时，他就会知道系统的存在。她不可能，也做不到将这个秘密带进坟墓。这是一直以来压在她心上的重担，也是她胆怯、内疚、踌躇不敢上前的真正原因。

“我……”惜翠闭上眼，深吸一口气。在他的目光之下，她突然觉得再也没有隐瞒的必要了。

“我确实有事瞒着你。你说得没错，我确实喜欢说谎。”惜翠喉咙干涩，“我骗了你，从一开始在瓢儿山上见到你时就骗了你。”

已经开了头，这回，她终于将系统和任务的事从头到尾地交代了个一清二楚。

“系统告诉我，我的任务就是让你爱上我，亲口对我表达爱意。这样，我才能回家。也就是说，一直以来我都在利用你。为了让你爱上我，我不介意做任何事。所以，成为鲁飞也好，成为高遗玉和吴惜翠也罢，我都只有一个目标，”惜翠抬起头，“就是让你爱上我。然后，我就能回家了。”

卫檀生突然松开了紧掐着她腰肢的手，眸中的暴戾之色渐渐散去。

纤长的眼睫一颤，他问：“这么说，你一直以来都在骗我？”

惜翠抿唇：“是。”

“靠近我，不过是为了骗取我这颗心？”

“是。”她嗓音沙哑，抬头看他。

青年垂着头与她对视。他像往常一样弯了弯唇角，却在扬唇的刹那，嘴角溢出了一抹红。血滴落在他的衣襟前，晕染出一朵绮丽的花。

“所以，无论当初我对你有多冷淡，你也从未埋怨，从未记恨过？”

他像条垂死的鱼，突然又吐出一口血来。这一下好像终于打破了什么，在此之后，青年不断地咳出血花。即便这样，他仍然不依不饶地继续问：“那首诗，也是骗我的？”

惜翠垂下眼眸，攥紧了手：“是。”

一切都是她骗他的。

他害怕的是那个将她的心意弃如敝屣的自己，而到今天才发现，她的心意是假的。

他的冷眼，他的忽视，她都没有责怪，只是因为她不在意。

她未曾动情，本来无情，何来怨怼？

卫檀生静静地站着，像一尊观音像，凝望着她。

看了她一会儿，他转身离去，下楼时，喉咙里还是不断有血气翻涌。他踉踉跄跄地走着，每走一步就喷出一口鲜血，将胸前的衣襟都浸湿了。

他面无表情地揩去唇角的血渍，刚揩干净了，又有鲜血溢出。

原来如此。

原来是这样。

难怪她如今要回去。

他的耳畔好似又响起了空山寺中悠长清朗的晚钟。

在那场瓢泼大雨中，他与吴怀翡并肩而行，而惜翠提着灯笼，脚踩着落花，垂眸跟在他们的身后，毫无怨言。

她那样仅仅是因为她从未将他放在心上。

她曾经的讨好，曾经的生死相随，曾经的情深义重，都是假的。

他在梦中等待的一生，也是假的。

从始至终，自作多情的只有他一个人。

不，事情不是那样的。

青年的血已经将衣襟染得一片鲜红，惜翠看着他离去，心中惊愕又仓皇，但脚下好像生了根一样，硬生生地站在了原地。她全身上下的力气好像瞬间被抽空了。

惜翠心中既疲倦又难受。

将话说出来，她并不轻松，非但没觉得如释重负，胸口也好像堵了什么。

她对他并非全是利用。她其实也是喜欢他的。

情起于微末，在日积月累中越来越深，又被她牢牢地遏制住，压抑在了内心深处。她欺骗了自己。

或许当初在空山寺的时候，她就喜欢上了他。

他们被困在禅堂中共处了一夜；她看到他出关时缓步走出石室的样子；她为他刮去颌下的胡须，他们视线相对；他半面染血，紧握着她的手腕叫她划开他的皮肉……那些点点滴滴汇聚为涓涓细流，并不激烈，但足够牵绊人心。

望向半掩的门，惜翠好像终于明白了什么，提着裙子冲了出去。

但等她冲到楼下的时候，卫檀生的身影已经消失了。客栈里坐着几个食客，正热热闹闹地喝酒吃菜，大声交谈。

惜翠追出客栈，长街上人来人往，却不见卫檀生的身影。

他已经离开了。

惜翠并不意外，但准备回去的那一刹那，心又好像被什么攥紧了。她放下裙子，张了张嘴，费力地喘了口气，回到了屋里。

手机被丢在床上。这个时候，她已经没有回去的念头了。

惜翠沉默地坐了下来。

上大学的时候，她有一个暧昧对象。当时，她和他都没将心思说破，直到有一天，同学们一起去吃饭的时候，他和同行的一个女生看对了眼。大家都是聪明人，他和她的这段暧昧关系就这样不了了之了。

其实，那个时候她没感到难受。

但这一次，她格外不好受，像一个快要溺死的人，揪着衣襟喘不上气来，眼前氤氲着一层薄薄的水雾，看什么都模糊扭曲。

惜翠坐在床边，鼻子酸，眼睛更酸，不争气地往下掉眼泪。

她其实一点都不想穿越，不想“攻略”卫檀生，更不想欺骗别人的感情。

她小时候很喜欢哭，经常掉眼泪。那个时候，她妈总嘲笑她。大人无心的嘲笑被当时年纪还小的惜翠记在了心里，慢慢地，惜翠就不怎么哭了，学会了管理自己的情绪。有时候受伤了，她也能像没事人一样皱着眉头擦干净血，替自己贴个创可贴。所以季悦媛常常开玩笑，喊她“女壮士”。

好像憋得久了，她就忘记了自己是会哭的。感情被压抑久了，她也忘记了自己的真实想法。

卫檀生离开后，这一晚上，惜翠都没合眼。

半夜，她忽然想去杏子巷找卫檀生，但又觉得失去了找他的理由。到凌晨的时候，她又下定决心要去找他，把话说清楚。但她走到门前的时候，推门的手又停在了半空中。

她就这样昏昏沉沉地挨到了天亮。

门外再度响起了敲门声。惜翠心脏急跳，赶紧走到门前，但看清来者之后，一颗心又跌回了谷底。

不过她很快恢复了清醒，看向来人，道：“刘妈妈？”

门外站着的人是刘婆子。

刘婆子的出现点燃了惜翠心中那微弱的火苗。她忽然觉得有些口干舌燥，又紧张起来。

是……是卫檀生叫刘妈妈来的吗？惜翠忍不住想。

刘婆子看到惜翠，似乎被她的状态吓了一跳。女人眼下青黑，眼角通红，好像一夜没睡，面如金纸，发丝凌乱地垂落在脸侧，显得憔悴且疲惫。

“是卫檀生叫你来找我的？”惜翠惴惴不安地问，一开口，喉咙又痒又疼。她咳嗽了一声，忍不住悄悄地攥紧了衣袖。

刘婆子虽然被惜翠的样子吓到了，还是向她行了一礼，点点头，道：“郎君叫我过来带个话，说想见娘子一面。”

听到这话，惜翠忙问：“他在哪儿？”

“郎君邀娘子巳时三刻去城郊的那片李子林里见面。”

刘婆子把话带到后就准备离开。惜翠叫住了她，舔了舔发干的嘴唇，低声问：“卫郎君他……怎么样了？”

刘婆子看着她叹了口气：“娘子想知道郎君如今的状况，不如亲自去看看。”

送走刘婆子后，惜翠走到桌前，看着镜子里的女人，被镜子里自己的模样弄得一愣。

惜翠将头发梳整齐，换了件鹅黄色的衣裳，洗漱干净。她没敢耽搁，急忙下了楼。

城郊的那片李子林很好找。

一路上，她都在想见到卫檀生了要说些什么。等到了那儿，她却没看到卫檀生的身影。

今天的天气不算好，天空阴沉沉的，不见一缕阳光，乌云压得很低，像是快要下雨了。

这个时节正值李子树的花期，枝条上堆着一簇簇的花，青白色的花瓣簇拥着嫩黄的花蕊。

她来早了。

惜翠将脸侧散落的发丝别到耳后，站在树前默默地等待。可惜天公不作美，不过片刻的工夫，一滴雨就从天空中坠落，落在了她的发顶，渗入了发丝。紧接着，第二滴雨落在了她的脸上。

惜翠抬头看了眼天。她来得匆忙，忘记带伞了，这片李子林里也没有能躲雨的地方。

眼下早已过了巳时三刻，但卫檀生迟迟没有出现。

风吹叶动，被风卷起的枝叶哗啦啦地响，雨点落得急且密，打在脸上有些疼。望着四周郁郁葱葱的李子树，惜翠的内心深处浮现出一个念头，但她不敢细想。

她再等等吧。

她垂眸看着被风雨摧残的花草，想着他或许是被什么事耽搁了。

再等等，她再等一会儿就好了。

惜翠不敢找地方躲雨，担心他来了会找不到她。

淋些雨其实没什么，惜翠摘了片树叶，看着清晰的叶片经络，心里没有任何怨言。

卫檀生如果不愿来见她，她能理解。毕竟她曾经对他做的事，确实太过分了。

将树叶攥紧了些，惜翠靠着树干，看着叶尖上挂着的水珠儿。

她现在的行为更像是自罪和自罚，一直压在心头的重担好像会因此而稍微变轻一些。

雨下得更大了，落在衣服上，凉意直入肌肤。

她不记得自己等了多久，直到雨幕中终于出现了一个人影。他撑着伞，破开了重重雨帘，走到她的面前。

惜翠抬起头，眨了眨眼。雨水落在眼睫上，分作两路，一路落入她的眼睛里，模糊了视线；另一路顺着鼻梁一直落到了她发白的唇瓣上，渗入唇角。

来人看见她，吃了一惊："孔娘子？"

来的不是卫檀生，不是她印象中那个系着杏色发带的青年。男人身形高大，五官端正，是与她有两面之缘的柴鸿光。

好像有什么东西重重地落在了胸口，惜翠不知道为什么，心有些痛，又有些想掉眼泪。

柴鸿光撑着伞，似乎没料到会在这儿看见惜翠，吃惊地问："孔娘子怎么会在这儿？"

留意到她狼狈的样子，男人将伞移向她，皱起了眉。

惜翠别开视线。

柴鸿光看了惜翠一眼，女人全身上下都被雨淋湿了。初春的雨冷得刺骨，她冻得面上毫无血色，咬紧了牙，却还是不自觉地发抖。

她湿漉漉的发丝一绺绺地贴在前额上，她的衣裳被水浸湿了贴在肌肤上，勾勒出起伏的弧线。柴鸿光收回视线，犹豫了一瞬，解下外套披在了她的身上。

虽说因为宋修敏，他对面前的女人并无好感，但看到她这副模样，还是有些不忍心。

惜翠没回答他的问题，反而问他："你怎么会在这儿？"

柴鸿光收回手，答道："孔娘子有所不知，前面不远处有间野庙，里面住了个游方的郎中，据说医术颇为高明，我过来是为了替我家娘子办些事。"说完，他又问，"这么大的雨，孔娘子怎么站在这儿不去避雨？"

惜翠还是没有回答。

但柴鸿光似乎看出了什么，问："孔娘子是不是在等人？在等……卫郎君？"

惜翠："你怎么知道？"

"今早我随我家娘子去拜访卫郎君，在路上碰见了刘婆子。刘婆子提到了这件事。但孔娘子不必再等，卫郎君不会来了。"

惜翠动了动唇瓣，嗓音沙哑："你是什么意思？"

柴鸿光顿了顿，看向她的目光中有几分同情："卫郎君眼下……正和我家娘子在一起。"

一阵冷风裹挟着雨珠吹来，惜翠打了个寒战，仰头问："在一起？"

女人的双眼依旧清澈，发间的木簪上雕了一朵木兰花，雨水顺着木兰花的花瓣往下流，雨滴挂在簪子上，被风一吹，一闪一闪的，像极了她眼中的光。

"卫郎君得了些新茶，"柴鸿光握紧了伞柄，"请了我家娘子去试茶。"

雨水落在伞面上，敲出一阵闷响。

惜翠没有再说话。

柴鸿光明智地换了个话题："这儿雨大，娘子身上被淋湿了，恐怕会着凉，我先送娘子回去吧。"

惜翠没有动。如果说之前还有什么不明白的，现在，她终于想明白了。

惜翠问："卫檀生根本就没约我到这儿来是不是？"

柴鸿光皱起眉，往前走了一步："娘子在说什么？"

惜翠后退一步，刚好退到伞外，重新站在了雨中。

"真正约我过来的人，是你。"

柴鸿光看了她一眼，神情并无变化："娘子在说什么？"

惜翠抹去脸上的雨水。有一瞬间，她确实相信了柴鸿光的话，但转念一想，就发现了蹊跷。

她相信卫檀生。

她一闭眼就能想起青年唇角咳出血的模样。

无论之前发生了什么，这一次，卫檀生一定不会失约。

“昨天，也是你告诉他我要回家的，对不对？你是为了什么？”惜翠冻得浑身哆嗦，咳嗽了一声，接着问，“是为了宋娘子吗？你忠心护主，害怕我会破坏他们二人之间的婚约，就想用这种方式对付我。”

男人的反应印证了她的猜测，她每往下说一句，柴鸿光的脸色就难看一分。

过了一会儿，柴鸿光整理好了面部表情，再度开口：“孔娘子，你很聪明。”

“我不聪明。”

如果她聪明，一开始就不会听信刘婆子的话，跑到这个鬼地方等着。

她只是相信卫檀生。就算这“小变态”再愤怒，再心有不甘，也绝不会用如此下作的方式对待她。

柴鸿光沉默了片刻，突然低声道：“孔娘子，抱歉。

“你或许不知道，我这条命，是我家娘子救下的。

“自那天起，我便下定决心要守在娘子身侧，做牛做马也甘愿。

“我跟在娘子身边伺候的这些年里，还从未见过她如此倾慕一个人。

“所以，我只能对不起孔娘子你了。”柴鸿光漠然说。

桐油伞跌落在地，被风吹得摇摇晃晃的。

惜翠猜出了柴鸿光的想法，睁大眼看着他，四肢不受控制地颤抖。在危险来临之际，她下意识地转身就跑，但没跑出两步，后颈上忽然一疼，整个人失去了知觉，扑倒在地上。

柴鸿光收回手，往前一步，抱起摔倒在地的女人，道：“抱歉孔娘子，我也是迫不得已。”

他腾出一只手捡起地上的桐油伞，另一只手抱着不省人事的女人，继续往前走，一直走出了李子林。

不远处有一间野庙，但早已破败，里面根本就没住什么游方的郎中。

庙前有个不大的池塘，池塘前长了足足有半人高的杂草，雨水落在池塘中，漾开一圈圈波纹。

柴鸿光伫立在池塘前，双臂使劲儿一扔，女人被抛向池心，霎时间就被池水吞没了。

柴鸿光看着女人的裙摆在水面上漂浮了一会儿，又慢慢地沉了下去，才收回目光，开始清理现场。他将四周弄乱了，抹去来时的踪迹，从袖中拿出个顺袋，往地上倒了几文钱。

男人呼吸急促，心跳如擂鼓地捡起伞一路向西，踩出一串凌乱的脚印，直到走到官道前才停下来。接着他换了条路，往东回城。

这都是他的罪孽。

想到池水中的鹅黄色衣裳，柴鸿光心乱如麻。但下一秒，他想到了宋修敏冷中含艳的脸。他定了定心神，双手交握，搓了搓僵硬的手指，换了神情。

等到男人的背影消失在树林深处，池塘中的那抹鹅黄色突然动了。惜翠睁开眼，伸着胳膊，吃力地游到了岸边。她也不顾池塘周围的烂泥和草茎，趴在湿烂腥臭的泥土中，呛咳出一口水，深深地吸了一口气。

所幸她之前和季悦媛一起学过游泳，这池塘前有草丛挡着，柴鸿光又做贼心虚，没敢多往她这里看，这才给了她闭气和换气的空隙。

她猜到了柴鸿光不会放过她，却没猜到他竟然能为宋修敏做到这个地步，杀她灭口。

惜翠身上冷，心里更冷。

她不确定柴鸿光到底有没有走远，也不敢离开。

她四肢僵硬地趴在岸边，不住地哆嗦，不知道是因为冷还是因为后怕。

她刚刚差一点就死了。

这一次和之前几次都不同，今天她要是死了，就没有从头再来的机会了。

因为后怕，惜翠几乎使不出力气，躺在岸边休息了一会儿，才拖着沉重的四肢爬了起来，一边留意着周遭，一边快步往回走。

因为这场暴雨，街上空荡荡的，雨滴落在地面上，摔了个粉身碎骨，扬起蒙蒙的水汽。

惜翠回到客栈的时候，林巧儿正在核对今日的账本，一抬眼就看见了面色苍白的惜翠。

惜翠乌黑的发丝凌乱地覆在额前，眼睫、发尾、衣袖都在往下滴水，简直像个刚从池塘里爬出来的水鬼。

瞧见惜翠这么一副模样，林巧儿手中的账本跌落在地。她惊恐地瞪大了眼，失声喊道："孔娘子？！"

直到此时，惜翠才终于松了口气。

一直支撑着她往回走的那口气泄了出来，她眼前林巧儿的身影顿时化成好几个，慢慢地又合为一人，最终被黑暗吞噬。

昏睡中，惜翠好像做了一个梦，梦里有人坐在床边，垂眸望着她。

她整个人像一壶被烧开了的水，咕嘟咕嘟地冒着泡，呼吸间往外喷着热气。

有什么微凉的东西落在了她的脸上。惜翠想睁开眼看个清楚，但眼皮重如千钧，根本不听她使唤。

除了凉，她脸上还有些痒，紧接着，又有什么覆在了她的唇上，带着微腥的甜。

她好像梦见了卫檀生。

青年紧贴着她的脸，长长的眼睫挠着她脸上的肌肤。他缓缓地撬开了她的唇齿。

昏睡中的女人，眼睫无力地下垂，面上泛着不正常的潮红，唇瓣干裂，像被揉皱了的纸。

卫檀生低下头，仔细地摩挲着她的肌肤。

只要他稍微用些力气，她就会死在他的手上。

他心中突然冒出一个念头。他可以先杀了她，再陪她一起死，这样他们就可以不分离了。下面太黑、太冷了，但两个人一起就能彼此依偎着取暖。

青年的手移到了她的脖颈上。

惜翠的身上烫得吓人，他一碰到她，就被烫得猛地收回了手。

卫檀生再看向惜翠时，目光中已多了几分复杂。

他舍不得。

他虽然恨她骗了自己，但还是舍不得杀她。甚至他狼狈至此，还是忍不住过来看她。

他垂眸想，杀了她，他会痛。而且，他竟然开始留恋人间了。他想与她一起看四季轮转，好像只要有她陪伴在身侧，那曾经乏味得一眼就能看到头的人生，也多了些趣味和期待。

青年在床侧静静地坐了一会儿，又替她捋了捋落在唇间的发丝，这才收回手，缓步走下楼。

来到大堂，他看见了林巧儿。

林巧儿正要上楼，看见他后，犹豫地问："卫郎君，孔娘子怎么样了？"

卫檀生脚步未停，继续往前走："烦请林娘子先替我照顾她，眼下我有些事，去去便回。"

林巧儿点头："这是自然的，郎君放心。"

出了客栈，卫檀生登上马车，报了个地点。

马车一路行驶到一个胡同口，停了下来。

卫檀生下了车，走进胡同深处，在一户人家的门前停了下来。

没多时就有个丫鬟迎了出来。

"郎君要找谁？"小丫鬟警惕地问。

"你去告诉你家娘子，说卫郎君求见。"

"你说谁来了？"宋修敏怔怔地问，手中的笔都没来得及搁下。

"那郎君自称姓卫。"

卫檀生……卫檀生竟然来了。

笔尖在纸上画出一条粗重的墨痕，宋修敏心乱如麻，将笔一丢，忙起身准备出去迎接。

但她突然想起了前天那番争执。

他定是后悔了，过来同她道歉的。宋修敏想，他上回如此对待自己，别想轻而易举地将自己哄好。至少，她要让卫檀生尝尝当日她所受到的痛楚。

这么想着，宋修敏坐了下来，瞥了小丫鬟一眼："你去请他进来吧。"

很快，小丫鬟便引着卫檀生进了屋。

"娘子，卫郎君到了。"

宋修敏抬起头，瞧见男人的瞬间有些紧张。她扬起下颌，故作冷淡地问："你来做什么？"

"我来找宋娘子要一个人。"卫檀生回答。

这个答案使宋修敏一愣，随后她皱紧了眉头。他难道不是因为后悔才来找她赔礼道歉的？

虽然疑惑、不满，她还是问道："你想要谁？"

"柴鸿光。"

宋修敏更加错愕，但卫檀生的神情十分从容，从容到好像前天的事根本没发生过一样。他只是站在那儿，就龙章凤姿，天质自然。一时间，宋修敏竟然忘记了自己刚才的打算，下意识地问："你要他做什么？"

"宋娘子不愿？"卫檀生不答反问。

宋修敏皱眉："不过是一个下人，我有什么不愿的？"

因上次的事，宋修敏恨极了柴鸿光，将当日所受的屈辱全都归咎到他的头上。若不是他撺掇，她何至于如此莽撞？这么想着，她转头吩咐那小丫鬟："你去把柴鸿光带过来。"

"娘子。"柴鸿光进屋后第一眼就看见了宋修敏，忙低头行礼。

等站起身，看到屋里还有一个人后，柴鸿光神情一变，但碍于身份地位的差距，只能沉默地等候吩咐，不敢多问。

宋修敏睨了柴鸿光一眼，收回视线，道："人我已经叫过来了，卫郎君要他做什么？"

听到这话，柴鸿光愣了愣，一抬头就对上了青年的眼睛。这双眼睛令他不由得往后退了一步，他眼前好像闪过了池塘里的那一抹鹅黄，心头猛地涌起了一阵惧意。

卫檀生没回答宋修敏的问题，而是微笑着淡淡地道："多谢宋娘子成全，我眼下还有些要紧事，需要先带他走一遭，日后定会再过来好好谢谢宋娘子。"说罢，卫檀生也不管宋修敏有何反应，只抬眼看向柴鸿光。

青年天生一副好相貌，微微下垂的眼角、澄澈平和的目光，一眼看过去便使人心生亲近之意。柴鸿光看着他，却不由得遍体生寒，身体僵硬得不能动弹。

罢了，柴鸿光陡然全身一松。

从对孔娘子出手的那一刻起，他就知道会有今天，也做好了赴死的准备。为了宋修敏，他即便是死也甘愿。

他又看了一眼宋修敏冷清的眼，胸口顿时酸胀得有些痛。

只看了一眼，柴鸿光便迅速低下头，跟着卫檀生出去了。不过直到他离开，宋修敏也没看他一眼。

但对柴鸿光来说，这已经足够了。

"你知不知道我今天过来是为了什么？"路上，青年温和地问。

柴鸿光沉声道："还请郎君直言。"

"我今天本不必亲自走这么一遭。"青年走在他的前方，衣袖轻扬，系着杏色发带的头发在半空中画出一道细细的弧线，“但我想了想，还是决定将你从宋修敏那儿要过来。”卫檀生停下脚步，转身看着他，笑道，“至少，能帮你认清你自己的身份。”

卫檀生的话无疑刺中了柴鸿光心中最深处的伤疤。他何尝不知道自己在宋修敏心中的地位。对宋修敏而言，他不过是一条可有可无的狗罢了。

柴鸿光沉默地攥紧了手指。就在卫檀生继续往前走时，柴鸿光低头看着地上的青石板砖，沉声问：“郎君可想好了要怎么对我？是杀是剐还请郎君直言。”

青年的嗓音听起来一如既往地温和，他道：“我不杀你。”

他自有办法对付柴鸿光。

柴鸿光已经做好了准备，无论前方等着他的是如何残酷的刑罚，他都不会退缩。但看清眼前的情景后，柴鸿光还是愣住了。

他们眼前是李子林边上的野庙，庙门正对着杂草横生的池塘，那个险些要了惜翠的命的池塘。

野庙已经破败，佛像表面都已经斑驳，香案上堆着两三个已经干瘪的果子，香炉中积了厚厚的一层香灰，这些好像在提醒着过往的旅人，这间野庙昔日的辉煌。

野庙正中，一尊巨大的佛像结印趺坐，宽袍缓带，慈眉善目。经过数年的风雨侵蚀，佛像的表面已经斑驳，唇上、眼下的彩漆尽数脱落。

柴鸿光错愕了一瞬，很快，就有人上前捆住了他，将他绑成一个古怪的姿势，令他动弹不得。

柴鸿光看向卫檀生，正欲开口，嘴又被人牢牢地封住，再也发不出半个音节来。

青年垂眸，并不看他，青丝垂落在肩侧，神情慈悲得像刚从座上走下来的观音。

几个人抬着柴鸿光，绕到了佛像背后。

佛像不知何时被人凿空了，里面空荡荡的。佛像的内壁覆了一层密密麻麻的细钉，凿出的空间正好能塞一个成年男人进去，但被塞进去的人没有活动空间，哪怕稍微动动手指，四周的细钉也能深深地刺入他的血肉。

柴鸿光自然也看到了佛像中的细钉。

“我不杀你，”青年神情温和，道，“我只是将你与佛像塑在一起，以彼之道还施彼身。”

卫檀生抬眸微笑，笑容明亮又和煦：“你可以在这儿等下去，一直等到有人发现你为止，运气好的话，还能受人供奉，吃些香火。”

柴鸿光的眼睛睁大了，牙齿好像在打战，他万万没想到眼前这个温润俊秀的青年，这个在京中享有清名的“小菩萨”会有这么歹毒的心肠，从方才起就一直压抑在心底的恐惧终于爆发出来。

柴鸿光面露死色，被吓得魂飞魄散，喉舌都因为恐惧而干涩，全身僵硬如铁砣。

临到头他才突然发现，他不是不怕，而是已经没有了后悔的余地。

几个人合力把他塞进了佛像中，将他与佛像塑在一起。

佛像的眼与唇处也被人凿空了，既能让佛像里的人自由呼吸，又隐秘得使人无法察觉。

这间野庙已经破败，人迹罕至。就算有人深夜到此歇脚，也难以察觉这佛像中隐含的蹊跷之处，更不会发觉香烛明灭间，慈悲的佛眼下藏着一双目眦欲裂的人眼。

将佛像远远地抛在身后，青年缓步走出野庙。他没立即去客栈，而是先回了杏子巷。

他已经很久没破戒了。这次破戒，欲望来得比他想象中更加汹涌。

卫檀生靠着车壁，眸中闪过一丝焦躁。他信手扯下了脑后的杏色发带，缠在指间把玩。

青年的满头乌发失去了束缚，如瀑布一样垂落下来，遮住他眼中的戾气。

他的胸腔中再次翻腾起极其愉悦的感觉，这感觉来势汹汹。他眼里泛着抹异光，呼吸又加快了不少。因为兴奋，他胸中气血翻涌，险些又咳出一口血来。就在这心脏疯狂跳动的时刻，他眼前好似又闪过了惜翠黑白分明的眸子。

他心中的躁动被奇异地抚平了。

这样不行。他顿时清醒过来，合上双眸，深深地吸了一口气，扯紧了发带。他不能任由这杀生的欲望继续发展下去，她一定不会喜欢自己这副模样。

将头发重新束起来，青年闭目默诵经文，再一次将心头那呼啸欲出的心魔死死地压制住。

等到了杏子巷口，青年下了车，脸上已经恢复了往日的温润与从容。

眼下才过午时，妙有刚刚被新来的曹婆子哄睡着了。

曹婆子瞧见卫檀生，忙福身行礼。卫檀生站在门前，不进去，只是问：“小娘子睡着了？”

他嗓音温和，神姿高彻，曹婆子不由得多看了他一眼，见他笑容和蔼，提起爱女时温柔慈爱，不由得心下赞叹这郎君当真顾家。

“回郎君的话，小娘子刚歇下没多久。”

卫檀生又问了几个问题，曹婆子一一作答后福身离开。

青年在门前站了一会儿，垂眸看了眼自己的双手，伸到鼻子下轻轻嗅了嗅，指尖好像染上了些野庙中的香火味。

见女儿没事，卫檀生转过身准备离开。小姑娘刚入睡没多久，睡眠本就浅，早就听到了门外的动静，见卫檀生欲走，忙跳下床，笑道：“爹爹！爹爹！”

卫檀生停下脚步，瞧见女儿从屋里探出个脑袋，杏仁样的眼里闪动着好奇的光芒：“爹爹，你回来啦？”

青年弯了弯唇角，面上的笑意又柔和了两分：“可是吵醒你了？”

卫檀生带着女儿回到屋里，扶着她重新躺下，帮她掖了掖被角，温声道：“睡吧。”

妙有的精神头一向都很足，她睁着眼看着自家爹爹，根本睡不着。

小姑娘不好意思地笑了。她平日里乖巧懂事，但这个时候瞧见自家爹爹，语气中不由得多了几分撒娇的意味。她摇着爹爹的手指道：“我睡不着，想听爹爹讲故事。”

卫檀生今年已经二十六岁了，当初俊秀的少年僧人，如今已经成了温厚的父亲。

卫檀生不着痕迹地抽出手指，在袖间轻轻拭了拭并不存在的血腥气，这才微微一笑，伸手捋了捋女儿的额发，压低了嗓音，耐心而温柔地问：“妙有想听什么？”

当年他还在空山寺的时候，俗讲说得极好，嗓音如漱玉般清越动人。

小姑娘想了想道：“我想听爹爹说上次没说完的魔王波旬的故事。”

“好。”青年藏匿起半面修罗之貌，露出慈悲和蔼的半面菩萨之相，“那你闭上眼，爹爹慢慢讲给你听。”

别人看见了怎么会想到，眼前这个坐在床边柔声哄女儿入睡的青年，其实是个指尖尚存血腥，刚将人肉身与佛像塑在一起的恶魔。

眼见女儿闭上眼，呼吸浅浅地睡着了，卫檀生才从床上起来，放轻脚步，走出了内室。

出了内室，他快步走到院门前，驱车往客栈赶。

…………

“孔娘子还没醒。”房间内，林巧儿见他回来了，站起身道。

“麻烦林娘子照看了。”卫檀生轻轻颔首，在惜翠的床边坐下。

林巧儿见青年垂眸凝望着惜翠，叹了口气，知趣地退了出去。

他本该恨她的。

卫檀生摩挲着惜翠脸颊上的软肉，手指自眉骨一路往下，落在女人干裂的唇瓣上。

那日，从客栈离开后，他恨极了她，恨她从始至终都在骗他。他像被人重重地在脸上扇了一巴掌，既可笑又可悲。

他曾经看着那些来空山寺上香的香客苦苦挣扎，没想到风水轮流转，实际上他也是别人眼中的笑料，是在苦海中的芸芸众生。

他凭什么如此傲慢，凭什么轻视他人？

但就算如此，就算恨极了惜翠的欺骗，他还是喜欢她。

青年面色苍白，唇角再度溢出了一些血。他俯下身，闭上眼，像个孩子一样贴着惜翠的面颊蹭了蹭。

他喜欢她到无法自拔，喜欢到已经失去了自我，再也看不破这个“我执”。

得到她病重的消息，他还是没有压抑住内心的真实感情，来到客栈看她。

他想要问个清楚。

“翠翠，”他用目光描摹着她的眉眼，自言自语般地问，“你喜欢我吗？”

惜翠能依稀看见青年坐在床侧，正低头看着她，唇瓣一张一合。

“翠翠……”

头昏昏沉沉的，还是很痛，惜翠费力地去辨认他口中零碎的音节。

“你……

“喜……欢……

“我……吗……”

她喜欢他吗？

惜翠努力地掀动眼皮，眼前又浮现出卫檀生的模样。

她或许是烧得太迷糊了，身体先于理智一步，遵从本心，迷迷糊糊地开了口：“喜欢。

“我喜欢你。”

她的声音小且沙哑，但卫檀生还是听到了。“喜欢”两个字落入耳中，像平地一声惊雷，炸得他头脑发昏。

他本来没奢求能得到答案，在听到这个回答后睁大了眼，怔怔地看着床上的女人。一向泰然沉稳的他，看上去竟有些狼狈和无措。

“翠翠……”

就在这一瞬间，他原谅了她。

哪怕之前再恨她，在这一刻他都原谅了她。

他已经不想再追究过往了，那些欺骗、利用他通通不愿再追究，他只想和她及妙有一起生活，一家三口平安喜乐地度过这往后的年年岁岁。

看了眼昏睡中的女人，他默默地攥紧了手，惴惴不安地问：“翠翠？”

他害怕这只是幻觉，抑或是她梦中胡乱的呓语。

“我喜欢你，对不起，我喜欢你。”她语无伦次地说。

那天晚上她就想这么说了，只是一直没有勇气面对卫檀生。

青年将身子压得更低了，落在她脸颊上的手好像都在颤抖。他俯下身来亲吻她，又因为心头万般情绪激荡，再次咳出血来。他忙别过头，伸手捂住嘴，鲜血从指间漏出来，落在了被褥上。

青年喘了一口气，继续亲吻她，撬开了她的唇齿，送去腥甜的血腥气。

惜翠烧得面色潮红，呼吸急促。她有些困惑，不知道自己现在是不是在做梦。如果这是梦，为什么她的感受会这么清晰？

脑子几乎烧成了一团糨糊，她失去了思考的能力，只能遵循自己心中最真实的想法，仰着头去迎合青年的亲吻。

察觉到她的反应，卫檀生心头狂跳。他垂着眼，气势汹汹地吻着惜翠，将本来就烧得脑子不清醒的她亲得快要失去意识。

惜翠还当自己在做梦，舍弃了平日里的羞耻心，不认输地与他纠缠。这是二人以前从来没有过的体验。在此之前，他们没有如此亲密而真挚地亲吻过。

到最后，反倒是青年抽回身子，被亲得呼吸急促，面色泛红。

那破戒后的兴奋感再度袭来，化为滚烫的欲望，他迫切地想要与身下的人融为一体，紧密相拥。

青年的眼中泛着奇异的光芒，牙齿也因为愉悦和兴奋而打战。

“翠翠……翠翠……”他低声叹息，将她抱起来。

惜翠看了他一眼。她眼前蒙了层水光，卫檀生的脸模模糊糊的，看不分明。惜翠不再去想了，只抬起脸去亲他的眼睫。

在情绪大起大落间，青年唇角的鲜血怎么都擦不干净。他伸手握拳，抵住唇，不断咳嗽，吐出来的血染红了衣裳和被褥，胸前与喉咙胀痛得好像要裂开，脑子里却极度兴奋。他哆哆嗦嗦地深吸一口气，又低下头，细细密密地吻去她眼角的水光。

她毕竟有病在身，他压抑着滔天的欲望，克制着自己的动作，五指紧紧地扣住了床沿，激动之余，竟然从客栈这年久失修的床板上硬生生抠下了些木片。

惜翠被亲得有些喘不上气来了，轻轻呜咽。

他亲吻她的鬓角安抚她：“翠翠，叫我檀奴。”

“檀……檀奴……”

她睁着眼，似乎想要努力看清他的模样，但怎么都看不清。

她素日里平静冷淡的眼，在潮红的面颊与眼角泪光的映衬下，竟平添了两分委屈。

他低声道：“叫檀郎。”

“檀……檀郎……”

心情极度愉悦，他低咳一声，揩去唇角的血渍，莞尔去咬她的耳尖，不厌其烦地继续教她：“叫夫君。”

她茫然地看着他，伸手扯住他的衣襟，像个鹌鹑一样将自己埋了起来，轻轻地说：“夫君。”

外面又开始下雨了。

卫檀生醒来的时候，看了眼怀中安睡的惜翠。她出了汗，乌黑的发贴在了唇上，看得他心中一动，忍不住低头亲吻她的鬓发和唇角。

“翠翠。”

想到不久前的那一幕，青年弯起唇角，嘴边的笑意好像怎么也压不下去。那是二十多年来从未有过的满足感，好像他与她本来就是一体的。如今恢复了些力气，他情不自禁地又俯下身去。

惜翠从睡梦中醒来的时候，头依然有些沉，四肢提不起什么力气。

看清眼前的人后，她大惊失色："卫……"后两个字却化为一声呜咽。

青年捂着她的唇，笑盈盈地低声说："小声些。"

她的脑海中随即涌入了无数支离破碎的画面。

那……那不是梦？

反应过来后，惜翠不由得脸红如番茄，耳中嗡嗡直响，全身的血液在一瞬间全往脸上冲。

二十多年来，她第一次有了当场自尽的念头。

惜翠闭上眼，绝望地攥紧了被角，热气一直蔓延到脖颈和耳根。

她不如死了算了。

卫檀生看着她慌乱的模样，笑了一声，扳正了她的脑袋，又去亲吻她，身下的人则紧紧地闭上了眼，继续做鹌鹑。

青年伸手轻轻地戳了戳她的脸，微微一笑，哑着嗓音道："翠翠，你的脸好烫。"

雨下个不停，淅淅沥沥的雨声吞噬了她的呜咽。

卫檀生下了床，身上的衣裳松松垮垮的，一缕乌发垂落在她光洁的胸膛前，胸膛与腰腹上都渗着些晶莹的汗珠。

惜翠将自己整个人都埋在被子里。她闭上眼，脑海中又浮现出刚刚的画面。

惜翠默默地抓紧了被子。

或许因为她是真身上阵，又或许因为她"在梦里"吐露出了自己的真实心意，这迟到了一晚的羞耻心在大早上包围了她。

惜翠正出神时，卫檀生已经走到了床前。

见她把自己闷在被子里，卫檀生扯了扯被角，将她从被褥中拉了出来。看她红着脸，眼神闪烁，他顿时扬唇笑了。

"翠翠，你忘了你昨天是如何亲我的吗？"

她是怎么亲他的？昨天晚上，卫檀生亲她一下，惜翠就要亲回来一下。

"一下，"她亲他的眼皮、脸颊，咬他的鼻尖、唇瓣，嘴里还数着数，"两下，三下，四下……"惜翠将卫檀生都亲蒙了。

二十多年来，她从未真正地爱过任何一个异性，一朝吐露自己的心意后，就像个十四五岁的小姑娘，急切地想要表达自己满满的爱意与歉意。末了，她一口咬住了青年的脸，将他的脸轻轻一扯。她松开嘴时，他的脸上还有一个口水印。

惜翠想到这些，忍不住看了眼卫檀生的脸。青年又笑了，俯下身，捧起她的脸，按照她之前的样子一下下亲了回去。

“一下，”他低声数着数，道，“两下，三下，四下……”

她被他亲得气息不稳，努力地控制住颤抖的嗓音，道：“卫檀生……”

他的吻落到她的鼻尖上，他没有理她，牙齿咬得她鼻子疼。

惜翠：“檀……檀奴……”

他动作放缓了些，轻轻舔了舔她的唇角，却依然没放过她，继续捧着她的脸，模仿着她的动作，故意用力地亲。

一个个口水印子落在惜翠的脸上，好像在提醒她，她昨天究竟对他做了什么。

惜翠：“檀……郎……”

他继续往下。

在他咬上她的下颌时，她终于小声地喊了出来：“夫君。”

青年垂眸，咬了咬她的下颌，抬起眼帘看了她一眼，莞尔夸赞道：“乖。”

这么一番动作后，他的衣襟又敞开了不少。卫檀生松开惜翠，将她抱起来，抚摩着她的发顶。

折腾了一晚上，眼下就算再想做点别的，卫檀生也有些心有余而力不足了。

他幼时体弱，拜入空山寺后，身体虽调理得差不多了，但这番大起大落又引发了旧疾。好在这不算什么大事，他调理几天就能养回来。

他屈起手指，自她的发顶慢慢地往发尾滑。

惜翠按住他的手：“脏。”

她昨天淋了雨，头发脏得不行。

“不脏。”他莞尔，问，“翠翠，膝盖还疼吗？”他神色自然地问，伸手帮她揉了揉膝盖。

客栈的地板上没铺毯子。

惜翠的脸腾地又红了。

“我那日并未约你。”屋里安静了片刻，卫檀生低垂着眉眼，一边揉着她的膝盖一边说，“是柴鸿光假借了我的名义。”

他有些不安。

惜翠看出来了，脸上的热气散了些："我知道。"想了想，又补了一句，"我信你。"

卫檀生一怔，抬起眼，眼里清楚地映出一个她。他又垂下眼，继续揉着她的膝盖，道："我已帮你教训他了。"

卫檀生说着想到了那尊佛像，有些心虚和忐忑，垂落的眼睫遮住了眸中的情绪。

她定不会喜欢他那样的处理方式。

怕泄露自己心中的不安，卫檀生故作镇静地弯唇笑了笑，斟酌着说："他已经离去了。翠翠，你无须担心会受到欺凌，这些事以后都交给我处理便好。"

惜翠没想到卫檀生的动作会这么快，不过这些事他想要查清楚其实并不困难。卫檀生既然已经出手，木已成舟，这个时候，惜翠也没有心思再去提有关柴鸿光的事了，只"嗯"了一声，回答道："好。"

卫檀生微不可察地松了口气，唇角的笑意加深了些，轻轻地亲着她的手指："翠翠，我爱你。"

惜翠的脸上又有点发烫。

"我……"惜翠定了定心神，努力平静下来，唇角抿起了个小小的弧度，"我也爱你。"

她的头发淋了雨，不洗干净很难受。卫檀生看出了她的想法，推开门去给她提热水。

卫檀生离开后，屋里只剩下惜翠一个人。

回想起昨天发生的事，惜翠有些恍惚。当初卫檀生和她在禅堂中相对而坐，温和的笑容中还含着些疏离。他彬彬有礼地打着太极应付她时，绝不会想到会有这么一天。

惜翠努力整理心情，等卫檀生回来的时候，差不多冷静下来了。

顾及她正生着病，卫檀生伸手试了试水温，扶着她的头，把她的头发浸到清水里帮她洗。

青年的手指落在她的头皮上，轻轻搓揉，她很舒服。

洗头露虽然是由首乌、茶籽和旱莲做成的，但溅到眼睛里也不好受，惜翠紧紧地闭上了眼。

等洗完了，卫檀生耐心地帮她擦干净头发，埋在她的发间轻轻嗅了嗅，淡淡的香味中夹着丝丝缕缕的檀香。

闻到那檀香味道后，他情不自禁地弯唇，以指代梳，梳着她的发丝，笑了起来。

“翠翠，”他将擦头巾搁在凳子上，下颔抵在她的发顶上，嗅着她发间的清香道，“和我回杏子巷住吧，妙有很想你。”

惜翠想到那个如出水新荷般的小姑娘，心中一软，低声答道：“好。”

她……也很想妙有。在此之前，出于种种顾虑，她一直没敢和妙有有太多接触。但既然她决定和卫檀生在一起了，从前的那些担忧就烟消云散了。

卫檀生动作很快，在她答应之后，没多久便将屋子收拾干净，雇了一辆马车去接她。

她前几天刚收拾好行李，眼下正好能直接拎走。

卫檀生看见她手上的包袱时面色古怪，但没说什么，只微微一笑，笑容中隐藏的含义让惜翠有些心虚。

得知惜翠要走，林巧儿先是愣了愣，再细细地看了惜翠一眼。

林巧儿没觉得意外，或许早就料到了这一天，但到底还是有些遗憾和意难平。

感情的事实在是玄妙，她自恃有些姿色，也温柔体贴，偏偏输给了一个从天而降的女人。

虽说如此，林巧儿还是打起精神笑道：“娘子这一走，我也孤单了不少。日后，娘子可不要忘了来找我说说话。”

惜翠礼貌地笑了笑：“一定。”

二人告别后，惜翠登上了马车，林巧儿则回到客栈大堂，看向了拘谨地坐在桌前的袁明喆。

想到黄宜春曾经说过的话，卫檀生没露面跟林巧儿告别，早早地上了车，正闭眼假寐。惜翠一上车，他便睁开眼笑了：“翠翠。”

车帘落下，车轮滚动，马车中只有她和卫檀生两个人。

经过了昨晚，青年更加黏人了，抱她坐在自己的膝盖上不撒手，眼睛眨着，眼中流露出几分无辜和可怜。

车厢很大，但在这个时候，里面似乎有些逼仄和闷热，二人的呼吸纠缠在一起。

青年的呼吸慢慢地喷洒在她的颈侧，像羽毛一样细细地挠着她的肌肤。

一安静下来，昨天晚上的画面又涌入了惜翠的脑海中。她的“梦”里好像也有类似现在的场景。

就在这时，青年突然伸出手指捏了捏她的颈侧，微笑道：“翠翠，你的脸又红了。”

惜翠头皮发麻，也觉得这么坐在卫檀生的大腿上有点羞耻，颇为不自在，想换个姿势，但卫檀生提前察觉出了她的想法，将她牢牢地按住了。

“别动，让我抱一会儿。”

怕惜翠不相信，青年眨眨眼，笑意不减：“就一会儿。”

虽说如此，抱着抱着，青年还是将手探入她的衣内，轻轻摩挲着她腰间柔软的肌肤。车帘外隐隐传来商贩的叫卖声、嗒嗒的马蹄声，将车内衬托得愈加安静且气氛暧昧。

惜翠睁大了眼，回头对上卫檀生的视线。

青年扶着她的腰，弯唇一笑：“你在紧张什么？我不做什么。”他的呼吸喷在她的耳畔，他亲昵又好似撒娇般地蹭了蹭她的鬓角，继续道，“翠翠，我好累，没有力气了。”

惜翠面上发热，默默地把头埋在他的颈侧，咬着他的肩膀不住地颤抖，在他的怀中化作一摊水。

等到临下车时，青年坐正了，好似什么都没发生一般，信手把玩着腕上的佛珠。圆滚滚的佛珠被颇有暗示意味地夹在指间，露出上面隐约的小字。

惜翠面色通红地移开了目光。

马车终于在杏子巷前停下，青年低头帮她理了理衣衫，微笑道：“下来吧，妙有还在等着我们。”

虽然现在时辰还早，但妙有已经醒了。

她一向醒得早。

昨天爹爹来了信，说晚上不回来睡，她做完功课便上床睡了。今天正吃着早饭，听说爹爹回来了，小姑娘忙搁下筷子，踩着翘头云履，快步跑到了门口。

“爹爹！”

看到卫檀生的同时，她当然也看到了站在他身侧的孔娘子。虽然有些意外，但小姑娘还是很高兴能再见到这位孔娘子。

在孔娘子面前暴露了自己的莽撞，妙有有些不好意思地站定了，规规矩矩地行了一礼："孔娘子早。"

卫檀生牵着女儿的手微笑道："妙有，日后，孔娘子就要和你我一起生活了。"

惜翠和卫檀生在马车上商量过，决定先不告诉妙有真相，等他们相处一段时间后，惜翠再找个机会跟妙有说。

妙有何其聪慧，听到爹爹的话后愣了愣，旋即明白了。

妙有小心翼翼又好奇地悄悄看了眼孔娘子，觉得对方好像变得陌生了。

她其实早就做好爹爹续娶的准备了，爹爹若是能续娶，她其实是高兴的。只是当这一天真的到来的时候，她还是有些措手不及。

不过很快，小姑娘整理好思绪，主动上前牵起了惜翠的手，眼睛弯得像两个小月牙儿："那太好啦。"

小姑娘年纪虽小，但手不像同龄人一样娇嫩，手上已经生了一层薄茧。

惜翠努力按下心头乱七八糟的思绪，轻轻地握住了妙有柔软的手，也弯起眉眼笑了："多谢妙有。"

惜翠感谢妙有愿意接纳她。

午饭是三人一起吃的。

吃完午饭，妙有玩了一会儿，没多久就有些困。

小姑娘打了个哈欠，眼里泛着些泪光。惜翠心知和妙有相处急不得，将妙有哄睡之后，和卫檀生出了屋。

回头看了眼女儿，卫檀生弯唇说："翠翠，你若是想回京城，我们便回京城，到时候，我们再成一次亲。你若是不愿回京城，你我二人还能与妙有一起游历。我和妙有之前商定的地方，有许多现在还未去过。雁荡山、峨眉山、八百里洞庭、玉门关……日后我们三人能一同去看。"

惜翠颔首道："好。但是在此之前，"她犹豫了片刻，说，"我想带你去另外一个地方。"

卫檀生停下脚步："去哪里？"

惜翠拉着他的衣袖，有些紧张，眨眨眼睛，咽了口唾沫说："我家。"

既然他们决定以后要在一起，她肯定要带这"小变态"回家见父母，就是不知道她爸和她妈看到他和妙有后，会不会激动到晕过去。而且，她要向卫檀生解释手机和穿越其实有点困难。

惜翠拿出手机。

卫檀生看着她手上黑色的"小砖块"，难得一怔，问："这便是你家？"

惜翠赶紧否认：“不，这不是我家。”她点开手机里的软件道，“这个能带我们回去。”

好在卫檀生一向聪明，她不必多费口舌，他很快就理解了软件的用处。

“听你的意思，”卫檀生轻声问，“这便是在两个世界往来的钥匙？”

“算是吧。”惜翠把手机塞到他的手里道，“你可以先摸索一下。”

当然，手机里的文件惜翠已经清理过了，奇奇怪怪的文件都被删了个一干二净。

卫檀生对手机很感兴趣，在惜翠的指导下，手指在屏幕上轻轻一滑，打开了一张照片，抬头笑问：“这也是你？”

看到屏幕上那被特地美化过的照片，惜翠大窘，顿时有种被当众处刑的尴尬感。

她道：“这……这也算是吧。”

卫檀生瞥了她一眼，唇角扬了扬，对她有了更新的认识。

惜翠更加不自在了。她从昨天晚上到现在都没上过一次厕所，干脆和卫檀生打了个招呼，找借口溜了。

惜翠离开之后，卫檀生看了眼面前的手机，目光又落在另一个奇怪的“小砖块”上，照葫芦画瓢地拿了起来。

他手指一戳，就点开了电子书架。

卫檀生的目光从书架上掠过。瞧见屏幕上的文字后，他面露讶异之色。

这些应当是她平日里看的书，但看书名，好像不是什么正经书。

卫檀生挑了一本点开看了看，第一页跳出来的便是大段令人血脉偾张的文字。

他看书一向很快，碰上不太懂的地方直接跳过，一目十行地一页一页看下来，低垂着眉眼，神情看上去像是在翻阅经文一样从容，就这么快速地看完了一本。

今日，他何止是对她有了更新的认识？手指停留在屏幕上，青年迟疑地想，今天简直是推翻了他从前对她的所有认知。

等惜翠再回到内室的时候，青年正垂眸看着手上的东西，模样颇为认真。

惜翠好奇地走上前，看到他手上拿的是什么之后，顿时如五雷轰顶一般愣在了原地。

卫檀生拿着的是她的 Kindle。

青年抬头看见她，微微一笑，像是第一次认识她一般，温柔地说：“翠翠，原来你喜欢这个。”

惜翠看着屏幕上的文字，一下子呆若木鸡。她平常都是靠看小说打发时间，一般的小说看多了，肯定也会看几本不一样的换换口味。但她万万没想到这会暴露在他面前啊！

“我……不是……”惜翠尴尬到语无伦次，想要把 Kindle 拿回来。但青年微微偏头，将 Kindle 举高了些。

这么下去不是个办法，惜翠趁青年偏头去看屏幕的那一刹那，鼓起勇气，上前一步，直接去抢 Kindle。

但卫檀生何其敏锐，往后一仰，惜翠只能眼睁睁地看着自己的手指擦过屏幕。与此同时，她被桌脚绊了一下，脚下不稳，由于惯性，将青年扑倒在了地上。

惜翠撑着双臂，刚从突如其来的事故中回过神来，就对上卫檀生明亮的双眼。他眼含笑意，意味深长地看着他。

惜翠愣了一下，抄起 Kindle 起身就跑，就是腿还有些软，在跨门槛时被绊了一下。好在她反应够快，一把扶住了门框。

惜翠躲得了初一，却躲不了十五，就算再尴尬，等到晚上吃饭的时候，还是要和卫檀生见面。

做了些心理准备后，惜翠故作镇静地坐下，就是只顾着吃饭的举动暴露了她内心的不安。

卫檀生面露笑意，故作惊讶地搁下筷子，体贴地询问：“娘子怎么不吃菜？可是今日的菜不合口味？”

这么一说，妙有也察觉出了蹊跷，关切地问：“孔娘子是没胃口吗？”

对上女儿关怀的目光，惜翠强行打起精神笑了笑，道：“没事，我方才在想事情。”

等这一顿堪比折磨的饭吃完以后，惜翠真正的噩梦才到来，因为卫檀生根本没有给惜翠单独安排住处。

“你我本为夫妻，同吃同住又有何问题？”青年解下发带缠在腕间，不解地问。

“但让妙有瞧见了……”惜翠移开视线，垂死挣扎，“或许不太好。”

“她总是要知道的。”卫檀生不在意地笑了笑。

惜翠吃完饭已经洗过了澡，该卫檀生去沐浴了。

卫檀生离开后，惜翠四下环顾了一圈。

等待的时间格外漫长，这时候，人难免会没事找事，想做些什么转移注意力。看到那挂在钩子上的帐幔滑落下来，她走上前，想把那青纱帐重新挂上去。但惜翠往床前走时，脚尖不小心撞上了什么东西。

惜翠蹲下身，这才发现床底下藏了个黄花梨木的小箱子，箱盖半开，隐隐露出个白色的东西。

犹豫了片刻，惜翠还是打开了那个小箱子，等看清箱子里究竟装了什么后，世界观好像被从头到尾刷新了一遍。

这“小变态”为什么会在床底下塞这些东西？在这六年里，卫檀生是打开了什么不得了的机关吗？

就在这时，门外传来脚步声。

惜翠慌忙将盖子盖上，想要把箱子推回去，但忙中出错，小木箱偏偏卡在了床底下。惜翠使尽力气，才在卫檀生进门的前一秒，将小木箱塞了进去。

不过她这时候再想离开，已经来不及了，索性坐了下来。

惜翠靠着床，尽量镇静地迎向卫檀生的目光，紧张得手心都有些冒汗。

她和从前一样，每每心虚时，总会故作镇静地迎上他的目光。她干净而清澈的眼睛像温和的湖水，藏在袖间的手却出卖了她真实的情绪。

卫檀生目露笑意，将目光从她的身后收回，故作讶异地问：“翠翠，你坐在这儿做什么？”

惜翠：“我……”小木箱顶在脊背上有点硌人，惜翠又往后压了压，胡乱地道，“这儿坐着舒服。我刚刚在看床下铺着的毯子，发现坐在上面很舒服。”

这借口简直拙劣，惜翠根本没指望卫檀生会相信。卫檀生笑了一下，也跟着她席地坐了下来，认真地感受了一会儿：“坐上来确实舒服。”躺着更舒服。

屋里的窗户半掩半开，月光洒落在床前，二人并肩而坐，确实挺温馨的，前提是她的后背没顶着个罪恶的木箱。

卫檀生不说话，惜翠的思绪忍不住慢慢发散。

那木箱里的东西总不能是他自己用的吧？难道是他给别人用的？惜翠其实不太相信卫檀生会在别人的身上用这些。还是说这箱子其实是别人寄存在他这儿的？

惜翠胡思乱想的时候，坐在她身侧的青年蓦地开口了：“翠翠，你都看见了？”

“看见什么？”惜翠决定揣着明白装糊涂。

卫檀生勾唇问：“翠翠，你没有什么想问的吗？”

见卫檀生确实没打算配合自己将这件事体面地揭过去，惜翠犹豫了片刻，问：“这……都是你的吗？”

“这的确是我的。”

惜翠：“……”

他伸手将她的脑袋扳正了，那唇角扬起的弧度怎么也压不下去。

他很认真也很细致地观察她，观察她的每一寸肌肤、每一缕发丝、每一根眼睫。惜翠只能靠扯裙子、整理衣襟来掩饰她心头滔天的尴尬感。

她的样子落在青年的眼中，就像只淋了雨的翠鸟在狼狈地打理自己的羽毛。

卫檀生："比起那所谓的蛇妖、树妖，翠翠，你来自异界，倒更像个……"青年沉吟一瞬，像煞有其事地笑道，"翠鸟化形而成的鸟妖？"

惜翠心想：你才是鸟。

但看清卫檀生在做什么后，一时间，惜翠又忘记了自己打算说什么。

卫檀生一本正经地将她的头按下去，用空出的另一只手去解自己的衣襟。

"昔日世尊割肉喂鹰，我为佛弟子，也应如世尊一般，慈悲为怀，以身饲妖。"

衣衫滑落，赤裸着胸膛的青年僧人弯唇微笑，解下了腕上的发带，合掌念了句佛号："娘子，小僧来降妖了。"

"翠鸟精"垂死挣扎了一会儿，扑腾了两下，就被杏色发带束缚住了，落入了青年僧人的怀中。僧人捞了她放在膝上，手指落在她的肌肤上，像躁动的火苗，霎时便卷起火舌汹涌而上。

他低头看了一眼，她今日穿了件缥碧色的薄纱裙，系着鹅黄色的裙带，看上去就像春日新生的柳黄。

青年扯开鹅黄色的裙带，抬眼笑道："翠翠，你是我的'佛'。"

惜翠虽然带了两个大容量的充电宝，但手机电量坚持不了几天了。

她在大梁耽搁了那么久，是时候回去了。

软件规定她可以带一个人回去，还可以将技能共享给一位队友。

妙有年纪还小，惜翠想了想，决定将技能共享给卫檀生，自己带妙有回去。

她在软件上输入了卫檀生的相关信息，算是将卫檀生招募入队了。惜翠问："你现在感觉有什么不同吗？"

青年耐心地感受了一会儿，摇头微笑道："好像没什么不同。"

惜翠有点犹豫。

难道说这时空穿梭的技能只能在手机上实现？

这个软件是突然出现在她的手机上的，会不会她给卫檀生买一部手机，相应地，这个软件也会出现在他的手机上？

惜翠也料到了可能会出现当下这种情况，这也是她要带妙有回去，把技能共享给卫檀生的原因之一。

她必须先确保能把妙有带回去，这样一来，就算出了差错，卫檀生一个成年男人，在大梁等上三天也无妨。

卫檀生已经提前和妙有打过招呼，要带她去一个格外新奇的地方游历。妙有从小就跟着卫檀生四处寻访名山大川，胆子一向很大，想都没想就一口答应下来，对即将到来的旅程格外期待。

但在此之前，她想看看今年杭州城的花灯会。

大梁习俗，每年三月十三日到十七日，满城人家都会捧出各色鲜花，于百花间放置灯火。等夜幕落下时，不论男女老少都会外出赏花饮酒，嬉戏到天明。

而今天，就是这花灯会的第一天。

“那花灯会可好看啦。”妙有眨着眼睛保证道，“娘子看了一定不会后悔的。”

惜翠还没看过花灯会，听妙有这么说，也有些好奇。

惜翠和妙有说这话时正好是早上，青年正坐在廊下帮女儿梳头发。妙有的头发又软又黑，握在手上就像丝绸一样，滑溜溜的。小姑娘一偏头，那头发就从他手中溜了出去。

“妙有。”

听见自家爹爹温和的嗓音，小姑娘马上安分地坐直了。她虽然坐直了，却还是忍不住望向惜翠。

卫檀生帮女儿扎好漂亮的双髻，这才抬眼看向惜翠：“妙有说的不假，这花灯会确实好看，翠翠你想看吗？”

惜翠点头：“想看。”

计划就这么定了下来，惜翠和妙有等看完花灯会再离开。

卫檀生微笑道：“那我去吩咐曹婆子雇车，今晚我们便去看花灯会。”

妙有笑了起来，跑回了屋里，拿了镜子去看自家爹爹的成果。

在杏子巷住了两天，惜翠慢慢地摸清了在她离开之后，卫檀生和妙有是怎么生活的。

妙有精力旺盛，活泼好动，心思还没花在梳妆打扮上，每天都是卫檀生挑好她今天要穿的衣裳，搬了小凳坐在院子里，给她仔细地梳好头发。

大多数时候，父女俩每天的饭菜是卫檀生做的，那曹婆子每日只来做些洒扫之类的粗活。

在这六年的时间里，青年的厨艺已被磨炼得极好了。

因着卫檀生的样貌，旁人很难将他和厨房联系在一起。他生得太美也太冷，就该是一尊半跏趺坐，不染尘俗的水月观音。

惜翠看他熟练地摘下了佛珠，挽起衣袖，打开墙边的米袋，舀了一瓢米，淘干净了，倒入砂锅中，加水烧火煮稀饭，又拖出两个坛子，挖了些腌菜，端上了桌。

那是曹婆子特地送来的腌菜。

这儿的厨房惜翠不太熟悉，就算想帮他也无从下手，卫檀生也没让她帮忙的意思。

"与其在这儿看着我，不如去陪陪妙有。"卫檀生将蒸笼里早就蒸上的桂花糕端出来，看了她一眼，笑道。

卫檀生一眼就看出了她对妙有的感觉。惜翠想亲近妙有却不知道怎么做，有些手足无措。

不过听到卫檀生的话，惜翠还是走出了厨房，往妙有住的屋子走去。

好在小姑娘看见她来，颇为欢迎，没有表现出丝毫被冒犯的意思。

惜翠进了屋，一眼就看见了摆在妙有桌上的笔记。

"这是娘亲留给我的。"小姑娘和自家爹爹一样敏锐，瞧见惜翠的目光，便拉着她走到桌前坐下，大大方方地展示给她看。

惜翠看到那已经微微泛黄的纸和纸上熟悉的字迹，心好像被人给拧了一下，喉咙干涩，吐不出一个字来。

"孔娘子？"

对上小姑娘担忧的目光，惜翠深吸一口气，摇摇头："我没事。"

妙有一点都不排斥对别人提起自己的娘亲，甚至言语中颇有自豪之意。

"我娘亲懂的可多啦。"妙有垂下眼，神情认真地翻着笔记，一直翻到其中某页才停下来，将笔记推到惜翠的面前道，"娘子你看。"

那是惜翠画的一只大翅鲸。

妙有伸出手指，点着大翅鲸，向往地说："我一直想出海看看这些鲸。

"对啦，我娘亲还说海里有小美人鱼，和鲛人差不多，它们有时候会浮出海面看落日。"

提到这个，妙有好像来了精神，开始为惜翠讲述小美人鱼的故事。

"娘亲说，小美人鱼最终获得了不灭的灵魂。我想娘亲也和那小美人鱼一样，获得了不灭的灵魂。"

惜翠听到小姑娘这话，眼睛有些发酸，手指颤抖，心口就像被针细细密密地扎一样痛。

“妙有……我……”

“不知道为什么，孔娘子你给我的感觉很像娘亲。”小姑娘绕过桌子走到她的面前道，“我想象中的娘亲，好像就是这么一副模样。”

惜翠的五指轻轻地穿过女儿的头发，看着她柔顺乖巧的模样，惜翠下定了决心，轻声说：“妙有，我就是你的娘亲。”

小姑娘温顺地“嗯”了一声，靠在她的膝上，没有再说话。

惜翠心知她误会了自己的意思，嗓音干涩地低声说：“妙有，我的意思是，我就是你的娘亲。我没有死。”

小姑娘愣了愣，惊讶地看着她：“孔娘子，你是什么意思？”

惜翠知道自己无凭无据地这么说，妙有一定不会相信，于是轻声说：“妙有，你知不知道重生？”

既然决定要告诉她，惜翠便没有再瞒妙有，将那些事原原本本地说了出来。

或许是自小就跟在卫檀生身边，妙有对这些三千世界、怪力乱神的事，接受程度一向很高。毕竟，爹爹一直说娘亲没有死，说娘亲总有一天会回来的。

但是听惜翠这么说，她还是愣住了。孔娘子真的是自己的娘亲吗？

惜翠眨眨干涩的眼睛，努力稳住情绪道：“妙有，你看笔记，就在漠北的那一页上，我画了只骆驼……”

起初，妙有还有些怀疑，但当惜翠一一说出笔记上的内容后，妙有睁大眼，错愕地看着惜翠道：“娘亲？”

这笔记妙有保存得极好，孔娘子之前没看过，为什么能说出笔记上的内容？

妙有年纪小，虽然聪慧，但没什么判断力，听惜翠这么说，更加迷糊了。想来想去，她脑中灵光一现。她要去问爹爹，爹爹一定不会骗她的！

妙有风一般地跑了出去，惜翠坐回桌前，低头去翻笔记。

妙有这一去，去了大半个时辰，等再回来的时候，整个人都变了。她站在门前，怯怯地看着惜翠，好像从来没认识过惜翠一般，拘谨地问：“孔娘子，你真是我的娘亲吗？”

惜翠不知道卫檀生和妙有说了什么，点点头，柔声说：“妙有，我的确是你的娘亲。”

小姑娘往前迈出一步，又缩回了脚，眼中流露出犹豫、惊喜、畏惧等复杂的情绪。

她问过爹爹了，爹爹说孔娘子的确就是她的娘亲。

可是……她还是不敢相信。

惜翠压下心头的酸涩，主动走到女儿的面前。

她对不起妙有。

当初惜翠将妙有生下来，不仅仅是为了卫檀生。惜翠对这个生命的降生也是怀着期盼的。

惜翠刚走到妙有面前，妙有就伸出手拽住了她的衣摆："娘……娘亲？"

惜翠看着面前小小的人儿，眨了眨眼睛，眼泪不由自主地滚落下来。

小姑娘看着她的模样，顿时红了眼眶，扑到她的怀中，抬起头委屈地问："娘亲，你真的是我的娘亲吗？"

…………

"妙有怎么样了？"看到惜翠从屋里走出来，卫檀生温声询问。

惜翠打起精神回答道："她哭累了，已经睡下了。"

小姑娘哭得抽抽搭搭的，直到睡下，也没完全相信惜翠就是她的娘亲。

这本来就是急不得的事，只是惜翠心里难免还是有些失落和苦涩。

今晚他们当然没办法去看花灯会了，好在花灯会会持续四天，也不差这一天。

在接下来的两天时间里，妙有总算信了惜翠就是她娘亲的事。

她又有娘亲了，娘亲没有死，爹爹一直以来说的都是真的！

她好想娘亲啊。

一想到这儿，小姑娘忍不住委屈得直掉眼泪，像个小尾巴一样整天黏在惜翠身边。

这两天晚上，惜翠都是和妙有一起睡的。不过孩子的心事向来都是来去随风的，没过多久，妙有就想起了要去花灯会的事。

这一回是娘亲和爹爹陪她一道儿去。

一直以来，她看别人有娘亲，心里不知道有多羡慕。如今她也有娘亲了，她的娘亲回来了，她恨不得让全天下的人都知道这个消息。

花灯会要晚上才开始，但这一天早上，妙有就开始跑进跑出地忙活。

卫檀生看她像只雀儿一样往来于院子里，也不多干涉，只微微一笑，转头对惜翠说："我那日送给你的盒子，你打开看了吗？"

“什么？”

“那盒吃食。”

惜翠终于想了起来。她那天回去后，将漆盒搁在了桌上，忘记打开了。到后来，她替林巧儿送榆钱糕的时候看到宋修敏和卫檀生在一起，更是将漆盒忘得一干二净。

不过，她在收拾回去的东西时是带上了它的，只是因怕睹物伤情，还是没打开。

听了卫檀生的话，惜翠回去将漆盒翻了出来，一打开才发现里面是一套精心打造的头面。

这一整套头面，一看便知要花费不少银两。

惜翠打开漆盒的时候，妙有也在一旁看着。看到盒中的头面后，妙有惊讶地睁大了眼。

妙有当然喜欢这些亮晶晶又好看的东西。

看了一会儿，她好像想到了什么，转过头来兴致勃勃地怂恿惜翠戴上。

妙有摇着惜翠的手，眼睛像星子一样发亮：“我想看娘打扮得漂漂亮亮的，再告诉大家，我的娘亲回来了。”

惜翠既然要去看花灯会，自然要打扮得漂亮一些。

她从来没有打扮得这么细心且认真过，上身是杏色的莲花双鱼纹小袄，下身着石榴红轻纱裙，发髻绾了个时下正流行的样式，头发如乌木一般又黑又亮。

那漆盒中的头面大多用黄金、琉璃、玛瑙、赤珠制成，禅杖金簪和小冠颇有佛门的风格，两条碧玉金流苏细细地垂在脑后，莲花璎珞在胸前怒放。

惜翠往腕上套了个镶刻经文的金镯，看着镜子里的自己，有些不自在。

她是不是打扮得太隆重了？她这么打扮后走出去，简直就像是在明晃晃地提醒别人快来抢。

惜翠越看越觉得别扭，将首饰摘下来两件后，再看镜中的自己才觉得顺眼了些。

“娘真好看。”妙有眨着眼睛，看得有些发愣。她虽然说不上来具体哪里好看，但感觉娘亲比宋夫子还要好看呢。

听到妙有这么说，惜翠没当真。她对自己的容貌还是有自知之明的。论长相，宋修敏确实称得上无可挑剔。

但妙有没想那么多，只觉得今天的娘亲特别好看。想到这儿，她迫不及待地牵起了惜翠的手道："我们去找爹爹，让爹爹也看看。"

妙有牵着惜翠的手走出了屋。

因为要出门看灯，妙有也特地打扮得漂漂亮亮的，穿了条姜黄色的裙子，惜翠往她小小的发髻上别了个白玉蝴蝶扣。女童的皮肤本来就比成年人的要好，如今被那白玉一衬，更加细腻洁白。

月亮已经升起来了，圆圆的一轮，当空而照。今天的月光好似格外清朗，落在庭院中，像是下了一层薄薄的霜。

卫檀生和车夫已经套好了车，站在门前等待。卫檀生看向月光下的母女二人，惜翠不太自在地攥紧了妙有的手。

灯下的美人比白日里多了几分婉约和朦胧美。惜翠的乌发上压着小金冠，碧玉金流苏垂落在肩头，眉细而长，又因为她窘迫时眼神总是比平常要冷淡镇静两分，在灯下看起来，更有种高不可攀的神秘美。那胸前坠着的莲花璎珞，显得她更像是手捧莲花于胸前的神女。

她是他的佛，是他决心要长跪于前，一生侍奉的佛。

卫檀生的目光落在惜翠的脸上。他不说话，她更加不自在了。

"我是不是太夸张了？"

她刚刚照镜子的时候就这么觉得，卫檀生送她的这一套头面，基本上是用金子打造的，固然富贵好看，但是她可能压不住。

青年眼都不眨地注视着她，眼眸深处藏着深沉的欲望："很好看。"

谁不喜欢被夸长得好看？惜翠手指一动，脸上不能免俗地有些发烫。

"你今天也很好看。"她这话并不是奉承，这"小变态"如果不是长得好看，也不至于靠脸就得了个"小菩萨"的美名。

卫檀生对自己的长相一向很有自信，但听到她的话，心情还是更加愉悦了，忍不住弯起眉眼，唇角带了笑意。

二人互相夸赞的时候，当然没忘记身边的小人儿。

"妙有今天也很好看。"

卫檀生弯腰将妙有抱上车。

等三个人都登上了马车，卫檀生才吩咐车夫出发。

马车出了巷口，到了大街上。街上果然已经是人挤人，花挤花了。

城里的少女们大多走出了家门，结伴出行。这两天是青年男女们互通心意的绝妙时机，故而大家都打扮得光鲜亮丽。

来往的少女笑意盈盈，环佩玎玲，香风阵阵，妩媚动人，行走在街上，人比花更多几分娇态和痴态。

这个时候，是花贩们生意最好的时候。

卫檀生挑了两枝花别在惜翠和妙有的耳边，又给妙有买了个兔子灯一路提着。

惜翠看着青年牵着小姑娘的手，慢慢地走着，突然生出了些奇妙的恍惚和穿越感。

她记得她和卫檀生曾经在夜市中游玩过一次，不过那个时候的卫檀生态度客气疏离，还穿着袈裟，顶着个光秃秃的脑门。现在他的头发都已经很长了，她和这“小变态”的女儿都这么大了。

那个口吟“古古怪，怪怪古”的病态又俊美的少年僧人，已经成长为一位慈父。

走到一半，妙有有些累了，卫檀生就抱着她，惜翠则帮忙提着那盏白白的兔子灯。

妙有靠在爹爹的胸前睡着了。

大街上太吵闹，妙有也睡得不安稳。逛到现在，其实也没什么可看的了，惜翠就提议回去。

卫檀生弯唇道：“再看会儿吧。至于妙有，我先将她送回去，再回来找你。”

这儿离杏子巷不远，一来一回也耽误不了多少工夫，惜翠想了想，答应道：“那我就在茶摊这儿等你。”

卫檀生和妙有离开后，惜翠点了杯茶，坐在街边慢慢地喝。没想到在街对面，她看到了两个熟悉的身影。

林巧儿和袁明喆。

惜翠本来有些惊讶，但看到袁明喆小心翼翼地守在林巧儿身侧，嘴角挂着一抹笑，顿时就明白了。林巧儿的精神头看起来也很不错，她今天明显打扮了一番，姿容娇艳，光彩照人。

林巧儿也看到了坐在茶摊上喝茶的女人，不由得愣住了。

她没想到孔娘子打扮起来会这么好看。孔娘子平日里都是木簪素面，今天戴一身金饰，颇有佛门风格，美得疏离而超脱。

林巧儿知道，惜翠今天这身肯定是卫檀生的手笔。就是不知道为什么，她在惜翠身边没看到卫檀生，不知道他去了哪里。

林巧儿的心情有些复杂，但她一向不是跟自己过不去的人，随即将这些心思抛在了脑后。

惜翠和林巧儿打过招呼。林巧儿和袁明喆也坐下来喝了两杯茶，才起身与惜翠告别。

“对了，”离去前，林巧儿想到了什么，嘱咐道，“我刚刚来这儿的时候，在路上听人说最近有一些登徒子，专门赶着这个时候轻薄人，孔娘子你孤身一人坐在这儿，千万要小心。”

惜翠感激地笑了笑：“多谢娘子提点，我会注意的。”

林巧儿这才和袁明喆一道离去。

二人走了以后，惜翠坐在茶摊上等了一会儿也没看见卫檀生回来，反倒看见街对面有卖云片糕的。

她向茶摊老板知会了一声，往对面走去。

可能是受了卫檀生的影响，妙有也特别喜欢吃云片糕。惜翠买了两盒，正准备回去的时候被人流推着没法走。于是，她只能折回去，绕去另外一条小路。但是刚走两步，她就隐隐察觉出身后有些不对劲。

惜翠一愣，搂紧了怀里的云片糕，顿时想到了林巧儿刚刚提醒她的话。

她不会这么倒霉吧？

惜翠抿紧了唇，全身的汗毛倒竖，加快了脚步，想要赶紧往人多的地方跑，但被跟踪的感觉紧随着她，挥之不去。就算她钻进了人潮中，她身后的人也没有离开的意思。

一辆马车驶来。惜翠本来就对这一带不是很熟悉，为了躲避马车，硬生生地被逼到了一条小巷子里。她一抬眼，那一直跟踪着她的人就静静地站在巷口。

他的身形和卫檀生很像，但她记得卫檀生今天穿的是松柏绿的衣服，而眼前这人穿的是姜黄色的衣裳，脸上戴了个彩绘的面具。

此处光线昏暗，她很难看清他的神色和举止。

惜翠心跳如擂鼓，口干舌燥，用余光瞥了眼热热闹闹的街市。她若找准机会边跑边喊，应该不会有什么大事。

那人好像察觉出了她的意图，往她的方向逼近了一步，挡住了巷口的空隙。

“你想要什么？”惜翠面色僵硬，一边小心留意着他的举动，一边慢慢与之周旋，“你要是想要钱，我可以给你，也绝不会报官或者到处乱说。你……”

她的话还没说完，那人突然开口打断了她：“我不要金银珠宝。”

惜翠闻言一怔，这声音怎么听起来这么熟悉？

那人摘下了彩绘的面具，露出一张清俊温润的脸，笑吟吟地说：“翠翠。”

随着他朝她走来，光落在了青年的脸上。貌美的青年犹如欲望的化身，偏偏这美色中又多了些常年修佛的自持。惜翠的一颗心从嗓子眼重重地跌了回去，她真真切切地体会到了什么叫惊喜、刺激。

“我方才听那茶摊老板说你往对面去了，”卫檀生弯唇，“没想到刚见着你，你就一直往前跑，我费了好大力气才追上你。”

惜翠迟疑地问：“你的衣服和面具？”

“回去后，妙有不慎打翻了茶水，我便换了件衣裳。”卫檀生笑道，“至于这面具，我在路上看着好看，便顺手买了下来。”

惜翠默默捂住额头道：“我以为你是登徒子。”

卫檀生立即明白了她的意思，冲她温柔地笑道：“最近这城里确实有不少登徒子，抱歉，我吓到你了。

“翠翠，过来。”

惜翠刚往前迈出一步，青年就攥住了她的手腕，顺势将她抵在了墙上。

惜翠下意识地抬起头，心脏不受控制地疯狂跳动起来。

黑暗中，他眼神明亮，弯唇微笑时，露出洁白的牙齿。

“你猜得确实不错。你孤身一人走在路上，保不齐就会碰上一个像我这样的登徒子。”

他低头，看着她因为紧张而上下起伏的胸口，又看向她丹色的唇瓣。青年伸出手轻轻地盖在了她的眼睛上，终于做了今晚看到她第一眼时，就想做的事。

他咬上她的唇瓣，喘息了一声，颇有些难耐地舔了舔自己唇角的水光，哑着嗓音低声说：“我就是特地来轻薄你的，翠翠。”

惜翠一直以为卫檀生需要点时间来适应现代的生活。但当她看见青年坐在公园里的大爷大妈中间，笑盈盈的，没任何不自在的时候，便彻底服了这“小变态”的适应能力。

不知道什么时候，卫檀生已经和小区附近的大爷大妈打成了一片。

这短短的一段时间内，惜翠发现这“小变态”特别有做销售的潜质。他时不时讲经，说些禅门经典，周围的大爷大妈都特别相信这位“小卫”。

惜翠完全有理由相信，如果卫檀生这个时候趁机推销保健品，大爷大妈们会眼都不眨地直接买下来。

他现在虽然没身份证，没法出去工作，但已经在不知不觉间为自己开辟了一条致富道路。

不过身份证明她已经托人去办了，要是能办下来，卫檀生和妙有的生活会方便很多。

惜翠更希望妙有能留在现代上学。

卫檀生和妙有来到现代已经两个多月了，这段时间，二人差不多摸清楚了现代的生活方式。

瞧见惜翠，一个大妈乐呵呵地夸赞："姑娘，你这小男朋友长得真俊啊。"

惜翠笑了笑，应付完热情的大爷大妈后才领着卫檀生回家。

青年笑意未减，乖乖地跟在惜翠的身后。

走到一半，她正好看见街边的水果店里有卖西瓜，就去店里买。

"西瓜多少钱一斤？"

"一块五一斤。"

等天气再热点，西瓜还能更便宜。

惜翠挑西瓜的时候，卫檀生就站在她身旁看着。

惜翠挑好了西瓜，放进塑料袋里，卫檀生接过塑料袋拎着，两个人一道儿往家走。

青年用黑色橡皮筋将头发扎了起来，束了个马尾，又因为容貌出众，腕上戴了串佛珠，看上去有些艺术家的气质，一路上惹得不少人回头。

看着这"小变态"拎着西瓜的闲适模样，惜翠有些出戏。她做梦都没想到，有一天卫檀生会这么一副打扮，和她走在大街上。

等二人回到家的时候，妙有正坐在沙发上看电视。小姑娘抱着枕头，看得聚精会神。

惜翠瞥了一眼电视里的内容，是动画片。

小姑娘一听到门外的动静，立即蹦下了沙发，高高兴兴地迎了过来。

"娘！爹爹！你们回来啦。"她穿着姜黄色的短裤和白 T 恤，头上别了个樱桃小发夹。

"妙有，要吃西瓜吗？"青年微笑着提起手中的塑料袋。

妙有点点头："想吃。爹爹，我想吃冰的。"

惜翠笑道："那先切一半，把另一半放冰箱里。"

切西瓜的事交给卫檀生负责。

青年熟练地将西瓜抱到水槽中洗干净，碧莹莹的瓜皮上挂着些水珠。

惜翠拿了个小熊发夹过来，示意卫檀生低下头。他的头发太长了，额前垂落的发丝挡住了视线。

卫檀生听话地低下头，惜翠帮他别好了发夹。

青年俯身在她的唇角落下一吻，冲她微微一笑，接着又要低下头去亲她。

惜翠冷静地指了指水槽："瓜。"

卫檀生也不管水槽里的瓜了，将她抵在桌前，舌尖轻轻舔过她的唇角，撬开牙关，温柔地卷起她的舌尖与之纠缠。二人分开时，他伸出手指拭去她唇角的水光道："翠翠，你平日都不能来陪我与妙有。"

惜翠被他亲得呼吸不稳，听出他话中的不满，也有些心虚："我……要上班。"

回到现代后，她给"小变态"和妙有特地租了个离家近的房子。她因为要上班，只有周末和晚上才有空过来。

她去上班，卫檀生在家打扫卫生、做饭、带孩子。一天中，他们相处的时间只剩下晚上这么一会儿，自然引起了青年极大的不满。

卫檀生和妙有的事，惜翠怕她妈不能接受，到现在也没想好要怎么说。目前卫檀生虽然见过了她的父母，但她只和她妈说卫檀生是她的男朋友，而妙有是卫檀生的小妹。

"今天正好是周五，"青年声音温柔，眨眨眼睛，毫不避讳地低声说，"我特地买了避孕套。"

这"小变态"对现代生活的适应程度，比她想象中要好很多。

提起避孕套，惜翠忍不住想起卫檀生刚来现代没多久那会儿。当时，她刚把卫檀生介绍给季悦媛认识，这个"小变态"靠皮相骗过了不少人，尤其是季悦媛。看到卫檀生的时候，季悦媛惊讶地道："你这是从哪儿骗来的帅哥？这长相能进军娱乐圈了吧！"

在饭局结束之后，季悦媛突然叫住了惜翠："翠翠你过来。"

紧接着季悦媛就打开了自己的包，往惜翠的包里塞了几个避孕套，笑嘻嘻地说："姐妹只能帮你到这儿了，能不能打开新世界的大门，全靠你自己的表现了。"

回到家后，卫檀生发现了惜翠包里的避孕套，不过显然不知道这是什么。

"这是什么？"青年拿着这个问，有些讶然。

惜翠淡定地说："这是口香糖。"

现代包装各异的糖多了去了，这几个零散的避孕套上没有标识，她不说，这

“小变态”也猜不出来。

青年拎着避孕套，白皙的手指轻轻一撕，就将那东西拿了出来，往嘴里放。

惜翠顿时被吓清醒了：“等等！这个不能吃！”

青年一脸无辜地看着她问：“翠翠，这不是口香糖吗？”他容貌清俊，咬着避孕套微笑，黑发垂落下来，眼中莫名透出几分暧昧。

惜翠看得心跳漏了一拍，有点羞耻地红了脸：“这……这是避孕套。”

“原来如此，”卫檀生也没露出什么惊讶的神色，莞尔一笑，吐出避孕套，放在手上，“这是那‘季郎君’给你的？”

听到卫檀生特地咬重了“季郎君”三个字，惜翠更加心虚了。

他五指修长，骨节分明，单单是拿着避孕套，就使人不敢直视。

他是欲望的化身，永远不知满足。

回忆戛然而止。

听到哗啦啦的水流声，惜翠猛然回过神来，急忙将水龙头拧上。

卫檀生拿刀将瓜切成两半，一半放到冰箱里，另一半分成四五块，端到了桌前。

他忙活完才坐下，和妙有一起聚精会神地看动画片。惜翠坐在一边，陪他们一起看。

过了一会儿，惜翠的手机铃声响了，是她亲妈打来的电话。

惜翠走到阳台上，道：“我？我在卫檀生这儿呢。”

翠母见怪不怪：“那正好啊，这个周末你叫小卫和妙有一起来家里吃饭，我给他们做排骨吃。”

惜翠带卫檀生和妙有回去过几次，妙有懂事又乖巧，翠母喜欢得不得了。

惜翠“嗯”了一声道：“那我待会儿和他俩说一声。”

挂了电话，她回到电视机前的时候，屏幕上的内容已经从动画片换成了社会新闻，讨论的是空巢老人和留守儿童等社会热点问题。

卫檀生看了她一眼，微笑道：“翠翠，你看这里面说的像不像我与妙有？”

惜翠一愣：“什么？”

青年弯唇，笑吟吟地指控道：“翠翠，你抛家弃子，是负心汉，我与妙有苦守寒窑整整六年，等你等得好苦。”

抛家弃子的“负心汉”惜翠：“……”

等到妙有睡下后，青年将惜翠压在床上，轻声询问：“翠翠，你就没什么想要补偿我的吗？我今日去看了你的那些书，倒是学会了不少东西。”他垂着眼，自顾自地说。

回到现代后，惜翠特地给他买了个手机，那软件果然是存在于手机上的，不论换哪一台手机，隔两日，屏幕上就会多出那个沙漏图标的软件。

但她没想到，卫檀生竟然自己摸索着学会了简体字，又不知道从哪儿找来了那些书看。

电子书的事才过去没多久，卫檀生又主动提起，惜翠再度窘得面色通红，眼睫轻颤地垂死挣扎道：“那些你……你别看，都是乱写的……”

“你平日里上班如此辛苦，”卫檀生低头看着她，轻轻地笑了，“我也要好好学习如何伺候你才是。”

下一秒，她就被他拖入了欲望的旋涡。

…………

他擦了擦她眼角的泪水，微微一笑：“抱歉，我方才过于孟浪了。”

他将她弄哭了。

为了缓解尴尬，惜翠只能低下头，尽量平静地说：“渴。”

“要喝水，还是吃冰西瓜？”他看着她颤抖的手指、泛红的眼角和故作镇静的眼神，唇角忍不住又翘起了满意的弧度。

“都要。”

惜翠忽然想起了正事：“我妈叫我带你和妙有明天过去吃饭。我们找个时间，告诉他们真相吧。”

惜翠想的是，如果爸妈实在不相信，那就只能带他们去一趟大梁了。

“好。”卫檀生弯唇，“那你想回去看看吗？”他指的是回大梁去看看那些故人。

握着勺子的手顿了顿，惜翠点头笑了，道：“好。”